LUCA DI FULVIO
Es war einmal in Italien

Weitere Titel des Autors

Der Junge, der Träume schenkte
Das Mädchen, das den Himmel berührte
Das Kind, das nachts die Sonne fand
Als das Leben unsere Träume fand

Titel auch als Hörbuch erhältlich

Luca Di Fulvio

# Es war einmal in Italien

Roman

Aus dem Italienischen von
Elisa Harnischmacher

lübbe

Dieser Titel ist auch als Hörbuch und E-Book erschienen

MIX
Papier aus verantwortungsvollen Quellen
FSC® C014496

Originalausgabe


Umschlaggestaltung: ZERO Werbeagentur, München
Unter Verwendung von Motiven von © Elisabeth Ansley/
Trevillion Images ;© vvoe/shutterstock.com; Gosteva/shutterstock.com
Kartenillustration: © Christl Glatz, Guter Punkt München
Satz: hanseatenSatz-bremen, Bremen
Gesetzt aus der Adobe Garamond Pro
Druck und Verarbeitung: GGP Media GmbH, Pößneck
Printed in Germany
ISBN 978-3-404-18343-2

5 4 3 2 1

Sie finden uns im Internet unter: www.luebbe.de
Bitte beachten Sie auch: www.lesejury.de

*Für meine Frau Elisa*

*Die Geschichte sind wir*
*Wir sind Väter und Söhne*
…
*Und Menschen*
*Denn Geschichte wird von Menschen gemacht*
*Und wenn es darauf ankommt*
*Dann sind sie hellwach*
*Und wissen genau, was zu tun ist*

»La Storia siamo noi« – Francesco De Gregori

*Die Glühwürmchen sind wieder in Rom*
*Die Stadtparks duften nach Sommer schon*
…
*Deine wahre Natur,*
*die Welt bestraft nur*
*die, die Flügel haben*
*und das Fliegen nicht wagen*

»Baciami ancora« – Jovanotti

# Erster Teil

# 1

*5. März 1870*

*Königreich Italien – Olengo, Provinz Novara*

Eine elendige Schar. Verwahrlost. Mager. Erbärmlich. Ausgemergelte, wachsfarbene Gesichter. Quaddeln an Wangen, Händen und Füßen, die von Heerscharen an Bettwanzen in ihren Lagern zeugten.

Alle trugen das Gleiche, eine verschlissene, mit unzähligen Flicken versehene Uniform. Wären sie nicht so jung, hätte man ihnen nicht mehr viel Zeit auf Erden vorausgesagt. Aber sie waren zwischen vier und siebzehn Jahre alt. Einhundert heruntergekommene, elendige Jungen, aufgereiht am morastigen Hofrand des Königlichen Waisenhauses Erzengel San Michele in Olengo, schwach auf der Lunge und zitternd vor Kälte, Hunger und an diesem Tag auch Aufregung.

Tief über ihnen lastete der Himmel drohend wie ein Fluch, von so dichtem Grau, dass man ihn hätte in Scheiben schneiden können. Ein Gewicht, viel zu schwer, um es je wieder abstreifen zu können.

Aber einer von ihnen würde heute das große Los ziehen.

Und deshalb murmelten sie alle eine endlose Litanei, bewegten die rissigen Lippen zu einem Wiegenlied ohne Hoffnung, einem Gebet ohne Glauben. Teilnahmslos, wie nur die sind, in deren Welt das Wort »Glück« keine Bedeutung hat, wandten sie sich flüsternd an einen Gott, der noch nie etwas für sie getan hatte: »Mach, dass ich es bin … mach, dass ich es bin … mach, dass ich es bin …«

Mach, dass ich der Eine bin.

Am Hofeingang, wo träge die Trikolore des frisch gegründeten Königreichs Italien im Wind flatterte, erschien eine vornehme Dame um die dreißig: die Contessa Silvia di Boccamara, diesen Namen kannten sie alle.

Bei ihrem Anblick hielten die Jungen in ihrem Gebet kurz inne, um es dann noch inbrünstiger fortzusetzen: »Mach, dass ich es bin …«

Hinter ihr tauchte ihr Mann auf, Ippolito Odìn. Er war etwa vierzig Jahre alt und äußerst wohlhabend. Neben ihm lief unterwürfig der Direktor der Einrichtung, gefolgt von drei schwarz gekleideten korpulenten Frauen. Eine von ihnen war die Frau des Direktors, die anderen beiden waren Vinzentinerinnen aus der Basilica San Gaudenzio in Novara – Schwestern der Genossenschaft der Töchter der christlichen Liebe vom heiligen Vinzenz von Paul.

Die Jungen versuchten, einen Blick auf die heranschreitende Contessa zu erhaschen, worauf die unbarmherzigen Erzieher ihre Weidenpeitschen knallen ließen, um sie in Reih und Glied zu halten.

Nur einer von ihnen reckte nicht den Hals, sondern blickte starr vor sich hin und fuhr in seiner Litanei fort, die Hände so fest zu Fäusten geballt, dass seine Knöchel weiß hervortraten. Er zählte gut sechzehn Jahre, und sein Gebet war nicht wie das der anderen. Denn er wandte sich nicht an Gott. In seinem Kopf sprach er direkt zur Contessa, denn sie war der einzige Gott an diesem Tag: »Nimm mich … nimm mich … nimm mich …«

Die Contessa schritt an den aufgereihten Waisen vorbei, ohne auf ihre Seidenschuhe oder den Saum ihres Kleides zu achten. Sie sah jeden einzeln an, kurz und konzentriert – dann ging sie zügig weiter, und die Zurückgelassenen waren aussortiert.

Als sie nur noch wenige Schritte von ihm entfernt war, dachte der Junge noch flehentlicher: *Nimm mich … nimm mich … nimm mich …*

Die Contessa sah den Jungen neben ihm an. Unmerklich schüttelte sie den Kopf und ging einen Schritt weiter.

Kurz bevor sie ihn ansah, bereute der Junge inständig, sich nicht ordentlich gekämmt zu haben, er hasste die widerspenstige blonde Strähne, die ihm immerzu ins Gesicht fiel. Er bereute, sich nicht das Gesicht gewaschen zu haben, aber auch an diesem Morgen war das Wasser eisig gewesen, und so klebte auf seiner linken Wange ein nunmehr getrockneter Schmutzfleck wie eine Kruste. Er schämte sich für die Jacke und die graue Hose, beide ausgebeult und verschlissen, zusammengenäht aus dem verfilzten Flanell einer Ladung alter Militärdecken. Vor allem aber wäre er gern weniger mager und hochgewachsen. Denn deshalb hatte man ihn schon oft aussortiert: Nur Jungen, die stark genug für die harte Feldarbeit waren, wurden adoptiert. Es ging mehr um Arbeitskräfte als um Söhne.

Dann richtete die Contessa ihren Blick auf ihn. Ihre Augen waren von kräftigem Veilchenblau, das mauvefarbene Kleid hätte nicht besser dazu passen können.

Die Zeit blieb stehen. Der Junge spürte, wie sein ganzer Körper unter der Spannung zu zittern begann. In seinem Inneren bebte es. Sollte er lächeln oder ernst schauen, steif oder entspannt stehen? Sollte er ihr zeigen, was er sehnlichst wünschte, und gelang es ihm zumindest halbwegs, seine Panik zu verbergen?

*Nimm mich*, dachte er.

»Den nehmen wir«, sagte die Contessa in diesem Moment.

Sein Herz setzte einen Schlag aus. Er reckte den mageren Brustkorb vor, stand nun kerzengerade, als steckte er in einem Schraubstock. Dann brach ein kurzes heftiges Lachen aus ihm hervor. So kurz, dass es klang wie ein kräftiges Aufstoßen. Sein Herzschlag setzte wieder ein, aber so heftig und schnell wie bei einem wild gewordenen Tier, so übermächtig, dass seine Rippen ihn kaum zu halten vermochten. Niemand außer einem Waisenkind konnte sich wohl vorstellen, was es hieß, ein Leben lang eingesperrt zu sein. Und niemand, der nicht ein Leben lang eingesperrt gewesen war, allein, ohne Familie, konnte fühlen, was er jetzt fühlte.

Heiße Tränen schossen ihm in die Augen, so plötzlich, dass es fast wehtat, aber er kniff kurz und hart die Lider zusammen und biss sich auf die Lippen, um sie zurückzuhalten.

Er wollte schreien, losrennen oder lachen, war aber wie gelähmt von den drei Worten der Contessa. Denn was sie gerade gesagt hatte, wünschte er sich jeden Tag von morgens bis abends. Von ganzem Herzen.

Er öffnete die Augen, und die Contessa trat einen Schritt auf ihn zu.

Er hielt ihrem Blick stand, denn er war ein mutiger und stolzer Junge.

Aber eben noch kein Mann. Wieder setzte sein Herz einen Schlag aus und begann dann wild zu hämmern. Wieder spürte er die Tränen, wieder hielt er sie zurück. Wieder musste er lachen, blieb jedoch regungslos stehen.

Die Contessa musterte ihn ruhig, wie einen Gegenstand. Die Augen des Jungen waren dunkel, aber lebhaft, die Lippen voll, fast mädchenhaft, ohne ihm jedoch etwas Weichliches zu verleihen. Der Kiefer markant. Die Nase war gerade, dabei aber so ausdrucksstark, dass sie Charakter erkennen ließ. Dichte geschwungene Augenbrauen, pechschwarz, bildeten einen schönen Kontrast zu der blonden Strähne, die ihm ins Gesicht fiel.

»Lass mal deine Stimme hören«, verlangte sie.

»Was soll ich denn sagen?«, wollte der Junge wissen.

»Das reicht schon«, antwortete die Contessa.

Dem Alter entsprechend war seine Stimme ein wenig heiser und brüchig, aber es war schon zu hören, dass sie einmal einen schönen Bariton abgeben würde, weder zu hoch noch zu tief.

»Zeig mal die Zähne«, forderte die Contessa.

Und plötzlich, ohne dass er es kontrollieren konnte, ging es mit ihm durch. Vorwitz und Übermut ließen sich einfach nicht zurückhalten, sosehr er es auch versuchte.

»Wie ein Pferd?«, fragte er geradeheraus und schalt sich sofort: *Idiot! Warum kannst du deinen Mund nicht halten?* Und gleich noch einmal: *Idiot, warum nur musst du immer alles kaputtmachen?*

»Wie kannst du es wagen!«, rief einer der Erzieher.

Die Contessa verzog keine Miene. »Genau, wie ein Pferd, ein *Cavallo*«, gab sie zurück. Und fügte hinzu: »Bitte.«

Der Junge wusste, dass er jetzt aufhören musste. Aber wenn er einmal anfing, kam er nicht mehr dagegen an, es war wie ein Zwang. Immer wieder brachte seine Vorwitzigkeit ihm Ärger ein, mit den Erziehern und auch mit sonst jedem, der seinen Weg kreuzte. Ein Teil von ihm wusste, dass es jetzt genug war, aber wie immer gewann der andere: Er bleckte sowohl die obere als auch die untere Zahnreihe, beide schön gerade und blendend weiß – und wieherte. Laut und deutlich.

Die anderen Waisen brachen in lautes Gelächter aus.

»Ruhe!«, bellte der Direktor.

Die Contessa neigte den Kopf zur Seite und runzelte leicht die Stirn. Offensichtlich dachte sie nach.

Ohne den Blick ihrer veilchenblauen Augen von dem Jungen abzuwenden, fragte sie: »Wenn dieser hier nichts taugt, können wir ihn dann zurückgeben?«

Die Menschen hinter ihr erstarrten, entsetzt, nicht nur von der Frage an sich, sondern von der Kaltblütigkeit, mit der sie gestellt worden war.

»Natürlich nicht, meine Liebe«, mischte sich jetzt ihr Ehemann ein. »Er ist doch kein Welpe aus dem Tierheim.«

»Immerhin ist er ein Welpe aus dem Waisenhaus«, gab sie sogleich zurück. Und dann lachte sie leise über ihren Witz, aber so vornehm, wie der Junge sich ein Lachen nie hatte vorstellen können.

Die vinzentinischen Schwestern von San Gaudenzio wussten

nicht, wohin mit sich. Mit ihren schwarz gewandeten, ausladenden Hinterteilen wedelten sie hier- und dorthin, wie eine Schar verlorengegangener Hühner.

»Sicher«, meldete sich nun der Direktor zu Wort. »Sollte er Euch arge Probleme bereiten, die mit Strafen, auch körperlicher Art, nicht zu beheben sind, können wir uns natürlich nicht weigern, ihn zurückzunehmen.«

»Und Ihr würdet ihn gegen ein … zahmeres Exemplar umtauschen?«, fragte die Contessa in ihrer unnachgiebigen Art.

Der Junge blickte sie an. Und verstand sofort, was sie damit sagen wollte, denn dumm war er ganz und gar nicht: Sie wollte wissen, ob er *zahm werden* könnte. Und das wollte sie nicht etwa vom Direktor wissen, sondern von ihm. Von ihm, einem stinkenden Stück Dreck in einer grauen verfilzten Uniform.

»Verzeiht …«, murmelte er, ohne ihrem Blick auszuweichen.

Die Contessa musterte ihn. »Von Pferden verstehe ich etwas«, sagte sie schließlich und fügte etwas versöhnlicher hinzu: »Und du bist ein Rassepferdchen, ein *Cavallino.*« Damit wandte sie sich zum Direktor und bestätigte noch einmal: »Ja, den nehmen wir.«

*Du hast mich genommen!*, dachte der Junge, und dieser Gedanke hallte wie ein Donnerschlag in ihm wider.

Auf einen Wink des Direktors trat der nächststehende Erzieher mit einem Register in der Hand vor.

»19/03«, sagte er, nachdem er die auf die Jackentasche des Jungen aufgestickte Nummer kontrolliert hatte. Er blätterte im Register, räusperte sich und las vor: »19/03. Alter: sechzehn, in etwa. Das Geburtsdatum ist etwas unklar. Keine Krankheiten. Körperliche Beschaffenheit: mager, aber zäh. Willensstark. Intelligent, aber faul. Kann lesen, schreiben und rechnen. Zuweilen findet man ihn in der Bibliothek, wo er freiwillig liest, meistens aber Romane, die nicht für sein Alter bestimmt sind.« Hier folgte eine kurze Pause. »Anpassungsfähigkeit und Gehorsam …«, seine Stimme schwankte unsicher. Er blickte zum Direktor, der ihm unmerklich zu verstehen gab, die Bewertung ein wenig nach oben zu korrigieren.

»Anpassungsfähigkeit und Gehorsam …«, setzte der Erzieher noch einmal an, »vier von zehn.«

Der Direktor warf ihm einen wütenden Blick zu.

»Eigentlich fünf«, verbesserte sich der Erzieher. »Fast sechs.«

»In Ordnung, das reicht«, unterbrach ihn die Contessa. »Wenn Ihr so weitermacht, sind es gleich zehn.«

Der Erzieher senkte den Kopf.

»Bei allem Respekt, Signora Contessa«, wandte sich eine der Schwestern in priesterlichem Singsang an sie, »darf ich fragen, warum Ihr ausgerechnet eine von diesen unglückseligen Kreaturen hier adoptieren möchtet?«

Mit einem kurzen Blick gab die Contessa ihr zu verstehen, dass sie eine Antwort für reine Zeitverschwendung hielt. »Ich kann keine Kinder bekommen. Für mich würde es auch ein Hund oder eine Katze tun, aber mein Mann besteht auf einem Zweifüßler«, antwortete sie mit der gleichen, für die Betschwestern unverständlichen Brutalität wie zuvor. »Und so sei es nun: Wir nehmen einen Zweifüßler mit. Wichtig ist, dass er alt genug ist, um seine Bedürfnisse selbst zu verrichten, und dass er versteht, was man ihm sagt. Außerdem muss erkennbar sein, dass aus ihm einmal ein hübscher Mann wird.« Sie verzog das Gesicht. »Denn einen hässlichen Ziehsohn könnte ich nicht ertragen.«

Wie zufällig senkte sie den Blick auf den schweren Rockstoff der Schwester, um noch einmal klarzustellen, dass allein die rein äußerliche Kluft zwischen ihnen unüberbrückbar war. Dann musterte sie wieder den Jungen, während sie den Direktor ansprach:

»Hat 19/03 auch einen Namen?«

»Aber sicher!«, beeilte sich der Direktor. »Er heißt … äh, Moment, er heißt …« Hilfesuchend blickte er zum Erzieher.

Dieser blätterte eifrig in dem zerfledderten Register, um dann triumphierend, als wäre es eine Meisterleistung, herauszuplatzen: »Pietro Diotallevi.«

Die Contessa nickte. »Das klingt schon mal besser als 19/03, oder nicht?«, sagte sie in Richtung der vinzentinischen Schwestern. »Auch diese – wie habt Ihr sie doch gleich genannt? Ah, ja, diese *unglückseligen Kreaturen* –, auch sie sollten das Recht auf einen Namen haben und nicht auf eine Nummer reduziert werden.«

Die Schwester wusste darauf nichts zu sagen. »Die Regeln ...«, wand sie sich unglücklich, »und die Archive ...«, stammelte sie, ehe ihr die Worte endgültig im Halse steckenblieben.

Die Contessa drehte sich zu dem Jungen um, auf dessen Wangen jetzt Tränen ihre Spuren hinterlassen hatten.

»Du bist wohl doch nicht so stark, wie du tust, *Cavallino*?«, merkte sie mit einem leichten Lächeln an. »Aber bevor du einen Fuß in unser Haus setzt, müssen wir dir erstmal die Wanzen austreiben.«

Der Junge nickte. »Sehr gerne, Signora.« Aber er musste versuchen, wieder Oberwasser zu gewinnen, und am besten konnte er das mit seinem losen Mundwerk. Vielleicht würde er so auch aufhören können zu weinen, und vielleicht musste er dann nicht mit einem Freudensprung laut ausrufen: »Du hast mich genommen! Mich!« Vielleicht würde sein Herz dann nicht in tausend Stücke zerspringen. Also stieß er hervor: »Ihr habt mich *Cavallino* genannt, aber so viel, wie wir uns hier jucken müssen, sind wir eher Schimpansen.«

Wieder brachen die anderen Waisenkinder in Gelächter aus.

Der nächststehende Erzieher setzte an, ihm einen Hieb mit der Peitsche zu versetzen.

»Wage es nicht!«, funkelte die Contessa ihn an, riss ihm die Peitsche aus der Hand, brach sie entzwei und warf sie auf den Boden. Dann flüsterte sie drohend: »Er gehört jetzt mir. Wage nicht, ihn zu berühren!«

Der Erzieher zuckte zurück, als hätte er selbst den Peitschenhieb kassiert. Der Junge spürte, wie ihm die Sinne schwanden. Er hatte schon fest mit dem Hieb gerechnet, aber diese Frau mit dem himmlischen Duft war mutig genug und konnte es sich offensichtlich leisten, die Peitsche einfach entzweizubrechen.

Dann verkündete die Contessa ernst: »Ab jetzt ist dein Name Pietro Odìn.« Und mit einem fröhlichen Lachen fügte sie hinzu: »Und mit deiner blonden Strähne wirst du einmal allen Frauen den Kopf verdrehen.«

Der Junge sah, wie sie sich umdrehte und mit festen Schritten davonging. Auf seine Brust legte sich ein tonnenschweres Gewicht, das ihm fast den Atem nahm, und ihm war, als würde alles Licht vergehen.

Und während ihn die Dunkelheit umfing, fiel er wie ein nasser Sack in den Morast.

*Jetzt bin ich kein Waisenkind mehr*, war sein letzter Gedanke, bevor er ohnmächtig wurde.

# 2

*Anfang März 1870*

*Königreich Italien – Nibbia, Provinz Novara*

Auf dem Weg zu ihrem Gut in Nibbia, im Nordwesten der Provinz Novara, schlug Ippolito Odìn in der Kutsche die Beine übereinander.

»Warum macht es dir so großen Spaß, diese armen Frauen zu ärgern?«, fragte er seine Frau.

»Sie sind ganz und gar nicht arm«, gab die Contessa zurück. »Sie halten große Predigten, rufen einen Jungen aber beim Namen 19/03. Das ist doch unglaublich!«

»Man könnte meinen, du wärst Sozialistin, nicht Contessa«, meinte der Mann.

»Bevor ich dich kennenlernte, war ich eine Contessa ohne eine einzige Lira, das weißt du«, sagte sie. »Wenn Sozialismus bedeutet, dass man sich einiger Ungerechtigkeiten bewusst ist und dass es Heuchelei ist, so zu tun, als gäbe es diese Ungerechtigkeiten nicht, dann hat mir das Leben tatsächlich eine ordentliche Prise Sozialismus verpasst.«

»Ja, ich glaube, das kann man Sozialismus nennen«, sagte Ippolito Odìn. »Oder wenigstens Sozialismus *à la manière* der Contessa Silvia di Boccamara.«

»Du bist auf jeden Fall auch ein Heuchler.«

Ippolito zuckte zusammen. »Ich? Wieso?«

Die Contessa lächelte ihn an, der Blick aus ihren veilchenblauen Augen war jetzt sanfter. Zum ersten Mal seit dem Besuch im Waisenhaus schlich sich etwas Weiches, Menschliches in ihre

Züge, was ihre Schönheit noch unterstrich. »Du bist ein unglaublicher Heuchler. Du hast doch am meisten Spaß von allen, wenn ich diese Betschwestern ein wenig aufziehe.«

Ippolito entspannte sich und lächelte ebenfalls. »Du bist furchtbar«, sagte er, dann lachte er. »Hast du ihre Gesichter gesehen? Ich dachte, gleich trifft sie der Schlag.«

»Und diese riesigen Hinterteile!«, gluckste seine Frau.

Laut lachend schüttelte der Mann den Kopf.

»Es tut mir leid, dass ich dir keinen Erben geboren habe«, sagte die Contessa, und in ihrer Stimme war ein alter, aufrichtiger Schmerz zu hören.

»Lass uns nicht mehr darüber sprechen.« Ippolito Odìn winkte ab. »Ich verstehe nur nicht, warum du ausgerechnet an einem so furchtbaren Ort einen holen musstest.«

»Glaubst du etwa, es gibt schöne Waisenhäuser?«, fragte sie spöttisch.

»Nein, aber … hast du gesehen, wie verdreckt es dort war? Wie verwahrlost diese Jungen sind? Und dann diese Erzieher und der Direktor …«

»Du glaubst also, dass es Waisenhäuser für wohlhabende Waisen gibt?« Die Contessa lachte.

»Nein, das nicht, ich meine nur … Warum ausgerechnet dieses Waisenhaus?«

»Weil ich dem Erzengel Michele treu ergeben bin. Und das Waisenhaus trägt seinen Namen.«

Ippolito Odìn sah seine Frau überrascht an. »Ergeben? Du bist doch nicht einmal gläubig. Ich schwitze jeden Sonntag Blut und Wasser, um dich in die Messe zu bewegen!«

»Messe und Religion haben damit überhaupt nichts zu tun«, antwortete die Frau schulterzuckend. »Ich bin dem Erzengel Michele treu ergeben, *basta*.«

»Ist ja gut. Aber warum?«

Die Contessa streckte ihre zarte, alabasterne Hand aus und

strich sanft über das Gesicht ihres Mannes. »Es ist einfach so.«

Er sagte nichts, lächelte nur und küsste ihre Hand, wohl wissend, dass er nicht mehr aus ihr herausbekommen würde.

»Ein hübscher Junge«, meinte die Contessa. »Und klug ist er auch.« Sie schmunzelte, als sie an sein Wiehern dachte. »Ein kluges, charakterstarkes *Cavallino*.«

Ippolito Odìn sah sie an. »Silvia«, murmelte er, »sei nicht zu streng mit ihm.«

»Bis gerade war er noch Nummer 19/03, ein schicksalsloser Niemand. Das hier ist seine große Chance. Wir werden sehen, ob er sie zu nutzen weiß«, gab die Contessa zurück. »Einen kleinen Preis für seine Zivilisierung wird er vermutlich zahlen müssen.«

»Und deine sozialistischen Vorstellungen?« Ihr Mann lächelte.

»Sind Sozialisten etwa Wilde?«

Ippolito legte eine Hand auf ihr Knie und drückte es sanft. »Sei nicht so streng«, wiederholte er.

»Ich habe dir keinen Sohn geboren, ich werde dir nun einen großziehen«, antwortete sie trocken. Ihre Worte waren eindeutig, ließen keinen Spielraum. Alles war, wie sie es aussprach, ohne die Möglichkeit einer Beschönigung. Hart, aber ehrlich. Endgültig wie ein Urteilsspruch.

Sie schwiegen, während die Kutsche an den Reisfeldern vorbeifuhr, die, so weit das Auge reichte, Ippolito Odìn gehörten. Normalerweise war deren Anblick um diese Jahreszeit eine Freude. Bewässerung und Breitsaat waren gerade erledigt, und alle, Herren wie Bauern, stellten sich lebhaft vor, wie die üppigen Pflanzen um das Sonnenlicht wetteifern und reifen würden. Aber schon seit dem vergangenen Jahr war es anders. Die großen sumpfigen Quadrate, umrandet von Be- und Entwässerungsgräben, waren nahezu ausgetrocknet. Seit September letzten Jahres hatten nur wenige Pflanzen den Parasiten überlebt, gegen den die Bauern machtlos gewesen waren. Die Aussaat war dürftig gewesen und der Parasit vermutlich noch in der Erde. Kein einziger Trieb war zu sehen auf dem niedrigen, stehenden Wasserspiegel, durchbrochen nur hier und da von einem Frosch auf der Flucht vor den Reihern mit ihren spitzen Schnäbeln, die zuschnappen konnten wie Mausefallen. Auch in diesem Jahr würde es eine Hungersnot geben.

»Eine Katastrophe«, murmelte Ippolito Odìn.

Der Contessa entging die düstere Miene ihres Mannes nicht. »Machst du dir Sorgen?«

»Viele arme Familien hatten schon im letzten Jahr nicht genug zu essen«, antwortete er. »Und das wird sich in diesem Jahr nicht ändern.«

»Es gibt mehr italienische Flaggen als Reisähren«, bestätigte die Contessa in schneidendem Ton. »Wenn die Armen die Flaggen essen könnten, gäbe es kein Problem.«

Ippolito hörte den Groll in der Stimme seiner Frau. »Was hat das Königreich Italien dir getan? Für viele ist mit der Gründung ein Traum wahr geworden. Mein Großvater und mein Vater haben davon geträumt und es nicht mehr erleben dürfen. Und all die Märtyrer, die ihr Leben für ihre Ideale geopfert haben …«

»Nichts hat das Königreich mir getan«, unterbrach ihn seine Frau. Dann warf sie ihm einen stechenden Blick zu. »Und dir? Was tut es dir an?«

Ippolito senkte den Blick.

»Glaubst du vielleicht, ich bin blind? Oder dumm?«

Er schwieg weiter.

»Glaubst du vielleicht, ich wüsste nicht, dass du den Bediensteten keinen Lohn mehr zahlst? Ich sähe die ganzen Unterlagen über deine Besitztümer auf deinem Schreibtisch nicht? Glaubst du, ich merke nicht, wie du nachts über Rechnungen schwitzt? Und das alles, nachdem dein geliebtes Königreich Italien Abgesandte und Minister zu dir geschickt hat.« Sie musterte ihn. »Was verheimlichst du mir?«

»Nichts«, gab Ippolito zurück, wagte aber nicht, sie anzusehen.

»Du lügst, sobald du den Mund aufmachst.« Die Stimme der Contessa war eisig.

»Eine dunkle Wolke hat sich über uns geschoben«, sagte er leise.

»Wird es gewittern?«

Ippolito schwieg.

»Vielleicht sogar hageln?«

Immer noch keine Antwort.

»Stille«, sagte die Contessa, »ist auch ein Geräusch.«

»Es wird sich alles klären.«

Die Edelfrau ließ ihren Blick über die trostlosen Felder gleiten. »Was auch immer geschieht, vergiss nicht, dass ich dich nicht wegen deines Geldes geheiratet habe.«

»Ich weiß.«

Ippolito schwieg, ihm fehlte der Mut, ihre Hand zu nehmen. Schließlich drückte er sie doch. »In den nächsten Tagen muss ich nach Turin reisen.«

Die Contessa entzog ihm ihre Hand.

Die Kutsche erreichte nun die kleine Brücke über den Cavour-Kanal, die zum Gut führte. Hohe, kerzengerade Pappeln säumten einen grünen Weg, an dessen Ende der schöne, vornehme Bau aus rotem Stein mit weißen Fensterrahmen zu sehen war, eingefasst von zwei anmutigen runden Türmen. Die Kutschräder knirschten über den Schotterweg.

Die Augen der Contessa fixierten starr das näher kommende Haus. Noch bevor der Kutscher hielt, öffnete sie die Tür, lüpfte den mauvefarbenen Rock und sprang hinaus.

»Silvia!«, rief ihr Mann vorwurfsvoll, aber er wusste, wie viel Freude es ihr bereitete, Regeln zu brechen. Und er dachte, dass dieses rebellische *Cavallino* als Sohn perfekt zu ihr passte.

Er selbst wartete geduldig, bis Paride, der Kutscher, anhielt, abstieg und ihm die Tür öffnete.

Noch beim Aussteigen bemerkte er, dass sein Haushofmeister ihn an der von zwei schlanken, hellen Marmorsäulen eingefassten Eingangstreppe erwartete, allerdings noch steifer als sonst. Als ihm der Grund dafür aufging, spürte er eine tonnenschwere Last auf den Schultern, wie ein böses Omen.

Die Contessa hakte sich bei ihm ein, und gemeinsam schritten sie die Stufen hinauf.

Der Diener verbeugte sich leicht und gab seinem Herrn ein Zeichen.

Doch Ippolito Odìn wusste auch so Bescheid.

»Wolltest du nicht ausreiten?«, fragte er seine Frau.

Die Contessa sah ihn an und verstand sofort, worauf er hinauswollte. »Warum willst du, dass ich gehe?«

Ippolito seufzte. »Ich glaube, hier wartet ein sehr wichtiger Besucher auf mich«, antwortete er und wandte sich an seinen Diener: »So ist es doch, oder?«

»Ja, Signore. Seine Exzellenz Minister Minghetti erwartet Euch.«

»Du wolltest doch nach Turin«, sagte die Contessa. »Und siehe da: Turin kommt zu dir.« Sie lächelte sarkastisch. »Das ist zweifellos nicht nur eine dunkle Wolke. Und auch kein einfaches Gewitter. Das hier ist mit Hagel und allem Drum und Dran.«

»Silvia«, setzte Ippolito an. »Das Königreich hat fünfundvierzig Millionen Lire für den Bau des Cavour-Kanals ausgegeben, und dann war da noch der Krieg, um Venetien und Venedig zurückzuerobern …«

Die Contessa sah ihn an.

Er wand sich. »Diejenigen von uns, die … wie soll ich sagen … ein wenig mehr besitzen als andere, also … Wir haben uns selbst besteuert, und jetzt müssen wir besprechen …«

»Die Zahlungsart, ich verstehe.«

»Die Bedingungen.«

»Hinter verschlossen Türen?«

»Ja, hinter verschlossenen Türen.«

»Warum sollte man so etwas hinter verschlossenen Türen besprechen?«

»Silvia, das ist alles sehr schwierig. Italien als Nation wurde gerade erst aus der Wiege gehoben.«

»Und irgendwer muss diesem kleinen Neugeborenen offenbar die Aussteuer bezahlen. Und außerdem muss es gestillt werden, und man muss es noch saubermachen am … Ich denke, wir haben uns verstanden.«

»Ich muss jetzt gehen.«

»Mach dir nicht die Mühe, den Minister von mir zu grüßen. Sag ihm einfach, dass ich Besseres zu tun hatte«, murmelte die Contessa. Sie drehte sich auf dem Absatz um und ging wutentbrannt zu den Stallungen, wo sie Bersagliere, ihren geliebten Schimmel, satteln ließ.

Ippolito Odìn sah ihr nach, wie sie davonstapfte. Normalerweise brachte ihn ein solches Verhalten zum Lachen, aber heute war sein Herz schwer. Sehr schwer.

Er brachte eine Grimasse zustande, die ein Lächeln sein sollte, als er dem Diener freundschaftlich auf die Schulter klopfte, und wunderte sich selbst über diese so vertraute Geste.

»Sie werden mich schon nicht umbringen«, scherzte er. »Mach dir keine Sorgen.«

Aber sein schweres Herz mahnte ihn, dass es in dieser Hinsicht nichts zu scherzen gab.

# 3

*Anfang März 1870*

*Königreich Italien – Pomposa, im Delta des Po*

Im Zirkus Callari gab es weder Tiger noch Löwen, geschweige denn bärtige Frauen oder dreibeinige Männer. Aber Trapezkünstler, Akrobaten, Clowns, Zwerge, Jongleure, Zauberer, Messerwerfer und Feuerspucker, die gab es.

Vor allem aber gab es Pferde. Anmutige, pfeilschnelle Araberpferde. Dazu große nordische Pferde mit bis über die Hufe reichendem zotteligem Fell, die mühelos schwerste Lasten ziehen konnten. Außerdem ungarische Pferde, die mit zu Zöpfen geflochtener Mähne auf den Hinterbeinen nebeneinander herliefen wie feine Herrschaften beim Spaziergang. Und Pferde, so klein, dass man sie für große Hunde hätte halten können, die bereitwillig durch Feuerreifen sprangen. Wollte man Pferde sehen, welcher Art auch immer, wurde man im Zirkus Callari fündig.

Der Zirkus war von jeher durch Italien gereist. Auch zu den Zeiten, als die großen europäischen Tyrannen das Land unter sich aufgeteilt und beherrscht hatten. Im Piemont hatten die Callari-Artisten schon ihre Vorstellung gegeben, als es noch zu Savoyen gehörte, in der Lombardei und in Venetien, als diese – je nach Tageslage – noch Frankreich oder Österreich unterstanden, in der Toskana, als diese noch ein Großfürstentum war, in Umbrien, den Marken und Latium, als diese noch zum Kirchenreich des Papstes gehörten und von Bonapartes Truppen beschützt wurden, in den südlichen Gegenden, als diese noch von den Bourbonen besetzt waren und dort mehr Spanisch als Italienisch zu hören war. Nahezu überall hatten sie schon ihr großes Zelt aufgestellt, ob während des Zuges der Tausend unter Garibaldis Führung, mit dem Italien Stück für Stück zurückerobert wurde, um schlussendlich zu einer einzigen Nation zu reifen, oder danach, als die Savoyen sich zum Herrscher erklärten über ein Reich, das es seit den alten Römern nicht mehr gegeben hatte.

Keine Revolution dieser Welt schien dem Zirkus etwas anhaben zu können – er war eine eigene Nation.

Gerade erreichte der lange Zug aus leuchtend bunten Wagen eine Region, die erst seit drei Jahren zu Italien gehörte. Flaches, morastiges Malariagebiet, in dem es von Mücken nur so wimmelte. Träge floss der Po in seinem Bett, teilte von Osten nach Westen ganz Norditalien in zwei Hälften und ließ sich alle Zeit der Welt, seine süßen Wasser in die Arme des Meeres zu tragen.

Der Zug kam ähnlich langsam voran.

Auf dem Kutschbock des letzten Wagens saß ein etwa fünfzehnjähriges Mädchen von eigener Schönheit, ihre Nase war ein wenig zu markant, ihre Lippen rot wie reife Kirschen.

Obwohl es nur so langsam vorwärtsging, klammerte sie sich mit aller Kraft an den Kutschbock. Sie hatte keine Angst herunterzufallen, Angst bereitete ihr vielmehr der Aufruhr in ihrem Inneren, der sie seit Tagen umtrieb und den sie weder abschalten noch jemandem mitteilen konnte. Sie wusste nicht damit umzugehen, ihr Herz quoll über vor zornigem Schmerz, der ihr die Tränen in die Augen trieb und sie gleichzeitig schlucken ließ.

Sie hieß Marta, und die einzige Person, der sie vertraute, war der Mann neben ihr auf dem Kutschbock.

Dieser war um die sechzig, wirkte aber älter, denn das Leben hatte ihm übel mitgespielt. Tag um Tag hatte es viele Furchen tief in sein Gesicht gegraben, die fast aussahen wie Narben. Zwischen den Lippen hielt er eine erloschene Zigarre, deren Tabak so stark war und so übel roch, dass nicht einmal die heimischen Mücken etwas mit ihm zu tun haben wollten. Er hieß Melo.

Damals, in jungen Jahren, war seine Pferdenummer die Hauptattraktion im Zirkus Callari gewesen. Nie wieder hatte jemand es ihm gleichgetan, man sprach noch heute davon. Aber mittlerweile waren seine Beine steif und zu schwach, das Alter hatte ihn aus dem Sattel gehoben. Doch während die anderen Artisten irgendwann erst zu Clowns wurden, dann zu Bonbonverkäufern und schließlich die Ställe ausmisten mussten, wurde Melo nicht degradiert, er kümmerte sich um die Pferde. »Denn«, so sagte Ascanio, der Zirkusdirektor, der mit seinen achtzig Jahren die Fäden immer noch sicher in der Hand hielt, »mit Pferden reden ist leicht, das kann jeder. Die Pferde aber, die verstehen nur Melo, sonst niemanden.«

Marta blickte starr vor sich hin, die Finger in den Kutschbock gekrallt, angriffslustig und resigniert zugleich. Sie hatte etwas begriffen, das zu groß für sie war. Viel zu groß. Doch sie war mit diesem schrecklichen Geheimnis allein.

Während Marta mit ihren Gedanken kämpfte, drang aus dem gelb-roten Wagen vor ihnen, gedämpft vom Knirschen der Räder und den im Schlick schmatzenden Pferdehufen, leise das Wimmern eines Kindes.

Jetzt kam ein Kirchturm in Sicht. Das bedeutete, dass sie Pomposa erreicht hatten, ein Städtchen, das sich ausschließlich durch seine romanische Abtei und einen stechenden, fauligen Geruch auszeichnete, der bei der Gewinnung von Zucker aus Rüben entstand.

»Was ist eigentlich los mit dir?«, wollte Melo wissen.

»Nichts«, antwortete Marta.

Der Alte zog sanft die Zügel an, um die Pferde zum Stehen zu bringen. Sie würden hier mit den anderen auf einer kahlen Wiese ihr Lager aufschlagen und das Zelt für die Vorstellung aufbauen. »Wirklich?«

»Ja. Lass gut sein«, murmelte Marta und sprang vom Kutschbock, um beim Lageraufbau zu helfen.

Als sie an dem gelb-roten Wagen vorbeikam, in dem sie wie immer mit den anderen Kindern vom Zirkus schlafen würde, verlangsamte sie den Schritt und lauschte. Und wieder hörte sie das Wimmern des Kindes.

»Nicht weinen«, war von drinnen eine weibliche Stimme zu hören. »Willst du einen Keks?«

Das Wimmern erstarb.

Martas Magen krampfte sich zusammen, sie beschleunigte ihren Schritt, und mit den Händen auf den Ohren fing sie fast an zu rennen.

Dann widmete sie sich ihren Aufgaben mit all ihrer Kraft, in der Hoffnung, so den quälenden Gedanken verscheuchen oder wenigsten zum Schweigen bringen zu können.

Aber es half nichts. Stunde um Stunde, Tag um Tag hatte sich dieser Gedanke in ihr eingenistet, im Kopf, im Herzen und in der Seele.

Als das große Zelt fertig aufgebaut war, schlüpften die Schausteller in ihre Kostüme. Sie ersetzten ihre graue Alltagskleidung durch glänzende, enganliegende Anzüge, die Männermuskeln betonten und schöne Frauenkörper hervorhoben, in denen Zwerge noch winziger und Clowns noch lustiger aussahen. Die Gemeinschaft erwachte in Erwartung des Publikums, das am Abend kommen würde, um zu staunen, zu schaudern, zu lachen und Fantastisches zu erleben.

Marta hatte schon alles im Zirkus versucht. Doch ihr fehlte das akrobatische Gleichgewicht, die Dehnbarkeit der Schlangenmenschen, die Koordination der Jongleure und die Kaltblütigkeit der Messerwerfer. Auch hatte sie nie verstanden, mit den Pferden zu reden. Sie konnte nichts Besonderes, hatte weder Talent noch Leidenschaft.

So war sie in der Wurfbude gelandet. Außerhalb des Zeltes, wo die Vorstellung gegeben wurde. Ausgeschlossen. Sie war ein Fremdkörper in dieser talentierten Gemeinschaft. Sie musste nur die Dosen aufstellen und den Kunden, die für drei Würfe bezahlten, die Stoffbälle reichen, das war alles.

Während sie wartete, glitt ihr Blick wieder zum gelb-roten Wagen, und sofort kochte heftige Wut in ihr hoch. Sie warf einen Ball gegen die Dosenpyramide und stellte dann geduldig alles wieder auf in dem Versuch, ihren Zorn zu bändigen. In Wahrheit aber war es eher Ungläubigkeit, Schmerz, ein Riesendurcheinander.

Im Grunde hatte sie sich hier bei den Schaustellern immer fremd gefühlt, war immer in einem Niemandsland herumgeirrt. Insbesondere jetzt, da sie dieses schreckliche Geheimnis herausgefunden hatte.

»Gibst du mir drei Bälle für meinen Jungen?«

Vor Marta stand ein Mann. Er war um die vierzig und in Begleitung zweier Kinder. Der Junge musste um die zwölf sein, die Kleine, an der Hand des Vaters, knapp vier.

»Natürlich, Signore«, sagte sie und reichte dem Jungen die Bälle.

Er warf. Ein flacher Wurf, der viel zu seitlich geriet und nur eine einzige Dose zu Fall brachte.

»Du musst besser zielen«, riet der Vater. Er ließ die Hand seiner Tochter los und zeigte dem Jungen die Bewegung. »So, siehst du?«

Der zweite Wurf war schon besser.

»Gut! Aber du musst mehr aus der Schulter werfen.«

Da bemerkte Marta, wie sich das kleine Mädchen ein Stückchen entfernte und schließlich zwischen den Leuten vor dem Zirkuszelt verschwand. Ihr schoss das Blut ins Gesicht, Panik ergriff sie.

»Deine Tochter«, schrie sie den Mann an, »wo ist deine Tochter?«

Der Mann sah sie an, überrascht von der Heftigkeit ihres Ausbruchs. Dann blickte er sich um.

»Sie ist weg!«, schrie Marta aufgelöst.

In diesem Moment tauchte das Kind wieder auf und lief zu seinem Vater.

»Was ist mit dir, Mädchen?«, fragte der Mann.

Marta war immer noch wie von Sinnen. »Du musst auf deine Tochter achtgeben!«, schrie sie ihn an. »Was, wenn sie sich verläuft? Wenn irgendjemand sie mitnimmt?«

»Was redest du denn da? Sie ist doch hier.«

Marta war außer sich. »Man muss doch auf seine Kinder aufpassen!«

»Entschuldigt, Signore«, mischte sich einer der Schausteller ein. »Marta, was ist los mit dir? Beruhige dich.«

»Aber das Mädchen …«, rief Marta erbost.

Der Schausteller packte sie hart am Arm. »Geh jetzt!«, befahl er ihr. »Und komm erst wieder, wenn du dich beruhigt hast.« Er schubste sie weg und wandte sich an den Herrn: »Bitte entschuldigt, Signore. Euer Sohn bekommt noch mal drei Bälle umsonst.« Und an Marta gewandt, die sich nicht vom Fleck bewegt hatte, stieß er noch einmal hervor: »Geh jetzt!«

Keuchend und außer sich vor Wut ging Marta davon. Ihre Augen füllten sich mit Tränen. Mit dem Verhalten des kleinen Mädchens war erneut die Angst in ihr erwacht.

Wie von selbst liefen ihre Füße zu dem gelb-roten Wagen, wo sie durch das Fenster einen Blick auf das kleine Mädchen erhaschte, dessen Wimmern sie den ganzen Tag über gehört hatte. Es lag zusammengekauert in einer Ecke, immer noch wimmernd, Rotz lief ihr übers Kinn, während sie leise murmelte: »Mama, Mama …«

Und in diesem Moment, als sie schon meinte, ihr Kopf würde platzen, ihr Herz zerreißen, als in ihren Lungen Feuer loderte und ihre Seele in einen nachtschwarzen Abgrund stürzte, entschied sich Marta, ihrem Albtraum ins Gesicht zu sehen.

Auch sie war einst gestohlen worden.

# 4

*Anfang März 1870*

*Königreich Italien – Pomposa, Comacchio, Ravenna*

Nach einer unruhigen Nacht machte Marta sich früh am nächsten Morgen auf die Suche nach Melo. Seit knapp einer Woche wusste sie Bescheid. Man hatte sie gestohlen, vor vielen Jahren, genauso wie das kleine Mädchen im gelb-roten Wagen. Sie hatten ihr die Familie genommen. Eine richtige Familie, nicht so eine, wie diese sonderlichen Schausteller eine war. Irgendwo hatte sie eine Mutter, einen Vater, vielleicht hatten ihre Großeltern noch gelebt, als sie verschwand, bestimmt hatte sie Brüder und Schwestern, mit denen sie damals auf einem Hof voller Hühner und Schweine gespielt hatte. Und abends beim Essen hatten sie viel und gerne gelacht.

Und eines Tages hatte sie sich ein kleines bisschen zu weit entfernt.

Sie erinnerte sich nicht mehr an Einzelheiten, aber Tatsache war, dass man sie ihres Schicksals beraubt hatte.

Das kleine Mädchen hatte die Erinnerung in ihr wachgerüttelt. Vor fünf oder sechs Tagen, als sie den Po überquerten, auf Kähnen, die mithilfe dicker Taue von einem Ufer zum anderen gezogen wurden, landeten sie in der Nähe eines traurigen Dorfes mit Namen Contarina. Wie ein riesiger Tausendfüßler grub sich der Wagenzug lärmend in die Landschaft, geduckt unter einem tief stehenden Himmel, der fast die niedrigen Dächer der Armenhäuser berührte.

Und da passierte es.

Am Ende der Straße stand das kleine Mädchen. Vier, vielleicht fünf Jahre alt. Mit nackten Füßen im Dreck, trotz der Kälte. Sie trug nur ein dünnes graues Kleidchen, so schmutzig wie der Rest von ihr. Unter dem Schmutzfilm konnte Marta ihre blassen Wangen sehen. Ihre Beinchen bestanden lediglich aus Haut und Knochen.

Und plötzlich schoss ein starker Arm aus einem der Wagen, ergriff sie und zog sie hinein. Schnell wie ein Falke, der auf seine Beute niederschießt. Eine Sekunde. Nicht mehr. Dann war sie fort. Verschwunden.

Und Marta hatte begriffen. Auch bei ihr war es so gewesen.

Sie konnte nicht darüber reden, kein Wort kam über ihre Lippen. In ihr war etwas zerbrochen.

Bis gestern. Die Wurfbude, das kleine Mädchen – da konnte sie es nicht mehr zurückhalten.

Nun lief sie bei Sonnenaufgang fröstelnd zu Melo, quer durch das geschäftige Wagenlager, in dem sich der Duft von Kaffee ausbreitete. Er war gerade dabei, die bereits gestriegelten und gefütterten Pferde in ihre Boxen zu bringen.

»Bei mir war es genauso, oder?«

»Was?«, fragte der Alte, ohne sie anzusehen.

»Das weißt du ganz genau.«

Wieder erklang das Wimmern des kleinen Mädchens.

»Mit mir habt ihr es so gemacht wie mit ihr, ist es nicht so?« Marta musterte ihn aufmerksam. Sie kam sich so dumm vor. Es war so offensichtlich, wie hatte sie das all die Jahre übersehen können? Hier im Zirkus hatte sie keine Mutter, keinen Vater. Keine Oma, keinen Opa. Ihr war das Gleiche passiert. Sie kannte die Antwort, aber sie brauchte jemanden, der es ihr bestätigte. »Antworte mir.«

Melo schwieg.

»Wo komme ich her?«, fragte Marta, und ein dumpfer, tiefer Schmerz füllte ihr Herz.

Melo biss sich auf die Lippen und murmelte dann: »Ich weiß es nicht.«

»Wie alt war ich?«

»Wenn nicht einmal du es weißt, dann warst du wohl noch ziemlich klein.«

»Habe ich geweint?«

Endlich drehte Melo sich um. Ihre Blicke trafen sich.

»Nie. Du warst immer sehr stark.« In seiner Stimme schwang Stolz mit, als wäre das sein Verdienst.

Marta spürte ein geradezu schmerzhaftes Verlangen nach Gewissheit. Als würde sie erst jetzt bemerken, dass man einen ihrer Arme verstümmelt hatte. Als könnte eine Verletzung anfangen zu bluten, Jahre, nachdem sie zugefügt worden war.

»Ich glaube nicht, dass du dich nicht mehr erinnerst, wo das war!«, stieß sie hervor.

Melo zündete eine Zigarre an. Bläuliche Rauchschwaden stiegen auf. »Du bist hier geboren«, sagte er ernst. »Unterwegs. So, wie wir alle. Du gehörst nirgendwohin. Nur zum Zirkus.«

Marta schüttelte heftig den Kopf. »Nein! Ich hatte mal ein Zuhause!«

Melo lächelte, aber in seinem zerfurchten Gesicht war keine Freude zu sehen. »Und glaubst du, dort wäre es schöner?«

Diese Frage konnte Marta nicht beantworten. Ein Schauder lief ihr den Rücken hinunter.

Und als hätte Melo diesen Schauder gespürt, fuhr er fort: »Für uns Zirkusleute ist die Straße das Zuhause. Und davon kommt man nicht mehr weg, das ist wie mit der Malaria. Wenn du einmal infiziert bist, bleibst du es dein ganzes Leben lang.« Er zeichnete mit einem Finger eine Linie durch die Luft. »Dein Zuhause ist die Straße. Und das wird immer so bleiben. Immer.«

»Lügen, alles Lügen!«, rief Marta, doch tief in ihrem Inneren fürchtete sie, dass der Alte recht hatte, was ihre Zukunft betraf. Sie wandte sich hastig um und lief weg zum gelb-roten Wagen und spähte hinein. Und je länger sie das Kind ansah, desto mehr wurde das Kind sie und sie das Kind.

»Wie heißt du?«, fragte sie schließlich, als auch das Kind sie am Fenster bemerkt hatte.

»Rosa«, antwortete die Kleine traurig.

In diesem Moment stieg eine Frau mit einem Teller dampfenden Essens in den Wagen, und Marta duckte sich hastig weg. Die Frau hieß Armandina, genannt die Schöne, *La Bella*. Früher einmal war sie Trapezkünstlerin gewesen und es hieß, sie sei sehr schön gewesen und alle hätten immerzu auf ihr rundes festes Hinterteil geschaut. Jetzt war nicht mehr viel von ihrer Schönheit übrig. Und man fand sie auch nicht mehr am Trapez, sondern bei den Töpfen.

Marta beobachtete aus ihrem Versteck, wie das Kind gierig aß. Dann hörte sie Bella sagen: »Fein, Lidia.«

Marta traute ihren Ohren nicht. Das Kind hieß doch Rosa! Plötzlich kam ihr ein ungeheuerlicher Gedanke. Sie rannte zu Melo. »Wie heiße ich wirklich?«, fuhr sie ihn an.

»Arabella«, gab Melo zurück.

»Arabella?«

»Nein, Ginevra«, korrigierte sich der Alte, ohne sie anzusehen.

»Ginevra …«

»Oder Alberta.« Melo musterte sie mit seinen müden, aber aufmerksamen Augen. »Auch wenn du glaubst, dass einer von uns dich in seinen Wagen gezerrt hat, so zählt doch, wer du heute bist und wie du heute heißt.«

Martas Augen füllten sich mit Tränen. »Ich heiße Marta«, gab sie zurück.

Der Alte zog an seiner Zigarre und sah den bläulichen Rauchschwaden nach, als wären es durchziehende Wolken, die nur kurz die Sterne verdeckten. »Genau, du bist Marta«, bekräftigte er leise.

»Und du ein alter Esel.«

Als die Zirkuswagen sich eine knappe Stunde später in Richtung Ravenna in Bewegung setzten, sprang Marta neben Melo auf den Kutschbock. Sie schwieg, aber in ihrem Inneren war ein schreckliches Gemetzel im Gange, das ihre Seele zerfraß.

Unterwegs brach ein Wagenrad, und da sie es ersetzen mussten, waren sie am späten Nachmittag noch immer nicht angekommen.

Sie befanden sich in den Hügeln vor Comacchio. Binsen und Schilf, so weit das Auge reichte, weiter unten Wasser. Weder Meer noch Fluss. Brackwasser, aus dem sich Pfahlhäuser erhoben, mit Wänden und Decken aus trockenem Schilf, gestützt auf algenbedeckte Holzpfähle, davor lagen Stege wie ausgestreckte Arme. Am Ende der Stege waren kranähnliche Gerätschaften aufgestellt, an denen quadratische Netze hingen, die ins Wasser gelassen und voll von wimmelndem Leben wieder hochgezogen wurden. Glitschige Wasserschlangen, schwarz glänzend und fett, Aale. Die würden sie am Abend auch über dem Feuer braten und mit in rußigen großen Kupfertöpfen zubereiteter Polenta essen.

Während sich der Fischgeruch über dem Lager ausbreitete, suchte Marta wie immer Melo auf.

»Vielleicht weißt du nicht mehr, wo ihr mich gestohlen habt«, sagte sie provozierend. »Aber ich weiß, wo ihr sie herhabt.«

»Wer ist ›sie‹?«, fragte der Alte zerstreut.

»Rosa.«

»Wer ist Rosa?«, fragte er völlig desinteressiert. »Ich dachte, sie heißt Lidia.«

»Lidia habt ihr sie genannt.«

»Wer, ihr?«

»Ihr Zirkusleute!«

»Und du gehörst nicht dazu?«

»Ich stehle keine Kinder!« Marta biss sich auf die Lippen, ihre Nasenflügel blähten sich auf, und sie ballte die Hände zu Fäusten. »Ihr wird es nicht so gehen wie mir, sie wird ihren wahren Namen kennen«, sprudelte sie hervor. »Jeden Tag werde ich sie daran erinnern, dass sie Rosa heißt.«

Melo sah sie ernst an, dann nickte er. »In Ordnung«, meinte er schließlich.

Marta war verwundert. »Bist du nicht böse auf mich?«

»Wieso sollte ich?«

Sie musterte ihn. »Ich lasse mich von dir nicht für dumm verkaufen. Ich habe mir das jetzt vorgenommen, und so werde ich es machen«, sagte sie.

»Das ist ja was ganz Neues. Du hast doch immer getan, was du dir vorgenommen hast.«

»Genau.«

»Ich hab's verstanden, du brauchst gar nicht zu schreien, ich bin weder taub noch blöd. Sonst noch was?«, fragte Melo. »Ich möchte nämlich in Ruhe pinkeln. Wenn du also fertig bist, würde ich mich mal hinter diesen Busch da verziehen.«

Doch Marta hatte Melo aus einem ganz bestimmten Grund aufgesucht. »Eine Sache noch.«

»Beeil dich, so eine Blase hält in meinem Alter nicht mehr viel aus.«

»Kannst du Ascanio bitten, dass ich mich um das Mädchen kümmern und bei ihr im Wagen bleiben darf?« Sie spürte, wie sie errötete.

»Jetzt pass mal auf«, ereiferte sich Melo. »Du kommst hier an und erzählst mir, dass du eigentlich nicht zu uns gehörst, dass du gegen unsere Regeln verstoßen willst – und dann willst du, dass ich dir helfe?«

»Du hilfst mir immer«, warf Marta ein.

»Jetzt mach mal nicht auf lieb Kind, damit kommst du bei mir nicht weit.«

»Musstest du nicht pinkeln?«, foppte ihn Marta. »Na? Wirst du ihn fragen: Ja oder nein?«

Melo machte sich auf in Richtung Gebüsch.

»Jetzt sag schon: Ja oder nein?«, rief Marta ihm nach.

Melos Gesicht erschien noch einmal zwischen den Zweigen.

»Ja oder nein?«, schrie sie noch lauter.

»Jetzt lass mich in Ruhe pinkeln!«

Marta wartete ungeduldig, und endlich erschien Melo und knöpfte sich die Hose zu.

»Ja oder nein?«, wollte sie noch einmal wissen.

Ruhig trat er neben sie. »Ja«, gab er zurück. »Jetzt habe ich dich aber ganz schön auf die Folter gespannt, was?«

»Du verdammter Strohkopf!«

»Wasch dir den Mund aus, sonst hält man dich am Ende noch für eine aus dem Zirkus.«

»Du verd… Du Strohkopf!«, sagte sie widerwillig.

Melo lachte, so sehr, dass er sich fast verschluckte.

Aber er hielt Wort und sprach mit Ascanio. Und so kam es, dass Marta schon am nächsten Morgen in den gelb-roten Wagen stieg.

Sobald niemand sie hören konnte, flüsterte sie dem Mädchen ins Ohr: »Rosa. Das ist dein richtiger Name. Rosa. Vergiss das nie.«

Das Mädchen, das satt und zufrieden wirkte, sah sie nur verständnislos an.

»Rosa«, wiederholte Marta und fügte hinzu: »Contarina. Du kommst aus Contarina oder von irgendwo dort in der Nähe.« Und ihr war, als schriebe sie ihre eigene Geschichte neu. Ihre wahre Geschichte.

»Dir wird es nicht so ergehen wie mir«, vertraute sie ihr leise an, während sie die Via Romea verließen, um dem Canale Candiano von der Adriaküste nach Ravenna zu folgen. Sie blickte den langen, mit Ware beladenen, flachen Kähnen nach, die flussaufwärts in Richtung Stadt getreidelt wurden. Die kräftigen Pferde waren durch dicke Seile mit den Kähnen verbunden und mühten sich den Leinpfad entlang. »Du sollst nicht das Leben vergessen, das du vorher hattest.«

Der ernste Tonfall erschreckte das Mädchen, und es fing an zu weinen.

»Dummerchen. Du wirst mir noch dankbar sein«, flüsterte Marta. »Stark musst du werden. Stärker als dein Schicksal.«

Das Mädchen schrie verängstigt auf.

Armandina La Bella eilte herbei und schubste Marta weg. Sie nahm die Kleine auf den Arm, wiegte sie sanft und mütterlich und gab ihr eine rot-weiße Zuckerstange. Das Mädchen hörte auf zu weinen.

»Kleine Lidia«, flüsterte Armandina und gab ihr einen Kuss auf die Wange.

»Bist du auch für mich die Mama gewesen, als ihr mich gestohlen habt?«, wollte Marta wissen.

La Bella schüttelte den Kopf. »Dich haben wir nicht gestohlen.« Sie senkte den Blick. »Du bist hier geboren.«

»Und meine Mutter?«

»Ist gestorben.«

»Und mein Vater?«

»Der auch.«

»Wie hießen sie?«

»Weiß ich nicht mehr. Wir sind hier so viele.«

»Und ich, wie war mein Name?«

»Marta.«

»Und warum heißt sie jetzt Lidia und nicht mehr Rosa?«

Armandina kniff ihr in die Wange, so fest, dass es weh tat. »Du suchst wohl Ärger, Mädchen«, sagte sie, bevor sie mit der Kleinen auf dem Arm die Tür aufstieß.

»Raus mit dir«, fuhr sie Marta an. »Geh in deinen Wagen zurück, ich will dich hier nicht mehr haben.«

»Ascanio hat gesagt, ich darf hierbleiben. Er ist derjenige, der hier befielt, nicht du.«

Armandina La Bella stellte die Kleine auf den Boden, trat ganz dicht an Marta heran und gab ihr eine schallende Ohrfeige.

»Du solltest beten, dass ich Ascanio nichts von deinen Dummheiten erzähle. Raus mit dir, und halt dich von Lidia fern, wenn du nicht willst, dass Ascanio davon erfährt. Kapiert?«

Mit brennender Wange sprang Marta vom Wagen. Sie wartete auf Melos Wagen und kletterte zu ihm auf den Kutschbock. Zitternd vor Wut setzte sie sich neben den Alten.

Melo fiel die gerötete Wange sofort auf. »Du bist ein Dummerchen«, sagte er. »Nicht einmal einen Tag hast du geschafft.«

»Lass mich in Ruhe.«

»In deinem Alter solltest du ab und zu den Mund halten können.«

»Lass mich in Ruhe, habe ich gesagt.«

Melo ließ die Peitsche in der Luft knallen und gab den beiden Walachen vor dem Wagen ein Kommando. Dann schwieg er, eine Zigarre zwischen den vom Tabak unwiderruflich verfärbten Lippen.

Sie fuhren einige Kilometer, bis es schließlich aus Marta herausbrach: »Der ganze Zirkus widert mich an! Ihr seid alle widerlich, ihr stehlt Kinder. Man schimpft euch zu Recht Herumtreiber.«

Melo schwieg.

»Ich könnte zu den Gendarmen gehen, die würden sie wieder nach Hause bringen.«

»Und woher willst du wissen, dass ihre Eltern das auch wollen?«

»Weil es ihre Eltern sind.«

Melo seufzte. »Du hast keine Ahnung vom Leben, mein Mädchen. Hast du gesehen, wie verwahrlost sie war, als wir sie mitgenommen haben? Barfuß, bei dieser Kälte. Die werden ihr Verschwinden nicht einmal angezeigt haben. Jetzt haben sie ein Maul weniger zu stopfen. Du weißt nicht, wie grausam Armut ist.«

»Ihr habt sie geschnappt, und ich könnte euch bei den Gendarmen verraten«, drohte Marta noch einmal.

»Du würdest deine eigenen Leute verraten?«, fragte Melo.

»Ihr seid nicht meine Leute.«

»Du bist hier aufgewachsen. Es hat dir an nichts gefehlt.«

»Meine Familie hat mir gefehlt!«, schrie Marta.

Melo zündete erneut seine Zigarre an, während der Wagenzug jetzt den Leinpfad am Fluss verließ und ein Feld kurz vor Ravenna erreichte, wo sie das Zirkuszelt aufbauen würden.

»Habe ich auch so ausgesehen?«, fragte Marta unsicher.

Melo antwortete nicht.

»So wie sie?«

»Nein.«

»Nein, und sonst nichts?«, ereiferte sich Marta. »Wie denn?«

Nach einer langen Pause sagte Melo: »Schlimmer.«

»Was meinst du?«

»Schlimmer eben«, gab der Alte zurück, zog die Zügel an und legte die Wagenbremse ein. Sie waren angekommen.

»Ich gehe weg!«, schleuderte Marta ihm entgegen. »Ich hasse euch alle!«

Melo schirrte die Pferde ab und band sie an. Später würde er sie striegeln und ihre Hufe auskratzen. Schon seit vielen Jahren gaben ihm Pferde das Gefühl, wichtig zu sein. Sie waren besser als Frauen. In seinem ganzen Leben hatte ihm niemand so viel gegeben wie die Pferde.

Außer diesem dummen Mädchen. Dieses Mädchen war für ihn etwas ganz Besonderes, aber das hatte er ihr nie gesagt.

Eine Stunde später, als die stärksten jungen Männer erst den mittleren Zeltmast und dann die seitlichen hochzogen und so dem Zelt seine Form gaben, fuhr Melo in einer kleinen Kalesche an Marta heran.

»Steig ein«, forderte er sie auf.

»Wohin fahren wir?«

»Steig ein«, wiederholte Melo.

Marta kletterte hoch.

Der Alte ließ die Peitsche in der Luft knallen, und das Pferd trabte los.

Kurz darauf erreichten sie Ravenna.

Marta hatte die Stadt noch nie gesehen. Sie hatte noch nie irgendetwas gesehen, sie blieb immer nur beim Zirkus.

»So.« Melo hielt die Kalesche an. »Das hier ist die große Piazza von Ravenna. Schön, nicht wahr?« Er deutete auf die antiken Häuser, die wie ein edler Rahmen um die Piazza standen.

»Wunderschön«, rief Marta und wunderte sich, warum Melo ihr das zeigte, so etwas hatte er noch nie getan.

»Ravenna ist eine alte, reiche Stadt, die in voller Blüte steht«, erklärte er. »Die Leute hier sind sehr freundlich und offen.« Liebevoll blickte er über die Piazza. »Wenn ich irgendwann einmal neu anfangen sollte, dann hier.« In seiner Stimme lag Schwermut.

»Warum erzählst du mir das?«, wollte Marta wissen.

»Steig aus«, sagte Melo.

»Warum?«

»Steig aus, oder ich geb dir einen Tritt in den Hintern.«

Marta stieg aus.

Melo zog ein Bündel Geldscheine aus seiner Hosentasche, das von einem Band zusammengehalten wurde. »Das sind meine Ersparnisse. Keine Ahnung, was ich damit eigentlich vorhatte. Ich werde im Zirkus sterben und brauche das Geld nicht. Nimm du es.«

»Warum?« Martas Stimme zitterte.

»Jetzt nimm es schon«, rief er ungeduldig.

Marta nahm das Geld.

»So. Du wolltest doch weggehen. Das kannst du jetzt«, sagte Melo. »Du hast Geld, und vom Zirkus findet dich hier keiner. Ich erzähle es niemandem. Geh und lebe dein Leben. Du bist frei.«

»Nein …«

»Viel Glück, mein Mädchen.«

»Nein …«

»Geh schon!«, schrie Melo. Dann wendete er die Kalesche und fuhr davon.

»Melo!«, schrie Marta ihm hinterher.

Doch Melo blieb nicht stehen.

»Melo!«, schrie sie noch lauter.

Melo verschwand in einer Seitenstraße.

Marta verharrte reglos auf der Stelle, das Geldbündel in der Hand. Dann senkte sie langsam den Blick auf den Boden, sie wollte nicht diese fremde Piazza sehen und nicht die Leute, die hier lebten. Nichts und niemanden kannte sie hier, alles war fremd und unbekannt. Es machte ihr Angst.

Langsam tat sie einen ersten Schritt, und kurz darauf rannte sie über die Piazza.

Die Sonne ging schon unter, als sie endlich das riesige Schild mit der Aufschrift »Zirkus Callari« erblickte, dazu das große rot-weiß-gestreifte Zelt, die gespannten Seile, die bunten Wagen und die Lichter, als sie die Musik hörte und die Düfte nach Essen und Stall ihr in die Nase stiegen.

Da fühlte sie sich nicht mehr verloren. Aber besiegt.

Sie ging direkt zu Melo. »Du wusstest, dass ich wiederkomme, oder? Du wusstest, dass ich Angst haben würde.«

»Setz dich«, sagte der Alte.

Marta nahm schweigend neben ihm auf dem Boden Platz. Auch Melo sagte nichts weiter, er sah sie nicht einmal an.

So saßen sie nebeneinander, wie immer. Als wäre nichts geschehen. Wie an jedem gewöhnlichen Abend.

»Was meintest du damit, dass es bei mir schlimmer war als bei dem Mädchen?«, wollte Marta schließlich wissen.

Melo sah in der zunehmenden Dunkelheit auf seine Füße.

»Du hattest ein blaues Kleidchen an«, begann er schließlich, mit einer Stimme, die so weit entfernt klang wie die Erinnerung, die er gerade hervorholte. »Mit winzigen weißen und roten

Blumen darauf, die an einem dünnen, blassgrünen Stängel hingen …« Er schluckte, legte den Kopf in den Nacken und seufzte. Seine Stimme zitterte und Tränen rannen über seine zerfurchten Wangen.

Marta wandte den Blick ab, überzeugt, dass Melo so nicht gesehen werden wollte. Er weinte nie.

»Deine Augen …« Er schluckte schwer, bevor er weitersprach. »Angst lag in deinem Blick, du sahst nach rechts und nach links, nach oben und unten, vollkommen verstört, du sahst alles und nichts …«

Wieder schwieg er.

Plötzlich war sich Marta nicht mehr sicher, ob sie diese Geschichte hören wollte.

Melo streckte die Hand aus und berührte ihr rechtes Handgelenk. Mit dem Finger fuhr er über die bläuliche schwielige Narbe, die schon immer da gewesen war, solange sie sich erinnern konnte.

»Keine Ahnung, wie du es gemacht hast. Aber anscheinend hattest du die Schnur zerbissen. Keine Ahnung … Das Fleisch war so tief eingeschnitten, dass man den Knochen sehen konnte.«

Ein Schauder kroch über Martas Rücken.

»Sie hatten dich angebunden«, fuhr Melo fort, ohne ihr Handgelenk loszulassen. »Ein kleines Mädchen, angebunden wie ein Stück Vieh …« Seine Stimme zitterte. »Schlimmer noch als ein Stück Vieh … So eine Sauerei!«

Marta meinte, keine Luft mehr zu bekommen.

»Irgendwie ist es dir gelungen wegzulaufen, und ich habe dich aufgegabelt«, sagte er und strich gedankenverloren über ihre Narbe. »Ich habe deine Verletzung behandelt, wie ich es auch bei einem Pferd getan hätte. Du hast nie geweint, nie gejammert und warst lange vollkommen stumm.« Er ließ ihr Handgelenk los. »Und eines Tages hast du plötzlich geredet. ›Jetzt tut es nicht mehr weh‹, hast du gesagt.« Melo unterdrückte ein Schluchzen.

Seine Wangen waren tränenüberströmt, und er strich ihr jetzt über den Kopf. »Ich habe mich nie getraut zu fragen, was du damit meintest – dein Handgelenk oder dein Herz.«

Marta wusste nicht, was sie sagen sollte, und so schwiegen sie lange, mit diesem Geheimnis zwischen ihnen, das nun keines mehr war. Mit dieser schrecklichen Geschichte, die durch ihre Schuld ausgegraben worden war. Denn Melo hätte ihr das niemals erzählt, hätte sie ihn nicht zur Rede gestellt. Er hätte sie weiter mit seinem Schweigen beschützt.

»Ich gehe jetzt schlafen«, verkündete der Alte schließlich und erhob sich.

Marta blickte zu ihm auf.

»Ich werde nie vergessen, wo ich dich gefunden habe«, sagte er und sah sie mit festem Blick an. »Möchtest du auch das wissen?«

Melo würde sie weiter beschützen, wie er es immer getan hatte, daran zweifelte sie nicht. Aber seine Frage zeigte ihr, dass der Moment gekommen war, sich selbst zu schützen.

»Nein«, antwortete sie mit dünner, aber fester Stimme, die möglicherweise der des Kindes ähnelte, das sie einst gewesen war. Ein Kind, welches wie ein Tier das Seil durchbiss, mit dem man es angebunden hielt.

Der Alte nickte ernst, dann gab er ihr einen Klaps. »So, mein Mädchen, jetzt reden wir noch über etwas anderes.«

»Worüber denn?«

»Tu nicht so ahnungslos und gib mir mein Geld zurück, du Betrügerin. Ihr Zirkusleute seid doch wirklich schlimmer als Herumtreiber. Diebe und Betrüger, das seid ihr.«

# 5

*Anfang März 1870*

*Königreich Italien – Olengo, Provinz Novara*

Als Pietro nach der Abfahrt der Contessa im Dreck auf dem Hof wieder zu sich kam, waren alle Augen auf ihn gerichtet.

Die anderen Waisenkinder starrten ihn an, die Erzieher, die vinzentinischen Schwestern, der Direktor und seine Frau. Und in allen Augenpaaren war das Gleiche zu lesen: Neid. Sein Blick fand seinen Freund Lino, 20/08, auf der anderen Hofseite.

»Sie hat mich genommen!«, rief er ihm zu.

Lino war der Einzige, der sich für ihn freute.

Der Direktor wies ärgerlich einen Erzieher an: »Kümmere dich darum, dass 19/03 wegen der Wanzen behandelt wird.« Er hielt kurz inne, als würde es ihn Überwindung kosten, die nächsten Worte zu sprechen: »Er soll ein Bad nehmen … ein Wannenbad. Mit heißem Wasser. Dass er mir ja nicht krank wird, um Gottes willen, die Contessa würde …« Wieder hielt er kurz inne, bevor er die anderen Kinder wütend anschrie: »Verdammt! Und ihr geht in die Klassenzimmer, ihr Faulpelze!«

Die Kinder trotteten sogleich brav mit gesenkten Köpfen der Reihe nach zum Hauptgebäude, gefolgt vom Direktor, seiner Frau und den beiden Schwestern. Keines von ihnen wunderte sich, nicht ausgewählt worden zu sein. Denn das waren sie ohnehin nie. Keines von ihnen.

Ein Erzieher begleitete Pietro zu den Waschräumen im flachen Seitengebäude auf der rechten Seite, die eigentlich den Lehrern vorbehalten waren, und nicht zum linken Flügel, in dem sich Umkleiden und eiskalte Duschen befanden. Das rechte hatte noch keiner von ihnen von innen gesehen, dort gab es ein Zimmer für den Direktor, in dem eine Wanne und ein holzbeheizter Badeofen standen.

Nachdem der Junge ein Bad genommen und sich abgetrocknet hatte, zog er neue Kleidung an, immer noch keine schöne, aber wenigstens saubere.

»Wenn er bei den anderen im Schlafsaal schläft, holt er sich wieder Wanzen«, sagte der Erzieher zum Direktor.

Zitternd vor Wut schlug der Direktor mit der Faust auf den Schreibtisch. »Dann schläft er eben in meinem Zimmer«, stieß er hervor.

Und so war Pietro nun also in dem Zimmer untergebracht, das dem Direktor für den Notfall vorbehalten war, wenn er bis spätabends im Waisenhaus aufgehalten wurde. Es war warm und gemütlich, mit Bildern an den Wänden, einem Holzfußboden und einem Teppich und einem weichen Bett mit flauschiger Decke.

»Morgen früh wirst du von einer Kutsche der Signori Odìn abgeholt«, teilte ihm ein Erzieher emotionslos mit, bevor er die Tür hinter sich schloss.

Pietro ließ sich auf das Bett fallen. Die Matratze war weich, wie aus Wolle, und die Sprungfedern quietschten nur ganz leicht.

Aber er konnte nicht sofort einschlafen, wie er es sonst tat. Denn sonst gab es nichts, worauf er sich freute. Morgen aber, morgen würde ein ganz besonderer Tag sein.

»Sehr besonders!«, rief er und setzte sich ruckartig auf. »Nein, sehr, sehr, sehr besonders!«

Dann brach er in Lachen aus, und das war irgendwie seltsam. Im Heim wurde gelacht, weil jemand im Schlafsaal furzte oder »Fahr zur Hölle, Direktor« rülpsen konnte. Es wurde gelacht, weil jemand die Treppe herunterfiel, die Ruhr hatte und sich in die Hose machte oder die gerade gegessene Suppe wieder auskotzte.

Es wurde gelacht, wenn einer der Kleinen nachts weinte, weil jemand ihm vorher vom Schwarzen Mann erzählt hatte, oder einer der Großen dabei erwischt wurde, wie er sich einen runterholte.

Aber noch nie hatte jemand gelacht, weil sich sein Leben ändern sollte.

Doch er hatte gelacht, weil ihm nun ein neues Schicksal winkte. Er würde zu einem der Jungen werden, wie es sie eigentlich nur im Märchen gab. Er würde reich sein. Und davon kostete sein Lachen jetzt, seltsam, neu, wunderlich. Er lachte noch einmal, als wollte er sich an diesen Klang gewöhnen, aber er fand es nur noch seltsamer.

Dann wurde ihm klar, dass er ganz allein im Zimmer war, und vielleicht klang sein Lachen deshalb so seltsam: Es war ein einsames Lachen. Wie ein Echo prallte es von den Zimmerwänden ab. Normalerweise lachte er zusammen mit den anderen, mit den Jungen, die neben ihm schliefen. Vor allem mit einem.

Er sprang auf und lief im Dunkel der Nacht zum Schlafsaal H im zweiten Stock des Hauptgebäudes. Dort schlüpfte er ins Bett von 20/08, seinem einzigen richtigen Freund.

»Was ist los?«, fragte der verschlafen.

»Psst, Lino, sei leise. Ich bin es. Schlaf weiter.«

»Du holst dir nur wieder Wanzen.«

»Ist doch egal. Dafür kriegt der Direktor Ärger, nicht ich.«

Leise war Linos merkwürdiges pfeifendes Lachen zu hören. Wie alle Tuberkulosekranken litt er an Lungenschwäche, das sagte zumindest der Doktor, der sie einmal monatlich untersuchte.

Eng aneinandergeschmiegt schliefen sie ein, wie Brüder. Pietro, der Große, hielt den Kleinen im Arm. Ein wortloser Abschied, als wüssten sie in ihrem zarten Alter noch nicht, welche Worte auszusprechen sind und wie Abschied zu nehmen ist. Als wüssten sie, dass sie diesem Abschied nicht gewachsen waren.

Bei Sonnenaufgang holte Lino unter seiner Matratze ein

einfaches Klappmesser hervor, mit einem Griff aus Buchenholz, nicht aus Horn oder Knochen.

»Nimm das hier«, sagte er. »Wenn dir irgendetwas zustößt, dann kannst du dich wehren.«

Zögernd nahm Pietro das Messer entgegen. Im Heim war ein Messer von großer Bedeutung, eine Möglichkeit, sich vor der Gewalt und Willkür der großen Jungen zu schützen. »Und du?«, fragte er.

Lino zuckte mit den Schultern. »Die mache ich mit links fertig.« Er lächelte und hustete.

Pietro sah ihn an. Ein größeres Geschenk hätte Lino ihm nicht machen können. »Ich werde es immer bei mir tragen«, sagte er.

Und Lino, der genau wusste, was sein Freund meinte, tat, als ginge es tatsächlich um das Messer.

»Es wird dir gute Dienste leisten.« Tränen schimmerten in seinen Augen.

Dann ertönte ein Pfiff, und der Tag im Waisenhaus begann, ein Tag, der für fast alle werden würde wie jeder andere zuvor.

Nur für einen nicht. Für Pietro.

»Was zum Teufel machst du hier?«, schrie ihn der Erzieher an. »Die Kutsche der Signori Odìn wartet auf dich! Wir haben überall nach dir gesucht.«

Als der Erzieher die Jungen in den Hof brachte, konnten sie alle beobachten, wie Pietro in eine goldumrandete, von vier prächtigen Rappen gezogene Kutsche stieg. Der Kutscher, in Frack und Zylinder gekleidet, öffnete ihm mit einer respektvollen Verbeugung die Tür.

Und wieder erblassten sie alle vor Neid.

Pietro nahm auf cognacfarbenen Ledersitzen Platz. Die Vorhänge raschelten an den Fenstern, als sich die Kutsche in Bewegung setzte. Von draußen hörte er die vier Pferde klappernd über die Straße traben, seinem neuen Heim entgegen.

Pietro ließ sich zurücksinken und dachte nach. Erst gestern hatte die Contessa Silvia di Boccamara ihn unter allen Waisen auserwählt. Aber für ihn war seitdem ein ganzes Leben vergangen.

Nun würde sein Leben anders werden. Nun sollte er ein anderer werden. Aber wer?

Ein Junge namens Pietro Odìn. Was bedeutete das?

Was bedeutete es, eine Familie zu haben?

Er fragte sich, wer er bis jetzt gewesen war. 19/03, Pietro Diotallevi, in dieser Reihenfolge. Aber wer war Pietro Diotallevi, Nummer 19/03? Wer war das Kind, das von seinen Eltern zurückgelassen worden war, von Eltern, die er nie kennengelernt hatte? Die ihn nicht hatten haben wollen? Trotz seines jungen Alters hatte er doch einen scharfen Verstand, und der bot ihm nun eine Antwort, die gefährlicher und beklemmender war, als es schon die Frage war: eine Raupe. Das war er: eine Raupe, die darauf wartete, ihre Hülle abzustreifen und die Flügel auszubreiten.

Als dieses Bild in seinem Kopf auftauchte, bekam er plötzlich keine Luft mehr. Wieder hörte er im Kopf die Worte des Direktors, die er so oft gehört hatte: »Das Leben von einem von euch wird sich von Grund auf ändern.«

Wie ein Fisch auf dem Trockenen öffnete und schloss er den Mund, schnappte nach dem plötzlich knapp gewordenen Sauerstoff im Kutschverschlag. Instinktiv öffnete er bei voller Fahrt die Kutschtür.

»Signorino Pietro, schließt die Tür!«, rief ihm der Kutscher sofort zu. »Das ist gefährlich.«

Er zog die Tür zu. Aber immer noch bekam er keine Luft, fühlte sich zunehmend schwach und vollkommen fehl am Platze.

Wieder öffnete er die Tür.

»Signorino Pietro, ich sage es Euch noch einmal: Schließt die Tür«, rief der Kutscher erneut. »Das ist gefährlich.«

»Ich muss hier raus«, stieß Pietro mit erstickter Stimme hervor.

Der Kutscher zog die Zügel an, die Pferde schnaubten und stießen dabei kleine Dampfwölkchen aus, und schließlich kam die Kutsche zum Stehen.

Pietro kletterte eilig aus der Kutsche, als gelte es, einem Käfig zu entfliehen. Seine Augen füllten sich mit Tränen, und er sog gierig die Luft ein. In diesem Moment wurde ihm klar, dass er Angst hatte. Schreckliche Angst. Angst vor dem Glück. Angst vor der Freiheit. Angst vor all dem, wovon er nie zu träumen gewagt hätte.

Er atmete tief ein und aus, wie nach einem Spurt. Krümmte sich zusammen und presste die Hände vor den Mund.

»Geht es Euch gut, Signorino Pietro?«

Er blickte zum Kutscher, ohne ihn wirklich zu sehen.

»Geht es Euch gut?«, wiederholte der Mann.

Pietro war sich nicht sicher. Er wusste nur eines: Wenn er zurück in die Kutsche müsste, dann würde er ersticken.

»Kann ich neben dich auf den Kutschbock?«, fragte er eilig.

Der Kutscher schwieg, sichtlich verwundert. Dann breitete er in einer Geste der Ergebenheit die Hände aus. »Signorino, Ihr könnt tun, was immer Ihr wollt …«

Pietro traute seinen Ohren nicht. Das war doch mal ein guter Anfang! Erleichtert kletterte er auf den Bock und setzte sich. »Wie heißt du?«, wollte er dann wissen.

»Paride, Signorino.«

»Nenn mich nicht Signorino, Paride.«

»So wird es von mir verlangt.« Der Kutscher lächelte freundlich. »Ihr seht aus, als ginge es Euch schon besser, Signorino«, sagte er mit einem warmen Tonfall und fügte hinzu: »Wenn Ihr erlaubt, Signorino … Macht Euch das Leben nicht so verdammt schwer. Ihr solltet Euch freuen.«

Pietro hielt seinem Blick stand, und mit einem Mal spürte er, wie die Spannung aus seinem Körper wich. Ja, bis jetzt war das Leben verdammt schwer gewesen. Es war Zeit für etwas Neues.

Er lachte. Ein Lachen rein wie ein klarer Gebirgswasserfall

»Fahr zu, Paride! Gib den Gäulen Zunder!«, rief er.

»Sehr wohl, Signorino.« Der Kutscher ließ die Peitsche knallen, und die vier glänzenden Rappen schossen davon.

Mit der eisigen Luft an den Wangen und dem Wind im Haar geschah etwas, von dem Pietro immer geträumt hatte. »Paride, schau mal, ich habe Flügel!«, schrie er lachend. Er nahm den Zylinder des Mannes und setzte ihn sich auf den Kopf, dann breitete er die mageren Arme aus. »Ich habe Flügel und kann fliegen!« Und in Gedanken flog er. Wie frisch geschlüpfte Schmetterlinge es tun.

# 6

*Anfang März 1870*

*Königreich Italien – Rimini*

Von Ravenna aus reiste der Zirkus Callari nach Rimini.

Dort wehte aus vielen Fenstern die Trikolore des Königreichs Italien.

»Als wir das letzte Mal hier waren, war das noch nicht so«, bemerkte Marta.

»Weil diese Stadt da noch zum Kirchenstaat gehörte«, antwortete Melo. »Jetzt gehört sie zu Italien.«

»Und warum freut das die Leute hier so? Was ist denn jetzt anders als vorher?«

»Für die Menschen hier ist Italien das, was für uns der Zirkus ist«, lächelte Melo. »Sie sind nun Teil von etwas Großem, Wichtigem.«

»Und wir? Sind wir Italiener?«

»Der Trapezkünstler Heinrich ist Österreicher. Andrej, der Messerwerfer, ist Pole. Dimitri, der Clown, Russe. Die Schlangenfrau Françoise ist Französin, Bernhard, der Jongleur, ist Deutscher. Unser Zirkus ist kein italienischer Zirkus. Er ist … europäisch.«

»Aber wir reden doch Italienisch«, gab Marta zurück.

»Ja, weil wir beide nicht nur Europäer, sondern auch noch Italiener sind.«

Marta verstand nicht, was Melo meinte. Aber sie verstand, dass diese Leute hier an etwas glaubten. Noch einmal sah sie hinauf zu den Fahnen, die aus den Fenstern wehten. Und dachte, dass es schön sein musste, an etwas zu glauben.

»Etwas ist passiert«, murmelte Marta, brach aber ab.

»Was denn?«, fragte Melo, als sie nicht weitersprach.

»Der Zirkus ... also vielleicht ...«, setzte Marta an. »Ich verstehe das alles nicht.«

»Was gibt es denn da zu verstehen?«

Marta zuckte mit den Schultern.

»Du bist eine Nervensäge, nicht mehr und nicht weniger«, sagte Melo. »Der Zirkus ist ganz einfach. Den musst du nicht verstehen. Du musst ihn *sehen*.«

»Wie, sehen?«

»Den Zauber.« Melo nahm ihr Gesicht zwischen die Hände. »Den Zauber!«

Marta wusste nicht, worauf er hinauswollte.

»Ach, Mädchen ...« Melo seufzte. »Kämm dir die Haare, wasch dein Gesicht und zieh dein hübschestes Kleid an«, sagte er schließlich ernst. »Heute Abend lade ich dich in den Zirkus ein.«

Zur verabredeten Zeit fand Marta sich bei Melo ein, und fast hätte sie ihn nicht erkannt.

Der Alte trug einen braun-blauen Nadelstreifenanzug. Der Anzug musste schon einige Jahre auf dem Buckel haben, denn er schlotterte um die Schultern, und die Ärmel waren ein Stückchen zu lang, als wäre Melo mit dem Alter kleiner und schmächtiger geworden. Er war ordentlich frisiert, Brillantine glänzte in seinen zurückgekämmten Haaren, und glattrasiert war er auch. Und seine Hände waren sauber, ohne Mist oder Dreck unter den Nägeln.

Staunend sah Marta ihn an, bis er mit einem Band in der Hand zu ihr trat. Ein rotes Band, glänzend wie Seide.

»Dreh dich mal um«, sagte er und band ihr Haar zusammen. Dann betrachtete er sie zufrieden. »So, jetzt sind wir zwei bereit für den Zirkus.« Er zwinkerte ihr zu. »Wie zwei ganz normale Leute.«

Auf dem Weg hätte Marta gerne seine Hand genommen, doch sie traute sich nicht. Zwischen Melo und ihr gab es eigene Regeln. Jeder blieb auf seinem Terrain, das war ihr Pakt. Und das erleichterte die Dinge.

»Weißt du, was ich mit ›ganz normale Leute‹ meine?«, fragte der Alte, als sie sich in die Schlange der zahlreichen Besucher aus Rimini einreihten. »Schau dir alles so an, als wäre es das erste Mal. Als würdest du die Artisten und ihre Stimmen nicht kennen, als wüsstest du nicht, was sie zu Abend essen.« Sanft zog er sie an den Haaren. »Abgemacht?«

Marta nickte, obwohl sie die Situation vollkommen absurd fand.

Ein Mädchen vor ihnen fragte seine Mutter: »Gibt es auch Löwen?«

»Ich weiß nicht, Schatz.«

»Und Elefanten?«

Die Mutter zuckte mit den Schultern und wandte sich an Melo. »Wisst Ihr, ob es Löwen und Elefanten im Zirkus gibt?«

»Ich weiß es nicht. Tut mir leid«, antwortete er. »Wir sind zum ersten Mal im Zirkus.« Er wandte sich an Marta. »Nicht wahr?«

Marta nickte, obwohl sie nicht verstand. Was sollte dieser Blödsinn?

Als sie schließlich bei Alberto, dem Kartenverkäufer ankamen, reichte der alte Pferdemeister ihr zwei Scheine. »Bezahl du. Ein Erwachsener und ein Kind.«

Marta war irritiert. Das war doch Blödsinn! Als ob sie Eintritt bezahlen müssten! Trotzdem nahm sie das Geld und sagte leise: »Ein Erwachsener und ein Kind.«

Alberto riss eine Karte von einem blauen Block und eine von einem gelben. Er nahm die Scheine entgegen und reichte ihr drei Münzen Restgeld und die Karten. »Viel Spaß«, wünschte er lächelnd.

*Was für ein Blödsinn*, dachte Marta.

Am Eingang forderte Melo sie auf, dem Kartenabreißer Gino die Karten zu geben.

Und Gino – als würde er sie nicht erkennen – steckte die Karten in den Schlitz einer Schachtel.

Marta wusste, dass Ascanio nach der Vorstellung alle Eintrittskarten zählen würde, die blauen und die gelben, um zu kontrollieren, dass die Einnahmen korrekt waren.

*Das hier ist doch wirklich zu dumm*, dachte sie. Aber Melo hatte ihr gesagt, sie solle so tun, als ob dies alles neu für sie sei, und das würde sie jetzt versuchen, auch wenn es ihr nicht leichtfiel.

Dann betraten sie das Zelt. Marta beobachtete, wie Melo den Blick über alles schweifen ließ. Über die Manege mit dem Sandboden und dem blauen Holzschutzzaun vor den Sitzreihen. Über die karmesinroten Doppelvorhänge mit den Paillettensternen, durch die später die Artisten kommen würden. Über den Mast und die Seile, von denen die rot-weiße Plane aus Ölzeug gehalten wurde.

»Schön, nicht wahr?«, sagte Melo zu ihr. Auf seinem zerfurchten Gesicht lag ein unschuldig-glücklicher Ausdruck.

Marta wusste nicht, was sie sagen sollte. Sie hatte das Ganze hier schon tausend Mal gesehen. Alles war wie immer.

»Ein Ort voller Magie, auch vor der Vorstellung, findest du nicht?«, insistierte Melo.

Marta zog es vor, nicht zu antworten.

Schließlich nahm der Alte ihre Hand und führte Marta zu ihren Plätzen in der Mitte des ersten Rangs.

Sie nahmen Platz, und Melo winkte dem Zuckerstangenverkäufer. Er hieß Lelio, schlief mit Armandina La Bella und schaute oft zu tief ins Glas.

»Ihr möchtet eine Zuckerstange für die Kleine, Signore?«, fragte Lelio, als wären sie Fremde.

Marta ging auf, dass Melo alles bis ins kleinste Detail geplant hatte. Fast wurde sie wütend: Wollte Melo sie zum Narren halten? Was sollte dieses ganze Gerede über Magie?

Dann öffnete sich der rote Vorhang mit den gelben Sternen, und heraus trat Ascanio im Frack und mit einem Koffer in der Hand.

»Herzlich willkommen, Signore und Signori, herzlich willkommen, liebe Kinder! Die Vorstellung beginnt. Es wird lustig, spannend, spektakulär und …«

… *hoffentlich von Applaus gekrönt*, dachte Marta die Ansprache weiter.

»… hoffentlich von Applaus gekrönt«, sagte Ascanio prompt. »Hier ist nichts unmöglich!«, fuhr er fort. »Die Akrobaten sind wahre Paradiesvögel. Die Reiter leicht wie Federn. Jeder Sprung unter dem Zeltdach bedeutet ein Risiko auf Leben und Tod. Der Messerwerfer darf sich nicht das kleinste Zittern erlauben, denn das könnte seiner Assistentin zum Verhängnis werden.«

Erwartungsvolles Raunen erhob sich im Publikum.

Marta sah, dass auch Melo fasziniert und staunend zuhörte.

»Unter diesem Zeltdach sind die Gesetze der Schwerkraft außer Kraft gesetzt«, sagte Ascanio, »und jedes andere physikalische Gesetz auch.« Er legte den Koffer auf den Boden und ließ die Schlösser aufschnappen. »Willkommen in der Welt der Magie!« Dann öffnete er den Koffer so, dass das Publikum nicht hineinsehen konnte.

*Deng!*, dachte Marta und hörte in ihrem Kopf das Geräusch einer Sprungfeder.

Und genau in diesem Moment schnellte eine Puppe an einer Sprungfeder aus dem Koffer.

Das gesamte Publikum zuckte zusammen: die erste kleine Überraschung. Dann ließ die Anspannung nach, und alle sanken in ihre Sitze zurück. Das war schließlich keine große Zauberei, eine Puppe an einer Sprungfeder.

Aber plötzlich schlängelte sich aus dem Koffer eine riesige Python an der Puppe empor.

»O mein Gott«, schrie eine Signora entsetzt.

*Sie heißt Bongo*, lag es Marta auf der Zunge.

Und wieder ging ein Ruck durch die Menge.

»Was machst du denn hier?«, gab Ascanio sich überrascht. Er hob die fast zwei Meter lange Python kurz hinter dem Kopf hoch. »Wie oft habe ich dir schon gesagt, dass du in meinem Koffer nichts zu suchen hast?«, schalt er das Tier vorwurfsvoll. »Ab mit dir!« Er rollte die Schlange wie ein großes Seil zusammen und warf sie Richtung Publikum.

Die Leute in den ersten Reihen schrien entsetzt auf. Die, denen das Tier entgegenflog, sprangen von ihren Sitzen. Aber bevor die Python irgendwem Schaden zufügen konnte, fing ein zuvor von niemandem beachteter Clown, der hinter dem Holzschutz saß, sie auf.

»Halte dieses Tier von meinem Koffer fern!«, schrie Ascanio.

Marta wusste, dass dieser Trick uralt war. Und Melo wusste es auch. Aber als die Schlange durch die Luft geflogen war, hatte er ihren Arm gedrückt, als hätte er wirklich Angst.

»Das ist doch albern!«, brummte sie.

»Halt den Mund«, meinte der Alte, ohne den Blick von der Vorstellung zu wenden.

*Das ist albern*, wiederholte Marta für sich.

»Es tut mir leid, aber sie büxt immer aus«, rief der Clown. Er ging Richtung Ausgang, aber die Schlange kroch zwischen seine Beine, und er stolperte über sie.

Die Leute bogen sich vor Lachen, vor allem die Kinder. Auch Melo neben ihr lachte.

Und obwohl Marta die Nummer in- und auswendig kannte, und obwohl sie nicht wollte, musste auch sie grinsen.

Als der Clown weg war, breitete Ascanio die Arme aus und rief: »Viel Spaß bei der Vorstellung!« Dann machte er sich daran, den Koffer ganz zu schließen, was ihm aber nicht gelang, sosehr er sich auch bemühte.

»Jetzt reicht es aber! Ich will hier raus!«, war eine weibliche Stimme zu hören.

*Françoise*, dachte Marta.

Einen Moment später stieg eine Frau in einem schuppigen Schlangenkostüm aus dem Koffer. Sie war größer als Ascanio, und sie hatte völlig unmöglich in dem Koffer stecken können.

Das zum dritten Mal überraschte Publikum applaudierte frenetisch. Auch Melo klatschte, er ließ seine großen, schwieligen Hände laut gegeneinanderkrachen, wie ein kleines Kind. Seine Augen leuchteten. Da fing auch Marta an zu klatschen.

»Was soll das?«, blaffte Ascanio. »Das Publikum hat für die Vorstellung bezahlt, nicht für solche Dummheiten!«

Unter lautem Protest drückte er sie wieder in den Koffer zurück. Dann schloss er den Deckel, setzte sich darauf und ließ die Schlösser zuschnappen, während weiterhin die erstickten Schreie der Schlangenfrau zu hören waren. Er erhob und verbeugte sich tief, bevor er sagte: »Ich bitte aufrichtig um Verzeihung und versichere, dass Derartiges nicht mehr vorkommen wird. Die Vorstellung kann jetzt beginnen.«

Er hob den Koffer an und ging zum Ausgang. Aus dem Koffer hörte man die Schlangenfrau schreien und heftig gegen die Kofferwände treten.

Das Publikum lachte und klatschte. Melo stand sogar auf.

Marta musterte ihn. Wenn man ihm so zusah, konnte man meinen, dass er sich tatsächlich amüsierte. Er freute sich wie ein kleiner Junge. Er spielte, das schon, aber warum konnte er das so gut?

Als ein Akrobat in zehn Metern Höhe beinahe abstürzte, sein Partner ihn im letzten Moment aber noch packte, ging ein erschreckter Aufschrei durch die Menge. Und auch Melo murmelte: »O Gott, nein!«

Marta wusste, dass dieser Fast-Absturz eingeübt war, er gehörte zur Nummer. Aber falls das schiefging, würde der Akrobat tatsächlich abstürzen und sterben.

Überrascht wurde ihr klar, dass auch sie selbst kurz zusammengezuckt war.

»Warum machen sie das?«, fragte sie Melo.

Melo blickte sie verständnislos an. »Weil es Akrobaten sind, sie können nicht anders. Weißt du, was Akrobaten sind? Es sind Wesen, die in ihrem vorherigen Leben Flügel hatten.«

In diesem Moment gelang es Marta, die Welt vor ihr mit den Augen Melos zu sehen, und sie verstand, was sie nie am Zirkus verstanden hatte: Akrobaten waren einst Engel gewesen. Françoise eine Schlange. Der Feuerspucker ein Drache. Und jeder von ihnen sehnte sich nach seinem alten Leben zurück.

»So hast du den Zirkus gesehen?«, wollte sie wissen.

Melo lächelte, auf seinem Gesicht erschienen tausende Fältchen, und in seine Augen stahl sich ein Ausdruck kindlicher Freude. »Ich sehe ihn noch immer so«, antwortete er. Dann wandte er den Blick wieder in die Manege, wo Sireno – Ascanios Enkel, für den alle Frauen schwärmten – mit der Pferdenummer begann.

Und von da an hatte die Vorstellung Marta in ihren Bann gezogen. Sie sah Sireno nicht. Sie sah Melo als jungen Mann in einem weißen Kostüm mit silbernem Umhang auf dem Rücken eines seiner geliebten Pferde. Wie zu einem einzigen Wesen verschmolzen, halb Pferd, halb Mensch.

»Und wer warst du in deinem vorherigen Leben?«, fragte sie, vollkommen verzaubert. »Ein Zentaur?«

Melo grinste. Und in seinen vom grauen Star getrübten Augen lag all die Sehnsucht, die Marta gerade zu verstehen begann.

Marta lächelte, und ein wohliges Gefühl machte sich in ihr breit, als sie ihren Kopf an seine Schulter legte.

Melo rückte ein Stück ab. »Lass das«, sagte er in seinem üblichen rauen Ton. »Für mich bist du nur ein Fohlen, vergiss das nicht.«

Doch Marta hörte nicht auf ihn, sondern rückte wieder an ihn heran. Diese so gar nicht übliche Nähe zwischen ihnen war ihr weder peinlich noch unangenehm. »Auch die Fohlen schnuppern an deiner Schulter, das hab ich gesehen.«

»Du bist wirklich unerträglich«, brummte Melo, ließ sie aber gewähren.

Und dann ließ Marta zu, dass alle kleinen Lichter im Zelt zu hellen Sonnen, die Artisten zu mystischen Wesen wurden und die Tiere sprechen konnten. Sie drückte sich noch näher an Melo. Noch nie hatte jemand so etwas für sie getan. Und das war das Allerschönste an diesem so besonderen Abend.

»Danke«, sagte sie. Und sie meinte nicht den Zirkus. Sondern ihn. Ihn und sie.

Inzwischen kündigte das kleine Zirkusorchester die letzte Nummer des Abends an. Marta wartete auf die Clowns, die jeden Abend lärmend, lachend und scherzend die Vorstellung beendeten.

Aber dann kam der Tumult nicht aus der Manege, sondern vom Eingang, ganz plötzlich. *Vielleicht haben sie die Nummer verändert*, dachte Marta kurz, aber irgendetwas stimmte nicht. Das war kein lustiger Clownslärm. Kein Lachen und keine Witze.

Ganz im Gegenteil, es war unbändiges, wütendes Geschrei.

Von einem Dutzend junger Männer, die mit umgebundenen Trikoloren hereinstürmten: »Es lebe Italien! Freiheit für Rom! Rom ist unsere Hauptstadt!«, riefen sie. Dann warfen sie einen Schwung Flugblätter in die Luft und suchten das Weite, bevor die über die Vorstellung wachenden Gendarmen sie aufhalten konnten. »Freiheit für Rom! Rom ist unsere Hauptstadt!«, war noch von draußen zu hören.

Marta war verwirrt. »Was meinen die mit ›Freiheit für Rom‹?«, fragte sie.

»Dass Rom zum Kirchenstaat gehört und die Italiener wollen, dass es wieder zu Italien gehört«, erklärte Melo.

»Du auch?«

»Ist mir egal«, antwortete Melo, aber Marta meinte, ein kurzes Leuchten in seinen Augen gesehen zu haben. Dasselbe, das auch in den Augen der jungen Männer gelegen hatte. Oder vielmehr ein Lodern. Und obwohl sie nicht lesen konnte, nahm sie eines der Flugblätter auf.

Nachdem wieder Ruhe in die Menge gekehrt war und die Clowns schließlich die Abschlussnummer gespielt hatten, verabschiedete sich auch Marta von Melo. Sie wollte allein sein und ging an den Strand. Sie war erfüllt von den Erkenntnissen dieses Abends, aber zugleich nagte auch ein anderes Gefühl an ihr. Jetzt, da sie die Magie des Zirkus verstand, war ihr klar, dass sie nicht dazugehörte. Nicht zum Zirkus, nicht zu seiner Familie. Denn im Gegensatz zu allen anderen wusste sie nicht, wer sie in ihrem vorherigen Leben gewesen war. Weder Schlange noch Pferd oder Drache, und Flügel hatte sie auch nicht gehabt. Den Zirkus verstehen hieß nicht, Teil von ihm zu sein.

Sie zog die Schuhe aus und grub ihre Füße in den feuchten, kalten Sand. Der Halbmond tauchte die kleinen Wellen, die bis zum Ufer schäumten, in sanftes Licht. Wie hypnotisiert sah Marta lange aufs Meer hinaus. Ihr war, als würde ihr bisheriges Leben von den Wellen fortgespült. Es war an der Zeit, dass sie selbst entschied, wie sie leben wollte.

Sie ging näher ans Wasser heran, wo der Sand dunkler und härter war. Dort kniete sie nieder und malte mit dem Finger Zeichen hinein. Schreiben konnte sie nicht, aber sie stellte sich vor, dass diese Zeichen etwas bedeuteten. Einen Namen. Vielleicht ihren richtigen Namen.

Sie trat einen Schritt zurück. Das Salzwasser brandete an, überschwemmte ihre Zeichen, und als es sich wieder zurückzog, war nichts mehr davon zu sehen. Marta ging wieder ans Wasser und wartete auf die nächste Welle. Das eisige Wasser umspülte ihre Füße bis zu den Fesseln.

Sie wusste nicht, wer sie war. Aber sie wusste, wo sie anfangen musste.

»Ich taufe dich Marta«, sagte sie ernst.

Das Wasser zog sich wieder zurück, dann kam die nächste Welle.

»Und ich vertraue dich deinem Vater an, Melo, dem Pferdemeister.«

Ohne sich darüber im Klaren zu sein, drückte sie das Flugblatt an sich und flüsterte: »Freiheit für Rom.«

Es war ihr egal, dass sie nicht genau wusste, worum es bei der Sache ging. Sie wusste jedoch, dass auf diesem Stück Papier etwas gedruckt stand, wofür es sich zu leben lohnte. Und sie stellte sich vor, dass diese jungen Männer eine Gemeinschaft waren, wie eine richtige Familie.

# 7

*März 1870*

*Königreich Italien – Nibbia, Provinz Novara*

Das Leben in dem wunderbaren Haus, das sein neues Zuhause werden sollte, war kein bisschen so, wie Pietro es sich vorgestellt hatte.

Bereits am ersten Morgen hatte Anita, eine magere, sehnige Frau, ihn gewaschen und angezogen, als wäre er ein kleines Kind. Er hatte protestiert und sie beleidigt, aber sie hatte sich davon nicht beeindrucken lassen. »Die Signori«, erklärte sie ihm, »gehören besser gewaschen als die armen Leute.« Und in einem vermeintlich unbeobachteten Moment hatte sie anschließend kopfschüttelnd zu einer anderen Dienstbotin gesagt: »Was fällt der Herrschaft eigentlich noch alles ein? Aus einem dahergelaufenen Dummkopf kann man doch keinen Adeligen machen. Und man kann auch keinen Signore machen aus einem verlausten Waisenkind. Mehr als der Sohn einer Hure und eines Säufers wird er nicht sein. Vielleicht hatte seine Mutter sogar Syphilis, wer weiß das schon?«

Entsprechend entmutigt war er an diesem Morgen mit schwerem Herzen zur Contessa in deren Privatsalon gegangen. Geschlagen, bevor der Kampf überhaupt begonnen hatte.

»Du bist schlau, Cavallino«, merkte die Contessa an. Sie saß in einem altrosafarbenen Samtsessel, Pietro stand vor ihr. Niemand hatte ihm angeboten, Platz zu nehmen.

»Ich vertraue also darauf, dass du verstehst, was ich dir zu sagen habe«, fuhr sie fort, nachdem sie ihn ausgiebig gemustert hatte. »Ich gebe dir zwei Ratschläge: Lerne schnell. Und überschreite deine Grenzen nicht. Niemals.« Ihre schneeweißen Hände mit den langen Fingern lagen ruhig auf den Armlehnen. »Und weißt du auch, warum? Weil du einen Schwachpunkt hast: Du könntest wieder zu 19/03 werden.«

Die Drohung erwischte Pietro so kalt wie eine Sturmbö, die ihm ohne weiteres die eben ausgebreiteten Flügel wieder ausreißen würde. Er erstarrte.

»Vor allem«, die Contessa ließ ihren Blick zufrieden über ihr marineblaues Kleid gleiten, »möchte ich nicht, dass sich so etwas wie heute Morgen wiederholt. Auf Anitas Arm sind immer noch deine Bissspuren zu sehen.«

»Sie wollte mir die Unterhose ausziehen!«, rief Pietro aufgebracht.

»Na und? Was ist denn daran so furchtbar?«, wollte die Contessa wissen.

»Sie ist eine Frau!«

»Na und?«, wiederholte die Contessa ungerührt.

»Ich will doch nicht, dass eine Frau meinen Schniedel sieht!«, antwortete er mit hochrotem Gesicht, und in der Aufregung fiel ihm wieder seine widerspenstige Strähne in die Stirn.

Jetzt lächelte die Contessa das erste Mal, seitdem er den Salon betreten hatte. »Ich kann dir versichern, dass du diese Behauptung schon in wenigen Jahren zurücknehmen wirst, Cavallino. Und ich verspreche dir, dass Anita nicht das geringste Interesse an deinem Schniedel hat. Vielleicht hilft dir das ja, dich nicht wie ein Rüpel zu benehmen.«

»Sie ist aber doch eine Frau!«

»Du Dummkopf!« Jetzt war die Stimme der Contessa wieder hart und kalt.

Dieses Wort war für Pietro wie ein Schlag ins Gesicht, und obgleich man ihn schon oft viel Schlimmeres als »Dummkopf« geschimpft hatte, schmerzte es ihn mehr als jeder einzelne Peitschenhieb in der Vergangenheit.

»Sie ist eine Dienstbotin«, stellte die Contessa klar. »Genauer gesagt ist sie *deine* Gouvernante. Sie würde dir auch mit bloßen Händen den Hintern abwischen, und zwar ohne zu zögern.«

»Warum?«, fragte Pietro verwirrt.

»Weil es ihre Pflicht ist, darum.« Die Miene der Contessa war undurchdringlich.

Pietro senkte den Blick auf den weichen Teppich.

»Schau mich an«, befahl sie.

Mühsam hob er den Kopf. Er wusste, dass diese Frau ihn mit einem Fingerschnippen vernichten konnte. Und er fürchtete sich davor.

»*Deine* Pflicht ist es«, fuhr die Contessa fort, »die Aufgabe, für die du ausgewählt wurdest, zu erfüllen: dich deines neuen Namens würdig zu erweisen.« Der Blick aus ihren veilchenblauen Augen war furchteinflößend und unnachgiebig. »Habe ich mich klar ausgedrückt?«

Pietro schluckte und musste sich zwingen, nicht erneut den Blick zu senken. »Ja, Contessa«, sagte er eingeschüchtert.

Nichts war so, wie er es sich vorgestellt hatte. Man wurde nicht einfach so mit einem Fingerschnippen Teil einer Familie. Vor allem nicht, wenn einem das Wort »Familie« an sich schon fremd war.

*Das schaffe ich nie*, dachte er.

»Sehr gut. Und jetzt geh zu den Stallungen und sag Paride, er soll dir die Pferde zeigen, die für dich in Frage kommen. Such dir eines aus. Es wird dir gehören. Du musst dem Pferd beibringen, dir überallhin zu folgen. Auch in die Hölle.« Ein Lächeln zeigte sich auf ihren Lippen, fast so, als hätte sie genau das mit ihm vor. Aber sie schwieg.

Pietro war wie erstarrt. Er fürchtete sie mehr, als er jeden seiner Erzieher und ihre Peitschen gefürchtet hatte. Aber irgendetwas an ihr mochte er, ohne dass er sagen konnte, was genau das war. Vielleicht verbarg sich ein weicher Kern hinter ihrer harten Schale. Obwohl er sich das kaum vorzustellen vermochte.

»Was ist, träumst du?«, fragte die Contessa. »Geh jetzt.«

Pietro löste sich aus seiner Starre und ging zur Tür.

»Noch etwas …«

Überrascht drehte er sich um. Denn ihm wurde bewusst, dass er auf ein herzliches Wort hoffte, eine liebevolle Geste.

»Ich weiß genau, wie du dich fühlst«, flüsterte sie.

Pietro verließ das Zimmer, stieg die Marmortreppe mit dem weichen Läufer hinunter und erreichte die Eingangstür. Der Haushofmeister grüßte ihn respektvoll und öffnete die Tür.

Eine Tür, hinter der sich eine neue Welt auftat. Eine bis dahin unvorstellbare Welt. Eine grenzenlose Welt. Für die die Contessa einen hohen Preis von ihm verlangte: Er sollte sich von Grund auf ändern. Und Pietro fragte sich, ob er das konnte. Panik ergriff ihn, er hatte Angst zu versagen. Und diese Angst suchte sich einen Platz in seinem Inneren, rollte sich wie eine Schlange dort zusammen und vergiftete seine Seele.

Sie wisse, wie ihm zumute sei, hatte die Contessa gesagt. Aber das war unmöglich! Wie sollte sie wissen, wie unwohl er sich fühlte, wie fehl am Platz. Sie war reich und adelig geboren, sie hatte nicht jemand anderes werden müssen. Leere Worte waren das, nicht mehr und nicht weniger.

Er ging zum Stall und suchte nach Paride.

»Ihr seid sehr elegant, Signorino«, bemerkte der Kutscher.

Pietro ging nicht darauf ein. »Die Contessa hat gesagt, dass ich ein Pferd bekommen soll.«

»Genau. Ich habe Euch schon erwartet«, sagte Paride fröhlich.

In diesem Moment nieste einer der Hengste und bleckte dabei sein gelbes Gebiss.

Pietro empfand Angst beim Anblick der großen Tiere. »Beißen die?«, wollte er wissen.

»Nur sehr selten. Aber es kommt vor. Wir haben im Haus ein Dienstmädchen, der wurde das halbe Gesicht weggebissen.«

Pietro wich zurück, bis er hinter dem Hengst stand.

Paride zog ihn eilig zur Seite. »Verzeiht, Signorino, aber wirklich gefährlich sind die Hufe. Ein Pferd kann Euch mit einem einzigen Tritt umbringen. Und leider wittern die Tiere Angst.«

»Vielleicht will ich gar kein Pferd«, warf Pietro leise ein.

Paride grinste. »Das wird die Contessa niemals erlauben.« »Eine wahre Amazone ist sie. Reitet besser als jeder Mann und kann dir mehr beibringen als ich.« Er streckte stolz die Brust vor. »Und das sagt Euch einer, der sich wie kein anderer mit Pferden auskennt.« Er hielt einen Moment inne. »Aber sie … Es ist, als hätte sie mit den Pferden eine eigene Sprache.«

»Dann möchte ich gerne ein friedliches Pferd«, sagte Pietro zögernd.

»Also keines, das Euch ähnlich ist?«, scherzte Paride und führte ihm gleich darauf einen gesattelten, aufgezäumten Schecken vor. »Ich habe Lapo schon vorbereitet. Ein ruhiges Tier.«

Doch Pietro spürte, wie ihm die Angst die Kehle zuschnürte. »Wenn ich nicht reiten lerne, schickt mich die Contessa dann ins Waisenhaus zurück?«

Paride lächelte ermutigend. »Ihr werdet es lernen.«

Aber Pietro ließ sich so leicht nicht abschütteln. »Du hast meine Frage nicht beantwortet.«

»Strengt euch an, Signorino, dann wird alles gutgehen.«

Pietro stieß einen tiefen Seufzer aus und sah sich um. Sogar in diesem Stall war es behaglicher als im Waisenhaus.

»Ich will nicht zurück …«, murmelte er und fasste einen Entschluss.

Dann bestieg er Lapo.

Vom Fenster aus beobachtete die Contessa, wie Pietro stocksteif auf dem Pferd saß, das von Paride im Schritt über den Reitplatz geführt wurde. Für sie als Expertin war es offensichtlich, dass dieser magere, große Junge niemals ein guter Reiter werden würde. So etwas hatte man im Blut. Oder auch nicht. Aber er hatte andere Talente. Und genau deshalb hatte sie ihn ausgewählt. Das Leuchten in seinen Augen zeigte, dass er sich nicht wie die anderen Waisenkinder hatte brechen lassen von seinem Unglück. Außerdem erinnerte er sie an ein kleines Mädchen vor vielen Jahren …

Lächelnd verließ sie ihren Platz am Fenster und ging zum Studio ihres Mannes.

Seit dem Besuch von Minister Minghetti bei ihnen hatte Ippolito sich vollkommen in sich zurückgezogen. Zum ersten Mal gelang es ihr nicht, zu ihm vorzudringen. Das war kein gutes Zeichen.

Er saß über verschiedene Unterlagen gebeugt, als sie eintrat. Sie wusste nur zu gut, was das für Unterlagen waren, sie hatte sich die Dokumente heimlich angesehen: Es handelte sich um die Kaufurkunden ihrer Ländereien. Auf einem Papier war mit Bleistift der Schätzwert jeder Parzelle notiert. Auf einem weiteren, mit Tinte liniertem Bogen waren diese Zahlen säuberlich untereinander aufgeführt, am Ende der Reihe hatte Ippolito einen Strich gezogen und darunter eine unmäßig hohe Summe notiert. Millionen. Ein Vermögen.

Ippolito war nicht adelig reich geboren. Seine Großeltern hatten jede Lira im Schweiße ihres Angesichts verdient. Als Bauern. Vielleicht waren sie schlauer als andere, vielleicht hatten sie auch einfach mehr Glück. Mit Sicherheit aber hatten sie wenig Skrupel. Silvia kannte die Einzelheiten der von ihnen getätigten Käufe nicht, wusste aber, dass die ersten mithilfe von Hypotheken gemacht waren, welche die Großeltern auf ihren schmalen Besitz und zukünftige Ernten aufgenommen hatten, die späteren Käufe aber waren undurchsichtig. Es waren zu viele und zu viele auf einmal. Offensichtlich hatte der Großvater von den Schwierigkeiten anderer profitiert. Vielleicht hatte er viel Druck ausgeübt. Vielleicht hatte er seinen Reis auch ein Jahr lang für einen so niedrigen Preis verkauft, dass er die anderen Bauern damit an den Rand des Ruins trieb. Alles war möglich. Sicher wusste die Contessa nur, wie die ganze Geschichte angefangen hatte, denn das hatte ihr Mann ihr erzählt. Und dass die Großeltern im Alter die gleichen Probleme bekommen hatten wie alle anderen Bauern auch: Arthritis und krumme Knochen vom stundenlangen Herumwaten im Wasser auf den Reisfeldern, kaputte Rücken vom ständigen Bücken. Davor hatte ihr angehäufter Reichtum sie nicht bewahrt.

Ippolitos Vater aber sehr wohl, er hatte sich vor der Arthritis schützen können. Denn er besaß Land. Und verdoppelte das Vermögen, das der Großvater aus dem Nichts geschaffen hatte. Doch auch er zahlte mit einem Herzinfarkt einen hohen Preis für seine beharrlichen Mühen. Das Leid der Geschäftemacher. Zu guter Letzt ging das ganze Vermögen an den bedächtigen Ippolito, der ganz sicher nicht aus demselben Holz geschnitzt war wie sein Großvater und sein Vater.

Jetzt war er so in seine Unterlagen vertieft, dass er seine Frau nicht bemerkte.

»Warum bezahlst du die Dienerschaft nicht?«, fragte sie ihn geradeheraus. »Haben wir kein Geld mehr?«

Ippolito zuckte zusammen. »Doch, haben wir … Oder besser gesagt: Wir werden wieder welches haben, aber ich muss gerade eine etwas schwierige Situation bewältigen.«

»Hat das etwas mit Minister Minghetti und dem Königreich zu tun?«

»Silvia, hör mal …«, begann er stotternd.

»Das heißt also ja«, bemerkte die Contessa kurz und bündig. »Dein heißgeliebtes Italien setzt dir die Pistole auf die Brust.«

Ippolito seufzte. »Silvia, du weißt, dass ich bereit war zu kämpfen, sogar im Kampf zu sterben. Aber sie sagten, sie bräuchten keinen … Also, ich bin ja kein Soldat … Und sie sagten, dass ich anderes für das Heimatland tun könnte.« Er blickte seine Frau an, mit einem Glanz in den Augen, der fast fiebrig wirkte. »Ich wollte die Träume meines Großvaters und meines Vaters wahr machen. Zu Hause redeten sie ständig über das vereinte Italien, und ich wollte auch etwas dafür tun.«

»Und das hast du dann nicht mit einem Gewehr, sondern mit einer Kiste Gold getan, richtig?«, fragte sie zornig.

»Ja. Minister Minghetti sagte, das sei nicht weniger ehrenwert.«

»Was versteht der schon von Ehre!«, rief die Contessa. »Er, ein Soldat, hat sich duelliert mit Rattazzi, einem, der keiner Fliege etwas zu Leide tut und ohne Brille blind ist wie ein Maulwurf. Und dann hat er auch noch die Waffe ausgesucht – den Säbel! Nur um ihn zu demütigen. In Frankreich verachtet man ihn!«

»Die Franzosen haben Duellregeln.«

»Hör auf! Was will Minghetti von dir?«

»Ich habe einen Vertrag unterschrieben ...« Ippolitos Stimme war schwach, kaum mehr als ein Hauchen, und versagte schließlich ganz. Er reichte seiner Frau einige Schriftstücke.

Die Contessa las sie sorgfältig durch. »*Artikel 3, Punkt B. Sollte der hier Unterzeichnende Ippolito Odìn zum festgelegten Zeitpunkt seine Schuld nicht begleichen können, wird er seiner Majestät, Vittorio Emanuele II. von Savoyen, König von Italien, den Teil seiner Besitztümer abtreten, deren Verkauf die entsprechende Summe hervorbringen ...*«, las sie mit eisiger Stimme vor. Dann legte sie den Vertrag auf den Schreibtisch und sah ihren Mann an, der bleich wie ein Bettlaken war. »Du wolltest dein Leben für das Königreich Italien geben, und nun haben sie sich deines genommen. Sie werden dich enteignen, ist es nicht so?«

»Es waren zwei schlechte Jahre. Ich habe unser Geld in Geschäfte investiert, die nicht gut gegangen sind, und die Ernte ...«

»Du bist ruiniert«, stellte die Contessa nüchtern fest. Mehr gab es nicht zu sagen.

»*Wir* sind ruiniert«, bemerkte Ippolito.

»Das ist mir egal. Ich mache mir keine Sorgen, Ippolito.« Ihre Stimme wurde weich. »Ich habe dir schon einmal gesagt, dass ich dich nicht wegen deines Geldes geheiratet habe.«

»Aber was soll nun werden?« Ippolito war am Boden zerstört. »Ich wollte sein wie mein Großvater, wie mein Vater. Sie haben aus dem Nichts ein Imperium erschaffen, und ich …«

»Zum Glück bist du nicht so wie sie!«, brach es aus der Contessa hervor. »Sie haben die Schwierigkeiten anderer für sich ausgenutzt. Du aber hast immer geholfen, wenn du konntest. Du bist so viel besser als sie!« Sie trat zu ihm und umarmte ihn auf seinem Stuhl. »Ich bin stolz auf dich!«

»Silvia …« Tränen schwammen in Ippolitos Augen. »Du verstehst das nicht …«

»Was denn?«

»Wir sind ruiniert, und zwar vollständig!«, rief er mit gebrochener Stimme und wand sich aus der Umarmung.

»Und wenn schon.«

Er sackte auf seinem Stuhl zusammen und wirkte mit einem Mal wie ein kleines Kind. »Ich … ich habe Angst.«

Die Contessa betrachtete ihn mitfühlend. Ihr Mann war gutmütig und liebevoll, er war ein guter Mann. Deshalb hatte sie ihn geheiratet. Aber er war auch ein schwacher Mann.

»Es wird alles gut gehen«, sagte sie sanft. Sie drückte seine Hand und spürte sogleich, wie kalt sie war. »Wir werden das schaffen. Ich werde immer an deiner Seite sein.«

Ippolito nickte. Aber sein Blick war leer. Und hinter dieser Leere stand blanke Angst.

»Ich helfe dir«, fuhr die Contessa fort. »Zusammen stehen wir das durch.«

Ippolito aber war in Gedanken weit entfernt. In den Tiefen seiner Albträume. Er senkte den Kopf, blätterte in den Unterlagen und notierte Zahlen.

Silvia di Boccamara verließ das Zimmer. Sie bemerkte die

Träne nicht, die über die Wange ihres Mannes rann und dann auf das Papier vor ihm fiel, wo sie die in Tinte geschriebenen Zahlen zu einem schwarzen Fleck verwischte. Schwarz wie sein Blick in die Zukunft.

Als es Abend wurde, war Ippolito immer noch nicht aufgetaucht, und die Contessa machte sich zunehmend Sorgen um ihn. Sie wusste nicht, wie sie ihm helfen sollte. Beunruhigt betrat sie die Küche, wo Pietro sie erwartete. Dort war der Tisch für alle Gänge gedeckt, denn der Junge sollte mit Tischmanieren vertraut gemacht werden.

Pietro saß stocksteif auf seinem Stuhl.

Die Contessa stellte sich neben den Tisch und klatschte in die Hände. »Diener«, rief sie.

Der Diener trat mit einer Suppenschüssel an den Tisch. »Consommé«, verkündete er.

Die Contessa nickte, und der Diener gab zwei Kellen der Brühe in eine Sèvres-Suppentasse.

Pietro nahm den glänzenden Silberlöffel, blankpoliert wie ein Spiegel. Er tunkte ihn ein und führte ihn zum Mund. Aber seine Hand zitterte vor Aufregung, und noch bevor der Löffel seine Lippen berührte, tropfte etwas auf sein Hemd.

»Noch einmal«, befahl die Contessa.

Pietro spürte die Blicke der gesamten Dienerschaft auf sich. Er wusste, dass sie ihn hassten. Und er spürte, dass die Contessa ebenfalls angespannt war. Wieder tunkte er den Löffel ein, aber seine Hand zitterte noch immer. Seine Augen füllten sich mit Tränen. Er führte den Löffel den halben Weg zum Mund, dann ließ er ihn laut klirrend in die Suppentasse fallen.

»Ich kann das nicht!«, brach es aus ihm hervor. »Für Euch ist es einfach. Ihr seid mit Porzellan aufgewachsen, ich aber war immer nur in einem verlausten Waisenhaus, in dem außer Peitschenschlägen nicht viel zu erwarten war. Was wisst Ihr schon davon? Ich kann das nicht!«

»Dann gib dir Mühe«, bemerkte die Contessa kalt.

»Aber das tue ich ja!«

»Gib dir mehr Mühe.« Sie nahm sein Kinn zwischen ihre Finger und hob seinen Kopf, sodass er sie ansehen musste. »Versteck dich nicht hinter einer so dummen Ausrede. Sei stark – sonst musst du wieder zurück zu den anderen Waisenkindern!« Die Grausamkeit ihrer Worte überraschte sie selbst. Sie wollte gar nicht so garstig zu ihm sein, aber ihre Nerven lagen blank. Sie hatte nicht in dieser Deutlichkeit sehen wollen, wie schwach ihr Mann war. Und dann dieses Gefühl der Machtlosigkeit. Sie spürte Zorn in sich aufwallen. »Du kannst abdecken. Der Signorino hat für heute genug gegessen«, sagte sie kalt zu ihrem Diener. An die Köchin gewandt fügte sie hinzu: »Und dass du ihm ja nichts mehr gibst, nicht einmal eine Käserinde, sonst bist du entlassen.« Damit ging sie wütend hinaus.

Eine Weile herrschte absolute Stille.

Pietro saß mit gesenktem Kopf da. Er schämte sich und hatte Angst. Mühte sich, nicht zu weinen.

»Was ist denn hier los?«, fragte Paride, der in diesem Moment hereinkam.

Pietro bewegte sich nicht, er saß da wie zur Salzsäule erstarrt.

»Der Tölpel hier macht Dummheiten«, teilte die Köchin mit. In ihrer Stimme lag so viel Gift, dass man damit ein Pferd hätte töten können.

»Dieser ungezogene Rotzjunge sollte dahin zurück, wo er hergekommen ist. Dieses Glück hier hat er doch gar nicht verdient.«

Die übrigen Dienstboten nickten eifrig. Sie hassten ihn, weil sie neidisch waren auf sein Glück.

»Wenn du zurückgeschickt wirst, dann glaub ja nicht, dass dir auch nur einer von uns eine Träne nachweint«, fuhr die Köchin an Pietro gewandt fort.

In diesem Moment kam Bewegung in den Jungen. Das Gemisch aus Wut und Angst in ihm explodierte wie ein Champagnerkorken. Mit einem heftigen Schlag wischte er das komplette Geschirr vom Tisch: Kristallglas, Suppentasse, Besteck, Speiseteller und Platzteller aus Muranoglas, alles flog durch die Luft, um dann klirrend zu tausend Scherben zu zerbersten.

Erschrocken wichen die Dienstboten zurück. Mit geschwollener Halsschlagader und geballten Fäusten sprang Pietro auf. »Warum wollt ihr nicht, dass ich das schaffe?«, schrie er mit sich überschlagender Stimme. »Ich schaffe das!«, rief er und sah einen nach dem anderen ins Gesicht. »Ich schaffe das! Und wenn ich daran krepiere.«

Die Köchin lachte höhnisch. »Du bist und bleibst Abschaum«, sagte sie bösartig, worauf die anderen lachten. Aber es war kein fröhliches Lachen.

»Schluss jetzt!«, schritt Paride ein. »Der einzige Abschaum, das seid ihr! Dieser Junge hat sich nicht hier eingeschlichen. Das hier ist ihm einfach passiert. Denkt doch mal nach: Er ist genau so arm wie jeder von uns. Ihr solltet ihm helfen, anstatt ihn zu verhöhnen.«

Die Dienstboten schwiegen betreten, ebenso wie Pietro, der ihn mit großen Augen ansah.

Paride trat zu ihm. »Kommt, Signorino Pietro«, forderte er ihn auf. »Erweist mir die Ehre, mit mir zu speisen.«

»Die Contessa hat gesagt, dass er nichts mehr zu essen bekommt«, blaffte die Köchin.

»Das ist mir egal, du giftiges Weib!«, antwortete Paride. Er sah den Diener an und schnippte mit den Fingern. »Diener! Consommé für Signorino Pietro. Und Porzellan und Silberlöffel. Sonst setzt es was mit meiner Pferdepeitsche!«

Der Diener gehorchte und deckte den Tisch. Pietro nahm wieder Platz, alle Augen waren auf ihn gerichtet.

»Na los, es ist ganz leicht«, ermutigte ihn Paride. »Solange Ihr es nicht so macht wie ich, Signorino.« Er beugte sich über seine eigene Schüssel, griff den Löffel wie eine Spitzhacke und tunkte ihn in die Suppe. Dann schlürfte er mit einem unerhörten Geräusch alles vom Löffel.

Pietro streckte den Rücken durch. Dann nahm er den Löffel vorsichtig zwischen Mittel-, Zeigefinger und Daumen, tunkte ihn ebenso vorsichtig in die Suppe, befüllte ihn nur zur Hälfte und brachte ihn zum Mund, ohne sich vorzubeugen. Das machte er ein zweites Mal. Er verschüttete keinen einzigen Tropfen und nahm die Suppe ohne das leiseste Geräusch zu sich.

Die Dienstboten schwiegen, es war vollkommen still. Und in diese Stille hinein hörte man das Klappern von Absätzen.

Pietro wandte den Kopf und erblickte die Contessa. Er sah sie an, senkte nicht den Blick, bis sie vor ihm stand.

Und da lächelte sie. »Ich bin stolz auf dich, Cavallino.« Sie wandte sich mit strenger Miene an die Köchin. »Von nun an gibst du dem Signorino zu essen, was er möchte. Was auch immer es ist. Und wag es nicht, ihn noch einmal einen Tölpel zu nennen, das habe ich gehört. Niemand von euch.« Ihre veilchenblauen Augen wandten sich wieder Pietro zu. Und zum ersten Mal seit seiner Ankunft streckte sie die Hand nach ihm aus und strich im die widerspenstige Strähne zurecht, die sie so mochte. So verharrte sie einen Moment, bevor sie sich an die Dienstboten wandte: »Dies hier ist Pietro Odìn. Euer Herr«, sagte sie.

Pietros Herz setzte einen Schlag aus.

»Wenn du fertig gegessen hast«, sagte die Contessa lächelnd, »sag deinem Vater Gute Nacht.« Sie hatte diese beiden Worte bewusst gewählt. *Dein Vater.* »Er ist in seinem Studio.« Damit drehte sie sich um und ging.

Paride lächelte über seine Schüssel gebeugt. »Sieht nicht so aus, als ob Ihr ins Waisenhaus zurückmüsstet, Signorino«, murmelte er zufrieden.

Jegliche Anspannung fiel von Pietro ab, er war zutiefst erleichtert. Dann plötzlich griff er den Löffel wie eine Spitzhacke und schlürfte noch lauter als Paride. Und lachte laut.

Auch Paride lachte.

Nach dem Essen stand Pietro mit leichtem Herzen auf. »Danke, Paride. Ohne dich hätte ich das niemals geschafft.«

Paride zuckte mit den Schultern. »Ihr habt es ganz allein gemacht, Signorino.«

Pietro fühlte sich unbeschreiblich leicht, als er hüpfend zum Studio von Ippolito Odìn lief, quer durch die dunklen, vornehmen Flure des Hauses, dessen Wände mit kostbaren Stoffen tapeziert waren und geschmückt mit Bildern in riesigen, verzierten Goldrahmen.

»Dein Vater«, hatte die Contessa gesagt! Als er an einem Spiegel vorbeikam, sah Pietro die große Freude in seinem Gesicht aufleuchten. Er blieb stehen und betrachtete sein Spiegelbild. »*Ciao*, Pietro Odìn«, grüßte er sich. Und dann zwinkerte er sich zu, wie er es bei seinem Freund Lino getan hätte.

Als er das Studio erreichte, war die Tür geschlossen.

Er zögerte einen Moment, gab sich schließlich aber einen Ruck und klopfte. Er wartete, doch von drinnen war nur ein gedämpftes Geräusch zu hören, eine Antwort erhielt er nicht. Noch einmal klopfte er. Nichts. Auch kein Geräusch mehr.

Er widerstand dem Impuls zu gehen, irgendetwas hielt ihn zurück. Schließlich öffnete er die Tür einen Spaltbreit. »Signore …«, sagte er schüchtern und linste hinein.

Ippolito Odìn baumelte mit dem Hals in einer Schlinge an einem Deckenbalken. Mitten im Zimmer. Unter ihm ein umgeworfener Stuhl. Der Körper bewegte sich noch, die Beine zuckten leicht wie von einem Stromschlag. Die Augen waren weit aufgerissen, blutunterlaufen traten sie fast aus den Höhlen, und Pietro hatte den Eindruck, dass sie starr auf ihn gerichtet waren. Die Zunge war lila und dick angeschwollen. Die Beine zuckten ein letztes Mal, und während der schlaffe Körper leicht hin und her schwang, rann eine gelbliche Flüssigkeit von beißendem Geruch unter den Hosenumschlägen hervor, sammelte sich kurz an den glänzenden Lederschuhen, um schlussendlich auf den Teppich zu tropfen.

Noch bevor er ein richtiger Sohn werden konnte, hatte Pietro seinen Vater schon wieder verloren.

# 8

*März 1870*

*Königreich Italien – Rimini*

»Was steht da?«

Der Junge zuckte zusammen und drehte sich mit einem Ruck um. Vor ihm, auf der Strandpromenade in Rimini, stand ein Mädchen, das er noch nie zuvor gesehen hatte. Sie war hübsch mit ihren langen schwarzen Haaren, und ihre Lippen waren so tiefrot, als wären sie geschminkt. In der Hand hielt sie ein Flugblatt.

»Wer bist du?«, fragte er.

»Ich heiße Marta.«

Der Junge musterte sie argwöhnisch.

»Was steht da?«, wiederholte sie und hielt ihm das Flugblatt hin.

»Woher soll ich das wissen?«, gab er zurück. »Was willst du von mir?«

»Du warst doch gestern Abend im Zirkus«, sagte Marta. Sie erinnerte sich nur zu gut an diesen Jungen mit dem bläulichen Mal auf der rechten Wange.

»Wovon redest du?« Er schaute sich misstrauisch um.

Marta ging auf, dass der Junge Angst hatte. »Ich will dich nicht in Schwierigkeiten bringen«, sagte sie leise. »Ich war gestern im Zirkus, als ihr die Flugblätter in die Menge geworfen habt, und als du eben vorbeigelaufen bist, habe ich dich als einen der Werfer erkannt. Ich möchte nur wissen, was da steht.« Sie errötete. »Ich … ich kann nämlich nicht lesen.«

Der Junge entspannte sich sichtlich. »Es ist ein einziges

Chaos«, sagte er nun freundlicher. »Wir … wir sind das Königreich Italien, und das Reich will Rom zurück, aber sie treten dir in den Arsch, wenn … Entschuldige, das wollte ich nicht sagen … Also, wir Italiener sollen das nicht zu auffällig zeigen, sonst gibt es Probleme. Sie haben Angst, dass dann irgendwer querschießen könnte, verstehst du?«

»Nein.«

»Bist du keine von uns?«, wollte er wissen.

Marta hatte keine Ahnung, wovon er redete. »Wer seid ihr denn?«

Der Junge blickte sie verwundert an, schwieg aber.

»Wer seid ihr?«

Er schüttelte den Kopf. »Du bist keine vom ›Komitee der Jugend zur Befreiung Roms‹?«, fragte er leise.

»Nein … Was ist das denn für ein … Komitee?« Marta fühlte sich unwohl. Wahrscheinlich hielt der Junge sie jetzt für dumm.

Der Junge sah sich wieder hektisch um. »Komm mit. Lass uns dahinten hingehen«, sagte er dann und zeigte zum Strand. »Da kann uns von der Straße aus niemand sehen.«

Marta blickte zu den Sanddünen, auf denen Binsen und Kakteen wuchsen, die einzigen Pflanzen, die der salzigen Meeresluft standhielten. Dann wanderte ihr Blick ein Stückchen weiter zum Zirkus. Die Schausteller fingen schon an, das Zelt abzubauen. Sie hätte dort sein und helfen sollen.

»In Ordnung«, sagte sie dennoch.

Schweigend gingen sie los. Am Strand zog der Junge die Schuhe aus und lief barfuß weiter. Marta tat es ihm gleich. Hinter den Dünen ließ er sich in den Sand fallen. Marta blieb einen Moment zögernd stehen, dann setzte auch sie sich.

»Also, wie weit bist du?«, fragte der Junge.

»Was meinst du?« Marta kam sich dumm vor.

»Was weißt du?«

»Nichts.«

Der Junge starrte sie an. »Die ganze Welt gerät aus den Fugen, und du weißt nichts davon?«

Marta zuckte die Schultern.

Der Junge stieß einen Seufzer aus. »Vor drei Jahren haben wir Venetien, Mantova und Teile des Kirchenstaates zurückerobert«, begann er. »Wir haben die österreichische Besatzung verjagt. Zumindest das weißt du doch, oder?«

Marta nickte, obwohl sie immer noch nichts verstand, fasziniert vom Leuchten in den Augen des Jungen, das sie schon am Abend zuvor bemerkt hatte.

»Und jetzt müssen wir Rom zurückerobern!« Der Junge reckte eine geballte Faust in die Luft.

»Freiheit für Rom …«, murmelte Marta.

»Genau! Freiheit für Rom!«, rief er lachend. Dann wurde seine Miene wieder ernst. »Aber es wird so viel geredet. Politische Verhandlungen mit Kaiser Napoleon III., der zum Teil auf unserer Seite steht, zum Teil auf der des Papstes, sie haben vor allem Möglichen Angst. Aber wir vom Komitee der Jugend sagen: Lasst uns Rom zurückerobern, *basta*! Ohne viel Gerede – wir müssen nicht um etwas bitten, das uns gesetzmäßig zusteht.«

Marta sah, dass er für etwas brannte. Sie verstand noch nicht, wofür genau, aber sie dachte, dass es wunderbar sein musste, so viel Leidenschaft, so viel Begeisterung für eine Sache aufzubringen. Den Körper so voller Leben zu haben.

Dann schüttelte der Junge noch einmal den Kopf. »Deshalb war ich vorhin so misstrauisch. Die wahren Patrioten, das sind wir. Wir wissen sehr genau, was wir wollen. Jeder Einzelne von uns würde sein Leben für die Heimat geben. Aber die Behörden sollen solche wie uns ruhig halten, weil sie fürchten, dass wir ihre so genannten Verhandlungen kaputt machen könnten. Als ob man die Einheit Italiens mit Anwälten und Politikern herstellen könnte.« Er blickte sie eindringlich an. »Das verstehst du doch, oder?«

Marta erwiderte seinen Blick, antwortete aber nicht.

Der Junge schien das als Zustimmung zu werten, denn jetzt fuchtelte er mit dem Finger in der Luft herum. »König Vittorio Emanuele II. und seine Marionettenregierung … sogar Garibaldi! Und Mazzini im Exil …«

»Wer sind Garibaldi und Mazzini?«

Der Junge hielt mitten in der Bewegung inne und starrte sie ungläubig an: »Du hast also tatsächlich gar keine Ahnung? Von überhaupt nichts? Aber … wo lebst du denn?«, fragte er.

»Im Zirkus«, gab Marta zurück. Sie spürte, dass sie errötete.

Der Junge schwieg einen Moment. »Und im Zirkus …«, brachte er ungläubig hervor. »Ihr … Ihr redet da nicht über Italien? Über Rom?«

»Nein.«

»Wo kommt ihr denn her?«

»Wir fahren kreuz und quer durch die Welt«, erwiderte Marta leise.

»Das hier ist Italien, nicht die Welt!«, brach es aus dem Jungen hervor.

»Ja …«

»Ob jetzt Franzosen, Österreicher oder Spanier regieren, ist euch das alles egal?« Der Junge ballte die Hände zu Fäusten und biss sich wütend auf die Lippen. »Hauptsache, die Leute kommen zur Vorstellung, Hauptsache, sie bezahlen? Egal, wer uns gerade unterdrückt?«

Marta widerstand dem Impuls, wegzulaufen. Sie wühlte ihre Hände bis zu den Handgelenken in den Sand, am liebsten wäre sie ganz darin versunken.

Der Junge bebte jetzt vor Zorn. »Die wahren Feinde, das seid ihr«, stieß er hervor und funkelte sie böse an. »Euch ist alles egal.«

Marta spürte, wie ihr die Tränen in die Augen traten.

Der Junge hielt sofort inne, als würde ihm bewusst, dass er zu weit gegangen war. »Entschuldigung«, sagte er und führte die

Hände zusammen, wie ein Lehrer, der etwas für ihn absolut Wesentliches erklärt. »Aber wie kann man denn Italiener sein, ohne sich dafür zu interessieren, was hier gerade passiert?«

Marta zog die Hände aus dem Sand. »Ich weiß doch nicht mal, ob ich Italienerin bin …«, brachte sie leise hervor. »Ich weiß nicht, wo ich geboren bin.«

»Wo auch immer du geboren bist«, sagte er, »damals warst du keine Italienerin, sondern Sklavin der Österreicher, Franzosen, Spaniern, genau wie ich, und ich bin hier geboren. Sklave des Papstes. Wie wir alle. Italien hat als Nation nie existiert. Wir machen es jetzt zu einer Nation.« Er wandte sich ihr ganz zu und fasste sie sanft an den Schultern, als wolle er seine Worte unterstreichen. »Aber auch unter fremder Besatzung waren wir tief in unseren Herzen schon immer Italiener, mit italienischem Blut in den Adern und einer italienischen Seele. Und deshalb müssen wir kämpfen. Damit unsere Kinder als Italiener geboren werden. In Freiheit. Das verstehst du doch, oder?«

Marta hatte aufmerksam zugehört und nickte nun zustimmend.

»Und das ist doch etwas, wofür es sich zu leben lohnt.«

Marta fand, dass dieser Junge großes Glück hatte, weil er wusste, wofür es sich zu leben lohnte. Und als er lächelnd ihre Schulter losließ, da merkte sie, wie viel Kraft und Energie in seiner Berührung gelegen hatten.

Sie hielt ihm das zerknitterte Flugblatt hin. »Sagst du mir jetzt, was draufsteht?«

Der Junge ließ sich rücklings in den Sand fallen, sah in den Himmel und lauschte den Wellen, die ihr Lied murmelten. Ohne einen Blick auf das Blatt zu werfen, begann er zu sprechen, denn er konnte den Text auswendig: *»Komitee der Jugend zur Befreiung Roms«*, setzte er an. *»Im Namen der jungen Kämpfer Riminis, aller Italiener, Brüder!«*

»Brüder …« murmelte Marta, zutiefst ergriffen von der Inbrunst des Jungen.

*»Ein letztes Mal müssen wir kämpfen gegen die, die uns seit Jahrhunderten unterdrücken. Gegen die letzten Tyrannen, die unsere Freiheit rauben und uns in Ketten legen, die sich nehmen, was nach Geburt und Recht uns gehört.«*

Marta lauschte seinen Worten, und allmählich begriff sie: So wie sie ihre Vergangenheit abschütteln wollte, wollten diese jungen Menschen ihre Unterdrücker abschütteln. So wie sie frei sein wollte, wollten auch diese Jungen frei sein. Sie alle kämpften für die Freiheit. Der große Unterschied aber war, dass diese jungen Männer zusammen kämpften, gemeinsam, angetrieben von dem gleichen Geist. Sie waren Brüder. Sie hingegen war allein.

*»Lasst uns mit aller Kraft Widerstand leisten!«*, hob der Junge wieder an, den Blick in den Himmel gerichtet, in eine weit entfernte Zukunft. *»Wir sind Italiens Fleisch und Blut. Wir fordern Rom zurück. Es lebe Rom! Es lebe Italien!«* Ein Lächeln erschien auf seinem Gesicht, als hätten ihm allein diese Worte schon etwas von dem gegeben, wofür er kämpfte.

Ein Schauder lief durch Martas Körper. Jetzt ließ auch sie sich rücklings in den Sand fallen und blickte in den Himmel in dem Versuch zu sehen, was er sah.

So lagen sie eine Weile nebeneinander, jeder in seine Gedanken versunken.

»Sehen wir uns wieder?«, wollte er schließlich wissen.

Marta blickte in Richtung des Zirkuszeltes, das in diesem Moment in sich zusammenfiel.

»Nein. Der Zirkus zieht weiter«, sagte sie mit tiefem Bedauern.

Der Junge stützte sich auf einen Ellbogen und schaute sie an. »Ich heiße Livio Rivalta«, sagte er. Nach einem kurzen Schweigen fragte er: »Wie hast du mich wiedererkannt?« Aber fast im gleichen Moment senkte er verschämt den Blick zum Boden, und seine Hand fuhr zu dem bläulichen Mal auf seiner rechten Wange. »Ach ja«, murmelte er. »So eine dumme Frage.«

Marta hätte ihm gerne gesagt, dass sie ihn wegen seiner Augen erkannt habe oder Ähnliches, aber das hätte er ihr ohnehin nicht geglaubt, und es stimmte auch nicht. Also schwieg sie.

Livio zuckte unbekümmert die Schultern. »Ich weiß, jeder Gendarm, jeder Feind kann mich daran erkennen. Aber ich fürchte mich nicht vor dem Gefängnis und auch nicht vor dem Tod«, sagte er mit dem nur der Jugend eigenen Übermut.

»Aber warum solltest du das riskieren?«, gab Marta zu bedenken. »Nur Idioten tun das.«

»Was soll ich denn machen? Meinen Kopf abschneiden vielleicht?« Dann lachte er. »Nein, das geht nicht, ich muss doch sehen, wo ich hingehe.«

Auch Marta lächelte. Dann stand sie auf, es war höchste Zeit für sie zu gehen, sie wurde beim Zirkus sicher schon vermisst. Plötzlich kam ihr ein Gedanke. »Hast du noch Flugblätter?«

»Ja, warum?«

»Gib mir welche. Wir sind viel unterwegs, ich kann sie überall verteilen«, sagte sie entschlossen.

»Ich habe keine bei mir, ich müsste sie holen gehen.«

»Wie lange dauert das?«

»Halbe Stunde.«

Marta lächelte. »Dann sehen wir uns in einer halben Stunde hier, einverstanden?«

Auch Livio stand auf. »In Ordnung.«

Sie blickten sich einen Moment lang tief in die Augen, dann gingen sie auseinander.

Eine halbe Stunde später kam Livio außer Atem zum Strand zurück, wo Marta nach einem kurzen Abstecher zum Zirkus schon wartete. In der Hand hielt er ein rechteckiges Paket aus Packpapier, das von einem Band zusammengehalten wurde.

Er reichte es ihr. »Aber sei vorsichtig«, warnte er leise.

Marta spürte, dass er es ernst meinte. Sie nickte und nahm das Paket entgegen. Dann gab sie ihm eine blau-gelb gestreifte Dose.

»Was ist das?«, wollte Livio wissen.

»Schminke«, antwortete sie.

»Schminke?«

Marta grinste. »Jetzt bist du derjenige, der keine Ahnung hat.« Sie zeigte auf die bläuliche Narbe an ihrem Handgelenk, bevor sie ein wenig Schminke aus der Dose nahm und darüberstrich. Die bläuliche Farbe verschwand, die Narbe war nicht mehr zu sehen. »Dann kann dich niemand mehr erkennen«, sagte sie lächelnd. »Und du musst zumindest nicht das Gefängnis oder den Tod riskieren wie ein Idiot.«

Auch Livio lächelte.

»Alle im Zirkus benutzen das, von den Akrobaten bis zu den Clowns.«

»Ich bin kein Clown«, protestierte er leicht pikiert.

Marta blickte ihn ernst an. »Nein, das bist du nicht.«

Sie schwiegen einen Moment, sahen sich selbst in den Augen des anderen.

»Danke. Warum tust du das für mich?«, wollte Livio schließlich wissen.

»Du hast sehr viel mehr für mich getan«, sagte Marta schlicht.

Wieder schwiegen sie, während weiter hinter ihnen zunehmend geschäftiger Lärm zu hören war. Der Zirkus machte sich zum Aufbruch bereit.

»Ich muss los«, sagte Marta.

»Sehen wir uns wieder?«, fragte Livio.

»Ich glaube nicht«, antwortete Marta.

»Warte«, rief Livio, plötzlich dringlich, als ginge ihm erst jetzt auf, dass sie für immer gehen würde. Er fasste sie an den Schultern, nicht mit patriotischer Leidenschaft wie zuvor, sondern mit der eines jungen Mannes. Dann zog er sie an sich und küsste sie sanft auf den Mund.

»Leb wohl«, sagte er leise, als er seine Lippen von den ihren löste, und lief davon.

Marta blieb am Strand zurück. Lange stand sie vollkommen durcheinander da. Zu lange.

Als sie bemerkte, dass der Wagenzug ohne sie aufgebrochen war, rannte sie los und sprang schließlich auf Melos Wagen auf.

»Wo zum Teufel warst du?«, schimpfte der Pferdemeister.

Marta antwortete nicht. Sie atmete schwer, aber nicht nur, weil sie den weiten Weg gerannt war. Noch immer spürte sie ein Kribbeln auf den Lippen von Livios Kuss.

Ein Lächeln breitete sich auf ihrem Gesicht aus, und sie drückte das Paket mit den Flugblättern fest an sich. Dieser Kuss war für sie kein Kuss eines Liebenden gewesen. Für sie war es der Kuss eines *Bruders*.

# 9

*März 1870*

*Königreich Italien – Nibbia, Provinz Novara*

Wenige Tage nach seinem Tod wurde Ippolito Odìn, wenn auch nicht kirchlich, so doch in allen Ehren beigesetzt.

Während der gesamten Zeremonie war der Contessa keinerlei Gefühl anzusehen, ihre Miene blieb vollkommen undurchdringlich.

Verwundert beobachtete Pietro sie. Als er gleich nach seiner Entdeckung Alarm geschlagen hatte, war er davon ausgegangen, sie würde beim Anblick ihres erhängten Mannes schreien, sich die Haare raufen, klagen und schluchzend auf die Knie sinken.

Die Contessa aber hatte Ippolito Odìns leblosen Körper nur angeschaut und dann mit eisiger Stimme befohlen: »Holt ihn da runter, zieht ihm seinen besten Anzug an, legt ihn aufs Bett und ruft den Pfarrer und den Totengräber.« Dann drehte sie auf dem Absatz um, blieb nach zwei Schritten stehen und befahl Pietro, der stocksteif dastand und den toten Körper anstarrte: »Cavallino, komm da weg, sofort.« Und Pietro folgte ihr wie in Trance, während sich der Diener auf den Teppich erbrach, direkt neben den von Ippolito Odìn hinterlassenen Urinfleck.

Nach der Zeremonie übergab ein Staatsdiener seiner Majestät Vittorio Emanuele II. von Savoyen der schwarz gekleideten Witwe, deren veilchenblaue Augen von einem Schleier verdeckt waren, eine akkurat zusammengefaltete Reichsfahne und eine Tapferkeitsmedaille.

Ohne das geringste Anzeichen von Dankbarkeit nahm die Contessa beides entgegen.

Pietro verspürte sofort instinktiv eine starke Abneigung gegen den Staatsdiener. Gegen seine dunkle Uniform, auf deren Schultern sich Schuppen sammelten. Gegen seine spärlichen schwarzen Haare, die so fransig waren wie die Federn einer grindigen Krähe. Gegen seinen feisten roten Nacken. Gegen seine schmalen Schultern, seinen vorstehenden Bauch, der gut und gerne der einer schwangeren Frau hätte sein können, und gegen seine kurzen Beine. Aber vor allem gegen seinen zu einem undurchdringlichen Lächeln verzogenen Mund.

Dann öffnete Paride den Verschlag der Kutsche, und die Contessa stieg, gefolgt von Pietro, hinein. Der Kutscher stieg auf den Bock und trieb die vier Pferde an, deren Zaumzeug dem Anlass gemäß gleichfalls in Schwarz gehalten war.

Kaum dass sie den Friedhof und das Dorf in Richtung des Gutes hinter sich gelassen hatten, öffnete die Contessa das Fenster und ließ den Wind ein, der sogleich an ihrem Schleier zerrte. Schließlich nahm sie Fahne und Tapferkeitsmedaille und warf beides mit einer raschen, schnörkellosen Bewegung aus dem Fenster, begleitet von einem abfälligen »*Viva Italia*«.

Der Wind trug die Trikolore mit dem goldenen Wappen der Savoyen einige Meter weit, bis sie in einem Graben landete, wo sie sich mit schlickigem Wasser vollsog und schließlich versank.

»Habt Ihr nicht etwas verloren, Contessa?«, rief Paride von draußen.

»Nein«, gab sie nüchtern zurück.

Sie saß Pietro schweigend gegenüber, während die Landschaft am Fenster vorbeiflog.

»Halt an«, befahl die Contessa schließlich.

Sie stieg aus und ließ den Blick über die Felder ringsum gleiten. Diese mickrigen Reispflanzen, die sich in Sichtweite spärlich erhoben, hatten ihren Ruin schlussendlich besiegelt.

Pietro saß reglos in der Kutsche. Er fühlte sich unbehaglich und hatte Angst. Er sah, wie die Feldarbeiter ihnen entgegenkamen und schließlich an ihnen vorübergingen, nach Hause. Dann fuhr eine Kutsche mit dem Wappen des Königs auf der Seite an ihnen vorbei. Darin meinte er den abstoßenden Mann zu erkennen, der der Contessa Medaille und Fahne überreicht hatte.

Und wie ein Ertrinkender einen Rettungsring ergriffen hätte, ergriff Pietro nun das Messer, welches ihm sein Freund Lino geschenkt hatte. »Du bist bei mir«, flüsterte er.

Kurz darauf nahm die Contessa wieder ihren Platz ihm gegenüber ein. Und erst da schien sie ihn zu bemerken. Sie strich sich den Schleier aus dem bleichen Gesicht, in dem ihre Augen funkelten wie Edelsteine.

Pietro hielt ihrem Blick stand.

»Was ist?«, fragte sie mit eisiger Stimme. »Du bist ja totenbleich. Du kanntest ihn doch gar nicht.«

»Nichts«, antwortete Pietro beschämt.

»Cavallino«, fuhr die Contessa mit etwas weicherer Stimme fort, »dies alles ist schwer für mich. Also sag mir, was los ist, ohne um den heißen Brei herumzureden.«

»Ich habe Angst«, gab er zurück.

Die Frau betrachtete ihn schweigend. »Wovor?«, fragte sie dann.

»Vor seinen Augen«, flüsterte Pietro. »Sie starren mich an, die ganze Zeit …«

»Komm mal her«, befahl die Contessa.

Pietro beugte sich vor.

Da gab sie ihm eine schallende Ohrfeige.

Erschrocken zuckte der Junge zurück. Seine Wange glühte.

»Du bist derjenige, der seine Augen anstarrt«, verbesserte ihn die Contessa. »Ein Toter kann niemanden anstarren.«

Und tatsächlich: Als hätten ihn ihre Worte und die Ohrfeige aus einem Albtraum geweckt, fühlte Pietro sich befreiter.

»Hör auf, diese Augen anzustarren«, sagte die Contessa.

Er nickte.

»Was siehst du jetzt?«

»Euch.«

»Aha, jetzt siehst du die Realität.« Die Contessa klopfte gegen das Dach. »Paride, fahr nach Hause.«

Sofort setzte sich die Kutsche in Bewegung.

Pietro sah sie an. »Tut es Euch … nicht leid?«, hörte er sich sagen.

»Das geht dich nichts an.« Sie richtete sich wieder den Schleier vor das Gesicht. »Und jetzt sei still.«

Als sie beim Gut ankamen, warteten die Angestellten wie ein Empfangskomitee im Halbkreis aufgestellt. Kaum hatte die Contessa einen Fuß auf den Boden gesetzt, trat auch schon der Haushofmeister hervor und fragte: »Signora, bei allem Respekt, aber wann bekommen wir unseren Lohn?«

Sie bedachte ihn kurz mit einem kalten Blick, dann wandte sie sich Pietro zu, der jetzt neben ihr stand, und sagte mit einem sarkastischen Lächeln: »Sieh zu und lerne. Parasiten verlassen so schnell wie möglich ihren Wirt, wenn er stirbt.«

»Contessa …«, räusperte sich der Haushofmeister beschämt.

»Keine Sorge«, unterbrach sie ihn. Sie zeigte auf die Eingangstreppe, wo der abstoßende Staatsdiener sie bereits erwartete. »Der Gerichtsvollzieher wird eure Rechnungen auf die Lira genau begleichen.«

Sie blickte den Haushofmeister an, bis dieser sie schließlich vorbeiließ.

»Geht wieder an die Arbeit«, befahl sie den anderen Angestellten und stieg die Treppe hinauf. »Ihr wartet wahrscheinlich auf mich, Signore«, wandte sie sich an den Mann.

Er deutete eine leichte, förmliche Verbeugung an. »Ich bin Leone Pompei, Staatsdiener des Königreichs Italien, und muss Euch die Bedingungen mitteilen …«

»Im Haus«, unterbrach ihn die Contessa. »Wir befinden uns hier schließlich nicht im Theater.« Mit festem Schritt trat sie ein. »Pietro, komm mit.«

Der Junge folgte ihr in den Privatsalon.

Leone Pompei ging hintendrein.

Die Contessa bot ihm keinen Stuhl an, sie blickte ihn nur abwartend an – ganz so, als wüsste sie, was nun folgen würde. Und in der Tat wurde sie von einer Sekunde auf die andere brutal mit den Fakten konfrontiert. Durch den Vertrag, den ihr Mann unbesonnen mit dem Königreich Italien abgeschlossen hatte, besaß sie nun nichts mehr. Er war das Todesurteil des Patrioten Ippolito Odìn gewesen. Ihr gesamter Besitz, Felder, Maschinen, Teppiche, Bilder, das Silber, die Juwelen, ja, sogar die Dinge, die einen rein persönlichen Wert hatten, das alles gehörte nun König Vittorio Emanuele II. Es würde verkauft werden, so erläuterte Leone Pompei, und von dem Erlös würde man den längsten Teil des Canale Cavour bezahlen können.

»Ihr werdet genug Zeit haben, das Haus zu verlassen«, schloss der Staatsdiener. »Im Rahmen des Möglichen«, fügte er grinsend hinzu.

*Du lachst wie ein Idiot*, dachte Pietro.

Leone Pompei trat auf die Contessa zu. Er ging wie auf rutschigem Boden, schnell und gleichzeitig steif. »Natürlich werde ich mich persönlich um diese Angelegenheit und alles, was damit zu tun hat, kümmern«, raunte er süßlich, seine Stimme unterwürfig und unsicher. »Was bedeutet, dass mir eine gewisse Handlungsfreiheit zusteht …« Er atmete tief ein, als müsse er Mut sammeln, den Satz zu beenden. »Wenn Ihr versteht, was das bedeutet, für Euch.«

Pietro beobachtete, wie der Mann errötete und schwer schluckte, als gehorche er nur einem Instinkt, für den er sich schämte. Seinem ganzen missratenen Körper war ein innerer Kampf anzusehen, den er unbedingt gewinnen musste. Das Atmen fiel ihm immer schwerer. *Er hat Angst*, dachte Pietro. Aber die würde nicht dazu führen, dass er ging, das verriet der fiebrige Glanz in seinen Augen.

Der Staatsdiener senkte den Blick auf das Dekolleté der Contessa, und seine Begierde ließ ihn fast das Gleichgewicht verlieren. »Ihr seid nun eine Frau allein … Jung und sehr … sehr attraktiv …« Seine Stimme brach, aber er streckte dennoch in einer vulgären Geste die Hand aus, wenn auch so zögerlich, als schrecke er vor sich selbst zurück.

Und in diesem Moment geriet Pietro außer sich. Ohne etwas dagegen tun zu können, ging es wieder mit ihm durch. Er packte Leone Pompei am Handgelenk, und es brauchte nicht mehr als einen kurzen Augenblick, um das Messer aus der Tasche zu ziehen und es gegen den massigen Leib des Mannes zu drücken. »Tu das nie wieder, oder ich schlitze dich auf, du Ratte.«

»Was erlaubst du dir?«, keifte der Staatsdiener, sichtlich erschreckt, dass dieser Junge sich plötzlich in einen gefährlichen Mann verwandelt hatte. »Und Ihr sagt nichts dazu?«, bellte er die Contessa an, obwohl der Schreck ihm mehr zusetzte als der Ärger.

»Aber sicher werde ich etwas sagen«, antwortete sie mit der ihr eigenen, erhabenen Eleganz.

»Das will ich doch hoffen«, blaffte Leone Pompei. »Ich höre.«

»Ihr habt mich wie eine Dirne behandelt«, stellte die Contessa fest. »Und Euch nicht besser als ein Tier verhalten. Vielleicht sollte er Euch tatsächlich aufschlitzen.« Dann wandte sie sich an Pietro. »Lass ihn los.«

Pietro kochte vor Wut, seine Lungen platzten beinahe. Aber er gehorchte.

»Das werdet Ihr bereuen«, sagte der Staatsdiener, sichtlich bemüht, einen letzten Rest Selbstsicherheit zusammenzukratzen. »Ich werde auf Euch herabstoßen wie ein Adler auf seine Beute.«

»Wohl eher wie ein Aasgeier«, gab die Contessa zurück. »Das hättet Ihr ohnehin getan. Geht jetzt.«

»Ich werde wiederkommen.« In der Stimme von Leone Pompei lag ein hysterisches Zittern, das verriet, wie sehr ihm der Vorfall zugesetzt hatte.

»Den Kadaver ausweiden. Nichts anderes habe ich erwartet. Genau darin besteht der Unterschied zwischen Adler und Geier.«

Noch in der Tür, aus sicherem Abstand, hob Leone Pompei drohend den Zeigefinger. »Übermorgen machen wir eine Bestandsaufnahme der Güter. Tragt Sorge dafür, dass nichts verschwindet.« Er versuchte sich an einem Schurkenlächeln. »Denn Euch gehört hier gar nichts mehr.«

Sobald sie allein waren, wandte sich die Contessa an Pietro. »Geh in dein Zimmer.« Dann fügte sie noch hinzu: »Danke.«

In dieser Nacht schlief Pietro nicht. Trotz der Ohrfeige der Contessa starrten ihn, jedesmal wenn ihn der Schlaf überkam, die blutunterlaufenen Augen von Ippolito Odìn an.

Schließlich stand er auf und sah aus dem Fenster. Da bemerkte er einen Schatten, der sich rasch im Hof umherbewegte. Er trug einen pechschwarzen Umhang und eine Kapuze, trotzdem war er sicher, dass es die Contessa war. Dann sah er, wie Paride aus den Ställen kam und die Contessa ihm ein Bündel gab. Daraufhin verschwand der Kutscher wieder in den Stallungen und die Contessa im Haus. Was heckten die beiden aus? Pietro ging wieder ins Bett, und diese Frage lenkte ihn endlich ab von den Augen des Mannes, der eigentlich sein Vater hätte sein sollen, aber keine Zeit gehabt hatte, es zu werden.

Als er am nächsten Morgen in die Küche kam, saß dort bereits die Contessa in ihrem Reitaufzug. Sie wies die Köchin an, das Frühstück zu servieren.

Als sie fertig waren, gab sie Pietro einen kleinen Stoffbeutel mit Lederhenkeln und wies ihn an, Wechselkleidung hineinzupacken.

Als der Junge wenig später vor dem Haus zu ihr stieß, sagte

die Contessa gerade zum Haushofmeister: »Ich bin zum Mittagessen nicht da, ich reite aus.«

Paride hatte bereits die Kutsche und das Vierergespann in den Hof gebracht. Hinter der Kutsche hatte er Bersagliere, das geliebte Pferd der Contessa, angebunden.

In diesem Moment trat die Köchin mit einer Handvoll Eiern in der Schürze aus dem Hühnerstall und blickte neugierig herüber.

»Aber erst muss ich den Signorino ins Waisenhaus zurückbringen«, fuhr die Contessa fort. »Mir bleibt keine andere Wahl.«

Pietro wurde eiskalt. Er ließ den Beutel fallen.

Die Köchin grinste.

»Nein …«, murmelte Pietro.

Die Contessa wandte sich zu ihm. »Nun steig schon ein.«

»Nein …« Seine Augen füllten sich mit Tränen.

»Na los, einsteigen, habe ich gesagt.«

»Nein!«, schrie Pietro.

»Paride«, befahl die Contessa.

Der Kutscher kam auf ihn zu.

Pietro versuchte, rückwärts zu entwischen, während er nach dem Messer in seiner Tasche fingerte. Aber schon hielten ihn die dicken, starken Arme der Köchin umfasst, die die Eier hatte fallen lassen und ihn den Moment lang festhielt, den Paride brauchte, um ihn zu packen.

»Nein! Ich will nicht zurück!«, schrie Pietro verzweifelt und versuchte sich loszumachen.

Aber der Griff des Kutschers war zu stark.

»Hab ich's dir doch gesagt … Tölpel«, raunte die Köchin. »Nichts Besseres hast du verdient.«

»Nein! Nein!«, schrie Pietro und stemmte die Füße in den Boden, aber Paride schleifte ihn umstandslos zur Kutsche, wobei er noch den auf den Boden liegenden Beutel aufnahm. Dann bugsierte er Pietro in den Kutschverschlag, wo die Contessa schon mit undurchdringlicher Miene saß. Paride schloss den Verschlag von außen, stieg auf den Bock, ließ die Peitsche in der Luft knallen und trieb die Pferde an, die sich sofort in Bewegung setzten.

»Ich will nicht ins Waisenhaus zurück!«, schrie Pietro wieder und versuchte erfolglos, den Verschlag zu öffnen.

»Hör auf«, sagte die Contessa. »Wo ist deine Würde?«

»Nein! Ich gehe nicht dahin zurück! Ich laufe weg!«

»Hör auf.«

»Das könnt Ihr nicht tun.«

»Hör auf!«

Pietro sackte in sich zusammen. Alles war vorbei. Jegliche Spannung wich von ihm. Tränen liefen ihm über die Wangen. Er sah die Contessa an, die blonde Strähne widerspenstig im Gesicht. »Ich flehe Euch an.«

»Hör mal, Cavallino. Es tut mir leid, aber …«, setzte die Contessa an.

»Ich flehe Euch an …«

»Hör mal, Cavallino«, wiederholte die Contessa. »Es tut mir wirklich leid. Aber ich konnte dir vorher nichts sagen, sonst hätten sie uns nicht geglaubt.«

Pietro verstand nicht.

»Ich bringe dich nicht zurück ins Waisenhaus«, sagte sie sanft, als wolle sie die Wunde heilen, die sie ihm zuvor unnötigerweise zugefügt hatte. »Wir fliehen.«

»Was?« Pietros Kopf brummte, ihm wurde übel. »Ihr … Ihr bringt mich nicht ins Waisenhaus zurück?«

»Nein.« Die Contessa lächelte und schüttelte mit der ihr eigenen Anmut den Kopf. »Paride hat mir in der Nacht geholfen, einige Juwelen und Kleider in der Kutsche zu verstecken. Und jetzt fliehen wir. Erst einmal werden alle glauben, dass ich dich zum Waisenhaus zurückbringe. Und vor Einbruch der Dunkelheit wird sich niemand Sorgen machen, weil sie davon ausgehen, dass ich noch ausreite. Es wird ein wenig dauern, bis sie sich fragen, wo ich bleibe. Wir haben einen Tag Vorsprung. Das ist nicht viel, aber es wird reichen müssen.«

Pietro war vollkommen verblüfft, unfähig, einen klaren Gedanken zu fassen. Salzig trockneten seine Tränen auf den Wangen, während das Brummen in seinem Kopf zunahm. Vielleicht war es aber auch nur das Trommeln der Pferdehufe.

»Wo fahren wir denn hin?«, brachte er schließlich hervor.

»Nach Rom«, antwortete die Contessa.

»Ist das weit?«

»Ziemlich. Aber es ist vor allem ein anderer Staat. Und das bedeutet, dass die italienischen Gendarmen uns dort nichts anhaben können.«

»Was für ein Staat?« Pietro wollte nur zu gern dieses Gefühl von Freiheit zurückerlangen, nachdem er schon geglaubt hatte, es sei alles vorbei und er müsse in seinen Käfig zurück.

»Der Kirchenstaat, du Dummkopf.«

»Dann gehört Rom nicht zu Italien?«

»Nein, natürlich nicht. Rom ist der Staat vom Papst.«

»Und was machen wir da?«

»Ich weiß es nicht«, antwortete sie ernst. »Wir müssen uns etwas ausdenken. Ganz von vorn anfangen. Das wird nicht leicht.«

Sie schwiegen eine ganze Weile, bis ihn die Contessa aus ihren veilchenblauen Augen ansah. In seinem jungen Gesicht bemerkte sie Angst und Unsicherheit. »Es wird hart. Willst du vielleicht doch lieber zurück ins Waisenhaus?«, fragte sie ernst. »Noch ist es nicht zu spät.«

»Nein!«, rief Pietro.

»Dann nimm dich in Acht. Gott schickt die Kälte nicht nur den Leuten, die passend angezogen sind.«

Pietro verstand nicht. »Was soll das heißen?«

»Dass du bereit sein musst, vieles zu ertragen. Mehr als du glaubst, ertragen zu können.«

Ein Schauder lief ihm den Rücken hinunter. Jetzt musste er

aufschneiden, sonst würde er sofort losheulen. »Ich bin stark«, stieß er hervor.

»Ich habe Stiere in einem Schneesturm sterben sehen, und ihre Kälber haben überlebt. Es ist der Wille, der zählt, nicht Stärke.«

Der Junge musterte sie nachdenklich. Selbst jetzt, da sie ihm sagte, sie seien Flüchtige und ihr neues Leben mit großen Risiken verbunden, selbst vor diesen Aussichten verlor sie nichts von ihrer stolzen Haltung, ihrer einzigartigen Eleganz, die ihr ganzes Wesen ausmachte. »Ihr seid eine Contessa«, sagte er schließlich. »Wie solltet Ihr Euch ans Armsein gewöhnen? Ich glaube eigentlich nicht, dass … dass Ihr viel vom wahren Leben versteht.«

Die Contessa lachte leise, fast fröhlich. »Du musst noch viel lernen, auch wenn du dich für sehr schlau hältst. Ich habe meinen Mann wirklich geliebt, aber ich habe ihn belogen, als ich ihm erzählte, ich sei adelig und nur aufgrund mehrerer Schicksalsschläge verarmt. Er hat mir geglaubt oder so getan, was weiß ich … Und weil er so reich war, hat niemand je daran gezweifelt. Du kannst also beruhigt sein: Ich weiß sehr viel vom wahren Leben.«

»Was meint Ihr?«

»Ich bin wie du, Dummkopf.«

»Wie ich?«

»Ich bin auch ein Waisenkind.«

»Was?« Pietro starrte sie an.

»Ich bin in einem Waisenhaus geboren und aufgewachsen«, bestätigte sie stolz. Und dann lachte sie wieder. Voller Anmut.

Wie eine wahre Contessa.

# 10

*März 1870*

*Königreich Italien – Apennin, Civitavecchia*
*Kirchenstaat – Rom*

Sobald Marta allein war, öffnete sie das Paket, das Livio ihr gegeben hatte, und sah sich die Flugblätter an.

Sie hatten am Fuße des Apennin ihr Lager aufgeschlagen und jetzt, mitten in der Nacht, lag Marta in ihrer bescheidenen Schlafstätte und flüsterte »Komitee der Jugend zur Befreiung Roms« vor sich hin. »Im Namen der jungen Kämpfer Riminis, aller Italiener, *Brüder*!« Jedes Mal, wenn sie dieses Wort aussprach, umspielte ein kleines Lächeln ihre Lippen, und ihr Herz tat einen Sprung. »Brüder«, wiederholte sie noch einmal verträumt.

Auch wenn Melo weiterhin darauf bestand, dass der Zirkus ihre Familie sei, und auch nachdem sie nun den Zauber gesehen und begriffen hatte, dass die Zirkusleute in einem früheren Leben Engel, Schlangen, Zentauren und Drachen gewesen sein mochten, so wusste sie doch, dass sie nie dazugehört, nie wie sie empfunden hatte. Hingegen hatte sich ihr in den wenigen leidenschaftlichen Worten Livios eine neue Welt eröffnet: die einer Familie und ein Platz darin. Nichts konnte sich an seinem Blick messen, an seiner Entschiedenheit, seinem Mut, seiner Bereitschaft, sich für seine Sache zu opfern.

»Wir sind Italiens Fleisch und Blut!«, murmelte sie leise. *Was für ein schöner Ausdruck!*, dachte sie. »Wir sind Italiens Fleisch und Blut!«, wiederholte sie noch einmal für sich. »Auch ich.«

»Was murmelst du da vor dich hin?« La Bella beugte sich über sie. »Geht es dir gut?«

»Ja.«

»Hast du geträumt?«

Marta gelang es nicht, ihr Lächeln zu verbergen. »Ja, hab ich.«

»Schön, dich wieder lachen zu sehen!«, sagte Armandina, als sie Martas weiße Zähne in der Dunkelheit leuchten sah. Sie setzte sich auf die Bettkante und strich ihr über das Haar. »Das hätte ich auch schon sehr gerne gemacht, als du noch klein warst.«

Marta ließ sie gewähren. Sie genoss diese kleine Geste voller Geborgenheit und Liebe.

»Was hast du geträumt?«, wollte Armandina wissen.

Marta sah sie an, und zum ersten Mal ging ihr auf, wie schön sie einmal gewesen sein musste. »War es dir eigentlich wichtig, schön zu sein?«, fragte sie anstelle einer Antwort.

Die ehemalige Trapezkünstlerin zuckte mit den Schultern. »Besser schön als hässlich, oder? Aber die meisten Menschen sehen ja nur das Äußere. Dabei ist es das Innere, das wirklich zählt.« Armandina klopfte mit einem Finger auf Martas Brust, an der Stelle, wo das Herz schlug.

Marta nickte. »Und wovon träumst du?«

Armandinas Blick verschleierte sich kurz, dann blitzte eine stolze Sehnsucht darin auf, die ihre ganze Kraft offenbarte. »Mutter zu sein«, antwortete sie leise. »Ein eigenes Kind zur Welt zu bringen.«

»Kümmerst du dich deshalb um uns alle?«, fragte Marta.

»Um *fast* alle. Bei dir ist es mir nicht gelungen.«

»Das tut mir leid«, sagte Marta aufrichtig. »Entschuldige.«

»Du musst dich nicht entschuldigen«, gab Armandina sanft zurück. »Ich wollte es nur für mich selbst. Aber du brauchtest Melo.«

»Warum?«

»Weil Melo der Einzige ist, der die Fohlensprache spricht.« La Bella lächelte. »Und du warst … ja, ein verwahrlostes kleines Fohlen. Du warst noch nicht bereit für Liebe. Hast eine rauc Hand gebraucht, keine Streicheleinheiten. Stark musstest du werden, musstest einen Schutz um dich herum aufbauen, du warst ja völlig nackt. Meine Liebe hätte dich nur geschwächt. Aber dieser Brummbär …«

Marta lachte. Melo war wirklich ein Bär. Missmutig und beschützend.

»Ich weiß es jetzt. Alles«, verriet sie Armandina.

»Ja, das dachte ich mir.« Sie strich mit ihrer weichen Hand über Martas Wange. »Wegen Lidia, nicht wahr?«

»Ja, Lidia. Und Melo. Er wollte es nicht sagen, aber ich habe …«

»Du hast ihm die Pistole auf die Brust gesetzt.« La Bella grinste. »Er ist ein Bär, und du bist ein stures Eselchen. Und zwar von der schlimmsten Sorte.«

Jetzt lachten sie beide, leise, um niemanden zu wecken.

»Warum hast du nie ein Kind bekommen?«, wagte Marta schließlich zu fragen.

Armandina seufzte. »Kinder kommen nicht, nur weil man es sich wünscht. Irgendetwas scheint bei mir nicht in Ordnung zu sein.«

»Hattest du denn einen Mann?«

Armandina seufzte wieder. »Einen Ehemann nie. Aber viele Liebhaber, das kann ich dir versichern. Und mit allen war ich nur zusammen, um schwanger zu werden. Wenn man nur einen Mann hat, dann liegt es vielleicht an ihm. Aber wenn man so viele hat wie ich, dann ist es ja eigentlich offensichtlich.«

»Für viele im Zirkus warst du bestimmt eine ganz besondere Mutter«, sagte Marta mitfühlend. »Und das wirst du auch für Lidia sein.«

»Ich wollte nie Trapezkünstlerin sein. Viele hier denken, dass Älterwerden schlimm ist, weil es deinem Leben, deiner Kunst und Leidenschaft entgegensteht. Für mich war es genau andersherum. Das Älterwerden hat mich vom Trapez weggeholt und zur Mutter gemacht, zu dem, was ich mir am meisten gewünscht habe.« Sie sah sie an. »Und du? Du hast meine Frage noch nicht beantwortet. Wovon träumst du?«

Marta zögerte. »Kannst du ein Geheimnis für dich behalten?«

Armandina nickte.

Marta rang mit sich, holte aber schließlich unter der Decke eines der Flugblätter hervor.

La Bella blickte sie verständnislos an. »Was ist das? Ich kann nicht lesen.«

Marta fuhr mit dem Finger über die Überschrift. »Komitee der Jugend zur Befreiung Roms«, sagte sie.

»Du kannst lesen?« Armandina staunte.

»Nein, ich hab's bloß auswendig gelernt«, sagte Marta stolz.

La Bella sah sie lange an. »Hast du dich etwa in einen von den Jungs verliebt, die gestern ins Zelt gekommen sind?«

Marta lächelte. »Ich habe mich in ihre Sache verliebt, in das, woran sie glauben«, antwortete sie stolz. »Sie alle wollen Italiener sein. Und Brüder.«

Armandina war sichtlich verwundert über ihre Worte. Dann nickte sie langsam und verstand mehr, als Marta bisher selbst verstanden hatte. »Und du bist auf der Suche nach Brüdern? Wir hier vom Zirkus sind nie deine Familie geworden, oder?«

Marta wandte den Blick ab.

Wieder strich Armandina ihr über die Wange. »Da ist ja nichts Schlechtes dran«, sagte sie sanft. »Ich weiß nur zu gut, wie du dich fühlst. Für mich ist es das Gleiche. Um euch alle habe ich mich wie eine Mutter gekümmert. Aber keiner von euch ist wirklich mein Kind.«

Marta war zutiefst gerührt, ihre Augen füllten sich mit Tränen. Armandina hatte recht: Die wahre Schönheit lag im Herzen. Marta umarmte sie. Jetzt waren sie verbunden, nicht nur durch Martas Geheimnis, sondern auch durch die gleiche innere Leerstelle.

»Ich kann keine Kinder bekommen«, flüsterte La Bella. »Aber du, wenn du es willst, du kannst Brüder haben.«

Am nächsten Tag schlängelten sich die Wagen der Zirkuskarawane den Apennin hinauf, von der Adria zum Tyrrhenischen Meer. Hier und da blieben die Wagen im Schnee stecken, der reichlich gefallen war und sich nun mit dem Morast des vorausgegangenen Regens mischte. Die Männer verließen die Wagen, um anzuschieben.

*Alle gemeinsam*, dachte Marta, die nach Kräften half, während sie sich vorstellte, wie ein ganzes Volk eine Stadt einforderte.

In jedem Dorf, in dem sie haltmachten, erfuhr sie ein wenig mehr über die Geschichte Italiens, die sie inzwischen brennend interessierte. Die Zirkusleute wussten wenig darüber, aber viele der Zuschauer, die zu ihr an die Wurfbude kamen, beantworteten begeistert ihre Fragen. Und viele von ihnen benutzten diesen Ausdruck, der ihr so gefiel: »Wir sind Italiens Fleisch und Blut.« Jeder von ihnen konnte ein Bruder sein.

Und während sie dem Kirchenstaat immer näher kamen, der mittlerweile nur noch die Region Latium umfasste, lernte sie, dass Italien sich jahrhundertelang abgemüht hatte, ein selbstständiger Staat zu werden. Und immer wieder war es von fremden Besatzungen unterdrückt worden, von Tyrannen, die jeden Befreiungsversuch im Keim erstickten.

Sie verstand jetzt auch, dass Livio und seine Leute nicht einen Moment gezögert hätten, ihr Leben zu opfern. Und dass viele es schon getan hatten. Für ihre Brüder und ihre Familien.

Jetzt fehlte ihnen nur noch Rom, dann würde ihr Traum in Erfüllung gehen.

*Freiheit für Rom!*, dachte Marta, als die Zirkuskarawane schließlich an der Grenze des Kirchenstaates von den Franzosen, die dort mit ihren Garnisonen zum Schutz des Papstes lagen, kontrolliert wurde und passieren durfte.

Als sie am Abend in Civitavecchia einfuhren, fiel ihr auf, dass an den Fenstern keine Trikoloren wehten. Auch nicht vor dem Rathaus. Die einzigen Fahnen waren die des Kirchenstaates. Und die der Franzosen. Hier war es offenbar gefährlich, sich offen auf die Seite Italiens zu stellen.

Aber um Marta war es geschehen, sie hatte Feuer gefangen für »die Sache«. Und als an diesem Abend die Menschen aus Civitavecchia zur Zirkusvorstellung kamen, nahm sie die verbliebenen Flugblätter mit zu ihrer Wurfbude. Sobald Leute kamen, vor allem junge, äußerte Marta eine kurze Anspielung auf Italien und Rom. Wenn sie meinte, auf Zustimmung zu stoßen – trotz der großen Vorsicht, mit der alle reagierten –, zog sie hastig ein Flugblatt unter dem Tresen hervor und sagte rasch und leidenschaftlich: »Gib es weiter, Bruder.«

Es dauerte keine halbe Stunde, da packten sie zwei päpstliche Wächter, steckten die restlichen Flugblätter ein und schleppten sie in Begleitung eines Leutnants zu Ascanio.

Diese Nachricht verbreitete sich wie ein Lauffeuer im ganzen Lager, und es dauerte kaum mehr als ein paar Sekunden, bis Melo in den Wagen sprang.

»Wir haben Euch immer für neutral gehalten«, begann der Leutnant mit einer Stimme, die keinen Widerspruch duldete, und knallte die Flugblätter auf den Tisch des Direktors. »Wie Freunde haben wir euch behandelt. Und ihr …«

Ascanio war einer der wenigen im Zirkus, die lesen und rechnen konnten. Er nahm eines der Blätter auf und las. Als er fertig war, reichte er das Blatt Melo.

»Du weißt genau, dass ich nicht lesen kann«, sagte der Pferdemeister. In seiner Stimme schwangen Angst und Zorn.

Trotz seiner achtzig Jahre schlug Ascanio nun mit solcher Wucht auf den Tisch, dass die Blätter aufflogen. »Es lebe Rom«, schrie er mit hochrotem Gesicht, die Halsschlagader gefährlich angeschwollen. »Ein letztes Mal müssen wir gegen die Unterdrücker kämpfen! Gegen die Tyrannen, die uns in Ketten legen!

Wir fordern Rom zurück! Es lebe Italien!« Er biss ein Stück vom Flugblatt ab und spuckte es verächtlich wieder aus. »Das steht da! Schwachsinniges Zeug!« Zornig funkelte er Melo an. »Deine Ziehtochter! Was hast du dazu zu sagen?«

»Hängt sie auf«, sagte Melo.

Alle starrten ihn ungläubig an.

Marta traute ihren Ohren nicht.

»Was glotzt ihr mich so an? Du auch, Ascanio, was willst du?«, fuhr der Alte fort. »Sie setzt das Leben von uns allen aufs Spiel. Der Zirkus kann von einem Moment auf den anderen vor die Hunde gehen. So leicht!« Er schnippte mit den Fingern. Dann hob er seinen knorrigen Zeigefinger und zeigte auf Marta, deren Augen sich vor Angst mit Tränen gefüllt hatten. »Wenn ihr dieses kleine Mädchen für eine gefährliche Revolutionärin haltet …«, er breitete die Arme aus, »dann hängt sie auf, sie hat es verdient.«

Damit hatte niemand gerechnet. Jeder hatte erwartet, dass er um Gnade bitten, Entschuldigungen suchen würde.

»Jetzt lassen Sie uns die Sache mal in Ruhe betrachten«, griff der Leutnant beschwichtigend ein.

»Was wollt ihr denn noch mehr als das hier?«, unterbrach ihn Melo. Mit einem Satz war er bei den Flugblättern und warf sie in den Ofen. »Abfall! Selbst jetzt noch verpestet das Zeug die Luft!« Er trat einen Schritt auf Marta zu und gab ihr eine schallende Ohrfeige.

Blut schoss aus der Nase des Mädchens.

»Hängt sie auf!«, wiederholte Melo.

Der Leutnant stellte sich vor ihn und schob ihn gegen die Wand. »Beruhigt Euch, Signore!«, sagte er mit so viel Autorität, wie er aufbringen konnte, obgleich er sichtlich fassungslos war. »Ich kenne Signor Ascanio Callari seit zehn Jahren und weiß, dass er so etwas niemals dulden würde.« Er ließ von Melo ab, behielt ihn aber im Blick. »Ihr sagt, sie ist ein Mädchen. Ein dummes Mädchen, würde ich sagen. So dumm, dass sie nicht weiß, was sie da tut, was sie riskiert, was ihr alle wegen ihr riskiert. Aber ich habe dieses Mädchen nicht einmal für einen kurzen Moment für eine Revolutionärin oder für gefährlich gehalten.« Er wandte sich an Ascanio. »Ich wollte Euch nur Bescheid geben. Sorgt dafür, dass so etwas nicht wieder vorkommt. Passt gut auf sie auf. Ihr und dieser … Berserker hier.« Er zeigte auf Melo, dann gab er seinen Männern ein Zeichen, und sie verließen den Wagen.

Die darauffolgende Stille war so dicht, dass man sie in Scheiben hätte schneiden können.

»Bring sie weg«, befahl Ascanio.

Melo packte Marta am Arm und zog sie mit sich. Sobald sie den Wagen verlassen hatten, reichte er ihr ein Taschentuch. »Wisch dir die Nase ab.«

Schweigend liefen sie zu den Pferden. Dort setzte sich der Alte, zündete seine halbe Zigarre an und sah wie immer den bläulichen Rauchschwaden nach. »Wenn dir das nächste Mal nach einer Dummheit zumute ist, Mädchen, dann frag vorher lieber einen alten Narren wie mich um Rat, ich kann dir vielleicht erklären, wie es so läuft im Leben.«

Martas Wange brannte immer noch, doch sie lachte. »Du hast nur so getan und sie in Wirklichkeit an der Nase herumgeführt, oder?«

»Da gibt es nichts zu lachen. Zum Glück war dieser Leutnant kein Dummkopf. Und zu deinem Glück hat mein Theater funktioniert«, sagte Melo düster.

Marta lachte immer noch.

»Ich sage es dir noch einmal: Wenn ich du wäre, würde ich nicht lachen. Tu mal nicht so stark, du hättest dir vor Angst fast in die Hose gemacht.«

Marta massierte ihre Wange. Melo hatte recht. Sie hatte unglaubliche Angst gehabt, aber sie wollte es nicht zugeben. »Die gespielte Ohrfeige war eine geniale Idee«, bemerkte sie stattdessen.

Ganz ruhig stand Melo auf. Diesmal schlug er noch fester zu. »So. Diese Ohrfeige war nicht gespielt.«

»Ich bin Italienerin«, rief Marta und versuchte, die Tränen zurückzuhalten.

»Jetzt red keinen Unsinn, Mädchen!«, bellte Melo und setzte sich wieder. »Bis vor Kurzem wusstest du nicht einmal, dass dieses dumme Italien überhaupt existiert!«

»Ich bin Italienerin«, wiederholte Marta stur.

»Schön«, gab Melo gleichgültig zurück.

»Und ich bin stolz darauf.«

»Schön.«

»Und du auch!«, schrie Marta. »Ich habe es dir angesehen, in Rimini.«

»Und seit wann kannst du Leuten sowas ansehen?«, fragte er, ohne sie eines Blickes zu würdigen.

»Du bist ein alter Brummbär, sonst nichts«, murmelte Marta und ging.

In dieser Nacht kümmerte sich Armandina La Bella um Martas Nase und versuchte mit Melisseumschlägen die Rötung ihrer Wangen zu beruhigen.

Am nächsten Tag, als sie Civitavecchia verließen, sprach Marta kein Wort mit Melo. Und er nicht mit ihr.

Und schließlich erreichten sie über die antike Via Aurelia die ewige Stadt. Rom.

Marta hörte sofort auf zu schmollen, schließlich hatte sie die Stadt, die sie so gerne befreien wollte, noch nie gesehen. Sie sah sich mit großen Augen und offenem Mund um.

Melo bemerkte es, und diesmal war es an ihm zu lachen. Aber Marta nahm es gar nicht wahr. Sie war voll und ganz eingenommen von etwas, das sie sich bis dahin gar nicht hatte vorstellen können.

Die Stadt und ihr Umland waren riesig. Ein Dschungel aus Häusern, alle bemüht, sich an Höhe zu übertrumpfen. An jeder

Ecke läuteten die Glocken einer prächtigen Kirche. Die vielen, bisweilen sogar gepflasterten Straßen waren vollgestopft mit Kutschen. Hier und da verstreut tauchten immer wieder Spuren des größten Imperiums auf, das die Welt jemals hervorgebracht hatte, dazwischen weideten Schafe.

Marta fühlte sich winzig angesichts all dieser Pracht. All dieser Herrlichkeit. Fast machte es ihr Angst.

Das Lager und das große Zelt bauten sie auf einer wilden Wiese voller Brennnesseln auf. Von dort aus sah man in der Ferne eine halbverfallene riesige Ruine mit drei Bogenreihen. Im Sonnenuntergang verfingen sich die letzten Strahlen in den Bögen und tauchten alles lichterloh in tiefes Rot.

Melo stand auf der Wiese, kaute an dem, was von seiner Zigarre übrig geblieben war, blickte in Richtung der runden Ruine.

Marta stellte sich zu ihm und ließ sich von diesem Anblick verzaubern.

»Was ist das?«, richtete sie dann schließlich doch das Wort an ihn.

»Das Kolosseum«, antwortete Melo. »Der größte Zirkus der Welt.«

Marta war beeindruckt. Minutenlang standen sie schweigend nebeneinander.

»Wurdest du im Zirkus geboren?«, wagte Marta schließlich zu fragen.

»Das sind wir alle.«

»Du weißt genau, was ich meine. Bist du so jemand wie ich?«

»Nein.«

»Nein?«

»Nein. Ich bin ein Mann.«

»Haha, wie lustig.«

»Das sollte kein Witz sein. Fast alle Männer hier kamen zum Zirkus, weil sie von zu Hause weggelaufen sind, auf Freiheit und Abenteuer aus.«

»Und einer von ihnen warst du?«

»Ja.«

»Wie alt warst du da?«

»Dreizehn.«

Überrascht blickte Marta ihn an. »Hat dir deine Familie nie gefehlt?«

»Meine Mutter schon. Sehr sogar. Sie fehlt mir immer noch. Sie war etwas ganz Besonderes.«

»Warum bist du dann weggelaufen?«

Melo seufzte. Normalerweise redete er nicht gerne, aber heute Abend war das anders. Er selbst fühlte sich anders als sonst und hätte nicht einmal sagen können, weshalb. Vielleicht, weil er auf dem ganzen Weg kein einziges Mal Martas Stimme gehört hatte, wo sie doch normalerweise die ganze Zeit plapperte. Vielleicht, weil er am Tag zuvor so große Angst um sie gehabt hatte, mehr noch als sie selbst. Vielleicht aber auch nur, weil er an diesem Abend das Bedürfnis verspürte, etwas von sich zu erzählen.

»Sie lag im Sterben«, sagte er leise. »Sie nahm meine Hand und flüsterte: ›Geh. Ich habe gesehen, wie du das Zirkuszelt angeguckt hast. Wenn du darauf wartest, dass ich sterbe, dann kommt vielleicht kein Zirkus mehr hier vorbei, den du so schön findest wie diesen. Sie haben Pferde, oder? Du kannst gut mit Pferden umgehen. Tu so, als wäre ich schon tot. Geh und schau nicht zurück.‹«

»Und, bist du gegangen?«

»Nein. Ich konnte sie nicht allein lassen.« Melo lächelte wehmütig. »So viel Liebe war in ihrem Blick, das werde ich nie vergessen. Und dann, beim Abendessen mit meinem Vater und meinem Bruder, die stritten, weil sie beide wie sonst auch betrunken waren, hörten wir plötzlich vom Bett meiner Mutter ein schreckliches Röcheln. Als hätte der Tod ihr mit seinen Klauen das Leben aus dem Leib gerissen. Mein Vater und mein Bruder hörten auf zu streiten. Eine schreckliche Stille, die nach saurem Wein stank, legte sich über uns. Ich ging zu ihr und sah unter Tränen, dass ihr Gesicht zu einer schrecklichen Fratze verzerrt war. Ihr Mund war ganz schief, Spucke lief ihr übers Kinn, und sie hatte die Finger in die Decke gekrallt. In meinem ganzen Leben habe ich nie wieder eine so grauenhafte Leiche gesehen.«

»Und … und dann?«

»Während der Schmerz meinem Vater und meinem Bruder den Rausch austrieb und sie hilflos schluchzten, sah ich meine Mutter ein letztes Mal an und ging. Zum Zirkus. Diesem hier. Es war schon alles abgebaut, und sie waren bereit zur Abreise. Ascanio nahm mich auf, und seitdem ist dies hier mein Zuhause.«

Marta staunte. »Dann … dann ist es, als ob deine Mutter gestorben wäre, um dich ziehen zu lassen?«

Der Alte nickte. »Nicht *als ob*. Sie wusste, dass ich nicht gegangen wäre, solange sie noch lebte.«

»Das ist unglaublich …«

»Nein, überhaupt nicht.«

»Was meinst du?«

»Anfangs ließ mir der Schmerz um ihren Verlust keine Ruhe. Ich konnte an nichts anderes denken. Aber dann verstand ich.«

»Was?«

»Das habe ich doch gesagt: In meinem ganzen Leben habe ich nie wieder eine so grauenhafte Leiche gesehen. Übertrieben grauenhaft.«

Marta verstand nicht.

»Weißt du, was meine Mutter beruflich machte?«

»Nein.«

Melo lachte. Ein sanftes Lachen. »Sie war Schauspielerin.«

»Was hat das denn damit zu tun?«

Er lachte noch immer. Und in sein Lachen mischten sich Tränen, die sich in seinen Falten sammelten und dort herunterliefen. »Es war ihr letzter Auftritt. Meisterhaft. Für einen einzigen Zuschauer. Aus Liebe.«

Marta konnte es gar nicht glauben. »Wie kannst du dir da so sicher sein?«

»Weil wir ein Jahr später das Zelt am selben Ort aufbauten. Ich ging nach Hause, aber weder mein Vater noch mein Bruder waren dort. Aber die Nachbarin erkannte mich, sie küsste mich auf die Stirn und hielt dabei sanft meine Ohren fest, so wie es meine Mutter immer getan hatte. Und dann sagte sie: ›Sie wusste, dass du wiederkommen würdest. Und sie hat mich gebeten, dir einen Kuss zu geben, so wie sie es immer getan hat, damit du auch weißt, dass diese Nachricht von ihr stammt. Sie sagte, du sollst glücklich sein und das mit der eigenen Pferdenummer machen. Und du sollst wissen, dass sie glücklich starb, mit einem Lachen auf dem Gesicht, das sage ich dir. Denn sie hatte dir einen Bären aufgebunden. Nichts hat sie so gerne gespielt wie ihren eigenen Tod, nicht mal die Rolle der Cleopatra. Gott wollte, dass sie Schauspielerin wird nur für diesen Moment, damit du gehen kannst. Frei sein kannst. Und dann soll ich dir noch sagen, dass du ein sentimentaler Dummkopf und der beste Sohn der Welt bist.‹ Es hat wohl noch einen Monat gedauert, bis sie wirklich gestorben ist. Aber sie hat sich die ganze Zeit meine eigene Pferdenummer vorgestellt, deshalb war es ein friedlicher Tod.«

Stille senkte sich herab. Wie sie es immer tut, wenn etwas Großes passiert. Und diese unglaubliche Geschichte voller Liebe schwebte zwischen ihnen in der Luft.

Da kam Ernestina, eine Stute, die Melo besonders gerne hatte, und stupste den Alten an die Schulter.

»Lass das«, brummte Melo.

»Wie hieß deine Mutter?«, wollte Marta wissen.

Melo lächelte, und mit einem liebevollen Blick nahm er die Stute an den Ohren und drückte ihr einen Kuss auf die Stirn.

»Nein«, rief Marta. »Ernestina?«

Melo stand auf und ging zu seinem Wagen. »Gute Nacht, Naseweis.«

»Warte doch mal. Wo hast du gewohnt?«

Melo zeigte mit dem Finger leicht rechts vom Kolosseum. »Da. Siehst du?«

Die ganze Zeit über hatte er nicht das Kolosseum angeschaut, sondern eine Hütte rechts daneben.

»Da«, wiederholte er. »Das war mein Zuhause.«

# 11

*März 1870*

*Königreich Italien – Olengo, Provinz Novara*
*Kirchenstaat – Rom*

Vor dem Fenster flog die Landschaft vorbei. »*Addio*«, verabschiedete sich die Contessa.

Pietro verstand sie nur zu gut. Unwillkürlich dachte er an seinen Abschied von Lino. Und zum ersten Mal wurde ihm wirklich klar, dass er ihn nie mehr wiedersehen würde. Und dass sein Freund sterben würde. »20/08, genieße deine letzten sechs Monate, wenn du es kannst«, hatte der Waisenhausdirektor ihm geraten, aber so kaltherzig, dass auch ein Erwachsener zurückgeschreckt wäre. Tuberkulose gab in diesem Stadium keinen Anlass mehr zur Hoffnung. Sie beide wussten es, hatten aber immer so getan, als wäre alles in Ordnung. Die gemeinsame Zeit, die ihnen blieb, verbrachten sie mit Lachen, mit Spielen und miteinander. Dann kam die Contessa und nahm Pietro mit.

Und jetzt saß Pietro mit dem Wissen, dass Lino sterben würde, allein in dieser Kutsche, die durch die Landschaft raste, um so viele Meilen wie möglich zwischen sie und Leone Pompei zu bringen.

Seine Augen füllten sich mit Tränen, er umklammerte das Messer des Freundes fest, während nun auch er ein »*Addio*« an einen unbestimmten Punkt sandte, an dem er sich die Schlafstatt des Waisen 20/08 vorstellte.

Die Contessa wandte sich ihm zu. Ihre veilchenblauen Augen

glitzerten kalt wie Amethysten, aber Pietro ließ sich nicht täuschen. Er wusste, dass die Contessa nicht so kalt war, wie sie vorgab.

»Weshalb habt Ihr mich ausgesucht?«, wollte er wissen.

Die Contessa ließ ein sehnsuchtsvolles Lächeln erkennen. »Weil du als Einziger dort Leben in dir hattest.«

»Woher wollt Ihr das wissen?« Pietro brauchte eine Bestätigung. Eine, die ihn am Leben hielt, nicht aufgeben ließ.

»Hast du schon vergessen, dass ich auch in einem Waisenhaus aufgewachsen bin?«, fragte sie, und wieder blitzte dieses sehnsuchtsvolle Lächeln auf. »Ich bin unter Kindern großgeworden, die herumschrien und tobten, obwohl kein bisschen Leben mehr in ihnen war. Wie Marionetten. Dann kamen sie fort aus dem Waisenhaus und wussten nicht, wohin mit sich. Denn erst im wirklichen Leben zeigt sich, wer tatsächlich stark ist. Das Leben ist beileibe kein Kinderspiel.«

Pietro schwieg eine Weile. »Und ich, bin ich stark?«, fragte er mit der Stimme eines Kindes.

»Eben noch hast du das behauptet.«

»Hab nur ein bisschen geprahlt«, er wurde rot. »Bin ich stark?«

»Ja«, antwortete die Contessa kurz.

»Woher wollt Ihr das wissen?«

»Ich weiß es einfach. Als du in der Küche das ganze Geschirr kaputtgehauen und geschrien hast, dass du lieber krepieren würdest, als es nicht zu schaffen, da wusste ich, dass ich mich nicht getäuscht hatte.« Sie deutete auf das Messer. »Ich weiß übrigens von deinem Freund«, sagte sie leise.

Pietro stieß einen tiefen Seufzer aus. Er hob das Messer, um es ihr zu zeigen. »Das war alles, was er hatte, und er hat es mir geschenkt.« Er atmete tief durch. »Wenn Ihr wirklich ein Waisenkind seid, dann wisst Ihr, was ein Messer im Waisenhaus bedeutet.«

Die Contessa nickte lediglich, es brauchte keine weiteren Worte.

Eine weitere Stunde lang raste die Kutsche durch die Poebene in Richtung Süden, zur Tyrrhenischen Küste.

Und als wäre Pietro erst nach dieser langen Pause wieder fähig zu sprechen, fragte er: »Als Ihr mich ausgesucht habt, wusstet Ihr da schon, dass dies alles passieren würde?«

»Ich wusste, dass eine schwierige Zeit anstand«, antwortete sie und fügte mühevoll hinzu: »Aber nicht *das*«. Sie sah ihn an. »Sonst hätte ich dich gelassen, wo du warst.«

»Dann bin ich froh, dass Ihr es nicht wusstet«, sagte Pietro schlicht.

Wieder legte sich Stille über sie. Aber es war keine feindliche oder verlegene Stille, sondern eine, die sie verband. Vielleicht, weil sie beide so einsam waren. Vielleicht, weil sie offen zueinander gewesen waren. Vielleicht auch einfach nur, weil zwei Menschen, die in einer Holzkiste daherrasen, nicht viel anderes übrigbleibt, als sich näherzukommen. Oder vielleicht, weil beide allmählich sicher waren, zum jeweils anderen gehören zu wollen.

In seine Ecke gekauert war Pietro fast schwindelig, er fühlte sich wie betrunken von all diesen Worten, die sie sich in diese Stille hinein gesagt hatten. Worte, die er nie zuvor gesagt oder gehört hatte. Wäre er in der Lage gewesen, dies alles zu beschreiben, dann hätte er gesagt, dass er sich bei diesen Worten das erste Mal wie ein menschliches Wesen gefühlt hatte.

Als die Kutsche schließlich die Kurven zum nördlichen Apennin hinauffuhr, sich einen Weg bahnte durch die dichten Wälder, die die Straße säumten, rief der Junge erstaunt: »Seht nur!«, und in seinen Augen spiegelte sich das Grün der Wälder. »Das ist ja wunderschön«, flüsterte er.

Für die Contessa war es eine wahre Freude, den Jungen zu beobachten. Seine ansteckende Begeisterung, sein Leuchten. Sie wusste genau, wie Pietro sich fühlte. Denn auch sie war eines Tages ihrem Gefängnis entkommen. Und auch sie hatte lange Zeit gestaunt. *In einem anderen Leben*, sagte sie sich. So weit weg, dass sie vielleicht, wäre ihr Cavallino nicht gewesen, weiterhin so getan hätte, als habe sie es nie gelebt.

Als sie den Pass erreichten, öffnete sich der Horizont. Der Tag war kalt und klar, und ihr Blick konnte sich in unendlicher Ferne verlieren.

»Was ist dieser blaue Streifen da hinten?«, fragte Pietro staunend.

»Das Meer«, antwortete die Contessa.

»Das Meer …«, wiederholte er ungläubig. Dann breitete sich ein Lächeln auf seinem Gesicht aus. »Jetzt habe ich das Meer gesehen.«

Die Contessa schmunzelte. In manchen Momenten wirkte er schon wie ein Mann – zum Beispiel als er Leone Pompei mit dem Messer bedroht hatte – und in anderen wie ein Kind, obgleich er so groß war.

Und jetzt sagte er wie ein Kind: »Ich habe immer nur vom Meer gehört.«

»Möchtest du ans Wasser gehen?«

»Ja!«

»In Ordnung.«

Er sah aus dem Fenster zum Horizont, wo Meer und Himmel in ihren verschiedenen Blautönen aufeinandertrafen.

An der Küste in der Nähe von La Spezia befahl die Contessa Paride, anzuhalten.

Pietro stieg staunend aus und trat an die Wasserkante. »Kann ich meine Hand reinhalten?«

»Natürlich«, sagte sie.

Er zog die Schuhe aus und ließ sich die Füße überspülen, beugte sich hinunter und strich mit der Hand durch das Wasser. Dann führte er die Hand zum Mund. »Salzig.«

»Ja«, bestätigte die Contessa.

»Und so unendlich, so groß …«

»Ja.«

»Und so schön fröhlich.« Pietro strahlte.

Die Contessa lachte. Es war eine wahre Freude, das Glück dieses Jungen zu sehen. Ihr war, als erlebe sie ihre eigene Freude noch einmal.

Sie stiegen wieder in die Kutsche.

Und als hätte er ihre Gedanken gelesen, fragte er auf der Weiterfahrt: »Was war Eure erste Entdeckung, als Ihr aus dem Waisenhaus raus wart?«

»Hunger.«

»Und was noch?«, bohrte Pietro nach, der gerne wissen wollte, was sie gefühlt hatte.

»Verzweiflung.«

»Und was noch?«

Der Blick der Contessa wurde weich. »Und in einer Kutsche wie dieser hier die Freiheit. Anfangs machte sie mir Angst.«

Pietro lächelte. Genauso war es für ihn.

»Damals konnte ich zum ersten Mal die Schönheit der Welt sehen«, fügte sie hinzu und sah aus dem Fenster, so wie damals.

»Mit Eurem Mann?«, wagte Pietro sich vor.

»Ja. Mit Ippolito.«

Er dachte eine Weile nach, in seinem Kopf kreisten tausend Fragen. »Und dann? Was habt Ihr gemacht? Habt Ihr Euer altes Leben begraben?«

»Ja«, sagte die Contessa. »Und zwar lebendig.«

Pietro verstand nicht. »Was meint Ihr?«

Die Contessa ließ sich nicht anmerken, dass ihr Herz aussetzte. Ernst antwortete sie: »Das werde ich bald herausfinden.«

Wieder wurde es still zwischen ihnen, diese Stille wurde immer vertrauter.

Nach einer Weile klopfte die Contessa an das Kutschdach.

Paride öffnete das kleine Fenster. »Was gibt es, Contessa?«

»Du musst müde sein.«

»Nicht müder als Ihr.«

»Ich gebe mal vor, dir zu glauben.« Sie lächelte. »Lass uns einen Schlafplatz suchen. Wie der schlechterzogene Signorino hier neben mir es formulieren würde, habe ich keine Lust, mir den *Arsch* abzufrieren.«

Pietro lachte.

Auch Paride lächelte, meinte aber: »Ich weiß nicht, ob das so klug ist, sie werden bald die Verfolgung aufnehmen.«

Die Contessa nickte. »Du hast recht«, sagte sie. »Lass uns von der ausgebauten Straße runter und in eine ländlichere Gegend fahren. Wir suchen ein Wirtshaus, in dem uns niemand vermuten würde.«

Paride schloss das Fensterchen, und während sich langsam der Sonnenuntergang ankündigte, bog er in einen engen, steinigen Weg, in dessen Mitte das Gras so hoch wuchs, dass dort nicht viel Verkehr zu erwarten war.

Die Straße schlängelte sich immer weiter aufwärts, gesäumt von terrassenförmig angebauten Weinstöcken und kleinen Steinmäuerchen. Nach etwa einer halben Stunde hielt die Kutsche vor einem ausgeblichenen schiefen Schild mit der Aufschrift *»Locanda del Riccio«*.

Das einfache *Gasthaus zum Igel* war niedrig, mit nur einem Stockwerk über den Stallungen, aus denen nicht nur warme Luft, sondern auch ein stechender Gestank nach Mist drang.

Die Contessa stieg aus, ließ ihren Blick über das Haus gleiten und schnupperte. »Da hast du mich ja wortwörtlich genommen, Paride«, sagte sie lachend.

Der Wirt – ein derber Bauer, der sich mit der fragwürdigen Vermietung zweier schäbiger Zimmer, von denen nur eines einen Kamin hatte, ein Zubrot verdiente – führte sie über die Galerie aus knarrendem Holz. Dann zeigte er ihnen das Zimmer: eine Bastmatte auf dem Boden, zwei Nachttöpfe, ein Wasserkrug, ein Tisch und vier strohgedeckte Stühle, dazu zwei Betten, jeweils zu klein für zwei und zu groß für einen. Mit getrocknetem Kuhdung entzündete er den Kamin und legte noch ein paar Holzscheite dazu. Schließlich informierte er sie, dass ein Abendessen nicht im Preis inbegriffen sei, er aber gegen einen kleinen Aufpreis bereit sei, sein eigenes Abendessen, bestehend aus Minestrone, Bohnen und Schweineschwarte, zu teilen. Und gegen einen weiteren Aufpreis überlasse er ihnen auch eine Karaffe Rotwein.

»Mit den ganzen Aufpreisen haben wir für diese Spelunke so viel bezahlt wie für ein Grand Hotel«, sagte die Contessa, als sie schließlich allein waren und vor ihrem Abendessen saßen.

Paride lächelte und wollte mit seiner Schüssel in die andere Zimmerecke gehen.

»Setz dich zu uns«, hielt die Contessa ihn zurück.

»Aber ich …«

»Setz dich, Paride.« Ihr vornehmer Tonfall war so höflich wie unerbittlich.

Paride errötete, setzte sich aber zu ihnen.

»Du riskierst einiges, weil du mit uns unterwegs bist«, sagte die Contessa. »Wenn man uns erwischt, wird man dich für unseren Komplizen halten.«

»Ich *bin* Euer Komplize, Contessa«, gab der Kutscher zurück.

Beim Essen trank Paride keinen einzigen Schluck Wein. Er wolle einen klaren Kopf bewahren, sagte er, und in der Kutsche schlafen, weil er dem Wirt nicht traue.

»Nicht, dass ein weiterer Aufpreis Kutsche oder Pferde miteinschließt«, scherzte er.

Nachdem er gegangen war, schürten sie das Feuer so gut es ging mit etwas getrocknetem Dung und einigen Buchenscheiten, und die Contessa sagte: »Geh schlafen, du bist todmüde.«

Pietro wankte zum Bett und legte sich, wie er war, hinein. Die alten Federn quietschten und gaben so weit nach, dass das Bett eher einer Hängematte glich. Aber das merkte er schon nicht mehr, er fiel sofort in einen tiefen Schlaf.

Die Contessa betrachtete seine widerspenstige Strähne. Und meinte fast, selbst auch eine zu lange Zeit so geschlafen zu haben, vollkommen ahnungslos, ohne eine Vorstellung von der Welt, der Zukunft, dem Leben. Als könnte man einschlafen, wie man eine Öllampe auspustet, einfach so.

Sie hingegen spürte auf den Schultern eine schreckliche Last, jetzt mehr denn je.

Sie goss sich ein Glas des sauren Rotweins ein. Trank es. In einem Zug. Wie Rizinusöl. Und noch bevor sich alles drehte, trank sie ein weiteres Glas.

Als der Wein seine Wirkung tat, tauchte das Bild eines Sandschlosses in ihr auf, äußerlich stabil, aber sobald die Wellen an es heranreichten, fing es an zu bröckeln, brach nach und nach auseinander, wurde seines Fundaments beraubt.

Aber sie hörte nicht auf, trank ein drittes Glas, leerte die Karaffe.

So blieb sie sitzen, am Tisch, das Zimmer drehte sich um sie herum, die Umrisse verwischten, alles wurde weich. Sie tauchte ein in etwas lange nicht mehr Dagewesenes, Sanftes. Ohne jeglichen Schutz.

In Gedanken an die Worte, die eine alte Frau einmal zu ihr gesagt hatte, murmelte sie schleppend: »Schmerz ist manchmal so schlimm, dass man meint, man stirbt daran. Aber wer keinen Schmerz kennt, der kennt das Leben nicht.« Ihre Augen füllten sich mit Tränen, sie schüttelte den Kopf und murmelte: »Aber das stimmt nicht.«

Dann verlor sie sich in Erinnerungen, die wie aus einem Strudel auftauchten, und wunderte sich, dass sie so lebendig waren, obgleich sie sich doch so viel Mühe gegeben hatte, sie tief, tief in sich zu vergraben, um schließlich zu werden, was sie war. Eine andere. Eine Contessa.

Eine dunkle Straße. Sie trug ein aufreizendes Kleid, fast vulgär. Und so wie damals spürte sie jetzt die Kälte, die in ihren großzügigen Ausschnitt kroch. Ihre Ware. Sie erinnerte sich an die Verzweiflung, die sie schlussendlich dazu getrieben hatte, ihren Körper verkaufen zu wollen. Sie hatte sich bereits beim Gedanken daran geschämt. Sah vor ihrem Auge, wie sie sich in ein Tuch eingewickelt hatte und schneller lief. Nein, das, das wollte sie nicht. »Signora, habt Ihr Euch verlaufen?«, hörte sie eine männliche Stimme hinter sich fragen.

»Ich hätte auch als Prostituierte enden können …«, murmelte sie, während der Wein ihr immer mehr zu Kopf stieg. »Aber …«

Dieser Mann wollte nicht ihren Körper kaufen. Einer aus dem Piemont, vollkommen unschuldig, der sich einfach um eine einsame Frau draußen in der Nacht sorgte.

»Du warst so liebenswert«, sagte sie leise und voller Sehnsucht. Sie verschränkte die Arme auf dem Tisch und ließ den Kopf darauf sinken.

Sie hatte ihn angelogen, einfach erzählt, was ihr gerade in den Sinn kam. Nicht, um ihn zu täuschen, sondern um die eigene Scham nicht zu spüren. Sie hatte gelogen, um sich ein letztes bisschen Würde zu bewahren.

Sie erzählte ihm, sie sei eine verarmte Contessa, ohne eine einzige Lira. Und er, er ging in aller Liebenswürdigkeit mit ihr in ein Restaurant, ohne die geringste Anzüglichkeit. Und endlich wurde sie satt. An Körper und Seele.

»Ippolito«, sagte sie leise und fing an zu weinen. »Ippolito … du warst alles, was ich hatte … Wie konntest du mich nur allein lassen …«

Sie begann zu schluchzen, ihr Schloss brach gänzlich in sich zusammen, und es blieb nichts übrig als ein Haufen Sand. Sie glitt auf den Boden, und dort krümmte sich zitternd zusammen, was von ihr übrig geblieben war. Würdelos. Schamlos. Haltlos. Ihr zurückgehaltenes Schluchzen klang fast wie Gebell. Leid und Schmerz verzerrten ihr Gesicht zu einer Fratze, vernichteten ihre Schönheit. Es war nichts mehr von ihr übrig. Nur noch Schmerz.

Unbarmherziger Schmerz, dem nichts Menschliches mehr innewohnte. Wild und schonungslos wie eine Bestie.

Kurz hob sie den Kopf aus diesem selbst erschaffenen Gefängnis, wie ein Ertrinkender, der nach Luft schnappt.

Sie fürchtete, Pietro zu wecken. Er schlief tief und fest, in seiner Hand hielt er immer noch das Messer des Freundes.

Sie war so furchtbar einsam, so verzweifelt.

Mit letzter Kraft drückte sie sich hoch und kroch zum Bett des Jungen. Vorsichtig, damit die Federn nicht zu laut quietschten, zog sie sich daran hoch und legte sich neben ihn.

Dort blieb sie. Reglos.

Dann bewegte sich Pietro.

An ihrer Schulter spürte sie den Arm des Jungen, der sie schließlich ganz umfing, umarmte. So sanft. So warm. Ohne ein einziges Wort.

Auch die Contessa sagte nichts, gab sich nur dieser kostbaren unerwarteten Umarmung hin.

Langsam kam sie wieder zu Atem. Langsam wich die Einsamkeit von ihr. Und die Verzweiflung.

Und sie hatte den Eindruck, dass dieser magere, fast fremde Arm stark genug war, sie zusammenzuhalten.

Als Pietro am nächsten Morgen aufwachte, hatte die Contessa das Elendshäufchen vom Abend zuvor schon hinter sich gelassen. Sie sah ihn an, strich ihren Rock glatt und sagte einfach nur: »Wir müssen los.«

Sie gingen zur Kutsche als wäre nichts geschehen. Oder alles. Paride erwartete sie bereits.

»Auf, Paride. Wir haben noch einen weiten Weg vor uns«, sagte die Contessa mit einem schwachen Lächeln. »Treib die Pferde ordentlich an, dann werden wir sehen, ob sie ihren Preis wert sind.«

Auf der Reise sprachen sie beide kein Wort. Sie sahen sich nicht einmal an. Wenn es doch einmal passierte, dann senkten beide den Blick, als schämten sie sich. Oder als hätten sie Angst davor, etwas zu sagen, für das es noch zu früh war.

Schließlich empfing die Toskana sie so grün und üppig, wie Ligurien kahl und hart gewesen war. Sie hielten sich südlich, Richtung Maremma.

Nach einem weiteren Tag erreichten sie Latium und überquerten nach Kontrollen die Grenze zum Kirchenstaat. Die rustikale, raue römische Landschaft flog an ihrem Fenster vorbei.

»Bis Rom ist es nicht mehr weit«, kündigte die Contessa an, und in ihrer Stimme lag Vorfreude. Es war eines der wenigen Male, dass sie das Wort aneinander richteten, seit jener Nacht.

Als sie schließlich über die Via Flaminia und die Milvische Brücke fuhren und Rom schon in Sichtweite war, sagte die Contessa in ihrem üblichen unnahbaren Tonfall: »Du hast keine Familie. Und ich jetzt auch nicht mehr.«

Wieder waren sie zwei Waisen. Aber diesmal waren sie beide frei. Frei, das Leben zu leben, das sie wollten.

Die Contessa lächelte so undurchdringlich, dass man es auch für ein einfaches Lippenkräuseln hätte halten können. Aber ihr war, als spüre sie noch immer Pietros Umarmung.

»Wenn ich nicht ganz allein auf der Welt sein will, dann muss ich wohl mit dir vorliebnehmen, Cavallino.«

Pietros Herz quoll über, wie an jenem Tag im Waisenhaus, als sie ihn ausgesucht hatte. »Ganz genau«, sagte er nur.

Dann wurde die Kutsche langsamer. Die Contessa und Pietro sahen aus ihren Fenstern die Aurelianische Mauer mit der Porta del Popolo, durch die eine große Piazza mit einem dünnen, hohen Obelisken in der Mitte zu sehen war. Dahinter standen zwei identische Kirchtürme.

»Paride, halt an«, befahl die Contessa, als sie die Porta passiert hatten.

Pietro meinte, in ihrer Stimme eine Spur von Unsicherheit zu hören.

Der Kutscher pfiff, zog entschieden die Zügel an, und die Pferde blieben schnaubend stehen.

»Ich möchte allein sein«, sagte sie kurz und öffnete den Verschlag. Als sie den Fuß auf den Boden setzte, lief ein Schauder über ihren Rücken. Sie ging langsam ein kleines Stück, ließ Kutsche und Pferde hinter sich. Sie schaute nach vorn, erhobenen Hauptes. Jetzt musste sie ihrem Leben entgegentreten.

»Hier bin ich«, sagte sie, als würde sie zur ganzen Stadt sprechen, bevor sie ein wenig ängstlich hinzufügte: »Hier bin ich, wieder zu Hause.«

Sie blickte zur Stadt, als könnte sie durch Häuser und Kirchen hindurchsehen. Und schließlich flüsterte sie mit der Stimme des Kindes, das sie einst gewesen war: »Sei nicht zu hart zu mir.«

# Zweiter Teil

# 12

*März 1870*

*Königreich Italien – Novara*

Der Gerichtsvollzieher Leone Pompei hätte nicht sagen können, wie lange er schon auf der Parkbank im Vecchi Bastioni in Novara saß. Reglos starrte er auf seine Knie, wo sich auf seiner schwarzen Hose ein Fleck abzeichnete.

Starr sah er auf die helle Verfärbung hinunter und konnte an nichts anderes denken als daran, wie es zu diesem Fleck gekommen war. Wie er vor dem Präfekten auf die schmutzigen Pflastersteine vor dem Stadthaus auf die Knie gesunken war, dessen Hand ergriffen und schluchzend versucht hatte, sie zu küssen.

Er nahm weder den Kutschlärm noch das Geschrei der Froschschenkelverkäufer um sich herum wahr, bemerkte weder die anderen Menschen im Park noch das Zwitschern der Vögel in den uralten Platanen. Er hörte ausschließlich seine eigene, jämmerliche Stimme betteln: »Ich flehe Euch an, Exzellenz! Habt Mitleid! Vergebung! Ich flehe Euch an … Vergebung, Exzellenz!«

Er war so tief in seine Verzweiflung versunken, dass er sich auch nicht rührte, als Donner grollte und es anfing zu regnen.

»Signore, geht es Euch gut?«, fragte ein mit Frack bekleideter Mann, der in Richtung der nahegelegenen Arkaden hastete, vermutlich, um sich unterzustellen.

Mit größter Anstrengung hob Leone Pompei den Kopf und blickte den Mann an, ohne ihn wirklich zu sehen.

»Es regnet«, sagte der Mann.

Leone nickte langsam. »Ja …«, sagte er schließlich abwesend.

Eilig ging der Mann davon. Leone senkte den Kopf und starrte wieder auf seine fleckige Hose.

Erst als der immer stärker werdende Regen den Schmutz von seiner Hose gewaschen hatte, stand Leone auf. Er sah sich um, kehrte zurück in die Wirklichkeit und trottete ohne Eile nach Hause, den Kopf gesenkt wie ein Esel, der in den heimatlichen Stall zurückkehrt.

Er tastete in seinen Taschen nach den beiden zusammengefalteten Schriftstücken, die der Präfekt ihm aufgezwungen hatte, damit er auch ja nichts von deren Inhalt vergaß. Ein stechender Schmerz in der Brust zwang ihn, mitten auf der Straße stehen zu bleiben, keuchend wie nach einem Wettrennen.

Schließlich zog er die beiden Papiere heraus, die der Präfekt von seinem Sekretär eigens für ihn hatte abschreiben lassen, und öffnete sie. Sofort verschmierte der Regen die Tinte darauf, und langsam verschwammen die Worte zu einem nachtblauen Fleck. Aber Leone konnte trotzdem noch jedes einzelne Wort entziffern. Denn sein eigenes Leben war zu einem Fleck geworden, einem schmutzigen, verschwommenen Fleck.

»Hilfe«, raunte er.

Und trotz seines abstoßenden Äußeren – durch sein spärliches Haar schimmerte Schorf, auf seinen Schultern sammelten sich, nun vom Regen teilweise verwischt, Schuppen, sein vorstehender Bauch sprengte fast die Hosenknöpfe auf, seine Hände waren jämmerlich klein, die Fingernägel akkurat geschnitten – ja, trotzdem hätte jeder, der ihn auch nur kurz ansehen, ihn auch nur kurz anhören würde, Mitleid mit diesem Mann verspürt.

Der Satz, mit dem der Präfekt ihn begrüßt hatte, hallte in seinem Kopf wider: »Lest es selbst, Idiot!«

Nachdem die Dienerschaft der Odìns das Verschwinden der Contessa angezeigt hatte, begleitete die Gendarmerie Leone früh am nächsten Morgen zur Bestandsaufnahme der Güter. Und dabei gelangten zwei Vorkommnisse ans Licht. Vorkommnisse, für die der Präfekt Leone Pompei die Schuld gab. Nicht ohne Grund. Es ging um zwei Aussagen, eine von dem Dienstmädchen, welches für den unteren Stock zuständig war, und eine vom Kammermädchen der Contessa.

»Der dicke Signore«, hatte das Dienstmädchen zu Protokoll gegeben, »war mit der Contessa und ihrem Ziehsohn in ihrem Privatsalon, und er hat gesagt, dass er das ganze Haus räumen lassen könnte, weil er ja derjenige sei, der die Befehle gab und machen könnte, was er wollte. Aber dann hat er zu ihr gesagt, dass er etwas für sie tun könnte, wenn sie mit ihm ins Bett gehen würde, weil sie ja so jung und schön sei …«

Leone schloss die Augen und biss die Zähne zusammen. Das alles stimmte. Ganz genau so hatte sich alles zugetragen. Vor seinem inneren Auge erschien noch einmal die Contessa und ihr aufreizendes Dekolleté. Und wieder spürte er diesen starken Trieb, der ihn zu diesem Ausspruch veranlasst hatte. In Anbetracht ihrer betörenden Schönheit, ihres Hochmuts hatte er diesem Trieb nachgegeben. Er sah sich selbst mit den Augen dieser Frau, die, obgleich sie ruiniert war, mit spöttischer Verachtung auf ihn hinabsah, als wollte sie ihm zu verstehen geben, dass er nicht auf ihrem Niveau stand, dass ein so unbedeutendes Männchen wie er niemals auch nur die Vorstellung streifen dürfe, sie anzufassen. Er glaubte, die Contessa besitzen zu können. Sie demütigen zu können, so wie sie ihn demütigte. Und hatte dieser maßlosen Vorstellung kurz nachgegeben.

»Der Junge hat seine Mutter verteidigt und den dicken Signore mit einem Messer bedroht. Der dicke Signore hat Angst gekriegt und ist weggegangen, aber er hat beide bedroht, und die Contessa hat ihn beschimpft«, endete die Zeugenaussage des Dienstmädchens.

Der Präfekt fügte mit dröhnender Stimme, die alle hören konnten, hinzu: »Von einem Jungen und einer Frau habt Ihr Euch in die Irre führen lassen. Ihr seid armselig, schamlos und ein widerlicher Fettsack …«

Jeder einzelne der Gendarmen lachte.

Leone wiederholte flüsternd das Urteil des Präfekten: »Machtmissbrauch und Korruption, Betrug gegen das Königreich.«

Er war nun in eine Pfütze getreten, doch es kam ihm so vor, als sei es Treibsand. In dem er nun jämmerlich versinken würde. »Ihr habt die Interessen des Reichs Euren niederen Trieben untergestellt! Ihr habt im Namen seiner Majestät des Königs gesetzwidrig gehandelt!«, hatte der Präfekt ihm ins Gesicht geschrien und die Liste mit der Aufstellung der Güter aus der Villa Odìn gegriffen und wütend damit in der Luft herumgewedelt. Dann las er die Aussage des Kammermädchens laut vor: »In der Liste der Juwelen fehlen wenigstens vier Ringe, einer mit einem Smaragd, der etwa so groß ist wie ein Skarabäus, ein Rubin, so rund und groß wie eine Erbse, und zwei Diamanten, die heller strahlen als ein Dutzend Kerzen.«

Leone ließ die Papierklümpchen, die seine Verdammnis besiegelten, zu Boden fallen.

Und raunte ein zweites Mal: »Hilfe …«

»Ihr werdet Euch nicht mehr um den Fall Odìn kümmern«, hatte der Präfekt gleichgültig gesagt. »Ihr seid nicht länger Gerichtsvollzieher des Reichs. Euer Auftrag ist es, gemeinsam mit Capitano Lonigro die flüchtige Contessa Silvia di Boccamara zu finden. Wenn nötig, begleitet Ihr ihn dazu bis in die Hölle. Der Capitano ist beauftragt, die Contessa festzunehmen und dem Gericht zu überführen, und Ihr werdet alles in Eurer Macht Stehende tun, ihm zu helfen.« Der Präfekt sah ihn kaltschnäuzig an. »Euer Gehalt ist auf null gesetzt. Ihr werdet Essen und einen Schlafplatz erhalten. Mehr nicht. Wenn das alles vorbei ist, werdet ihr unehrenhaft und in Schande entlassen, Ihr werdet nie wieder für das Reich tätig sein. Geht jetzt und präsentiert Euch morgen um elf Uhr in der Kaserne.«

Und da war Leone auf die Knie gefallen und hatte bettelnd versucht, die Hand des Präfekten zu küssen.

»Ihr könnt Euch glücklich schätzen«, sagte der Präfekt herablassend. »Oder soll ich Euch noch des Hochverrats beschuldigen?«

Jetzt legte Leone eine Hand auf sein wild hämmerndes Herz. Dann machte er sich mit schweren Schritten auf den Weg nach Hause. Zu seiner Frau.

Er zog eine Spur im Wasser hinter sich her, doch der Regen konnte weder seine Schuld noch seine Not auslöschen. Was sollte er seiner Frau sagen? Dass er versucht hatte, die Contessa zu verführen, und deshalb unehrenhaft entlassen worden war? Wie sollte er ihr erklären, dass sie ruiniert waren? Durch seine Schuld! Wie sollte er ihr ins Gesicht sehen?

»Jesus! Du bist ja vollkommen durchnässt!«, rief seine Frau aus, als er ihre bescheidene Unterkunft betrat. »Was ist passiert?«

»Setz dich«, befahl Leone.

Seine Frau – die wie alle Frauen instinktiv spürte, wenn sich ein großes Unglück ankündigte – gehorchte.

Triefend blieb Leone vor ihr stehen.

»Du musst zu deinem Bruder nach Omegna ziehen«, fing er an. »Wir müssen diese Wohnung hier verkaufen.«

Seine Frau verlangte keinerlei Erklärung. Sie sah ihn bloß an. Ihr Mann war plump und unsympathisch, von Grund auf unehrlich, stumpfsinnig und, wie sie schon immer vermutet hatte, auch würdelos. Aber niemand anders hatte sie zur Frau nehmen wollen. Und jeder andere hätte ihr vermutlich auch den fehlenden Erben zum Vorwurf gemacht. Er war weder eine gute Partie noch ein guter Ehemann. Und doch war er alles, was sie hatte.

Die Pfütze zu Leones Füßen wurde immer größer.

»Ich wische das trocken«, sagte sie.

»Bleib sitzen und hör mir zu«, wies Leone sie knapp an. Vor seinem inneren Auge erschien noch einmal das Engelsgesicht der Contessa. Und dann betrachtete er die grobschlächtigen Gesichtszüge seiner Frau, wie eilig hingeworfen von einem Gott, der Besseres zu tun hatte. Und statt seinen Hass auf Gott zu richten, richtete er ihn auf diese plumpe Frau, die doch nichts anderes war als sein Spiegel. Hässlich und plump.

»Wir sind ruiniert«, sagte er knapp.

Seine Frau zuckte zusammen. Schloss ihre knotigen Finger krampfhaft um die Armlehnen des schäbigen Sessels und schwieg.

*Eigentlich ist sie eine gute Frau*, dachte Leone.

Und dann erzählte er ihr alles. Zögernd zunächst, doch dann kamen die Worte wie von selbst, und er erzählte noch viel mehr, als er eigentlich vorgehabt hatte. Dinge, die er selbst noch gar nicht wusste, die außerhalb seiner Gedankenwelt lagen. Er erzählte ihr – und sich – von seiner Frustration, davon, wie sehr er sein armseliges Leben verachtete, wie gerne er noch einmal ganz von vorne anfangen würde. Er erzählte ihr von der Unzufriedenheit, die an ihm nagte und die er bis jetzt noch gar nicht wahrgenommen hatte. Er bezeichnete sie beide als armseligen, menschlichen Abfall, als Untermenschen, denen es nicht vergönnt war, mit den Auserwählten an einem Tisch zu sitzen.

Und nachdem er ihr all das vor die Füße geworfen hatte, schwieg er mit gesenktem Kopf. Schwer atmend, zornig und frustriert. Voller Schmerz.

»Sieh mich an«, sagte seine Frau.

Leone rührte sich nicht.

»Sieh mich an, Feigling«, wiederholte sie.

Leone hob ruckartig den Kopf und sah sie verwundert an. Seine Frau redete normalerweise nicht viel, und wenn sie es doch tat, dann voller Achtung und Respekt.

Sie stand auf und stellte sich ihm gegenüber.

Einen Moment lang schwiegen beide. Zwei plumpe Körper, mit denen es die Natur nicht gut gemeint hatte.

Und plötzlich gab ihm die Frau eine schallende Ohrfeige. »Feigling«, wiederholte sie. »Du bist ein Stümper, ich habe es schon immer gewusst. Und du weißt es auch«, sagte sie mit einer ihm vollkommen unbekannten Stimme.

»Schweig.«

»Und ich bin nicht besser.«

»Schweig!«

»Aber ich bin immer an deiner Seite gewesen.« Jetzt, da der Hass aus ihren Augen sprach, war die Frau noch unansehnlicher als zuvor. »Und weißt du auch, warum? Hast du dich das jemals gefragt?«

»Du sollst schweigen!«

»Weil ich wusste, dass ich niemals einen Besseren als dich bekommen würde.«

»Halt den Mund!«

»Ich habe dich, deinen Körper in mir, ertragen, auch wenn sich mir der Magen umdrehte, denn ich wusste, dass sich auch dir der Magen umdrehte.«

»Ich warne dich, schweig jetzt!«

»Und jetzt erzählst du mir, dass du dieses Leben nicht willst, mich nicht willst, dass ein so schäbiges Wesen wie du etwas Besseres hätte haben wollen als das Leben mit mir?«

»Zum letzten Mal«, schrie Leone rot vor Wut, die Hände zu Fäusten geballt. »Ich befehle dir zu schweigen!«

»Du bist menschlicher Abfall, genau wie ich.«

»Schweig!«, schrie Leone, packte sie an der Gurgel und drückte mit aller Kraft zu.

»Du wi…derst … mich … an.«

»Halt den Mund, bitte!« Leone biss die Zähne zusammen und drückte mit aller Kraft zu, schüttelte sie, bis sie blau anlief. »Schweig!«

Irgendwann konnte er sie nicht mehr halten und ließ sie einfach los, als bemerke er erst jetzt, was er getan hatte.

Leblos fiel sie zu Boden, schlug mit den Knien auf, drehte sich um sich selbst, bis schließlich ihr Kopf mit einem dumpfen Geräusch auf den Boden traf.

Reglos blickte Leone auf die zu seinen Füßen unnatürlich zusammengekrümmte Frau. Schließlich, nach einer schier unendlichen Weile, kniete er sich über sie, griff ihr unter die Achseln und zog sie zum Sessel. Er setzte sie hinein, ganz sanft, und bettete ihre Schultern an ein mit Makramee verziertes Kissen, sodass sich ihr Kopf aufrecht hielt.

Dann ging er zum Tisch und aß ganz in Ruhe das Essen, das seine Frau wie jeden Abend für ihn zubereitet hatte. Auch in seinem Kopf herrschte Ruhe. Kein einziger Gedanke kreiste umher.

Anschließend zog er seine nassen Kleider aus, legte sie über den Ofen und ging zu Bett. Aber er konnte nicht schlafen. Kein einziges Mal schloss er die Augen, denn er hatte Angst, sie nie wieder öffnen zu können. Plötzlich fürchtete er den Tod. Denn ihm war, als habe er den Tod bei der Hand genommen. Und wenn er nicht Wache hielt, würde der Tod ihn ganz bestimmt nicht loslassen.

Am nächsten Tag stand Leone in aller Frühe auf und wusch sich das Gesicht.

Als er in die Stube trat, um seine getrockneten Anziehsachen zu holen, hing der Geruch nach abgestandenem Urin beißend in der Luft. Erst da bemerkte er, dass die Beinkleider seiner Frau von Flüssigkeit durchtränkt waren.

Er öffnete die Schubladen der Schränke, kippte sie auf dem Boden aus, steckte ein, was ein Dieb eingesteckt hätte. Er verwüstete die ganze Wohnung. Dann nahm er eine Wäscheleine und fesselte seine Frau an den Sessel. Schließlich öffnete er noch die Fenster, um die Verwesung so lange wie möglich hinauszuzögern.

»*Addio*, Luigia«, verabschiedete er sich ein letztes Mal von seiner Frau, die steif und gespenstisch dasaß, und verließ die Wohnung.

Das Diebesgut warf er in einen Mülleimer im Park und ging anschließend zu der Kaserne, die der Präfekt ihm genannt hatte.

Dort stellte er sich bei Capitano Lonigro vor, einem dieser Kläffer, die vom neugegründeten Königreich Italien durch die Gegend geschickt wurden, um alles Mögliche zu richten. Ein derber, aggressiver, zupackender Mann – das Königreich konnte sich im Moment keine Unentschlossenheiten leisten.

Capitano Lonigro ließ seinen Blick über Leone gleiten und sagte: »Aha, du bist also der Idiot.«

»Genau. Der bin ich.«

# 13

*März 1870*

*Kirchenstaat – Rom*

»Mein richtiger Name ist Nella Beltrame«, verkündete die Contessa, die kerzengerade mitten auf der Piazza del Popolo stand. »Und Nella Beltrame werde ich ab jetzt auch wieder sein.«

Pietro und Paride waren ebenfalls aus der Kutsche ausgestiegen und standen nun neben ihr.

»Willkommen in Rom«, sagte Nella, als wäre sie hier die freundliche Gastgeberin. »Verliert niemals den Respekt. Aber erwartet nicht, dass euch Respekt entgegengebracht wird.« Sie lächelte wehmütig. »Diese Stadt ist wunderschön, aber fair ist sie nicht.« Dann wurde sie wieder ernst. »Ihr werdet die Trümmer des größten Imperiums der Welt zu sehen bekommen. Aber es sind Trümmer. Wunderschön, aber tot. Dies hier ist nicht die Stadt der alten Römer, sie gehört dem Papst. Und auch vor ihm solltet ihr euch in Acht nehmen. Denn der Papst kann ziemlich schnell vergessen, wie heilig er ist.«

Pietro sah sich um. Fasziniert betrachtete er den Obelisken, die beiden Zwillingskirchen und die drei Straßen, die wie Sonnenstrahlen leicht schräg von der Piazza abgingen.

»Eine schöne Piazza, nicht wahr, Cavallino?«, meinte Nella.

»Sehr schön«, murmelte Pietro. Er kam aus dem Staunen gar nicht heraus.

»Genau hier werden die meisten Todesstrafen vollstreckt«, merkte Nella leichthin an.

Pietro zuckte zusammen.

»Ich habe doch gesagt, dass du auf der Hut sein sollst.« Lachend stieg Nella wieder in die Kutsche. »Lass uns nach einer günstigen Bleibe suchen. Aber steig auf den Bock.«

»Warum?«, wollte Pietro wissen.

»Steig auf den Bock«, wiederholte Nella. Dann gab sie Paride Anweisungen bezüglich der Strecke, die er fahren sollte, und schloss die Gardinen vor den Fenstern.

Die Kutsche fuhr rechter Hand die Via di Ripetta herunter, folgte ihr zu einer Verbreiterung, wo, sich selbst überlassen, von Unkraut übersät und einem Heer Katzen bevölkert, das Augustusmausoleum der Zeit trotzte. Sie fuhren am Hafen von Ripetta vorbei, wo von Fischern oder Transporteuren vertäut Lateinerboote lagen, und mussten anhalten, als vor ihnen eine große Ladung Tauwerk und Stoffe ausgeladen und auf verschiedene Karren verteilt wurde.

Als die Straße wieder frei war, fuhren sie nach Nellas Anweisungen weiter, bis sie schließlich zu einer Brücke gelangten, an deren anderem Ende die Engelsburg thronte.

»Wir sind da«, verkündete Paride und ließ die Pferde anhalten.

Der Kutschverschlag öffnete sich, und Nella stieg aus. Sie trug ein zerschlissenes Kleid in einer undefinierbaren Farbe zwischen Grau und Braun.

Paride und Pietro betrachteten sie verblüfft.

Aber Nella sagte nichts, sie spähte nur in eine kleine Gasse, die von der Engelsbrücke schräg nach links abzweigte.

Alte heruntergekommene Häuser drängten sich aneinander. Es stank nach Menschen, denen es an Wasser fehlte, nach verdorbenem Essen und herumliegendem Abfall.

Via di Panìco, las Pietro.

Nella zeigte auf einige Häuser noch weiter links. »Das ist das Viertel Tor di Nona, da ist es billiger. Aber schöner wäre es, wenn wir hier etwas finden könnten.« Ohne eine Antwort abzuwarten, bedeutete sie Pietro, ihr zu folgen. Sie betrat die Taverne an der

Ecke der Piazzetta. Dort fragte sie nach einer Bleibe und erfuhr, dass zwei Häuser weiter ein alter Mann, den offenbar alle nur Turacciolo nannten, einen Mieter suchte.

Pietro wunderte sich über diesen Namen. Er wusste, dass Spitznamen in Rom vollkommen normal waren, aber wer wollte schon »Korken« genannt werden? Aber mehr noch wunderte er sich zum wiederholten Mal über das Kleid der Contessa. *Sie sieht aus wie ein Dienstmädchen*, dachte er, während sie sich auf die Suche nach dem Haus machten.

»Jetzt sieh mich nicht so an.« Nella blieb stehen. »Falls es dir noch nicht klar sein sollte: Wir beide sind auf der Flucht, Cavallino. Gott sei Dank muss ich nun nicht mehr diesen lächerlichen Namen Silvia di Boccamara tragen, den ich mir damals ausgedacht habe. Ich bin jetzt wieder die, die ich war: Nella Beltrame«, erklärte sie. »Und du bist deshalb ab jetzt Pietro Beltrame. Verstanden?«

Pietro nickte. Jetzt wurde das Leben wirklich kompliziert.

»Wir sagen, dass dein Vater gestorben ist.«

»Wie denn?«

»Genauso, wie er gestorben ist.«

»Er… erhängt?«, stammelte Pietro.

Nellas Blick wurde hart. »Nein«, gab sie zurück. »Er geriet in das Mahlwerk einer Mühle.«

»Aber so … so ist er doch gar nicht gestorben.«

»Doch, ist er.« Nellas Augen blitzten. »Das Mahlwerk des Königreichs Italien hat ihn zermalmt.«

Pietro senkte den Kopf. Als wäre die Wut der Contessa zu schwer für ihn.

Nella stieß einen tiefen Seufzer aus, fasste Pietro an den Schultern und drehte ihn zum Tiber und zur Engelsburg hin. Sie zeigte auf eine Kuppel links der Burg, die sich majestätisch über die Häuserdächer erhob. »Das ist San Pietro, der Petersdom«, verriet sie ihm. Die Wut war aus ihrer Stimme verschwunden. »In Rom hast du einen wichtigen Namen«, sagte sie lächelnd, dann ging sie auf ein Gebäude mit baufälliger Tür zu, auf dessen Mauern ein grobschlächtiges Madonnenmotiv gemalt war, und klopfte entschlossen an.

Der Mann, der öffnete, war etwa sechzig Jahre alt, sah aber weitaus älter aus. Er hatte nur noch wenige Zähne, seine Finger waren von Arthritis gekrümmt, sein Rücken gebeugt, seine Beine wackelig.

»Seid Ihr Turacciolo?«, fragte Nella.

»Und Ihr seid?«

»Vermietet Ihr?«

Der Alte blickte in die Behausung, als müsse er sich noch einmal vergewissern, und als er Nella wieder ansah, war sein Blick verschleiert. »Ja«, gab er knapp zurück. Er wirkte in der Tür stehend wie ein Bollwerk. »Es ist eine schöne Bleibe«, sagte der Alte mit einer Spur Stolz in der Stimme.

Nella war sofort klar, dass er dieses Quartier liebte. Vielleicht war er dort geboren. Oder seine Eltern waren dort gestorben. Oder er hatte es unter Opfern erstanden. Und plötzlich mochte sie den alten Turacciolo sehr. »Ich sehe Euch an, dass die Behausung schön ist. Ihr braucht sie mir gar nicht zu zeigen«, sagte sie.

Mit dieser Bemerkung hatte sie den Alten gewonnen, der nun zur Seite trat, um sie einzulassen.

Doch die Unterkunft war überhaupt nicht schön. Ganz im Gegenteil. Es war ein einzelnes, dunkles, heruntergekommenes Zimmer im Souterrain mit schäbiger Einrichtung. Zwei winzige Fenster auf Straßenhöhe, gerade groß genug für eine Katze, ließen nur spärliches Licht ein. Das Zimmer war mit einem alten, mehrfach gesprungenen Terrakottaboden versehen. Hinten sah man eine Tür, hinter der sich offensichtlich eine Latrine verbarg, die vermutlich direkt in den darunterliegenden Abwasserkanal geleert wurde – jedenfalls ließ das der in der Luft hängende Geruch vermuten. Die Decke war äußerst niedrig, denn über den Fensterchen gab es noch ein von dicken Kastanienstämmen gestütztes Zwischengeschoss, zu dem man mithilfe einer Leiter gelangte.

Turacciolo zeigte darauf. »Wenn man einmal alt ist, dann hackt man sich lieber die Beine ab, als diese Leiter da hoch- und runterzukraxeln«, erklärte er kopfschüttelnd. »Meine Frau und ich, wir sind ein Stück weitergezogen, in die Nähe vom Titusbogen. Da haben wir dann zwar nur eine Hütte, aber wenigstens ohne Leitern oder Stufen.«

Nella nickte verständnisvoll.

»Hättet Ihr das Bett nicht nach unten stellen können?«, erkundigte sich Pietro.

Turacciolo wollte schon antworten, aber Nella war schneller. »Die jungen Leute können einfach nicht still sein«, sagte sie und zwinkerte dem Alten zu, »auch wenn sie gar nicht wissen, worüber sie reden.« Sie zeigte auf einen Schimmelfleck an der Mauer, direkt unter den Fenstern.

»Ihr seid aus Rom, oder?«, fragte Turacciolo. »Von wo genau?«

»San Michele a Ripa«, gab Nella fast trotzig zurück, während ihr doch ein Schauer über den Rücken lief.

Der Alte zuckte zusammen. »Wie … von *dem* Haus?«

»Ja, aus dem Heim.«

Turacciolo musterte erst sie und dann Pietro. »Ihr wart doch nicht eine …«

»Haltet Ihr mich für so alt?« Die Contessa lachte. »Nein, ich kam als Waisenkind dorthin«, erklärte sie dann.

»Das tut mir leid.«

»Stimmt nicht. Es freut Euch.«

»Na ja, also besser als … als das Gewerbe.«

»Welches Gewerbe?«, wollte Pietro wissen.

Der Alte zeigte auf den Schimmelfleck und kehrte zur ersten Frage zurück. »Wenn der Tiber aus seinem Bett steigt, dann liegt man besser was höher.«

»Dem Bett?«

»Der da ist wohl nicht von Rom«, bemerkte Turacciolo, worauf Nella und er herzlich lachten.

»Bei Hochwasser werden die unteren Wohnungen überschwemmt. Und wenn man nicht gerade ein Frosch ist, dann schläft man lieber im Trockenen«, erklärte Nella. Sie blickte den Vermieter an. »Ihr müsst mit der Miete runtergehen.«

»Wegen dem Tiber?«, blaffte Turacciolo.

»Nein«, antwortete Nella ungerührt. »Wegen meiner Geldbörse. Da ist nicht gerade viel drin, und ich weiß nicht, ob genug hineinkommt.«

»Schlechte Antwort. Warum sollte ich das tun?«

»Weil Ihr anständig seid und nicht gierig.«

Turacciolo deutete erfreut ein Lächeln an. »Und Ihr sagt die Wahrheit. Das ehrt Euch. Was, wenn Ihr dann aber nicht bezahlt?«

»Ich werde bezahlen. Und wenn ich mir die Miete vom Mund absparen muss.«

»Na gut. Dann will ich Euch glauben. Auch wenn ich damit hier zum Gespött werde, das wisst Ihr doch, oder, meine Schöne?«

Nella lächelte. »Ja, mein Schöner.«

»Und wann wollt Ihr einziehen?«, fragte Turacciolo.

»Sofort.« Nella sah ihn an. »Aber ich kann erst in zwei oder drei Tagen bezahlen.«

Turacciolo lachte so sehr, dass er sich auf die Schenkel schlug. »Wisst Ihr, wie man in solchen Fällen in Rom antwortet?«

»Ja«, gab Nella zurück. »Man sagt: Darfs sonst noch was sein?«

Turacciolo grinste. »Ich bin ein alter Dummkopf, sonst nix«, sagte er und zog zwei Schlüssel aus der Hosentasche, die er ihr reichte. »Einen für Euch und einen für Euren Sohn.«

»Danke.« Nella lächelte.

Während der alte Turacciolo Nella alles Nötige über die Unterkunft erklärte, trat Pietro lächelnd auf die Via di Panìco hinaus und sah sich um. Die Armut machte ihm nichts aus.

Eine Bande heruntergekommener Jungen machte sich einen Spaß daraus, mit einer Schleuder auf einige rissige Terrakottaziegeln zu zielen, die kaputtgingen, wenn sie getroffen wurden. Pietro stellte sich vor, dass er mit ihnen durch die Straßen dieser riesigen Stadt streifen könnte, die so majestätisch, aber auch so bodenständig und einladend war, voll von Menschen wie er selbst.

»Wie heißt du?«, fragte einer der Jungen freundlich.

»Pietro.«

»Du uns auch«, riefen die anderen lachend im Chor, dann liefen sie davon, verschwanden in den Gassen.

Pietro lächelte. Eine solche Welt machte ihm keine Angst. Hier musste man kämpfen. Und das konnte er. Das hatte er schon immer getan. Das war die Freiheit, in der man aneinandergeriet, mit den Fäusten oder verbal. Eine Bande Halbstarker machte ihm ganz sicher keine Angst. Schlimmer als im Waisenhaus konnte es gar nicht sein. Er tastete nach Linos Messer. Und bei dem Gedanken, dass auch er irgendwann mit einem Neuen denselben Witz machen würde, musste er lachen. »Ihr mich auch«, schrie er hinterher. Bestimmt würde er die Jungen wiedersehen.

»Jeder Neue wird hier veräppelt«, meinte Turacciolo, der mit Nella in der Tür auftauchte. Als er sah, dass Pietro lachte, fügte er hinzu: »Du lässt dir wohl nicht die Butter vom Brot nehmen, wie? Aber deine Mutter ist ja aus demselben Holz geschnitzt, da konnte aus dir ja kein Hasenfuß werden. Du kennst doch das Sprichwort: Der Apfel fällt nicht weit vom Stamm?«

Und mit diesen Worten wandte er sich ab. Nella und Pietro sahen ihm nach, wie er trotz seiner wackeligen Beine sicher davonging, wie jemand, der jeden Winkel so gut wie seine Westentasche kennt.

»Diese Unterkunft hier wegzugeben tut ihm mehr im Herzen weh als in den Beinen«, murmelte Nella. »Komm, lass uns zu Paride gehen.«

»Und ich prügle mich lieber mit den Jungs hier, als mich mit einer silbernen Gabel herumzuschlagen.«

»Du wirst dich ganz sicher nicht prügeln«, entgegnete Nella ernst, während sie auf die Kutsche zuliefen.

Pietro stutzte. »Wenn man Euch so reden hört, dann würde man niemals denken, dass Ihr im Waisenhaus groß geworden seid«, versetzte er grimmig. »Respekt verschafft man sich nur so.«

Nella verzog keine Miene, als sie mit gleicher Münze heimzahlte: »Und wenn man dich so hört, dann könnte man meinen, dass im Waisenhaus ein Idiot aus dir geworden ist.« Sie schenkte ihm einen langen Blick. »Man wird dich respektieren, weil du denken, und nicht, weil du stehlen und prügeln kannst.« Sie blickte sich noch einmal um, um sich zu vergewissern, dass Turacciolo auch wirklich außer Sichtweite war, dann ging sie zur Kutsche. Sie nahm ihre und Pietros Sachen heraus und wandte sich schließlich an Paride. »Sie gehört jetzt dir«, sagte sie und deutete auf die Kutsche. »Das hast du dir verdient.«

»Nein, Contessa, das kann ich nicht annehmen«, rief der Kutscher.

»Lass es uns kurz machen, Paride. Wie sollte ich hier erklären, dass ich ein solches Gefährt besitze?«, zischte Nella. »Streich sie in einer anderen Farbe an. Und wenn du die Pferde ohne großen Verlust gegen andere tauschen kannst, dann tu auch das.« Sie lächelte auf die ihr eigene vornehme Art, der auch das zerschlissene Kleid nichts anhaben konnte. »Außerdem schenke ich dir etwas, das mir gar nicht gehört. Hoffentlich wirst du nicht des Diebstahls bezichtigt.« Sie blickte zu Bersagliere. »Fürs Erste wirst du dich auch um ihn kümmern müssen.«

»Natürlich, Contessa.« Paride neigte, ganz der ergebene Diener, den Kopf. »Ich werde schon eine Lösung finden.«

»Morgen brauche ich dich noch ein letztes Mal«, sagte Nella. »Aber wir treffen uns auf der anderen Seite der Brücke.«

»Wie Ihr befehlt. Um wie viel Uhr?«

»Etwas vor Einbruch der Dunkelheit. Gegen fünf.«

»Ich werde da sein«, erwiderte Paride, dem deutlich anzusehen war, wie sehr ihm die Situation zusetzte. Dann wandte er sich an Pietro. »Vergiss nicht, wie die wohlerzogenen Leute essen, Signorino«, riet er ihm zwinkernd.

Pietro, der nicht damit gerechnet hatte, dass sie sich trennen würden, rührte sich nicht. Dann trat er auf Paride zu, umarmte ihn und vergrub den Kopf an seiner Schulter.

Paride stand steif da, ließ ihn aber gewähren. Nella verabschiedete sich lächelnd und ging, bald darauf gefolgt von Pietro.

»Was für ein Gewerbe meinte Turacciolo?«, fragte Pietro, als sie zurück in ihrer neuen Unterkunft waren.

»Das horizontale«, gab Nella ruhig zurück.

»Was?«

»In dem Heim, in dem ich großgeworden bin, San Michele a Ripa Grande, wurden Waisenkinder, mittellose Alte, Obdachlose und ehemalige Prostituierte aufgenommen.«

»Und er dachte …?«

Nella hörte ihn nur mit halbem Ohr. Wie zuvor kroch ihr auch jetzt wieder ein Schauder über den Rücken, als sie das Heim erwähnte. In diesem Heim hatte alles angefangen. Und dort gab es jemanden, der aus ihr gemacht hatte, was sie jetzt war. Und bei dieser Frau musste sie wieder anknüpfen, ihr Leben neu beginnen. Aber der Gedanke machte ihr Angst. Sie hatte Angst, dass diese Frau tot sein könnte, aber genauso viel Angst, mit ihr zu reden, falls sie noch lebte. Sie war noch nicht bereit, zu ihrem düsteren Ursprung zurückzukehren.

»Turacciolo dachte, Ihr wärt eine Prostituierte?«, hakte Pietro noch einmal nach.

Nella sah ihn an und kehrte zurück in die Wirklichkeit.

»Frauen sind manchmal gezwungen, schlimme Dinge zu tun, um für ihre Kinder und sich etwas zu essen auf den Tisch zu bekommen.«

»Aber man kann doch sehen, dass Ihr keine … keine von *denen* seid.«

»Sag das nicht: von *denen*. Hör auf, dir ein vorschnelles Urteil zu bilden«. In Nellas Stimme lag die Weisheit derer, die schon zu viel Schlimmes gesehen hatten, um es vergessen zu können. Und aus genau diesem Grund war sie noch nicht bereit, zu ihren Anfängen zurückzukehren. Oder mit der Alten zu sprechen. Denn dann würde sie wieder all das sehen, was sie hatte vergessen wollen. Und die Mauer, die sie um sich herum geschaffen hatte, würde ihr nichts mehr nutzen. Sie würde wieder so werden wie Pietro, eine schutzlose Waise. »Wir müssen uns hier durchkämpfen, Cavallino. Ob wir stark genug dafür sind, wird sich zeigen.«

Tiefe Stille senkte sich auf die beiden hinab.

Dann stieg Nella die Leiter zum Zwischenstock hinauf und öffnete eine Schublade der heruntergekommenen Kommode. Sie legte hinein, was in ihrer Tasche war: das vornehme Kleid, welches sie auf ihrer Flucht getragen hatte, sowie drei weitere Kleider, diese aber zerschlissen und schmutzig.

»Noch mehr Dienstmädchenkleider?«, fragte Pietro überrascht, der ihr gefolgt war. »Das sind doch Arme-Leute-Kleider.«

»Und was meinst du, was wir sind?«, entgegnete Nella ruhig. »Zwei Hungerleider, sonst nichts.« Zärtlich strich sie ihm die widerspenstige Strähne aus der Stirn. »Ich habe dir doch gesagt, dass unser neues Leben nicht einfach wird.« Sie musste jetzt stark sein und würde auch für diesen Jungen mitkämpfen. »Ich kann nähen. Das haben sie mir im Heim beigebracht, und ich habe es immer gerne getan. Auch als ich Contessa war. Es hat mir Spaß gemacht, eigene Kleiderkreationen zu nähen, auch wenn die Dienerschaft immer entsetzt war. Ich werde als Schneiderin arbeiten und Kleidungsstücke ausbessern.« Sie deutete auf die Kleider in den Schubladen. »Und das hier sind die einzigen Kleider, die ich dafür tragen kann.« Sie nahm vier Ringe aus ihrer Tasche und versteckte sie unter den Kleidern.

»Aber wir sind doch gar nicht arm! Für diese Ringe bekommt man einen ganzen Sack voll Geld«, warf Pietro ein.

»Nur einen *halben*«, entgegnete Nella. »Ich kann sie nicht einfach so einem Juwelier verkaufen. Dann würde man uns sofort finden. Ich muss einen Hehler ausfindig machen, der mich dann hoffentlich nicht ausraubt.«

»Aber auch ein halber Sack voll ist ganz schön viel, oder?«, fragte Pietro stirnrunzelnd.

»Natürlich«, nickte Nella. »Aber das brauchen wir auch, damit du die beste Schule von Rom besuchen kannst.«

»Schule?« Pietro sah sie mit großen Augen an.

»Genau.« Nella wusste nur zu gut, was er empfand, sie erkannte sich in ihm wieder. »Du wirst Arzt oder Anwalt. Du wirst einmal reich«, sagte sie lächelnd.

Pietro schwieg, nachdenklich, als begreife er plötzlich, dass diese Frau ihn auf einen einzigen Schlag von den Ketten befreit hatte, die ihn an Schicksal ohne Zukunft gebunden hatten. »Warum tut Ihr das alles für mich?«, wollte er schließlich wissen.

Nella fuhr fort, ihre restlichen Sachen in die Schubladen zu verteilen. Dieser Junge konnte das nicht verstehen. Er konnte nicht verstehen, dass vielleicht sie es war, die sich bei ihm bedanken sollte.

»Räum du auch deine Sachen ein. Glaub ja nicht, dass ich dich bediene«, brummte sie barsch.

»Als ich ins Haus Odìn kam, hatte ich Angst«, sagte Pietro, als sei ihr Schweigeabkommen nun nicht mehr gültig. Als ob die neue Freiheit genau dort anfing. Bei den Worten. Als könnten sie sich in ihrem neuen Leben Dinge erzählen, die sie bis dahin hatten verschweigen müssen. »So große Angst, dass sie mir den

Hals zuschnürte.« Pietros Blick war ernst. Er war nur ein Junge und doch schon erwachsen. Wie alle Waisenkinder.

»Warum erzählst du mir das?«

»Weil ich jetzt nicht so viel Angst habe«, erwiderte Pietro ein wenig außer Atem, denn innerlich rannte er der neuen Freiheit entgegen. »Ihr nehmt mir die Angst.«

»Sei still!«, unterbrach Nella ihn hitzig. Auch die Alte, die sie nicht zu treffen wagte, hatte ihr die Angst genommen. Oder sie verringert. Aber sie war noch nicht bereit.

»Niemand hat jemals etwas für mich getan«, sagte Pietro dennoch. Und plötzlich brach er haltlos in Tränen aus.

Nella schwieg. Sie hatte keine Kraft. Nur zu viele Gefühle, vor allem in diesem Moment. Aber in ihrem Körper war noch immer die Wärme seines dünnen Arms, des Arms, der sie zusammengehalten hatte in jener Nacht, in der sie beinahe zerbrochen wäre.

Sie drehte sich um, und eine Träne der Rührung stahl sich über ihre Wange.

# 14

*März 1870*

*Kirchenstaat – Rom*

Armandina La Bella betrat Ascanios Wagen. »Ich muss dir jemanden vorstellen«, kündigte sie ohne viel Federlesens an.

»Wen denn?«, wollte Ascanio wissen, der zu dieser frühen Stunde gerade dabei war, die mageren Einnahmen vom Abend zuvor zu zählen.

»Jemanden, den du einstellen solltest.«

Ascanio schüttelte den Kopf und deutete auf die spärlichen Einnahmen. »Kann ich mir gerade nicht leisten.«

»Genau deshalb solltest du es tun. Was wir brauchen, ist eine neue Attraktion«, erwiderte Armandina.

»Wen denn?«, fragte Ascanio noch einmal.

»Komm rüber zu mir und bring Melo mit, dann mache ich euch miteinander bekannt.«

»Was hat Melo damit zu tun?«

»Du musst dir die Nummer ansehen«, erklärte La Bella. »Und du solltest jemanden mitnehmen, der sich nicht zu leicht hinters Licht führen lässt. Dafür ist Melo genau der Richtige.« Damit ging sie, ohne eine Antwort abzuwarten.

Einige Minuten später betraten Ascanio und Melo Armandinas Wagen.

»Das ist Alina«, stellte Armandina eine alte Frau vor.

Mühsam stand die Alte da, gestützt auf ihren Stock. Sie trug ein vollkommen absurdes, bunt gestreiftes Kleid und ein Kopftuch. Ihr Gesicht war von einem Schleier verdeckt, durch den eine lange dünne Nase zu sehen war und einige bläuliche Narben, die zeigten, dass sie die Pocken überlebt hatte. Ihre knochigen Hände steckten in hellen Handschuhen. Was jedoch am meisten ins Auge sprang, war ihre groteske Unförmigkeit. Ihr Busen wogte hinunter bis über ihren Bauch, der so füllig und weich war, dass er fast die Knie erreichte.

Ascanio und Melo musterten sie schweigend.

»Alina hat im Zirkus Petrescu gearbeitet«, bemerkte Armandina.

»Im Petrescu?«, vergewisserte sich Ascanio verwundert, denn der gehörte zu den besten Europas.

»Ganz genau«, bestätigte Armandina.

»*Ravda skijante*«, brummte die Alte.

»Was?«, fragte Ascanio.

»Keine Ahnung«, sagte Armandina. »Aber vermutlich hat sie nichts Nettes gesagt. Sie ist krank geworden, die haben geglaubt, dass sie stirbt, und sie allein zurückgelassen.«

»Aber ich nicht sterben«, bemerkte die Alte mit rauer zorniger Stimme. »Ich nicht tot. Jetzt nix zurück zu Petrescu.«

»Sie ist Wahrsagerin«, erklärte La Bella. »Und zwar eine sehr gute.«

Ascanio schüttelte den Kopf. »Armandina, ich hab dir doch gesagt …«

Die Alte wandte sich an Ascanio und Melo: »Ihr Vater und Sohn?«, wollte sie wissen.

»Nein«, antwortete Melo. »Mit Ruhm bekleckert die sich ja nicht gerade«, fügte er grinsend hinzu.

Die Alte zuckte mit den Schultern. »Ihr Vater und Sohn. Nicht?«

»Nein«, wiederholte Melo.

»Nicht ganz«, lächelte Ascanio.

Melo schwieg. Nur wenige Monate bevor er zum Zirkus gekommen war, hatte sich Ascanios Sohn bei einer Pferdenummer das Genick gebrochen. Er war an seine Stelle getreten, und Ascanio hatte all sein Wissen an ihn weitergegeben. Wie an einen Sohn.

»Warum gibst du ihr keine Chance, Ascanio? Was kostet es dich? Im schlimmsten Fall verschwendest du fünf Minuten«, bemerkte Armandina.

Ascanio nickte.

Armandina hatte einen kleinen Tisch mit zwei gegenüberstehenden Stühlen vorbereitet und bedeutete der Alten, sich zu setzen.

Mühevoll nahm diese Platz. »Wer hat Kommando? Vater?«, fragte sie. Ihre Stimme klang nicht nur rau, sondern auch hart, ohne die geringste Spur von Wärme. »Sohn setzen.«

»Ich bin nicht sein Sohn, kapierst du das nicht?«, fuhr Melo sie an.

»Sitzen«, befahl die Alte.

»Setz dich«, sagte Ascanio.

Schnaufend nahm Melo Platz.

»Hände zeigen«, wies ihn die Alte an.

»Was soll das hier?«, murrte Melo, streckte ihr aber die Hände entgegen.

Sofort zog die Alte die eigenen zurück. »Nein, nein«, sagte sie bestimmt. »Ich nicht anfassen Hände mit Dreck.«

»Verzeiht, Madame, ich war gerade dabei, die Sättel zu fetten«, giftete Melo.

»Dann Karten sehen.« Aus der Tasche ihres absurden Kleides zog die Alte nun einen Satz Karten, den sie auf den Tisch legte. »Karte nehmen, Pferdemann.«

Melo wandte sich Ascanio zu. »Irgendjemand hat ihr verraten, dass ich mich um die Pferde kümmere, und jetzt will uns die Alte hier erzählen, dass sie alles über mich weiß. Also wirklich, Ascanio.«

»Dummkopf«, fuhr ihn die Alte an. »Du Sattel fetten. Und Sattel brauchen für Pferd.« Mit einem ihrer krummen Finger zeigte sie auf ihn. »Ich fast nie sehen Zukunft oder Gegenwart. Ich zuhören und gucken. Nicht wissen. Du selber sagen!« Sie schüttelte den Kopf. *»Raptake shilova sj resha!«*

Melo nahm eine Karte.

»Andere.«

Melo nahm noch eine Karte.

Die Alte betrachtete sie eine Weile, dann nickte sie. »Komm nah mit Kopf«, wies sie ihn an.

Verärgert näherte Melo sein Gesicht dem ihren.

Die Alte fokussierte sein linkes Auge. »Schleier in dein Auge«, stellte sie bedeutungsvoll fest. »Nicht gut sehen, Chaos, Schleier von Liebe vielleicht, oder Geld. Oder Betrug.«

Melo fuhr hoch. »Jetzt reicht es mir aber! Ascanio! Merkst du nicht, dass das eine Betrügerin ist?«

»Ich nicht betrügen«, fuhr die Alte auf. »Ich gut. Will sagen: nur ganz wenig betrügen.« Sie wandte sich an Ascanio. »Ich sagen: Nicht immer sehen Zukunft. Aber Leute Geld geben, weil hören wollen. Wer kommen zu Wahrsagerin? Frau kommen. Und vielleicht junger Mann. Was wollen hören? Wollen hören Liebe und Geld.« Dann sah sie Melo an. »Du wollen wissen, wer du sein? Wer wirklich sein? Du alt und nicht reden mit Leute. Du alt und nicht schöne Sachen sagen. Du reden mit Pferd, ich wetten. Pferd nicht antworten, du also keine Angst.« Sie schwieg einen Moment. »Das ich wissen, weil ich dich ansehen, nicht wahrsagen. Aber du Geld geben, um zu hören Schlechtes? Nein, du Geld geben, um zu hören Schönes.« Sie nahm die zwei Karten. »Ich nicht sehen in Karten oder Auge von dir. Aber wenn sagen wie eben, dann du sagen vielleicht: Liebe. Und dann ich sagen: Genau, ist Liebesschleier in dein Auge. Ich etwas sagen und du antworten. Und ohne merken, du mir sagen, was hören wollen. Und bezahlen und zufrieden sein. Und zufrieden gehen.«

»Da, wo ich herkomme, nennt man so etwas Betrug«, versetzte Melo mit einem zufriedenen Grinsen.

»Dummer Pferdemann. Ihr haben Nummer mit Hase in Hut? Oder zersägen Frau?«, fuhr ihn die Alte an. »Ihr nicht wirklich zersägen Frau. Das auch Betrug? Betrug gut oder schlecht, das ist Unterschied.«

Ascanio kräuselte die Lippen. »Das stimmt, aber …«

»Warten, Vater«, unterbrach ihn die Alte. »Ich sagen, ich manchmal wissen. Und heute ich wissen. Karte nehmen, Pferdemann.«

Melo wollte schon gehen, aber Ascanio hielt ihn zurück. Melo setzte sich wieder und nahm eine Karte.

Die Alte betrachtete sie. »Das schlechte Nachricht. Du wissen wollen?«

»Erzähl mir, was immer du willst. Ist sowieso Blödsinn«, erwiderte Melo.

»Diese Karte bedeuten Buchstabe M. Kennen jemanden M?«

»Mustang-Dreck. Den kenn ich«, lachte Melo.

»Mustang-Dreck nicht Mensch.«

»Ich kenn niemanden mit M. Kapiert?«

»Ach, nein?«, warf Armandina ein. »Und was ist mit Marta?«

»Marta? Du sie kennen gut?«

»Ganz gut, ja.«

»Und ob er sie gut kennt!«, schaltete sich Ascanio ein. »Von morgens bis abends hängt sie an seinem Rockzipfel.«

Die Alte sah Melo an. »Schade«, raunte sie. »Du nicht gut kennen Marta.«

»Ich kenne sie besser als meine Hosentaschen, du alte Hexe!«

»Diese Karte sagen, du nicht gut kennen Marta.«

»So ein Blödsinn!«

»Diese Karte sagen, Marta nicht glücklich«, sagte die Alte. »Was sie machen in Zirkus? Pferde?«

»Sie macht die Wurfbude. Siehst du? Einen Dreck weißt du!«

»Nein, ich wissen.« Die Alte beugte sich zu ihm. »Sie hassen Wurfbude. Du sie nicht gut kennen.«

»Jetzt reicht es aber!« Melo sprang auf. »Ich kenne sie besser als irgendwer sonst.«

»Nein!«, entgegnete die Alte. Unerwartet flink stand sie plötzlich auf, riss sich den Schleier und die lange Nase ab. »Wenn du sie wirklich kennen würdest, dann hättest du sie erkannt, Pferdemann!«, lachte Marta.

»Du?«, rief Melo erstaunt.

Armandina brach in lautes Lachen aus. »Du bist drauf reingefallen, du alter Trottel!«

Melo riss die Augen auf. »Das gibt's doch nicht …«

»Na, was sagst du?«, wandte sich La Bella an Ascanio. »Du musst sie nicht mal anstellen, sie arbeitet schon für dich. Und eine Wahrsagerin bringt bestimmt mehr ein als eine Wurfbude.«

Ascanio betrachtete Marta. »Ich bin immer noch wütend auf dich wegen der Sache mit den Flugblättern, Mädchen. Aber ich muss zugeben, dass du das hier gut gemacht hast. Und wenn Melo auf dich reinfällt, dann tut das jeder andere auch.« Auf seinem Gesicht breitete sich ein Grinsen aus. »Ab jetzt arbeitest du als Wahrsagerin. Die Wurfbude musst du dafür aber selber neu anstreichen und herrichten. Damit will ich nichts zu tun haben.«

»Danke«, rief Marta glücklich. Dann fiel sie Armandina vor Freude um den Hals.

Schließlich musste auch Melo lachen. »In welcher Sprache hast du da eigentlich geredet?«

»Keine Ahnung. Ich hab einfach irgendein Kauderwelsch geredet.« Sie zog das gestreifte Kleid aus, legte die beiden Säcke, die ihr riesiger Busen gewesen waren, und das Bauchpolster ab. Schließlich streifte sie auch die an den Knöcheln ausgestopften Handschuhe herunter, die aussahen, als steckten arthritische Finger darin.

Zu guter Letzt half Armandina ihr dabei, die Pockennarben aus dem Gesicht zu entfernen. »Seit drei Tagen üben wir. Und ihr seid drauf reingefallen. Das haben wir doch gut hingekriegt, oder?«

»Ich hab nicht den leisesten Verdacht gehabt«, sagte Melo kopfschüttelnd.

»Ja, die Nummer ist gut«, wiederholte Ascanio. »Es wurde auch mal Zeit, dass du dem Zirkus etwas Geld einbringst, Mädchen.« Er lachte. »Und das beweist einmal mehr, dass das Sprichwort ›Jeder hat ein Talent. Man muss es nur finden.‹ stimmt.«

»Martas Talent ist es also, Blödsinn zu erzählen«, warf Melo ein.

»Blödsinn, den alte Trottel für bare Münze nehmen«, entgegnete Armandina fröhlich.

# 15

*März 1870*

*Kirchenstaat – Rom*

»Warte hier auf mich. Und sieh zu, dass du nicht in Schwierigkeiten gerätst«, schärfte Nella Pietro ein, als es gegen fünf Uhr ging und sie sich fertigmachte, um Paride auf der anderen Seite der Brücke zu treffen. Sie knöpfte ihr vornehmes Kleid zu und zog einen langen, bis an die Knöchel reichenden Umhang darüber, um es vor den Blicken der neuen Nachbarschaft zu verbergen. Schließlich zog sie sich noch ein Kopftuch tief ins Gesicht und machte sich auf den Weg.

Pietro sah ihr nach, wie sie die Via di Panìco zur Engelsbrücke entlanglief. Er wusste, was sie vorhatte. Und er wusste auch, warum. Sie tat das alles für ihn, für seine Zukunft. Immer noch war ihm nicht so recht klar, welchen Grund sie dafür hatte. Sicher war nur, dass er ganz bestimmt nichts dazu beigetragen hatte.

Als er sah, wie sie sich dem Tiberufer näherte und die Brücke betrat, wie sie langsam mit der Dämmerung und den armen Leuten aus dem Viertel verschmolz, sah Pietro sich um. »Sieh zu, dass du nicht in Schwierigkeiten gerätst« hatte sie ihm eingeschärft. Aber all diese Gassen, diese ganze neue Welt waren eine viel zu große Versuchung für ihn. Verlockend wie ein riesiger duftender Kuchen.

»Du bist frei«, sagte er leise zu sich selbst.

Und diese Freiheit bedeutete, eine Wahl zu haben und diese Wahl allein treffen zu können, das erste Mal in seinem Leben. Ihm wurde klar, was es wirklich bedeutete, eine Waise zu sein: sich niemals die Frage zu stellen, wer man eigentlich hätte sein wollen. Sein Blick wanderte wieder hinüber zu den verwinkelten Gassen. Jetzt, genau jetzt war der Moment gekommen, in dem er herausfinden konnte, wer er sein wollte. Und als er den ersten Schritt über die Schwelle nach draußen machte, da ging ihm auf, dass er die Antwort auf diese Frage nicht der Contessa überlassen durfte.

Um herauszufinden, wer er wirklich war, musste er dieses Labyrinth hier erkunden. Dieses geheimnisvolle, verlockende Labyrinth.

Er machte noch einen Schritt.

Jetzt konnte er sich seinen Träumen hingeben.

Ohne zu zögern tat er einen Schritt nach dem nächsten und murmelte: »Tut mir leid, Contessa, aber ich kann nicht *nicht* in Schwierigkeiten geraten.« Er kam nicht dagegen an. Er musste es tun.

Vorsichtshalber tastete er nach dem Messer in seiner Tasche, das Lino ihm geschenkt hatte. Er wusste nicht, ob man sich wirklich nur mit Denken den nötigen Respekt verschaffen konnte, wie die Contessa behauptete, aber mit dieser Klinge hier würde das ganz sicher funktionieren.

»Ah, da ist ja der Neue«, sagte eine Stimme zu seiner Rechten.

Pietro schloss seine Hand fest um den Messergriff und drehte sich um.

Die Jungen, die am Tag zuvor ihren Spaß mit ihm getrieben hatten, saßen auf einem bröckelnden, mit Moos überwachsenen Mäuerchen und sahen angriffslustig zu ihm hinüber.

Furchtlos erwiderte Pietro ihre Blicke. In der letzten Zeit hatte er herausgefunden, dass es viele Dinge gab, vor denen er Angst hatte. Er hatte Angst, in einer luxuriösen Kutsche zu sitzen, er hatte Angst vor Pferden und Silberbesteck. Aber vor einer Bande gleichaltriger Jungen hatte er ganz bestimmt keine Angst. Ohne auch nur einen Zentimeter zurückzuweichen, stand er herausfordernd und kerzengerade da. Er bohrte seinen Blick in den des Jungen, der offenbar das Sagen hatte, und fragte: »Und wie heißt du?«

Mit den Händen in den Hosentaschen stand der Junge auf. »Remo«, erwiderte er.

Pietro grinste. »Du mich auch«, gab er zurück. In friedlichem Ton, als wäre es eine Parole oder ein Erkennungszeichen.

Remo verharrte mitten in der Bewegung.

Pietro rührte sich nicht.

Plötzlich fing Remo an zu lachen. Und die anderen Jungen stimmten sofort ein.

Da lachte auch Pietro und ging einen Schritt auf sie zu.

Remo reichte ihm die Hand. »Wie heißt du noch mal?«

Pietro schüttelte die ausgestreckte Hand. »Pietro.«

In diesem Moment zog Remo ihn blitzartig zu sich heran, während seine linke Hand aus der Hosentasche schnellte. Eine Klinge blitzte auf, und er drückte sie grinsend gegen Pietros Bauch. »Ich bin Linkshänder, du Selleriestange.«

Aber er hatte kaum zu Ende gesprochen, da spürte er schon Pietros Messer an den Rippen.

»Ich auch«, feixte Pietro.

Nella hastete über die Engelsbrücke. Vor ihr lag die Engelsburg, die Festung, in der zahlreiche Päpste Schutz vor Feinden gesucht hatten – vor fremden oder auch vor solchen aus den eigenen Reihen. Die Festung, in der eingesperrt und gefoltert wurde, wer sich dem Reich Gottes auf Erden widersetzte.

Der Anblick der schrecklichen Burg jagte ihr einen Schauer über den Rücken. Sie konnte ihren Blick kaum abwenden von den Zinnen, zwischen denen Kanonenrohre hervorlugten, und beschleunigte ihre Schritte. Am anderen Brückenende war schon die Kutsche zu sehen, mit dem aufrechten Paride daneben.

Im Umhang tastete sie nach der eingenähten Geheimtasche mit dem Ledersäckchen. Darin spürte sie den Ring, den Ippolito ihr zur Verlobung geschenkt hatte. Den ganzen Tag lang hatte sie ihn in den Händen hin und her gedreht. Als wollte sie ihn verabschieden. Mit den Fingern fuhr sie über die fein gearbeiteten goldenen Blätter mit ihrer leicht hervorgehobenen Maserung, die in ihrer Mitte den großen Smaragd einfassten. »Es tut mir leid, Ippolito«, sagte sie leise, wie schon so oft an diesem Tag.

Als sie Paride erreichte, setzte der Kutscher zu einer Verbeugung an.

»Nicht hier, Paride«, beeilte sich Nella zu sagen. »Heben wir uns das Getue für unsere kleine Theatervorstellung auf.« Behände stieg sie in die Kutsche, ließ den Verschlag aber zunächst offen stehen. »Fahr über die Brücke und dann nach links. Du folgst der ersten großen Straße nach rechts. Den Rest erkläre ich dir unterwegs. Und wenn wir angekommen sind, dann kannst du gar nicht vornehm genug tun.« Sie schloss lächelnd den Verschlag.

Paride nickte und stieg auf den Bock.

»So und jetzt wieder rechts in die Via dei Coronari«, wies Nella ihn kurz vor der Piazza Navona an. »Dann halt dich links auf Höhe des Vicolo della Volpe.«

Paride entging ihre Anspannung nicht. Er tat wie ihm geheißen, hielt schließlich die Kutsche an, stieg hinunter und öffnete ehrerbietig den Verschlag, wobei er sich fast bis zum Boden verbeugte.

Nella erschien in der Öffnung. Sie war wieder zur Contessa geworden: Den ärmlichen Umhang hatte sie abgelegt, das vornehme Kleid unterstrich ihre glänzende Schönheit nun umso mehr. Sie nahm die von Paride dargebotene Hand und ließ sich beim Aussteigen helfen, dabei flüsterte sie zwinkernd: »Reich mir den Arm, so als könnte ich alleine nicht gut laufen. Ich sage dir Bescheid, wenn wir da sind. Beim Laden musst du mir mit einer Verbeugung die Tür öffnen und sagen: ›Bitte sehr, Signora Contessa.‹ Begleite mich in das Geschäft, und wenn ich dir befehle hinauszugehen, zögerst du einen Moment und sagst dann: ›Ich bin hier draußen, Signora Contessa.‹« Abschließend gab sie ihm eine Pistole.

Paride riss die Augen auf.

»Keine Sorge, sie ist nicht geladen, du wirst sie nicht brauchen. Aber steck sie dir in den Gürtel und sorg dafür, dass man sie sieht«, sagte Nella lächelnd.

Paride nickte und geleitete Nella steif zu einem kleinen Laden, der sich den Anschein eines Antikhandels gab, den ausgestellten Möbeln und Gegenständen nach zu urteilen aber wohl eher ein Trödler war. Nicht einmal ein Ladenschild gab es.

Als Paride die Tür öffnete, ertönte das Klingeln einer kleinen Glocke. »Bitte sehr, Signora Contessa«, sagte er in dem Moment, als ein Mann durch eine Tür in den Verkaufsraum trat.

Nella atmete tief durch.

Klatsch und Tratsch hatten die Römer schon immer besonders gemocht, sie liebten ausschweifendes Palavern und gaben sich gerne als Menschen von Welt, das war Teil ihrer Kultur. Deshalb war es Nella leichtgefallen herauszufinden, was sie wissen wollte. Bei den Nachbarn und Ladenbesitzern in der Via di Panìco hatte sie sich am Morgen als Schneiderin vorgestellt und war überall auf einen Schwatz stehen geblieben. Nach unzähligen wertlosen Informationen und leerem Gewäsch erfuhr sie schließlich, was sie wissen wollte: Der einzige Mensch im Viertel, der wirklich von Bedeutung war, war ein ausgemachter Gauner. Man nannte ihn Albanese, nicht, weil er angeblich aus Albanien kam, sondern weil er so grausam war wie die Geschichten, die der Volksmund aus der Wildnis dieses Landes erzählte.

Nella musterte den Mann im Laden, der ihren Blick erwiderte. Seine Augen waren trübe, ihr verhangener Blick konnte jedoch seine Skrupellosigkeit nicht verbergen. Auf seiner klobigen Kinnpartie wuchs ein dichter schwarzer Bart, der mit kahlen, narbenübersäten Stellen durchsetzt war und so an einen schlecht gepflügten Acker erinnerte.

Man hatte sie gewarnt: Dieser Mann war der einzige Mensch im Viertel, den man tunlichst meiden sollte.

»Seid Ihr Signor … Albanese?«

Pietro und Remo standen mit gezückten Messern da und starrten sich an, als ginge es darum, wer zuerst den Blick senken würde. Das hatte keiner der beiden vor.

Die anderen Jungen beobachteten sie schweigend.

Schließlich wich Remo einen Schritt zur Seite und senkte sein Messer.

Pietro tat es ihm nach.

Noch einmal blickten sie sich an, diesmal aber nicht herausfordernd. Im Gegenteil, ein schüchternes Lächeln schlich sich auf beide Gesichter.

»Was meinst du mit Selleriestange?«, wollte Pietro wissen.

»So nennt man in Rom jemanden, der lang und dünn ist wie du«, feixte Remo. »Ich habe dich unterschätzt. Willst du bei uns mitmachen?«

»Was macht ihr denn?«

Remo zuckte mit den Schultern. »Mal sehen.«

Pietro wusste, dass er in der Nähe der Wohnung bleiben sollte, aber die Versuchung war einfach zu groß. »In Ordnung, dann mal sehen«, erwiderte er.

Auf ein Zeichen von Remo setzten sich die Jungen in Bewegung, die Via di Panìco hinauf.

Bevor sie in den schmalen Vicolo della Campanella einbogen, sah Pietro sich noch einmal nach der Wohnung im Souterrain um. Eigentlich hätte er dort auf die Contessa warten sollen. Unentschlossen blieb er stehen.

»Was ist los? Träumst du?«, fragte Remo.

*Das ist Freiheit: Entscheidungen treffen*, dachte Pietro. *Unabhängigkeit.* Er war lebenshungrig, und wie. »Gehen wir«, erwiderte er.

Am Ende der Gasse bogen sie nach links in die Via dei Banchi Nuovi. Pietro blickte verwundert auf die vielen Läden und Menschen.

Die Jungen pfiffen jedem einzelnen Mädchen hinterher, das ihren Weg kreuzte.

Vor einer Bäckerei gab Remo einem der Jungen ein Zeichen. Der brüllte zur Tür hinein: »Eine Maus, da!«

Sofort blickte der Bäcker in die von dem Jungen angezeigte Richtung, merkte aber augenblicklich, dass es ein Trick war. Er konnte gerade noch sehen, wie Remo nach einem schönen duftenden Brotlaib griff. »Diebe!«, rief er.

»Er bezahlt!«, sagte Remo, zeigte auf Pietro und trat grinsend mit seinen Kumpanen die Flucht an.

Verlegen stand Pietro da, ohne sich zu rühren, und starrte den Bäcker an, der schon auf ihn losgehen wollte. Und nur einen Augenblick bevor er ihn packen konnte, ergriff auch Pietro mit hämmerndem Herzen die Flucht. Keuchend rannte er die Straße hinunter, bis ihn schließlich eine Hand an der Jacke packte und in eine übelriechende Gasse zog.

Remo und die anderen Jungen lachten sich halbtot. »Du hast dir ja fast in die Hose gemacht, Selleriestange!«, rief Remo. Dann teilte er den Brotlaib auf, jeder bekam ein Stück, auch Pietro.

Pietro war noch ganz außer Atem. Er lachte mit den anderen, aber wohl war ihm nicht dabei. Er hatte Angst gehabt. Und ihm wurde klar, dass die Waisenhausmauern ihn vor dem wahren Leben geschützt hatten – obwohl es dort drinnen von Stärkeren nur so gewimmelt hatte, gegen die er sich hatte wehren können. Ja, er musste noch viel lernen. Diese Jungen hier waren mit der Straße und der Freiheit vertraut, sehr viel länger schon als er. Er musste aufpassen. Sein Messer allein würde nicht reichen.

»Lasst uns mal einen Dummkopf suchen«, forderte Remo, nachdem sie aufgegessen hatten.

»Wieso?«, erkundigte sich Pietro.

»Was willst du eigentlich machen im Leben? Arbeiten doch wohl kaum!« Remo grinste. Und plötzlich zischte er: »Da.«

Alle wandten sich zum Gasseneingang, wo ein anständig gekleideter, älterer Herr erschien.

Schnell und geübt teilten sich die Jungen in zwei Gruppen auf. Sie taten, als würden sie sich unterhalten, eine Gruppe weiter vorne, eine weiter hinten. Aber jeweils ein Junge stellte sich in die Gasseneingänge.

»Und jetzt?«, fragte Pietro.

»Mundhalten, Selleriestange. Wir haben jetzt keine Zeit für dumme Fragen. Sei still und guck zu«, erwiderte Remo. Das Dunkle, das in seinen Augen aufblitzte, machte Pietro Angst. An die Stelle des Jungen war ein erwachsener Mann getreten. Forsch und berechnend.

Pietro ging auf, dass Freiheit nicht so einfach war, wie er geglaubt hatte. Sie war bitterer Ernst.

Langsam kam der Alte näher, das faltige Gesicht schmerzhaft verzogen. Offensichtlich taten ihm die Füße weh. Er lehnte sich an eine Mauer und hob einen Fuß.

»Altwerden, so ein Dreck«, murmelte Remo.

Der Alte ging weiter und kam an Remos Gruppe vorbei, die ihn aber ignorierte.

Pietro beobachtete, wie Remo zu dem am Gasseneingang postierten Jungen blickte. Der Junge gab ein Zeichen. Remo nickte und sah zu dem Jungen am anderen Gasseneingang. Dieser gab das gleiche Zeichen.

»Die Luft ist rein.« Remo bückte sich und hob einen Stein auf. Damit ging er auf den Alten zu.

Gleichzeitig kam auch Bewegung in die andere Gruppe, die jetzt dem Mann den Weg versperrte.

Pietro sah, wie Remo die Hand mit dem Stein erhob, und eine Sekunde, bevor er damit dem Alten an den Kopf schlagen konnte, warf er sich gegen Remo. »Nein!«, schrie er.

»Mir wurde versichert, dass … Ihr vertrauenswürdig seid …« Nella stammelte nach allen Regeln der Kunst. »In meiner Lage kann ich mich nicht an einen Juwelier wenden … Ganz Rom würde … Einen solchen Skandal kann ich mir nicht leisten.« Sie brach ab und rieb sich die geschlossenen Augen, als müsse sie die Tränen zurückhalten.

»Na, dann lasst mich mal sehen«, sagte Albanese schließlich und nahm den Ring. »Vielleicht kann ich ja doch etwas für Euch tun.« Er holte ein Juweliermonokel aus einer Schublade und hielt den Smaragd darunter. Als er den Kopf wieder hob, verriet sein Blick, dass er nur selten so große und wertvolle Steine zu sehen bekam. »Ich weiß nicht recht.« Er zögerte. »Ziemlich groß, aber nicht ganz rein, teilweise ist er ungenau gearbeitet und auch die Fassung …« Er schüttelte den Kopf, als wäre er nicht interessiert. »Ich kann Euch vielleicht … tausend Dukaten geben.«

»Tausend?« Die Contessa war entsetzt. Sie führte eine Hand zur Brust, sah sich um und ließ sich auf den nächstbesten Stuhl fallen. Dann vergrub sie das Gesicht in den Händen, und ihre Schultern fingen wie unter Schluchzern an zu zucken. »Ich dachte … ich dachte, er wäre mindestens fünf- oder sechsmal so viel wert«, kam ihre Stimme dumpf hinter den behandschuhten Händen hervor. In ihren veilchenblauen Augen spiegelte sich tiefe Verzweiflung. Sie wirkte wie eine schwache, schutzlose Frau, die nicht in der Lage war, ihr Leben allein zu meistern. »Ich …« Sie presste die Lippen aufeinander. »Nein, nein …«, flüsterte sie und streckte die Hand aus, um den Ring wieder an sich zu nehmen.

Albanese rührte sich nicht. »Ihr steckt wohl in Schwierigkeiten«, bemerkte er.

»Ihr habt keine Vorstellung!« Nella biss sich auf die Lippen.

»Wie viel braucht Ihr?«, wollte Albanese wissen. »Fünf- oder sechsmal so viel habe ich aber nicht.«

»Erst einmal würden mir zweitausend Dukaten reichen.«

»Zweitausend sollte ich wohl zusammenkriegen«, meinte er.

»Auch wenn ich selber nicht so genau weiß, warum ich das mache. Aber mehr geht nicht.«

»Nein, nein, das reicht«, rief Nella. »Gott segne Euch!«

*Reiche sind doch Idioten*, dachte Albanese. Er würde mühelos das Doppelte an dem Ring verdienen. Er öffnete den Tresor und zählte zweitausend Dukaten ab.

Mit gesenktem Kopf nahm Nella das Geld und ging. Beschämt, wie wohl nur eine wahre Contessa, die nicht mehr tiefer sinken konnte. Sie reichte Paride den Arm und ließ sich von ihm zur Kutsche führen.

Albanese folgte ihr bis vor die Tür. Dort warf er einen Blick in die Gasse und gab einer finsteren Gestalt ein Zeichen. Sofort kam der Kerl herbeigeeilt. Sein Mund war entstellt von einer dicken bläulichen Narbe, die so verwachsen und dunkel war, dass sie schon sehr alt sein musste. Er sah aus wie ein Fisch, der sich gewaltsam von einem Angelhaken befreit und dabei schwer verletzt hatte. Und genau deshalb hatte Albanese ihn Ghiozzetto, Sandgrundel, genannt, nach dem hässlichsten und zähesten Fisch, den der Tiber hergab.

»Lauf der Kutsche da hinterher, aber pass auf, dass sie dich nicht sehen, und merk dir, in welches Haus die Frau geht«, wies Albanese ihn mit einem boshaften Lächeln an. »Vielleicht können wir die noch erpressen.«

Ghiozzetto, mit dem Gesicht eines Fischs und den Bewegungen einer Ratte, rannte los, bahnte sich einen Weg zwischen den Leuten hindurch. Aber er musste nicht weit laufen, denn am Ende der Via dei Coronari bog die Kutsche in die Via di Panìco ein und blieb dort vor einem heruntergekommenen Haus stehen. Die Frau, die jetzt einen zerschlissenen Mantel übergeworfen hatte, stieg aus und öffnete die Tür zum Souterrain.

»Von wegen Contessa«, brummte Ghiozzetto. Dann ging er zu Albaneses Laden zurück, den Mund mit der Narbe von einem bösartigen Lächeln verzerrt.

»Aha, eine Diebin haben wir da also!«, rief Albanese, als Ghiozzetto seinen Bericht beendet hatte. »Fast wäre ich auf sie reingefallen.« Er lachte, aber es klang eher wie ein Knurren. Und sein Blick verhieß nichts Gutes. Im Gegenteil, aus seinen Augen sprach jene Verschlagenheit und Brutalität, die ihm seinen Namen eingebracht hatten. Als sein schreckliches Lachen verklang, sagte er so bösartig, dass sich sogar Mastro Titta, der Scharfrichter von Rom, gefürchtet hätte: »Dafür lassen wir sie teuer bezahlen, nicht wahr, Ghiozzetto?«

# 16

*Ende März 1870*

*Kirchenstaat – Rom*

»Was zum Teufel hast du dir bei dieser Wahrsagerinnennummer eigentlich gedacht?«, wollte Melo von Marta wissen. »Da hast du mich richtig drangekriegt.«

Marta strahlte. »Hab ich alles dir zu verdanken.«

»Mir?«, erwiderte Melo erstaunt. »Wie meinst du das?«

»Na ja … also«, stammelte Marta. »Ich hoffe, du bist nicht böse auf mich, also ich … Ich wollte nicht …«

»Mädchen, jetzt red nicht um den heißen Brei herum«, versetzte Melo ungeduldig. »Komm zur Sache.«

»Also, weißt du noch, als wir in Rom angekommen sind? Als wir abends zusammen zum Kolosseum rübergeschaut haben?«

»Willst du bei Adam und Eva anfangen? Du sollst zur Sache kommen, habe ich gesagt.«

»Na ja, deine Geschichte hat mich sehr berührt, wie du zum Zirkus gekommen bist und alles …«

»Herrgott noch mal!«, blaffte Melo. »Dein Geschwätz ist ja nicht zu ertragen!«

Marta atmete tief durch. »Versprichst du mir, dass du nicht böse wirst?«

»Jetzt spuck's endlich aus!«

»Ich habe an das gedacht, was du über deine Mutter erzählt hast«, brachte Marta eilig hervor.

Melo blickte sie überrascht an. »Was hat meine Mutter damit zu tun?«

»Ich weiß, vielleicht ist es nicht in Ordnung …«

»Gleich dreh ich dir den Hals um. Was hat meine Mutter damit zu tun?«

»Deine Mutter war doch Schauspielerin«, sagte Marta leise. »Und ich musste an dieses Sterbetheater denken, das sie damals für dich aufgeführt hat.« Sie senkte den Blick. »Da dachte ich, sowas könnte ich auch mal versuchen, als Wahrsagerin.«

Melo blickte sie an, seine Augen schimmerten feucht. »Und warum dachtest du, dass ich böse werde?«

»Ich weiß nicht. Ich dachte, du findest es vielleicht respektlos.«

Melo packte Marta im Nacken und schüttelte sie. Genauso, wie er das mit einem Fohlen getan hätte. Das war seine Art, Gefühle auszudrücken, die einzige. »Du bist ein Wunder, Mädchen.«

»Warum?« Marta war zutiefst erstaunt.

Verlegen schüttelte Melo den Kopf, als wollte er etwas abschütteln. »Ich kann nur mit Pferden sprechen, da hat die Wahrsagerin wohl recht«, sagte er gerührt. »Und sie hat auch recht damit, dass ich das tue, weil sie nicht antworten.« Er schüttelte noch einmal den Kopf. Ganz offensichtlich war er tief bewegt. »Ich weiß sehr gut, warum du ein Wunder bist. Und jetzt geh mir nicht weiter auf die Nerven.« Dann sah er sie eine Weile schweigend an und sagte schließlich mit einem Lächeln: »Wobei mir da gerade eine Idee kommt: Geh dich mal waschen und kämm dir die Haare.«

»Willst du mich jetzt auch veräppeln?«, fragte Marta schelmisch.

»Geh dich waschen und kämm dich«, erwiderte Melo ernst. »Und dann zeige ich dir Rom.«

»Wohin gehen wir denn?«, fragte Marta aufgeregt.

»Ich will dir etwas zeigen. Wenn es das noch gibt.«

Eine halbe Stunde später liefen sie über die Felder hinter dem Kolosseum. Marta blickte in Richtung des Hauses, in dem Melo geboren war. »Wolltest du jemals zurück?«, fragte sie ihn.

»Nein.« Melo schüttelte den Kopf. »Ist doch nur noch eine Hülle, hat keine Bedeutung.« Er ging weiter, links vorbei an dem, was übrig war vom einstmals größten Zirkus der Welt, hielt sich rechts auf einer kleinen Straße, die am Rand des Parks Colle Oppio vorbeiführte.

Marta folgte ihm schweigend, bestaunte die unglaubliche Welt, die sich zu ihrer Linken öffnete. Der riesige Titusbogen, die Trümmer des Forum Romanum, zwischen denen von Schäfern und Hunden bewachte Schafe weideten, Häuser und Hütten, die sich zwischen den antiken Säulen aneinanderdrängten, die alten Osterien, vor denen vulgäre Schanklieder gegrölt wurden. Und beim Anblick all dessen, so schön und schrecklich zugleich, musste sie an den Jungen aus Rimini denken, der mit seinen *Brüdern* diese Stadt befreien wollte, um sie an das Königreich Italien anzuschließen.

»Du musst lernen, die Bedeutung der Dinge zu erkennen«, knüpfte Melo an die Unterhaltung von zuvor an.

Marta reckte den Hals auf der Suche nach seinem alten Zuhause.

»Nein, das meine ich nicht.« Melo hielt weiter auf das Viertel zu, das sich jetzt vor ihnen erstreckte. »Ich meine … was bedeutet dir Italien? Was bedeutet dir dieser Begriff?«, wollte er wissen.

Aufgeregt hüpfte Marta neben ihm her. »Es ist mein Ideal!«, erwiderte sie begeistert. »Der Traum von einer großen Familie, in der wir alle … alle Brüder und Schwestern sind!«

Melo ging weiter, aber als er wieder sprach, klang seine Stimme streng. »Mädchen, bis vor kurzem hast du nicht einmal gewusst, dass es Italien überhaupt gibt. Und jetzt ist es plötzlich dein großer Traum geworden?«

»Ich weiß sehr viel mehr, als du denkst«, entgegnete Marta beleidigt. »Ich weiß, wer Mazzini ist, und Garibaldi, den kenne ich auch.«

»Hör doch auf«, blaffte Melo. »Das weiß jeder, der einen Blick in ein Geschichtsbuch wirft. Ich rede hier vom wahren Leben. Nicht von diesen Oberflächlichkeiten.«

»Was weißt du denn über Italien?«, fragte Marta wütend, während sie in die engen verschlungenen Straßen des Monti-Viertels vordrangen. »Willst du mir etwas beibringen? Ausgerechnet du?«

Melo schwieg. Er ging nach rechts auf einen großen quadratischen Platz mit Kirche und Osteria zu.

Neben ihm ballte Marta wütend die Hände zu Fäusten. Sie dachte wieder an den Jungen aus Rimini. »Du willst mir etwas erzählen über ein Ideal? Über Italien? Über den Befreiungskampf für Rom?«

»Nicht so laut«, mahnte Melo.

»Und warum nicht?«, brauste Marta auf. Sie versuchte, sich an die genauen Worte zu erinnern, mit denen der Junge aus Rimini sie und die Zirkusleute beschrieben hatte. »Euch ist das alles egal! Hauptsache, die Leute kommen zur Vorstellung. Hauptsache, sie bezahlen! So ist es doch, oder? Egal, wer uns gerade unterdrückt!« Sie atmete tief durch. Dann sagte sie mit aller Verachtung, derer sie fähig war: »Die wahren Feinde, das seid ihr. Euch ist alles egal!«

Melo blieb stehen und heftete seinen Blick auf sie. »Jetzt hör auf mit diesem Geschwätz«, versetzte er barsch. »Ich hab's dir gerade gesagt: Du musst lernen, die Bedeutung der Dinge zu erkennen.«

Marta war vollkommen außer Atem.

Melo trat auf die Tür der Osteria zu und öffnete sie. »Komm«, sagte er knapp.

»Wohin?«

»Komm«, wiederholte Melo nur.

Die Osteria war heruntergekommen, und es stank nach saurem Wein. Die Holzdielen auf dem Boden waren schmutzig und morsch. Im Schankraum standen einige unbesetzte Tische. Nur ganz hinten saßen zwei unrasierte, ärmlich aussehende Männer in zerschlissener Kleidung. Sie spielten Karten, aber als sich die Tür öffnete, hoben sie die Köpfe, und obwohl ihre Blicke von zu viel Wein längst verschleiert waren, musterten sie Melo und Marta aufmerksam.

Melo ging zu ihnen und fragte: »Wird hier heute ›Die Puritaner‹ von Bellini gespielt?«

Die Männer tauschten verwunderte Blicke.

Marta verstand nicht, was es mit dieser absurden Frage auf sich hatte.

»Die Parole hat sich geändert … deine ist ja uralt«, sagte der eine mit dumpfer Stimme.

Melo breitete in einer Geste der Hilflosigkeit die Arme aus. »Du willst mir erzählen, dass es hier eine Parole gibt?«, rief er. »Aus welchem Irrenhaus haben sie dich denn geholt?«, sagte er und ging an den beiden vorbei.

»Wo willst du hin?«, wollte der Mann wissen.

»Nur keine Umstände«, erwiderte Melo, ohne sich umzudrehen, und hielt geradewegs auf ein Weinregal zu. »Ich weiß, wo es langgeht.« Er drückte gegen eine Regalstrebe. »Komm, Marta.«

»Du kannst da nicht rein!«, rief der Mann und versuchte ihn aufzuhalten.

Jetzt erhob sich auch der andere. »Alarm!«, schrie er in den steilen finsteren Treppenaufgang hinein, der sich hinter dem Regal aufgetan hatte.

Marta drückte sich dicht an Melo, der die Treppe hinunterstieg. Allmählich wurde ihr die Sache unheimlich.

»Alarm«, schrie einer der Männer noch einmal.

Vom unteren Ende der Treppe war nun Gemurmel zu hören, dazu das Geräusch von Stühlen, die verrückt wurden, und das Klirren von Messerklingen.

Marta wäre am liebsten zurückgelaufen, aber am oberen Eingang standen die beiden Männer.

Am Fuß der Treppe blieb Melo stehen. Marta verharrte dicht hinter ihm. Plötzlich war es mucksmäuschenstill.

Sie befanden sich in einem feuchten Keller, der nach Wein, Zigarren und Schimmel roch. Marta konnte die Beine von etwa zehn Leuten sehen, mehr aber nicht, so dicht war der Rauch hier unten.

»Wer bist du?«, fragte nun eine Stimme angriffslustig.

»Was willst du?«, eine andere.

Marta sah Messerklingen im Rauch aufblitzen.

Melo antwortete nicht sofort. Dann murmelte er mit tiefer Stimme: »Ihr Wölfe, *Lupi*, zeigt euch, verdammt noch mal.«

Die folgende Szene entbehrte nicht einer gewissen Komik. Dutzende Hände versuchten, den Rauch wegzuwedeln. Und sobald ein kleines bisschen Durchblick herrschte, kamen ausnahmslos erfreute und strahlende Gesichter zum Vorschein.

»Bist du das, *Capitano*?«, riefen sie ungläubig. »Du bist wieder da!« Alle Männer kamen zu ihnen, um Melo zu umarmen.

»Du bist wieder da! Endlich!«, riefen sie immer wieder.

Marta traute ihren Augen nicht.

Schließlich trat einer von ihnen, mit buschigem Bart und abwärts gezwirbeltem Schnäuzer an die hintere Kellerwand und zog einige Steine aus der Mauer. Er langte durch die entstandene Öffnung und holte einen staubigen, alten Leinensack von undefinierbarer Farbe heraus.

»Haben wir für dich aufbewahrt«, sagte er und reichte ihn Melo.

Melo nahm den Sack und drückte ihn an sein Herz.

Applaus brandete auf. »Auf unseren Capitano!«, riefen sie.

Marta starrte Melo an.

Und als hätte er ihren Blick gespürt, drehte er sich zu ihr um. »So, hier spielt das wahre Leben«, bemerkte er sanft, bevor er ihr lächelnd den Leinensack reichte.

Marta nahm ihn verwirrt an sich.

»Mach ihn auf«, sagte Melo.

Marta öffnete den Knoten und fasste in den Beutel. Sie spürte rauen Stoff mit grober Textur und zog daran. Heraus kam eine Fahne, die Trikolore. Grün, weiß und rot. Mit golden eingestickten Buchstaben auf dem Weiß. »Was steht da?«, fragte sie leise.

»Römische Republik 1849«, antwortete einer der Männer, die um Melo herumstanden. Um ihren Capitano.

»Da kommen wir alle her.« Melo strich zärtlich über die Fahne. »Wir …« Er schwieg einen Moment. »Du auch.«

Marta schluckte.

»Die Hütte, in der ich geboren bin, ist ohne Bedeutung«, sagte Melo leise. »Deine Wahrsagerin hat recht. Es stimmt, dass ich keine schönen Dinge sagen kann, aber … also, du hast heute meine Mutter wieder auferstehen lassen.«

Er lächelte zärtlich. »Das bedeutet etwas. Danke.« Dann nahm er die Fahne. »Die bedeutet auch etwas.« Und er legte sie Marta wie einen Umhang um die Schultern.

Marta war zutiefst berührt.

»Sie gehört jetzt dir«, sagte Melo. »Mach ihr alle Ehre, Mädchen.«

# 17

*März 1870*

*Kirchenstaat – Rom*

»Dieb! Dieb!«, hallten die Rufe des am Boden liegenden Alten durch die Gasse.

Pietro rappelte sich auf. »Nein! Ich wollte ihm doch helfen«, rief er und streckte den zu Hilfe eilenden Leuten abwehrend die Arme entgegen. »Ich habe Euch doch geholfen!«, rief er in Richtung des Alten.

Doch der schrie nur störrisch weiter. »Dieb! Dieb!«

Pietro war klar, dass ihm hier niemand glauben würde. Wie hatte das nur passieren können? Als er einen großen, kräftigen Mann auf sich zukommen sah, wollte er die Flucht ergreifen.

Doch der Mann packte ihn am Arm. »Wo willst du hin, du Hurensohn!«, knurrte er und gab ihm einen kräftigen Hieb zwischen die Schulterblätter.

Pietro schrie auf und fiel auf das Straßenpflaster.

»Ruft die Gendarmen!«, rief der Mann und drückte einen Fuß in Pietros Rücken.

»Nein, wir hängen ihn hier direkt auf!«, schrie eine Frau aufgebracht.

Pietros Gesicht wurde gegen das Pflaster gepresst, und der Fuß des Mannes lastete so stark auf seinem Rücken, dass ihm das Atmen schwerfiel. Er hatte Angst. Furchtbare Angst. Hätte er doch bloß auf die Contessa gehört und wäre zu Hause geblieben! Aber er hatte ja unbedingt herauskriegen wollen, wer er war. *Jetzt weißt du es*, dachte er. *Ein Idiot bist du, nichts weiter.*

»Ruft die Gendarmen«, wiederholte der Mann. »Hier wird niemand aufgehängt.«

»Und warum nicht?«, wollte die Frau wissen. »Diesen Monat hat man mich schon dreimal beraubt!« Ihre Stimme überschlug sich. »Es wird Zeit, dass wir diesen Abschaum vernichten, der unsere Straßen unsicher macht.« Viele hatte die Armut in die Knie und zum Stehlen gezwungen, und mit jedem Tag wurden es mehr. Und aus lauter Verzweiflung bestahlen sie sich gegenseitig.

»Genau, hängen wir ihn auf!«, schrien die anderen und rückten drohend näher.

»Zurück«, warnte der Mann.

»Nein, wir hängen ihn auf!«, schrie die aufgebrachte Menge, die sich in der Gasse versammelt hatte. Wut und Frustration hatten ihre Leben vergiftet und machten aus ihnen genau die gleichen Unmenschen wie die, die sie vernichten wollten.

Pietro durchfuhr eine Welle der Panik.

Da packte ihn der Mann und zog ihn auf die Füße. »Sieh zu, dass du hier wegkommst, und zwar so schnell wie möglich, du Hurensohn!«, raunte er ihm zu. Damit ließ er ihn los und stellte sich mit ausgebreiteten Armen in die Gasse, um die Menge zumindest für einen kurzen Moment aufzuhalten.

Pietro tat sofort, wie ihm geheißen. Er rannte los, rutschte nach wenigen Metern auf den Pflastersteinen aus und fiel böse auf sein Knie, rappelte sich wieder hoch und rannte weiter. Hinter sich hörte er die Schreie der aufgebrachten Menge. Kurz bevor er in eine große Straße abbog, blickte er noch einmal zurück. Er sah den großen Mann in der Menge untergehen, aus der sich etliche an seine Verfolgung gemacht hatten, jetzt noch verstärkt durch einen Trupp französischer Soldaten, die durch den Lärm alarmiert waren. Die Angst schnürte ihm die Kehle zu, er bekam fast keine Luft, aber das Adrenalin schoss durch seinen Körper und hielt seine Beine in Bewegung. Er rannte immer weiter.

Nach und nach verhallten die Schreie seiner Verfolger.

Als er das Tiberufer erreichte, sank er auf den schlammigen Abhang und versteckte sich in einem Brombeerbusch, zu Tode erschöpft und durchtränkt von Angst. Nicht einmal die Dornen, die seinen Körper zerkratzten, spürte er, so sehr fürchtete er sich. Er wünschte, er wäre unsichtbar, zwang sich, flach und gleichmäßig zu atmen und keinen Laut von sich zu geben. Dann erbrach er eine grünliche Flüssigkeit und weinte bittere Tränen, bitterer noch als die Galle, die er erbrochen hatte.

Zusammengekauert blieb er liegen, wie ein verwundetes Tier, während Rom in der Dämmerung verschwand.

Als Nella nach Hause kam, war Pietro nicht da.

»Dummkopf«, schimpfte sie vor sich hin, zog eines ihrer normalen Kleider an und entzündete eine Öllampe. Als sie kurz darauf jemanden an der Tür hörte, war sie sicher, dass er es war. »Was habe ich dir gesagt?«, rief sie wutentbrannt auf dem Weg zur Tür, doch in diesem Moment wurde diese von außen mit Wucht aufgetreten, und Nella ging rücklings zu Boden.

»Was hast du gesagt, Contessa?« Albaneses Stimme klang bedrohlich, als er langsam eintrat, gefolgt von Ghiozzetto, der sich noch einmal nach draußen umsah. »Das Schloss ist kaputtgegangen«, feixte Albanese, und Ghiozzetto legte den Riegel vor.

Nella gefror das Blut in den Adern. »Hör mal, Albanese, ich …«

»Ich höre, Contessa«, erwiderte Albanese höhnisch.

»Du musst mich verstehen …« Nella fiel nichts Vernünftiges ein. »Ich habe doch nur …«

»Du hättest mir gleich sagen sollen, dass du eine Diebin bist. Das wäre ganz sicher besser gewesen, als mich zum Narren zu halten. Denn leider ist mit mir überhaupt nicht zu spaßen.«

Ghiozzetto lachte und griff sich vulgär in den Schritt.

Nella geriet in Panik. »Ich bin keine Diebin!«, rief sie.

»Ach nein?«

»Ich schwöre, ich habe die Ringe gefunden, nicht gestohlen …« Im gleichen Moment wurde ihr klar, welchen fatalen Fehler sie soeben begangen hatte.

Kurz blitzte es in den Augen von Albanese auf. Erst erstaunt, dann gierig. »*Die* Ringe? Dann hast du also noch mehr.«

»Nein!« Nella wusste, dass alles verloren war, aber sie lehnte sich trotzdem auf. »Den Ring, wollte ich sagen, es ist nur einer!«

»Du hast aber *die Ringe* gesagt.« Albanese näherte sich mit einem boshaften Grinsen. »Willst du mir nicht erzählen, wo die anderen sind, Contessa? Na? Ohne es mir allzu schwer zu machen?«

»Es ist nur ei…«

Albanese gab ihr einen Tritt in den Bauch.

»Du willst es mir also schwer machen. Na gut.«

»Ich schwö…re, Alba…ne…se.«

Der zweite Tritt traf sie mitten ins Gesicht.

Nella spürte, wie einer ihrer Zähne abbrach und ihre Lippe aufplatzte. Dann schmeckte sie Blut.

Sie schrie vor Schmerz auf, als Albanese sie an den Haaren hochzog.

Er wandte sich an seinen Kompagnon. »Willst du sie vögeln, Ghiozzetto? Hast du schon mal eine Contessa gevögelt?«

Ghiozzetto trat heran und griff unter Nellas Rock. »Die ist ja ganz hart.« Er lachte dreckig.

»Dann wollen wir ihr Fleisch mal weichklopfen«, meinte Albanese kaltschnäuzig und versetzte Nella einen Hieb in den Magen. Sie sackte zusammen, er zog sie wieder hoch und traf mit der Faust erst ihren Kiefer, dann das Jochbein.

Als er sie losließ, fiel Nella reglos zu Boden.

Albanese gab ihr noch einen Tritt. »Das hättest du sowieso abbekommen, weil du mich zum Narren gehalten hast, Contessa«, zischte er. »Und jetzt kommt noch was, damit du mir sagst, wo die anderen Ringe sind, die du gestohlen, ach, entschuldige, *gefunden* hast.« Er trat sie in die Rippen. »Denn falls du es noch nicht kapiert hast: Ich habe entschieden, dass diese Ringe mir gehören.« Er ließ von ihr ab, packte Ghiozzetto im Nacken und drückte sein Gesicht nah an Nellas heran. »Und du, du gehörst ihm. Hast du gesehen, wie er sabbert?«

Ghiozzetto griff sich feixend noch einmal in den Schritt, doch Albanese schubste ihn beiseite. »Durchsuch das Zimmer«, befahl er. »Ich amüsiere mich derweil hier noch ein wenig.« Und während sein Kompagnon mit der Suche begann, versetzte er Nella eine schallende Ohrfeige.

Ghiozzetto sah sich um. Die Einrichtung war armselig. Es gab nicht viele Stellen, an denen man etwas hätte verstecken können. Er leerte die Schubladen eines Tischchens auf dem Boden aus. Aber es waren nur Nadeln, Garn und Stoff darin. »Eine miese kleine Schneiderin ist das«, rief er.

»Such weiter, du Idiot«, schrie Albanese.

Ghiozzetto stieg hinauf in den Zwischenstock und wühlte in der Kommode. »Ha«, rief er, und tauchte gleich darauf mit den drei Ringen in der Hand auf.

Die Augen Albaneses strahlten. »Wunderbar«, raunte er. »Die sind ja noch schöner!« Er lächelte hämisch und versetzte Nella noch einen Tritt. »Danke, Contessa.« Damit steckte er die Ringe ein.

Ghiozzetto streckte seine Zunge raus und bewegte sie obszön hin und her. »Gehört sie jetzt mir, Meister?«

»Nein«, beschied der. »Diese Ware hier ist wertvoll, und heiß ist sie ganz bestimmt auch. Besser, wir hauen ab.« Er riss Nella noch einmal an den Haaren hoch und beugte sich dicht an sie heran, bis sein Gesicht ganz nah an ihrem war. »Aber vorher muss die Contessa mir noch die zweitausend Dukaten zurückgeben, oder etwa nicht?«

Nella schüttelte den Kopf. »Ich kann nicht, ich schwöre«, stieß sie mühsam hervor, wobei sich Blutbläschen vor ihrem Mund bildeten. »Ich habe sie nicht mehr«, flüsterte sie. »Der Kutscher …«

Noch einmal schlug Albanese ihr ins Gesicht.

»Ich schwöre!«, mühte sich Nella. »Das Geld ist nicht hier. Ich war in Schwierigkeiten … und einer wollte mich umbringen.«

»So wie ich?«, raunte Albanese ganz nah.

»Ich schwöre.« Nella spürte, dass sie einer Ohnmacht nahe war. »Der Kutscher … vom Kardinal … Orsini.«

Der Name ließ Albanese erstarren. Er blickte Nella in die geschwollenen Augen. »Ich will dir mal glauben«, sagte er, denn selbst ein so skrupelloser Gauner wie er wollte sich nicht mit einem Kardinal anlegen. Und ganz besonders nicht mit einem von den Orsini. »Los, lass uns abhauen«, wandte er sich an Ghiozzetto. Er lockerte den Griff, bohrte Nella aber einen Finger in die Brust. »Wer hat dich so zugerichtet?«, fragte er.

»Nie… niemand«, stammelte Nella.

»Gutes Mädchen, Contessa.« Albanese lachte höhnisch und war im nächsten Augenblick mit Ghiozzetto verschwunden.

Als es dunkel war, kroch Pietro aus seinem Versteck. Er trat ans Ufer und wusch sich so gut es ging das getrocknete Blut aus dem Gesicht. Er wusste nicht, was er der Contessa sagen sollte. Aber er war sicher, dass sie ihn nicht mit Samthandschuhen anfassen würde. Und in Anbetracht seiner Scherereien hatte sie auch allen Grund dazu.

Kurz kam ihm der Gedanke, einfach nicht mehr nach Hause zurückzugehen.

Aber er hatte Angst.

Er ging das Flussufer hinauf, in Richtung Engelsburg, deren Umrisse er schwach am anderen Ufer erkennen konnte. Als ihm eine päpstliche Wachpatrouille entgegenkam, verschwand er eilig hinter einem angelehnten Tor. Wieso waren überall Soldaten unterwegs? Er verstand das alles nicht.

Als die Wachen sich entfernt hatten, verließ er sein Versteck und ging hastig auf die Brücke zu, wo er rechts in die Via di Panìco einbog.

Die letzten Meter schlich er regelrecht vorwärts. Er fürchtete sich, fühlte sich inmitten dieses Gassengewirrs allein und ausgeliefert, aber genauso sehr fürchtete er sich vor der Contessa. Sie war sicher außer sich vor Wut.

Schließlich erreichte er die Treppen, die zum Souterrain hinunterführten. Die Tür stand weit offen, drinnen brannte eine Öllampe.

Er atmete noch einmal tief durch, machte sich auf eine Riesenschelte gefasst und stieg hinunter.

Doch kaum hatte er den Raum betreten, erstarrte er vor Entsetzen.

»Contessa!« Er eilte zu Nellas Körper, der auf dem Boden zusammengekauert reglos dalag, und kniete nieder. Ihr Gesicht war dick angeschwollen und voller Blut, und auch auf dem Boden war überall Blut.

Mühevoll öffnete Nella ein Auge.

»Contessa!«, rief Pietro noch einmal. »Was ist passiert?« Seine Stimme war rau und schrill, in seinem Inneren überschlug sich alles.

Nella sah ihn unter ihren geschwollenen Lidern an und streckte eine Hand nach ihm aus. »Was … ist … mit dir … passiert?«

»Nichts, gar nichts«, erwiderte Pietro hastig. Sein Schmerz war wie weggeblasen. »Kommt.« Er half ihr mühsam auf die Beine. »Kommt, ich bringe Euch zu Bett«, sagte er, und seine Augen füllten sich mit Tränen.

Nella konnte sich kaum auf den Beinen halten. Sie ließ sich von Pietro die Treppe zum Zwischenstock hinaufhelfen und fiel dann keuchend aufs Bett.

»Bleibt ganz ruhig liegen.« Pietro eilte wieder hinunter, holte einen Lappen und eine Schüssel mit Wasser und machte sich dann vorsichtig daran, Nellas Gesicht zu säubern. Er übernahm die Rolle des Erwachsenen, gab ihr Geborgenheit, beschützte sie wie in der Nacht ihrer Flucht, als er mit seinem mageren Arm verhindert hatte, dass sie in tausend Stücke zerbrach.

Nella strich dankbar ganz leicht über seine Hand. »Wo … warst du, Cavallino?«

Pietro wagte kaum, sie anzusehen. »Verzeiht …«, murmelte er, während er sanft die Ergüsse in ihrem Gesicht betupfte, die schon blau anliefen. »Was ist passiert?«, fragte er noch einmal.

»Nichts …«, murmelte Nella. »Nichts …«

»Verzeiht«, sagte Pietro noch einmal. »Wenn ich hier gewesen wäre …« Zorn lag in seiner Stimme.

»Du hättest … nichts tun können«, flüsterte Nella. »Diese Leute …« Sie schwieg einen Moment. »Die Welt ist grausam, Cavallino … Und Rom ganz besonders.«

Pietro seufzte.

»Und dir, was ist mit dir passiert?«, wollte Nella wissen.

»Nichts«, murmelte Pietro.

Nella versuchte sich an einem schwachen Lächeln, verzog aber vor Schmerzen sofort das Gesicht. »Für zwei, denen nichts passiert ist … sind wir ziemlich übel zugerichtet, wie?«

Jetzt musste auch Pietro lachen.

Nella berührte unter Anstrengung sein Gesicht. »Deine schöne Nase ist gebrochen.«

Pietro schloss die Augen und gab sich der Berührung hin. »Darf ich Euch etwas fragen, ohne dass Ihr böse werdet?«, erkundigte er sich vorsichtig.

»Nur wenn du mich endlich mit Du ansprichst.«

»In Ordnung«, sagte Pietro verlegen.

Wieder deutete Nella ein Lächeln an. »Was möchtest du?«

Pietro errötete. »Kann ich mich neben … dich legen?«

Nella klopfte leicht mit der Hand neben sich auf die Matratze, und Pietro half ihr, ein wenig zur Seite zu rücken, wobei die Bewegung sie sichtlich schmerzte.

Pietro legte sich neben sie und schloss die Augen, während Nella mühevoll einen Arm auf ihn legte.

»Ich muss dir etwas sagen, Cavallino«, flüsterte Nella schließlich. »Jetzt sind wir wirklich arm.«

## 18

*Ende März 1870*

*Kirchenstaat – Rom*

Niemals hätte Marta geglaubt, dass eine Fahne so schwer wiegen könne. Aber natürlich war es nicht die Fahne, die schwer wog, sondern Melos Geste. Dass er, ein alter Kämpfer, ihr die Trikolore übergab, war wie eine Krönung.

Und während sich die Männer im Keller um Melo scharten, schämte Marta sich für das, was sie ihm zuvor gesagt hatte: dass Leute wie er die wahren Feinde seien, einem wie ihm ohnehin alles egal sei. Dann aber hatte Melo sein wahres Gesicht gezeigt. Eines, das sie nie vermutet hätte. Eines, das er immer für sich behalten hatte.

Ein großartiges.

»Weißt du, was unser Capitano einmal gemacht hat?«, fragte der Mann, der die Fahne aus dem Versteck geholt hatte.

»Jetzt hör doch mit den alten Geschichten auf, Verdi«, brummte Melo.

Aber Verdi – der wegen seiner Ähnlichkeit mit dem großen Komponisten so genannt wurde – hatte offensichtlich nicht vor, zu schweigen. »Wir steckten in einer Falle, die Situation war vollkommen aussichtslos«, begann er begeistert. »Die französischen Truppen hatten uns eingekesselt, es gab nicht das kleinste Schlupfloch. Da stieg Capitano Melo aufs Pferd – wenn du ihn nur ein bisschen kennst, dann weißt du, wie gut er reiten kann. Er gab seinem Pferd die Sporen und hielt auf die aufgereihten Männer mit den kleinen Geschützen zu. Er hielt genau drauf zu!«

»Ich weiß es noch, als wär's gestern gewesen!«, rief einer der Veteranen.

»Und als er bei ihnen angelangt war«, fuhr Verdi fort, »sprang er über sie hinweg und schrie laut, sodass auch sie es hörten, zu uns rüber: ›Den bringe ich für Mazzini in Sicherheit‹. Sofort war ihm die Hälfte der Franzosen auf den Fersen. Sie nahmen seine Worte für bare Münze, dabei hatten wir überhaupt nichts für Mazzini! Aber sie ritten ihm alle hinterher, und damit entstand ein Schlupfloch, wir konnten entkommen und waren frei.« Er sah Melo an. »Wenn er das nicht gemacht hätte, wäre niemand von uns heute hier. Sie hätten uns alle auf der Piazza del Popolo enthauptet.«

»Hör auf, Verdi«, fuhr Melo ihn an.

»Aber die Geschichte geht doch noch weiter!«, wandte Verdi ein. »Er lockte seine Verfolger zur Milvischen Brücke, und dann machte er einen unfassbaren Sprung. Mit seinem Pferd.«

»Unfassbar«, wiederholten die anderen im Chor.

»Als hätten er und das Pferd Flügel«, rief Verdi, als könne er es immer noch nicht glauben. »Die halbe Kavallerie sprang hinterher, und sie brachen sich allesamt das Genick. Die anderen blieben stehen oder wurden von ihren Pferden abgeworfen. Weißt du, was das heißt? Dieser Mann hier hat an diesem Tag zwölf Männer erledigt. Ohne einen einzigen Schuss abzugeben. Allein.«

Sie sahen Melo voller Bewunderung an.

Marta lauschte gespannt und zutiefst erstaunt von dieser für sie völlig neuen Seite von Melo. »Aber warum … warum habt ihr denn gekämpft?«, wagte sie schließlich zu fragen.

In den Gesichtern der Männer spiegelte sich Verständnislosigkeit.

»Gebt ihr etwas Zeit. Sie muss noch einiges lernen«, beeilte Melo sich zu sagen. »Deshalb habe ich sie hergebracht. Damit sie weiß, wo ich geboren wurde, was uns heute noch umtreibt: die Idee der Befreiung Roms.« Er legte Marta eine Hand auf die Schulter. »Dieses Mädchen hier muss vielleicht noch viel lernen, aber sie hat ein riesiges Herz. Für jeden von uns. Das könnt ihr mir glauben.«

Die Männer klopften Marta auf die Schulter, und sie spürte, wie sie errötete.

*Wie eine Schwester*, dachte sie.

»Wir haben schon einmal den Papst verjagt und Rom befreit, Mädchen«, sagte Verdi stolz. »Wir sind die Männer, die die Republik in Rom ausgerufen und aus dieser Stadt eine Demokratie gemacht haben, wenn auch nur für wenige Monate. Das Bataillon der Lupi, das waren wir …« Er wandte sich an Melo. »Und Giuseppe Mazzini persönlich hat unserem Capitano eine Tapferkeitsmedaille überreicht.«

Marta starrte Melo an. Für sie war Mazzini nur ein Name, der nun durch Melo Wirklichkeit wurde.

»Jetzt reicht es aber«, warf Melo ein. »Ihr seid also alle noch da? Was ist mit den jungen Leuten? Rom und Italien können nicht nur auf uns Alte hoffen.«

»Wir werden immer da sein«, sagte Verdi stolz.

»Du hast mich sehr wohl verstanden, *lupus*«, erwiderte Melo. »Wir sind die Grundfeste, aber können wir immer noch einen Kavallerieangriff reiten? Den jungen Leuten etwas beizubringen, das ist unsere Aufgabe in diesem Krieg.«

In diesem Moment schlug die Stimmung um und wurde düster.

»Sie wollen uns nicht dabeihaben«, brummte einer aus der Gruppe schließlich.

»Was soll das heißen?«

»Na ja, sie haben es nicht direkt gesagt, Capitano«, sagte Verdi, »aber einige der Jungen halten es eher mit dem Adel und dem reichen Bürgertum, die machen eigentlich mehr Politik als Revolution. Und dann gibt es welche, die sich von Gaunern vor den

Karren spannen lassen. Die tun nur so, als ob sie Revolutionäre wären, bringen Priester um, räumen die Häuser leer von denen, die auf der Seite von Pius IX. stehen …« Er schüttelte den Kopf. »Es ist nicht mehr so wie 1849, Capitano.«

»Einer ihrer Treffpunkte ist das Café Perilli, neben dem Krankenhaus San Gallicano in Trastevere«, erklärte einer der Männer. »Wir sind ein paar Mal hingegangen, aber … Es war offensichtlich, dass wir nicht erwünscht sind. Und auch unsere Vorstellungen nicht. Die sind, genau wie wir, alt geworden.«

Melo schwieg eine Weile nachdenklich, dann nahm er die Fahne von Martas Schultern, legte sie zurück in den Leinensack und reichte ihn ihr. Dann wandte er sich an die Veteranen: »Wir gehen jetzt. Aber ich komme wieder, Lupi. Und dann will ich hier nicht wieder Wölfe sehen, aus denen Lämmchen geworden sind! Und haltet euch nicht an der Vergangenheit fest«, mahnte er abschließend mit der Autorität eines Capitano.

Auf dem Weg zurück zum Zirkus war Marta in Gedanken versunken. Sie war verwirrt, ihre Welt hatte sich um 180 Grad gedreht. »Entschuldige wegen vorhin«, bat sie schließlich.

»Du solltest wissen, dass ich dir sowieso nicht zuhöre. Also habe ich auch nicht gehört, was du gesagt hast, und folglich gibt es nichts, wofür du dich entschuldigen müsstest.«

»Doch, gibt es«, entgegnete Marta. »Ich bin ein Dummkopf.«

»Sind wir alle.«

»Ich aber ganz besonders.«

Melo lachte. »Warum musst du eigentlich immer so besonders sein in allen Dingen? Die Schlauste, die Dümmste, die hier, die da.«

»Ich habe sehr gut verstanden, was du gesagt hast«, murmelte Marta.

»Was habe ich denn gesagt?«

»Dass ich lernen muss, welche Bedeutung die Dinge haben.«

»Ja, das musst du«, erwiderte Melo ernst. »Aber nicht, weil du dumm, sondern weil du jung bist. Und deine Begeisterung ist ein wahrer Schatz, bewahre ihn gut. Denn damit wirst du den Dingen Bedeutung geben. Du hast diese Männer gesehen: Früher waren sie so wie du, aber jetzt fehlt ihnen deine Begeisterung. Sie glauben, sie hätten die Wahrheit gepachtet, und hängen in einem feuchten Keller ihren Erinnerungen nach, anstatt ins Café Perilli zu gehen und für ihre Prinzipien zu kämpfen und ihre Erfahrungen weiterzugeben. Bloß weil irgendwelche Jungen mal die Nase rümpfen. Ich werde sie noch einmal besuchen, in ihrem Erinnerungsmausoleum, weil ich will, dass sie wieder kämpfen. Wir brauchen sie. Du aber, du gehst dahin, wo frischer Wind weht. Wenn du bei diesem Kampf dabei sein willst, dann geh ins Café Perilli. Hör dir an, was sie zu sagen haben. Rede mit. Mach dir ein eigenes Bild.«

Marta betrachtete ihn von der Seite. »Du bist ein Held«, sagte sie voller Bewunderung.

»Hör auf!« Melo grunzte und machte eine wegwerfende Bewegung mit der Hand. »Genau das ist das Problem mit Erinnerungen: Wenn du jung bist, hebst du ein Sandkorn auf, und wenn du alt bist, dann redest du dir ein, es sei ein Fels gewesen. Rührseliges Gewäsch.«

»Und die Medaille, die du von Mazzini bekommen hast?«

Melo schnaubte. »Politik.«

»Kann ich sie mal sehen?«

»Nein. Ich habe sie noch an dem Tag, an dem er sie mir gegeben hat, in den Tiber geschmissen.«

»Warum?«, fragte Marta verwundert.

»Weil sie keine Bedeutung hatte.«

Marta wusste darauf nichts zu entgegnen. Melo war sicher einzigartig, aber es war nicht leicht, ihn zu verstehen.

»Geh ganz normal weiter«, raunte er plötzlich. »Da geht ein Wachtrupp. Guck nicht hin.«

Marta bemühte sich um Ruhe. »Was wollen die denn?«, wollte sie wissen.

»Die suchen Leute wie uns«, erwiderte Melo leise. »Oder einen, der ›Freiheit für Rom‹ schreit. Noch ist es ruhig, aber sie wissen, dass es bald losgeht.«

Entgegen Melos Warnung blickte Marta doch zu dem Trupp. Die Männer waren bewaffnet. Und kontrollierten gerade die Dokumente von zwei jungen Leuten.

»Wenn du bei der Revolution dabei sein willst, dann solltest du auf das hören, was man dir sagt«, mahnte Melo. »Das hier ist bitterer Ernst.«

»Entschuldige.«

Sie gingen weiter, ohne dass der Wachtrupp Notiz von ihnen nahm.

»Versteck den Sack mit der Fahne«, wies Melo sie an, als der Zirkus in Sicht kam. »Dass hier bloß nicht noch mal so ein Chaos losbricht wie mit deinen Flugblättern.«

»Wo soll ich ihn denn verstecken?«

»Im Wagen, in dem du schläfst«, erwiderte Melo.

»Aber Armandina …«

»Genau. Am besten fragst du sie, wo du die Fahne verstecken kannst.«

»Wie bitte?« Marta traute ihren Ohren nicht.

Melo zwinkerte ihr zu. »Sie ist eine von uns.«

»Armandina?«

»Ja! Ascanio auch! Glaubst du, er hätte dich nach der Sache mit den Flugblättern sonst im Zirkus behalten?« Er lächelte. »Die Wahrheit macht sich einen Spaß daraus, sich hinter einer Maske zu verstecken. Wie deine Wahrsagerin. Du musst immer schauen, was unter der Oberfläche ist.«

Einige Minuten später hob Armandina La Bella in ihrem Wagen eine Holzdiele aus dem Boden.

»So, rein damit«, sagte sie zu Marta.

Marta legte den Sack in das Versteck und richtete sich dann nachdenklich auf. Von nichts hatte sie eine Ahnung gehabt.

Nichts war so, wie sie geglaubt hatte. Innerhalb weniger Wochen hatte sie erfahren, dass sie einmal angebunden gewesen war wie Vieh, dass die Zirkusleute sie gerettet hatten, dass sie geglaubt hatte, die Einzige von ihnen zu sein, die an ein vereintes Italien glaubte. Blind und dumm war sie gewesen.

»Hast du auch gekämpft?«, fragte sie Armandina schließlich.

»Wir vom Zirkus haben uns alle auf die eine und andere Art eingesetzt.« Armandina lächelte. »Aber Melo mehr als jeder andere. Rom war ja seine Stadt. Er hat gekämpft und ist in Rom geblieben, solange es die Republik gab. Als der Traum dann zerplatzte, kam er zu uns zurück. Und Ascanio hat ihn mit offenen Armen empfangen.« Sie schwieg für einen Moment. »Melo erzählt, dass er seine Pferdenummer nicht mehr macht, weil er zu alt ist. Aber das stimmt nicht. Er hat kein Pferd mehr bestiegen, weil die Erinnerungen ihn dann einholen. So ist er nun mal, ein alter Brummbär. Und wenn er etwas abschließt, dann ist es zu, *basta.*« In ihren Augen schimmerten jetzt Tränen. »Der Untergang der Republik hat ihm das Herz gebrochen, und er ist nie wieder derselbe geworden.« Sie strich Marta über die Wange. »Zumindest bis er anfing, sich um dich zu kümmern.«

Marta durchfuhr eine Welle der Dankbarkeit. Ja, ein Brummbär, das war Melo in der Tat, aber ein ganz besonderer Mensch. Sie stieß einen Seufzer aus und suchte Armandinas Blick. »Weißt du, wie ich hieß, als ich herkam?«

»Nein, mein Liebes, leider nicht. Wenn ich es wüsste, würde ich es dir sagen, ganz bestimmt. Aber du hast nicht gesprochen. Monatelang.« Armandina La Bella lächelte auf die ihr eigene sanfte Art. »Melo hat dir deinen Namen gegeben.«

»Und warum hat er mich Marta genannt?«

»Keine Ahnung, tut mir leid.« Dann klatschte sie in die Hände. »Sollen wir die Bude morgen streichen?«, schlug sie vor. »Die Wahrsagerin Alina wird ein großer Erfolg!«

Marta schüttelte den Kopf. »Morgen kann ich nicht.«

Als sie die Eingangstür öffnete, fing ihr Herz wie wild an zu pochen. Sie hielt noch einmal Ausschau nach Melo, doch er war fort. Marta atmete tief durch. Ja, sie musste das hier alleine tun.

»Was willst du?«, wollte ein Mann mit schwarzer Schürze sogleich von ihr wissen.

»Ich … mir wurde gesagt … Also …«, stammelte Marta.

»Was hat man dir gesagt?«, fragte der Mann barsch.

In diesem Moment öffnete sich die Tür hinter ihr, und Marta drehte sich um. Vor ihr stand ein hübscher junger Mann mit breiten Schultern, in einen schmucken Anzug gekleidet.

»Was ist?«, fuhr der Mann mit der Schürze sie an. »Was hat man dir gesagt? Und wer?«

Marta zuckte zusammen.

»Redet man etwa so mit einer Signorina?«, mischte sich jetzt der junge Mann ein.

»Na, die kommt hier an und erzählt wirres Zeug …«

»Vielleicht weil du ein unhöflicher Trottel bist«, entgegnete der Junge.

»Aber, Principe …« Der Schürzenmann klang jetzt ganz freundlich.

»Wie oft soll ich dir noch sagen, dass du mich nicht so nennen sollst?«, brauste der Junge auf. Dann wandte er sich an Marta. »Was möchtet Ihr denn, Signorina?«

»Ich …« Marta war vollkommen verunsichert. Sie war immer nur mit den Zirkusleuten zusammen gewesen, etwas anderes kannte sie nicht. »Ich habe gehört, dass hier …«, begann sie und hielt inne. Melo hatte sie gewarnt: Die Zugehörigkeit zu dieser Welt konnte auch gefährlich sein.

»Was habt Ihr gehört«, hakte der Junge freundlich nach. »Was sucht Ihr?«

Marta gab sich einen Ruck. Die Lupi hatten dieses Café als Treffpunkt benannt – und wenn sie dazugehören wollte, musste sie den nächsten Schritt wagen. »Ich habe gehört, dass hier

Patriotentreffen abgehalten werden, aber ich kenne die Parole nicht! Ich weiß nicht, was ich machen soll!«, sagte sie mit fester Stimme.

Der Junge und der Mann mit der Schürze musterten sie schweigend.

»Aber ich bin Italienerin! Ich will bei der Befreiung Roms dabei sein«, rief Marta entschlossen.

Einige schier endlose Sekunden herrschte Stille, dann begann der Junge zu lachen. »Also, wenn du einmal loslegst, dann gibt es kein Halten mehr, wie?« Er lachte wieder und zeigte dabei eine Reihe weißer, gerader Zähne. Dann streckte er ihr die rechte Hand hin. »Herzlich willkommen, Schwester«, sagte er. »Ich heiße Ludovico.«

Marta war zutiefst bewegt. *Schwester* hatte er sie genannt! Sie lächelte so strahlend, dass sie noch hübscher aussah, als sie es ohnehin schon war. Sie nahm die Hand des Jungen und schüttelte sie. »Marta.«

Ludovico erwiderte ihr Lächeln. »Es gibt nicht viele Frauen, die kämpfen wollen«, meinte er voller Bewunderung. Dann musterte er Marta, und seine Augen begannen zu leuchten. »Herzlich willkommen.«

Reglos standen Marta und Ludovico voreinander und starrten sich an, als gäbe es die Welt um sie herum nicht.

Und plötzlich verspürte Marta ein seltsames Gefühl, und sie merkte, wie sie rot wurde. Schnell wandte sie den Blick ab und ließ ihn über das Café gleiten, über den Stuck und die Marmortischchen, die Thonet-Stühle mit dem Wiener Rohrgeflecht, die großen, goldumrandeten Spiegel. Doch sie nahm all das kaum wahr, und das seltsame Gefühl ließ sich nicht vertreiben. Und als sie Ludovico wieder ansah, ruhte sein Blick immer noch auf ihr, und immer noch lächelte er.

»Komm mit, hier findet gleich eine Versammlung statt«, sagte Ludovico wie benommen. »Hier entlang.« Marta folgte ihm in einen anderen Raum, aus dem mit jedem Schritt mehr Stimmen zu hören waren.

Die Wände darin waren bis auf Kopfhöhe holzvertäfelt. Drinnen standen die gleichen Tische wie in dem anderen Raum, mit Marmorplatte und gusseisernem Sockel. Auch Thonet-Stühle standen hier. Alles sah so vornehm aus, und Marta kam der Gedanke, dass dies hier vollkommen anders war als der Keller, in den Melo sie mitgenommen hatte. Nicht so geheimnisvoll wie in der Höhle der Lupi.

»Signori, darf ich kurz um Aufmerksamkeit bitten!«, rief Ludovico einer Gruppe junger Leute zu, alle zwischen fünfzehn und dreißig Jahren und in kostbare Anzüge gehüllt. Er war mit seinen siebzehn Jahren einer der jüngsten, sah aber älter aus und hatte das Charisma eines Anführers. »Lasst uns unsere Schwester Marta willkommen heißen, sie ist eine von uns.«

Die Jungen verstummten und blickten Marta an.

»Ihr seid ja nur Männer«, raunte Marta Ludovico zu.

»Ich habe dir doch gesagt, dass nur wenig Frauen kämpfen wollen.« Ludovico blickte seine Leute auffordernd an. »Ich höre.«

»Willkommen, Marta!«, riefen die jungen Leute.

Ludovico ging in die Mitte des Saals und gab Marta ein Zeichen.

»Erzähl uns, wie du von uns gehört hast. Kommst du aus Rom?«

»Nein«, erwiderte Marta ein wenig verlegen, weil sie von allen angestarrt wurde. »Ich bin …« Sie hielt kurz inne. Sie hatte keine Ahnung, wo sie geboren war. »Ich komme aus Rimini«, sagte sie schließlich. Das war nicht einmal wirklich gelogen, denn als Patriotin war sie tatsächlich dort geboren. »Ich war … beim Komitee der Jugend zur Befreiung Roms«, fuhr sie fort.

Die Blicke, die ihr jetzt entgegenflogen, waren voller Bewunderung.

Marta empfand Stolz.

»Und wer hat dir von uns erzählt?«, wollte einer der Jungen wissen.

»Die Lupi«, erwiderte Marta mit breiter Brust.

»Ach, die Alten«, brummte ein Junge. »Die Nostalgiker«, ein anderer, in dessen Stimme Missachtung klang. Ein weiterer lachte. »Die Toten«, »Vergessen und vorbei«, kommentierte noch einer.

Auch auf Ludovicos Gesicht las Marta Missachtung.

»Die leben nur in der Vergangenheit«, bemerkte Ludovico. Er zuckte mit den Schultern. »Die Welt hat sich geändert, und sie haben es nicht mitbekommen.«

»Sie denken immer noch an die Revolution zurück«, meinte ein anderer.

»Die wollen doch nur noch einmal ihre verrosteten Gewehre auspacken!«, rief ein dritter spöttisch.

»Sie haben die Republik in Rom ausgerufen!«, entgegnete Marta, für die sich diese Missachtung anfühlte wie eine persönliche Beleidigung Melo gegenüber.

»Ach, und wie lange hat die sich gehalten?«, feixte ein Junge.

»Viele von uns waren noch nicht einmal geboren, als sie bereit waren zu sterben, damit wir als Italiener auf die Welt kommen können!« Marta sah sich herausfordernd um. »Wer von euch wäre bereit, das Gleiche zu tun?«

Verlegenheit macht sich breit, aber auch Ärger.

»Hör mal, Marta«, warf jetzt einer ein. »Du bist gerade neu hier und willst uns schon belehren? Du kommst ja noch nicht einmal aus Rom. Was weißt du denn schon?«

»Jetzt reicht es!«, brauste Ludovico auf. »Hört auf zu streiten! Wir wollen doch alle dasselbe, oder?« Sein Gesicht war rot vor Wut.

Widerstrebend nickten die anderen. Ob wegen seiner offensichtlich noch viel nobleren Herkunft oder seiner charismatischen Ausstrahlung – die jungen Leute hörten auf ihn. Vielleicht fürchteten sie ihn auch.

Genauso schnell, wie er aufgebraust war, beruhigte sich Ludovico auch wieder. An Marta gewandt erklärte er: »Außer den Lupi gibt es in Rom zwei Parteien. Eine glaubt an eine politische Lösung. Sie wird nur in die Schlacht ziehen, wenn es absolut notwendig ist. Das sind wir.« Sein Blick war voller Stolz, als er fortfuhr: »Und ich kann dir versichern, dass wir bereit sind, unser Leben zu geben.«

Die jungen Leute ballten die Fäuste und bekräftigten seine Worte.

»Und dann gibt es die …« Ludovico stockte, er suchte nach den richtigen Worten. »Eigentlich sind es Kriminelle, da muss man gar nicht drum herumreden. Es sind Gauner, die nur an der Revolution interessiert sind, um sie für ihre Zwecke zu nutzen. Das sind Diebe, keine Patrioten.« Er machte eine weitere Pause. »Ich kann verstehen, was du über die Lupi und die anderen von 1849 denkst. Wir haben darüber gesprochen. Aber sie leben wirklich in der Vergangenheit.«

Marta erinnerte sich, dass Melo das Gleiche gesagt hatte.

»Vor allem«, Ludovico breitete die Arme aus, »vor allem denken sie, dass man die Dinge nur auf eine einzige Art regeln kann. Und zwar auf ihre. Wir haben versucht, mit ihnen zu reden, glaub mir. Aber für sie sind wir nur irgendwelche Grünschnäbel. Wir haben ihnen zugehört, aber sie uns nicht, nicht ein einziges Wort wollten sie hören, das kann ich dir versichern.«

Marta musterte ihn. Er wirkte ehrlich. Und er war nicht dumm, nicht blind. Er sagte genau das Gleiche wie Melo. Sie stellte sich ihn an der Spitze seiner Leute vor, ein Gewehr in der Hand, obwohl er so jung war. Und dachte, dass Melo vielleicht so gewesen war.

Und auch Ludovico sah sie an.

Und einmal mehr schien es die Welt um sie herum nicht zu geben.

## 19

*Anfang April 1870*

*Königreich Italien – Orbetello, Toskana*

»*Meine liebe, verehrte Frau …*«, begann Leone Pompei im Licht einer Öllampe vorzulesen. Er saß an einem Tisch in seinem Zimmer in dem Gasthaus, in dem sie über Nacht bleiben würden.

»*Seitdem ich abgereist bin, habe ich keine Nachricht von dir erhalten. Ich hatte auf einen Brief gehofft während der Tage, die wir in Pavia waren und weiter nach der Contessa di Boccamara gesucht haben. Bitte lass mich wissen, wie es dir ergangen ist. Bist du zu deinem Bruder gezogen, wie ich es dir geraten habe? Im Moment sind wir mitten im Nirgendwo zwischen Ligurien und der Toskana, es ist schrecklich hier. Die Gesuchten haben diesen Weg genommen. Sie waren so schlau, sich abseits der großen Straßen zu halten, aber ihre luxuriöse Kutsche dürfte keinem einzigen Bauern in der Gegend entgangen sein. Offenbar sind sie nach Süden unterwegs, und Capitano Lonigro vermutet, dass sie den Kirchenstaat erreichen wollen, da sie dort vor dem Königreich Italien und seiner Justiz in Sicherheit sind. Morgen fahren wir weiter, und wenn der Capitano recht behalten sollte, bleiben wir erst einmal in der Nähe der Grenze zum Kirchenstaat. Er kennt in Orbetello ein Gasthaus, in dem sich die Abgesandten der Regierung treffen. Dort werden wir auf weitere Anweisungen warten. Du kannst mir dorthin schreiben. Das Gasthaus heißt ›Passatore‹. Ich mache mir große Sorgen um dich und erwarte deine Zeilen voller Ungeduld. Sei herzlich umarmt von deinem treuen Mann Leone.*

*P.S.: Ich sende diesen Brief einmal zu uns nach Novara (wobei ich jedoch hoffe, dass du schon nicht mehr dort weilst) und einmal zu deinem Bruder nach Omegna.«*

Leone Pompei nahm die Lesebrille ab.

»In Ordnung«, meine Capitano Lonigro, der ihm die ganze Zeit über die Schulter gesehen hatte und so kontrollierte, ob das Vorgelesene auch den Worten auf dem Papier entsprach. »Du kannst ihn so abschicken.«

Leone faltete die beiden identischen Briefe. Er schüttelte den Kopf. »Dies alles ist sehr demütigend«, sagte er. »Ich kann nichts Privates schreiben, wenn ich weiß, dass Ihr den Brief lest.« In Wahrheit aber war er dem Capitano dankbar. Mit seiner Kontrolle der Briefe verhalf er ihm zu einem tadellosen Alibi. Die Leiche seiner Frau würde bei offenem Fenster nicht so schnell verwesen, und man würde glauben, der Überfall hätte erst nach seiner Abreise stattgefunden.

Lonigro streckte sich auf einem der beiden Betten im Zimmer aus. »Wenn ich selbst wüsste, wie die Contessa aussieht, dann wärst du schon längst hinter Schloss und Riegel. Vergiss das nicht.« Er verschränkte die Hände hinter dem Kopf. »Und jetzt geh zum Wirt und hol eine Karaffe Rotwein. Beeil dich.«

Leone gehorchte. Er verließ das Zimmer und ging über den Flur, in dem der stechende Geruch des darunterliegenden Stalls hing. »Der Capitano möchte eine Karaffe Rotwein«, sagte er zum Wirt im Schankraum.

Das tumbe Gesicht des Wirtes leuchtete gierig auf. »Das kostet einen kleinen Aufpreis.«

»Diesen Satz habt Ihr schon ein Dutzend Mal wiederholt«, brummte Leone.

»Wollt Ihr den Wein oder nicht?«

Leone kehrte mit nur einem Glas ins Zimmer zurück. Er selbst wollte nicht trinken. Wein machte müde, und er hatte nicht vor zu schlafen.

Nach dem Mord hatte Leone begriffen, dass er ganz anders

war, als er immer geglaubt hatte. Eine reißende Bestie war aus ihm geworden, als er seine Frau umbrachte. Aber immer noch glaubte er, die Hand des Todes ergriffen zu haben. Und er wusste, dass ihn der Tod nicht mehr loslassen würde.

Er legte sich ins Bett.

»Süße Träume«, wünschte er dem Capitano.

»Ich bin nicht deine Frau, du Idiot«, fuhr Lonigro ihn an.

»Verzeiht, Signor Capitano«, erwiderte Leone.

Aber Lonigro würdigte ihn keiner Antwort.

Leone horchte auf die Atemzüge seines Vorgesetzten. Obgleich Lonigro ihn so verächtlich behandelte, hasste er ihn nicht. Im Gegenteil, der Capitano gab ihm Grund, weiterzuleben. Hätte er diese Aufgabe nicht, würde er sich vielleicht gehen lassen und die Augen schließen. Doch er fürchtete, sie nie wieder öffnen zu können, denn der Tod würde ihn im Schlaf überraschen. *Ja*, dachte er, *durch Lonigro bleibe ich am Leben*.

Das einzige Problem war, dass der Capitano die Grenze zum Kirchenstaat nicht passieren wollte, sollten die Gesuchten dorthin geflüchtet sein. Die Contessa und das Waisenkind, an denen sich zu rächen eine weitere Waffe war, die ihn am Leben hielt. Der Hass würde ihn wachhalten.

Seit Tagen schon schlief er nicht. Nur manchmal gab er der Erschöpfung nach, aber das waren kurze Momente. Er wachte stets sofort wieder auf, mit aufgerissenem Mund, als hätte man ihm die Luft abgeschnürt. Und jedes Mal wunderte er sich, noch am Leben zu sein. Die Erschöpfung machte ihm zu schaffen. Seine Augen brannten. Seine Gedanken verschwammen. Aber er hielt durch.

Nachdem sie gefrühstückt hatten, natürlich nur unter Aufbringung eines kleinen Aufpreises, ging Lonigro hinaus, um die Pferde anzuspannen.

Als sie zur Abreise bereit waren, klopfte der Capitano dem Wirt auf die Schulter und sagte: »Im Namen des Königs spreche ich dir Dank aus für deine Dienste.« Dann kniff er ihm mit

Daumen und Zeigefinger fest in die speckige Wange. »Wenn du willst, dass mein Offiziersbursche dir eine Urkunde ausstellt, kostet dich das einen kleinen Aufpreis.« Damit stieg er auf den Bock, und sie fuhren los.

»Diebe, Diebe!«, schrie ihnen der Wirt hinterher.

Lonigro und Leone in ihrer Kalesche lachten aus vollem Halse.

Auf ihrem Weg nach Süden fragten sie in kleinen Ortschaften nach der luxuriösen Kutsche und fanden ihre Vermutung bestätigt.

Schließlich passierten sie Livorno und Grosseto und kamen nach Orbetello, nahe dem Kirchenstaat. Dort nahmen sie Quartier im Gasthaus ›Passatore‹.

Sie luden ihr Gepäck ab und machten sich sofort auf den Weg zur Grenze, wo sich Capitano Lonigro auswies und das Einreiseverzeichnis zu sehen verlangte.

Leone setzte die Brille auf und ging die Liste der registrierten Namen durch. Aber eine Contessa di Boccamara war nicht vermerkt.

»Das ist unmöglich!«, sagte Lonigro ungehalten.

Doch als Leone trotz lähmender Müdigkeit das Verzeichnis noch einmal durchging, fiel ihm ein anderer Name auf: »Paride Oriani!«, rief er. »Das ist der Kutscher. Ich erinnere mich noch gut an die Liste der Dienerschaft.«

Lonigro fand es seltsam, dass der Grenzübertritt des Kutschers verzeichnet war, nicht aber jener der Contessa. »Wer hatte an diesem Tag Dienst?«, erkundigte er sich.

Die Wachen seien am nächsten Tag wieder da, beschied man ihn.

Schließlich stiegen sie wieder in ihre Kalesche und kehrten zum Gasthaus zurück.

»Morgen früh hörst du dir an, was diese Wachen zu sagen haben«, befahl Lonigro.

Leone nickte, aber er musste gar nicht mit den Wachen sprechen. Es waren nur zwei weitere Namen registriert, die um dieselbe Uhrzeit wie der Kutscher die Grenze passiert hatten. Nella und Pietro Beltrame. Nella Beltrame war am 20. August 1841 in Rom geboren. Das Alter stimmte überein. Pietro Beltrame war als ihr Sohn registriert. Und das Waisenkind hieß Pietro. Das konnte kein Zufall sein. Unerklärlich war Leone nur, wie sich die Contessa auf der Flucht falsche Dokumente hatte besorgen können.

Am nächsten Tag wurde ihm bestätigt, was er schon wusste. Er fuhr zum Gasthaus zurück, sagte dem Capitano aber nichts von seinen Rückschlüssen.

»Irgendwie hat sie die Grenze passiert«, knurrte Lonigro. »Vielleicht haben sich die Wachen bestechen lassen.«

»Meint Ihr?«, fragte Leone.

»Idiot«, entgegnete Lonigro voller Verachtung. »Hältst du dich vielleicht für den einzigen armseligen Verräter auf der Welt?«

Leone tat, als hätte er die Beleidigung nicht gehört. »Seid Ihr sicher, dass die Contessa durchgefahren ist?«

»Mehr als sicher«, erwiderte der Capitano. »Was hätte sie sonst bis hierher geführt?«

»Und nun?«

»Ich bleibe hier und warte auf Anweisungen des Präfekten. Den Kirchenstaat werde ich ganz sicher nicht betreten, innerhalb seiner Grenzen besitze ich keinerlei Autorität. Ich werde dem Präfekten mitteilen, dass wir bei der Ergreifung der Contessa auf eine diplomatische Lösung angewiesen sind.« Lonigro warf Leone einen abschätzenden Blick zu. »Du bist jetzt hier fertig. Such dir eine Arbeit. Wegen mir kannst du zu Fuß nach Hause zu deiner Frau zurückkehren. Mach, was du willst. Es interessiert mich nicht. Ich brauche dich jetzt nicht mehr.«

»Aber … schon heute?« Leone hatte nicht damit gerechnet, dass die Situation so schnell kommen könnte.

»Verschwinde«, fuhr Lonigro ihn barsch an. »Geh mir aus den Augen.«

Als Leone die Treppe im Gasthaus hinunterstieg, fühlte er sich wie an dem Tag, als der Präfekt ihn gedemütigt hatte. Seine Kehle war wie zugeschnürt, sein Herz hämmerte wie verrückt. Er hielt den Handlauf des Treppengeländers mit festem Griff umklammert, konnte sich kaum auf den Beinen halten.

»Ich gehe ein wenig hinaus«, sagte er einem Dienstmädchen, als würde er gleich wiederkommen, und lief zur Lagune. Ein künstlicher Damm teilte sie und verband so Orbetello mit Porto Santo Stefano. Damit das Wasser den Damm nicht abtragen konnte, waren die Seiten von Felsblöcken umrandet.

Leone setzte sich darauf, beherrscht von einem einzigen Gedanken: Wenn er jetzt alles Lonigro überließe, dann hätte er nichts mehr, wofür es sich zu leben lohnte. Er würde einschlafen. Und der Tod würde ihn holen.

Und aus diesem Gedanken wurde ein Plan.

Er wartete bis zum Einbruch der Dämmerung und ging dann ins Gasthaus zurück. Eine Entschuldigung murmelnd betrat er die Küche und klopfte anschließend beim Capitano.

»Was willst du noch hier?«, fuhr ihn Lonigro an.

»Wir haben uns geirrt«, antwortete Leone.

»Womit?«

»Mit der Contessa.«

Lonigro stand auf. »Was ist denn mit ihr?«

»Sie hat uns reingelegt«, erklärte Leone. »Gerissen ist sie, wie der Teufel.«

»Drück dich klarer aus«, sagte der Capitano düster.

»Bei allem Respekt, es gab da etwas in Eurer Vermutung, das mir die ganze Zeit über schon seltsam vorkam«, sagte Leone. »Ich habe ein wenig herumgefragt und, also, ich muss schon sagen, dass sie wirklich schlau ist.«

»Jetzt komm zur Sache!«, schrie Lonigro.

»Sie hat die Grenze zum Kirchenstaat niemals überquert. Sie hat ihren Kutscher geschickt, um uns auf die falsche Fährte zu locken. Denn genau das wollte sie: dass wir glauben, sie hätte die Wachen bestochen.«

»Und?« Lonigro war die Ungeduld deutlich anzusehen.

»Sie ist woanders«, sagte Leone. »Wenn ich es richtig verstanden habe, hat sie sich eine Kalesche besorgt und ist in Richtung Marken weitergefahren. Aber«, er hielt kurz inne, »die Kalesche hat sie einem Fischer abgekauft, den man fast überhaupt nicht versteht.«

»Du bist ein Idiot!«, brauste Lonigro auf.

Leone hingegen bereitete sich auf den nächsten Zug vor. Den allerdings der Capitano für ihn ausführen würde, er selbst würde ihm dabei bestimmt nicht helfen.

»Wo ist dieser Fischer?«, wollte Lonigro wissen. »Bring mich zu ihm!«

»Kommt mit«, erwiderte Leone.

Als sie am Empfang vorbeischritten, gab der Wirt Leone einen Brief. »Ist eben angekommen«, informierte er ihn.

»Sicher von meiner Frau«, vermutete Leone und machte sich daran, ihn zu öffnen.

»Den kannst du später lesen!«, knurrte Lonigro. »Los jetzt!«

Sie verließen das Gasthaus, gingen über die Hauptstraße von Orbetello bis zu dem Wall zwischen den beiden Lagunen.

»Wo ist er denn?«

»Da hinten.«

Mittlerweile war es dunkel geworden, und obwohl sich das Mondlicht im Wasser spiegelte, konnte man nur noch schlecht sehen.

»Wo?«, wiederholte Lonigro wütend.

»Hier«, erklärte Leone und blieb stehen.

Sie waren ganz allein. Um diese Zeit war es hier menschenleer.

»Was soll das werden, du Idiot?«, schrie Lonigro.

»Es tut mir leid«, erwiderte Leone.

»Was tut dir leid?«

Leone spürte, wie ihn die Erschöpfung übermannte. Fast freundschaftlich sah er Lonigro an. »Ich kann nicht sterben«, flüsterte er.

»Und?«, erwiderte der Capitano trocken.

»Deshalb müsst Ihr sterben«, antwortete Leone mit tränenverschleiertem Blick. Er griff das Messer, das er aus der Küche des Gasthauses gestohlen hatte, und trieb es Lonigro mit Wucht in den Bauch.

Der Capitano machte ein Geräusch, das eher nach Überraschung denn nach Schmerz klang.

Leone zog das Messer heraus und stach noch einmal zu, diesmal aber zielte er auf das Herz. Als die Klinge eindrang, spürte er, wie sie zuerst gegen die Rippen stieß, dann aber ihren Weg in die weichen Eingeweide fand.

Lonigro hatte die Augen weit aufgerissen.

Als er zu Boden ging, wiederholte Leone: »Es tut mir leid.«

Er sah, wie sich der Mond schillernd im Waser spiegelte. Und genau wie bei dem Mord an seiner Frau überkam ihn eine angenehmene Ruhe, und alle Gedanken wichen aus seinem Kopf.

Dann schleifte er die Leiche zu den Felsblöcken und warf sie in eine tiefe Spalte, bevor er selbst hinabstieg und sie dort zwischen den Steinen einklemmte, damit sie nicht von der Flut hochgespült würde.

Schließlich kehrte er zum Gasthaus zurück, das Messer sicher in seiner Tasche verstaut.

»Der Capitano musste in geheimer Mission abreisen. Ich werde hierbleiben, solange er weg ist. Ist das in Ordnung?«, fragte er den Wirt.

»Solange jemand bezahlt«, gab dieser zurück.

»Bringt mir Papier, Feder und Tinte aufs Zimmer«, sagte Leone.

Als das Dienstmädchen ihm das Gewünschte gebracht hatte, öffnete Leone den Brief, den ihm der Wirt zuvor gegeben hatte.

*»Leider muss ich Euch mitteilen, dass Eure Frau Opfer eines grausamen Verbrechens wurde, das zweifellos das Werk eines Einbrechers war. Die Nachbarn bemerkten einen üblen Geruch und drangen daraufhin in die Wohnung ein. Dort fanden sie Eure Frau, deren Körper schon Spuren von Verwesung aufwies. Sie wurde auf dem Friedhof beerdigt. Ich spreche Euch hiermit mein Beileid aus, muss jedoch gleichzeitig darauf hinweisen, dass Euer Dienst bei Capitano Lonigro in keinem Fall zu beenden ist. Im gegenteiligen Fall werde ich Euch des Hochverrats beschuldigen. So viel war ich Euch schuldig. Präfekt Antonio Fornara.«*

Leone warf den Brief in den Kamin und sah zu, wie er verbrannte. Er nahm Papier und Feder und schrieb, wobei er sich bemühte, Lonigros Schrift zu imitieren:

*»Verehrter Präfekt, ich habe herausgefunden, dass Contessa Silvia di Boccamara die Grenze passiert hat. Die Vorsicht rät nun, den Fall der Diplomatie zu überlassen, jedoch erlaube ich mir, einen anderen Rat zu geben. Sichere Quellen haben mir alle nötigen Informationen gegeben, um die Contessa möglichst bald und gründlich festzusetzen. Mit »gründlich« meine ich, dass unser Reich die Diebin sicher an die Justiz überführen, aber doch auch die von ihr gestohlenen Juwelen wieder an sich nehmen möchte – das werdet Ihr verstehen. Sollten wir nun auf eine diplomatische Lösung warten, wären diese Juwelen für das Reich verloren. Deshalb bin ich bereit, das Risiko auf mich zu nehmen und unter falschem Namen den Kirchenstaat zu betreten. Sollte man mich überführen, so seid versichert, dass ich niemals den Namen unseres verehrten Königs oder Euren nennen würde. Ich werde mich als Händler ausgeben und benötige hierfür eine neue Identität. Auch für Leone Pompei benötige ich ein neues Dokument, denn da er als Einziger das Gesicht der Contessa kennt, bin ich verpflichtet, ihn mitzunehmen – so erbärmlich er auch sein mag. Um dies durchführen zu können, benötige ich unbedingt eine gewisse Geldsumme.*

*Immer Euer treu ergebener Capitano Lonigro.*

*P.S.: Pompei hat Euer Schreiben mit der Information über den Tod seiner Frau erhalten. Obgleich er ein armseliger Wurm ist, habe ich doch Mitleid mit ihm verspürt. Nun hat er wirklich niemanden mehr auf der Welt. Er ist vollkommen allein.«*

Kurz darauf brachte ihm das Dienstmädchen eine ganz hervorragende Schweinshaxe mit Birnen und eine Karaffe schweren Rotweins.

Als er allein war, betrachtete Leone das Essen und fragte sich, ob wohl schon Krebse und Mäuse an Lonigros Leiche nagten.

Er brachte keinen Bissen herunter. Und trank nicht.

Denn sonst würde der Schlaf – der Bruder des Todes – doch noch den Sieg über ihn davontragen.

# 20

*April 1870*

*Kirchenstaat – Rom*

»Wie geht es Euch, dir, meine ich …«

Schon seit dem Morgengrauen saß Nella gebeugt über Näharbeiten, die ihr Nachbarn aus dem Viertel gegeben hatten. Hier ein Kleid, das, je nach Lage der Vorratskammer, enger oder weiter zu nähen war. Hosen oder Röcke, aus denen die Kinder herausgewachsen waren, oder der Geldbeutel gab nicht genug her für neue Kleidung. Und viele Wollstrümpfe waren zu stopfen, denn wärmende Wolle warf niemand weg, dafür war sie zu wertvoll. Nella wusste, dass sie auf dem Prüfstand war. Sie musste für wenig Geld gute Arbeit leisten. Niemals würde sie vornehme Kleider nähen, wie sie es als Contessa so gerne gemacht hatte. Bei ihrer Ankunft in Rom hatte sie von dem Geld leben wollen, das die Ringe einbrachten. Aber die Ringe waren weg, und die Schule, die Pietro seit ein paar Tagen besuchte, war eine für Kinder aus gutem Hause und kostete entsprechend viel. Ihre zweitausend Dukaten hatte Paride gleich bis auf die letzte Münze dem Direktor übergeben. *Wir müssen eben den Gürtel enger schnallen*, sagte sie sich. Irgendetwas würde ihr schon einfallen, sie würde ihr Dasein ganz bestimmt nicht als kleine Schneiderin fristen. Aber jetzt war sie eben genau das: eine arme Schneiderin in einem armen Viertel. Und sie musste lernen, mit dem auszukommen, was ihr magerer Verdienst hergab.

Sie wandte ihr immer noch von heftigen Blutergüssen gezeichnetes Gesicht Pietro zu. »Wie soll es mir schon gehen? Gut«, erwiderte sie mit einem angestrengten Lächeln.

»Das stimmt nicht«, entgegnete Pietro. »Du spuckst Blut, das habe ich gesehen. Jede Bewegung tut dir noch weh, auch das Nähen, das sieht man.«

»Jetzt übertreibst du aber.«

»Auch im Schlaf stöhnst du.«

»Das geht vorbei«, gab Nella nach.

»Warum zeigst du ihn nicht an?«, fragte Pietro nun schon zum hundertsten Mal. Wenigstens hatte ihm Nella den Namen des Gauners verraten.

»Dafür gibt es viele Gründe.«

»Welche denn? Immer weichst du mir aus.«

»Erstens werde ich gesucht, krieg das endlich in deinen Schädel«, sagte Nella erschöpft. »Ich bin eine Diebin. Wie soll ich da glaubwürdig erklären, dass diese Ringe mir gehören?«

Pietro senkte den Kopf.

»Und zweitens hat Albanese die Gendarmen mit Sicherheit bestochen. Sonst könnte er nicht schon so lange sein Unwesen treiben. Man würde die Vorwürfe gegen ihn fallenlassen, und er käme wieder, um mir die Kehle durchzuschneiden. Reicht dir das an Argumenten?« Nella musterte ihn. »Und weißt du was? Ich würde gerne noch ein bisschen am Leben bleiben.«

»Ich bringe ihn um«, stieß Pietro hervor.

Nella erhob sich ruckartig, stöhnte vor Schmerzen auf, packte ihn aber entschlossen an den Schultern. »Sieh mich an!«

Zitternd vor Wut erwiderte Pietro ihren Blick.

»Denk nicht einmal dran. Einen wie dich verspeist Albanese zum Frühstück. Verstehst du? Er geht über Leichen. Und glaub ja nicht, dass ihm das schlaflose Nächte bereiten würde. Er ist ein Gauner durch und durch, und es gibt niemanden, der keine Angst vor ihm hat. Wie kommst du darauf, dass ausgerechnet du mit deinem Messerchen etwas gegen ihn ausrichten kannst?«

»Das ist ungerecht!«

»Ja, es ist ungerecht. Aber nicht zu ändern.« Nella hielt ihn noch immer an den Schultern. »Es ist ungerecht, dass sie Ippolito ins Elend gestürzt und dazu gebracht haben, sich aufzuhängen. Es ist ungerecht, dass sie dich in ein Waisenhaus gesteckt haben. Es ist ungerecht, dass man das mit mir auch gemacht hat.« Sie fuhr ihm durchs Haar. »Aber genauso ungerecht ist es, dass ich die Juwelen gestohlen habe.« Sie strich ihm über die Wange. »Auch wir begehen Ungerechtigkeiten.«

»Aber dieser Bastard ...«

»Ja, das ist er. Aber so ist das Leben«, sagte sie ruhig. »Vor allem das von so armen Schluckern wie uns. Du kannst es dir aussuchen: Entweder du bemitleidest dich für den Rest deines Lebens, oder du krempelst die Ärmel hoch. Das sind deine Möglichkeiten, andere hast du nicht. Entweder bleibst du ewig ein Opfer, oder du nimmst dein Schicksal selbst in die Hand.«

Und diese letzten Worte erreichten ihr Ziel.

»Das Glas ist immer halbvoll«, fügte Nella hinzu.

»Es gibt kein halbvolles Glas!« Pietro versuchte, sich loszumachen.

»Langsam!«, stöhnte Nella auf. »Du tust mir weh!« Sie hob einen Zeigefinger, um ihre Worte zu unterstreichen. »Wenn ich das Geld nicht sofort Paride gegeben hätte, damit er die Schule bezahlt, dann hätte Albanese auch das genommen, und du wärst jetzt auf der Straße anstatt in der Schule. Findest du nicht, dass dies ein halbvolles Glas ist? Oder glaubst du vielleicht, ich könnte mit Sockenstopfen zweitausend Dukaten verdienen?«

Pietro neigte den Kopf zur Seite, schwieg aber.

»Wir haben alles in die Schule investiert, also geh hin. Und dass du mir ja keine Schande machst.« Nellas Blick ruhte ruhig auf ihm, als sie wiederholte: »Entweder bleibst du ewig Opfer, oder du nimmst dein Schicksal selbst in die Hand.«

Pietro wandte sich wortlos um und ging zur Tür.

»Cavallino«, rief Nella. »Ich werde wieder gesund. Ich bin stark.« Sie lächelte. »Aber danke der Nachfrage.«

Pietro verharrte in der Tür, und als er sich umwandte zeichnete sich auch auf seinem Gesicht ein schüchternes Lächeln ab.

»Geh jetzt zur Schule, sonst kommst du zu spät.«

Als Pietro gegangen war und Nella ihre Schmerzen nicht mehr verbergen musste, sank sie sofort auf einen Stuhl. Sie keuchte vor Anstrengung und hustete und spuckte ein Blutklümpchen in ihr geflicktes Taschentuch. Dann schloss sie die Augen, legte den Kopf in den Nacken und blieb schwer atmend sitzen.

Wie bei starkem Wind lief Pietro mit tief zwischen die Schultern gezogenem Kopf die Straße hinunter. Der Sturm aber fand in seinem Inneren statt. Er folgte der Via dei Coronari fast bis zum Ende, doch auf Höhe des Vicolo della Volpe blieb er wie von selbst stehen und blickte hinüber zu Albaneses Laden.

Dort stand der Gauner ganz entspannt an der Mauer und rauchte eine Zigarre. Er redete mit einem anderen Kerl, dessen Mund von einer furchtbaren Narbe entstellt war.

Pietro beobachtete die beiden mit geballten Fäusten und rasendem Herzen.

»Was hast du zu glotzen?«, fuhr Albanese ihn barsch an, als er ihn bemerkte. »Verschwinde!«

Aber Pietro trat einen Schritt vor, als hätte er nun wirklich keine Macht mehr über seine Beine. Er steckte die Hände in die Hosentaschen und tastete nach Linos Messer.

Albanese warf die Zigarre auf den Boden und ging auf ihn zu.

Pietro blieb reglos stehen.

Als sie sich schließlich gegenüberstanden, suchte Albanese seinen Blick. Und plötzlich schlug er Pietro ins Gesicht, so schnell und flink wie eine Schlange. »Wenn ich einer Laus sage, sie soll verschwinden, dann tut sie das besser«, drohte er gefährlich ruhig.

Albaneses Blick machte Pietro Angst. Noch nie hatte er so leere Augen gesehen. Wie kalte Steine. Die Contessa hatte recht, das war ihm nun klar: Albanese würde einen wie ihn zum Frühstück verspeisen.

Er zog den Kopf ein und ging.

Dann hörte er, wie Albanese sich räusperte und ausspuckte. Der Schleimbrocken traf ihn zwischen den Schulterblättern. Albanese und der andere lachten spöttisch.

Pietro ging weiter rechts zur Via Agonale, die auf die Piazza Navona traf. Dort blieb er stehen und ließ den Blick über den Platz schweifen. Von Beginn an machte er auf seinem Schulweg den Umweg über die Piazza. Sie war wunderschön. Voller Kutschen, Menschen und bunter Stände, an denen alles verkauft wurde, was das Herz begehrte. Die Contessa hatte ihm die Piazza gezeigt, als sie ihn am ersten Tag zur Schule begleitete. Und Pietro staunte über so viel Herrlichkeit.

»Ich wusste nicht mehr, dass diese Piazza so schön ist«, flüsterte die Contessa.

Aber an diesem Morgen blickte Pietro nur von Weitem über die Piazza, an deren Eingängen er heute Soldaten bemerkte. Er wischte die Spucke von seiner feinen Anzugjacke aus blauem Samt, die er aus der Villa Odìn mitgenommen hatte. »Das wirst du mir büßen, ich schwöre«, raunte er und zog die Jacke wieder an.

Er schlug den Weg in die Via di Sant'Agostino ein, ging dann geradeaus in die Via delle Coppelle, durchquerte ein Gewirr von Gassen und gelangte schließlich an einen weiteren verzauberten Ort: den Trevi-Brunnen. Niemals hatte er einen solchen Brunnen für möglich gehalten. Aber nicht einmal der herrschaftliche Meeresgott Oceanus in seinem Muschelwagen konnte ihn heute aufheitern.

Er erreichte die Schule im Palazzo Conti di Poli, an dessen Südfassade der Trevi-Brunnen gebaut war. Der Eingang befand sich in der Seitenstraße. Als er näher kam, verlangsamte er seine Schritte. Die anderen Schüler trudelten gerade ein, stiegen aus eleganten Kutschen, deren Türen ihnen von vornehmen Lakaien geöffnet wurden. Das noble Collegio Poli war die angesehenste Schule von ganz Rom. Eine *École française*. Ursprünglich gegründet für die Söhne ranghoher Soldaten und französischer Diplomaten, wurde sie recht bald zu der Schule, an der die Söhne der besten Familien Roms Französisch lernten und sich auch sonst ihren Studien widmeten. Es gab fünfhundert Schüler, französische und italienische in fast vierzig Klassenzimmern.

Vor der Schule war ein kleiner Wachtrupp postiert – offensichtlich zum Schutz der französischen Schüler.

Pietro stieg so unauffällig wie möglich die mit Schülern überfüllte Treppe hinauf in der Hoffnung, dass ihn niemand ansprach. Im Klassenzimmer setzte er sich in seine hölzerne Bank, in die eine Vertiefung für ein Tintenfass eingelassen war, und starrte auf den Tisch.

Als der Lehrer, Monsieur Lamorgue, eintraf, stand er mit allen anderen Schülern auf und begrüßte ihn mit einem »*Bonjour*«.

Monsieur Lamorgue, ein kleiner Mann in altmodischer, an den Ellbogen durchgescheuerter Jacke, setzte seine Brille auf, öffnete das Register und erlaubte den Schülern, sich wieder zu setzen. Als er seinen Blick wieder hob, suchten seine kleinen bösen Augen sofort nach Pietro. »*Alors, comment ça se passe, Monsieur Beltrame?*«, erkundigte er sich.

Pietro erstarrte. »Hä?«, machte er schwach.

Die Klasse lachte.

»*Vous ne comprenez pas, Monsieur Beltrame?*«, fragte der Lehrer hämisch grinsend noch einmal nach.

»Nein … ich verstehe nicht …«, stammelte Pietro beschämt.

Wieder ertönten vereinzelt Lacher.

»*Oh, quel dommage!*«, rief der Lehrer spöttisch. Er wandte sich an die anderen Schüler. »*Monsieur Beltrame ne comprend pas des mots que même mon signe comprend.*«

Jetzt brach die ganze Klasse in lautes Gelächter aus.

Und der unbarmherzige Lamorgue trieb es noch weiter. »Zu Eurer Information: *signe* bedeutet Schimpanse, Signor Beltrame. Und ich habe Euch soeben gesagt, dass mein kleiner zahmer Schimpanse besser Französisch versteht als Ihr.«

Tosendes Gelächter ertönte.

Pietro spürte, dass er dunkelrot anlief.

»Wenn Ihr nicht aufholt, müsst Ihr das Jahr wiederholen.« Lamorgue schwieg einen Moment. »Solltet Ihr Hilfe benötigen, so kann ich Euch gerne zu meinem Schimpansen in den Käfig stecken, er wird Euch schon etwas beibringen.«

Jetzt konnte sich die Klasse vor Lachen nicht mehr in den Bänken halten.

Lamargue bat sich Ruhe aus und begann mit dem Unterricht.

In den ersten drei Stunden blieb Pietro mit gesenktem Kopf sitzen. Scham und Wut tobten abwechselnd in seinem Inneren. Wegen Albanese, Lamorgue, den Mitschülern.

Als die Glocke die Hof-Pause ankündigte, wäre Pietro am liebsten im Klassenzimmer sitzen geblieben. Aber das war verboten.

Draußen drückte er sich auf der Suche nach einer ruhigen Ecke an der Gebäudemauer herum.

Aber in weniger als fünf Minuten hatte sich die Geschichte mit Lamorgue unter den Schülern herumgesprochen.

Er wurde von einer Traube grinsender Jungen umringt, die Affen imitierend um ihn herumsprangen. »Bist du ein Makake oder ein Schimpanse?«, feixten sie.

Einer von ihnen, der in der Gruppe mutig wurde, verpasste ihm einen Stoß. Dann noch einen.

Und Pietro reagierte. Er schubste zurück. Er war in einem Waisenhaus großgeworden und wusste, wo der Hase langlief. Wer sich nicht wehrt, ist verloren. »Hau ab, Idiot!«

Angefeuert von den anderen, warf sich der Junge ihm entgegen.

Aber darauf war Pietro vorbereitet. Er packte ihn an der Jacke, stellte einen Fuß zwischen seine Beine und warf ihn zu Boden. *Wahrscheinlich hat sich dieses Muttersöhnchen noch nie in seinem Leben geprügelt*, dachte Pietro. »Halt dich fern von mir, wenn du nicht ernsthaft Prügel beziehen willst«, stieß er hervor, während er den anderen auf den Boden drückte.

In diesem Moment wurde er von jemandem buchstäblich in die Luft gehoben.

Ein etwas älterer Junge mit breiten Schultern baute sich vor ihm auf. »Es reicht jetzt«, sagte er. Und fügte hinzu: »Du mich verstehen, Affe?«

»Lass mich in Ruhe, du Idiot«, stieß Pietro hervor.

»Wer ist hier ein Idiot?«

»Hier steht nur ein Idiot, und zwar direkt vor mir«, gab Pietro zurück, der seinen aufgestauten Frust nicht mehr zurückhalten konnte. »Aber da er ein Idiot ist, weiß er das natürlich nicht.«

Sein Treffer saß. Der Junge packte Pietro wütend, zog ihn zu sich und hob die Faust, um zuzuschlagen.

Aber Pietro war schneller. Er zog das Messer aus der Tasche und setzte es dem Jungen an die Kehle.

Mit einem Mal herrschte absolute Stille.

Der Junge stand stocksteif da.

Aber im Eifer des Gefechts brachte die Messerklinge dem Jungen einen kleinen Schnitt am Hals bei.

Da ertönten die schrillen Pfeifen der Aufsicht, die eilig angelaufen kam.

Und schon rann vom verletzten Hals des Jungen ein Blutstropfen herab auf den gestärkten weißen Hemdkragen.

# 21

*Anfang April 1870*

*Kirchenstaat – Rom*

»Es lebe Italien!«

Marta bemühte sich, nicht zu lachen. Das Kind, das diesen Satz stolz von sich gab, stand mit den Armen in die Hüfte gestemmt vor ihr. Es war zehn Jahre alt und etwa sechzig Zentimeter groß. Es hatte einen großen Kopf und krumme Beine und war das Jüngste der Familie Musumeci.

»Er ist 1860 geboren, das Jahr, in dem Italien zu einer Nation geworden ist. Deshalb haben wir ihn Italo genannt«, erklärte sein Vater soeben. »Er ist der erste wirkliche Italiener der Familie.«

Marta ließ ihren Blick über die gesamte Familie Musumeci gleiten, eine Familie Kleinwüchsiger, die sie nie besonders beachtet hatte. In ihrem Kopf waren Kleinwüchsige eben einfach Kleinwüchsige gewesen, nicht mehr und nicht weniger. Für sie sahen sie aus, als wären sie alle aus derselben Form gegossen. Komische Menschen, die in der Zirkusmanege umherstolperten und mit ihren ungewöhnlichen Körpern die Kinder zum Lachen brachten. Arme Teufel, die ständig einen Hocker zu Hilfe nehmen mussten, wo andere sich nicht einmal streckten. Nun kam sich Marta dumm und oberflächlich vor. Diese Kleinwüchsigen hier waren Patrioten, und zwar schon um einiges länger als sie. Wie so viele andere im Zirkus, die sie nie beachtet hatte.

»Armandina hat mir gesagt, dass du die Fahne von Capitano Melo hast«, sagte Vater Musumeci, der die Hand seiner Frau hielt.

Marta hatte oft gehört, wie Musumeci Melo »Capitano«

nannte, aber sie hatte das lediglich für eine normale Anrede gehalten, wie »Professor« oder »Meister«. Aber Musumeci sprach ihn so an, weil er Bescheid wusste.

Und jetzt entdeckte sie jeden Tag mehr, dass der ganze Zirkus voller Menschen war, denen überhaupt gar nichts egal war, wie sie fälschlicherweise geglaubt hatte. Ganz im Gegenteil, er war voller Menschen, die Italien und die Vorstellung einer vereinten Nation liebten, Menschen, die es für eine große Würde hielten, sich offiziell Italiener zu nennen.

»Kann ich die Fahne mal sehen?«, fragte Musumeci.

Marta nickte. Gefolgt von der ganzen Familie Musumeci ging sie zu Armandinas Wagen, hob die Holzdiele an, nahm den Sack heraus, öffnete ihn, zog die Fahne heraus und gab sie Musumeci.

Vorsichtig, fast zärtlich strich er darüber.

Auch seine Frau berührte sie mit leuchtenden Augen. Sie blickte zu ihrer ältesten Tochter, die mit ihren zwanzig Jahren kaum so groß war wie eine Zehnjährige. »Komm her, Romana«, forderte sie sie auf und bedeckte liebevoll ihr Gesicht mit der Fahne.

»Deshalb heißt sie Romana«, erklärte Musumeci. »Sie ist geboren, als Rom Republik war. Capitano Melo ist ihr Pate.« Bei der Erinnerung musste er lächeln. »Der Priester wollte das nicht, er sagte, das sei Gotteslästerung, aber dem Capitano war das egal. Er wickelte sie in die Fahne ein und sagte dem Priester, wenn er sie so nicht taufen würde, dann würde es ihm an den Kragen gehen.«

Seine Frau schnupperte an der Fahne und verzog das Gesicht. »Riecht immer noch nach dir«, sagte sie lachend zu ihrer Tochter.

Und dann lachte die ganze Familie Musumeci, Vater, Mutter und ihre fünf Kinder.

»Sie hat reingepinkelt!«, erklärte der Vater. »Danke«, sagte er tief bewegt, als er Marta die Fahne schließlich zurückgab. »Jetzt kannst du sie wieder dort hineinlegen, da haben wir früher Gewehre drin versteckt.«

»Gewehre?« Marta traute ihren Ohren nicht.

Vater Musumeci schüttelte den Kopf mit der vorstehenden großen Stirn und stieß einen Schnauber aus der kleinen Nase aus. »Glaubst du, die Revolution lässt sich mit ein paar Steinschleudern erledigen?«

Während die Familie mühsam die Wagentreppe hinabstieg, sah Marta ihnen hinterher. Sie hegte eine tiefe Bewunderung für diese kleinen Leute, die schon mutig in den Kampf gezogen waren, wohingegen sie noch nichts für Italien, für den Kampf getan hatte.

Die Fahne an sich gedrückt, ging sie zu Melo.

»Was läufst du damit herum?«, schalt der Alte sie sofort. »Das ist kein Spielzeug oder irgendein Puppenkleid.«

»Nein, ich …«

»Wenn jetzt ein französischer Soldat kommt, dann ist das so, als hätte ich eine Waffe in der Hand. Reicht dir nicht, was du mit deinen verdammten Flugblättern angerichtet hast? Siehst du nicht, wie viele Soldaten unterwegs sind?«

»Entschuldige.« Zutiefst beschämt schob Marta die Fahne unter ihr Hemd. »Warum hast du mir nie etwas gesagt?«, fragte sie schließlich.

»Weil du zu viel redest«, brummte Melo.

»Wirklich?«

Melo seufzte. »Nein«, brummte er barsch. »Wenn ich dir vorher davon erzählt hätte, hätte ich dich beeinflusst. Aber so bist du von ganz alleine draufgekommen. Deshalb habe ich dir die Fahne geschenkt. Du hast sie ganz allein, ohne Hilfe erobert.«

Stolz erfüllte Martas Brust. »Danke.«

»Na, jetzt tu mal nicht so, Mädchen«, brummelte Melo. »Ich hab gar keine Zeit für sowas, muss hier noch ausmisten.« Er griff nach der Mistgabel.

»Interessiert es dich gar nicht, wie es neulich im Café Perilli war?«

Melo sah sie an.

»Ich bin da die einzige Frau«, verkündete Marta.

Melo schnaubte. »Das sind nicht die Frauen schuld, sondern die Männer! Sie bezeichnen sich als revolutionär, aber im Grunde sind die meisten ziemlich konservativ. Ich habe damals Frauen kennengelernt, die mehr wert waren als zehn Männer.«

Marta grinste. Melo überraschte sie immer wieder. »Sie sagen, dass sie deine Lupi getroffen und die sie nicht einmal angehört haben. Die halten sie für Grünschnäbel und basta.«

Auf Melos Gesicht zeichnete sich Ärger ab. »Viele der Lupi haben vergessen, dass sie damals auch nur Grünschnäbel waren. Und doch haben sie eine Stadt erobert. Deshalb gehe ich noch einmal hin zu ihnen in den Keller. Um sie daran zu erinnern, dass es Nächte gab, in denen sie im Schlaf geweint und nach ihren Müttern gerufen haben. Damit du's weißt.« Er hieb die Mistgabel in einen großen Misthaufen. »Die Jungen von heute wissen wahrscheinlich mehr über die Situation als die Alten. Aber das wollen die Lupi nicht wahrhaben. Für sie wird es immer 1849 bleiben, da ist ihr Kalender stehengeblieben.« Er schwieg einen Moment. »Was haben sie denn gesagt?«

»Sie waren ziemlich wütend auf die Lupi und gekränkt.«

»Sie haben sie enttäuscht. Anstatt ihnen Väter, Freunde oder eine Stütze zu sein, haben sie sie im größten Chaos alleingelassen.« Melo schüttelte die Faust. »Denen werde ich den Marsch blasen. Und wie ich das werde!« Damit machte er sich wütend über den Pferdemist her.

»Haben sie einen Anführer?«, fragte Melo nach einer Weile.

»Also, da ist einer, der mehrmals vor allen gesprochen hat, aber ich weiß nicht genau, ob er ihr Anführer ist.« Marta spürte, dass sie errötete, denn seit sie dort gewesen war, hatte sie ununterbrochen an Ludovico gedacht. »Sie hören auf jeden Fall auf ihn.«

»Wie alt ist er denn?«

»Siebzehn«, meinte Marta. »Ich glaube, er ist der Sohn eines Principe.«

Melo lachte. »Mutiger Junge! Dann macht er das sicher alles heimlich. Ich kann mir kaum vorstellen, dass sein adeliger Herr Papa damit einverstanden wäre.«

Wieder errötete Marta, als gelte das Kompliment ihr.

»Den will ich sprechen«, erklärte Melo. »Kannst du das organisieren?«

»Ja«, murmelte Marta.

Melo nickte kurz und widmete sich dann, wie ein einfacher Stallbursche, wieder dem Pferdemist. Für Marta aber war er vor allem der große Held, der Capitano der Lupi, den sie bewunderte. Und wieder kam ihr der Gedanke, dass Ludovico vielleicht ein bisschen so war wie er, auch wenn sie sich dafür fast schämte. Plötzlich hatte sie es eilig. »Ich muss los.«

Melo antwortete ihr nicht einmal.

Marta betrat den Schlafwagen der Zirkuskinder in der Hoffnung, dass Armandina in der Zwischenzeit zurückgekehrt war. Sie war die Einzige, mit der sie darüber reden konnte.

Erleichtert stellte sie fest, dass La Bella da war, die kleine Lidia hing wie immer an ihrem Rockzipfel. Sie faltete die Fahne und legte sie wieder in das Versteck.

»Lauf besser nicht damit herum«, begann Armandina. »Das ist kein …«

»… Puppenkleid«, beendete Marta den Satz.

Armandina lachte. »Du warst wohl gerade bei Melo. Das klingt ganz nach ihm.«

»Stimmt genau«, sagte Marta schmunzelnd. Dann schwieg sie.

Armandina erriet, dass ihr etwas auf dem Herzen lag. »Na, was ist los? Komm, sag schon«, ermunterte sie sie.

Marta zögerte. »Wie sucht man sich einen Mann aus?« Sofort senkte sie den Kopf, sie konnte kaum glauben, dass sie das tatsächlich gefragt hatte. Am liebsten wäre sie weggelaufen.

Aber Armandina mit ihrem sanften großen Herzen fing sie auf, weder lachte sie über Martas Unbeholfenheit, noch machte sie Witze. Sie fragte nichts und machte keine dumme Bemerkung. Sie rückte lediglich etwas näher, nahm Marta in die Arme und flüsterte: »Indem man ein Risiko eingeht.«

»Sonst nichts?«

»Und du musst auf deinen Bauch hören«, fügte Armandina hinzu.

Marta vergrub das Gesicht an Armandinas Brust, so tief, dass sie kaum atmen konnte. Sie war verwirrt über das, was ihr mit Ludovico geschehen war. So etwas war ihr noch nie passiert. Sie hatte keine Erklärung dafür. Vielleicht hatte sie zuvor einfach niemandem erlaubt, ihr nahezukommen. Vielleicht suchte sie etwas, das die Leere ihres bisherigen Lebens füllen konnte, dieses Lebens, in dem sie nicht gewusst hatte, wer sie war. Vielleicht, weil der Zirkus nicht zu ihrer Familie geworden war, obgleich Melo es so sehr gehofft hatte. Vielleicht aber auch, weil sie plötzlich kein Mädchen mehr war, sondern gerade zur Frau wurde. Sicher war, dass in ihrem Leben gerade alles anders wurde. Eins folgte auf das Nächste. Und es ging alles zu schnell.

Mit dem Kopf an Amandinas Brust murmelte sie etwas.

La Bella rückte ihren Kopf sanft ein wenig zur Seite. »Wenn du mit dem Kopf an meinem Busen redest, dann verstehe ich nichts«, sagte sie lächelnd.

Marta zögerte.

»Na los!«

»Und was fühlt man im Bauch?«

# 22

*April 1870*

*Kirchenstaat – Rom*

In Begleitung des Schuldieners betrat Nella das Büro von Monsignor De Zotti, dem Direktor des Collegio Poli. Vor Schmerzen konnte sie sich kaum auf den Beinen halten.

»Geht es dir gut?«, fragte sie sofort, als sie Pietro dort auf einer Art Schemel vor der Wand sitzen sah.

Pietro blickte zu Boden.

Der Schuldiener hatte gedrängt und sie so sehr in Angst versetzt, dass Nella sich nicht mehr hatte umziehen können. Sie trug eines ihrer zerschlissenen Kleider und sah dem Direktor sofort an, wie pikiert er nicht nur darüber, sondern auch über ihr noch immer stark von Albaneses Überfall gezeichnetes Gesicht war.

Obgleich die Schmerzen sie fast entzweirissen, ließ Nella sich keineswegs einschüchtern. Sie wies auf ihr Gesicht und sagte sarkastisch: »Ich bin bei der Fuchsjagd vom Pferd gefallen. Dabei habe ich mir auch einige Rippen gebrochen. Deshalb hoffe ich, dass es einen guten Grund dafür gibt, dass Ihr mich habt holen lassen.«

Der Direktor hatte sich gefasst. Er bot Nella einen Stuhl vor seinem majestätischen Schreibtisch an und nahm selbst auf seinem eigenen hinter dem Tisch Platz. »Den gibt es. Euer Sohn hat den Sohn des Principe Chiodetti da Fibreno mit einem Messer angegriffen.«

Nella blickte zu Pietro, der immer noch mit gesenktem Kopf dasaß. »Stimmt das?«

Pietro zuckte mit den Schultern, ohne den Kopf zu heben.

»Sieh mich an«, ermahnte ihn Nella. »Stimmt das?«

Pietro sah sie an und nickte.

»Was hast du dir dabei gedacht?«, schimpfte Nella zornig.

Wieder zuckte Pietro mit den Schultern. »Er glaubt mir ja doch nicht.«

»Erzähl mir, was passiert ist«, insistierte Nella. »Aber anständig.«

»Monsieur Lamorgue hat gesagt, ich bin schlimmer als sein Schimpanse, weil ich noch kein Französisch kann«, erklärte Pietro, die Fäuste im Schoß geballt, um seine Wut im Zaum zu halten. »Und dann haben mich auf dem Hof alle geärgert. Einer hat mich geschubst, da habe ich mich gewehrt. Dann ist der Sohn vom Principe dazwischengegangen, der hat mich auch Affe genannt, ich habe ihn Idiot genannt, und er wollte mir eins auf die Nase geben. Ich habe mich bloß verteidigt.«

»Das reicht. Ich glaube dir«, unterbrach Nella ihn. »Lass mich jetzt mit dem Direktor allein.«

Monsignor De Zotti zuckte zusammen. »Dies zu entscheiden ist eigentlich meine Sache, Signora«, sagte er kühl.

Nella erwiderte seinen Blick. »Dann entscheidet es bitte.«

Monsignor De Zotti war vollkommen überrascht von dieser Frau, die aussah wie eine Dienstmagd und hochmütig war wie eine Adelige.

»Lass mich mit deiner Mutter allein«, wies er Pietro schließlich an.

»Danke, Herr Direktor«, sagte Nella, als Pietro das Zimmer verlassen hatte.

»Es ist noch nicht gesagt, dass Euer Sohn nicht die Schule verlassen muss«, stellte Monsignor De Zotti fest.

Nella betrachtete ihn aufmerksam. Seine Gesichtszüge waren plump, als wären sie mit einem groben Werkzeug gehauen. Mit seiner faltigen Haut, den schmalen Lippen und der Hakennase erinnerte er stark an eine Schildkröte. Aber seine Augen waren sanft.

»Er hat sich verteidigt«, meinte sie. »Ihr habt es selbst gehört.«

»Bei allem Respekt … Signora, aber wir sind hier nicht irgendwo im Hinterland!«

»Wenn ich nicht so armselig angezogen wäre, würdet Ihr nie in diesem Ton mit mir sprechen«, entgegnete Nella stolz. »Und damit wir es gleich hinter uns haben und zum Wesentlichen kommen können: Ich bin Schneiderin. Aber ich habe genug Geld zur Seite gelegt, um Pietro eine gute Erziehung zu ermöglichen. Sonst noch etwas?«

»Es bleibt die Tatsache …«

»Wenn diese Kerle nicht adelig und reich wären«, unterbrach Nella ihn, »dann säße nicht ich hier, sondern die anderen Mütter. Und dann würde man ihren Söhnen den Schulausschluss androhen, weil sie meinen, sich alles erlauben zu können. Allen voran dieser Sohn eines Principe, der sich mit meinem Sohn schlagen wollte.«

Monsignor De Zotti erwiderte nichts.

»Ich schätze sehr, dass Ihr schweigt«, sagte Nella ruhig. »Ihr seid ein gerechter Mann, also muss ich kein Blatt vor den Mund nehmen. Sorgt dafür, dass sich dieser aufgeblasene Kerl von Pietro fernhält. Ich für meinen Teil werde meinem Sohn den Kopf so waschen, dass er es nicht vergisst. Und ganz sicher wird er nicht mehr bewaffnet in der Schule auftauchen. Denn – da habt Ihr recht – wir sind hier nicht irgendwo im Hinterland. Obwohl mich die Art dieses Lehrers doch sehr ans Hinterland erinnert. Und es würde mir leidtun, sollte ich irgendwann zu dem Schluss kommen, dass in Eurer Schule nur das Schulgeld von hohem Wert ist.«

Sie hatte den wunden Punkt ausgemacht und getroffen. Monsignor De Zotti blickte zu Boden.

»Abgesehen von diesem Vorfall solltet Ihr Euch einmal kurz

Zeit nehmen und Pietro beim Essen beobachten und dabei nicht daran denken, wie arm seine Mutter ist. Ganz unvoreingenommen, so wie jeden anderen Eurer Schüler auch. Und Ihr werdet feststellen, dass er es sehr viel besser versteht, mit Messer und Gabel zu hantieren, als mancher adelige Sprössling.«

Monsignor De Zotti war sprachlos. So etwas hatte er noch nicht erlebt. »Ihr seid keine einfache Schneiderin«, stellte er respektvoll fest. »Wer oder was seid Ihr wirklich?«

»Das ist unwichtig«, gab Nella zurück. »Ich bin die, die ich jetzt bin. Wer ich war oder sein werde, ist nicht von Belang.«

»Ihr könnt Euch meiner Bewunderung gewiss sein, Madame«, sagte Monsignor De Zotti, stand auf und deutete eine Verbeugung an.

Nella lächelte. »Schneiderinnen können es sich nicht leisten, ihre Zeit mit vornehmem Geplänkel zu verschwenden«, antwortete sie elegant. »Die Kunden, die mir erlauben, das Schulgeld zu zahlen, möchten am Abend bei mir ihre Kleider abholen. Ich bitte um Verzeihung, dass ich unsere Unterhaltung hier beenden muss.« Damit erhob sie sich und verließ das Büro. Stolz und so aufrecht, wie die Schmerzen es zuließen.

Monsignor De Zotti verharrte einen Moment reglos, bis schließlich die Wut in ihm hochkochte. Ohne sich um die guten Sitten zu kümmern, riss er die Tür auf und schrie aus vollem Halse: »Wo ist dieser Idiot von Lamorgue? Bringt ihn sofort zu mir! Sofort!«

»Was ist los mit dir?«, verlangte die Contessa zu wissen, als Pietro nach der Schule nach Hause kam. »Willst du von der Schule fliegen?«

Pietro blickte düster drein. Er war immer noch voller Zorn. »Ich habe im Waisenhaus genug Prügel bezogen. Und ich habe gelernt, dass es nur einen Weg aus der Situation gibt. Du musst zeigen, dass du stärker bist.«

»Stärker, weil du eine Prügelei auf dem Hof gewinnst?«, entgegnete Nella streng. »Der Junge ist der Sohn eines Principe. Du bist ein armer Schlucker. Dein Sieg ist es, irgendwann kein armer Schlucker mehr zu sein.«

»Verzeiht«, flüsterte Pietro. »Ich meine … Verzeih.«

»Hör auf, dich wie ein Narr zu verhalten, und sei fleißig in der Schule.«

Pietro trat unruhig von einem Fuß auf den anderen. »Ich weiß nicht, ob ich noch zur Schule gehen will«, brachte er schließlich hervor.

Nella sah ihn an. »Hast du Angst?«

»Nein …« Pietro zog den Kopf ein.

»Doch, du hast Angst vor diesen Jungen«, stellte Nella fest. »Oder etwa nicht?«

Pietro wich ihrem Blick aus.

»Du willst aufgeben, weil sie reich und adelig sind und du ein armer Schlucker?«, fragte Nella. »Das passt nicht zu dir. So etwas habe ich nicht in deinen Augen gesehen, damals im Waisenhaus. Ich habe gesehen, dass du kein Verlierer bist. Und ich täusche mich nie. Du hast Träume, das weiß ich.«

Immer noch starrte Pietro stumm zu Boden.

»Komm mit.« Nella erhob sich schwerfällig und stieg die Treppen zur Straße hinauf. »Sie dich mal um«, sagte sie keuchend. »Sieh dir die Armut an, sieh dir an, wie die Leute hier leben.«

In der Via di Panìco herrschte die übliche Betriebsamkeit des Viertels. Die vorbeigehenden Leute trugen zerlöcherte Schuhe, geflickte Hosen und Röcke, es stank nach verdorbenem Gemüse.

Nella stützte sich an die Hauswand. »Dank dem lieben Gott, dass du hier bist«, fuhr Nella fort. »Und weißt du, warum? Weil es in einer so erbärmlichen Welt leichter ist, Träume zu haben. Denn das ist alles, was man hat.« Sie senkte die Stimme. »Aber wenn du aufhörst, an deine Träume zu glauben, wenn du aufgibst, dann bist du verloren.« Sie blickte in Richtung einiger herumlungernder Männer. »Fast alle, die hier alt werden, haben irgendwann ihre Träume begraben. Siehst du, wie sie sich vorwärtsschleppen? Sie haben resigniert und warten auf den Tod. Aber die, die ihre Träume bewahrt und dafür gekämpft haben, die sind nicht mehr hier im Elendsviertel, die sind längst weg.« Sie hob schwerfällig den Arm und zeigte auf einen schäbig gekleideten Alten, der außergewöhnlich aufrecht stand. »Schau mal, der Alte da zum Beispiel. Siehst du sein inneres Strahlen? Was hat er hier im Elend wohl zu strahlen? Ich kann es dir sagen: Dieser Alte da hatte einen Traum für seinen Sohn, das würde ich wetten. Und sein Sohn, der ist nicht mehr hier. Und für den Alten ist das so, als hätte er selbst es auch geschafft.« Sie blickte Pietro liebevoll an. »Verstehst du? Du gehörst zu denen, die es schaffen werden, ganz bestimmt. Aber du musst an deine Träume glauben.« Sie lächelte. »Du wirst hier weggehen, auch wenn du mich zurücklassen musst.«

»Das würde ich niemals tun«, fuhr Pietro auf.

»Ich weiß, Cavallino. Deshalb bist du so besonders. Aber wenn es sein müsste, dann würdest du es doch tun.«

»Nein!«

»Wenn nötig, werde ich dich in den Hintern treten, dann wirst du schon gehen!« Nella nahm Pietros Hand. »Aber keine Sorge, so wie diesem Alten wird es mir nicht gehen, denn ich bleibe ganz bestimmt nicht hier. Ich werde kämpfen bis zum bitteren Ende und es aus eigener Kraft hier herausschaffen. Denn ich bin genauso wie du. Ich habe Träume, und ich kann für sie kämpfen. Und damit werde ich niemals aufhören!«

Pietro starrte sie entsetzt an. »Ich will nicht, dass wir auseinandergehen!«

»In Ordnung, du Sturkopf.« Nella lächelte. »Aber jetzt musst du lernen! Und deine Träume hegen!«

Am nächsten Tag bestellte Monsignor De Zotti Pietro nach dem Unterricht in sein Büro. Außer ihm saß dort noch ein Mann, gekleidet in einen Frack. »Principe Stefano Chiodetti da Fibreno wünscht Euch zu sehen, Monsieur Beltrame. Er hat eine Kutsche geschickt, um Euch in seinen Palast bringen zu lassen.« Er zeigte auf den Mann im Frack, offenbar der Kutscher.

Pietro zuckte zusammen. Das verhieß sicher nichts Gutes. Anscheinend war der Ärger noch nicht vorbei.

Er folgte dem Mann im Frack, stieg in die Kutsche und versuchte während der Fahrt, seine Angst in den Griff zu bekommen.

In der Via dell'Orso an der Ecke zur Via dei Gigli fuhr die Kutsche durch ein großes Tor und gelangte in einen Hof, dessen mit weißem und dunkelgrauem Kalkstein gepflasterter Boden eine Windrose darstellte. Herrliche Orangenbäume umstanden den Hof. Der Kutscher öffnete den Verschlag und forderte Pietro zum Aussteigen auf.

Pietro hatte kaum einen Fuß auf den Boden gesetzt, da bedeutete ihm schon ein Hausdiener, ihm zu folgen.

Er wurde in ein Zimmer mit kardinalsroter Seidentapete und nahezu schwarzen Möbeln geleitet. In dieser eleganten Dunkelheit standen leuchtend zwei türkise Atlasdivane, die um einen kleinen Tisch arrangiert waren, dessen Onyxplatte eine perfekt geometrische Maserung aufwies.

Auf einem der Divane saß der Junge, der ihn am Tag zuvor attackiert hatte. Der Sohn des Principe. Er hob nur kurz den Kopf, blickte Pietro missbilligend an und verzichtete auf einen Gruß.

»Hallo«, sagte Pietro schüchtern.

Doch der Junge ignorierte ihn.

Pietro blieb beschämt auf der Stelle stehen.

Kurz darauf waren gedämpfte Schritte zu hören, dann trat Principe Stefano Chiodetti da Fibreno ein. Er war überdurchschnittlich groß und sicher noch stärker als sein kräftiger Sohn.

Seine Arme waren so mächtig wie Oberschenkel, sein Bauch stand vor, und doch bewegte er sich unwahrscheinlich flink. Er trug Schuhe mit roten Sohlen und Quasten und hatte einen leichtfüßigen Gang. Sein Anzug war so schlicht wie vornehm, aus blaumelierter Seide, die je nach Lichteinfall den Farbton änderte. Als Kontrast dazu trug er eine gelb-rot gestreifte Weste. Sein volles glattes Haar fiel ihm fast bis auf die Schultern, und sein strahlendes Gesicht hatte Charisma. Eine fast perfekte Nase, klein, gerade und schmal, saß genau in der Mitte seines Gesichts.

Als er an Pietro vorbeiging, gab er ihm einen Klaps auf die Schulter, der diesen beinahe aus dem Gleichgewicht warf. Pietro war unsicher, ob es ein freundschaftlicher Gruß oder die Demonstration seiner Kraft war.

»So, *skrozin du hierzin*, oder nicht, *krio*?«, sagte der Principe lächelnd, wobei er zwei blendendweiße Zahnreihen entblößte.

»Hä?« Pietro verstand kein Wort.

Der Principe brach in lautes Gelächter aus. Er setzte sich neben seinen Sohn und hob einen Finger. »Als wir kleine Jungen waren, redeten wir ständig Kauderwelsch, das niemand verstand, und wenn die Leute dann ›Hä?‹ fragten, so wie du eben, dann riefen wir: ›Fliegenschiss!‹ Das machte uns Riesenspaß. Und das tut es heute noch.«

Pietro hatte keine Ahnung, was das sollte. Er deutete ein Lächeln an.

Urplötzlich verschwand die gutmütige Miene auf dem Gesicht des Principe, und an ihre Stelle trat ein ernster, ungehaltener Ausdruck. »Ich habe von dem Vorfall gestern erfahren«, sagte er leise und streng. »Und das hat mir überhaupt nicht gefallen.«

»Ich …«, setzte Pietro an.

»Du redest, wenn ich dich dazu auffordere«, unterbrach ihn der Principe. »Ich sagte: Es hat mir überhaupt nicht gefallen«, stieß er hervor.

Pietro wusste nicht, was er tun sollte. Er hätte sich am liebsten irgendwo vergraben.

Mit einem Ruck drehte der Principe ganz plötzlich den Kopf, sodass er nun seinen Sohn ansah.

Und der Sohn wandte sich Pietro zu und sagte: »Es tut mir leid.«

Der Blick des Principe ruhte unverwandt auf seinem Sprössling. »Steh auf«, bellte er.

Der Sohn stand auf. Er hatte ganz offensichtlich Angst vor seinem Vater, aber Pietro spürte auch die aufgestaute Wut dahinter.

»Ich warte«, sagte der Principe. Seine Miene, die zu Beginn noch so weich und strahlend gewesen war, war nun eine steinerne Maske.

»Es tut mir leid«, sagte sein Sohn. »Ich habe einen Fehler gemacht und bitte Euch um Verzeihung.«

Der Principe blickte zu Pietro. »Möchtest du die Entschuldigung meines Sohnes Ludovico annehmen?«, erkundigte er sich.

Pietro stutzte. »Natürlich …«

»Gut.« Principe Chiodetti zeigte auf Ludovico. »Es ist feige, jemanden anzugreifen, der einem unterlegen ist. Vor allem einen aus einer so unterlegenen Gesellschaftsschicht. Unwürdig ist das.«

Pietro fand, dass der Principe seinen Sohn nun genug gedemütigt hatte. Und konnte dessen Wut plötzlich sogar verstehen. »Es ist meine Schuld«, sagte er. »Ich bin derjenige, der so arrogant war, sich mit Eurem Sohn auf eine Stufe zu stellen. Er wollte mir nur zeigen, was sich gehört.«

Der düstere Ausdruck auf Ludovicos Gesicht verwandelte sich in Staunen.

Auch der Principe riss verblüfft die Augen auf.

»Leider bin ich ein Hinterwäldler«, schloss Pietro.

Als er die Überraschung überwunden hatte, brach der Principe wieder in lautes Lachen aus. »Ihr seid mir ein schönes Paar!«, rief er. »Einer einfältig und der andere hochmütig.«

Und mit einem Mal fühlte Pietro sich nicht mehr unwohl. Im Gegenteil, er amüsierte sich sogar. Hatte die Contessa ihm nicht gesagt, dass Intelligenz eine mächtigere Waffe sei als ein Messer? Sie hatte recht. »Aber es gibt noch Hoffnung«, nahm er das Spiel wieder auf.

»Und die wäre?«, wollte Principe Chiodetti wissen.

Pietro lächelte, er fühlte sich selbstsicher. »Na ja, wenn ich ein wenig weltmännischer werde, dann braucht Euer Sohn nicht so sehr auf mich herabzuschauen.«

Auch der Principe lächelte, wobei er seine Zähne entblößte, und seine Augen leuchteten. Er wandte sich an Ludovico. »Verstehst du, was hier gespielt wird?« Er lachte. »Ein Hinterwäldler hat zwei arroganten Adeligen soeben eine feine Lektion erteilt.« Er schwieg einen Moment. »Du gefällst mir, Junge«, sagte er zu Pietro.

Pietro neigte nur ganz leicht den Kopf, um seinen Respekt zu zeigen. »Ihr seid sehr großzügig, Signor Principe«, gab er zurück.

»Nein. Bin ich nie gewesen«, entgegnete der Principe. »Aber auch wenn es seltsam klingt: Obwohl ich adelig bin, bin ich ehrlich.«

Dann stand er so plötzlich und agil auf, wie man es ihm bei seiner Körperfülle niemals zugetraut hätte.

»Wartet hier. Ich komme gleich zurück«, sagte er und verschwand aus dem Raum.

Pietro sah Ludovico an und bemerkte, dass die Wut aus seinem Blick verschwunden war.

Im Gegenteil, er lächelte und meinte: »Gestern dachte ich, dass du ziemlich viel Mumm hast. Und heute beweist du, dass du dazu auch ein Herz hast. Das werde ich nicht vergessen.« Er verzog das Gesicht. »Wir haben es gestern übertrieben, vor allem der Sohn vom Marchese di Gallipoli … Der ist … Na ja, den hättest du mit links fertiggemacht, ein halber Hering ist der … Ich dachte, ich müsste ihm helfen …« Er lächelte. »Vergessen?«

»Vergessen«, erwiderte Pietro. »Natürlich.«

Die Jungen gaben sich die Hand.

In diesem Moment kam der Principe mit einer großen Holzkiste zurück, die auf zwei aufrechten Stöcken befestigt war. An der Kiste hing ein schwarzes Tuch.

Pietro hatte so etwas noch nie gesehen.

»Das ist ein Fotoapparat«, erklärte der Principe, als er seinen neugierigen Blick bemerkte. Er zeigte in eine Zimmerecke, in die viel Licht durch ein großes Fenster fiel. »Stellt euch da in Pose. Ich werde ein Foto machen und es ›Der Einfältige und der Hochmütige‹ nennen.« Er grinste.

Pietro hatte keine Ahnung, wovon er sprach. »Was soll ich tun?«, fragte er Ludovico, während Principe Chiodetti unter dem schwarzen Tuch hinter der Holzkiste verschwand.

»Tu, was er sagt. Fotografieren ist seine Passion«, murmelte Ludovico augenzwinkernd. »Steh einfach still und lächle dumm.«

»Lächeln!«, rief da der Principe.

Die Jungen lächelten.

Dann war ein kleines »Klick« zu hören. Mehr nicht.

»Das war es schon«, sagte Ludovico.

Principe Chiodetti tauchte wieder auf. »Komm morgen wieder, Junge«, sagte er begeistert. »Dann zeige ich dir dein Foto.«

Pietro sah ihn fragend an. Er hatte nicht die leiseste Ahnung, wovon der Principe da redete.

Daraufhin ging der Adelige zu einer Kommode, öffnete eine Schublade und zog Fotoplatten und Kartonpapier heraus. »Das sind Fotografien«, erklärte er.

Pietro erkannte auf einer Platte Ludovico, aber viel jünger. Er traute seinen Augen nicht. »Was… Das … das ist keine … Zeichnung?«, staunte er.

»Natürlich nicht! Das ist die Realität!«

»Die Realität …« Pietro drehte fasziniert Fotoplatten und Kartonpapier in den Händen hin und her. »Realität«, wiederholte er und spürte sogleich, dass das wichtig war.

»Gefällt es dir?«, wollte der Principe wissen.

Der Blick, der Pietro ihm zuwarf, war Antwort genug, trotzdem sagte er: »Das ist unglaublich. Wunderbar! Fantastisch!«

Der Principe war sichtlich erfreut über Pietros Begeisterung. »Hast du das gehört?«, fragte er seinen Sohn. Dann wandte er sich wieder Pietro zu: »Ludovico hält das für eine Kinderei. Er läuft lieber irgendwelchen großen Idealen hinterher.«

Pietro entging nicht, dass Ludovicos Blick sich wieder verfinsterte, doch in diesem Moment legte Principe Chiodetti Pietro eine Hand auf die Schulter und sagte: »Wenn du dich wirklich dafür interessierst, dann komm morgen wieder.«

Pietro freute sich über die Einladung. »Wirklich?«

»Natürlich! Aber du *huschta sawo* verstand sofort sofort, wie?«

»Hä?«, machte Pietro verwirrt.

»Fliegenschiss!«, rief Principe Chiodetti und brach in eines seiner ohrenbetäubenden Gelächter aus.

## 23

*April 1870*

*Kirchenstaat – Rom*

Marta drehte das Stück Papier in ihren Händen, das Melo ihr soeben gegeben hatte. Sie sah Wörter, Zahlen und Stempel. »Was ist das?«, fragte sie.

»Das musst du immer bei dir tragen«, antwortete Melo.

»Was ist das denn?«, wiederholte Marta.

»Ein Ausweis«, erwiderte Melo. »Dein Ausweis.«

Marta betrachtete das gefaltete Stück Papier genauer. Es war ziemlich abgegriffen, als wäre es schon alt.

»Alle haben einen Ausweis«, bemerkte Melo.

»Du auch?«

»Natürlich.«

»Aber ich … Warum habe ich nie einen gehabt?«

»Weil …« Melo wurde verlegen.

»Weil ich nicht existierte«, stellte Marta fest und sah ihn an.

»Wenn du es so sehen willst …«

»Wie soll ich es denn sonst sehen?«, blaffte Marta.

»Wir haben dich ja mitgenommen …«

»Und ich habe nicht existiert?«

»Doch, natürlich …« Melo fuchtelte mit den Händen in der Luft herum. »Du warst ja im Zirkus. Bei uns. Und … niemand hätte uns nach deinem Ausweis gefragt. Mein Gott, als ich dich mitgenommen habe, da warst du noch ein Kleinkind! Natürlich hattest du da noch keinen Ausweis!«, platzte er heraus. Aber er war nicht wirklich wütend, eher unsicher und verlegen.

»Und warum brauche ich jetzt so einen Ausweis?«, fuhr Marta ihn an. »Weil ich jetzt existieren darf?«

»Meine Güte! Du hast ja schon vorher existiert! Für uns alle hier hast du immer existiert, vor allem für mich!«

Marta hätte das Papier in ihren Händen am liebsten zerrissen.

»Mädchen ...«, sagte Melo beschwichtigend, während er selbst versuchte, wieder Herr über seine Gefühle zu werden. »Es ist wichtig, dass du jetzt einen Ausweis hast.«

»Warum?«

»Weil wir in Rom sind.«

»Na und?«

»Na und, na und. Was glaubst du eigentlich, was hier gerade los ist?«

»Was steht da überhaupt?«

»Dass die Stadt Contarina bescheinigt, so etwas in der Art ...«

»Contarina?«, unterbrach Marta ihn sofort.

»Ja.« Melo nickte. »Da hast du angefangen zu fragen, woher du kommst, wer du bist ... Als du gesehen hast, dass wir die kleine Lidia mitgenommen haben.«

»Bin ich wirklich in Contarina geboren?«

»Nein. Willst du wissen, wo ich dich mitgenommen habe?«

Marta erinnerte sich, dass sie diese Frage schon einmal mit »nein« beantwortet hatte. Das schien in einem anderen Leben gewesen zu sein, so weit weg war es. »Nein. Das will ich nicht wissen.« Sie atmete tief durch. »Was steht da noch?«

»Ich kann auch nicht lesen. Oder glaubst du vielleicht, dass ich das über Nacht gelernt habe?« Unbeholfen versuchte er, ihr einen Arm um die Schulter zu legen, aber Marta wand sich. »Einer von den Lupi hat ihn hergestellt, er hat früher schon falsche Ausweise gemacht. Richtig abgenutzt sieht er aus, wie ein echter.« Noch einmal versuchte er, Marta den Arm um die Schulter zu legen, und wieder wand Marta sich. Aber Melo zog sie bestimmt zu sich heran. »Jetzt hör mir mal zu!«

Marta seufzte resigniert, ließ ihn aber gewähren.

»Ich will hier nicht den Teufel an die Wand malen«, sagte Melo. »Aber inzwischen steckst du mit drin in diesem Freiheitskampf für Rom. Hast du gesehen, wie viele Soldaten hier herumlaufen? Wenn du jetzt von denen kontrolliert wirst, dann hast du einen Ausweis, den du vorzeigen kannst, dann lassen sie dich in Ruhe. Kapiert?«

»Kapiert«, wiederholte Marta.

»Genau.«

»Aber was da steht, weißt du nicht.«

»Da steht, dass du vor siebzehn Jahren in Contarina geboren bist. Am 5. März 1853. Dass du ein Meter fünfundsechzig groß bist …«

»Aber ich bin doch gar nicht siebzehn!«

»Na ja, du siehst älter aus, als du bist. Außerdem wissen wir ja gar nicht genau, wie alt du bist.«

»Nein«, antwortete Marta düster. »Wir wissen nicht, wer ich bin.«

»Hör auf damit!«, mahnte Melo ernst.

»Womit?«

»Ich weiß, wer du bist.« Melo sah sie an. »Und du weißt es auch.«

Ohne ein weiteres Wort wandte Marta sich um und ging.

»Behalt ihn immer bei dir!«, rief Melo ihr hinterher. Er trat missmutig gegen einen Stein. »So ein Sturkopf von einem Mädchen«, brummte er.

»Das bin ich, das bin wirklich ich …«, murmelte Pietro immer wieder. Ungläubig fuhr er mit dem Finger über die Fotografie, auf der er und Ludovico zu sehen waren.

»Wenn du weiter mit deinem Finger darüberstreichst, dann wirst du sagen müssen: ›Das *war* ich.‹ So wischst du es weg«, sagte Principe Chiodetti da Fibreno lächelnd.

»Das … das ist ein Wunder.« Pietro konnte seinen Blick nicht abwenden von dem Bild.

»Nein, das ist es nicht!«, rief der Principe mit erhobenem Zeigefinger. »Das ist Wissenschaft!«

»Trotzdem …« Pietro strahlte. »Dann ist es eben wunderbare Wissenschaft!«

»Du interessierst dich wirklich dafür, wie? Dann bringe ich es dir bei.« Principe Chiodetti grinste übers ganze Gesicht. »Wenn du wüsstest, wie viele Idioten ich kenne, die sagen ›wie schön‹, obwohl offensichtlich ist, dass es sie überhaupt nicht interessiert.«

»Ihr würdet es mir beibringen?«, wagte Pietro nachzufragen und hielt den Atem an.

Der Principe grinste noch breiter. Und zog Pietro plötzlich so heftig an sich, dass dieser fast keine Luft mehr bekam. »Genau das habe ich gesagt, und das meine ich verdammt noch mal auch so!«

»*Ihr talt nun sprechrev enwa*«, sagte Pietro fröhlich.

»Du willst mich wohl drankriegen, wie?« Lachend klopfte der Principe Pietro mit voller Wucht auf die Schulter. »Wusstest du, dass *Grammelot* bei uns eine Familientradition ist? Als ich in deinem Alter war, tat mein Vater oft so mit mir reden. Und mein Großvater hatte mit ihm so geredet und so weiter, bis hin zu Adam, der erste meiner Ahnen, der so mit Kain reden tat.« Wieder lachte er. »Und genau deshalb ist er dann so jähzornig geworden.«

Pietro schaute ihn verwundert an. »Manchmal redet Ihr aber seltsam. Ist das Romano?«

»Man sagt nicht ›Romano‹, sondern ›Romanesco‹, das sagt man, Junge!«, korrigierte ihn Principe Chiodetti. »Merk dich das. Und wenn du wissen willst, warum ich so reden tu, ich red so, weil man manches eben nur im Romanesco sagen kann und nicht in Italienisch. Weil Romanesco ist nicht wirklich eine Sprache, sondern eine Lebensart, kapiert?«

Pietro nickte, obwohl er nicht sicher war, was genau das bedeutete. Ihn interessierte etwas anderes viel brennender. »Zeigt Ihr mir denn jetzt, wie man fotografiert?«

»Natürlich.« Der Principe nickte ernst. »Aber versprich die *grafota erti solka*.«

»Hä?«

»Fliegenschiss! Du Kretin!« Er gab ihm lachend einen kräftigen Schlag auf die Schulter. »Aber heute kann ich nicht, ich habe noch einen wichtigen Termin.« Er zeigte auf die Fotografie. »Die schenke ich dir!«

»Danke!« Pietro bestaunte einmal mehr das schwarz-weiße Wunder vor ihm. Er hörte nicht einmal, wie der Principe das Zimmer verließ, so vertieft war er.

»Bestimmt geht er zum Club Circolo della Caccia«, ließ sich plötzlich Ludovicos Stimme vernehmen. Er stand offensichtlich verärgert in der Tür, die Hände in den Taschen.

»Was ist das für ein Club?«

»Den haben sie vor etwa sechs Monaten gegründet. Im November letzten Jahres«, antwortete Ludovico voller Verachtung.

»Wer?«

»Der römische Adel«, gab Ludovico zurück. »Die denken nur daran, wie sie ihre Geschäfte retten können, falls es uns gelingen sollte, Rom zu befreien und den Papst zu verjagen.«

»Uns?«, staunte Pietro.

»Mein Vater hält mich für einen Tunichtgut, für den das alles ein Jungenstreich ist. Und ich werde ganz sicher nicht mit ihm darüber streiten. Er hat bestimmt, dass es so ist, und so sei es dann also. Es interessiert mich nicht, was er denkt. Und er interessiert sich nicht dafür, was ich denke.«

»Woher willst du das wissen?«, fragte Pietro.

»Und du? Was weißt du denn schon von mir und meiner Familie?«, brauste Ludovico auf.

»Gar nichts«, bemerkte Pietro mit einem Schulterzucken.

»Mein Vater hat keine Ahnung. Ein vereintes Italien ist eine wunderbare Vorstellung.« Ludovico nahm die Hände aus den Taschen und fing an, leidenschaftlich zu gestikulieren. »Die Adeligen denken nur an ihre Geschäfte, sie haben Angst, ihre Privilegien zu verlieren, und verstehen nicht, dass es etwas gibt, das über die Interessen der Einzelnen hinausgeht. Seit Jahrhunderten wird unser Land willkürlich zerstückelt, besetzt und erniedrigt von Österreichern, Spaniern, Franzosen und Deutschen. Italien ist wie eine Hure. Die Hure Europas. Jeder hat sie sich einmal genommen.« Seine Augen funkelten. »Aber jetzt, jetzt können wir zu einer Nation werden. Zu einer richtigen Nation. Jeder von uns wird nun von Heimat sprechen können. Nur Rom fehlt noch dazu. Ein kleines Stück Italien nur, aber ein so wesentliches, ein so symbolisches. Was interessieren mich da meine Privilegien? Ich bin bereit, dafür zu sterben.«

Pietro starrte ihn an, überrascht von seiner Inbrunst.

Ludovico nahm die Fotografie. »Was interessierst du dich für solche Banalitäten?«

»Gib sie mir wieder!« Pietro fuhr auf und nahm das Bild an sich. »Das ist keine Banalität. Das ist großartig.«

Ludovico zuckte mit den Schultern. »Willst du mal etwas sehen, das tatsächlich keine Banalität ist?«, fragte er. »Dann komm mit.«

»Wohin?«

»Dahin, wo ich nicht sein dürfte.« Ludovico grinste.

»Warum gehst du dann hin?«

»Weil jeder Römer, der etwas auf sich hält, genau dorthin gehen sollte. Komm mit.«

»Halt!«, rief ein Soldat kurz vor der Tiberinsel.

Marta erstarrte. Offensichtlich meinte er sie. Was sollte sie jetzt tun? Weglaufen? Aber vor ihr stand ein ganzer Trupp aus sieben Soldaten, also blieb sie stehen.

»Wohin gehst du?«, erkundigte sich der Soldat.

Marta sah ihm in die Augen und versuchte, ihre Angst und Unruhe zu verbergen. »Ich gehe ein bisschen spazieren«, erwiderte sie.

»Spazieren?« Der Soldat hatte einen starken französischen Akzent.

»Genau, spazieren«, wiederholte Marta.

»Wohin denn?«

»Hier durch Rom.«

»Ausweis«, forderte der Soldat.

Martas Herz setzte einen Schlag aus. Sie zog das gefaltete Papier aus der Tasche.

Der Soldat nahm es an sich und sah es sorgfältig durch. »Und wo soll dieses Contarina sein?«

»Im Norden«, erwiderte Marta. »In der Nähe von der Mündung des Po. Es ist ein kleiner Ort. Ein kleiner, unwichtiger Ort. Völlig unbekannt.«

»Immerhin ist dort ein so hübsches Mädchen wie du geboren«, lächelte der Soldat. »So unwichtig ist der Ort also nicht. Was hast du denn dort getrieben?«

»Nichts … Ich bin da nur geboren.«

»Und?«

»Und dann sind wir weitergefahren.«

»Was soll das denn heißen?«

Marta bemerkte, dass der Soldat den Ausweis sehr sorgfältig studierte. »Ich … also, ich arbeite im Zirkus. Im Callari. Der ist gerade hinter dem Kolosseum aufgebaut.«

»Dann bist du also eine Herumtreiberin?«, fragte der Soldat. Plötzlich war seine Miene hart und streng.

»Nein. In unserem Zirkus gibt es keine Herumtreiber.«

»Das ist auch besser so. Herumtreiber widern mich an.«

»Ich bin ganz bestimmt keine Herumtreiberin.«

Der Soldat musterte sie noch einmal, dann faltete er den Ausweis zusammen und gab ihn ihr zurück. »Pass besser darauf auf. Der ist ja schon ganz kaputt.«

»Ja, ich weiß …«

»Wenn du keinen Ausweis dabeigehabt hättest, dann hätte ich dich mit in die Kaserne genommen, ist dir das klar?«

Marta nickte knapp.

»Na los, geh schon«, sagte der Soldat, dann wandte er sich um und kehrte zu seinem Trupp zurück.

Marta lief auf wackeligen Beinen los. Als sie um ein paar Ecken gegangen war, blieb sie stehen und sah sich den Ausweis genau an. Sie dachte an das, was Melo gesagt hatte. *Du hast tatsächlich den Teufel an die Wand gemalt, du alter Dummkopf,* dachte sie. *Aber Gott segne dich!* Eine Welle der Freude durchfuhr sie. »Ich existiere. Ich existiere wirklich!«

Als sie im Café Perilli ankam, war Ludovico noch nicht da.

Die anderen jungen Patrioten diskutierten lebhaft über Politik, über die beste Art der Kontaktaufnahme mit dem Königreich Italien und darüber, wie man am besten so viele Römer wie möglich erreichen konnte.

Aber obgleich sie das alles brennend interessierte, war Marta nicht bei der Sache. Sie wartete auf Ludovico, um herauszufinden, ob es stimmte, was Armandina gesagt hatte.

Marta hatte ihr noch viele Fragen gestellt, und La Bella hatte von einem Gefühl wie »Schmetterlinge im Bauch« gesprochen. Marta verstand das alles nicht. Wie fühlten sich Schmetterlinge im Bauch an? Da hatte Armandina das Konzept rasch sehr unromantisch vereinfacht: »Wie wenn du Bohnensuppe isst. Dann ist dein Magen doch auch durcheinander.«

Auf dem gesamten Weg vom Zirkus bis zum Café Perilli hatte Marta versucht, auf ihren Bauch zu hören. Sie war sogar stehen geblieben, hatte die Augen geschlossen und Ludovicos Gesicht heraufbeschworen. Ihr Bauch aber schwieg beharrlich. Sie erinnerte sich, dass etwas vollkommen Unerwartetes geschehen war, als sich ihre Blicke trafen. Dass die Welt um sie herum verschwand. Aber der Bauch hatte dabei keine Rolle gespielt.

*So ein Blödsinn*, sagte sie sich jetzt in einer Ecke im Café Perilli, wo sie Platz gefunden hatte. *Nur weil es bei Armandina so ist, muss es bei mir ja nicht auch so sein.*

Genau in diesem Moment betrat Ludovico laut grüßend den Raum.

Marta sprang aufgeregt auf und suchte lächelnd seinen Blick.

Als Ludovico sie sah, fingen seine Augen an zu leuchten.

Aber genau da geschah etwas, womit Marta nicht gerechnet hatte.

Hinter Ludovico tauchte ein Junge auf. Martas Blick wanderte zu ihm, ohne dass sie es wirklich wollte. Und ohne dass sie Einfluss darauf hatte, wie lange. Sie wusste nicht, dass ihr Blick nicht wieder den von Ludovico suchen würde, sie wusste noch nichts von der Anziehungskraft, die dieser Junge wie ein Magnet auf sie ausübte, wusste nicht, dass er ihr den Atem verschlagen würde. Ihr Herz hämmerte bis zum Hals. Sie war fassungslos. Was hier geschah, war vollkommen einzigartig, dafür gab es keine Erklärung.

Aber jetzt wusste sie genau, wie sich Schmetterlinge im Bauch anfühlten.

Sie wollte ihren Blick zurück zu Ludovico lenken, aber es gelang ihr nicht. Sie konnte ganz einfach diesen Jungen, der da bei ihm war, nicht *nicht* ansehen. Er zog sie an wie ein Magnet, genau so, es machte ihr fast Angst. Jetzt musste sie nicht mehr Armandina um Rat fragen, wie man einen Mann aussucht.

*Es ist nämlich die einfachste und dümmste Sache der Welt.*

Sie sah ihn, und ihr Körper wusste sofort Bescheid. Die Zeit stand still. Die ganze Welt stand still.

Er war größer als Ludovico. Sehr groß. Und mager. Eine richtige Bohnenstange. Trotzdem wirkte er nicht zerbrechlich. Ganz im Gegenteil. Dichte, pechschwarze Wimpern rahmten seine dunklen glänzenden Augen ein. Seine Nase war ein ganz klein wenig schief, darauf war ganz leicht ein Bluterguss zu erkennen. Er hatte volle, fast mädchenhafte Lippen, die einen schönen Kontrast zu seinen markanten Wangenknochen bildeten. Aber die widerspenstige blonde Strähne in seinem Gesicht war es, die sie mitten ins Herz traf, sie in die Knie zwang, ob sie wollte oder nicht.

Der Junge sah sich im Raum um. Als sein Blick auf Marta fiel, wich er ihrem Blick aus.

Und als Marta bemerkte, dass er sie nicht einmal wahrnahm, wurde sie so plötzlich und tief von Schmerz gepackt, dass sie kurz fürchtete, wirklich verwundet zu sein, und sich eine Hand an die Rippen drückte.

»Hallo, ich hatte gehofft, dass du wiederkommen würdest«, begrüßte Ludovico sie.

Marta lächelte, aber es erreichte ihre Augen nicht, sie fühlte sich wie eine Puppe. Ihr Blick suchte noch einmal den des jungen Mannes, der ein Stück hinter Ludovico stand.

»Das ist Pietro«, sagte Ludovico. »Komm mal her«, rief er ihn.

Pietro kam in aller Ruhe näher. Aber er wirkte energiegeladen, so als könnte er sofort losrennen.

»Das ist Marta«, stellte Ludovico sie vor. »Sie ist eine von uns.«

»Aha.« Pietro wirkte regelrecht gelangweilt.

»Bist du auch … einer von uns?«, erkundigte sich Marta. Das Sprechen fiel ihr schwer.

»Nein«, gab Pietro trocken zurück. »Das alles interessiert mich überhaupt nicht.«

»Was machst du dann hier?«, warf einer der Jungen, der mitgehört hatte, ungehalten ein.

Pietro sah ihn mit erhobenem Kopf an. Fast herausfordernd. »Ludovico hat mich mitgenommen«, antwortete er wie selbstverständlich.

»Wie kannst du so etwas behaupten? Dass dir das Königreich Italien egal ist?«, fragte ein anderer.

Und plötzlich umringten sie alle Pietro.

»Beruhigt euch«, sagte Ludovico.

»Kein Problem«. Pietro strich sich lächelnd mit einer fließenden Bewegung ganz ruhig die Strähne aus dem Gesicht. Sofort fiel sie ihm wieder in die Stirn.

Marta konnte ihren Blick nicht von ihm wenden, auch wenn sie vollkommen anderer Meinung war als er. Aber sie vermochte keinen klaren Gedanken zu fassen. Sie spürte nur noch diese unglaubliche Anziehungskraft, die stärker war, als sie je für möglich gehalten hatte.

»Und?«, hakte einer der Jungen nach. »Wie kann dich so etwas nicht interessieren?«

Pietro trat einen Schritt auf ihn zu, bis er ganz nah vor ihm stand. Zu nah. Der andere wich einen Schritt zurück. »Warst du schon mal da draußen?«

»Wo?« Der Junge versuchte Oberwasser zu behalten, aber es war schon zu spät.

Pietro wandte sich ab und ging zu dem Jungen, der als Erster geredet hatte. »Hast du Rom schon mal verlassen?«

»Nein.«

»Ihr lebt hier alle in eurem schönen Rom«, begann er. »Ihr habt doch gar keine Ahnung, was das Königreich Italien ist.«

Erstauntes Gemurmel erhob sich.

Marta sah, wie Pietros Augen zu glühen anfingen wie Feuer und seine Nasenflügel sich weiteten.

»Was wisst ihr schon davon?«, fuhr Pietro hitzig fort. »Das Königreich Italien! Irgendwelche Ideale. Blödsinn, wie alles andere auch. Mein Vater wurde dazu gebracht, sich umzubringen. Meiner Mutter haben sie eine Blechmedaille überreicht, weil sie nun Witwe ist. Und anschließend haben sie sie auf die Straße gesetzt, ohne dass es irgendjemanden auch nur einen Dreck gekümmert hat. Und dann haben sie sich auf ihr Vermögen gestürzt. Wie die Aasgeier.« Er sah von einem zum anderen. »Das also ist euer Dreckskönigreich Italien!«

Es herrschte Totenstille.

Da wandte Pietro sich an Ludovico, schwenkte die Fotografie und sagte zu ihm: »Ich ziehe diese Banalität hier vor, schönen Dank auch. Wir sehen uns in der Schule.« Und damit wandte er sich zum Ausgang.

»*Ciao* …«, murmelte Marta, ohne es wirklich zu wollen, während sie wieder diesen tiefen Schmerz in der Rippengegend spürte und das Herz ihr bis zum Hals schlug. »*Ciao*«, wiederholte sie, obwohl sie doch eigentlich rufen wollte: »Bleib stehen! Sieh mich an!« Was ging hier vor? Sie hätte diesem Gefühl gerne etwas entgegengesetzt und gab sich ihm doch gleichzeitig voll und ganz hin.

»Der wird noch einer von uns«, sagte Ludovico.

»Hast du nicht gehört, was er gesagt hat?«, entgegnete einer der Jungen spöttisch.

Ludovico blickte ihn herausfordernd an. »Doch, das habe ich sogar sehr gut gehört. Aber du hast es wohl nicht gehört«, gab er zurück. »Man hat ihm alles genommen. Offensichtlich aus … aus finanziellen Gründen. Irgendwann opfert jede Regierung ein paar Unschuldige. Und er ist einer davon.« Er sah in die Runde. »Habt ihr seine Energie, seine Kraft gespürt?«

»Ja …«, flüsterte Marta. Ja, sie hatte die Kraft und die Macht gespürt, die dieser Junge über sie hatte.

Ludovico drehte sich erstaunt um. Aber dann nickte er entschieden.

Während die Jungen sich erneut im Raum verteilten und ihre Diskussionen wieder aufnahmen, dachte Marta nur daran, wie sie Pietro wiedersehen konnte. »Seid ihr Freunde?«, fragte sie Ludovico.

Ludovico zuckte mit den Schultern. »Eigentlich haben wir als Feinde angefangen. Dann hat er mich ordentlich zurechtgestutzt.

Und zwar zweimal!« Er zuckte die Schultern. »Keine Ahnung, wie das mit ihm und mir ist. Er ist ein seltsamer Kauz. So richtig verstehe ich ihn nicht. Aber er ist ein guter Kerl. Ich mag ihn.«

»Ja …«

Wieder sah Ludovico Marta erstaunt an. »Ja, was?«

»Ja … Er ist ein komischer Kauz«, erwiderte Marta.

Ludovico nickte nachdenklich. »Wenn er auf unserer Seite wäre …«

In diesem Moment hatte Marta eine Idee, wie sie ihn wiedersehen könnte. Vielleicht. »Du weißt noch gar nichts über mich«, fing sie an.

»Nein, aber …«

»Ich gehöre zu einem Zirkus.«

»Zu einem Zirkus?« Ludovico staunte noch mehr.

»Zirkus Callari«, sagte Marta.

»Wie seltsam, also …«

»Willst du wissen, was das Allerseltsamste ist?«, fragte Marta. »Bei uns im Zirkus, mitten unter all den anderen Leuten, gibt es einen Helden.«

Ludovico lachte. »Entschuldige, Marta. Ich wollte nicht …«

»Hast du schon einmal von Capitano Melo gehört?«, fragte Marta verärgert.

»Capitano Melo?« Ludovico riss die Augen auf. »*Der* Capitano Melo? Der Capitano von den Lupi? Der …«

»Genau der«, unterbrach Marta ihn stolz. »Er will sich mit dir treffen.«

»Mit mir? Woher kennt er mich denn?«

»Ich habe ihm von dir erzählt. Er hat mich gefragt, wer hier der Anführer ist. Und auf jeden Fall will er euch mit den Lupi versöhnen.«

»Das ist unglaublich!«

»Nein, ist es nicht.« Marta senkte ihre Stimme. »Aber erzähl es erst einmal nicht weiter. Trefft euch erst einmal allein.«

»In Ordnung. Es ist mir eine Ehre.«

»Bring Pietro mit«, brach es aus Marta hervor.

»Pietro? Was hat der denn damit zu tun?«

»Wenn es jemanden gibt, der ihn auf unsere Seite bringen kann, dann ist es Melo. Wenn er das nicht schafft, dann schafft es keiner.«

Ludovico nickte abwesend, in Gedanken schon bei der bevorstehenden Begegnung. »Capitano Melo!« Er umarmte Marta. »Das habe ich nur dir zu verdanken. Danke!«

»Nicht so laut«, mahnte Marta.

»Aber was soll ich Pietro sagen?«, fragte sich Ludovico.

»Jeder geht gerne in den Zirkus«, sagte Marta. »Sag ihm nicht, warum du ihn mitnimmst. Sag ihm einfach, dass ihr euch die Vorstellung anseht. Dass du zwei Karten hast. Wir haben eine fantastische Pferdenummer.«

»Gute Idee. Stimmt, in den Zirkus geht jeder gerne«. Aber mit den Gedanken war Ludovico vollkommen woanders. »Capitano Melo!«, flüsterte er.

Marta verabschiedete sich und ging zum Zirkus zurück. Eigentlich hatte sie es eilig, aber sie blieb alle zwei Schritte stehen und betrachtete überall, wo es ging, ihr Spiegelbild. Warum hatte Pietro sie überhaupt nicht angesehen? Hatte sie keine schönen Kleider an? War ihre Frisur hässlich? War sie unansehnlich? Und je mehr sie sich diese Fragen stellte, desto unwiderstehlicher fand sie Pietro. Sie fühlte sich dumm. Aber gleichzeitig war sie glücklich, denn was sie da fühlte – obwohl es keinen Sinn hatte und sie nicht einmal wusste, wer Pietro überhaupt war –, war einzigartig.

Endlich erreichte sie Armandinas Wagen und stürmte hinein.

»Alles in Ordnung?«, wollte Armandina wissen, als sie sah, wie aufgelöst Marta war.

»Was passiert, wenn man sich verliebt?«, fragte Marta sofort. »Außer den Schmetterlingen im Bauch?«

Armandina antwortete ohne jedes Zögern. »Man ist überglücklich und verzweifelt zugleich«, erwiderte sie.

Genauso fühlte Marta sich. »Warum?«

Armandina seufzte. »Weil wir Menschen nicht gut gemacht sind.«

# 24

*Anfang Mai 1870*

*Kirchenstaat – Rom*

»Komm doch mit!«, drängte Pietro Nella.

Ludovico stand in der Tür. Er war mit seiner Kutsche gekommen, um Pietro abzuholen.

»Ach nein, geht lieber zu zweit«, entgegnete Nella.

»Die haben eine ganz besondere Pferdenummer.« Pietro zwinkerte ihr zu. »Die willst du doch mit Sicherheit nicht verpassen.«

»Pietro hat recht«, bestärkte auch Ludovico, denn Nella war anzusehen, dass sie gerne mitgehen wollte. Verstohlen sah er sich in Pietros Bleibe um, und ihm ging auf, warum Pietro das Königreich Italien so verabscheute. Er fragte sich, wie die beiden das Schulgeld aufbrachten. »Kommt mit, Signora, bitte.«

Nella zögerte noch kurz, stand dann aber auf und klatschte in die Hände, woraufhin sie jedoch gleich schmerzhaft das Gesicht verzog. So viele Wochen nach der Tat sah man ihr zwar kaum noch an, dass sie Prügel bezogen hatte, aber sie spürte es noch. Doch ihre Freude überwog. »In Ordnung. Kommt, wir gehen!« Dann hielt sie mitten in der Bewegung inne. »Wie viel kostet der Eintritt?«

»Wir sind eingeladen, von jemandem, der dort arbeitet«, antwortete Ludovico. »Wir müssen keinen Eintritt zahlen.«

Nella entspannte sich sichtlich und trat durch die Tür.

Ludovicos kleine Kutsche wurde von nur einem Pferd gezogen, einem drolligen Schecken. Nella streichelte ihm den Kopf und stellte einen Fuß auf das Trittbrett, um einzusteigen.

Ludovico eilte neben sie. »*Permettez-moi de vous aider, Madame.*« Er reichte ihr die Hand und bemerkte im selben Moment, dass er französisch gesprochen hatte, wie es in seiner Welt so üblich war mit den Damen. Er korrigierte sich sofort: »Verzeiht, darf ich Euch helfen?«

»*Vous n'avez pas à vous excuser*«, erwiderte Nella selbstsicher. Sie nahm die ihr dargebotene Hand und stieg ein. »*Merci beaucoup*«, fügte sie mit ihrem vornehmen Lächeln hinzu, das so gar nicht zu ihrem schäbigen Kleid passen wollte. Dann setzte sie sich.

Da war Ludovico sicher, dass das Königreich Italien dieser Familie sehr viel genommen haben musste.

Auf dem Weg zum Zirkus kamen sie am Largo di Torre Argentina vorbei, wo Reste des Römischen Reichs zu sehen waren, die nun von einer Vielzahl Katzen bevölkert wurden.

»Hier wurde Julius Cäsar ermordet«, erklärte Nella. »Genau da, wo jetzt das Teatro Argentina steht.«

Ludovico staunte. »Wirklich? Das wusste ich gar nicht …«

»Es ist doch Eure Stadt, Ihr solltet sie besser kennen«, mahnte Nella freundlich.

»Ja, das stimmt.« Ludovico blickte zu Pietro. Er war ganz anders als seine Mutter. Sowohl seine Art als auch seine Bildung. Sein Französisch war ungeschliffen, während das seiner Mutter ausgezeichnet war. Irgendetwas stimmte nicht. Aber er konnte sich nicht erklären, was.

In diesem Moment kamen sie an einer Gruppe Männer vorbei, die aufgebracht die Soldaten eines Wachtrupps beschimpfte. Man konnte nicht hören, was sie sagten, aber einige von ihnen zogen plötzlich Knüppel hervor, die sie bedrohlich schwenkten. Doch sofort gingen die Soldaten erbarmungslos zum Angriff über. *Ihre Brutalität verrät ihre Angst und Anspannung*, dachte Nella. Einige der Männer konnten fliehen, aber drei von ihnen lagen in Handschellen auf dem Boden, und die Soldaten schlugen auf sie ein. Dann brachten sie die Männer weg.

*Das hier ist ein Pulverfass*, dachte Nella und sah Pietro besorgt an. Sie musste ihm sagen, dass er vorsichtig sein sollte, aber nicht hier vor seinem Freund, das würde ihn in Verlegenheit bringen. Ihr Blick wanderte zum jungen Principe. In seinen Augen sah sie Wut aufblitzen beim Anblick der Soldaten, die die Männer wegbrachten.

Schließlich fuhren sie am Forum Romanum vorbei, dessen Marmor von Kurie und Adel geplündert worden war, um Häuser zu bauen und Kirchen auszuschmücken. Nun war es zu einer Müllkippe, einem Weideplatz für Schafe und zum nächtlichen Tummelplatz der ansässigen Prostituierten geworden. Endlich erreichten sie das Kolosseum und bahnten sich einen Weg durch die Felder, an deren Ende schon das weiß-rot gestreifte Zeltdach zu sehen war.

»Marta hat gesagt, dass wir uns von einer Wahrsagerin direkt am Eingang die Zukunft voraussagen lassen müssen«, sagte Ludovico, nachdem sie angehalten hatten.

»Warum?«, wollte Pietro wissen.

»Weil es Spaß macht, du Miesmacher!« Nella grinste. »Na los, geht schon. Ich setze mich schon einmal ins Zelt.«

»Sagt am Eingang, dass wir Martas Gäste sind, Madame«, sagte Ludovico. »Möchtet Ihr, dass wir Euch begleiten?«

»Nein, das schaffe ich schon. Ich bin noch ein bisschen langsam, aber es geht.«

Ludovico sah ihr nach, wie sie davonging. »Ich kenne viele adelige Damen, von denen keine an deine Mutter heranreicht«, bemerkte er fasziniert.

»Wo ist denn diese Wahrsagerin?«, fragte Pietro ungeduldig, dem es überhaupt nicht gefiel, dass Ludovico die Contessa so interessiert beobachtete.

Ludovico sah sich kurz um und zeigte dann auf eine offene Bude mit dem Schriftzug »Du willst wissen, was die Zukunft für dich bereithält? Frag Alina«. »Da vorne!«, rief er.

»Meine Güte, ist die hässlich«, prustete Pietro beim Anblick der Wahrsagerin.

Lachend stellten sie sich in die Schlange hinter ein junges Pärchen, das wissen wollte, ob es heiraten würde.

Die Wahrsagerin nahm das Geld und fragte: »Was hindern an Heirat?«

»Nichts«, antworteten die beiden.

»Dann heiraten. Einfach.« Sie hob den Blick, und als sie Pietro und Ludovico sah, sagte sie mit einer scheuchenden Bewegung: »Weg jetzt!«

»Aber wir haben doch bezahlt!«, protestierte der junge Mann.

»Und Alina geben Antwort«, erwiderte die Wahrsagerin trocken.

»Du hast nicht einmal gesagt, wann!«, hakte der Junge nach.

»Alina sagen und du dann gehen?«

»Ja«, sagte die junge Frau und drückte ängstlich die Hand ihres Verlobten.

Die Wahrsagerin erhob den Zeigefinger. »Ihr heiraten … Am Tag von Hochzeit.« Wieder machte sie eine scheuchende Handbewegung. »Jetzt gehen.«

»Du Betrügerin!«, rief der Junge erbost. »Gib uns unser Geld zurück!«

»Du stellen dumme Frage«, erklärte die Wahrsagerin. »Und Alina geben dumme Antwort. Du wollen Weissagung? Du Dummkopf und werfen Geld aus Fenster. Besser aufpassen, oder du immer Idiot sein.«

»Ich drehe dir gleich …«

In diesem Moment legte Pietro dem Jungen eine Hand auf die Schulter. »Du drehst überhaupt nichts«, warf er ein. »Du bist wirklich ein Idiot. Verschwinde.«

Der Junge wirbelte herum und betrachtete Pietro und Ludovico. Sie waren zu zweit, beide groß und offensichtlich stark.

Seine Verlobte nahm ihn am Arm. »Komm, gehen wir.«

Die Wahrsagerin musterte Pietro und Ludovico. »Kommen, ihr zwei«, sagte sie mit leicht zittriger Stimme.

»Marta hat gesagt, dass wir zu dir kommen sollen«, erklärte Ludovico.

»Gut«, erwiderte die Wahrsagerin, die hinter ihrem Schleier Pietro weiter beobachtete. »Was wollen?«

»Ich weiß nicht.«

»Dann ich sagen, was sehen«, kündigte die Wahrsagerin an. Sie zeigte auf Ludovico. »Du Held sein. Mutig. Große Sache in Herz tragen.« Sie wandte sich an Pietro. »Du Liebe finden. Nicht eine. Zwei. Eine Liebe davon … Alina nicht verstehen … Papier … wie Bilder …«

*Fotografie*, dachte Pietro, aber er sagte nichts.

»Und andere Liebe sein Mädchen«, fuhr die Wahrsagerin fort, das Herz in der Hand. »Du sie schon gesehen. Und bald wiedersehen.«

Pietro zuckte die Schultern. »Ich habe kein Mädchen kennengelernt«, sagte er. »Du irrst dich.«

»Ich nie irren. Du sehen in Herz, denn sie Schicksal sein«, erklärte die Wahrsagerin, und wieder war da dieser ziehende Schmerz in der Rippengegend. *Überglücklich und verzweifelt zugleich*, hatte Armandina gesagt. »Jetzt gehen. Ich schließen.«

»Was schulden wir dir?«, erkundigte sich Ludovico.

»Für Freunde von Marta umsonst.« Damit schloss die Wahrsagerin mühevoll die hölzernen Läden, verließ den bunten Wagen und lief schief und mit wackeligen Beinen in Richtung der Zirkuswagen.

»Wer ist denn dieses Mädchen?«, wollte Ludovico von Pietro wissen.

Wieder zuckte Pietro die Schultern. »Ich weiß nicht, wen sie meint, ich habe wirklich kein Mädchen kennengelernt.«

Marta rannte, so schnell sie es in ihrer Verkleidung konnte, zu Armandinas Wagen. Dort legte sie Kleidung und Maskierung ab, kämmte ihr Haar und band Bänder hinein, zog das schönste Kleid an, das sie besaß, und legte sogar ein wenig Lippenstift von La Bella auf. Dann eilte sie zum Zirkuseingang zurück. »Ciao!«, rief sie, als sie wie zufällig auf Pietro und Ludovico traf. »Ihr seid ja endlich doch noch gekommen!«

»Aber natürlich«, antwortete Ludovico.

*Und seinen leuchtenden Augen nach zu urteilen*, dachte Marta, *spielt er nicht nur auf Melo an*. Das tat ihr leid für ihn.

Pietro nickte ihr nur zerstreut zu. Die blonde Strähne tanzte auf seiner Stirn.

Martas Knie wurden weich. »Wart ihr bei Alina? Was hat sie euch erzählt?«

»Sieht so aus, als hätte Pietro seine große Liebe getroffen.« Ludovico stieß seinen Freund grinsend mit dem Ellbogen an. »Aber er will mir nicht verraten, wer es ist.«

»Es gibt kein Mädchen in meinem Leben.« Pietro errötete und wandte sich ab, die Situation war ihm offenbar peinlich. »Das sind doch nur Dummheiten.«

Marta konnte den Blick nicht von ihm wenden.

»Aber mir hat sie etwas Wahres gesagt, nämlich, dass ich eine Sache im Herzen trage. Sie kann nur Freiheit für Rom gemeint haben«, rief Ludovico.

»Das hat sie nicht gesagt«, entgegnete Pietro. »Sie hat gesagt, dass du etwas in deinem Herzen trägst. Das tun wir alle. Diese Wahrsagerin ist eine Betrügerin.«

»Nein, sie ist gut«, warf Marta ärgerlich ein.

»Ja, gut darin, Blödsinn zu erzählen.« Pietro lachte. »Ein Mädchen ist mir jedenfalls nicht über den Weg gelaufen!«

*Aber sie steht doch vor dir*, dachte Marta. *Du musst nur genau hinsehen, bitte!*

»Und … der Capitano?«, wollte Ludovico wissen. »Wo ist er?«

»Kommt mit«, forderte Marta sie auf.

»Nein, kein Interesse. Ich gehe schon mal zu meiner Mutter«, sagte Pietro.

»Komm mit. Der Mann ist ein Held«, insistierte Ludovico. »Vielleicht wird er dich davon überzeugen, dass diese Sache doch kein Blödsinn ist.«

Pietro zögerte kurz und sagte dann einlenkend: »Na gut.«

Als sie vor Melo standen, war Ludovicos Enttäuschung offensichtlich. Marta hatte Melo gesagt, dass der junge Principe ihn verehrte, und jetzt stand er hier und mistete den Stall aus. Sie verstand diesen Mann wirklich nicht.

»Ihr seid nicht Capitano Melo, oder?«, erkundigte sich Ludovico.

Melo hieb die Schaufel in einen Misthaufen und antwortete: »Nein.«

Ludovico lächelte erleichtert. »Das dachte ich mir. Wo ist er denn?«

»Ich hole ihn«, erklärte Melo und stieg in seinen Wagen.

Marta verstand nichts mehr.

Kurze Zeit später erschien Melo in seiner alten Uniform. Blau mit rotem Kragen und Manschetten. Am rechten Ärmel war ein langer Riss, wie von einem Säbelhieb. So alt und schäbig diese Uniform auch sein mochte, war sie doch Respekt einflößend.

Ludovico riss die Augen auf. »Ich … ich …«, stammelte er. »Ich habe nicht …«

»Setz dich.« Melo wies auf eine Bank. »Ihr auch«, wandte er sich an Pietro und Marta, dann nahm er selbst Platz.

»Capitano … ich …« Ludovico schämte sich ganz offensichtlich.

Melo bedeutete ihm zu schweigen. »Ich werde dir eine kleine Geschichte erzählen«, setzte er an. »Ich kann dich doch duzen, oder? Bei uns ist das so üblich. Wir pflegen keine Salonformalitäten.«

»Ja, natürlich.«

Pietro grinste. Dieser alte Kerl gefiel ihm.

»Die Geschichte geht so«, fuhr Melo fort und zündete seine Zigarre an. »Ein berühmter Adeliger war zu einem feinen Abendessen eingeladen. Vorher ging er zur Jagd. Als er wiederkam, war es zu spät, um sich noch umzuziehen, und er ging so, wie er war: schmutzig und voller Dreck, unrasiert, und auch frisiert war er nicht. Der Haushofmeister und der Diener versperrten ihm den Weg. Der Adelige nannte seinen Namen, aber die beiden Diener, die sich schon oft vor ihm verneigt hatten, lachten ihn aus und ließen ihn nicht ein. Der Adelige ging nach Hause, rasierte und wusch sich und zog einen seiner besten Anzüge an. Er ging zurück und die beiden Diener verneigten sich tief vor ihm, der Haushofmeister begleitete ihn ins Esszimmer, hieß ihn Platz zu nehmen und servierte ihm persönlich eine Suppe in einer schönen Schüssel. Der Adelige nahm die Schüssel und schüttete sich die Suppe über den Anzug. Und als der fassungslose Diener ihn fragte, warum er das getan habe, antwortete der Adelige: ›Ihr habt nicht mich, sondern meinen Anzug eingeladen. Die Suppe ist also für ihn.‹«

Pietro lachte laut auf.

Ludovico errötete. »Ich bitte Euch um Verzeihung, Capitano.«

»Schon gut«, brummte Melo. »Die Lupi haben mit euch das Gleiche gemacht wie du mit mir. Sie haben nur auf eure Geburtsdaten geachtet, anstatt euch zuzuhören. Ich möchte mich jetzt nicht für sie rechtfertigen, aber du siehst, es kann jedem passieren, auf Äußerlichkeiten hereinzufallen. Dir genauso wie ihnen.«

Pietro hatte keine Ahnung, wer diese Lupi waren. Aber eines wusste er sicher: Dieser Alte hier war etwas ganz Besonderes.

Und Marta verstand, dass Melo einfach nur ein kleines Theater aufgeführt hatte, damit Ludovico noch einmal über die Lupi nachdachte. Er hatte sich ganz absichtlich beim Stallausmisten antreffen lassen.

Melo beugte sich zu Ludovico. »Ich möchte, dass ihr zusammenhaltet.«

»Aber die Lupi glauben immer noch …«, brauste Ludovico auf.

»Ich weiß!«, unterbrach Melo ihn ungehalten. »Ich habe gesagt: Ich will, dass ihr zusammenhaltet. Und genau das wird geschehen. Für Rom.«

Er atmete tief durch, und als er fortfuhr, sprach er so leise, dass Ludovico, Pietro und Marta sich zu ihm beugen mussten. »Wir versuchen hier, Italien aufzubauen. Und dazu müssen wir Rom an Italien anschließen. Als Hauptstadt. Ich sage es dir, und ich werde es auch den Lupi sagen: Wenn euer persönlicher Stolz schwerer wiegt als euer Traum, dann könnt ihr es bleibenlassen. Alle miteinander. Denn dann braucht euch weder Italien noch Rom.« Er sah zu Ludovico. »Hast du das Prinzip verstanden, Soldat?«

Ludovico streckte sich. »Ja, Capitano.«

Marta lief ein Schauer über den Rücken.

»Gut.« Melo stand auf. »Sobald ich mit den Lupi geredet habe, wird Marta ein Treffen organisieren. Und jetzt wünsche ich euch viel Spaß bei der Vorstellung.«

Er wollte schon gehen, zögerte aber noch und zeigte auf Ludovico. »Wenn wir das nächste Mal sprechen, dann will ich dabei in Ruhe diesen Stall hier ausmisten, kapiert?«

»Ja, Signore«, erwiderte Ludovico.

Melo wandte sich an Pietro. »Und wer bist du?«, fragte er.

»Niemand«, antwortete Pietro.

Melo lächelte. Ihm war nicht entgangen, wie Marta ihn ansah. »Siehst nicht unbedingt aus wie niemand«, sagte er auf seine mürrische Art. Damit stieg er in seinen Wagen, um sich noch einmal umzuziehen.

»Einen idiotischeren Eindruck hätte ich nicht hinterlassen können!«, rief Ludovico sofort.

»Du bist eben ein mieser kleiner Principe«, sagte Pietro grinsend.

»Genau. Ich bin ein mieser kleiner Principe«, meinte Ludovico kleinlaut. »Aber ich will so werden wie er.«

Pietro klopfte ihm auf die Schulter. »Dann fang mal an, Mist wegzuschaufeln«, sagte er und grinste dabei abermals.

Marta musste auch lachen.

Sie machten sich auf den Weg. »Hältst du unsere Sache immer noch für Blödsinn?«, wollte Ludovico wissen.

»Wie viele Männer gibt es, die so sind wie dieser Alte?«, fragte Pietro.

»Wenige.«

»Eben. Aus seinem Mund hört es sich nicht an wie Blödsinn«, erklärte Pietro. »Aber wenn zu viele so reden, dann schon.«

Marta betrachtete ihn von der Seite. Genau das war Melos Gedanke, Pietro hatte ihn nur in andere Worte gefasst: die Bedeutung der Dinge erkennen. Dinge ohne Bedeutung und Dinge mit Bedeutung. Noch kurz zuvor hatte sie gedacht, Ludovico könnte ein junger Melo sein. Aber das stimmte nicht. Pietro war der junge Melo. Die Schmetterlinge wirbelten wie verrückt in ihrem Bauch herum, und sie hatte Angst, jeder könnte es ihr ansehen. Sie legte sich eine Hand auf den Bauch und beschleunigte ihre Schritte. »Die Vorstellung hat schon angefangen, wir müssen uns beeilen.«

Als sie das Zelt betraten, war gerade die Artistennummer zu Ende.

Pietro ließ den Blick über die Ränge gleiten. Er fand Nella, die Plätze für sie freigehalten hatte.

»Kommt her!« Nella winkte ihnen zu. »Jetzt kommt die Pferdenummer«, rief sie mit kindlicher Begeisterung und lächelte Marta an. »Und du bist sicher unsere Wohltäterin. Danke.«

Marta mochte sie sofort. Aber sie war auch ein wenig verwundert, denn obwohl Nella sehr bescheiden gekleidet war, strahlte sie eine natürliche Eleganz aus und wirkte damit so ganz anders als jemand aus Martas Welt.

»Ist die Pferdenummer so schön, wie es hier steht?« Nella zeigte auf das Programmblatt, das am Eingang verteilt worden war.

*Lesen kann sie also auch*, dachte Marta und nickte zur Antwort.

»Und dieser …« Nella sah noch einmal auf das Programm. »Dieser Sireno ist ein großer Pferdekenner?«

Marta zögerte mit der Antwort. Melo verabscheute ihn. Sireno benutze viel zu oft die Peitsche, sagte Melo, weil er es nicht verstehe, mit den Pferden zu reden. »Ja«, brachte sie schließlich heraus.

»Das klang aber eher wie ein ›Nein‹«, sagte Nella lächelnd. »Wenn du nicht lernst, besser zu lügen, dann wird dir der Zirkusdirektor den Marsch blasen. Setzt euch.«

Pietro nahm neben ihr Platz.

Marta hätte gerne neben ihm gesessen, aber er zog Ludovico auf den Sitz. »Komm schon, kleiner Principe, worauf wartest du noch?«

Schweren Herzens setzte sich Marta neben Ludovico. *Er sieht mich nicht einmal an*, dachte sie. *Er nimmt mich gar nicht wahr. Schlag ihn dir aus dem Kopf.* Aber das war leichter gesagt als getan.

Von einem Tusch angekündigt, liefen nun vier große, stattliche und auffällig muskulöse Pferde in die Manege.

»Das sind Friesenpferde«, flüsterte Nella Pietro zu.

In diesem Moment trat Sireno ein, ein schöner Mann mit arroganter, düsterer Ausstrahlung, dessen muskulöser Körper von einem enganliegenden Kostüm noch betont wurde. Das Publikum applaudierte begeistert, als er sich verbeugte.

Er ließ eine lange Peitsche knallen, und die vier Friesenpferde stellten sich auf die Hinterbeine.

Das Publikum applaudierte.

Wieder ließ Sireno die Peitsche knallen, und diesmal liefen die Pferde im Schritt nebeneinanderher, das Pferd ganz außen direkt an der Manegeneinfassung entlang. Auf einen weiteren Peitschenknall fielen die Pferde in Trab. Beim vierten Peitschenknall fingen sie an zu galoppieren. So schwer und kräftig, dass der Tribünenboden erzitterte.

»Diese Peitsche gefällt mir gar nicht. Und er hat auch noch eine Gerte im Stiefel«, flüsterte Nella Pietro zu. »Siehst du, wie unruhig die Pferde sind?«

Pietro hatte keine Ahnung von Pferden. »Eigentlich nicht …«

»Sie sind sehr unruhig, glaub mir.«

Dann warf Sireno die Peitsche auf den Boden und stellte sich genau in die Bahn der Pferde, die auf ihn zu galoppierten, ohne die Geschwindigkeit zu verringern. Er riskierte, totgetrampelt zu werden.

Das Publikum hielt den Atem an.

Doch anstatt auszuweichen, lief Sireno nun den Pferden entgegen, die in makelloser Formation weitergaloppierten.

Ein Raunen ging durch das Publikum. Das war glatter Selbstmord.

Aber kurz bevor die Pferde ihn erreichten, sprang Sireno auf ein zuvor unbeachtetes Sprungbrett. Er wurde über die Pferde hinaus in die Luft katapultiert, machte einen Salto und kam kerzengerade auf dem Rücken des innen laufenden Pferdes auf.

Begeisterter Applaus brandete auf.

»Aber ein guter Akrobat ist er«, bemerkte Nella an Marta gewandt.

Diese nickte lächelnd und hoffte, Pietro würde zu ihr hinübersehen. Aber nichts dergleichen geschah.

In der Arena ging die Nummer weiter, Sireno sprang von einem Pferderücken auf den nächsten. Das Publikum war begeistert. Um zu zeigen, was er noch alles konnte, zog er aus dem Stiefel die kurze Gerte, die Nella schon bemerkt hatte, und ließ sie wie einen Degen durch die Luft zischen.

Das Pferd, auf dessen Rücken er in diesem Moment stand, erschrak und brach seitwärts aus. Nur leicht zwar, aber ausreichend, dass Sireno das Gleichgewicht verlor. Er versuchte, auf das nächste Pferd hinüberzuspringen, aber auch dieses trat erschrocken zur Seite und bot Sireno keinen Halt. Doch beweglich, wie er war, konnte er den Sturz in eine Kapriole umwandeln. Er stand sofort wieder auf, das Kostüm war nun allerdings voller Sand und schmutzig.

Das Publikum applaudierte, aber in Sireno brodelte es, das war für jeden zu sehen.

Die Pferde waren stehen geblieben, verwirrt von dem ungewöhnlichen Ablauf.

Sireno ging auf das Pferd zu, das ihn hatte stürzen lassen. »Auf die Knie!«, schrie er und fuchtelte mit der Gerte in der Luft herum.

»Tu das nicht …«, murmelte Nella.

»Was?«, fragte Pietro, alarmiert angesichts ihres besorgten Tonfalls.

Aber Nella antwortete nicht.

Das Pferd gehorchte zögerlich. Es beugte die Vorderbeine und kniete nun.

Jetzt konnte auch Pietro sehen, dass das Tier unruhig war.

Sireno spuckte wütend aus. Dann hieb er mit aller Kraft die Gerte auf den Pferdehals.

»Idiot«, rief Nella.

Das Tier wieherte schrill auf vor Schmerz, auf seinem leuchtend schwarzen Fell war nun eine Blutspur zu sehen.

»Sireno!«, schrie jemand, und Pietro sah, dass es der Alte mit der Mistgabel war.

Aber Sireno war noch nicht fertig. Als das Pferd mit geblähten Nüstern laut schnaubend aufstand, schlug er es noch einmal.

Sogleich rann eine weitere Blutspur über das Fell des schönen Tieres.

Das Pferd wieherte und scheute. Es bäumte sich auf, und als es die Vorderhufe wieder auf den Boden setzte, hätte es Sireno um ein Haar erschlagen, wäre der nicht geschickt zur Seite gesprungen. Mit aufgerissenen Augen drehte das Pferd sich um, und wieder schlug Sireno zu, mit unglaublicher Wucht, dieses Mal auf das Hinterteil des Tieres.

Das Pferd wieherte und schlug mit aller Kraft aus.

Dieses Mal war Sireno nicht schnell genug: Ein Huf traf ihn an der Schulter – zu seinem Glück nicht am Oberkörper –, aber es reichte, um ihn zwei Meter weit zu schleudern.

Mit rollenden Augen ging das Pferd durch, schüttelte seinen stattlichen Kopf und galoppierte direkt auf das Publikum zu.

Die Leute schrien auf, und einer nach dem anderen verließen sie ihre Plätze, voller Angst vor dem drohenden Angriff des panischen Tieres.

Das Pferd sprang über die hölzerne Manegeneinfassung, die es mit den Hinterbeinen einriss.

Schreiend lief das Publikum zum Ausgang.

Jetzt steckte das Tier zwischen den Sitzreihen fest, die unter seinem Gewicht zusammenbrachen, es war vollkommen außer sich, wieherte und bäumte sich auf.

Einzelne Besucher stürzten und wurden von den Menschen hinter ihnen niedergetrampelt, das Zirkuszelt hallte wider von panischem Geschrei.

Ludovico und Marta waren aufgesprungen und schrien: »Weg hier!«

Pietro nahm Nellas Hand. »Komm!«, rief er aufgeregt.

Aber Nella riss sich los und bahnte sich einen Weg zu dem scheuenden Pferd. Pietro hatte nicht den Mut, ihr zu folgen. Am liebsten wäre er weggelaufen, aber er blieb stehen.

Auch Melo lief durch die Manege in Richtung des Pferdes.

Erstaunt bemerkte er eine Frau, die sich mühsam entgegen der fliehenden Masse bewegte, bis sie schließlich nur noch wenige Schritte von dem Tier entfernt war. Doch sie blieb nicht stehen.

Voller Sorge sah Melo, wie sich das Pferd wiehernd wand. Eines seiner Hinterbeine steckte fest, und die Gefahr war groß, dass es brechen würde. *Der wird dich umbringen*, dachte Melo.

Nella las in den Augen des Tieres Schmerz und blanke Panik. So ruhig wie möglich erhob sie ihre rechte Hand, wobei sie die Zähne vor Schmerz zusammenbiss. Die Schläge von Albanese spürte sie immer noch, aber sie durfte unter keinen Umständen zittern oder ruckartige Bewegungen machen, dann hätte sie das Pferd nur noch mehr erschreckt.

Melo blieb stehen. Er würde diese Frau nicht retten können. Die Schreie der Menschen am Ausgang erfüllten das Zelt. Dann bemerkte Melo, dass sich die Lippen der Frau bewegten. *Sie redet mit dem Pferd*, dachte er verblüfft und beobachtete ihr Tun.

Auch die Leute aus dem Publikum, die noch nicht geflohen waren, verfolgten die Szene. Sie verstummten einer nach dem anderen.

Plötzlich war es totenstill.

Ganz langsam ging die Frau noch näher an das Pferd heran.

*Es beruhigt sich*, stellte Melo fest. Und tatsächlich hörte es gleich darauf auf, sich zu winden, und hielt schließlich still. Die Frau war jetzt ganz nah. *Vorsicht!*, dachte Melo. Aber die Frau lächelte nur, redete weiter auf das Pferd ein und streckte langsam eine Hand nach ihm aus. *Es beißt dich*, dachte Melo.

Als Nella die Hand auf die Schnauze des kräftigen Pferdes legte, spürte sie die Venen unter seiner Haut pulsieren, das Herz hämmern. »Es ist vorbei«, sagte sie sanft. »Schhh …«

Das Pferd senkte den Kopf, und Nella trat lächelnd noch einen Schritt vor und legte ihren Arm schließlich um seinen Hals. Das Tier legte die Schnauze auf ihre Schulter.

Nella spürte, wie das Pferd sich zunehmend beruhigte. »Gut so«, flüsterte sie ihm ins Ohr. Dann legte sie die Hand auf die von der Gerte geschlagenen Wunden. Das Pferd zuckte zusammen. »Ganz ruhig … ich weiß, dass es wehtut.« Und das Pferd ließ es geschehen. »Schhh …«

Melo war sprachlos. So etwas hatte er noch nie erlebt. Vermutlich wäre es ihm selbst nicht gelungen.

Ohne die Hände vom Pferdekörper zu nehmen, bewegte sich Nella schließlich über die eingestürzten Sitzreihen, dabei glitt ihre Hand über den Pferdehals, seine Schulter, über Brustkorb und Rücken, den Bauch und schließlich auf das eingezwängte Bein.

Melo begriff sofort, was sie vorhatte. »Nein«, flüsterte er leise. Ihr musste klar sein, dass ihr das Pferd jetzt mit Leichtigkeit einen Hufschlag versetzen konnte. Aber wenn sie es nicht befreite, dann würde sich dieses wunderschöne Tier das Bein brechen, und man würde es erschießen. »Schhh … ganz ruhig.« Sie redete weiter beruhigend auf das Pferd ein und räumte dabei einige Holzdielen aus dem Weg. Dann sah Melo, wie sie mit ruhiger Hand das eingezwängte Schienbein nahm. »Jetzt musst du mir aber helfen …«, sagte sie behutsam.

Melo beobachtete, wie die Frau den Pferdehuf nahm und zu einer unnatürlichen Drehung ansetzte. Er hielt den Atem an. Niemals würde ein Pferd so etwas über sich ergehen lassen. Aber das Tier rührte sich nicht und ließ sie gewähren.

Und dann war das Bein befreit. Alle Spannung schien von der Frau abzufallen, und sie atmete erleichtert aus. Wieder streichelte sie das Pferd sanft. »Gut gemacht«, lobte sie es lächelnd. »Komm …«, sagte sie. Sie hob den Rock, entblößte zum Entsetzen aller Anwesenden ihre schönen Beine und setzte sich auf das Pferd.

Und zu Melos Erstaunen ließ es sich ganz ruhig von der Frau leiten.

Diejenigen aus dem Publikum, die die Szene mitangesehen hatten, brachen in langen, erleichterten Applaus aus.

Pietro war immer noch unfähig, sich zu bewegen, und begann jetzt zu zittern.

»Deine Mutter ist unglaublich«, rief Ludovico, der mit Marta neben ihm stand.

Pietro nickte lediglich, er hatte riesige Angst um seine Mutter gehabt.

Inzwischen war Nella, begleitet von Applaus, in die Mitte der Manege geritten, wo Melo das Pferd behutsam streichelte, ohne aber den Blick von Nella nehmen zu können.

Die sah zornig zu Sireno, der sich, von zwei Männern gestützt, die Schulter hielt. Wahrscheinlich war sie gebrochen. Sie stieg vom Pferd und bedeckte eilig ihre Beine. »Du Feigling«, stieß sie voller Verachtung hervor. »Mit der Peitsche verschafft man sich keinen Respekt. Man verbreitet nur Angst.«

Melo sah, wie die veilchenblauen Augen der Frau Feuer spien.

»Was willst denn du?«, spottete Sireno. »Dieses Pferd wird erschossen. Für den Zirkus …«

Melo baute sich vor ihm auf. »Du bist es, den man erschießen sollte«, knurrte er.

»Erzähl mir nichts, alter Mann!«

»Idiot«, ertönte plötzlich dröhnend Ascanios Stimme, und alle Blicke richteten sich auf ihn. »Dieses Pferd hier wird nicht erschossen, das hast nicht du zu entscheiden. Hier habe immer noch ich das Sagen, falls du das vergessen hast«, erklärte Ascanio seinem Enkel eisig. »Wie oft haben Melo und ich dir gesagt, dass du keine Peitsche benutzen sollst! Aber du hast nicht auf uns gehört. Einen Dreck hast du dich darum geschert. Du meinst, du hättest hier etwas zu sagen, und hältst dich für unantastbar, weil du mein Enkel bist. Du Idiot! Genau das bist du! Und das hast du nun von deiner verdammten Peitsche!«

»Großvater, ich weiß …«

»Überhaupt nichts weißt du!«, schrie Ascanio ihn an. »Du hast nur durch ein Wunder überlebt, und ich muss jetzt alle Eintrittskarten erstatten. Dank dem lieben Gott, dass niemand von einem unserer Pferde verletzt wurde!« Er wandte sich an Nella. »Danke, Signora. Ihr habt uns gerettet.«

Nella neigte nur den Kopf zur Antwort.

»Bringt ihn fort«, sagte Ascanio zu den Männern, die Sireno stützten. Er bedachte seinen Enkel mit einem langen Blick, dann sagte er ernst: »Ich schäme mich für dich.« Und mit diesen Worten ging er davon. Verbittert und voller Zorn.

Inzwischen hatten Pietro, Marta und Ludovico erneut die Manege betreten.

»Alles in Ordnung?«, fragte Pietro besorgt.

»Ich muss nach Hause«, antwortete Nella, mit einem Mal mühevoll, das Gesicht verzogen vor Schmerz.

Pietro bemerkte entsetzt, dass aus einem ihrer Mundwinkel Blut rann. »Warte«, sagte er und wischte es behutsam mit seinem Taschentuch weg.

Nella wandte sich an Melo. »Kümmert Ihr Euch um das Pferd?«, stieß sie sichtlich angestrengt hervor.

Melo nickte.

Nella strich sanft mit der Hand über die Wunden des Tieres. »Behandelt dies mit …«

»… Schachtelhalmöl und Calendula, ja«, vervollständigte Melo ihren Satz.

»Nein.«

»Nein?«

»Nein. Wenn ich an Eurer Stelle wäre, würde ich Calendula nehmen, um Schmerz und Entzündung zu lindern, aber gegen die Narbenbildung ist Johanniskrautöl besser. Wenn ihr noch etwas *Serenoa repens*-Extrakt hinzufügt, wächst das Fell dicht nach, und es werden keine Narben zu sehen sein.« Sie verzog den

Mund zu einem liebenswürdigen Lächeln. »Verzeiht, dass ich mich einmische.«

Melo starrte sie staunend an.

Und Pietro begriff, dass dieser so einzigartige Mensch gerade auf jemanden gestoßen war, der ebenso einzigartig war wie er.

## 25

*Anfang Mai 1870*

*Kirchenstaat – Rom*

»Und das ist der Verschluss«, sagte Principe Stefano Chiodetti da Fibreno, der Pietro erklärte, wie ein Fotoapparat funktionierte. »Man öffnet, lässt das angepeilte Bild hinein, und die Platte im Inneren *erinnert* sich daran. Die Platte wird belichtet, so nennt man das.« Der Principe lächelte Pietro aufmunternd zu. Er war glücklich, einen so begeisterten Schüler zu haben, der ihm aufmerksam zuhörte. Es war klar, was er in Zukunft tun würde: Dieser Junge hier würde fotografieren. Dies war die große Liebe, kein Strohfeuer. »Kannst du wiederholen, was ich dir beigebracht habe?«, wollte er wissen.

»Wort für Wort, Signor Principe«, erwiderte Pietro.

Der Adelige glaubte ihm, das war keine Aufschneiderei. »Weißt du, was du jetzt noch tun musst?«

»Was?«, fragte Pietro.

»Ganz einfach: Du musst fotografieren«, stellte der Principe fest und montierte die Holzkiste ab. »Wir sehen uns in ein paar Tagen. Und dann möchte ich schöne Fotografien sehen.«

»Signore, ich …«

»Du sagst, du willst fotografieren, und jetzt, wo du damit anfangen sollst, suchst du nach Ausreden?«, mahnte der Principe streng.

»Signore …« Pietro war durcheinander und verlegen. »Ich habe kein Geld, um mir einen Fotoapparat zu kaufen«, brachte er schließlich errötend hervor.

»Warum solltest du einen kaufen?«, erkundigte sich der Principe. Sein Sohn Ludovico hatte ihm erzählt, in welcher Armut Pietro und seine Mutter lebten. »Du hast doch einen. Hier, bitte«, sagte er und legte die Hand auf den abmontierten Fotoapparat. »Der gehört dir.« Er lächelte. »Und vergiss bloß das Stativ nicht und auch nicht, was du zum Entwickeln brauchst.« Er deutete auf eine große Ledertasche. »Da sind Fotoplatten drin. Nimm die Tasche immer mit, auch wenn sie schwer ist. Und wenn du keine Platten mehr hast, dann kommst du wieder, ich gebe dir neue.«

Wie zur Salzsäule erstarrt stand Pietro da. Das Herz schlug ihm bis zum Hals, und er war unfähig, etwas zu sagen.

Principe Chiodetti lachte laut und kniff ihm sanft in die Wange. »Wach auf! Oder träumst du?«

»Nein … ich …« Pietros Augen füllten sich mit Tränen.

»Keine Tränen, sonst behalte ich den Apparat!«, rief der Principe.

Pietro riss sich zusammen.

»Mach ein paar Fotografien und entwickle sie. Dann sehen wir uns das Ganze gemeinsam an. In Ordnung?«

»Ja, Signore«, stammelte Pietro. »Ich … Ich wollte nur …«

»Dich bedanken?«, fiel ihm der Principe ins Wort.

»Ja.«

»Das glaube ich.« Er lächelte. »Was willst du noch sagen?«

»Danke …«

»Du wirst Fotograf, Pietro«, sagte der Principe ernst. »Und zwar ein guter. Da verwette ich diesen hier drauf«, und wieder legte er die Hand auf den Fotoapparat.

Marta erzählte Armandina von ihrer Qual, dass Pietro sie nicht beachtete.

»Er beachtet dich wenig oder gar nicht?«

»Gar nicht!«, sagte Marta niedergeschlagen. »Manchmal denke ich, er mag mich nicht. Aber ich weiß nicht, warum.«

La Bella lachte laut auf.

»Was gibt es denn da zu lachen?« Marta war gekränkt.

»Dein Ärger hat gerade mal angefangen«, stellte Armandina fröhlich fest.

»Was soll das heißen?«

»Hör zu und gib mir eine ehrliche Antwort.« Armandina war immer noch sichtlich amüsiert. »Wenn du jemanden vom Zirkus triffst, der dir egal ist, und der lächelt dich an und grüßt, was machst du dann?«

»Ich grüße und lächle zurück.«

»Genau. Und wenn ein anderer, der dir auch egal ist, dir zwischen den Wagen hier über den Weg läuft und es ist Essenszeit und der schlägt dir vor, zusammen hinzugehen, lässt du den dann da stehen oder gehst du mit ihm zusammen und plauderst ein wenig?«

»Ich gehe mit ihm zusammen.«

»Genau.«

Marta runzelte die Stirn. »Aber … aber was hat das denn damit zu tun?«

Armandina lächelte. »Verstehst du das denn nicht? Meine Güte, bist du noch jung!«

»Denk doch mal nach: Wenn man kein ausgemachter Fiesling ist, dann ist es sehr anstrengend, unfreundlich zu Leuten zu sein, die einem nichts bedeuten.«

»Ziemlich.«

»Und dein Pietro? Glaubst du, der ist ein Fiesling?«

»Nein!«

»Dann wird es für ihn ziemlich anstrengend sein, dich nicht zu beachten, glaubst du nicht?«

»Aber …«

»Jetzt stell dich doch nicht so dumm, Marta. Glaub mir einfach: Ganz bestimmt gefällst du ihm. Sonst würde er ja nicht so viel Energie darauf verschwenden, dich zu übersehen.«

»Aber warum macht er das denn?«

Armandinas schönes Gesicht verzog sich zu einem Lächeln, das ihre Augen aber nicht erreichte. »Weil er ein Mann ist.«

»Was ist denn mit Männern?«

»Sie sind Idioten. Vor allem die jungen. Hast du gesehen, wie sie sich untereinander verhalten? Nicht einmal in den Arm nehmen können die sich, klopfen sich höchstens mal auf die Schulter. Können nicht sagen ›Ich hab dich lieb‹, sagen stattdessen ›Hau ab, du Trottel‹. Ich liebe Männer sehr, aber sie sind uns Frauen wirklich unterlegen. Vor allem, wenn sie noch jung sind.« Sie strich Marta über die Wange. »Siehst du? Uns fällt eine zärtliche Geste leicht, und wir nehmen sie auch gerne an. Männer können das nicht.« Sie seufzte. »Wenn ich mich nicht gerade über sie ärgere, dann bin ich manchmal fast gerührt. Wie kleine ängstliche Tiere sind sie. Sooo ängstlich.«

Marta war verwirrt. Dass sie Pietro gefiel, konnte sie nicht glauben. Das war doch Blödsinn! Aber dann kam ihr der Gedanke, dass sie auch die Geschichte mit den Schmetterlingen im Bauch für Blödsinn gehalten hatte, weil die Schmetterlinge bei Ludovico nicht da gewesen waren. Aber dann hatte sie Pietro kennengelernt, und seitdem spielten die Schmetterlinge in ihrem Bauch verrückt. Gefiel sie Pietro also vielleicht doch?

»Und was meinst du damit, dass mein Ärger gerade erst angefangen hat?«

»Irgendwann springt dein Romeo über seinen Schatten.«

»Und dann?« Marta hing an La Bellas Lippen.

»Das siehst du dann selbst. Warum sollte ich dir jetzt schon alles verraten? Finde es selbst heraus und genieß es. Nach und nach.«

»Aber …«

»Jetzt reicht's«, unterbrach La Bella sie. »Nur eine Sache noch, und die solltest du dir gut merken: Stell niemals dich selber oder deine Schönheit in Frage, das ist keiner wert.«

Marta zuckte mit den Schultern. »Na ja, perfekt bin ich nicht und schön auch nicht gerade.«

Armandina gab ihr einen Klaps auf den Hinterkopf. »Sieh mich an.« Als sich ihre Blicke trafen, schärfte sie ihr ein: »Hör auf, wie ein kleines Kind zu jammern. Es müsste ein Gesetz geben gegen solche wie dich, die Flügel haben und das Fliegen nicht wagen!«, rief sie mit blitzenden Augen.

Wieder war Marta verwirrt. »Ich … was für Flügel?«

»Genau du, Dummkopf!«

»Mach ein paar schöne Fotografien«, hatte der Principe zwei Tage zuvor gesagt.

Aber Pietro war immer noch vollkommen ratlos. Er betrachtete die bröckelnden Häuser im Viertel, die Monumente der Stadt, den träge dahinfließenden Tiber. Aber nichts davon rief wirklich etwas in ihm hervor. Auf jeden Fall nichts Besonderes. Dann fiel ihm plötzlich wieder der Abend im Zirkus ein. Wenn er da schon seinen Fotoapparat gehabt hätte, dann hätte er die Contessa fotografiert, wie sie das wildgewordene Pferd zähmte. Auch ihre skandalös entblößten Beine hätte er fotografiert. Schon beim Gedanken daran musste er lächeln. Die Gesichter der Leute hätte er fotografiert, die Angst darin und die Bewunderung. Ein richtiger Fotograf musste den richtigen Moment erwischen, musste immer bereit sein. Und dafür musste er seinen Fotoapparat immer dabeihaben. Denn das Leben sagte nicht Bescheid, dass große Dinge anstanden.

Der Zirkusabend war jedoch vorbei. Für immer verloren.

Aber vielleicht war im Zirkus noch etwas von ihm zu finden. Etwas von der magischen Atmosphäre dieser Welt und den faszinierenden Menschen in ihren schillernden Kostümen.

Er musste einfach nur hingehen, dann würde er es schon herausbekommen, sagte er sich. Aber er zögerte. Seine einzige Verbindung zu dieser Welt war Marta. Er wusste nicht, warum, aber er wurde verlegen bei dem Gedanken, sie zu treffen. Er wusste nicht, was er sagen, wie er sich verhalten sollte. So sicher er in Gegenwart von Aufschneidern und Halbstarken oder allgemein von Männern war, so unsicher war er in Gegenwart von Frauen.

Doch um im Zirkus Fotos zu machen, musste er Marta treffen und mit ihr reden.

Er nahm seine Ausrüstung und machte sich auf den Weg.

»Was willst du denn fotografieren?«, fragte Marta verlegen. Pietro war ganz plötzlich aufgetaucht, vollkommen unerwartet. Wieder schlug ihr Herz bis zum Hals. Warum wollte er den Zirkus fotografieren? Hatte er sie wiedersehen wollen? Aber er wich ihrem Blick aus, beachtete sie immer noch nicht, obwohl er sie um Hilfe gebeten hatte.

»Was willst du fotografieren?«, wiederholte Marta.

Pietro hatte nur knapp einige Worte hervorgestoßen. Er war verunsichert. Wollte nicht reden. Wollte den Kontakt zu Marta so kurz wie möglich halten. Er sah sich um, und sein Blick blieb an Vater Musumeci in seinem Clownskostüm haften. »Den Zwerg«, sagte er.

»Du solltest ihn nicht so nennen«, mahnte Marta.

»Wie sollte ich ihn denn sonst nennen?« Er stöhnte innerlich auf. Genau diese Art von Unterhaltung war es, die er vermeiden wollte.

»Signor Musumeci.«

»In Ordnung. Ich möchte Signor Musumeci fotografieren«, erwiderte Pietro.

»Allein oder mit seiner Familie?«

»Sind das auch Zwerge? Also … die Musumecis?« *Was rede ich hier nur für einen Blödsinn?*, schalt Pietro sich selbst.

»Komm mit«, forderte Marta ihn auf. Sie ging zu Vater Musumeci und fragte ihn, ob er mit seiner Familie für eine Fotografie posieren wolle.

»Weil wir Zwerge sind?«, erkundigte sich Musumeci sehr direkt.

Pietro schwieg einen Moment. »Ja«, sagte er schließlich.

Vater Musumeci lächelte. »Das war die einzig richtige Antwort. In Ordnung.«

Pietro entspannte sich. Genau das sei das Problem mit den Frauen, hatten die Großen im Waisenhaus immer gesagt: Sie brachten alles durcheinander. Machten die einfachsten Dinge kompliziert. Mit Musumeci war alles wunderbar gelaufen, problemlos.

Aber es gab noch etwas, das ihn in Martas Gegenwart verunsicherte. Schon seitdem er sie das erste Mal im Café Perilli gesehen hatte. Er wusste nicht genau, was es war. Und er wollte auch gar nicht darüber nachdenken.

Kurz darauf stand die ganze Familie aufgereiht an einem Zirkuswagen. Neben einem Rad. Das keiner von ihnen überragte.

»Stillhalten«, sagte Pietro. Dann drückte er ab.

Nach den Musumecis war Armandina La Bella an der Reihe. Mit der kleinen Lidia auf dem Arm stand sie im Wagen neben dem Ofen. Dann der Messerwerfer Andrej, wurfbereit mit einem Messer in der Hand, daneben seine Assistentin Irina vor der Holzwand, in der schon ein Dutzend Messer steckten. Pietro fotografierte das Zirkuszelt von innen, wobei er den Fotoapparat nach oben richtete, um die Streifen des Zeltdachs einzufangen, durch die die Sonne fiel. Er fotografierte Françoise in ihrem schuppigen Schlangenkostüm im Koffer. Außerdem den Jongleur Bernard, der so tat, als wollte er gerade einen seiner Kegel in die Luft werfen. Und Volfango den Feuerspucker, der eine riesige Flamme spie.

Dann fragte er Melo, ob er ihn fotografieren könne.

»Nein«, gab Melo zurück.

»Warum nicht?«, wollte Pietro wissen.

»Weil ich nicht will.«

»Aber warum?«

Melo musterte ihn nur stumm.

»Lass uns gehen.« Marta nahm Pietro am Arm.

Pietro zog instinktiv den Arm weg, aber er bemerkte, dass er Marta damit gekränkt hatte. »Entschuldige, ich …«

»Schon gut«, antwortete Marta verlegen. Und sie dachte, dass Armandina wirklich Blödsinn erzählt hatte. Pietro übersah sie nicht nur, er hatte etwas gegen sie. *Warum bist du eigentlich hergekommen?*, hätte sie ihm am liebsten entgegengeschleudert. Aber sie fürchtete, er könnte sagen, dass sie die Einzige war, die er im Zirkus kannte. Nur deshalb. Und das wollte sie nicht hören. Denn je länger sie ihn ansah, desto ungestümer flatterte es in ihrem Bauch. »Lass uns gehen«, wiederholte sie.

Pietro folgte ihr. Er fühlte sich unsicher, hatte sich dumm und unhöflich verhalten und wusste nicht, wie er das wiedergutmachen konnte.

»Bist du fertig, oder willst du noch etwas anderes fotografieren?«, fragte Marta. Ihre Stimme war kalt.

Pietros Blick fiel auf Melo, der ausmistete. Ohne ein Wort platzierte er das Stativ im Schatten eines Wagens und stellte den Apparat ein.

»Was machst du denn da?«, fragte Marta.

»Ich fotografiere ihn.«

»Aber er hat doch gesagt, dass er das nicht will«, entgegnete Marta.

»Aber ich will es. Das ist ein gutes Bild.«

»Ist dir eigentlich immer egal, was andere wollen?«, blaffte Marta verärgert.

»Ich bin Fotograf …«, erwiderte Pietro. Und in diesem Moment begriff er eine weitere Regel. Eine Regel, die galt, wenn man so fotografierte, wie er das tun wollte: Man musste immer bereit sein, um den richtigen Moment zu erwischen, und dafür musste man seinem Instinkt folgen. »Ich bin Fotograf, tut mir leid«, wiederholte er und verschwand unter dem schwarzen Tuch.

Marta stellte sich vor das Objektiv. »Nein«, sagte sie resolut.

Pietro kam unter dem Tuch hervor. Sah sie kurz an, dann wandte er den Blick ab. Er konnte sie ganz einfach nicht ansehen, irgendetwas machte ihn jedes Mal unglaublich verlegen. »Er merkt das doch gar nicht. Und erfahren wird er es auch nicht.«

»Aber ich«, entgegnete Marta.

Pietro spürte Wut in sich hochkochen. Er klappte kurzerhand das Stativ zusammen, packte den Fotoapparat und die Tasche über die Schulter und wollte gehen. »Ciao«, verabschiedete er sich. »Und danke.«

Marta stand reglos da. *Aha, jetzt braucht er mich also nicht mehr*, dachte sie. »Warte«, hörte sie sich plötzlich rufen.

Pietro drehte sich um.

Und da tanzte wieder diese widerspenstige Strähne auf seiner Stirn, und ihre Knie wurden ganz weich. »Warte.« Aber dann wusste sie nicht mehr weiter. Sie wollte ihn noch ein wenig aufhalten, sie wollte nicht, dass er ging, auch wenn er sie nicht ansah. Ihn anzusehen, das genügte ihr.

»Was ist?«

»Du kannst ja mich fotografieren«, schlug Marta vor und zuckte zusammen, kaum dass sie die Worte ausgesprochen hatte. Denn eigentlich schlug sie hier etwas ganz anderes vor: Sieh mich an.

Pietro fühlte sich noch unsicherer als zuvor. »Ich muss aber gehen …«

»Bitte«, hörte Marta sich sagen. Das passte doch gar nicht zu ihr! Nein, sie hatte das auch gar nicht gesagt, niemals würde sie so etwas sagen. Und doch hatte sie es getan.

Pietro sah sie an. Und schüttelte den Kopf.

Marta wäre am liebsten tot umgefallen. Und als sie sah, wie er das Stativ hinstellte, wäre sie am liebsten im Boden versunken.

»Nimm mal die Haare zurück«, wies Pietro sie an.

Marta stockte der Atem. Steif und mit weit aufgerissenen Augen stellte sie sich in Pose.

»Etwas natürlicher«, rief Pietro. »Du siehst aus wie eine Statue.«

Marta atmete tief durch. *Er sieht dich an, Dummkopf*, sagte sie sich. Sie strich sich die Haare aus der Stirn, ließ eine Strähne über die Schulter fallen, stellte sich leicht seitlich und lächelte. Ein glückseliges Lächeln, denn endlich sah Pietro sie an.

Pietro steckte den Kopf unter das schwarze Tuch. »Bleib so.« Dann drückte er ab. Und blieb unter dem Tuch. Er war wie festgenagelt. Etwas Seltsames war passiert, als er dieses Mädchen durch das Objektiv angesehen hatte. Er konnte sich nicht von ihr losreißen. Und dieses Gefühl machte ihm Angst, also verjagte er es sofort. Endlich kam er unter dem Tuch hervor und nahm seinen Fotoapparat. *»Ciao«*, sagte er mit gesenktem Kopf und lief mit seiner schweren Ledertasche voller Fotoplatten davon.

*Er hat mich angesehen*, sagte sich Marta. *Einen Moment nur, aber er hat geschaut.* Und dann lachte sie, glücklich über diesen Moment.

Zwei Tage später betrachtete Principe Chiodetti da Fibreno interessiert Pietros Fotos. Schließlich nickte er zufrieden. »Sehr gut!«, meinte er zu dem Bild der Musumecis. »Bildkomposition scheint dir ja im Blut zu liegen.« Er sah die anderen Bilder durch: Armandina La Bella, der Messerwerfer und seine Assistentin, das Zeltdach, durch das die Sonne fiel – »Ausgezeichnet!« –, die Schlangenfrau im Koffer – da lachte er amüsiert – und der Jongleur.

Doch als er das Bild des Feuerspuckers betrachtete, schüttelte er den Kopf. »Nein, dieses hier ist nichts geworden. Sieh mal hier, die Flammen sind unscharf. Siehst du? Bewegungen kann man nicht fotografieren.«

»Mich stört nicht, dass sie unscharf sind«, meinte Pietro. »So sieht man das Leben darin.«

»Menschen oder Dinge in Bewegung kann man nicht fotografieren!«, sagte der Principe ungehalten. »Du musst sie in Pose fotografieren. An diese Regel muss man sich halten.«

»Warum denn?«

»Hörst du mir eigentlich zu?« Der Principe verlor die Geduld. »In Po-se musst du fo-to-gra-fie-ren«, skandierte er.

Pietro zögerte, dann platzte er heraus: »Dann kann ja ein Maler mehr ausdrücken als ein Fotograf. Malerei zeigt vielleicht nicht die Wirklichkeit, aber man kann zumindest einen rennenden Mann malen.«

»Das hier ist aber Fotografie«, urteilte der Principe.

»Dann werde ich sie verändern«, sagte Pietro herausfordernd.

»Mach dich nicht lächerlich«, fuhr ihn der Principe an. »Das ist anmaßend.«

»Das interessiert mich nicht«, entgegnete Pietro. »Ich will Bewegung zeigen und werde unscharfe Bilder machen.«

Verächtlich warf der Principe die Fotos auf den Schreibtisch, die sich über den ganzen Tisch verteilten. Dabei fiel ihm ein Bild ins Auge, das er noch nicht gesehen hatte. Er nahm es und betrachtete es aufmerksam. »Wer ist denn dieses Mädchen?«, verlangte er schließlich zu wissen. Die Diskussion von eben war offenbar vergessen.

»Ach … das ist eine vom Zirkus«, erwiderte Pietro. »Marta.«

»Eine atemberaubende Schönheit!«, rief der Principe.

»Findet Ihr?« Pietro kam näher.

»Herrgott, Pietro!« Der Principe reichte ihm die Fotografie. »Wenn ich mir dieses Mädchen ansehe, dann tut es mir im Herzen weh, nicht mehr jung zu sein!«

Pietro nahm das Bild und betrachtete Marta aufmerksam. Und während er das tat, erinnerte er sich plötzlich genau an ihre erste Begegnung im Café Perilli, daran, wie er ihren Blick auf sich spürte, wie er fürchtete, sie könne über ihn lachen, weil er so armselig gekleidet war inmitten dieser jungen Reichensöhne. Und dann fiel ihm ein, wie er im Zirkus eilig Ludovico an sich gezogen hatte, als sie ihre Plätze einnahmen, weil er fürchtete, sie wolle nicht neben ihm sitzen. Und frisch in Erinnerung war ihm noch der Fotonachmittag im Zirkus. Und in diesem Moment ging ihm auf, warum er ihrem Blick auswich und versuchte, nicht mit ihr zu reden.

»Hast du eine Fotografie gebraucht, um herauszufinden, dass sie wunderschön ist?« Principe Chiodetti lachte dröhnend, als er seinen Blick sah.

Aber Pietro hörte ihn nicht. Er wusste jetzt, warum er wie festgenagelt unter dem Tuch gesteckt hatte, als er sie fotografierte, er wusste jetzt, was dieses komische Gefühl war.

»Du bist mir vielleicht einer, Pietro Beltrame!«, gluckste der Principe. »Sie steht in Fleisch und Blut vor dir, und du merkst das nicht? Unglaublich!«

Pietro wusste jetzt, dass das Tuch ihn beschützt hatte.

Weil er sich vor dem Leben fürchtete.

Und er wusste nun, warum er Marta nie so angesehen hatte, wie er jetzt ihre Fotografie ansah.

Weil er nichts über die Liebe wusste.

# 26

*Mai 1870*

*Königreich Italien – Orbetello, Toskana*
*Kirchenstaat – Rom*

Nicht alles war vorhersehbar.

Das begriff Leone Pompei, als endlich der Abgesandte des Königreichs Italien im Gasthaus ›Passatore‹ in Orbetello auftauchte, um zu bringen, wonach Leone im Namen von Capitano Lonigro schriftlich gebeten hatte: falsche Ausweise und Geld.

»Wo ist denn mein Freund Lonigro?«, erkundigte sich Leutnant Viviani, ein heiterer Mann um die vierzig mit einem beeindruckenden braunen Schnauzbart mit gezwirbelten Enden.

»Capitano Lonigro«, erwiderte Leone, »Capitano Lonigro … ist nicht hier.«

»Wo ist er denn? Ich hatte mich so darauf gefreut, ihn zu sehen!«

»Oh, ich fürchte, das wird nicht gehen«, bemerkte Leone.

»Und warum nicht?«, fragte Viviani steif.

»Er befindet sich auf einer Mission, Signore«, gab Leone zurück.

In den letzten Wochen hatte noch niemand seine Leiche gefunden. Mehr als einmal war Leone dort vorbeigegangen und hatte, als er sicher war, nicht gesehen zu werden, einen Blick zwischen die Felsen riskiert, dort, wo er ihn hineingeworfen hatte. Es war ziemlich wenig von Capitano Lonigro übrig geblieben. Die Krebse hatten sich über ihn hergemacht, aber wohl auch größere Tiere. Außerdem taten die Gezeiten ihren Teil dazu, denn der Geruch war nicht viel schlimmer als der von anderem Aas.

»Welche Mission?«, hakte Viviani nach. »Ist nicht dies hier seine Mission? Für die ich ihm etwas so Geheimes überbringen sollte, dass ich selbst nicht weiß, was es ist?«

»Ja, genau…« Leone dachte angestrengt über eine Antwort nach, aber der Schlafentzug sorgte für dichten Nebel in seinem Kopf. »Seine momentane Mission ist direkt an diese hier geknüpft«, sagte er schließlich.

»Wann kommt er denn zurück?« Viviani war äußerst verwundert. »Ich habe mein Quartier in Perugia und kann hier nicht auf ihn warten.«

»Es geht um eine Spur, die er verfolgen muss … Die einzige Lösung ist, dass Ihr mir überlasst, was für ihn gedacht ist.«

»Unter keinen Umständen«, wehrte Viviani ab.

»Ich verstehe Euch, aber Ihr sagt, Ihr wisst selbst nicht, was Ihr ihm überbringt, so geheim ist es. Ich aber weiß, was es ist. Vielleicht kann Euch das davon überzeugen, dass der Capitano mir voll und ganz vertraut«, sagte Leone lächelnd.

Viviani musterte ihn. »Lasst uns die Karten auf den Tisch legen«, sagte er schließlich steif. »Ich weiß nicht, was in dem Päckchen ist. Man sagte mir, das sei zu Capitano Lonigros eigener Sicherheit, der ein treuer und ehrlicher Diener des Königreichs ist.« Er schwieg einen Moment, bevor er hinzufügte: »Und ich wurde darüber unterrichtet, welche Rolle Ihr in dieser Sache spielt und wer Ihr seid. Muss ich Euch noch erklären, warum ich das Paket niemals Euch aushändigen würde?«

*Das Spiel ist aus*, dachte Leone. Er dachte fieberhaft nach, aber es gab nichts mehr, was er tun konnte. Plötzlich kam ihm eine Idee, und ein leises Lächeln schlich sich auf seine Lippen. Aber er schwieg.

»Ich werde in der Kaserne des Infanterieregiments Quartier nehmen, kurz vor Orbetello. Zwei Tage, länger nicht. Wenn

Capitano Lonigro in dieser Zeit zurückkommt, gut. Wenn nicht, nehme ich alles wieder mit zurück«, entschied Viviani kurzerhand.

»Ich hoffe doch, dass Ihr ihn treffen könnt«, sagte Leone.

Viviani verließ das Gasthaus und bestieg sein Pferd.

*Ihr werdet ihn wohl treffen müssen, Euren Freund*, dachte Leone. Er ging ins Restaurant und bestellte gegrillten Fisch, der lag nicht schwer im Magen und würde ihn nicht noch müder machen.

Am nächsten Tag ließ er Leutnant Viviani benachrichtigen, dass der Capitano am frühen Nachmittag zurückkomme und ihn bei Sonnenuntergang hinter dem Strand Feniglia im Pinienwald zum Festland hin treffen wolle.

Den Rest des Tages verbrachte er damit, das Messer zu schärfen, welches Lonigro in seinem Zimmer zurückgelassen hatte. Als die Zeit gekommen war, ging er mit einem Strick, Streichhölzern und einer Flasche Kräuterlikör zum Treffpunkt und versteckte sich so im Gebüsch, dass er den Eingang zum Pinienwald im Blick hatte und Vivianis Erscheinen früh bemerken konnte.

Und genau so war es.

Der Leutnant schritt mit federnden Schritten schwungvoll auf ihn zu, er schien fast zu hüpfen. Ganz offensichtlich war er in ausgezeichneter körperlicher Verfassung. Also musste Leone ihn überraschen. *Am besten hinterrücks.*

Als Viviani an ihm vorbeiging, sprang Leone aus dem Gebüsch und fiel über ihn her, das Messer entschlossen in der Hand.

Aber Viviani rollte sich flink wie eine Katze auf den Boden und gab dem unbeholfenen Leone einen kräftigen Tritt gegen den Knöchel, der ihn stürzen ließ. Blitzschnell fiel der Soldat über ihn her und entwaffnete ihn. Er erkannte auf den ersten Blick das Dienstmesser seines Freundes. »Wo ist er?«, schrie er und setzte Leone das Messer an den schwammigen Hals. »Was ist mit ihm? Warum hast du sein Messer?«

»Beruhigt Euch, Leutnant, ich kann alles erklären.«

»Ach ja? Dass du mich umbringen wolltest? Dass du mir hinterrücks ein Messer in den Rücken stoßen wolltest?« Während er schrie, verstärkte er den Druck des Messers, das langsam in Leones Haut einschnitt.

»Signor Leutnant, ich bitte Euch …«, flehte Leone.

»Hast du ihn umgebracht?« Viviani war außer sich vor Wut. Seine Augen waren nur zu einem Spalt geöffnet, und die Lippen spannten über den zusammengebissenen Zähnen, er sah aus wie ein Raubtier.

Leone beobachtete ihn mit tiefer Bewunderung. Aus diesem so freundlich wirkenden Mann war unversehens eine Kriegsmaschine geworden. Leistungsfähig und gefährlich. Sehr gefährlich. Wie gern wäre er auch so gewesen. »Ich kann Euch alles erklären«, sagte er.

»Ich höre«, raunte Viviani. »Und dann überlege ich, ob ich dich an Ort und Stelle selber umbringe oder der Justiz übergebe.«

»Capitano Lonigro ist tot …«

»Du Bastard!« Viviani erhöhte den Druck des Messers noch ein wenig mehr.

»Nein …«, stöhnte Leone, die geröteten Augen weit aufgerissen. Aber er spielte nur. Denn Leone hatte kein Herz mehr, vielleicht hatte er auch kein Leben mehr. Das war mit dem letzten Atemzug seiner Frau verschwunden. Er hatte sich in jemanden verwandelt, für den er selbst keine Worte hatte. »Er ist tot«, sagte er noch einmal jammernd. »Hatte einen Infarkt«, setzte er wieder an. »Ihr wisst, wer ich bin. Sein Tod war das Letzte, was ich hätte wünschen können … Solange er lebte, lebte auch ich. Sein Tod ist auch mein Tod«, stieß er so verzweifelt wie möglich hervor.

Der Druck des Messers verringerte sich.

*Es funktioniert, ich muss weitermachen.*

»Der Capitano hat herausgefunden, dass die Frau, die wir suchen, nach Rom geflüchtet ist«, fuhr er fort. »Sie ist eine Diebin. Hat Juwelen von unschätzbarem Wert gestohlen. Und wenn wir jetzt auf eine diplomatische Lösung warten, dann könnte sie die Juwelen loswerden, bevor sie verhaftet wird. Versteht Ihr?«

»Nein«, sagte Viviani.

Aber der Druck des Messers ließ weiterhin nach.

»Ihr hättet ihm für ihn und mich falsche Dokumente und Geld überbringen sollen. Wir wollten die Grenze zum Kirchenstaat als Spione überqueren und sie dort suchen.«

Wieder verringerte sich der Druck des Messers.

»Ich habe etwas Schlimmes getan, ich gestehe«, schluchzte Leone nach allen Regeln der Kunst. »Ich hatte Angst. Ich wusste, jemand würde einen neuen Ausweis und Geld bringen. Ich wollte diese stehlen, damit nach Rom gehen und ein neues Leben anfangen. Das ist meine einzige Schuld, ich schwöre!« Er schluchzte. »Ich habe die Leiche des Capitano von einem Priester segnen lassen, einen Sarg gekauft und ihn auf dem Friedhof in Ansedonia beigesetzt. Ich bin widerlich, ich weiß! Aber ich hatte Angst!«

In diesem Moment zog Viviani das Messer zurück. Und ließ Leone los. »Du bist ein Stück Dreck«, zischte er verächtlich.

»Ja, ich bin ein Stück Dreck …«, heulte Leone.

»Du widerst mich an«, stieß Viviani hervor und erhob sich kopfschüttelnd.

»Ich widere mich selbst an«, jammerte Leone, stand auf und zog hinter seinem Rücken aus dem Gürtel das Messer, mit dem er Capitano Lonigro ermordet hatte. Viviani stand mit dem Rücken zu ihm. Die Klinge traf ihn mit Wucht unter dem linken Schulterblatt. »Ja, ich widere mich wirklich an«, murmelte Leone. »Aber ich bin eben widerlich, das ist nicht zu ändern.« Er stieß ihm das Messer unter die Rippen in die linke Seite, worauf der Soldat sich keuchend umwandte. »›Das ist meine Natur‹, sagte der Skorpion.« Und das erste Mal seit dem Mord an seiner Frau lachte Leone laut. Dann stieß er dem Soldaten das Messer in den Bauch.

Vivianis Gesicht war schmerzverzerrt. Mit letzter Kraft fuhr er mit Lonigros Messer durch die Luft, doch schon im nächsten Moment fiel er rücklings auf den sandigen, mit Piniennadeln bedeckten Boden und stieß seinen letzten Atemzug aus.

»Amen«, sagte Leone ernst. Dann tastete er die Leiche ab, bis er fand, wonach er suchte. Er öffnete den Umschlag, nahm seinen neuen Ausweis und ein Säckchen Goldmünzen an sich, dazu alles Geld, das er in den Taschen des toten Viviani fand. Er zerriss den für Lonigro bestimmten Ausweis und entkleidete Viviani. Dann häufte er trockenes Holz aufeinander, schüttete Kräuterlikör darüber und zündete alles an. Die Uniform des Soldaten übergoss er mit dem restlichen Kräuterlikör und warf sie ins Feuer. Hell loderten die Flammen auf. Schließlich schleifte er Viviani an den Strand bis zum Wasser. Mit dem Seil band er Steine an den toten Körper. Dann entledigte auch er sich seiner Kleidung und watete ins eisige Meer. Er zitterte vor Kälte, als er die Leiche durch das flache Wasser hinter sich her zog. Erst nach vielen Metern wurde es tiefer. Als er schließlich keinen Boden mehr unter den Füßen spürte, ließ er die beschwerte Leiche los und ging zum Ufer zurück. Er rannte zum knisternden Feuer, wo er sich aufwärmte, zog sich wieder an und kehrte zum Gasthaus zurück.

Dort ging er auf sein Zimmer, nahm Feder und Papier zur Hand und schrieb zwei Briefe.

Der erste war für den Präfekten.

*»Habt Dank, Eure Exzellenz, mein Freund Leutnant Viviani hat mir ausgehändigt, worum ich Euch gebeten hatte. Ich erlaube mir, Euch mitzuteilen – sodass es Eurer Entscheidung obliegt, seinen Vorgesetzten in Perugia darüber zu informieren –, dass der Leutnant auf mich einen sehr besorgten Eindruck machte, mir diesbezüglich aber nichts sagen wollte, da es sich offensichtlich um ein Geheimnis handelt. Doch nach seiner vorsichtigen Art sich zu bewegen zu urteilen, fürchte ich, dass er sich in Lebensgefahr befindet. Dies ist natürlich nur eine*

*Vermutung meinerseits, denn als ich Leutnant Viviani darauf ansprach, negierte er alles.«*

Der zweite Brief war kürzer.

*»Brief an den Wirt des Gasthauses ›Passatore‹. Im Namen des Königreichs Italien. Da mein Gehilfe Leone Pompei kein Geld bei sich hat und ich ihn für Ermittlungen von höchster Wichtigkeit an meiner Seite benötige, weise ich Euch an, ihn ungehindert abreisen zu lassen. Nächste Woche werde ich zurückkehren und Sorge tragen, dass Eure Rechnung beglichen wird. Sollte es zu von Euch verschuldeten Schwierigkeiten kommen, so werdet Ihr das zutiefst bereuen, wie ich im Namen des Königs versichern kann. Capitano Primo Lonigro.«*

Am Abend aß Leone Pompei ein Rinderbäckchen, geschmort in einem Morellino di Scansano, der eine köstliche Soße abgab, dickflüssig und dunkel.

Dann ging er zu Bett. Vollkommen erschöpft. Voller Grauen dachte er, dass er in dieser Nacht dem Schlaf nicht würde standhalten können. Sein Herzschlag verlangsamte sich. Sein Körper gab nach. Er schloss die Augen und wurde in einen finsteren Strudel hinabgezogen. Er wusste, er würde sterben.

Doch am nächsten Morgen erwachte er zu seiner eigenen Verwunderung höchst lebendig.

Ihm fiel ein, wie er beim Mord an Viviani plötzlich hatte lachen müssen. *Vielleicht ändert sich jetzt etwas*, dachte er. Vielleicht war der Tod nicht mehr sein Feind. Sondern sein Verbündeter.

Er packte seine Sachen und gab dem Wirt den von ihm verfassten Brief. Dieser wurde erst rot vor Wut, dann totenbleich wegen der Drohung. Leone versicherte, dass sie in weniger als einer Woche zurück sein würden und das Königreich Italien keine Rechnungen offenließe. Dann ließ er sich die Kalesche mit den zwei Pferden bringen.

An der Grenze zum Kirchenstaat fiel ihm sofort auf, dass dort jetzt mehr Soldaten stationiert waren als zuvor. Alle trugen Waffen und wirkten äußerst angespannt.

Leone zückte seinen neuen Ausweis.

»Silverio Pepoli?«, vergewisserte sich die Wache.

»Ja, Signore«, nickte Leone.

»Ihr seid ja aus Cortona!«, rief der Offizier erfreut. »Ich auch. Aber eine Familie Pepoli kenne ich nicht …«

Schon wieder geschah etwas Unvorhergesehenes. Leone begann zu schwitzen. Ein Idiot, der aus derselben Stadt kam, die auf seinem neuen Ausweis verzeichnet war. »Ich bin eigentlich auf der Durchfahrt geboren«, sagte er in der Hoffnung, nicht aufzufliegen. »Meine Eltern waren unterwegs, als meine Mutter mich auf die Welt brachte. Wie das Kindchen aus Bethlehem …«

Der Offizier versteifte sich. »Überlegt Euch gut, was Ihr sagt, Signore!«

»Ich bitte um Verzeihung, ich wollte nicht …«

Der Offizier lachte. »Da habe ich Euch aber drangekriegt, wie?« Er schlug sich auf den Schenkel. »Schließlich sind wir hier im Kirchenstaat, da ist Gotteslästerung an der Tagesordnung!«

Leone lachte mit ihm, hielt diesen Offizier aber insgeheim für einen Narren. Sein Ausweis wurde gestempelt, er trieb die beiden Pferde an, und bei Sonnenuntergang, als der Himmel in Flammen aufzugehen schien und atemberaubende Kirchen und Paläste ihre langen Schatten warfen, betrat er die ewige Stadt.

Am höchsten Punkt des Gianicolo – ein Hügel, der nicht zu den berühmten, in den Schriften Ciceros und Plutarchs aufgeführten sieben Hügeln gehörte – blickte er über die Stadt, die unter ihm lag, über die roten, mit Schimmel und Taubendreck verschmierten Dachziegel.

Er fürchtete nicht mehr, dass ihn der Tod im Schlaf holen könnte. Das war nur Einbildung gewesen. Hass und Rache hingegen, mit deren Hilfe er wachgeblieben war, waren Wirklichkeit.

Jetzt konnte er so grausam sein, wie er wollte. Ohne Angst.

»Irgendwo hier bist du, kleine Contessa.« Er lächelte. »Und ich werde dich finden.«

Ein Vogelschwarm erhob sich kreischend in die Luft.

»Silvia di Boccamara«, flüsterte Leone, »bis bald.«

# 27

*Mai 1870*

*Kirchenstaat – Rom*

Ludovico fing Pietro am Schulausgang ab. »Ich habe gehört, dass mein Vater dir einen seiner Fotoapparate geschenkt hat.« Er schnaubte. »In der Gönnerrolle gefällt er sich sehr«, bemerkte er, offensichtlich eifersüchtig.

»Aber du interessierst dich doch gar nicht für Fotografie, oder?«, entgegnete Pietro. »Ich glaube, er bedauert das.«

»Meinst du?« Ein Lächeln huschte über Ludovicos Gesicht.

»Ja, ganz bestimmt.«

Ludovico war anzusehen, dass ihm diese Vorstellung gefiel. »Na ja. Du weißt ja, was mich interessiert«, sagte er schulterzuckend. »Ich habe noch einmal darüber nachgedacht, was Capitano Melo gesagt hat«, sagte er dann ernst. »Er hat recht. Wir müssen unsere persönlichen Eitelkeiten im Namen der Befreiung zurückstellen.«

»Sicher«, murmelte Pietro ohne echtes Interesse.

»Ich habe mich entschlossen, vor unserem Treffen mit den Lupi auch mit den Kriminellen zu sprechen, der dritten Gruppe im Befreiungskrieg. Vielleicht haben wir nur vorschnell geurteilt. Kommst du mit?« Ludovico bemerkte Pietros offensichtliche Gleichgültigkeit nicht.

»Nein, ich …«

»Komm schon!«, rief Ludovico. »Sieh es dir wenigstens an, dann kannst du die ganze Sache immer noch blödsinnig finden. Capitano Melo hat dir doch imponiert, oder?«

»Ja, aber …«

»Kommst du jetzt oder nicht?«, wollte Ludovico wissen.

»In Ordnung«, erwiderte Pietro widerstrebend.

»Dann warte ich morgen im Café Perilli auf dich. Nach der Schule.«

Pietro seufzte. Das passte ihm überhaupt nicht. Er wollte sich mit seinem Fotoapparat beschäftigen. Anderseits mochte er Ludovico. Er lächelte bei dem Gedanken, dass Marta vielleicht auch da sein würde. Obwohl er keine Ahnung hatte, was er mit ihr reden sollte. Aber er wollte versuchen, sie wirklich anzusehen, nicht durch das Objektiv seines Fotoapparats. Schon bei dem Gedanken daran beschleunigte sich sein Herzschlag. Er seufzte. Vielleicht war die Idee doch nicht so gut.

Gedankenverloren ging er zum Souterrain in der Via Panìco.

Für das Abendessen hatte Nella eine einfache Gemüsesuppe zubereitet, der die mitgekochten Fischschwänze und -köpfe die nötige Würze gaben, also genau die Teile vom Fisch, die früher jüdische Frauen aus dem Ghetto vom Boden der Fischhalle geklaubt hatten. Als es Abend wurde, nahm Nella den Topf vom Feuer und griff nach der Suppenkelle, um die Schüsseln zu füllen.

Pietro fiel sofort auf, dass sie sich nur mit Mühe auf den Beinen hielt. Sie war leichenblass. »Es geht dir nicht gut«, sagte er und nahm ihr behutsam die Kelle aus der Hand. »Lass mich das machen.«

Nella rang sich ein Lächeln ab. »Immer das Gleiche mit dir. Iss jetzt.«

»Und du isst nichts?«

»Ich warte, dass die Suppe ein wenig abkühlt. Sie ist noch zu heiß für mich.«

Aber Pietro wusste genau, dass sie wieder zu Atem kommen musste, obgleich sie nur kurz mit dem Topf und der Kelle hantiert hatte.

»Für mich ist sie auch noch zu heiß«, sagte er. »Ich gehe kurz raus.«

»Wohin denn?«, fragte Nella mit dünner Stimme.

»Ich komme sofort wieder«, antwortete Pietro und stieg die Treppen hinauf.

Vor der Tür ballte er die Fäuste, um die Tränen zurückzuhalten. So lief er voller Sorge die Via di Panìco entlang und bog in die erste Straße rechts, den Vicolo del Curato, in dem, wie er wusste, der Arzt des Viertels wohnte. Kräftig klopfte er, bis endlich ein Dienstmädchen öffnete.

»Was willst du um diese Zeit?«, fragte sie unfreundlich.

»Meine Mutter ist krank«, erwiderte Pietro. »Sie muss untersucht werden.«

»Wer ist da?«, war jetzt von drinnen eine männliche Stimme zu vernehmen.

Pietro huschte hinein, ohne die Erlaubnis des Dienstmädchens abzuwarten, und lief in die Richtung, aus der die Stimme gekommen war. Im Esszimmer blickte der Arzt genauso unfreundlich drein wie sein Dienstmädchen. Er saß vor einem mit Äpfeln, Orangen und Kastanien gefüllten Perlhuhn, daneben lag ein Stück Weißbrot. Ein Zinnbecher war bis zum Rand mit Rotwein gefüllt.

»Herr Doktor, bitte, meine Mutter ist krank«, sagte Pietro flehentlich.

Der Arzt sah ihn an, während er an einem Stück Flügel knabberte. Sein Kinn glänzte von Fett. »Um diese Zeit?«, blaffte er. »Siehst du nicht, dass ich esse?«

»Sie ist krank«, wiederholte Pietro.

»Hast du Geld?«, wollte der Arzt wissen.

»Ich werde welches auftreiben. Ich schwöre es«, erwiderte Pietro und ballte wieder die Fäuste gegen die Tränen.

»Du kannst noch mehr tun als schwören, Junge«, meinte der Arzt. »Du kannst erst das Geld auftreiben und dann wiederkommen. Vielleicht auch zu einer günstigeren Zeit.«

»Ich bitte Euch!«

»Wenn du nicht sofort verschwindest, rufe ich die Gendarmen«, entgegnete der Arzt und widmete sich wieder seinem Perlhuhn.

Pietro konnte sich gerade noch zurückhalten, den reich gedeckten Tisch umzustürzen. Mit gesenktem Kopf ging er nach Hause.

Nella saß noch immer am Tisch, genauso blass wie zuvor.

»Du musst zum Arzt«, drängte Pietro und setzte sich. »Haben wir Geld?«

Nella schüttelte den Kopf. »Das Geld brauchen wir, um zu essen.«

Pietro schob seinen Suppenteller weg. »Ich habe keinen Hunger«, sagte er.

»Das spielt keine Rolle. Du musst wachsen.« Sie richtete sich mühsam auf und schob den Teller zu Pietro zurück. »Wenn nötig, werde ich dich stopfen wie eine Gans, denk dran.«

Pietro tunkte den Löffel in die Suppe und aß schweigend und mit gesenktem Kopf. »Tust du das alles für mich?«, fragte er schließlich.

»Ich tue, was getan werden muss«, gab Nella zurück. »Du musst in die Schule gehen und hier wegkommen. Ich tue das Nötige.«

»Aber du musst doch auch an dich denken.«

»An mich denke ich später, keine Sorge. In diesem Loch hier werde ich ganz bestimmt nicht bleiben.«

Der Blick, den Pietro ihr zuwarf, spiegelte seine hilflose Wut.

»Fändest du es schön, wenn jemand für dich krank werden würde?«

Nella seufzte. »Es geht mir gut … hör endlich auf damit«, meinte sie. Aber während Pietro zornig seine Suppe aufaß, schlief sie ein.

Der Anblick brach Pietro das Herz.

Er stand auf, nahm den Fotoapparat, zündete die Magnesiumlampe und schoss ein Foto. Dann trug er Nella in den Zwischenstock hinauf.

Nella bemerkte es nicht einmal.

Pietro stieg wieder herunter, zog die Platte aus dem Fotoapparat und fing an zu arbeiten.

»Wir müssen los«, sagte Ludovico zu seinen Leuten vor dem Café Perilli.

»Hattest du nicht gesagt, dass Pietro auch kommen wollte?«, fragte Marta und sah sich um in der Hoffnung, er würde auftauchen.

»Der hat es sich wohl anders überlegt«, erwiderte Ludovico. »Sein Pech. Gehen wir.« Er machte sich auf den Weg.

Enttäuscht folgte Marta ihm und den anderen.

»Wartet auf mich!«, ertönte in diesem Moment eine Stimme.

Martas Herz tat einen Sprung, als Pietro mit auf und ab hüpfender Strähne angelaufen kam. Er sah wunderschön aus. »*Ciao!*«, begrüßte sie ihn begeistert.

»*Ciao*«, murmelte er fast schon hastig und lief rasch zu Ludovico.

*Der Tag im Zirkus hat überhaupt nichts genutzt*, dachte Marta. *Er interessiert sich nicht für dich, Punkt. Warum siehst du das nicht ein? Du leidest wohl gerne, du Dummkopf.*

Das Gleiche hatte sie Armandina gefragt. Und La Bella hatte in ihren Erfahrungsschatz gegriffen und gesagt, die Liebe sei ein wildes Tier, das man zähmen könne. »Aber es tut weh. Sehr weh«, hatte Marta mit Tränen in den Augen gesagt. »Ja. Das wilde Tier frisst dich von innen auf«, hatte Armandina mit mitfühlendem Blick bestätigt. »Ich will nicht so leiden!«, hatte Marta geschrien, woraufhin Armandina lediglich gesagt hatte: »Dann kannst du dich auch nicht freuen. Eines ohne das andere geht nicht. Das sind die Regeln.«

»Drecksregeln«, murmelte Marta jetzt.

»Wie bitte?«, fragte Ludovico sofort nach, immer bedacht auf das, was sie sagte und tat.

Marta konnte sich gerade noch zurückhalten ihm zu sagen, er solle sich um seine eigenen Angelegenheiten kümmern. Sie war ziemlich sicher, dass Ludovico für sie das fühlte, was sie für Pietro empfand. Und sie fühlte für Ludovico das, was Pietro für sie empfand. Und zwar nichts. Sie wusste also, wie Ludovico sich fühlte. »Nichts, ich habe nur mit mir selbst geredet«, sagte sie schließlich und zwang sich zu einem Lachen.

Ludovico sah sie mit leuchtenden Augen an, dann schlüpfte er wieder in seine Anführerrolle: »Hier entlang«, rief er. »Die treffen sich in einer Schmiede in der Via Margutta.«

Auf dem Weg hatte Marta den Eindruck, dass nun viel mehr Soldaten in der Stadt waren, aber vielleicht bildete sie sich das nur ein. Und doch war sie sicher, dass die Menschen den Truppen ängstliche wie auch hasserfüllte Blicke zuwarfen. Vielleicht war Rom tatsächlich ein Pulverfass. *Wir sind viele*, dachte sie.

Nach etwa zwanzig Minuten bogen sie in die Via Alibert ein. Ein übler Gestank nach fauligen Abwasserkanälen, Kot und Urin lag in der Luft. Kurz darauf erreichten sie die Via Margutta. Die Straße war schäbig, eng, voller Dreck, überall liefen Schweine herum, die sich in Pfützen wälzten, fraßen, was auf dem Boden verdarb, und ihren Kot in der ganzen Straße verteilten.

»Das ist ja widerlich!«, bemerkte einer der Jungen.

»Hast du Angst, dass deine Schuhe dreckig werden?«, spottete Ludovico und ging weiter.

Die anderen folgten ihm ohne zu zögern, zumindest sah es auf den ersten Blick so aus. Bei genauerem Hinsehen war jedoch offensichtlich, dass sie es widerwillig taten.

Nur Marta und Pietro zierten sich nicht.

Vor einer großen gläsernen Rundbogen-Tür blieben sie stehen. Sie war in Holz eingefasst, das am unteren Rand morsch war.

Ludovico wollte hindurchgehen, aber ein Mann, der aussah und roch wie ein Schweinehirt, hielt ihn auf.

»Wo willst'n du hin?«, brummte der Schweinehirt. »Is hier privat, nich für solche wie dich.«

Ludovico sah ihn an. »Wir woll'n aber auch zur Privatfeier. Da hast du doch wohl nichts dagegen, oder?«, gab er herausfordernd zurück.

Der Schweinehirt verharrte sprachlos auf der Stelle. »Warte mal«, sagte er schließlich, steckte seinen Kopf zur Tür hinein und rief: »Ein paar Jungs woll'n reinkommen!«

»Dann lass sie rein«, kam es von drinnen.

Die Stimme war ruhig und tief und kam Pietro bekannt vor. Seine Alarmglocken schrillten sofort, und er wollte weg von hier. Aber die Tür stand jetzt offen, und Ludovico und die anderen waren schon eingetreten. Pietro folgte ihnen.

Im Raum mit der gewölbten Decke und den vom Ruß geschwärzten Tuffsteinwänden herrschte der typische Schmiedegeruch nach geschmolzenem Metall und Feuer. Es war so dunkel, dass sich Pietros Augen erst daran gewöhnen mussten.

»Wer seid ihr und was wollt ihr hier?«, verlangte die Stimme zu wissen.

Pietro zuckte zusammen, als er erkannte, wer da sprach. Albanese.

Der Gauner stand vom Tisch auf, um den rund ein Dutzend Männer versammelt waren, die – wie er selbst – alle wenig vertrauenerweckend aussahen, ging zu Ludovico und seinen Leuten und ließ seinen Blick spöttisch über sie gleiten. Er stank nach Wein.

Als sich ihre Blicke trafen, fürchtete Pietro, erkannt zu werden. Ihre Begegnung, bei der Albanese ihm geraten hatte, einen Bogen um den Vicolo della Volpe zu machen, bei der er ihn ins Gesicht geschlagen und hinterhergespuckt hatte, war ihm noch in guter Erinnerung.

Aber Albanese erkannte ihn nicht.

»Wir sind das Komitee der Jugend zur Befreiung Roms«, fing Ludovico an.

»Ach was!«, blaffte Albanese.

Aber Ludovico blieb ruhig. »Wir glauben, dass es für uns alle das Beste ist, wenn wir Patrioten unsere Kräfte vereinen.«

Albanese trat dicht an ihn heran, nahm Ludovicos Jackenaufschlag aus blauem Samt zwischen Zeigefinger und Daumen und strich darüber. Als er losließ, hatten seine Finger dunkle Flecken darauf hinterlassen. »Hübscher Anzug«, befand er. »Was kostet so einer?«

»Ich weiß nicht …«, erwiderte Ludovico, der sich plötzlich unwohl fühlte.

Albanese wandte sich an den Schweinehirten am Eingang. »Grugno«, rief er, »was kostet deine Schafsjacke?«

»Zwanzig Würste hab ich bezahlt dafür«, gab der Schweinehirt zurück.

Albaneses Blick wanderte wieder zu Ludovico, und noch einmal tastete er mit seinen schmutzigen Fingern über den Jackenaufschlag. »Grugno weiß, wie viel eine Drecksjoppe wie seine kostet, und du weißt nicht, was dein schickes Jäckchen wert ist? Kapierst du, wie unterschiedlich ihr seid, du und Grugno? Und du willst also … wie hast du gesagt?«, er grinste spöttisch, »ach ja, *die Kräfte vereinen*?«

»Signore …«, setzte Ludovico an.

»Was soll der Mist von wegen Signore?«, blaffte Albanese ihn an. »Siehst du nicht, dass ich ein Messer im Gürtel trage? Dass ich so dreckig bin wie die Schweine da draußen? Dass ich rote böse Augen habe wie die Ratten im Tiber? *Signore* ein Dreck! Ich hab keinen feinen Vater, der mir Anzüge kauft. Und auch keine Mama, die mir den Arsch sauber wischt.« Er gab ihm einen Stoß. »Welche Kräfte willst du vereinen? Gibst du mir was von deinem Geld? Das würde ich nehmen. Na, was meinst du?«

»Nein, wir …«

»Du gibst mir keins! Ich weiß, dass du dein Geld für dich behalten willst, du Muttersöhnchen.« Albanese geriet in Fahrt. Sein Blick war glasig und er nuschelte, er hatte eindeutig schon zu viel Wein getrunken. »Jetzt erkläre ich dir mal, wie man eine Revolution macht«, fuhr er fort. »Nicht wie ihr feinen Pinkel vom Circolo und den Dreckskomitees. Politik könnt ihr machen, sonst nichts. Und auch nicht wie die Veteranen aus der Republik – die sind zu alt, um noch einen hochzukriegen, die leben in der Vergangenheit und träumen davon, wie sie früher gevögelt haben.« Wie ein wildes Tier fletschte er die Zähne. »Wir hier machen die Revolution ganz anders. Wir stechen Priester und Reiche ab und nehmen ihr Geld! Das ist unsere Revolution, wir nehmen Rom mit Gewalt ein.« Er gab ein Knurren von sich. »Wie zerfleischen es!«

Die Männer am Tisch applaudierten.

Und mit jedem seiner Worte spürte Pietro mehr, wie es mit ihm durchging. Ohne dass er etwas dagegen tun konnte. Vor seinem inneren Auge sah er Nella, die sich seit Wochen dahinschleppte. Dieser Albanese war ein erbärmlicher Dreckskerl. Und dann kamen die Worte wie von selbst aus seinem Mund: »Und in deiner Revolution, schlägt man da auch hilflose Frauen?«

Albanese wandte den Blick nicht von ihm, während er langsam auf ihn zuschritt.

Pietro spürte eine Mischung aus Angst und Wut in sich brodeln. Aber er zwang sich, nicht zurückzuweichen. Nicht einen Zentimeter.

»Hilflose Frauen? Was weißt du denn davon? Frauen sind Huren. So wie Priester schwul und Reiche Halsabschneider sind. Hör gut zu: Dreh einer Frau nie den Rücken zu, denn auch wenn sie kein Messer dabeihat, rammt sie dir eins in den Rücken.«

Die Männer lachten.

»Und jetzt verschwindet von hier. Euch feine Pinkel können

wir hier nicht brauchen«, knurrte Albanese und tippte Pietro mit dem Finger auf die Brust, so, dass es wehtat. »Wir machen die Revolution, um zu essen. Nicht, um uns damit zu schmücken. Und jetzt raus!«

Enttäuscht fanden sich die Jungen wenig später draußen in der schäbigen Via Margutta wieder. Keiner von ihnen wusste, was er sagen sollte.

»Schön, deine Scheißrevolution«, wandte sich Pietro an Ludovico. Wut loderte in ihm, weil er Albanese ein weiteres Mal gesehen und wieder nicht den Mut gehabt hatte, ihn zur Strecke zu bringen. Denn das verdiente der Gauner. Missmutig steckte er die Hände in die Taschen und eilte in Richtung Piazza del Popolo davon.

Marta zögerte kurz, dann lief sie ihm hinterher. »Wo willst du hin?«, rief sie. »Kann ich mitkommen?«

Allein die Vorstellung, mit ihr allein zu sein, machte ihm fast mehr Angst als Albaneses furchterregendes Gesicht. Er verbarg seine Gefühle hinter einer Mauer aus Wut, als er hervorstieß: »Tu mir einen Gefallen: Lass mich in Ruhe. Du und der Rest dieser Bande.«

Marta zuckte zusammen, als hätte Pietro ihr einen Schlag in die Magengrube versetzt. Als sie sich umdrehte, bemerkte sie Ludovicos Blick, der wahrscheinlich dem glich, den sie soeben Pietro zugeworfen hatte. Er war ihr Spiegelbild, und darin sah sie einen geprügelten Hund.

»Lasst mich alle in Ruhe!«, schrie sie und lief zornig davon.

Am nächsten Tag lud das Glockengeläut von Rom alle Gläubigen zur Sonntagsmesse ein.

Als Nella aufwachte, hatte Pietro schon das Frühstück zubereitet. Eine Schüssel Brühe und altbackenes Brot.

Nella lächelte dankbar.

Aber Pietro war nicht zum Lächeln zumute. Er nahm den

Fotoapparat und stellte ihn vor sie auf den Tisch. »Weißt du, was das ist?« Ohne eine Antwort abzuwarten, sagte er: »Ein Wahrheitsapparat.«

»Hast du schlecht geschlafen?«, wollte Nella wissen.

Pietro reichte ihr ein Stück Kartonpapier. »Da. Wenn diese Frau eine Unbekannte für dich wäre und du hättest nur dieses Bild, was würdest du denken?«, fragte Pietro düster. »Dass sie gesund ist?«

Nella nahm das Foto, und sogleich offenbarte sich ihr ein unbarmherziges Bild. Sie sah sich selbst, blass, eine Blutspur am Mundwinkel. Zusammengesunken, wie tot. Ihre Augen füllten sich mit Tränen. »Ist das deine erste Fotografie?«

»Nein.«

Eine Träne tropfte auf das Bild. »Da bin ich aber froh, dass deine erste Fotografie nicht so hässlich ist wie diese hier.« Nella senkte den Blick. »Hör mal, Cavallino. Ich habe kein Geld, um einen Arzt zu bezahlen«, flüsterte sie. »Es reicht so gerade fürs Essen und die Miete.« Sie beugte sich über den Tisch und nahm seine Hand. »Ich werde wieder gesund«, sagte sie mit Tränen in den Augen. »Ich verspreche es dir.«

Pietro zog seine Hand weg. »Das glaubst du doch selbst nicht«, erwiderte er, während er seinen Schmerz zu verbergen suchte. »Ich gehe raus«, sagte er.

»Wohin?«, wollte Nella wissen.

*An den einzigen Ort, der mir noch bleibt.* Pietro knallte die Tür zu, doch die prallte vom Pfosten ab. Zornig zog er den Schlüssel aus der Tasche und ließ das nie reparierte Schloss einrasten.

Auf seinem Weg zur Via Margutta dachte er, dass die ganze Gesellschaft der letzte Dreck war, so wie dieser Arzt. Arm sein hieß ganz unten zu sein und es niemals woandershin zu schaffen. Außerdem fand er sich feige. Er konnte nicht einmal dem Mädchen in die Augen sehen, das ihm gefiel.

Aber darüber würde er später nachdenken, im Moment hatte

er andere Probleme. Als er die Schmiede erreichte, wo er am Tag zuvor gewesen war, atmete er tief durch und öffnete die Tür.

Die Männer am Tisch tranken schon.

Albanese war da, wie Pietro gehofft hatte. »Was willst du, Prinzessin?«, blaffte der ihn an.

Pietros Herz schlug bis zum Halse. »Ich will bei eurer Gesellschaft mitmachen«, stieß er hervor.

»Gesellschaft!«, lachte Albanese.

Die anderen Männer fielen in sein Lachen ein.

»Gesellschaft!«, wiederholte er. »Du bist mir ja eine echte Prinzessin. Hau ab.« Er wandte sich an einen Jungen um die zwanzig am anderen Tischende, dessen Gesicht so platt war, als hätte es mit voller Wucht eine Bratpfanne übergezogen bekommen. »Padella, schmeiß ihn hier raus!«

Der Junge, der also auch noch Pfanne genannt wurde, stand auf. Er war klein und gedrungen. Kräftig. Und wirkte ziemlich dumpf.

Als er näher kam, verspürte Pietro einen kurzen Moment der Angst, ehe Wut und Hass auf den Hurensohn von Albanese überwogen, der die Contessa fast umgebracht hätte und ihn nun zu diesem Schritt zwang.

Padella packte ihn an der Jacke und zog ihn zum Ausgang. An der Tür gab er ihm einen Stoß und verstellte ihm dann mit gekreuzten Armen und breiten Beinen den Weg. Sein Gesichtsausdruck verhieß nichts Gutes.

In diesem Moment fasste Pietro einen Entschluss. Er hatte nichts zu verlieren. Die Contessa würde sterben. Plötzlich war er unbesiegbar.

»Du kommst dir wohl sehr stark vor, wie du dastehst, wie?«, sagte er herausfordernd.

Padella grinste feist. »Ich stehe da, wie es mir passt.«

»Dafür bedanke ich mich, du Idiot«, erwiderte Pietro und versetzte ihm mit aller Kraft einen Tritt in die Weichteile. Padella krümmte sich schmerzerfüllt, was Pietro nutzte, um ihm mit voller Wucht auf den Kiefer zu schlagen. Padella ging sofort zu Boden.

Albanese erhob sich ruckartig, wobei er den Stuhl umwarf, und baute sich vor Pietro auf.

Pietro wusste nicht, was jetzt geschehen würde, aber er hatte keine Angst. »Ich kann es nicht leiden, angepackt zu werden«, bemerkte er in der Hoffnung, dass dieser Satz der richtige war.

Albanese schwieg kurz, dann schnitt er eine Grimasse, die ein Lächeln sein sollte. »Dafür, dass du eine Prinzessin bist, schlägst du ganz schön zu.« Er ließ ein dröhnendes Lachen hören.

Padella lag noch ohnmächtig am Boden.

»Ich bin kein Muttersöhnchen«, sagte Pietro. »Ich bin ein armer Teufel. Und verzweifelt bin ich auch.«

»Und was willst du von mir?«, erkundigte sich Albanese.

»Geld machen. Mit der Revolution«, erwiderte Pietro und blickte ihm geradewegs in die Augen. »Stell mich auf die Probe.«

## 28

*Ende Mai 1870*

*Kirchenstaat – Rom*

»Das ist ein Wahrheitsapparat«, hatte Pietro Nella erklärt. Jetzt drehte er die Fotografie von Marta in den Händen und dachte, dass seine Aussage stimmte. Dieses Gerät war tatsächlich ein Wahrheitsapparat.

Durch die Blende sah er die Dinge in einem ganz anderen Licht als im täglichen Leben. Dieser Apparat schulte seinen Blick. Und er beschützte ihn. Was er nie für möglich gehalten hätte. Er hatte seinen Weg gefunden, da war er sicher.

Diese Fotografie hatte ihm die Wahrheit gezeigt. Eine Wahrheit, die er nicht leugnen konnte. Wieder dachte er daran, wie viel Mühe es ihn kostete, Marta in die Augen zu sehen. Unendliche Mühe. Lächerlich viel Mühe.

»Du siehst dir schon den ganzen Morgen das Bild von diesem hübschen Mädchen an.« Nella lächelte kraftlos.

Pietro winkte verlegen ab.

»Du bist selber hübsch.«

»Stimmt nicht.«

»Oh doch, und wie das stimmt«, entgegnete Nella ernst. »Und diese Strähne in deiner Stirn macht dich ganz und gar unwiderstehlich.«

Verlegen wand sich Pietro. »Ich weiß nicht, was ich machen soll …«

»Du kannst entweder mit dem Bild reden oder direkt mit ihr.« Wieder lächelte Nella unter Mühen. »Ich glaube, dass die zweite

Möglichkeit besser funktioniert. Dann kann sie wenigstens antworten.«

»Und wenn sie sagt … wenn sie sagt, dass …«

»Das wird sie nicht tun«, erwiderte Nella ernst.

»Und wenn doch?«

»Das wird sie nicht.«

»Aber wenn doch?«

Nella sah ihn eine Weile schweigend an. »Weißt du, wie man niemals enttäuscht werden kann?«

Pietro schüttelte den Kopf.

»Wenn man gar nichts macht. Wenn man sich einigelt, sitzen bleibt und ein Foto anstarrt.«

*Oder hinter einem Objektiv unter einem schwarzen Tuch steckt*, dachte Pietro und senkte den Kopf. Sah das Bild wieder an.

»Geh zum Zirkus«, riet Nella. »Jetzt gleich.«

»Und was soll ich ihr sagen?«

»Dass du irgendetwas vergessen hast.«

»Was denn?«

»Dein Herz.« Nella schmunzelte.

Pietro traute seinen Ohren nicht. »Du bist wohl verrückt geworden!«, rief er. »Ich schaffe es nicht mal, ›Ciao‹ zu ihr zu sagen …«

Nella unterbrach ihn grinsend. »Das war ein Witz, du Dummkopf. Frauen finden solche Sprüche grauenvoll. Es sind nur leere und übertriebene Worte. So wie: ›Deine Augen sind wie Sterne‹.« Trotz ihrer offensichtlichen Erschöpfung gelang ihr ein liebevolles Lächeln. »Übertreib es bloß nicht bei den Frauen. Wir Frauen mögen die Wahrheit, kein Theater.«

»Und was soll ich dann sagen?« Pietro hatte angefangen zu schwitzen.

Nella zuckte die Schultern. »Was möchtest du ihr denn sagen?«

»Nichts!«, stieß Pietro hervor.

»Du bist doch wirklich ein Witzbold. Und ein Lügner«, sagte sie zärtlich. Mühsam beugte sie sich vor und fuhr ihm durch seine widerspenstige Strähne, die es ihr damals im Waisenhaus sofort angetan hatte. »Wie wäre es mit der Wahrheit?«

»Welche Wahrheit?« Pietro bekam es mit der Angst. Auf keinen Fall wollte er jetzt über die Liebe reden.

»Dass du sie gerne sehen wolltest. Dass du Zeit hast und einfach ein bisschen mit ihr reden wolltest.«

»Einfach so?«

»Einfach so. Oder sag ihr, dass du gerne mit Melo ein bisschen Mist wegschaufeln würdest.« Sie grinste.

»Hör auf!«, brummte Pietro. »Du stellst dir das so einfach vor …«

Nella schenkte ihm einen warmherzigen Blick. »Nein«, sagte sie ernst. »Ich weiß sehr gut, dass es überhaupt nicht einfach ist. Ist es denn für ein armseliges Waisenkind wie dich einfach, in eine Schule für Reiche zu gehen und Französisch zu reden?«

Pietro schüttelte den Kopf.

»Nein, genau. Aber du tust es trotzdem. Und auch wenn du es besser vermieden hättest, hast du doch den Sohn eines Principe zurechtgestutzt, als er dich niedermachen wollte. Und wenn ich es recht verstanden habe, dann hast du seinen Vater auch zurechtgestutzt, sonst hätte er dir kaum diese magische Kiste geschenkt.« Sie führte unter Schmerzen eine Hand unter sein Kinn und hob seinen Kopf, um ihn besser ansehen zu können. »Es ist nicht leicht, zu deinem schönen Mädchen zu gehen, nein.« Sie lächelte. »Aber es lohnt sich. Und das weißt du.« Damit ließ sie sich erschöpft zurücksinken.

Pietro sah sie an. Als sie ihn im Waisenhaus ausgesucht hatte, war er glücklich gewesen, weil er von da an jeden Tag genug zu essen hätte, weil er heiß baden könnte, wann immer er es wollte, und keine einzige Wanze mehr haben würde. Damals hatte er nicht über die alltäglichen Bedürfnisse hinausgedacht. Aber er hatte auch noch nichts über Gefühle, über das wahre Leben gewusst. Nicht mehr als eine eingesperrte Larve war er gewesen. Die Bedeutung des Wortes Freiheit hatte er nicht einmal erahnt. Er hatte keine Ahnung, was das Leben wirklich war. Und wenn er jetzt irgendeine Ahnung von irgendetwas hatte, dann hatte er das einzig und allein dieser Frau zu verdanken.

»Warum hast du das getan?«, fragte er.

»Was?«

»Warum tust du das alles für mich?« Pietro hatte sie das schon einmal gefragt, ohne eine Antwort bekommen zu haben.

»Ich tue es für mich selbst«, erwiderte Nella.

»Was heißt das?«

»Als ich eine Waise war und in deinem Alter, hat niemand so etwas für mich getan«, erklärte Nella. Ein Schleier legte sich über ihre Augen. Sie sah sich selbst ziellos durch das Waisenhaus laufen, in dem sie aufgewachsen war. Ohne Ziel, ohne jede Aussicht. »Aber wenn es jemand getan hätte, dann wäre ich jetzt vielleicht eine andere.«

»Aber du bist Contessa geworden. Steinreich«, gab Pietro zu bedenken.

»Bist du sicher, dass das wirklich ich war?«, fragte Nella traurig. »Ich weiß es nicht. Noch nicht. Aber ich fürchte, nein.«

Pietro hob die Schultern. »Weißt du, wer deine Eltern waren?«

»Nein.«

»Wie bei mir.« Kurz schwieg er. »Wüsstest du es gerne?«

»Nein. Zum Teufel mit ihnen!« Nella verzog das Gesicht zu einem Grinsen.

Da musste Pietro auch lachen. »Zum Teufel mit ihnen!«

»Uns geht es doch gut so. Allein«, sagte Nella.

Pietro schenkte ihr einen langen Blick. »Ich bin nicht mehr allein.«

»Ach, verdammt, Cavallino!«, brach es aus Nella heraus. »Warum musst du immer so einen rührseligen Blödsinn erzählen? Hör auf. Süßholz kannst du mit deinem Mädchen raspeln. Na los, geh zum Zirkus, und lass mich allein. Ich kann dieses Gerede nicht ausstehen, das weißt du doch.«

»Entschuldige«, bat Pietro beschämt.

Nella bereute ihre Worte sofort. Aber sie war noch nicht bereit, so viel Liebe in ihr Leben zu lassen. »Geh schon«, murmelte sie. Dann wandte sie sich ab. Sie musste husten und wollte nicht, dass er das Blut sah.

Aber Pietro entging es nicht. »Du bist krank …«

»Geh jetzt«, schimpfte Nella. »Es reicht.«

Pietro verließ das Haus. Er wusste, dass sie nicht böse auf ihn war. Aber er machte sich Sorgen. Auf die ein oder andere Weise würde er das Problem lösen. Albanese hatte gesagt, er würde ihm Bescheid geben, wenn etwas für ihn dabei sei. Das war jetzt schon mehr als zwei Wochen her, er musste sich in Geduld üben. Pietro fand die Vorstellung, ein Verbrechen zu begehen, furchtbar. Aber wie sollte er sonst das Geld für den Arzt auftreiben?

Seine Gedanken kehrten bald zu Marta zurück. Zu seiner Angst vor ihr. Was sollte er ihr sagen? »Ciao, ich kam gerade hier vorbei und wollte dir einen schönen Tag wünschen«? So ein Blödsinn. Wer kam schon zufällig an den Feldern hinter dem Kolosseum vorbei? Er blieb stehen. Dann plötzlich hatte er eine Idee. Er lief zurück nach Hause, holte die Fotografien, die er im Zirkus gemacht hatte, und machte sich sofort wieder auf den Weg zum Zirkus. Darüber würde er mit ihr sprechen, über die Fotos!

»He, du Laus, was hast du denn hier verloren?«

Pietro wandte sich um.

Mitten auf der Piazza in der Nähe der Via di Panìco stand Albanese. Neben ihm sein hässlicher Gehilfe.

Pietro fürchtete sogleich, er hätte ihn das Haus verlassen

sehen. Dasselbe Haus, in welches er eingedrungen war, um die Contessa zu verprügeln.

Albanese blickte ihn aus schmalen Augen an. »Haben wir uns vielleicht schonmal gesehen, bevor du in der Via Margutta aufgetaucht bist, Laus?«

»Nein«, flüsterte Pietro.

Aber da mischte sich Ghiozzetto ein. »Klar, du hast recht, Meister!«, rief er. »Der kleine Idiot stand doch vorm Laden und hat so komisch geguckt, und du hast gesagt, er soll gehen, und er is nich gegangen, und da hast du ihm eins drübergegeben und ihn angespuckt. Weißte nich mehr?«

»Möglich«, murmelte Albanese. Er blickte Pietro voller Misstrauen an, denn für einen wie ihn war es immer besser, vom Schlechten auszugehen, als es nachher heimgezahlt zu bekommen. »Und? Ist das ein Zufall, dass wir uns so oft gesehen haben in letzter Zeit?«

In diesem Moment bemerkte Ghiozzetto Nella, die sich über die Straße schleppte. »Guck mal, Meister, wer da is!«

»Die Ringdiebin, die Hure!«

Pietro durchfuhr eine Welle der Panik.

»Los, hinterher«, sagte Albanese mit einem höhnischen Grinsen. »Vielleicht stiehlt sie irgendwo noch etwas, das können wir ihr dann wieder abnehmen.«

»Guck mal, wie die immer noch hinkt«, feixte Ghiozzetto. »Der hast du's ordentlich gegeben.«

Nella hatte sichtlich Mühe zu laufen. Sie erreichte den Kurzwarenladen auf der Piazza und trat ein.

»Hab ich doch gesagt, dass die ne Schneiderin ist, Meister«, sagte Ghiozzetto.

»Eine Schneiderin mit vier Prinzessinnenringen«, brummte Albanese. »Dann bin ich auch ein echter Antiquitätenhändler. Das ist doch nur ihre Tarnung, du Idiot!«

Pietros Panik wandelte sich in Wut. Er schob die Hand in

die Tasche und unklammerte den Griff seines Messers, ohne es jedoch hervorzuholen.

Kurz darauf trat Nella aus dem Laden und schlug den Weg nach Hause ein.

»Willst du's ihr noch mal zeigen, Meister?«, feixte Ghiozzetto.

Pietro war sicher, dass Albanese Nella folgen würde. Weil es ihm Spaß machte. Weil er grausam war. Er musste ihn irgendwie ablenken. »Nein, es ist kein Zufall, dass wir uns schon gesehen haben, Albanese«, stieß er hervor.

Albanese drehte sich überrascht zu ihm, als hätte er seine Anwesenheit schon vergessen.

»Es war kein Zufall, dass ich im Vicolo della Volpe war, vor deinem Laden«, fuhr Pietro fort. »Ich …«

»Was?«, fuhr Albanese ihn aggressiv an.

»Ich wollte dich da schon fragen, ob ich nicht bei deiner Bande unterkommen kann. Du bist ja bekannt, alle kennen dich. Aber dann … dann hab ich mich nicht getraut.« Er rang sich ein Lächeln ab. »Man hat mir gesagt, dass mit dir nicht zu spaßen ist, und da hab ich mir in die Hose gemacht.«

Albanese lachte.

»Aber jetzt bin ich doch bei euch dabei, oder?«

»Ja, bist du«, gab Albanese zurück.

Pietro blickte verstohlen in Richtung Via di Panìco. Nella war im Haus verschwunden. »Aber dann habe ich meine Angst doch noch überwunden«, lächelte er.

»Jetzt hast du keine Angst mehr vor mir?«, wollte Albanese wissen.

»Jetzt, wo ich dich kenne, habe ich noch mehr Angst vor dir«, erwiderte Pietro und lockerte den Griff um sein Messer. »Deshalb wollte ich so gerne einer von euch sein. Ist immer besser, wenn man auf der Seite der Stärkeren ist, oder?«

Albanese strahlte. »Ghiozzetto, guck dir diesen Jungen hier

genau an. In spätestens zwei Jahren pustet der einen wie dich um.« Dann legte er Pietro eine Hand auf die Schulter. »Du gefällst mir, Laus. Du hast Mumm. Komm, Ghiozzetto, wir gehen jetzt zum Laden zurück.«

Pietro atmete erleichtert auf. Die Contessa war in Sicherheit, und Albanese glaubte, was er ihm aufgetischt hatte.

Albanese zog ihn zu sich heran und legte einen Arm um seinen Hals. Er drückte fest zu, als wollte er ihn erwürgen.

Aber Pietro wusste, dass es eine Umarmung sein sollte.

»Du gefällst mir, Laus«, wiederholte Albanese. »Wir machen noch große Dinge zusammen, wir beide. Ich werde dir die Gelegenheit geben.«

»Drehen wir wirklich ein Ding?«, fragte Pietro.

»Genau.« Albanese lachte kaltschnäuzig.

»Ein großes. Das gibt eine Menge Geld. Und davon kriegt jeder einen Anteil. Du auch.«

»Sehr gut!« Schließlich war das der einzige Grund, weshalb Pietro sich auf die Sache einließ. Um endlich einen Arzt bezahlen zu können. Für die Verletzungen, die Albanese selbst ihr zugefügt hatte … *Jetzt werde ich sehen, was in mir steckt*, dachte Pietro mit einem mulmigen Gefühl, denn er wusste nur zu genau, dass er jetzt nicht mehr zurückkonnte. Dann kam ihm eine Idee. »Hör mal, gibst du mir einen Vorschuss?«, wagte er sich vor.

»Ich bin keine Bank, die irgendwelchen Rotzbengeln Kredite gibt. Es ist ja noch nichts gemacht. Vielleicht erschießen sie uns ja alle.«

Da bemerkte Albanese die Fotos. Er nahm sie Pietro aus der Hand. »Was ist das?«, fragte er, während er sie durchsah.

»Fotografien …«

»Ach, nein«, spottete Albanese. »Wo hast du die her?«

»Ich hab sie gemacht.«

»Du?«, fragte er sichtlich verwundert, bevor er sich zu

Ghiozzetto umwandte. »Ich ziehe zurück, was ich vorhin gesagt habe. Wenn ich dem hier ein paar Tricks beibringe, dann pustet der dich in einer Woche um. Der kann Fotos machen! Kapierst du?«

Ghiozzetto schnitt eine Grimasse. »Wofür soll das gut sein?«

»Du bist dämlich geboren und hast nichts dazugelernt«, erwiderte Albanese. »Die Laus hier hat, im Gegensatz zu dir, etwas im Kopf. Und der Kopf ist das Wertvollste. Wertvoller als dein Drecksmesser, Idiot.«

»Der Kopf? Den stößt man sich doch nur.« Ghiozzetto lachte.

Albanese wandte sich an Pietro. »Vergiss ihn. Er ist ein Hund und wird immer einer bleiben. Einer an der Kette. Du hingegen …« Er hielt kurz inne. »Du könntest Häuser und Leute fotografieren, dann könnte ich meiner Bande ganz einfach zeigen, wen sie abpassen müssen, was sie suchen müssen, worauf sie aufpassen sollen … Du wirst mir sehr nützlich sein, Laus!«, rief er lachend. Dann entdeckte er das Bild von Marta. »Und die? Deine Freundin?«

»Nein …«

»Worauf wartest du? Nimm sie dir!« Albanese rieb das Foto obszön über seinen Hosenlatz. »Was glaubst du, was diese Lippen hier blasen können«, feixte er.

»Gib mir das Bild«, rief Pietro bestimmt.

»Oho!« Albanese reichte ihm das Foto. »Bist du sicher, dass die nicht deine Freundin ist?«

»Ja. Es ist nur … Du machst es kaputt. Das Bild.«

»Ja, ja« Albanese zwinkerte ihm zu. »Wenn du Geld willst, dann fotografier sie mal nackt. So ein Foto würde ich kaufen.« Er schlug ihm auf die Schulter, so herzlich, wie ein Gauner wie er es nur konnte. »Große Dinge werden wir zusammen machen«, sagte er noch einmal.

»Ich bin dabei«, versprach Pietro, streckte die Schultern und ging.

Fast rannte er. Mit jeder Pore seines Wesens hasste er diesen Albanese. Er hatte Nella verprügelt, sie fast umgebracht. Und jetzt hatte er auch noch Marta beschmutzt. Wo immer er seine Finger im Spiel hatte, beschmutzte er alles. Pietro nahm das Bild und wischte mit seinem Taschentuch darüber.

»Ich bringe dich um«, raunte er und spürte, wie ihn die Wut von innen auffraß. »Ich schwöre bei Gott, ich bringe dich um, du Hurensohn!«

# 29

*Ende Mai 1870*

*Kirchenstaat – Rom*

In Pietro brodelte es noch immer, als er den Zirkus erreichte. Die Wut darüber, was sich Albanese mit Martas Bild herausgenommen hatte, wollte sich einfach nicht legen. Außerdem dachte er mit Schrecken an das, was er für Albanese würde tun müssen. Er hatte sich schließlich bereit erklärt, ein Verbrechen zu begehen.

»Wisst Ihr, wo Marta ist?«

»Wie geht es der Contessa?«, fragte Melo anstelle einer Antwort.

»Nennt sie nicht so«, sagte Pietro.

»Du nennst sie doch auch so.«

»Nennt sie nicht so«, wiederholte Pietro.

»Wie geht es ihr?«

»Gut«, sagte Pietro nach kurzem Zögern.

Melo musterte ihn. »Bist du sicher?«

»Macht Euch keine Sorgen«, sagte Pietro, »ich kümmere mich um sie.«

Melo nickte, wirkte aber wenig überzeugt.

»Wo ist Marta?«, fragte Pietro noch einmal.

»Warum willst du das wissen?«

Pietro atmete tief durch. »Ich wollte ihr die Fotos zeigen, die ich hier gemacht habe.«

»Sie ist zum Café Perilli gegangen.«

»Aha. Ist da eine Versammlung?«

»Bist du auch Patriot?«, erkundigte Melo sich.

»Nein. Das alles interessiert mich überhaupt nicht. Und die anderen sind bei Weitem nicht solche Männer wie Ihr.«

»Danke.« Melo lächelte. »Du lässt wohl gar nichts an dich heran, wie?«

Pietro wandte sich abrupt ab und schluckte heftig.

»Was hat … deine Mutter?«

Pietro zuckte zusammen und verharrte mit dem Rücken zu Melo. Er dachte an Nella, die immer noch unter dem Angriff litt. Die Wut auf Albanese ließ ihn nicht los, und doch hatte er sich auf einen Handel mit ihm eingelassen. Pietro betrachtete den Alten, der ganz bestimmt das Zeug hatte, sich mit Albanese anzulegen. Aber es war nicht seine Angelegenheit. Es war eine Angelegenheit zwischen ihm und diesem Hurensohn von Albanese. Eine persönliche Angelegenheit. Trotzdem hatte dieser Mann hier ein Recht darauf zu erfahren, was geschehen war. »Wenn ich es Euch sage, behaltet Ihr es dann für Euch?«

»Warum sollte ich?«, fragte Melo.

»Weil ich es Euch sonst nicht sage.«

»Und woher willst du wissen, dass du dich auf mich verlassen kannst?«

»Weil Ihr ausseht wie einer, der sein Versprechen hält«, antwortete Pietro.

Melo nickte kaum merklich, und sofort brach es aus Pietro hervor: »Ein dreckiger Bastard hat sie zusammengeschlagen und fast umgebracht. Sie hat noch immer starke Schmerzen.«

»Wer ist dieser Bastard?«, wollte Melo wissen.

»Ich kümmere mich schon darum«, erwiderte Pietro.

Melo bedachte ihn mit einem langen Blick. »Und die Schmerzen, was ist mit denen?«

»Ich kümmere mich auch darum.«

Melo schnaubte und zwinkerte ihm dann zu. »Du kümmerst dich wohl um alles, Junge?«

»Wenn es geht, ja«, gab Pietro zurück und machte sich auf den

Weg zum Café Perilli. Eigentlich hatte er überhaupt keine Lust, diese Jungen zu treffen, die große Reden über Italien schwangen, aber nicht bereit waren, sich die Hände schmutzig zu machen. Eigentlich fand er, dass Albanese recht hatte. Im Grunde genommen waren sie doch alle nur vollgefressene Reichensöhnchen mit dicken Geldbörsen.

Aber er hatte sich nun einmal fest vorgenommen, mit Marta zu sprechen. Ihr in die Augen zu sehen. Zu begreifen, was er wirklich für sie fühlte. Er musste sie jetzt sehen und die Sache hinter sich bringen. Es aufzuschieben machte ihm nur noch mehr Angst.

Melo blickte ihm nach. Dieser Junge würde es noch weit bringen. Er durfte nur nicht vom Weg abkommen.

Das Treffen mit den Lupi war jetzt ausgemachte Sache, und Marta sollte Ludovico diese Nachricht überbringen. Es war ein historischer Schritt, und sie war dabei, war Teil davon.

Stolz betrat sie das Café Perilli, den Sack mit der Fahne unter der Jacke verborgen. Getrübt wurde ihre Freude nur durch die ständig wiederkehrenden Gedanken an Pietro.

Sie bat Ludovico nach draußen und erzählte ihm von dem bevorstehenden Treffen und ließ ihn sogar einen Blick auf die Fahne im Sack werfen. »Das ist wunderbar!«, rief er sichtlich begeistert. »Aber bevor wir es den anderen verraten, muss ich dir etwas sagen«, raunte er dann.

Marta bemerkte seine Verlegenheit.

Er nahm ihre Hände in seine. »Ich bin verliebt in dich«, brach es aus ihm heraus.

Inzwischen hatte auch Pietro atemlos das Café Perilli erreicht. Er war vom Zirkus bis nach Trastevere gerannt, ohne auch nur einmal anzuhalten.

Doch plötzlich blieb er ruckartig stehen. Als hätte man ihm einen Kübel Eiswasser übergeschüttet.

Direkt vor dem Café standen Ludovico und Marta, die Hände ineinander verschlungen.

Pietro spürte, wie ihm das Blut zu Kopf stieg. *Idiot*, dachte er, zornig und wie von Schmerzen gebeutelt. Und dieses Gefühl, das er versucht hatte zu bezähmen, alles, das er nicht hatte wahrhaben wollen, explodierte plötzlich mit voller Wucht in seinem Inneren. Er war verliebt in Marta. Jetzt wusste er es, auch wenn er nichts von der Liebe verstand. Aber er hatte sie ja schon wieder verloren. *Wie konntest du bloß so dumm sein und denken, jemand so Erbärmliches wie du könnte interessanter sein als ein Principe?*, schalt er sich. Er konnte den Blick nicht von den beiden wenden, starrte unentwegt zu ihnen hinüber. Ludovico war reich, groß, stark und vornehm gekleidet. Und Marta war einfach nur atemberaubend schön. Jetzt konnte er es sehen. Sie waren füreinander gemacht. Das perfekte Paar.

Ein tiefer Schmerz fuhr ihm ins Herz. Er drehte sich abrupt um, trat zornig einen Stein zur Seite und setzte sich in Bewegung. Er wollte nur noch weg. Nach Hause.

»Pietro!«, hörte er jemanden seinen Namen rufen.

Er brauchte nur den Bruchteil eines Augenblicks, um Martas Stimme zu erkennen. Er war wie gelähmt, musste verkraften, was er soeben gesehen hatte. Er schluckte schwer und wandte sich um.

Marta lief ihm lächelnd entgegen.

»Ich hatte schon Angst, dass wir dich nicht mehr wiedersehen würden nach dem, was in der Via Margutta passiert ist.«

Pietro starrte sie an. Sie strahlte. Sein Blick wanderte zum Caféeingang. Da stand Ludovico, aufrecht und selbstbewusst. *Das ist kein Rivale*, dachte Pietro, *das ist schlicht und ergreifend ein Gewinner*. Eilig nahm er das Foto, das er von Marta geschossen hatte, und reichte es ihr. »Da, ich wollte dir nur das Foto geben. Ich weiß nicht, was ich damit soll«, stieß er unwirsch hervor.

Es kränkte Marta zutiefst, dass er so abweisend war. Sie nahm das Bild und warf einen raschen Blick darauf. Sie wusste nicht, ob sie schön war, aber sie wusste, dass sie es in diesem Moment hatte sein wollen. Für ihn.

»Schenk es, wem immer du willst«, fuhr Pietro missmutig fort. »Ihm zum Beispiel.« Er nickte in Richtung Ludovico und versuchte seinen Schmerz hinter einem spöttischen Grinsen zu verbergen.

»Ihm?«, fragte Marta und deutete auf Ludovico. »Was hat er denn mit diesem Bild zu tun?«

»Und entschuldige, dass ich euch gestört habe«, fügte Pietro hinzu.

Da ging Marta auf, dass er sie offenbar gesehen hatte, Hand in Hand. Aber … war er etwa eifersüchtig? Schon der Gedanke daran ließ sie erröten. Vielleicht hatte Armandina doch recht. »Nein, ich …«

»Ich gehe jetzt nach Hause. Hab noch was Besseres zu tun«, meinte Pietro knapp.

»Nein!« Marta hielt ihn am Arm zurück. »Warte …«

Pietro sah sie überrascht an.

»Komm doch noch rein mit uns …«

»Eure Versammlungen interessieren mich einen Dreck«, erwiderte Pietro abweisend. Einen kurzen Moment lang hatte er geglaubt, etwas anderes in ihren Augen gesehen zu haben. Aber er hatte sich geirrt, sie wollte doch nur von ihrem Befreiungskampf reden. »Viel Spaß.« Und damit ließ er sie stehen.

Marta spürte eine tonnenschwere Last auf ihrem Herzen. Sie hätte ihm sagen müssen, dass zwischen ihr und Ludovico nichts war. Und nie etwas sein würde. Sie sah ihm nach und wusste, dass sie nicht noch einmal eine solche Gelegenheit bekommen würde. Nie wieder vielleicht. *Halt ihn auf*, sagte sie sich. Aber sie war unfähig sich zu bewegen. Als er um die Ecke verschwand, ging sie mit schweren Schritten zurück und kämpfte mit den Tränen. Warum nur musste alles so kompliziert sein?

»Du hast wegen ihm nein gesagt, oder?«, fragte Ludovico, als Marta wieder neben ihm vor dem Perilli stand. Er versuchte sich an einem spöttischen Lächeln, offenbar war das seine Art, auf Abstand zu gehen und die Enttäuschung hinunterzuschlucken. Ohne Gefühl zu zeigen.

Marta ging auf, dass er sich, im Gegensatz zu Pietro, niemals gehen lassen würde. Und auch seine unnahbare Art würde er niemals ablegen, so wurde es von ihm als Adeligem erwartet. Er durfte nicht so sein wie jemand aus dem Volk. Und in diesem Moment wurde Marta klar, dass sie genau das an Pietro liebte: dass er ein einfacher Junge aus dem Volk war.

»Gehen wir rein?«, fragte Ludovico, als ob nichts gewesen wäre.

Marta nickte und betrat das Café.

»Capitano Melo hat eine Zusammenkunft mit den Lupi angesetzt«, verkündete sie.

»Jetzt beginnt eine neue Ära für Rom«, fügte Ludovico hinzu.

Die Mitglieder des Komitees der Jugend zur Befreiung Roms klatschten.

»Aber vorher möchte Marta euch noch etwas zeigen«, rief Ludovico und wandte sich ihr mit einem so förmlichen und geübten Lächeln zu, dass selbst sie es für ehrlich hielt. »Etwas zutiefst Symbolisches, ein gutes Omen. Bitte«, forderte er sie auf.

Aber Marta war mit ihren Gedanken bei Pietro. Wo er jetzt wohl war? Vielleicht würde sie ihn nie wiedersehen! Und während alle erwartungsvoll um sie herumstanden, fasste sie den Entschluss, ihn zu suchen. Erzählte sie nicht ständig, dass sie bereit sei, für Rom zu sterben? Aber Pietro sagen, was sie für ihn empfand, das konnte sie nicht? Sie konnte nicht für ihre Liebe kämpfen? Ihr Blick fiel auf Ludovico. Nein, so wie er war sie nicht, sie war anders. Sie würde schreien und sich die Haare ausreißen, wenn das nötig wäre. Denn sie war eine aus dem Volk.

»Worauf wartest du noch?«, drängte Ludovico.

Marta zog den Sack hervor, öffnete ihn, nahm die Fahne heraus und schwenkte sie.

Nachdem Pietro um die Ecke gebogen und sicher war, dass Marta ihn nicht mehr sehen konnte, fiel er buchstäblich in sich zusammen. Er hockte sich hin und schlang die Arme um seinen Körper, als könnte er Schmerz und Wut so zurückhalten.

»Alles in Ordnung, Junge?«, sprach ihn ein Mann an.

»Kümmere dich um deinen eigenen Dreck!«, fuhr Pietro auf. Und so fand die Wut ihren Weg nach außen, dank dieses freundlichen Herrn, der sich Sorgen machte. Der Mann wirkte eher verblüfft als gekränkt. »Entschuldigt, Signore«, bat Pietro, und seine Augen füllten sich mit Tränen. Womit nun auch der Schmerz seinen Weg nach außen fand.

»Brauchst du Hilfe?«, wollte der Mann wissen.

»Nein, Signore«, sagte Pietro weinend und sah dem davongehenden Mann hinterher.

Er atmete tief durch in dem Versuch, sich zu beruhigen. Er wusste nicht, wie er eine Ablehnung aufgenommen hätte – vorausgesetzt, er hätte sich getraut, Marta seine Liebe zu gestehen. Vielleicht wäre das genauso gewesen, und es hätte ihn genauso zerrissen. Aber sie so zu sehen, Hand in Hand mit Ludovico, hatte ihn mehr verletzt, als er ertragen konnte.

*Du bist nur ein armseliges Waisenkind*, sagte er sich und legte all seine Abwertung in diesen Gedanken. *Und die Contessa hat keine Ahnung vom Leben, auch wenn sie wer weiß wie tut*, schrie es in seinem Kopf.

Er strich sich mit einer Hand über die Brust. Nicht, um den Schmerz zu lindern, es war vielmehr ein unbewusster Versuch, einen selbstzerstörerischen Drang zu bezwingen, den Drang, sich Leid zuzufügen, der mit aller Kraft in sein Bewusstsein vorzurücken versuchte. *Tu es*, sagte dieser Drang. *Geh zurück und beob-*

*achte sie. Wie glücklich sie sind. So lange, bis du nicht mehr kannst.* Er wusste, dass es falsch war, aber er konnte sich nicht dagegen wehren. Vielleicht konnte nur der Schmerz ihm helfen, die Wahrheit zu akzeptieren.

Pietro erhob sich schwerfällig. Doch Marta und Ludovico standen nicht mehr turtelnd vor dem Café, sie mussten hineingegangen sein. Er wusste, dass der abgetrennte Raum ein kleines Fenster zur Seitenstraße hatte. Von dort aus würde er sie beobachten. Würde sehen, wie sich ihre Blicke suchten. Wie sie sich zulächelten. Er würde alles sehen, bis er Marta vergessen konnte. Oder sterben würde.

Er schlug einen großen Bogen um den Caféeingang und spähte durch das Seitenfenster: Marta und Ludovico standen in der Mitte der jungen Leute. Sie lächelten. Und Marta schwenkte eine zerschlissene Fahne.

Der Schmerz traf Pietro genauso, wie er es gehofft hatte.

In diesem Moment war lautes Hufgetrappel zu vernehmen. Pietro verließ seinen Posten und blickte vorsichtig in die große Hauptstraße, wo gerade ein Dutzend französischer Soldaten auf Befehl ihres Offiziers von den Pferden stiegen. *»Allons-y!«*

*Gehen wir*, übersetzte Pietro. Das konnte nur eines bedeuten: Sie wollten die Versammlung sprengen und das Befreiungskomitee verhaften!

Pietro handelte, ohne nachzudenken. Er hastete zurück zum Fenster, schlug es ein, streckte einen Arm durch, drehte den inneren Griff und öffnete es ganz. Dann sprang er hinein, ohne auch nur einen Moment zu zögern, während vom Eingang schon die erregten Stimmen des Besitzers, des französischen Offiziers, der Kunden und der sich Zutritt verschaffenden Soldaten zu hören waren. Rasch breitete sich eine Welle der Panik im Raum der Verschwörer aus.

»Komm!«, rief Pietro Marta zu, die ihn überrascht ansah. Er umschlang sie und hob sie hoch, getrieben von seinem einzigen

Gedanken: sie zu retten. Er trug sie zum Fenster und setzte sie auf das Fensterbrett. »Spring!«, befahl er.

»Die Fahne!«, rief Marta und streckte den Arm aus.

Pietro sah sich um. Die Fahne lag auf dem Boden, mitten im Raum. »Jetzt spring schon!«, schrie er, dann lief er zurück.

Die Soldaten betraten den Raum. Einige der Jungen stürzten, andere stolperten über sie in dem Versuch, den französischen Soldaten zu entkommen. Ein Soldat kämpfte mit Ludovico.

Pietro griff nach der Fahne – und genau in diesem Moment wurde er gepackt. Der Griff des französischen Offiziers war fest.

Pietro begegnete seinem Blick. Er hatte blaue Augen. Entschlossen, aber nicht kalt. Sehr kurze Haare, hell wie Weizen.

»Wo willst du hin?«, fragte der Offizier mit französischem Akzent.

Pietro senkte den Kopf und biss ihm in die Hand. Er schmeckte Blut, der Offizier schrie auf und ließ ihn los.

Pietro rannte los, kam aber kaum voran, denn der Offizier hatte das andere Ende der Fahne gepackt. Pietro zog mit all seiner Kraft und spürte, wie der Stoff riss. Dann sprang er aus dem Fenster, nahm Martas Hand, und sie rannten so schnell sie konnten davon.

Jetzt waren noch weitere Stimmen zu hören. Es waren die Bewohner von Trastevere, die nun Stimmung gegen die Franzosen machten. »Bastarde!«, »Freiheit für Rom!«, »Lasst die Jungen gehen!«, »Feiglinge!«, riefen sie wild durcheinander.

Pietro und Marta bogen in die Via Longareta ein, vorbei an Müll, um den sich niemand kümmerte, liefen durch eine enge Gasse und kamen schließlich auf der Piazza Santa Maria in Trastevere zum Stehen, ihre Hand immer noch fest in seiner.

Atemlos.

Pietro blickte sich wachsam um. Es sah nicht so aus, als wäre ihnen jemand gefolgt, trotzdem zog er Marta zur Kirche, der die Piazza ihren Namen verdankte, tief hinein in eine Ecke der Vorhalle am Eingang.

Keuchend sahen sie sich an, ohne ihre Hände loszulassen.

Pietro senkte den Blick auf die Fahne und bedeutete Marta, dass ein Stück fehlte. »Entschuldige, tut mir leid …«

Da beugte sich Marta zu ihm und küsste ihn.

Und als Pietro Martas Lippen auf seinen spürte und ihm das Herz bis zum Hals klopfte, war sein einziger Gedanke, dass er noch nie zuvor ein Mädchen geküsst hatte. Aber nur einen Moment lang. Dann hörte er auf zu denken und gab sich diesem Kuss hin. Hungrig und leidenschaftlich.

Mit Tränen in den Augen drückte Marta sich an ihn. Ganz fest.

Sie hatte solche Angst gehabt, ihn zu verlieren.

# 30

*Ende Mai 1870*

*Kirchenstaat – Rom*

»*Monsieur Beltrame, êtes-vous avec nous ou non?*«, erkundigte sich Lehrer Lamorgue spöttisch.

Martas strahlendes Bild vor Augen, sah Pietro aus dem Fenster. Ein seliges Lächeln lag auf seinen Lippen, die noch brannten von ihren Küssen. Auf frischer Tat ertappt, streckte er den Rücken durch und versuchte, einen aufmerksamen Eindruck zu machen. »*Oui, bien sûr, Monsieur le professeur. Je suis là*«, antwortete er.

»Euer Französisch wird besser«, bemerkte Lamorgue. »Eure Fähigkeit, mich zum Narren zu halten, jedoch nicht. Nehmt Euch in Acht.«

»*Oui, Monsieur le professeur*«, gab Pietro zurück. Doch sobald der verhasste Lehrer den Unterricht wieder aufnahm, wanderten seine Gedanken zurück zu Marta, zurück in die Dunkelheit der säulengesäumten Vorhalle von Santa Maria in Trastevere, zurück dahin, wo alles seinen Anfang genommen hatte. Wo er das Paradies fand. Wo das Leben plötzlich unglaublich schön wurde. Das selige Lächeln legte sich wieder auf sein Gesicht, und sein Blick glitt erneut ins Leere.

Es war alles so wunderbar, dass er sich auch ein bisschen weniger fürchtete vor der Sache mit Albanese. Der Sache, für die er Geld bekommen würde, um einen Arzt für die Contessa zu bezahlen. Andererseits hatte er jetzt viel mehr zu verlieren. Plötzlich, zumindest kam es Pietro so vor, hallte die Glocke durch die

Klassenzimmer und kündigte das Ende des Schultages an. Eilig standen die Schüler auf, Stühle scharrten über den Boden.

»*Doucement! Le betail!*«, schimpfte Lamorgue.

Aber der Großteil der Klasse stand schon am Ausgang.

Pietro war einer der Letzten, doch bevor er das Klassenzimmer verlassen konnte, sprach Lamorgue ihn an. »Es scheint, als hielte jemand eine schützende Hand über Euch«, zischte er. »Was mich bedauerlicherweise davon abhält, Euch in aller Öffentlichkeit als Affe zu bezeichnen.« Er packte ihn am Arm. »Aber ich werde Euch im Auge behalten. Verlasst Euch darauf!«

Pietro blickte ihm ins Gesicht, ohne nennenswerte Zeichen von Respekt oder Ehrfurcht. »Nehmt Eure Hände weg,« sagte er schlicht.

Die Wut trieb Lamorgue das Blut ins Gesicht, aber ihm blieb nur, Pietro loszulassen. »Ich kann Euch nicht leiden, und das wird sich nicht ändern.«

*Ich kann dich auch nicht leiden, du Dreckskerl*, dachte Pietro. »Darf ich jetzt gehen?«

»Ja. Ihr dürft«, erwiderte der Lehrer missbilligend.

*Idiot*, dachte Pietro und verließ den Klassenraum. Und schon im nächsten Moment wanderten seine Gedanken zu Marta zurück. Sie hatten sich für den Nachmittag am Kolosseum verabredet, würden Hand in Hand durch das Amphitheater spazieren. Aber vor allem würden sie sich wieder küssen. Immer wieder, bis in die Unendlichkeit.

»*Ciao*«, verabschiedete er sich lächelnd vor der Schule von Ludovico.

Der aber nickte ihm nur kühl zu und wandte sich dann wieder der Gruppe von Schülern zu, mit denen er sich im Café Perilli traf. Offensichtlich redeten sie über den Vorfall mit den französischen Soldaten. Ihr erster Kampf, wenn man so sagen konnte. Und die meisten von ihnen hatten sich dabei nicht gerade mit Ruhm bedeckt.

Aber Pietro war klar, dass Ludovico ihn nicht wegen des Gesprächs mit den anderen Jungen mied. Es gab vielmehr einen persönlichen Grund dafür: Er wusste über ihn und Marta Bescheid. Und an seiner Stelle hätte Pietro sich genauso verhalten. Marta hatte Pietro erzählt, warum Ludovico ihre Hand gehalten hatte. Und wenn Ludovico wirklich in Marta verliebt war, konnte Pietro sich gut vorstellen, wie er sich fühlte. Nämlich so wie er, als er sie vor dem Café gesehen hatte. Nur, dass er und Marta sich kurze Zeit später küssten. Nicht Ludovico und Marta. Er blickte noch einmal zu ihm, doch Ludovico hatte ihm immer noch den Rücken zugewandt.

Pietro machte sich auf den Heimweg, denn er wollte sich vor dem Treffen mit Marta noch schnell waschen und kämmen. *Ich habe einen Freund verloren*, dachte er enttäuscht.

Doch schon nach einigen Dutzend Metern kam ihm ein französischer Offizier entgegen. Pietro erkannte ihn sofort: Es war der Mann, dem er im Perilli in die Hand gebissen hatte. Diese steckte nun in einem dicken Verband. Mit angehaltenem Atem und gesenktem Kopf ging Pietro an ihm vorbei. Dann beschleunigte er seine Schritte.

»He, du«, war kurz darauf die Stimme des Offiziers zu hören.

Pietro ging noch ein wenig schneller.

»Stehen bleiben, im Namen des Gesetzes!«

Pietro drehte sich wider besseren Wissens um, ohne das Tempo zu verringern.

Der französische Offizier zeigte mit der verbundenen Hand auf ihn und schrie: »Halt!«

Pietro rannte los und bog mit hämmerndem Herzen blitzschnell in eine enge Gasse. Ein Blick über die Schulter verriet ihm, dass der Offizier die Verfolgung aufnahm.

So schnell er konnte, rannte er die Gasse hinunter. Doch an der nächsten Ecke war der Offizier ihm immer noch auf den Fersen. Weder gewann noch verringerte er den Abstand.

Pietro versuchte, im Gewimmel zwischen den Ständen eines kleinen Marktes unterzutauchen. Er schubste, warf einen Obstkorb um, ein Händler riss ihn drohend am Arm. Pietro bemerkte entsetzt, dass der Offizier näher kam, und versetzte dem Händler einen Schlag. Dann rannte er weiter, ungeachtet der Verwünschungen, die man ihm hinterherrief.

Aber auch im Gewirr der Stimmen glaubte er, die Schritte des Offiziers näher kommen zu hören. Wenn er ihn erwischte, war er verloren.

»Haltet ihn!«, rief der Offizier.

Ein großer, kräftiger Händler mit einer Kiste Kartoffeln in den Händen baute sich vor Pietro auf.

Der rannte mit gesenktem Kopf auf ihn zu, entschlossen, sich nicht aufhalten zu lassen.

Doch kurz vor dem Zusammenprall trat der Händler einen Schritt zur Seite und feuerte ihn an: »Lauf, Junge!«

Pietro flog förmlich an ihm vorbei. Wieder warf er einen Blick über die Schulter – und sah in diesem Moment den Händler stolpern. Die Kiste entglitt ihm und Kartoffeln rollten kreuz und quer über den Boden, gerade in dem Moment, als der Offizier ihn erreichte. Der Offizier stürzte, rappelte sich aber wieder auf.

»Ihr Drecksfranzosen!«, schrie der Händler.

Und im Nu hatte die Menge den französischen Offizier umringt und schimpfte auf die Besatzungsmacht.

»Freiheit für Rom!«, rief einer.

Und dann, kurz bevor er den Markt hinter sich ließ, hörte Pietro einen Schuss durch die Luft pfeifen. Die Menge stob auseinander und der Offizier, mit der Pistole in der Hand, nahm die Verfolgung wieder auf.

Aber jetzt hatte Pietro einen großen Vorsprung.

Er bog in eine kleine Straße, dann in eine weitere und in wieder eine. Als er das Plätschern des Trevi-Brunnens hörte, bemerkte er, dass er einmal im Kreis um die Schule gelaufen war.

»Erwischt!«, sagte da eine Stimme und jemand packte ihn.

Pietro war außer Atem, der Schweiß lief ihm in Strömen über das Gesicht, aber er war bereit zu kämpfen und hob die Faust.

»Bleib stehen, du Idiot!«, sagte eine andere Stimme.

Jemand zog ihn in einen dunklen Eingang und stieß ihn dort mit den Schultern an die Mauer. »Ich bin's!«, zischte Ludovico. »Still!«

Pietro starrte ihn überrascht an.

»Ihr beiden, raus hier«, befahl Ludovico zwei anderen Jungen.

Pietro erkannte in ihnen zwei Mitschüler, die auch in der Gruppe vom Perilli waren.

»Leise«, wiederholte Ludovico und zog Pietro in eine Ecke, während die beiden Jungen vor dem Tor so taten, als würden sie sich balgen.

»Habt ihr hier einen Jungen vorbeilaufen sehen?«, hörte er die Stimme des Offiziers. Der französische Akzent war unverkennbar.

»Wie bitte?«

»Ein Junge, er ist auf der Flucht.«

»Hier ist niemand vorbeigekommen«, sagte einer der beiden.

Der Offizier stieß hörbar die Luft aus. »*Merde*!«

»Können wir Euch helfen, Signore?«, fragte einer der Jungen.

»Nein …«, keuchte der Offizier, und noch einmal rief er: »*Merde!*«

Nach einer Weile beugte Ludovico sich vor.

»Er geht«, flüsterte einer der beiden Jungen und bedeutete ihnen mit erhobener Hand, noch zu warten. »Er redet … mit Lamorgue.«

Die darauffolgende Stille war zum Zerreißen gespannt.

»Er beschreibt Pietro«, berichtete der Junge weiter. »Groß, mager, die Strähne, verdammter Mist!«

Pietro keuchte auf.

»Verdammt!«, stieß der Junge hervor.

»Was ist?«, wollte Ludovico wissen.

»Der Dreckskerl nickt ... Und jetzt nimmt Lamorgue ihn mit in die Schule.«

Pietros Kehle war wie zugeschnürt.

Ludovicos Blick spiegelte seine Sorge. »Der verrät dich«, sagte er.

»Sie sind jetzt drinnen«, sagte einer der Jungen. »Die Luft ist rein.«

Ludovico zog Pietro am Arm aus dem Eingang und lief eilig mit ihm die Straße hinunter.

»Du kannst jetzt nicht nach Hause gehen«, sagte er, als sie weit genug von der Schule entfernt waren. »Komm mit, du kannst bei mir bleiben. Ich sage meinem Vater, dass wir zusammen lernen müssen.«

Pietro sah ihn verblüfft an. »Warum tust du das?«

»Weil es unter uns so üblich ist«, erwiderte Ludovico.

»Aber ich gehöre doch gar nicht zu euch ...«

»Gehörst du doch«, lächelte Ludovico matt. »Spätestens jetzt.« Er klopfte ihm auf die Schulter. »Und nun hau ab, bevor Offizier Beras wieder rauskommt.«

»Du kennst ihn?«, erkundigte sich Pietro.

Ludovico wandte verlegen den Blick ab. »Geh schon.«

Pietro setzte sich in Bewegung, blieb aber nach wenigen Schritten stehen. »Ludovico ... ich wusste nicht, dass ...«

»Schon gut«, unterbrach Ludovico ihn. »Ich bin nicht wütend auf dich.« Er stieß einen tiefen Seufzer aus. »Auf Marta auch nicht, aber ...«

»Es tut weh, ich weiß«, sagte Pietro.

»Können wir uns auf etwas einigen?«, schlug Ludovico unwillig vor. »Lass uns einfach nicht darüber sprechen. In Ordnung?«

»Ja, entschuldige.« Pietro trat von einem Fuß auf den anderen. »Eine Sache noch.«

»Was?«

»Ich muss meiner Mutter Bescheid sagen.«

»Das mache ich für dich. Du kannst jetzt nicht nach Hause.«

»Und … also, wir wollten ja eigentlich nicht mehr darüber sprechen, aber …« Pietro wand sich.

»Ich hab's verstanden«, warf Ludovico ein. »Du wolltest dich mit Marta treffen? Triff dich mit ihr und komm danach zu mir. Die werden schon kein Kopfgeld auf dich aussetzen. Sie werden zu dir nach Hause gehen und es dann gut sein lassen.« Er schien sich seiner Sache sicher. »Aber wie du das mit der Schule geregelt bekommst, weiß ich auch nicht …«

»Die Schule ist mir egal!«, rief Pietro zornig. »Mich, mich interessiert dieser ganze Rom-Mist überhaupt nicht. Aber ich bin der, den sie drankriegen. Verdammt!«

»Herzlich willkommen in unserer Welt«, meinte Ludovico. »Verstehst du jetzt, was es heißt, unter einem Diktator wie dem Papst zu leben, mit einer fremden Besatzungsmacht in deiner eigenen Stadt?«

»Kann mir doch egal sein.«

»Jetzt wohl nicht mehr«, stellte Ludovico trocken fest. »Wir essen um halb sieben. Mein Vater legt Wert auf Pünktlichkeit.«

»Danke … Du bist ein wahrer Freund, Ludovico.«

»Nein«, wehrte der junge Principe ab. »Ich bin Kamerad im Kampf um Rom. Sonst nichts. Das würde ich für jeden tun.«

Pietro sah etwas Dunkles in seinem Blick aufblitzen.

»Wir beide, wir sind keine Freunde«, stellte der junge Principe klar. »Kapiert?«

# 31

*Ende Mai 1870*

*Kirchenstaat – Rom*

Als bei Nella mit Gewalt an die Tür gehämmert wurde, wusste sie dank Ludovicos Nachricht sofort, um was es ging. Deshalb ließ sie sich Zeit mit dem Öffnen.

Vor ihr stand ein französischer Offizier, etwa in ihrem Alter, und zwei Soldaten. »Nella Beltrame?«, verlangte der Offizier zu wissen.

»Und Ihr seid wer?«, fragte Nella zurück, ohne auch nur einen Zentimeter zu weichen.

»Henri Beras, Leutnant des Zuavenregiments im Dienst seiner päpstlichen Hoheit Pius IX.«, ratterte der Offizier mit militärischer Exaktheit herunter. »Und jetzt lasst uns ein.«

Nella trat zur Seite.

»Durchsucht alles«, befahl Leutnant Beras den beiden Soldaten.

»Damit Eure Männer sich nicht überanstrengen: Wenn Ihr mir sagt, was Ihr sucht, kann ich Euch vielleicht helfen«, sagte Nella.

»Wo ist Euer Sohn, Pietro Beltrame?«, wollte Beras wissen.

»Nicht hier«, erwiderte Nella.

»Ist das alles?«, fragte Beras.

»Ich habe Eure Frage beantwortet.«

»Signora Beltrame«, sagte Beras, »ich bin darüber im Bilde, dass Euer Sohn das Collegio Poli besucht. Glaubt Ihr, dass ich ihn ohne Eure Hilfe nicht finden werde, wenn ich es möchte?«

»Darf ich Euch eine Frage stellen, Leutnant Beras?«

»Bitte, Madame.«

»Eigentlich sind es zwei. Die erste lautet: Warum sollte ich euch *helfen*? Ihr seid ein fremder Soldat, der eine Stadt verteidigt, auf die ihr Franzosen keinerlei Recht habt. Die zweite lautet: Meint Ihr nicht, dass man einer Mutter den Grund dafür nennen sollte, dass Soldaten nach ihrem Sohn fahnden?« Nella sah ihn herausfordernd an.

Beras' blaue Augen verengten sich. »Ich werde Euch nur die zweite Frage beantworten: Euer Sohn wird gesucht, weil er Teil einer revolutionären Gruppe ist, die gegen den Kirchenstaat operiert. Ich habe ihn persönlich im Café Perilli gesehen und hätte ihn sofort verhaftet, wenn er nicht geflohen wäre.«

»Meinen Sohn und mich interessieren weder der Kirchenstaat noch das Königreich Italien«, erklärte Nella. »Mein Sohn ist kein Revolutionär.«

»Er war bei einer revolutionären Versammlung anwesend«, sagte Beras. »Welche Schlüsse lässt das zu?«

»Dass er im falschen Moment am falschen Ort war.«

Der Leutnant zeigte ihr seine Hand, deren Verband an den Innenflächen rote Stellen aufwies. »Das ist sein Werk, er hat mich gebissen«, sagte er. »Wäre er kein Revolutionär, hätte er mich kaum gebissen, sondern sich eher festnehmen lassen in der Annahme, seine Unschuld vor der Justiz beweisen zu können.«

»Leutnant Beras«, sagte Nella lächelnd, »wenn er schwachsinnig wäre, dann hätte er sich sicher verhaften lassen. Und wenn er besonders schwachsinnig wäre, dann hätte er auch Vertrauen in Eure Justiz.«

»Ihr erlaubt Euch, die Justiz des Kirchenstaates anzuzweifeln?«, blaffte Beras.

Nella hielt seinem Blick stand, als sie unvermittelt fragte: »Habt Ihr noch mehr gefährliche Revolutionäre in diesem Café identifizieren können?«

»Nein.«

»Auch nicht im Collegio Poli?«, erkundigte sich Nella. »Nur den Sohn einer Hungerleiderin wie mir?« Sie funkelte ihn an und sah in seinen Augen die ersten Anzeichen von Verlegenheit aufblitzen. »Keinen Sohn von mehr oder weniger hochrangigen Persönlichkeiten … den eines Principe vielleicht?«

»Nein«, antwortete Beras kraftlos. Nahezu resigniert.

»Und selbst wenn Ihr so jemanden identifiziert hättet, dann würdet Ihr ganz sicher nicht seinen Vater besuchen, oder irre ich? Schließlich ist er ja Principe.«

Der Leutnant war jetzt sichtlich beschämt.

»Da ist es schon einfacher, bei einer wie mir zu klopfen«, stellte Nella fest. »Und dann redet Ihr auch noch von Gerechtigkeit.«

Der Leutnant errötete. Er wandte sich an die beiden Soldaten und sagte etwas auf Französisch, worüber sie dreckig lachten.

»Ihr meint also, Ihr könntet mir einen besseren Grund geben, in Wallung zu geraten, als meine kleinen mütterlichen Belanglosigkeiten?«, übersetzte Nella seine Worte, ohne ihn aus den Augen zu lassen. »Wenn ich Euch einen Rat geben darf, Leutnant: Ihr solltet nicht davon ausgehen, dass eine einfache Schneiderin kein Französisch versteht. Was aber viel wichtiger ist: Ihr solltet Eurer Uniform Ehre erweisen.«

Der Leutnant holte tief Luft, schien aber Schwierigkeiten zu haben, sie wieder auszustoßen. Stammelnd versuchte er, sich zu erklären. »Verzeiht … Das sollte eine Art Kompliment sein … an Eure Schönheit.«

Nella blickte ihm direkt ins Gesicht. »Um in Eurem Jargon zu bleiben: Ein solches *Kompliment* könnt Ihr Euch sonst wohin stecken«, versetzte sie, »dann seid Ihr vielleicht derjenige, der in Wallung gerät.«

*»Sortez de cette maison! Vite!«*, blaffte der Leutnant die beiden unschuldigen Soldaten an, die sich rasch zum Ausgang begaben, wohin er ihnen kleinlaut folgte.

Nella schob den Riegel vor die Tür, da das Schloss noch immer von Albaneses Tritten kaputt war, und sackte sofort in sich zusammen. Dieses Theater hatte sie viel Kraft gekostet.

Etwa eine Viertelstunde später, als sie sich gerade ein wenig erholt hatte, klopfte es erneut. Sie hatte keine Ahnung, wer das sein konnte, und als sie die Tür öffnete, sah sie sich Leutnant Beras gegenüber. »Was wollt Ihr noch?«

Der Offizier hielt einen Blumenstrauß in der Hand und blickte betreten zu Boden. Dann schien er sich zu fassen und hob den Kopf. »Ich habe etwas sehr Unschönes gesagt«, brachte er hervor. »Ob Ihr es glaubt oder nicht, normalerweise drücke ich mich anders aus …«

Nella sah ihm an, wie schwer ihm die Worte fielen.

»Meine Soldaten halten mich für schwach … denn ich bin weder kriegsbegeistert noch glücklich mit meiner Stellung hier in Rom«, stieß Beras in einem Atemzug hervor. »Und ich versuche, ihnen etwas anderes vorzumachen. Was mir offenbar nicht besonders gut gelingt. So wie vorhin.«

Nella war zutiefst erstaunt über dieses Geständnis und sah ihn nun mit ganz anderen Augen. Wer rückte sich schon selbst freiwillig in ein so unbarmherziges Licht? »Dass Ihr so geradeheraus die Wahrheit sagt, ist mehr wert als Eure Entschuldigung oder Eure Blumen«, befand sie, sichtlich berührt.

»Ich bitte Euch trotzdem, sowohl meine Entschuldigung als auch die Blumen anzunehmen.«

Nella nahm die Blumen und trat zur Seite. »Kommt herein.«

Beras betrat die Unterkunft.

Erst in diesem Moment bemerkte Nella seine blauen Augen und sein weizenblondes Haar. Und ertappte sich erstaunt bei dem Gedanken, dass er ein wirklich schöner Mann war.

Leutnant Beras senkte den Blick, denn er hatte große Mühe, diesen veilchenblauen Augen standzuhalten. »Madame«, er räusperte sich. »Ich werde Euren Sohn nicht verhaften. Ihr habt mein Wort.«

Nellas Gedanken rasten. Was passierte da? Ihr Schutzwall würde doch nicht wegen eines armseligen Blumenstraußes ins Wanken geraten? Oder wegen eines Geständnisses, das niemand verlangt hatte? Die Antwort machte ihr Angst, und sie versuchte, sich auf Beras' Worte zu konzentrieren.

»Jedoch möchte ich Euch raten, auf Euren Sohn achtzugeben«, fuhr Beras fort. »Viele fangen als Patrioten an und werden schnell zu Terroristen. Politiker und Kriminelle haben keinerlei Skrupel, sie für ihre Interessen einzunehmen. Und bei den Jungen haben sie leichtes Spiel.«

»Ich danke Euch, Leutnant«, erwiderte Nella mit einem Kloß im Hals. »Aber ich halte meinen Sohn sowohl von Klerikern als auch von Dienern des Königreichs Italien fern. Für beide habe ich nicht das Geringste übrig.«

»Ihr steht nicht auf Seite der Italiener, obgleich Ihr Italienerin seid. Auch nicht auf der des Papstes, obgleich Ihr Christin seid. Auf welcher Seite steht Ihr?«, erkundigte sich Beras.

»Was wollt Ihr hören? Dass ich nur auf meiner eigenen Seite stehe?«

»Das ist die einzige Möglichkeit. Ihr befindet Euch in einer Sackgasse.« Beras wandte immer wieder den Blick ab, nur um ihn erneut auf Nella zu richten, auf ihre veilchenblauen Augen, die ihn anzogen wie Magnete.

»In einer Sackgasse ist hier nur einer, und zwar ein französischer Leutnant«, meinte Nella eine Spur zu abweisend, denn sie spürte, wie sie schwach wurde. »Sowohl außerhalb von Rom als auch innerhalb sind alle Italiener. Schon Euer Ansatz ist falsch. Aber jemand wie Ihr kann das natürlich nicht verstehen, jemand, der zu einer der vielen fremden Mächte gehört, die unser Land tyrannisiert haben in der Überzeugung, es wäre ihr Eigentum. Aber dies ist noch nicht meine Antwort. Ich bin weder auf Seite der Italiener innerhalb Roms noch auf Seite derer außerhalb. Und das nicht etwa, weil ich mich nur für meinen eigenen Dreck interessierte, sondern weil ich auf der Seite der Gerechtigkeit stehe. Der momentan weder die einen noch die anderen angehören«, stieß sie hervor, ohne den Blick von ihm zu wenden. Wieder kam ihr der Gedanke, was für ein schöner Mann er doch war. Aber alles in ihr wehrte sich dagegen, und deshalb attackierte sie ihn weiter: »Und einer wie Ihr, der hierherkommt und sich aufführt, als wäre er etwas Besseres, hat die Gerechtigkeit auch nicht gepachtet.«

Auch Beras versuchte, sein Inneres hinter harschen Worten zu verbergen. »Für diese Worte könnte ich Euch verhaften.«

»Damit beweist Ihr nur, dass ich recht habe.« Nella gab sich alle Mühe, überheblich zu lächeln.

Beras senkte den Kopf. Es fiel ihm sehr schwer, Nella anzusehen.

»So ist es schon besser.«

Der Leutnant errötete. Er war außerstande, dieser Frau etwas entgegenzusetzen. Und er verspürte auch nicht die geringste Lust, mit ihr zu streiten. Ganz im Gegenteil. Er mahnte sich, zu gehen. Und zwar schnell. Stattdessen redete er weiter. »Unsere Welt ist falsch, und ich wünschte, sie wäre anders. Ich wünschte, wir wären keine Marionetten in den Händen weniger Mächtiger. Aber das ist bloß eine Utopie.«

Nella war überrascht. Nicht viele Menschen, auf jeden Fall von denen, die ihr begegnet waren, waren so entwaffnend ehrlich und schluckten ihren eigenen Stolz hinunter, wie dieser Mann es tat. *Du bist alles andere als schwach*, dachte sie voller Bewunderung. *Was passiert da mit mir*? Sie erschrak, denn tief in ihrem Inneren hatte sich unwiderruflich etwas eingenistet, etwas Unaufhaltsames. Sie trat einen Schritt auf ihn zu und legte die Hand auf seinen Jackenaufschlag. »Wollt Ihr Eure Jacke nicht ausziehen?«

Beras starrte sie an. Was tat diese Frau da? Wollte sie etwa, dass er sich auszog? Sein Blick wanderte zu ihrem Mund, ihrem weichen, unwiderstehlichen Mund. Er machte einen Schritt auf sie zu, ihre Lippen waren jetzt nur noch eine Handbreit voneinander entfernt. Langsam neigte er den Kopf.

Nella spürte seinen warmen Atem. Seinen angenehmen Geruch von Tabak, Cognac und Vetiver. Sie schreckte zurück, als blicke sie plötzlich in einen Abgrund. »Euer Abzeichen an der Schulter löst sich«, sagte sie mit rauer Stimme. »Da ich ja Schneiderin bin, könnte ich es Euch doch annähen.«

Beras errötete. *Was hast du dir nur gedacht, du Idiot?*, schalt er sich. »Ja … ja sicher.« Er zog die Jacke aus.

Nella setzte sich auf ihre Bank, an der immer ein Öllämpchen brannte, weil es sonst zu dunkel war im Souterrain, und nähte rasch das Abzeichen wieder fest. Sie hoffte, dass Beras das Zittern ihrer Hände nicht bemerkte.

»*Merci*«, dankte er und nahm die Jacke wieder an sich.

»Das macht einen Dukaten«, sagte Nella ernst.

Beras errötete erneut und stammelte etwas, während er seine Taschen durchsuchte.

Da lachte Nella laut auf. »Ich scherze doch nur!« Sie schenkte ihm einen langen Blick. »Ich hoffe, in der Schlacht seid Ihr nicht so schüchtern. Sonst werde ich Euch wohl nicht wiedersehen.« Und wieder lachte sie.

»Ihr möchtet mich wiedersehen?«, rutschte es Beras heraus.

»Ihr seid ein guter Soldat. Davon gibt es nicht viele«, stieß Nella ernst hervor, auch wenn ihr beide Sätzen nicht leicht über die Lippen kamen.

Beras konnte seinen Blick nicht von ihr wenden. Und Schweigen konnte er auch nicht. »Ich wollte gar kein Soldat werden. Eigentlich wollte ich Verleger werden. Aber in meiner Familie sind alle Soldaten. Es ist eine Familientradition. Oder vielleicht eher … eine Pflicht.«

Nella entging die Traurigkeit in seiner Stimme nicht. »Sind sie alle gestorben?«

»Ja.«

Auch Nella konnte ihren Blick nicht von seinen klaren blauen Augen abwenden. Und schweigen konnte auch sie nicht. »Ihr könntet doch eine Ausnahme sein.«

Beras war verlegen. Wie konnten zwei völlig Unbekannte sich nur so persönliche Dinge erzählen? »Kann ich Euch wiedersehen?«, wagte er schließlich zu fragen.

Nella wurde schwindelig. Sie musste etwas sagen, schaffte es aber nur auf ihre alte sarkastische Art. »Wenn es in Eurer Macht steht, mich zu verhaften, wie könnte es dann nicht in Eurer Macht stehen, mich wiederzusehen? Ihr könnt tun, was immer Ihr wollt.«

Beras wurde klar, dass er eine Grenze überschritten hatte, nun aber nicht mehr zurückkonnte. »Ich habe die Frage wohl falsch gestellt: Darf ich Euch wiedersehen in der Hoffnung, dass Ihr es auch wollt?«

»Wenn Ihr eine Schneiderin benötigt, dann wisst Ihr, wo Ihr sie finden könnt«, wehrte Nella ab, obwohl sie doch eigentlich etwas ganz anderes hatte antworten wollen.

Beras zog aus seiner Hosentasche ein Stück Stoff hervor. »Das ist von Eurem Sohn«, sagte er.

»Was ist das?«

»Ein Stück von der Fahne, die er in der Hand hatte. Sie ist bei seiner Flucht zerrissen.

Nella nahm es entgegen.

Stille senkte sich über sie. Aber ihre Blicke konnten nicht voneinander lassen.

»Ich sollte jetzt gehen«, sagte Beras.

»Ja …«

»Ja, dann …«

»Sicher …«

Unter Aufbringung all seiner Kraft ging Beras zur Tür. Doch in der Öffnung wandte er sich noch einmal um – er musste ein weiteres Mal in die veilchenblauen Augen dieser Frau schauen, die ihn so aufwühlte. Dann endlich riss er sich von ihrem Anblick los und rannte fast davon.

Nella verharrte kurz reglos auf der Stelle, dann lief sie zur offenen Tür, ihr Blick suchte die Straße ab nach dem schönen französischen Leutnant, der sie so unerwartet zu Fall gebracht hatte. Er ging mit schnellen Schritten, blieb plötzlich stehen. Drehte sich um. Nella blieb stehen und erwiderte seinen Blick.

Beras lächelte.

Und Nella erwiderte sein Lächeln, ehe sie sich umwandte und zurück in die Wohnung ging. Zitternd hielt sie sich an der Tür fest. In ihrem Kopf toste ein heftiger Sturm, der die Gedanken übertönte, die sie nicht denken wollte. Sie sank auf einen Stuhl.

Als sie jemanden an der Tür hörte, schrak sie auf. Sie hatte keine Ahnung, wie viel Zeit vergangen war.

»Wie geht es dir?«, fragte Pietro, der mit Marta die Wohnung betrat.

»Sehr gut«, antwortete Nella. »Also … wie immer«, korrigierte sie sich.

»Ich weiß, ich sollte nicht hier sein, aber ich wollte nach dir sehen«, erklärte Pietro.

»Guten Abend, Signora«, grüßte Marta.

»*Ciao*«, sagte Nella lächelnd, dann wandte sie sich an Pietro: »Du musst dich nicht mehr bei deinem Freund verstecken. Die … Anschuldigungen wurden fallengelassen.«

»Wie das?«

»Auf … unerwartete Weise«, erwiderte Nella.

»Dann muss ich Ludovico Bescheid geben!«

»Warte.« Nella reichte ihm das Fahnenstück. »Gehört das wirklich dir?«

Marta riss es ihr aus der Hand, wie einen wertvollen Schatz. »Nein! Das gehört mir!«, rief sie begeistert. »Danke, Signora!«

Nella lächelte.

»Dann gehe ich jetzt«, sagte Pietro.

»Ja …«, murmelte Nella, in Gedanken ganz woanders.

Als die beiden die Wohnung verließen, stellte sie sich in die Tür. Sah, wie die beiden Hand in Hand glücklich voranschritten.

»Was seid ihr doch für ein schönes Paar«, murmelte sie mit überbordendem Herzen.

Aber eigentlich sah sie nur Leutnant Henri Beras, der sich umdrehte und ihr zulächelte.

Und erneut wurde sie von Schwindel erfasst.

# 32

*Anfang Juni 1870*

*Kirchenstaat – Rom*

Leone Pompeis Leben hatte sich von Grund auf geändert, seit er Viviani umgebracht hatte. Er hatte geschlafen, ohne zu sterben. Und von da an schlief er jede Nacht und wachte jeden Morgen auf. Noch immer hielt der Tod seine Hand. Aber nicht, um ihn zu holen, sondern, um ihn zu führen. Wie ein guter Freund.

Seine Nachforschungen allerdings waren nicht von Erfolg gekrönt.

Er hatte bereits einen Großteil des Geldes ausgegeben, für Beamtenbestechung, was ihm Einsicht in die neueste Volkszählung verschafft hatte, dazu Meldungen über Wohnhaft, Mietverträge, Registrierungen in Gasthäusern und Herbergen. Nichts.

Von der Contessa Silvia di Boccamara keine Spur.

Leone wusste nicht mehr weiter. Je ratloser er wurde, desto stärker wurde seine Missstimmung. Und Rom mit seinen bestechlichen Beamten und den astronomischen Preisen saugte ihn langsam, aber sicher aus.

Das anfangs von ihm bezogene Hotel hatte er bereits zugunsten eines günstigen Gasthauses verlassen – es war so schäbig, dass es nicht einmal einen Namen hatte.

Als er an diesem Morgen sein Geld zählte, war ihm klar, dass er nicht mehr weit kommen würde. Irgendetwas musste er sich ausdenken.

»Drecksstadt«, murmelte er.

Er sah aus dem Fenster, das auf eine stinkende Gasse mit dem passenden Namen Vicolo del Buco – Schmutzgasse – hinausging. In seine düsteren Gedanken versunken, beobachtete er das Kommen und Gehen.

Trastevere, das Viertel, in dem sich das Gasthaus befand, war womöglich eine der widerlichsten Gegenden Roms. Nichts als Hungerleider, Diebe und Prostituierte.

Und natürlich Priester. Aber die waren in Rom ja überall.

Er spuckte aus dem Fenster. *Eine Stadt voller Priester und Kirchen*, dachte er missbilligend. Es gab mehr Kirchen als Osterien, so sagten wenigstens die Römer. Und sehr wahrscheinlich hatten sie recht.

Und in diesem Moment kam ihm eine Idee.

*Priester und Kirchen*, dachte er grinsend und begann, seine Sachen zusammenzupacken. »Ich wechsle die Herberge!« Ja, der Plan war gut, Geld hatte er schließlich schon genug verschwendet.

Er wartete auf den Sonnenuntergang, doch die Zeit wollte und wollte nicht vergehen. Als es endlich dämmerte, sah er wieder aus dem Fenster. Jetzt waren schon weniger Menschen unterwegs, aber immer noch zu viele.

Er streckte sich wieder auf dem Bett aus und wartete noch ein wenig.

Als die Glocken einer nahegelegenen Kirche neunmal schlugen, stand er auf und stellte sich ein weiteres Mal ans Fenster. Und dieses Mal war der Vicolo del Buco menschenleer.

Leone nahm seinen Sack und warf ihn aus dem Fenster. Der Aufprall kam ihm dumpf und laut vor. Kurz wartete er, aber niemand erschien an einem der Fenster.

Schließlich öffnete er die Tür und stieg die Treppe hinunter. Im Erdgeschoss grüßte er die korpulente Besitzerin.

»Wohin denn um die Zeit?«, brummte die Frau.

»Ich kann nicht schlafen«, erwiderte Leone ruhig. Jetzt durfte nur niemand durch die Gasse hinter dem Haus gehen, sonst würde er seine Sachen nie wiedersehen. »Ich gehe ein wenig spazieren.«

»Pass auf, dass dir keina ne Dukate klaut.«

Leone hasste diese Art zu reden, die verschluckten Silben, die nachlässige Aussprache. »Ich habe kein Geld dabei.«

»Und wo isses, dein Geld? Im Zimma, oder wo?« Der Frau war deutlich anzusehen, was sie vorhatte.

»Ja«, erwiderte Leone zufrieden, denn so würde er die Dicke endlich los. Sie würde bestimmt hochgehen und dort herumschnüffeln, sobald er weg war. »Aber ich habe es gut versteckt.«

»Gut«, meinte die Frau, die ganz genau wusste, dass es nicht viele Geldverstecke im Zimmer gab. »Mach mit Ruh, geh mal schön. Aba nich zu lang, ich will bald schlafn, will ich bald.«

»Nur eine kurze Runde«, versprach Leone. »Nicht zu lang«, versicherte er noch und wandte sich zum Ausgang.

»He«, rief die Frau. »Nich vergessn: Miete zahln is keine Sünde. Isses nich.« Sie lachte dreckig.

Leone tat, als amüsierte er sich über den Witz und trat hinaus auf die Via della Luce. Er bog zweimal links ab, bis er schließlich im Vicolo del Buco war.

Der Sack lag noch da.

Doch genau in diesem Moment kam ein Betrunkener die Gasse entlanggetorkelt.

Rasch hob Leone den Sack auf.

»Dieb!«, schrie der Betrunkene. »Ich hab den Sack zuerst gesehen!«

Leone lief zurück und dann die Via dei Salumi hinunter.

»Hurensohn!«, schrie ihm der Betrunkene hinterher.

Leone rannte weiter, ohne sich umzudrehen.

»Verdammich Sohn vonna Hure!«, schrie da die Gastwirtin, die, von dem Geschrei alarmiert, aus dem Fenster gesehen und Leones List begriffen hatte.

»Halt!«, schrie sie. »Halt den Dieb da fest«, wandte sie sich schreiend an den Betrunkenen.

»Bin nich so schnell«, antwortete der nur.

Leone beschleunigte seine Schritte und musste lachen.

»Die Pest an n Hals sollste kriegn! Drecksdieb!«, schrie die Frau.

Aber Leone war schon in der Via in Piscinula, hier würde ihn niemand mehr finden.

Als er sicher war, alle Verfolger abgeschüttelt zu haben, blieb er keuchend stehen, setzte sich auf die Stufen einer Kirche und lachte sich ins Fäustchen.

Der erste Teil seines Plans war aufgegangen.

Als Nächstes musste er eine Schlafgelegenheit finden, denn im Freien zu nächtigen kam für ihn nicht in Frage. Nicht in dieser Stadt, man würde ihm das letzte Hemd stehlen.

Auf jeden Fall sollte er in eine andere Gegend ziehen. Er erhob sich und überquerte den Tiber, lief weiter, bis er die Kaiserforen erblickte. Die Marmorsäulen und weißen Triumphbögen hoben sich hell gegen den dunklen Sternenhimmel ab. Ein wahrlich majestätisches Schauspiel.

Er bemerkte, dass er sich in der Via della Consolazione befand, der Straße des Trostes – das schien ihm ein gutes Omen.

Ein Stück weiter vorn entdeckte er eine Osteria, die er schließlich betrat.

Der Gastraum war klein, aber sauber.

»Guten Abend«, grüßte er den Mann hinter der Theke.

Der Wirt war ein freundlicher Mann mit einem herzlichen Lächeln.

»Wisst Ihr, wo ich ein Zimmer für die Nacht finden kann?«

Der Wirt hob die Schultern. »Um diese Zeit …« Er trat hinter der Theke hervor. »Wenn Ihr nicht zu viel erwartet, könnte ich Euch ein Zimmer geben.«

»Ich bin mit wenig zufrieden«, erwiderte Leone.

Der Mann nahm einen Schlüssel aus der Tasche. »Dann kommt mit.« Sie verließen die Osteria und erreichten nach einigen Metern eine schiefe Tür. Er öffnete, nahm eine Öllampe vom Boden auf und entzündete sie.

Im zitternden Schein der Lampe war ein heruntergekommener Raum mit gewölbter Decke zu erkennen. In einer Ecke war ein Lager aufgehäuft, das eher aussah wie ein Hundekorb.

»Hab ja gesagt, dass Ihr nicht viel erwarten dürft«, meinte der Wirt.

»Und ich sagte, dass ich das nicht tue«, erwiderte Leone.

»Ihr könnt kommen und gehen, wann Ihr wollt.« Der Wirt lächelte. »Aber Ihr müsst im Voraus bezahlen. Nicht, dass ich Euch nicht trauen würde …«

»In Ordnung«, sagte Leone und legte den Sack neben das Lager. »Kann ich noch etwas zu essen bekommen?«

Der Wirt hob die Schultern. »Wir sind ja eine Osteria, wir nennen das *Fraschetta*«, erklärte er. »Man merkt, dass Ihr nicht aus Rom seid. Hier ist es üblich, dass die Leute ihr Essen selber mitbringen und unseren Vino Novello trinken. Aber wenn Ihr zufrieden seid mit etwas Salami, Pecorino und Brot …«

»Perfekt«, erwiderte Leone.

Der Wirt gab ihm den Schlüssel »Schließt besser ab«, sagte er.

Als Leone die Tür verriegelte, sah er bei den Kaiserforen kleine Feuer im Dunkeln leuchten. »Was sind das für Feuer?«

»Die sind von den Huren.« Der Wirt grinste breit.

Sie betraten wieder die Osteria, und Leone setzte sich an einen Tisch.

Der Wirt brachte einen angeschlagenen Keramikteller mit einer halben Salami, etwas Pecorino und einem Stück Brot darauf sowie ein Messer. Er wischte den Tisch ab. »Wir haben Hauswein. Wie viel wollt Ihr?« Er zählte die römischen Begriffe für die verschiedenen Maßeinheiten auf: ein *Tubbo*, ein Liter, eine *Fojetta*, ein halber Liter, ein *Quartino*, ein Viertel, ein *Chierichetto*, nur ein kleines Gläschen, oder einen *Sospiro*, einen Hauch. Bei dieser letzten Einheit senkte er verschwörerisch die Stimme.

»Man sagt es so leise, weil der *Sospiro* eigentlich nur ein Tropfen ist und die, die ihn bestellen, sind so arm, dass sie sich dafür schämen. Deshalb flüstern sie.«

»Na, dann eine *Foglietta*, bitte.« Leone grinste.

»*Fojetta*«, korrigierte ihn der Wirt. »Hier in Rom gibt es kein ›gl‹. Wir sparen die Buchstaben«, erklärte er lachend und ging, um den halben Liter zu holen.

Leone schnitt Salami, Pecorino und Brot in Scheiben. Dann schenkte er sich Wein ein. Ein Vino Novello, der eine wahre Freude war. Schon kurze Zeit später hatte er alles ausgetrunken. Er bestellte noch eine *Fojetta*. Auch dieser Halbe ging runter wie nichts. Wieder gab er dem Wirt ein Zeichen.

»Der Wein scheint Euch zu schmecken, wollt Ihr vielleicht lieber ein *Tubbo*, was meint Ihr?«

»Da habt Ihr recht.« Leone fühlte sich ganz leicht, und der Wein beflügelte ihn regelrecht.

»Verzeiht, aber bei allem Respekt, nicht, dass Ihr am Ende vergesst zu bezahlen«, bemerkte der Wirt vorsichtig.

Leone beglich seine Rechnung, die ihm angemessen schien, und trank weiter.

»Ich würde jetzt schließen, wenn Ihr erlaubt«, meinte der Wirt kurze Zeit später.

Leone nickte und trank den Rest Wein.

Als er aufstand, hatte er Mühe, gerade zu stehen. Er stützte sich am Tisch ab, fand sein Gleichgewicht und verließ die Osteria.

Die frische Nachtluft tat ihm gut. Er sah hinüber zu den flackernden Feuern in den Kaiserforen und grinste dümmlich. Kurz betrat er sein Quartier, holte aus der Tasche den kleinen Dolch heraus – man konnte ja nie wissen – und machte sich auf den Weg.

Der Weg in den Foren wurde nachts zu einem wahren Fleischmarkt. Tagsüber grasten hier Schafe, deren Hinterlassenschaften Leone unter den Schuhen spüren konnte. Um diese Zeit aber bewunderte man hier die *belle di notte*, die *Schönen der Nacht*, wie sie in Rom genannt wurden.

»*Ciao*, mein Schatz«, rief ihm eine Prostituierte zu.

Leone hob den Blick. Die Frau sah aus, als hätte sie mehr Schminke als Gesicht, aber er sah sie auch nur verschwommen. *Ich habe wohl zu viel getrunken*, dachte er. Aber das Gefühl war angenehm. Er ging weiter.

»Liebchen, du bist aber ein Hübscher«, rief ihm eine andere zu.

Leone taumelte und kniff die Augen zusammen. Sie hatte einen so großen Busen, dass man darin hätte ersticken können.

Als er das Ende des Weges erreicht hatte, rief ihm eine Frau mit unangenehmer Stimme überheblich zu: »Willst du einmal alles, Dickwanst?«

Leone ärgerte sich über diesen Namen.

»Was ist, Dickwanst, kriegt du keinen hoch?« Die Prostituierte lachte.

Leone versuchte, sie genau anzusehen. Er verachtete sie. Sie hielt sich für etwas Besseres. Und genau in diesem Moment spürte er ein Kribbeln in der Leistengegend. Er trat einen Schritt näher an sie heran.

Als die Prostituierte seinen Atem roch, verzog sie angeekelt das Gesicht und wedelte mit der Hand vor ihrer Nase. »Wie viel hast du getrunken, Dickwanst?« Und sie lachte ihm ins Gesicht.

Wieder spürte Leone etwas. Ein leichter Schauder. Ein Kribbeln in der Leistengegend.

»Und jetzt hau ab, mit dir wird das nichts«, blaffte die Frau, machte eine scheuchende Bewegung mit der Hand und wandte ihm schließlich den Rücken zu.

*Sie verachtet mich*, dachte Leone. Und der angenehme Schauder wurde stärker, schwoll an. »Wie viel willst du … Contessa?«, erkundigte er sich mit schneidender Stimme.

Die Hure drehte sich um, überrascht von diesem Ton. »Einmal alles?«

»Einmal alles.« Leone nickte. Plötzlich war er wieder klar, die Wirkung des Weins war wie weggeblasen. Stocknüchtern und eiskalt war er. Er zog ein Geldstück aus der Tasche und warf es auf den Boden zwischen ihre Beine.

»Glaubst du etwa, ich heb das auf, Dickwanst?«, fragte die Frau angeekelt. »Gib mir das Geld anständig und danke deinem guten Stern, dass ich dich ranlasse.«

Leone spürte, wie er immer mehr anschwoll.

»So ein Dickwanst wie du hat doch noch nie eine wie mich gekriegt«, fuhr die Prostituierte fort, die professionell begriffen hatte, dass Leone auf dieses Spiel aus war. Es kostete sie nichts. Ganz im Gegenteil. So konnte sie wenigstens sagen, was sie wirklich von ihm dachte.

Leone kniete nieder, hob das Geldstück auf und gab es ihr.

Die Hure nahm es und bedeutete ihm, ihr zu folgen. Sie trat hinter einen römischen Bogen, der seines Marmors längst beraubt worden war. Dann setzte sie sich auf eine von Kirche oder Zeit gekürzte Säule, zog den Rock hoch, spreizte die Beine und entblößte ihre Nacktheit. »Komm schon, Dickwanst.«

Leone trat näher. »Du hältst dich wohl für etwas Besseres, wie, Contessa?«

»Nun komm schon, Dickwanst, ich habe nicht die ganze Nacht Zeit für dich«, drängte die Prostituierte.

»Antworte mir«, raunte Leone. »Du hältst dich für etwas Besseres, Contessa, wie?«

»Wer ist denn diese Contessa?«

»Antworte mir!«

»Natürlich bin ich etwas Besseres, besser als du«, erwiderte die Prostituierte in dem Glauben, das Spiel fortzuführen. »Jeder ist besser als du.«

Sie konnte nicht wissen, dass Leone nicht spielte.

Er hatte die Contessa Silvia di Boccamara vor sich. Wehrlos. Lächelnd legte er ihr die Hände um den Hals, erst zärtlich, aber dann drückte er zu. Fest.

Die Prostituierte riss die Augen auf.

Leone keuchte. Er wurde immer erregter. »Mach mir die Hose auf, Contessa«, raunte er.

Die Prostituierte hatte Angst, große Angst. Aber sie öffnete seine Hose.

»Und jetzt kannst du ihn lutschen«, keuchte Leone. Er ließ ihren Hals los und drückte den Dolch gegen ihren Körper. »Dass du mir ja keine Zicken machst.«

Die Prostituierte ging auf die Knie und nahm sein Glied in den Mund.

Das kurze, warme Zusammenspiel reichte aus, um Leone zum Höhepunkt zu bringen. »Da … bekommst du … was du verdienst … Contessa …«, keuchte er und ergoss sich in ihren Mund. Dann stieß er sie mit einem Tritt weg.

Die Prostituierte blieb liegen, Leones Dolch war immer noch auf sie gerichtet.

»Wenn du auch nur ein Sterbenswörtchen sagst, dann komme ich zurück und schlitze dich auf«, drohte Leone. »Kapiert?«

Die Frau nickte. Sie wusste, dass er es genau so meinte.

»Mach mir die Hose wieder zu«, befahl Leone.

Die Frau gehorchte.

Leone bückte sich zu ihr hinunter, bis er mit seinem Gesicht dicht vor ihrem war. Er konnte sein eigenes Sperma aus ihrem Mund riechen. »Mehr bist du nicht, Contessa«, flüsterte er böse. »Eine Hure. Eine verdammte Hure.« Dann ging er rasch fort, verschwand lachend zwischen den nächtlichen Schatten.

In dieser Nacht schlief er wie ein Kind.

Und am Morgen erwachte er hervorragend gelaunt.

Jetzt musste er seinen Plan ausführen.

Irgendwo da draußen wartete die Contessa auf ihn.

Und er würde sie finden.

Er wähnte sich kurz vor dem Ziel. Um seine Vorfreude ein wenig auszukosten, machte er einen Spaziergang.

Als er die Piazza Melva passierte, sah er einige französische Soldaten eine Osteria betreten. Plötzlich drang von drinnen Lärm und Geschrei heraus, dann kam, von einem französischen Soldaten gefolgt, ein Mann herausgerannt. Der Soldat blieb stehen, kniete sich hin, legte das Gewehr an, zielte und schoss. Der Mann stürzte zu Boden.

Leone versteckte sich in einem Eingang und beobachtete das Geschehen.

Ein Schrei durchriss die Nacht. Schluchzend lief eine Frau zu dem leblosen Körper und warf sich über ihn, als könnte sie ihn noch dem Tod entreißen. Aber der Tod hatte sein Werk schon verrichtet.

Leone grinste.

Dann stieß die Frau erneut einen Schrei aus. Keinen Schmerzensschrei diesmal, sondern einen Angriffsschrei. Sie zog ein Messer aus dem Gürtel ihres getöteten Mannes und stürzte sich den Soldaten entgegen, die in diesem Moment mit drei Männern in Handschellen aus der Osteria kamen. Ein Soldat befahl ihr, stehen zu bleiben. Aber die Frau war wie von Sinnen. Der Soldat zog seine Pistole und schoss. Langsam lief die Frau noch einige Schritte, dann ließ sie das Messer fallen und stürzte zu Boden. Die Anwohner an den Fenstern begannen Parolen zu schreien und Gegenstände zu werfen. Und schon einen Moment später wurde die Patrouille von einer Gruppe bewaffneter Männer eingekreist und angegriffen. Das Kampfgetümmel war nun in vollem Gange, ein weiterer Schuss war zu hören. Dann nur noch Schreie, Stahl an Stahl und Flüche. Am Ende konnten fünf Soldaten fliehen und die drei verhafteten Männer waren befreit.

Leone trat aus seinem Versteck und näherte sich der Osteria.

Auf dem Boden lagen drei französische Soldaten. Die Menge

hatte sie buchstäblich in Stücke gerissen. Ein Römer lag auch dort, ein Loch in der Stirn.

Leone trat zu der toten Frau und betrachtete sie. Ihre Augen waren weit aufgerissen.

Ein Stück entfernt lag ihr Mann. Das Gesicht auf dem Pflaster.

Leone sah sich um. So viel Tod. So viel Blut.

Und nichts rührte sich in ihm.

# 33

*Juni 1870*

*Kirchenstaat – Rom*

Melo klappte die Kinnlade herunter, als er Nella auf Bersagliere heranreiten sah.

Mühevoll stieg sie ab. Auch so viele Wochen nach dem Überfall verspürte sie noch Schmerzen, wenn auch nicht mehr so heftig. Aber sie fühlte sich mit jedem Tag schwächer. Sie sah nur noch verschwommen, selbst die kleinste Anstrengung war ihr zu viel, und sie war ständig erschöpft.

Melo reichte ihr die Hand. »Setzt Euch«, forderte er sie auf. »Ihr seht müde aus. Was ist mit Euch?«

»Nichts.«

»Sieht nicht nach Nichts aus.«

»Nichts, habe ich gesagt.« Nella ließ sich kraftlos auf eine Bank fallen.

Melo wandte seinen Blick zu dem wundervollen weißen Pferd. »Ist das Eures?«, wollte er wissen.

»Ja. Er heißt Bersagliere«, erwiderte Nella liebevoll.

»Selten ein so prachtvolles Pferd gesehen«, meinte Melo.

Nella lächelte stolz. Sie streckte eine Hand nach Bersagliere aus, und das Tier kam sofort sanftmütig näher, um sich streicheln zu lassen.

»Ich habe gehört, wie Euer Sohn Euch Contessa genannt hat«, sagte Melo. »Und nur eine Contessa könnte sich ein solches Pferd leisten.«

»Ich bin keine Contessa«, gab Nella zurück. »Als wir hier in

Rom angekommen sind, haben ein paar Jungs Pietro *Sellerie-stange* nachgerufen. Und doch wäre ich niemals auf die Idee gekommen, er könnte eine sein.«

Melo lachte.

»Ich bin das, wonach ich aussehe. Eine arme Schneiderin.«

Melo holte seine Zigarre hervor und drehte sie in den Händen. »Eine Schneiderin, die mit Pferden spricht. Und was für Pferde!« Er betrachtete sie ernst. »Das Rezept, das Ihr mir für das Friesenpferd gegeben habt, wirkt Wunder.«

»Das freut mich. Und was ist mit diesem Schwachkopf? Er wird doch nicht wieder die Pferdenummer machen?«

»Sireno? Im Moment ganz bestimmt nicht. Immerhin hat er einen Schulterbruch.«

»Und danach?«

Melo schnitt eine Grimasse. »Der Zirkus Callari ist berühmt für seine Pferdenummern. Löwen oder Elefanten haben wir nicht.«

»Wer hat denn davor die Nummer gemacht?«

Melo schwieg.

»Ich wette, Ihr wart es«, sagte Nella.

Melo schwieg weiter.

»Pietro hat mir erzählt, dass Ihr ein Held der Römischen Republik seid und der junge Principe Euch vergöttert.«

Lachend schüttelte Melo den Kopf. »Diese Worte sind zu groß für mich. Held … vergöttern …«

»Es wird schon etwas Wahres daran sein.«

»Etwas ist nur ein kleiner Teil.«

Jetzt wurde Nella ernst. »Ich möchte nicht, dass Pietro sich für diesen Befreiungskampf und irgendwelchen Patriotismus begeistert.«

»Warum erzählt Ihr mir das? Was habe ich damit zu tun?«

»Weil auch Pietro tief beeindruckt von Euch ist. Ich weiß nicht, was Ihr ihm erzählt habt, aber …«

»Signora, ich habe nur mit dem Principe geredet«, unterbrach Melo sie. »Ich weiß nicht, was Ihr gegen die Befreiung Roms habt und … irgendeinen Patriotismus, wie Ihr es nennt«, sagte er ruhig. »Aber falls es Euch beruhigt: Er hat mir gesagt, dass es ihn nicht interessiert.«

»Ihr habt ihn gesehen?«

»Er war auf der Suche nach Marta.«

Nella lächelte. Es war schön, dass Pietro seine erste Liebe gefunden hatte. Und sie mochte das Mädchen. »Ich mache mir Sorgen um Pietro.« Und im selben Moment wurde ihr klar, dass sie ein großes Bedürfnis hatte, darüber zu sprechen. Vor allem jetzt, da sie Henri kennengelernt hatte. Und auch wenn sie diesen Alten hier fast gar nicht kannte, vertraute sie ihm. »Weil das Königreich Italien mir schon meinen Mann genommen hat«, fügte sie hinzu.

Melo schwieg einen Augenblick, dann fragte er: »Was ist mit Eurem Mann passiert? War er ein Kämpfer?«

»Er war alles, nur kein Kämpfer. Aber das Königreich Italien ist trotzdem schuld an seinem Tod«, stieß Nella bitter hervor. »Und ich will nicht, dass diese Bastarde mir auch noch Pietro nehmen.«

»Das kann ich verstehen«, meinte Melo, während er Bersaglieres weiße Schnauze streichelte.

»Nein, könnt Ihr nicht«, fuhr Nella auf. Sie war froh, endlich darüber zu sprechen, denn diese ganze Sache hatte sich wie ein wucherndes Geschwür in ihr eingenistet. »Mein Mann hat sich umgebracht«, stieß sie hervor.

Melo hörte aufmerksam zu, sagte aber nichts.

Ein Schatten legte sich auf Nellas Blick. »Er hatte dem Reich unüberlegt eine sehr hohe Summe versprochen … Und das Reich beschlagnahmte seinen gesamten Besitz und ließ ihn einfach so sitzen. Vor dem Nichts … der Arme … Da hat er sich aufgehängt …«

Melo sah in ihren veilchenblauen Zauberaugen etwas, das sie selbst noch nicht bereit war zu sehen.

»Wollt Ihr gar nichts dazu sagen?«, wollte Nella wissen.

Melo forschte weiter in ihren Augen. Dann sagte er: »Ich behalte meine Gedanken besser für mich.«

»Warum?«, fragte Nella.

»Es ist besser.«

»Ich möchte wissen, was Ihr denkt«, sagte Nella in einem Ton, der keine Widerrede duldete.

Melos Hände ruhten kurz auf Bersaglieres Schnauze. »Signora, ich sehe hier eine einsame Frau, die allein einen Jungen großziehen muss.«

In diesen Worten lag eine Gefahr, die Nella jedoch nicht greifen konnte. »Na und?«, gab sie mit geballten Fäusten zurück.

»Euer Mann war kein Opfer«, stellte Melo fest. »Euer Mann war ein Feigling.«

»Was erlaubt Ihr Euch?«, rief Nella. Aber im selben Moment füllten sich ihre veilchenblauen Augen vor Schmerz und Wut mit Tränen. Mit verschleiertem Blick sah sie diesen Alten an, der wahrhaftig einiges vom Leben verstand. Das Geschwür in ihr war geplatzt. Wie oft hatte sie genau diesen Gedanken gehabt! Und wie oft hatte sie ihn wieder verjagt, verdrängt, als hätte er sich nie in ihrem Kopf befunden. Nun aber hatte der Alte ihn laut ausgesprochen, und damit konnte sie ihre Augen nicht mehr davor verschließen. Und sie konnte nicht umhin, mit dem Schmerz auch Erleichterung zu verspüren. »Ich hätte ohne Weiteres mit ihm in Armut gelebt«, sagte sie leise, während die Tränen in den Schmutz zu ihren Füßen fielen. »Ich wäre an seiner Seite geblieben, ohne etwas anderes zu verlangen.« Sie presste die Lippen aufeinander. »Aber er hat sich aus dem Staub gemacht«, stieß sie schließlich hervor. Dann seufzte sie und sagte wie zu sich selbst: »Ja, er war ein Feigling.«

Melo schwieg lange. »Das tut mir leid«, sagte er schließlich.

»Danke.«

»Aber Pietro ist kein Feigling«, warf Melo ein. »Das merkt man.«

Nella lächelte. »Nein, kein bisschen.«

Wieder umgab sie Stille. Aufgewühlte Stille.

»Seid Ihr gekommen, um mit mir über Pietro zu sprechen?«

Nella lächelte, aber eher aus Verlegenheit, denn zu lachen gab es nichts. »Nein, wegen etwas ganz anderem. Und dann habe ich Euch meine Lebensgeschichte vor die Füße geworfen. Verzeiht.«

Melo sagte nichts, und so löste sich Nellas Entschuldigung in Luft auf. Er war kein Mann der vielen Worte und wusste, dass es so reichte, denn diese Frau war wie er.

»Seht mich an. Ich bin arm. Ein Pferd muss jedoch gepflegt werden, es braucht Auslauf und Aufmerksamkeit und … man muss ihm ab und zu etwas ins Ohr flüstern. Das alles kann ich gerade nicht für Bersagliere tun.« Sie atmete tief durch. »Signor Melo, Ihr seid der Einzige, dem ich traue. Auch wenn ich selber nicht weiß, warum.« Sie stieß ein Lachen aus, in dem ein Hauch von Verzweiflung mitschwang. »Könntet Ihr Euch um ihn kümmern?«

Melos Blick ruhte ruhig auf ihr. »Es muss schwer sein, das Leben allein zu meistern«, sagte er sanft.

Nella genoss die warmen Worte. In seiner Gegenwart fühlte sie sich beschützt.

»Nun, ich weiß nicht, wie ich erklären kann, dass ein so prächtiges Pferd hier im Zirkus ist«, versuchte Melo sich an einer Antwort auf ihre Frage. »Aber alle haben gesehen, wie Ihr die Situation am Abend des Unfalls gemeistert habt und, bei allem Respekt, alle haben auch Eure wunderbaren Beine gesehen. Ich könnte sagen …«, ein Lächeln erstrahlte auf seinem faltigen Gesicht, »ich könnte sagen, dass wir vielleicht bald eine neue Nummer bekommen, eine skandalöse – mit einer Amazone auf ihrem weißen Pferd.« Er lächelte. »Was haltet Ihr davon?«

Nellas Augen leuchteten. »Nein«, wehrte sie jedoch sofort ab. »Nein, nein, nein.«

»Müsst Ihr es so oft wiederholen, um Euch selbst zu überzeugen?«

»Ich kann nicht«, erwiderte Nella schlicht.

»Die Bezahlung ist besser als die einer Schneiderin. Und anstelle eines Nadelstichs riskiert Ihr, Euch das Genick zu brechen, mehr nicht.«

Nella hob aber abwehrend die Hände.

»Ihr wärt eine Attraktion! Alle würden Euretwegen kommen.«

»Genau deshalb kann ich nicht«, erwiderte Nella ehrlich. »Ich bleibe mit meiner Geschichte besser im Verborgenen.«

»Das stimmt«, sagte Melo ernst. »Ich bin wirklich ein alter Dummkopf. Ich werde mir etwas anderes ausdenken. Macht Euch keine Sorgen.«

»Wenn ich bei Euch bin, dann mache ich mir tatsächlich keine Sorgen.« Nella lächelte. »Ihr habt vieles erlebt, oder? Ich wette, Ihr wart immer auf Abenteuer aus.«

»Abenteuer sind das Salz in der Suppe des Lebens«, erwiderte Melo.

»Und Stall ausmisten gehört auch dazu?«, fragte Nella scherzend.

»Sehr«, antwortete Melo schelmisch. »Es besteht immer das Risiko, dass man hineinfällt.«

Nella lachte.

»Und Euer Leben ist doch auch ein großes Abenteuer«, meinte Melo. »Unterhosen stopfen gehört bestimmt auch dazu?«

»Natürlich«, gab Nella zurück. »Es besteht immer die Gefahr, sich an der Nadel zu pieken.«

Sie lachten miteinander. Wie alte Freunde.

»Wie kommt Ihr denn jetzt nach Hause?«, wollte Melo wissen. »Zu Fuß? Ich kann Euch gerne begleiten.«

»Paride holt mich ab. Er war einmal mein Kutscher.«

»Dann bin ich beruhigt«, sagte Melo. »Und wie geht Euer Abenteuer jetzt weiter?«

Nella überlegte. Sie hätte sagen wollen, dass es sich um Pietro drehte. Das war nicht gelogen. Vielleicht auch um Henri. Auch das war nicht gelogen. Aber es gab etwas, das noch davor kam. Sonst würde sie nicht sie selbst sein können. Weder mit Pietro noch mit Henri. »Ich suche ein kleines Mädchen, das vor langer Zeit hier in Rom lebte. Sie … ist verlorengegangen.«

Der Blick, den Melo ihr zuwarf, konnte Nella nicht deuten. Er schien zutiefst berührt. »Wisst Ihr …«, begann er so leise, als spräche er zu sich selbst. »Manchmal frage ich mich, ob man es nicht so machen sollte wie ein Detektiv.«

»Was denn?«

»Wenn jemand verschwindet, dann muss man mit der Suche dort anfangen, wo derjenige das letzte Mal gesehen wurde.« Melo schien plötzlich mit den Gedanken weit weg zu sein und schwieg. Dann fragte er: »Wisst Ihr, wo Ihr dieses Mädchen das letzte Mal gesehen habt?«

»Ja«, antwortete Nella. Sie wusste, wo sie anfangen musste, und zwar sehr gut. Sie wusste es, seitdem sie zurück in Rom war, seit dem ersten Moment. Es gab eine alte Frau, die sie sehen musste. Sprechen musste. Sie musste nur die Alte treffen, um sich selbst wiederzufinden. »Ja, ich weiß, wo«, sagte sie wehmütig. »Aber ich weiß nicht, ob ich dafür bereit bin.«

Sie verabschiedeten sich, und Nella ging auf die Kutsche zu, vor der Paride sie bereits erwartete.

Melo sah ihr nachdenklich hinterher. Auch in seiner Vergangenheit gab es etwas, dem er sich noch stellen musste.

# 34

*Juni 1870*

*Kirchenstaat – Rom*

Am Tag nach ihrem Treffen mit Melo war Nella immer noch vollkommen durcheinander. In der Nacht hatte sie kein Auge zugetan.

Der Schwindel, den ihr Leutnant Henri Beras bereitete, hatte sie zweifelsohne aus dem Gleichgewicht gebracht. Den Gnadenstoß aber hatte ihr Melo versetzt. »Wenn jemand verschwindet, dann muss man mit der Suche dort anfangen, wo derjenige das letzte Mal gesehen wurde«, hatte er gesagt.

Nella hatte schon die ganze Zeit gewusst, wohin sie gehen musste.

Nun war der Moment gekommen, es zu tun.

Sie ließ ihren Blick noch einmal von der Engelsbrücke über die Stadt schweifen. Über Tausende von Kirchenkuppeln, über die roten Dächer der Häuser, das Gedränge der Kutschen und Karren in den dreckigen Straßen, das Gewimmel der Boote auf dem Tiber, der entgegen seinem dichterischen Ruf nicht das kleinste bisschen blond war.

Wenn man Rom so betrachtete, war es ein Drecksloch. Aber jeden Morgen ging über diesem Drecksloch die Sonne auf. Dann verschwanden die schmutzigen Gassen, die pflanzenüberwucherten Ruinen, es verschwanden die Scherereien, der Kot und die Lügen, alles verschwand. Nein, mehr noch, es funkelte und glitzerte. Und jeden Tag zog diese Stadt Römer sowie Fremde von Neuem in ihren Bann, verzauberte sie. Und Tag für Tag verzieh man dieser Stadt erneut. Und liebte sie.

Denn auf der ganzen Welt gab es kein wundervolleres Freudenmädchen als Rom. Und alle, die Rom hassten, die am Abend fluchend versuchten Schlaf zu finden, konnten am nächsten Morgen doch nicht anders, als diese Stadt wieder zu lieben, als ihren Lug und Trug zu erdulden.

Und jetzt, da Nella wieder hier war, hatte auch sie sich einwickeln lassen. Denn in Rom war sie zu Hause, und von hier musste sie wieder neu anfangen. Nur hier konnte sie den roten Faden wiederfinden, den sie bei ihrer Flucht kopflos durchtrennt hatte.

»Ich liebe dich, du Drecksloch«, seufzte sie, aufgestützt auf dem steinernen Geländer der Engelsbrücke. Dann überquerte sie die Brücke und erreichte die andere Seite des Tiber. Trotz ihrer Müdigkeit setzte sie ihren Weg entlang der trägen Flussströmung fort.

Sie hielt sich weiter am Flussufer, ließ den majestätischen Petersdom rechts liegen und betrat das Viertel Borgo. Dort lief sie am Krankenhaus Arcispedale di Santo Spirito in Saxia vorbei, von dem man behauptete, es sei das älteste Krankenhaus in ganz Europa, jahrhundertelang vom Papsttum gehütet wie ein Augapfel. Sie folgte geradeaus der Via della Lungara, ging durch die Porta Settimiana und erreichte das Viertel Trastevere: arm, dreckig, bewohnt von Handwerkern und Dieben, die sich gegenseitig betrogen.

Überall auf den Straßen waren Soldaten, die von den römischen Bürgern voller Hass gemustert wurden. Niemand beschimpfte sie oder schrie »Es lebe Italien«, denn keiner wollte verhaftet werden. Aber sie mussten auch keine Parolen schreien, denn ihre Blicke sagten alles. Und diese Ruhe war viel bedrohlicher. *Die Ruhe vor dem Sturm*, dachte Nella.

Als sie auf der linken Flussseite weiterlief, ging sie an der Tiberinsel vorbei, hinter der die spärlichen Reste des Ponte Sublicio zu sehen waren, und schließlich kam der Hafen von Ripa Grande in Sicht, wo unterschiedlichste Waren ent- und verladen wurden.

Und jetzt konnte sie auch ihr Ziel sehen: das gewaltige Gebäude Ospizio Apostolico di San Michele a Ripa Grande.

Sie war nie wieder dort gewesen, aber es sah genauso aus wie früher. Bei dem Gedanken an den Moment, in dem Ippolito sie gefragt hatte, warum sie unbedingt ein Waisenkind aus dem San Michele in Olengo adoptieren wolle, musste sie lächeln. Damals hatte sie ausweichend geantwortet, dass sie dem Heiligen treu ergeben sei. Die Wahrheit aber war, dass sie dieses Heim ausgewählt hatte, weil es den gleichen Namen trug wie das, in dem sie aufgewachsen war.

Sie atmete noch einmal tief durch, dann überquerte sie die Straße und ging auf einen der Bögen zu, die sich in dem riesigen Gebäude öffneten. Das hier war vielleicht der merkwürdigste Ort von ganz Rom. Er beherbergte ein Gefängnis für Minderjährige, eines für Frauen, ein Armenhaus, ein Heim für ehemalige Prostituierte und das Waisenhaus. *Dagegen ging es in Babel vermutlich friedlich und geordnet zu*, dachte Nella lächelnd.

Sie trat durch die Eingangstür zum Armen- und Waisenhaus und stieg mit gesenktem Kopf die Treppe hinauf. Die Stufen waren so durchgetreten, dass sie aussahen wie frisch gebohnert.

Auf der Treppe wurde sie plötzlich von ihrer Vergangenheit eingeholt. Sie sah sich selbst als Kind diese Stufen hinauflaufen. Sah dieses Mädchen, von dem sie Melo erzählt hatte, das Mädchen, das sie suchte. Denn genau hier musste sie wieder anfangen, musste zu ihrem verlorenen Weg zurückkehren. Sie sah ihre mageren Kinderbeine mit den von vielen Stürzen verkrusteten Knien, sah die Socken an ihren Füßen, die so oft gestopft waren, dass von der ursprünglichen Socke nichts mehr zu sehen war, sie sah fleckige rote Schuhe, von denen der eine einen Riemen hatte, der andere eine Schnalle.

Aber anstelle der Angst, die sie erwartet hatte, schlug eine Woge liebevoller Wärme für dieses Mädchen in ihr hoch, für dieses Mädchen, das sie einst gewesen war.

*Du findest dich wieder*, dachte sie aufgeregt, als sie im ersten Stock ankam.

Die Schlafsäle wurden durch einen Flur auf der Innenseite des Gebäudes betreten. Auf den Türen waren Zahlen angebracht, Buchstaben sowie eine Liste, in der alle Bewohner handschriftlich eingetragen waren. Einige Namen waren durchgestrichen und ersetzt durch einen andersfarbigen.

Sie erreichte Saal D. Mit angehaltenem Atem ging sie die Liste durch. Dann lächelte sie erleichtert und betrat den Saal.

Der Geruch von Verwesung lag in der Luft, von saurem Wein und Brokkoli- oder Palmkohlsuppen, die ununterbrochen auf den Öfen brodelten und ihre Würze einzig aus den hineingeworfenen Rinderknochen oder anderen Schlachtereiabfällen erhielten.

Zwischen den Betten waren Schnüre gespannt, über die man Stoff, ein Stück Gardine oder einen alten Teppich geworfen hatte, um wenigstens die Illusion einer Privatsphäre zu erschaffen.

Nella mochte keine der diensthabenden Schwestern ansprechen. Sie wusste, wo sie hinwollte. Sie war immer dorthin gegangen, morgens, mittags und abends, seit sie denken konnte. Jahrelang.

Als sie das Bett erreichte, zögerte sie. Sie konnte ihre eigenen Kinderschrittchen hören, die rasch zu Mamma Lucia trippelten, der Frau, die sie großgezogen hatte; eine Stadtstreicherin, gebildet und schlau, die immer einen Haufen sonderbares Zeug erzählte, die Einzige, die ihr an diesem düsteren Ort die Einsamkeit hatte nehmen können.

Die Alte lag mit geschlossenen Augen im Bett. Nella kam sie viel kleiner vor als damals. Sie war faltig wie eine Dörrpflaume. Die Unterlippe lag über der Oberlippe, ein Zeichen dafür, dass ihr nicht viele Zähne geblieben waren. Lumpen umhüllten sie, die rochen, als hätten sie jahrelang in den Untiefen einer alten Kiste gelegen.

Nellas Herz zog sich zusammen, als sie sich auf den Bettrand setzte. »Mamma Lucia, ich bin's.« Sie nahm ihre Hand. »Nella.«

Die Alte öffnete ihre trüben Augen, matt wie die von gekochtem Fisch. Sie war erblindet. »Nella …«, murmelte sie.

»Ich bin wieder da. Kannst du dich an mich erinnern? Nella.«

Die blinde Alte sah in die Richtung, aus der die Stimme kam. »Nella«, wiederholte sie.

»Du hast dich um mich gekümmert, und wenn ich Angst hatte, dann durfte ich zu dir ins Bett.« Nella drückte ihre Hand, die nur noch aus Knochen bestand, von ein wenig gefleckter Haut zusammengehalten.

»Nella …«

»Erinnerst du dich nicht mehr? Du hast immer gesagt …«

»Jetzt reicht es aber!«, fuhr die Alte auf. »Natürlich erinnere ich mich! Ich bin zwar blind, aber nicht dämlich. Es ist viele Jahre her, dass ich deinen Namen das letzte Mal gesagt habe, deshalb habe ich ihn ein paarmal wiederholt.« Sie lächelte, wobei sie ausschließlich Zahnfleisch entblößte. »Nella …«

»*Ciao*, Mamma Lucia.«

Es roch beißend nach Urin. Nella hob die Decke an und sah, dass die Matratze, wenn man sie so nennen konnte, vollkommen durchnässt war, wie ein Schwamm. Sie sah sich um. »Kümmert Ihr Euch denn gar nicht?«, wandte sie sich an eine vorbeihastende Schwester.

»Glaubst du vielleicht, dass wir hier jeden Tag die Matratzen auswechseln können?«, gab die zurück. »Sie hat einen Nachttopf, den benutzt sie nicht. Ihr Problem.«

»Aber sie merkt doch gar nicht, wenn sie muss. Das wisst Ihr doch, Schwester!« Und in diesem Moment erkannte Nella das welke, gelbliche Gesicht mit den kleinen Augen darin. »Aber … du bist ja Alberta!«

»Und du bist die, die abgehauen ist und jetzt meint, sie könnte uns gute Ratschläge erteilen«, gab die Schwester giftig zurück.

»Du bist Nonne geworden!«

»Ich war schon immer hässlich, da konnte ich schlecht Hure werden, so wie du«, antwortete Alberta trocken.

»Ich bin keine Hure geworden!«

»Einen Reichen habe ich auch nicht geheiratet. Hier drinnen haben wir alle erfahren, wie viel Glück du gehabt hast«, fuhr Alberta fort, als hätte sie sie nicht gehört. »So ein Glück habe ich nicht gehabt, aber essen muss ich auch, so wie alle. Nonne ist ein Beruf wie jeder andere.«

Nella betrachtete sie. Sie waren nie Freundinnen gewesen. Sie hatte Alberta als abweisendes Mädchen in Erinnerung, die immer für sich war. Vielleicht hatte Nella auch ihre Scherze mit ihr getrieben, so wie alle im Waisenhaus. Jetzt aber war Albertas Blick voller Groll und Boshaftigkeit. Kein Glaube war darin. »Was ist mit dir passiert?«, fragte Nella.

»Nichts.«

»Was meinst du?«

»Nichts«, wiederholte Schwester Alberta.

Und Nella begriff, dass es genau so war. Mit ihr war nichts passiert. Nichts in ihrem ganzen Leben. »Das tut mir leid«, sagte sie.

Die Schwester schüttelte den Kopf. »Ich habe zu tun«, stieß sie hervor und ging.

»Mach dir nichts draus. Die ist böse auf den lieben Gott, und vielleicht hat sie ja auch einen guten Grund dafür«, winkte Mamma Lucia ab. »Weil sie aber den lieben Gott nicht anblaffen kann, der ist nämlich ganz bestimmt nicht hier, macht sie das mit uns. Sie kann einem leidtun.«

»Wie geht es dir?«, erkundigte sich Nella.

»Du hast schon immer dämliche Fragen gestellt!« Mamma Lucia lachte. »Erzähl mir lieber, warum du zurückgekommen bist.«

Nella drückte ihre Hand, schwieg aber.

»Glaub ja nicht, dass ich darum bettle mir anzuhören, wie es dir ergangen ist«, knurrte die Alte.

»Mein neues Leben ist mir um die Ohren geflogen«, sagte Nella.

Mamma Lucia verdrehte ihre matten Augen. »Und warum glaubst du, du hättest einfach so ein neues Leben anfangen können? Bist du vielleicht Gott?«

»Jetzt fängst du schon wieder an«, sagte Nella. »Mit dir kann man nicht reden.«

»Dann rede nicht«, erwiderte Mamma Lucia. »Mir reicht, dass du hier bist. Das ist schön.« Sie lächelte und drückte Nellas Hand, so gut es ihr möglich war. »Und wenn du den Mund hältst, anstatt Blödsinn zu erzählen, dann ist das noch besser.«

Nella grinste. Gegen Mamma Lucia würde sie nie ankommen.

Schwester Alberta kam mit einer Schüssel Suppe. »Es ist Essenszeit«, sagte sie unfreundlich. »Nimm schon.«

Nella deutete auf den Teller der Bettnachbarin. »Bei ihr ist aber Fleisch dabei.«

»Donnerstags gibt es immer Fleisch«, antwortete Alberta. »Aber sie hat keine Zähne.«

»Gib mir ihre Portion«, forderte Nella.

»Sie hat keine Zähne«, wiederholte die Schwester ungeduldig. »Sie saugt nur dran und spuckt es dann aus. Als sie versucht hat, es zu schlucken, wäre sie beinahe erstickt.«

Nella stand auf und nahm einen der Teller mit einem Stück Fleisch darauf. »Ich kaue es vor. In Ordnung?«

»Das ist ja widerlich«, bemerkte Alberta.

»Glaubst du, dass sie dir gerne den Hintern abgewischt hat, als du klein warst?«, fuhr Nella auf. »Hast du das schon vergessen?«

Schwester Alberta sah sie missbilligend an. »Vielleicht hast du etwas vergessen: Den Hintern hat sie nur dir abgewischt, du warst ja ihr Liebling.« Damit machte sie auf dem Absatz kehrt und ging.

Mamma Lucia grinste. »Willkommen zurück, Contessa.«

Und erst da erinnerte Nella sich, dass Mamma Lucia sie schon immer so genannt hatte. Es war gar nicht sie selbst gewesen, die sich diesen Adelstitel ausgedacht hatte. »Warum hast du mich eigentlich immer Contessa genannt?«, hakte sie jetzt nach.

»Weil du immer schon so etepetete warst.« Die Alte lachte. »Genauso wie jetzt.«

»Ich meine es ernst.«

»Weil du *im Ernst* immer schon so etepetete warst.« Mamma Lucia winkte ab. »Da du es schon angeboten hast, könntest du schon mal das Fleisch kauen. Ich habe seit etwa zwei Jahren keines mehr gegessen. Nun mach schon!«

Nella kaute ein Stück weich, tunkte es in Soße und steckte es Mamma Lucia in den Mund.

Die Alte seufzte genüsslich. Lange behielt sie das Stück im Mund, dann sagte sie: »Nicht mal das Vögeln habe ich so genossen.«

Nella kaute ein weiteres Stück. »Ich … muss … alles … von …«

»Mit vollem Mund spricht man nicht«, mahnte Mamma Lucia. »Ich verstehe dich gar nicht.«

Nella kaute, tunkte das breiige Stück in Soße und steckte es Mamma Lucia in den Mund. Die Alte seufzte. Nach etwa einer halben Stunde waren sie fertig.

»Ah …«, stöhnte Mamma Lucia zufrieden. »Gott segne dich, falls es ihn gibt.« Sie lachte. »Ich glaube, dass es auf der ganzen Welt nicht so viele Ungläubige gibt wie im Kirchenstaat.«

*Es muss furchtbar sein, einen so klaren Kopf zu haben und in einen so kranken Körper eingesperrt zu sein*, dachte Nella. *Wie oft sie wohl an den Tod denkt?*

»Nie«, versetzte Mamma Lucia.

»Was?«

Mamma Lucia gab keine Antwort. Sie wusste, was Nella

dachte, auch wenn das nicht jeder, der sie so sah, vermuten würde. »Was hast du vorhin gesagt?«

»Ich muss wieder von vorne anfangen«, sagte Nella. »Wer war ich? Ich weiß es nicht mehr. Hilf mir.«

Mamma Lucia seufzte. »Woher soll ich denn wissen, wer du warst, Contessa?«, meinte sie ernst. »Ich kann dir sagen, wer du für mich warst. Aber das ist jemand ganz anderes.«

Nellas Gedanken wanderten zu Pietro. »Ich habe einen Jungen adoptiert. Er ist liebenswert, sehr schlau und hat einen wirklich schlechten Charakter. Geht in die Luft wegen nichts und wieder nichts, und sein Kopf ist ungefähr so hart wie ein Amboss.«

»Aha. Genau so bist du für mich gewesen«, sagte Mama Lucia lächelnd.

»Nein. Er ist nicht wie ich«, sagte Nella entschieden. »Er wird lernen und Arzt oder Anwalt werden, oder Ingenieur. Er …«

»Er wird also das tun, was du willst?«, unterbrach Mamma Lucia sie. »Denn du weißt, was das Richtige für ihn ist? Oder was das Richtige für dich gewesen wäre? Du mit deinem kleinen dummen Köpfchen. Und jetzt kommst du hierher und gehst mir auf die Nerven mit deinen dämlichen Fragen: ›Wer bin ich? Was mache ich? Wo will ich hin?‹.«

»Warum regst du dich denn so auf?«, fragte Nella beleidigt.

»Weil ich Schwachsinn und Egoismus unerträglich finde«, fuhr die Alte sie an und zog ihre Hand weg.

Nella schwieg. »Du hast recht«, sagte sie schließlich, und ihre Augen füllten sich mit Tränen.

Mamma Lucia nahm wieder ihre Hand und drückte sie.

»Ich bin so dumm«, meinte Nella. »Und egoistisch. Ich habe einen unschuldigen, guten Mann angelogen und behauptet, ich wäre eine andere. Ich bin feige. Ich tue, als wollte ich das Beste für den Jungen … Aber die Wahrheit ist: Ich will, dass er tut, was ich nie getan habe. Und jetzt …«

Mamma Lucia ließ einen lauten Furz los.

Nella zuckte zusammen.

»Ich bekomme immer Luft im Bauch, wenn ich mir langweilige und pathetische Reden anhören muss.« Und wieder furzte sie lautstark. »So. Damit setzen wir jetzt einen Punkt dahinter.«

Nella lachte laut auf. »Du bist eine grantige Alte. Ich habe gerade etwas Wichtiges gesagt.«

»Ja, aber du hättest weitergeredet, wenn ich dich nicht unterbrochen hätte.«

Nella lachte noch lauter. Genau so hatte diese Frau sie großgezogen. Bloß kein Getue.

»Hast du diesem Jungen gesagt, dass du ihm alle Unterstützung geben wirst, die er braucht?«, fragte Mamma Lucia.

»Das weiß er …«

»Hast du es ihm gesagt oder nicht?«

»Nein …«

»Dann sag es ihm.«

Nella nickte und musste husten. Sie nahm das Taschentuch und wischte sich damit über den Mund. Ein roter Streifen war darauf zu sehen.

»Was hast du?«

»Nichts.«

»Ich bin blind, riechen kann ich aber noch. Du blutest.«

Nella war überrascht. »Wie kannst du das nur riechen? Es riecht hier so stark nach Urin, da kommt eigentlich kein anderer Geruch mehr durch.«

»Ich rieche Blut.«

»Es ist nichts.«

»Du kannst mich mal.«

»*Du* kannst *mich* mal.«

So blieben sie sitzen, einander verbunden in ihren Beschimpfungen, die mehr wogen als jede Liebeserklärung.

»Pietro«, sagte Nella. »So heißt der Junge, Pietro. Er hat ein Mädchen kennengelernt und sie mögen sich.« Sie lächelte. »Ich habe ihm erklärt, was Liebe ist, was er tun soll …« Sie hielt inne. »Dabei weiß ich selbst nicht, was Liebe ist.«

»Niemand weiß das«, stellte Mamma Lucia fest.

Nella sah die Alte liebevoll an. Sie war so froh, sie nach all den Jahren lebend anzutreffen. »Und da ist noch etwas. Ich habe einen Mann kennengelernt …«

»Und …?«

»Irgendetwas Seltsames passiert mit mir.«

»Etwas Seltsames oder Normales?«

»Ich weiß es nicht genau.«

»Das ist das Leben.«

»Ist das alles?«

Mamma Lucia lächelte ihr blindes, zahnloses Lächeln. »Findest du das wenig?«

Nella schwieg mit gesenktem Blick.

»Lass dir Zeit«, riet Mamma Lucia. »Du verbringst ein Leben damit, Knoten in ein Seil zu machen, und meinst, du könntest sie mit einem Fingerschnipsen wieder öffnen?«

Nella spürte die Liebe, die sie mit der Alten verband. Die Kraft und Innigkeit. Warum war sie nach ihrer Rückkehr nach Rom nicht sofort hergelaufen? Welche absurde Angst hatte sie zurückgehalten? Die Angst vor Gefühlen? »Darf ich dir einen Kuss geben?«

»Nein«, rief Mamma Lucia und streckte abwehrend eine Hand aus. »Du weißt, dass ich das widerlich finde.«

»Du isst mein vorgekautes Fleisch, aber einen Kuss findest du widerlich?«

»Das ist etwas ganz anderes.«

Nella sah sie lächelnd an. Dieses alte Spiel hatten sie schon tausendmal gespielt.

»Versuch es ja nicht«, drohte Mamma Lucia.

Aber Nella hatte sich schon zu ihr hinuntergebeugt und küsste sie auf die Stirn.

»Du Hure!«, schimpfte Mamma Lucia und wischte sich über die Stirn.

»Grantige Alte!«, gab Nella zurück und blieb damit ihrem alten Muster treu.

Sie wusste, sie musste neu anfangen. Von hier. Mit diesen Spielen. Mit dieser tiefen Zuneigung. Mit den Träumen von damals.

Das Mädchen von damals war da.

»Ich komme wieder«, sagte sie und stand auf.

»Ich warte auf dich, Contessa«, erwiderte Mamma Lucia. Dann murmelte sie noch vor sich hin: »Wo sollte ich in meinem Zustand auch hingehen?«

Nella machte sich auf den Weg zum Ausgang.

»Contessa!«, rief ihr Mamma Lucia hinterher, und Nella kehrte noch einmal zurück.

»Danke, dass du hier warst«, sagte Mamma Lucia, womit sie die alten Regeln brach. »Du bist für die Liebe geboren. Vergiss das nicht.«

»Redest du von dem Mann, den ich kennengelernt habe?«, fragte Nella.

»Nein. Ich rede von dir, du Dummkopf«, brummte Mamma Lucia.

Eilig lief Melo durch das Viertel Monti. Marta war von einem Wachtrupp kontrolliert worden. Ihr war nichts passiert, dem Himmel sei Dank hatte der Drucker – so lautete sein Name bei den Lupi – einen Ausweis für sie gefälscht. Auch Melo war ohne Grund von einem Wachtrupp kontrolliert worden. *Sie versuchen Angst zu verbreiten, um die Menschen einzuschüchtern*, dachte er. *Sie wollen vorsorgen, aber wenn die Zeit reif ist, wird ihnen das nichts mehr nutzen*. Rom und die Römer waren mit jedem Tag mehr zum Kampf bereit. Vor allem Melo wusste, dass es nahezu unmöglich war, einem Volk, das sich eine Idee zu eigen gemacht hatte, diese wieder auszutreiben. Die Römer duldeten keine fremde Herrschaft mehr. Zu Unrecht waren sie ausgeschlossen vom Königreich Italien jenseits ihrer Grenzen.

Er erreichte die Piazza mit der Osteria, die er Marta direkt nach ihrer Ankunft in Rom gezeigt hatte. Die Höhle der Lupi. Der alten Nostalgiker. Nachdem er mit dem Principe gesprochen hatte, war er noch einmal dort gewesen. Um den Lupi eine Standpauke zu halten.

Vor dem Eingang blieb er stehen.

Jetzt mussten sie einem Treffen noch zustimmen.

Aber noch etwas anderes ließ ihn nachdenklich innehalten. Die Begegnung mit Nella am Tag davor hatte schlagartig den Felsen versetzt, unter dem er seine Vergangenheit begraben glaubte. Ein paar einfache Worte hatten einen Sturm in ihm entfacht. Als Nella gegangen und er allein war, ließ er sein Leben noch einmal vor seinem inneren Auge Revue passieren. Die Gefühle, Hoffnungen, die Erwartungen der glorreichen Jahre, Abenteuer und Rebellion. Es war leicht, anderen zu predigen. Denn der größte Feigling von allen, das war er selbst.

Nach der Niederlage war er geflüchtet. Zurück in den Zirkus, wo er kein Pferd mehr bestiegen hatte. Und nicht nur vor Rom und der Niederlage flüchtete er. Nein, da war noch mehr. Er gab auf, was ihn am Leben gehalten hatte. Verschloss Augen und Ohren und hörte auf zu leben.

Auch als die Zirkuswagen an einem Pachthaus vorbeifuhren, vor dem ein winziges Wesen angebunden war wie ein Stück Vieh, tat er zunächst nicht, was er zu einer anderen Zeit ohne zu zögern getan hätte. Doch er wurde dieses Bild von dem angebundenen Mädchen nicht mehr los. Es riss ihn aus seiner Starre und trieb ihn mitten in der Nacht zurück zu dem Haus. Er wusste nicht, was er tun würde. Er wusste nur, dass er noch einmal dorthin zurückmusste. Aber dann begegnete er ihr auf dem Weg. Sie hatte sich gerade befreit und blutete aus einer Wunde am Handgelenk. Die Verletzung war so tief, dass Sehnen und Knochen zu sehen waren. Das Kind blickte ihn an. Es hatte riesige Augen, in denen das pure Grauen stand. Dieses Kind, das mutig genug gewesen war, sich allein zu befreien, hatte ihn wieder zu sich finden lassen.

»Wie heißt du?«, fragte er.

Das Mädchen blieb stumm. Die Zähne fest zusammengebissen, als müsste sie einen Schrei zurückhalten, den sie selbst nicht hätte ertragen können.

»Dann nenne ich dich … Marta«, sagte er. Und der harte Knoten in seiner Brust löste sich.

Er hielt ihr seine Hand hin. Und das Mädchen nahm sie. Hand in Hand gingen sie zusammen durch die dunkle Nacht auf die Zirkuslichter zu. Und mit jedem Schritt fand Melo einen Grund mehr, ein Mensch zu sein.

Jetzt betrat er lächelnd die Osteria.

»Losungswort«, verlangte einer der beiden Betrunkenen.

»Leck mich«, stieß Melo hervor und stieg die Treppe in den verrauchten Keller hinunter.

»Der Capitano!«, rief einer der Männer glücklich.

Auch die anderen Männer freuten sich, ihn zu sehen.

»Wir haben über deine Worte geredet. Wir sind Dumköpfe, wie immer hast du recht. Wir sind bereit, diese Jungen, also, diese jungen Patrioten aus dem Perilli, zu treffen.«

»Das ist die richtige Entscheidung«, stellte Melo ernst fest.

Dann wandten sich plötzlich alle wie auf ein stummes Kommando zur Treppe und stiegen sie hinauf.

»Wo wollt ihr hin?«, verlangte Melo zu wissen.

Aber niemand antwortete.

Sobald er allein war, trat aus dem nebligen Rauch eine Frau auf ihn zu und blieb vor ihm stehen.

Melos Herz begann zu hämmern.

Die Frau sah ihn geradeheraus an, stolz und sanft zugleich.

»Du bist es …«, stammelte Melo.

Die Frau lächelte, wobei sie eine Reihe weißer Zähne entblößte. Sie hatte schöne, volle Lippen, kirschrot. Dichte Augenbrauen. Die schwarzen Haare waren zu einem Dutt gebunden. An den Schläfen zeigten sich die ersten grauen Stellen, wie verwehter Schnee. »Du warst hier, habe ich gehört, und ich wollte dich gerne sehen«, sagte sie. Ihre Stimme war warm und rau.

»Wie wunderschön du bist«, sagte Melo, und seine Augen füllten sich mit Tränen der Rührung.

»Ich habe geheiratet«, sagte die Frau.

Melo spürte einen Stich im Herzen.

Die Frau lächelte auf ihre einzigartige Art, sanft und leidenschaftlich zugleich. In ihrem Blick lag keinerlei Vorwurf. »Ich habe zwei Jahre gewartet«, murmelte sie leise. »Aber dann wusste ich, dass du nicht zurückkommen würdest …«

Melo senkte den Blick. »Ich habe mich wie ein Feigling verhalten, ich weiß, aber … in den letzten zwanzig Jahren ist kein Tag vergangen, an dem ich nicht an dich gedacht habe …«

Die Frau unterbrach ihn mit einem liebevollen Lachen. »Hör doch auf«, meinte sie sanft. »Tu nicht so reumütig. Dafür sind wir zu alt.«

Melo blickte sie wieder an. Ja, sie war immer noch wunderschön. Und ihm fehlten die Worte. »Dann hast du also geheiratet …«, sagte er unbeholfen.

»Er ist ein guter Mann«, nickte die Frau.

*Sie sagt nicht, dass sie ihn liebt*, dachte Melo.

»Wir haben auch einen Sohn bekommen«, fuhr die Frau fort, und in ihren Blick mischte sich jetzt Trauer. »Aber er starb mit drei Jahren an Typhus.«

»Das tut mir leid.«

Die Frau sah ihn unentwegt an. »Melo …«

»Ja?«

Die Frau schüttelte den Kopf. Dann lächelte sie engelsgleich, ein Lächeln voller Liebe und Schmerz. »Er hieß Melo«, sagte sie dann.

Melos Kehle war wie zugeschnürt, so berührt war er. Am liebsten hätte er geschwiegen, wie er es immer tat. Aber er wusste, dass er über den eigenen Schatten springen musste. Das hier war einer der Momente, die nicht wiederkommen würden. Und er war schon vor zwanzig Jahren einmal davongelaufen. Ohne ein Wort. »Ich wollte meiner Tochter auch immer deinen Namen geben … wenn ich eine gehabt hätte …«

Wie von selbst suchten sich ihre Hände, als gehörten sie nicht zu ihren Körpern. Streiften einander. Verflochten sich. Wie selbstverständlich. Ein Augenblick reichte, und sie fanden in die alte Vertrautheit zurück.

»Das sollte eine verheiratete Frau nicht tun«, flüsterte sie.

»Entschuldige«, sagte Melo, aber es gelang ihm nicht, ihre Hände loszulassen.

Und sie zog ihre nicht zurück.

Aber dann, ganz plötzlich, ließen ihre Hände einander doch frei, wie abgesprochen. Wie von selbst. Genau so, wie sie sich gefunden hatten.

»Ich bin froh, dass ich hier war«, sagte die Frau. Ihre Stimme war jetzt noch eine Spur rauer.

»Ich freue mich auch, dass du hier warst.«

Die Frau lächelte ihn ein letztes Mal an. »Leb wohl, Melo.«

»Leb wohl … Marta.«

# 35

*Ende Juni 1870*

*Kirchenstaat – Rom*

Marta drückte sich eng an Pietro. »So will ich für immer bleiben«, sagte sie.

»Ja …«, erwiderte Pietro. Aber er war nicht bei der Sache. »Komm am Freitag in die Via Margutta, bei Sonnenuntergang«, hatte Albanese ihm vor drei Tagen beschieden. Und seitdem hatte Pietro keinen anderen Gedanken mehr. Immer wieder wanderten seine Augen zur Sonne, die bereits unterging.

»Was hast du?«, wollte Marta wissen.

»Nichts.«

»Lügner.«

»Wirklich nicht.«

»Warum schaust du immer wieder nach dem Sonnenstand?«

»Mache ich gar nicht.«

»Lügner.«

Pietro wand sich aus der Umarmung. »Ich muss gehen«, sagte er schließlich.

»Wohin?«

Pietro sah auf den Boden. Und schwieg. »An einen Ort, wo ich nicht hinwill«, erwiderte er schließlich.

»Dann geh doch einfach nicht.«

»Das kann ich nicht.«

»Warum?«

Pietro sah wieder zur Sonne, die schon die Kuppeln der Kirchen streifte. »Das würdest du nicht verstehen.«

»Erklär es mir.«

»Nein, du würdest es nicht verstehen«, erwiderte Pietro knapp. »Ich muss los.«

Marta kniff die Augen zu Schlitzen zusammen. »Dann geh«, meinte sie, stand auf und ging selbst davon.

Pietro wollte ihr hinterherrufen. Sie aufhalten. Aber er tat es nicht.

Weil er nicht konnte.

Weil die Sonne unterging.

Weil Freitag war.

Und Albanese auf ihn wartete.

Schweren Herzens brach er auf zur Schmiede in der Via Margutta. Am liebsten wäre er bei Marta geblieben. »Für immer.« So wie sie es gerade gesagt hatte. Er hatte keine Ahnung vom Leben, aber mit ihr zusammen schien es ihm … »Ausgefüllt«, sagte er laut. Als bräuchte es sonst nichts.

»Wann schlafen wir miteinander?«, hatte Marta wissen wollen, als sie sich in einer dunklen Ecke am Kolosseum geküsst hatten.

Daran dachte er, als er die Via dei Condotti im Viertel Campo Marzio zum Spanischen Platz entlanglief. Der Satz erfüllte seine Gedanken. Und sein Herz.

»Wann schlafen wir miteinander?«

Die Worte hatten sich ihm eingebrannt, pulsierten in seinem Fleisch.

Auf dem Spanischen Platz drängten sich die Kutschen. Über dem zweiten Haus in der Via dei Condotti war ein großer Schriftzug angebracht: »Herberge Alemagna«. Aber eigentlich sah er es gar nicht, denn seine Gedanken waren bei Marta.

»Ich habe das noch nie gemacht«, hatte er wie ein Idiot geantwortet, während ihm das Blut in den Kopf schoss.

»Ich auch nicht.« Marta hatte fröhlich gelacht. »Aber wir hatten beide auch noch niemanden geküsst, bevor wir uns geküsst haben.« Auf ihren roten Lippen hatte ein verträumtes Lächeln gelegen. »Klappt aber doch ganz gut, oder?«

»Wann willst du denn?«, hatte er mit einem dümmlichen Lächeln im Gesicht gefragt.

Pietro bog in di Via del Babuino ein und dann in die Via Alibert.

»Bald«, hatte sie geflüstert.

Wieder schlug Pietro das Herz bis zum Hals. Nur noch wenige Meter, dann würde er die Via Margutta erreicht haben. Die Angst schnürte ihm die Kehle zu.

*Du machst das nur für die Contessa*, sagte er sich, als er in die stinkende Straße mit den herumlaufenden Schweinen einbog, die Straße, die für sein Schicksal vielleicht eine entscheidende Rolle spielen würde. *Du machst das nur für die Contessa*, wiederholte er, um sich Mut zuzusprechen.

Dann straffte er den Rücken und betrat die Schmiede.

»Ich dachte schon, du hättest dir in die Hose gemacht und würdest nicht mehr kommen, Laus«, begrüßte Albanese ihn.

»Aber ich bin da.« Pietro erwiderte seinen Blick. Und spürte von Neuem den Hass in sich hochkochen auf diesen Hurensohn, der die Contessa fast umgebracht hätte.

Albanese umschlang seinen Hals, wobei er ihm die Luft abdrückte – es war die einzige Art, in der er Zuneigung zeigen konnte. »Das ist mein Campione, mein Held!«, verkündete er den anderen in seiner Bande.

Die Männer nickten gleichmütig.

»Gehen wir«, kommandierte Albanese und legte Pietro eine Hand auf die Schulter. Dann befahl er seinen Männern: »Wir sehen uns dort. Bleibt nicht alle zusammen, es wimmelt hier überall von Dreckspatrouillen.«

Die Männer gingen in kleinen Grüppchen los, und Pietro spürte die Verachtung der anderen, die Albanese wie Dreck behandelte – im Gegensatz zu ihm.

»Wohin gehen wir?«, wollte Pietro wissen.

»Das wirst du noch sehen.« Albanese zwinkerte ihm zu. Dann zog er ein Klappmesser mit Knochengriff aus der Tasche. Gelblich, aber glänzend. »Das war mein erstes Messer. Da war ich in deinem Alter.« Er reichte es ihm. »Nimm.«

Pietro betrachtete das Messer und fragte sich, was das sollte. War es am Ende so, dass der Mann, den er so sehr hasste, dass er ihn umbringen wollte, ihn wie einen Ziehsohn behandelte? Das konnte nicht sein, es war zu absurd.

»Nun nimm es schon. Es gehört dir«, forderte Albanese.

Pietro nahm es und ließ die Klinge herausspringen. Sie war fast eine Spanne lang.

»Mit diesem Messer kann man leicht jemanden umbringen. Aber ziel nicht aufs Herz. Die Spitze kann an den Rippen kaputtgehen.« Er lachte, als wäre der Tod etwas besonders Witziges, dann drückte er einen Finger in Pietros rechte Seite. »Hier musst du hinzielen. Auf die Leber. Klar?«

Pietro nickte. *Ich werde daran denken, wenn ich dich umbringe*, dachte er.

»Halt es heute griffbereit«, mahnte Albanese. »Ich kümmere mich um alles. Aber man kann ja nie wissen. Du könntest es brauchen.« Nach einer Weile blieb er vor einem zweigeschossigen, rosafarbenen Haus stehen, dessen Fenster von weißem Stuck eingerahmt wurden. Dann gab er seinen Männern, die nacheinander eingetroffen waren, ein Zeichen.

Die Gauner kletterten sofort über den schmiedeeisernen Seitenzaun des Gartens, in dem Orangen- und Zitronenbäume zwischen akkurat gepflegten Beeten wuchsen, und verschwanden lautlos.

Albanese holte einen Dietrich hervor, sah sich noch einmal um und öffnete blitzschnell das Tor.

»Komm mit. Und kein Wort«, zischte er Pietro zu und schlich lautlos ins Haus.

Die Angst schnürte Pietro die Kehle zu. Von jetzt an konnte er nicht mehr zurück. *Du musst es für die Contessa tun*, wiederholte er wieder und wieder im Stillen für sich, während er Albanese folgte.

Mit einem Messer in der Hand huschte der Gauner von Zimmer zu Zimmer, schaute kurz in jedes hinein und schlich dann weiter bis in die Küche, wo er seinen Männern die Hintertür öffnete. »Vergesst mir ja nicht, dass wir Patrioten sind«, murmelte er, aber es klang bedrohlich, und Pietro verstand nicht, was er damit sagen wollte. Die Männer aber nickten und holten ihre Schlagstöcke hervor.

»Wer ist da?«, ertönte eine männliche Stimme, dann war der Diener auch schon blitzschnell niedergeschlagen und lag gefesselt und geknebelt auf dem Küchenboden.

»Was ist, Marcello?«, näherte sich nun die Stimme einer Frau.

Die Männer verteilten sich zu beiden Seiten der Tür, Albanese schleifte den Diener hinter eine Anrichte, packte Pietro am Arm und zischte: »Runter!«

Pietro hörte die Frau eintreten, dann einen erstickten Schrei, dann nichts mehr. Kurz darauf war auch die Frau gefesselt und geknebelt. Die Bande arbeitete schnell und präzise, die Männer waren bis ins kleinste Detail aufeinander eingespielt.

Albanese reckte den Daumen hoch.

Daraufhin setzten sich alle gemeinsam in Bewegung.

Pietro ließ sich mitreißen, wie ein Blatt in der Strömung.

Sie stiegen die mit einem smaragdgrünen Läufer belegte Marmortreppe hinauf. Im ersten Stock befahl Albanese einem Mann, Wache zu halten, die anderen stiegen weiter hinauf in den zweiten Stock. Hier war die Decke niedrig, und es gab weder Stuck noch Fresken wie unten, hier wohnte die Dienerschaft. Sowohl nach rechts als auch nach links ging ein Flur ab.

Auf ein Zeichen von Albanese teilte die Bande sich auf, er selbst blieb mit Pietro stehen.

Die Männer liefen geräuschlos über die Flure. Kamen sie an eine Tür, huschten sie lautlos ins Zimmer, ein Stöhnen war zu hören, und kurz darauf schlichen sie weiter zur nächsten Tür.

»Wie viele?«, wollte Albanese wissen, als seine Männer wieder da waren.

»Neun«, erwiderte einer der Gauner.

»Und die zwei unten, macht elf«, zählte Albanese. »Einer fehlt noch. Der hat wohl Dienst.« Grinsend stieg er hinunter in den ersten Stock.

Hier gab es keine Flure, nur ein großes halbrundes Vorzimmer, von dem drei Türen abgingen.

Albanese zeigte auf die beiden seitlichen Türen.

Die Gauner sahen kurz hinein und bedeuteten ihm, dass die Zimmer leer waren.

Albanese legte das Ohr an die mittlere Tür. »Ja, Nummer zwölf hat wohl Dienst«, grinste er höhnisch, bevor er mit Wucht die Tür aufriss.

Pietro, der immer noch neben Albanese stand, sah einen muskulösen nackten Jungen ausgestreckt auf dem Boden liegen. Und einen alten Priester, der ihn mit Kerzenwachs betröpfelte, während er rief: »Satan, warum bringst du mich mit deiner Schönheit in Versuchung? Satan!«

Jetzt ließ der Priester die Kerze neben den nackten jungen Mann fallen, der laut stöhnte. »Wer seid ihr?«, stieß der Priester hervor. In der Leistengegend zeigte sein Gewand eine kleine, aber deutliche Ausbeulung.

Obgleich Pietro nichts von alldem zu deuten wusste, widerte ihn die Szene an.

Der Junge versuchte aufzustehen, aber ein Gauner schlug ihn nieder, noch bevor er auch nur ein Knie aufsetzen konnte. Auch er wurde an Händen und Füßen gefesselt und geknebelt.

»Wer seid ihr?«, wiederholte der Priester mit einer Stimme, der anzuhören war, dass er gewohnt war, Befehle zu erteilen.

Dass er gewohnt war, auf andere hinabzusehen. Die Beule in seinem Gewand verschwand.

»Bringt den Jungen raus«, befahl Albanese.

Zwei Männer gehorchten und waren bald zurück.

Pietros Herz hämmerte zum Zerspringen. Er schwitzte und zitterte. Seine Hände waren so verkrampft, dass sich das Blut staute.

»Was wollt ihr von mir, ihr Gauner?«, stieß der Priester hervor und trat einen Schritt auf Albanese zu, den er sofort als Anführer erkannt hatte. »Das werdet ihr den Rest eures Lebens bereuen.«

»Es tut mir leid, Euch gestört zu haben, Euch und … Satan, oder? So heißt der hübsche Junge doch, oder nicht?«

Der Priester zuckte nicht einmal mit der Wimper. Er war mächtig genug, dass man ihm nichts anhaben konnte.

»Das ist Bischof Cola Mastronardi«, sagte Albanese erklärend zu Pietro.

»Wer bist du, du Lump?«, stieß der Bischof herablassend hervor.

Albanese ließ seinen Blick über ihn gleiten und versetzte ihm dann unvermittelt einen so heftigen Schlag, dass die Nase des Bischofs brach und er zu Boden ging.

»Was erlaubst du dir, du Hund?«, stöhnte der Priester. Aber seine Stimme zitterte.

Albanese näherte sich ihm langsam, kniete neben ihm auf dem Boden nieder und schob schließlich sein Gesicht nur wenige Zentimeter vor das des Priesters. »Wau!«, brüllte er plötzlich in die Stille hinein.

Mit aufgerissenen Augen schrak der Priester zurück.

Albanese lachte laut auf. »Gut so. Vor Hunden sollte man Angst haben. Und auch vor den Leuten, die man so nennt.«

»Was willst du, in Gottes Namen?«, flüsterte der Bischof.

»Der Name Gottes klingt falsch aus deinem Mund«, wies Albanese ihn zurecht. Er legte dem Priester eine Hand auf die Schulter, wie einem alten Freund.

Pietros Anspannung wuchs. Sein Hemd war schweißnass und klebte ihm am Rücken.

»Was wir von dir wollen … Genau. Kommen wir zum Geschäftlichen.« Albanese lächelte. »Wo ist das Geld, das du von den Bruderschaften für die Armen bekommst, dann aber stiehlst und für dich selbst nimmst?«

»Ich stehle nicht!«, stieß der Priester hervor. »Ich sammle das Geld.«

»Wir wissen, dass du es sammelst«, gab Albanese ruhig zurück. »Wir wissen aber auch, dass du das gesammelte Geld nicht denen gibst, für die es gedacht ist, sondern damit viele dieser jungen und schönen Satane bezahlst. Und dazu Bilder, Juwelen, Teppiche, edle Gewänder kaufst und auch ein Haus in Ceri.«

»Alles Lügen!«

»Das fängt ja gut an«, seufzte Albanese. »Zieht ihm einen Schuh aus.«

Einer der Männer befolgte den Befehl.

Erfolglos versuchte der Priester, sich zu wehren.

Pietro tat er leid, aber gleichzeitig widerte er ihn auch an.

Albanese nahm den Fuß des Bischofs in die Hand. »Wie schön fein und weiß dieser Fuß doch ist«, tat er bewundernd. »Wenn ich mehr Zeit hätte, würde ich dir einen meiner Füße zeigen. Die sind schwarz, verformt und voller Frostbeulen. Aber wir haben keine Zeit.« Dann legte er die Messerklinge zwischen zwei Zehen an. »Wenn du ein schönes Hühnchen serviert bekommst, hast du da schon mal gesehen, wie man den unteren Schenkel vom oberen löst? Das Messer wird am Gelenk angesetzt.« Er befühlte den kleinen Zeh am Ansatz. »Hier, siehst du? Hier zum Beispiel ist ein Gelenk.«

»Was soll das?«, kreischte der Bischof.

Mit einer knappen Bewegung schnitt Albanese den Zeh ab.

Der Bischof schrie auf. Albanese hielt ihm seinen Zeh vor die Nase.

»Sagst du mir jetzt, wo das Geld ist?«, fragte er mit einem kalten Lächeln und warf den kleinen Zeh unbekümmert in eine Ecke. »Es wäre ganz schön langweilig, zehn Zehen abzuschneiden. Einer ist ja schon ab. Da würde ich lieber den ganzen Fuß nehmen. Oder ein Ohr. Oder ein Auge.«

Der Bischof schluchzte und sah zu, wie sein Blut auf den hellen Teppich – ein französischer Aubusson – tropfte. »Ich sage es dir …« Zitternd deutete der Bischof auf einen Tresor.

»Das gefällt mir schon besser!« Albanese sprang flink wie ein wildes Tier auf die Füße und ging zum Tresor.

»34 nach rechts, 23 nach links, 11 nach rechts.«

Die schwere Tür sprang auf.

Albanese sah hinein und bedeutete einem der Männer, einen Sack mit dem Inhalt zu füllen. »Du wirst doch nichts dagegen haben, wenn wir auch die schönen Goldsachen hier mitnehmen, oder?«

»Gott wird euch bestrafen!«, schrie der Bischof mit Tränen in den Augen.

»Wenn du tatsächlich glauben würdest, dass es Gott gibt«, versetzte Albanese mit undurchdringlicher Miene, »dann hättest du die Hungerleider dieser Stadt nicht schon dein ganzes Leben lang beraubt, denn dann hättest du Angst vor seiner Strafe.« Er kniete sich neben ihn. »Aber wenn es ihn gibt, dann wirst du ihn bald sehen.«

Eine Welle der Panik durchfuhr Pietro. Es lag etwas Schreckliches in diesen letzten Worten. Außerdem konnte er den Blick kaum von dem abgeschnittenen Zeh wenden. In diesem Moment packte Albanese den Bischof, setzte das Messer an seinen Hals und schnitt ihm mit einer schnellen Bewegung die Kehle durch. Fast hätte er den ganzen Kopf abgetrennt.

Fassungslos sah Pietro zu, wie das Blut aus der Wunde spritzte und langsam verebbte. Albanese und seine Männer lachten.

Pietro musste sich übergeben.

Die Männer lachten noch mehr.

Auch Albanese. »Komm mal her, Campione«, sagte er.

Pietros Magen krampfte, am liebsten wäre er weggelaufen.

Der Gauner sah ihn an. »So, das war deine Taufe.«

Pietro war sicher, dass er sich noch einmal übergeben musste.

»Es lebe Italien!«, rief Albanese lachend. »Freiheit für Rom!«

Einer der Männer nahm eine Trikolore und warf sie auf den toten Priester.

Als sie das Haus verließen, sagte Albanese zu Pietro: »Das ist mir beim ersten Mal auch passiert. Kein Grund, sich zu schämen.«

»Warum?«, fragte Pietro.

»Weil du noch nicht daran gewöhnt bist«, erwiderte Albanese.

»Nein … Warum hast du ihn umgebracht?«

»Ach so.« Albanese winkte ab. »Wenn wir das Haus von einem Priester leerräumen und ihn abstechen, dann sind wir nur Diebe und Mörder. Aber wenn wir sein Geld stehlen und ihn abstechen … und die Dienerschaft, also das Volk, am Leben bleibt, und bei der Leiche vom Bischof liegt eine Trikolore, das Symbol der päpstlichen Tyrannei, dann sind wir Patrioten, Revolutionäre … und die Leute halten zu uns, keiner zeigt uns an oder verrät uns.«

»Aber ihr seid doch gar keine Patrioten.«

»Natürlich nicht. Glaubst du etwa, diese Scheißstadt hier bedeutet mir irgendetwas?« Albanese lachte, und mit einem Mal leuchteten seine Augen. »Weißt du, was großartig wäre? Wenn du ein Foto geschossen hättest, als ich ihm die Kehle durchgeschnitten habe. Wenn Rom an Italien angeschlossen wird – kannst du dir vorstellen, wie viel solche Fotos dann wert sein werden? Sie wären der Beweis dafür, dass ich ein Held bin. Und der Scheißkönig höchstpersönlich würde mich zum Ritter schlagen … und mir helfen, etwas aus mir zu machen!« Er klopfte Pietro auf die Schulter. »Das nächste Mal machst du Fotos, oh ja!« Er lächelte stolz.

Pietro schauderte schon bei der Vorstellung. Aber mehr noch als der Mord machten ihm die Augen von Albanese zu schaffen. Augen, die über den Tod lachten. Nein, dieser Bastard war eine Nummer zu groß für ihn. Er durfte sich nichts vormachen. Er hatte nicht die geringste Chance, ihn umzubringen. Auf jeden Fall nicht mit einem Messer. Er musste sich etwas anderes ausdenken.

Wie ein Gespenst bewältigte er den Weg zur Schmiede in der Via Margutta.

»So, die sind für dich«, sagte Albanese schließlich und gab ihm einige Münzen. »Die hast du dir verdient.«

Pietro nahm das Geld, und Albanese versetzte ihm einen freundschaftlichen Klaps. »Ich bin stolz auf dich.«

»Ich muss gehen.« Pietro verließ eilig die Schmiede und machte sich auf den Heimweg. Plötzlich brach er in Tränen aus.

Er kam sich vor wie ein Mörder. Beschmutzt.

Aber während er da schluchzend mitten auf der Straße stand und die Tränen in seine zitternden Hände tropften, dachte er an das, was Albanese gesagt hatte. Dass er fotografiert werden wollte.

Und da hatte er eine Idee.

# 36

*Ende Juni 1870*

*Kirchenstaat – Rom*

Leutnant Henri Beras konnte sich diese Frau nicht aus dem Kopf schlagen. Nella Beltrame. Der Gedanke an sie lenkte ihn seit Wochen ab, sogar als er seine Truppe durchzählte. Und nach dieser so eindringlichen Begegnung mit ihr war ihm plötzlich klar geworden, dass ihn die Meinung seiner Soldaten überhaupt nicht interessierte.

Auch das hatte er dieser Frau zu verdanken.

Dies alles war unglaublich. Unerklärlich.

Stolz war sie ihm entgegengetreten, um ihren Sohn zu verteidigen. Hatte ihn entwaffnet, indem sie ihm die Armseligkeit der Justiz vor Augen führte, die er verteidigen sollte. Eine Justiz, die ihren Namen nicht wert war. Weil es keine Justiz war.

Und anstatt überheblich seine eigene Macht zu nutzen, wie man es ihm beigebracht hatte, hatte er reumütig wieder vor ihrer Tür gestanden und sich ausgesprochen. Gab alles zu. Öffnete ihr, einer Fremden, sein Herz. Wie er es nie zuvor bei jemandem getan hatte.

Und sah nun selbst in seinem Herzen, was er jahrelang verleugnet hatte.

Gestand sich ein, was er niemals hatte wahrhaben wollen. Denn wenn er akzeptierte, was er dieser Frau gestand, dann würde auch das Gedenken an seinen Großvater beschmutzt, der 1799 während Napoleons Ägyptenfeldzug in Akkon von einem Bajonett durchbohrt wurde. Und das Gedenken an seinen Vater, unter Napoleon III. 1854 gefallen bei der Belagerung von Sewastopol auf der Krim. Und das Gedenken an seinen Bruder, ebenfalls durch feindliches Feuer zu Tode gekommen, genau an Silvester 1857 in Canton während des zweiten Opiumkrieges.

Als letzter männlicher Nachkomme seiner Sippe hatte er nie in Betracht gezogen, etwas anderes zu werden als Soldat. Obwohl ihm Kriege und Soldaten zuwider waren. Das Wort Ehre ließ ihm keine Wahl, wenngleich es vielleicht ein leeres Wort war. Er begrub seinen Traum, Verleger zu werden, der mit der heimlichen Lektüre der Werke Victor Hugos erwacht war. Zu Hause hatte er diesen Namen nicht einmal aussprechen dürfen, da Hugo wegen seiner politischen Aktivitäten gegen Louis Napoleon, den späteren Napoleon III., in Verbannung lebte.

Dieser Frau hier aber erzählte er das alles einfach so. Vielleicht hatte er auch nur auf die richtige Gelegenheit gewartet. Oder auf den richtigen Menschen.

Henri Beras ging zum Kasino. Es war Essenzeit.

»Wie ist das nur möglich?«, fragte er sich laut.

»Was sagt Ihr?«, erkundigte sich ein Capitano neben ihm.

»Nichts, Signore«, erwiderte Beras.

»Doch, doch, ich habe verstanden, Leutnant«, sagte der Capitano. »Wir Offiziere müssen die Nerven behalten. Überall gibt es Aufruhr. Wir leben hier auf einem Pulverfass, das jeden Moment hochgehen kann, und müssen die Kontrolle über die Stadt behalten. Sagt Euren Männern, dass sie nur im Notfall schießen sollen. Um die Situation nicht zu verschlimmern. Sie ist schon schlimm genug.«

»Ja, Signore«, erwiderte Beras. Nach dem Essen verließ er rasch die Villa Medici, den Sitz der französischen Akademie, wo er auf den Hügeln des Pincio mit den anderen ranghohen Offizieren untergebracht war. Er erreichte die Spanische Treppe, und von dort, Roms angeblich höchstem Punkt, blickte er auf die tote ewige Stadt herab, die ihm vom ersten Tag an zuwider gewesen war. Wegen ihrer Bestechlichkeit, wegen ihrer heuchlerischen Prälaten, die hier im Namen Gottes regierten, sich aber doch viel mehr für ihre eigene Brieftasche interessierten als für ihre Gemeinde, die das Geld zum Fenster hinauswarfen und die Stadt sich selbst überließen. Gut informierte französische Diplomaten sagten, die Stadt stehe kurz vor dem Kollaps, und das nicht nur, weil die Verwaltung seit 1850 ein Finanzloch von zwei Millionen Dukaten geschaffen hatte. Doch heute war sie Henri vor allem wegen dieses um sich greifenden Hasses zuwider. An dem die Franzosen schuld waren. Die bewaffneten Fremden.

Sein Blick wanderte zum Tiber, genauer zur Via di Panìco, und in diesem Moment dachte Beras nicht an die Unruhen. Denn seit seiner Begegnung mit Nella Beltrame war er ein anderer. Das spürte er tief in seinem Inneren.

Er machte sich auf den Weg, lief die einhundertsechsunddreißig Stufen der prächtigen Treppe hinunter, und einen Moment später, so schien es ihm zumindest, stand er vor Nella Beltrames schäbiger Tür.

»Und jetzt?«, fragte er sich laut.

*Jetzt fange ich auch noch an, mit mir selber zu sprechen, wie ein Verrückter.*

Er sah sich um und entdeckte eine Bäckerei. Im Laden fiel ihm ein *Pain au chocolat* ins Auge. »Das nehme ich«, rief er begeistert.

Er eilte zurück, und als er klopfte, schlug ihm das Herz bis zum Hals.

Nach einer Zeit, die ihm endlos schien, öffnete sich die Tür.

»Ich weiß, ich bin nicht eingeladen …«, stammelte Beras, »aber …«

Als Nella ihn sah, wurde sie von ihren Gefühlen überrannt, erklärte aber nüchtern: »Mein Sohn ist nicht da. Er ist mit seiner Freundin unterwegs und kommt heute Abend erst spät nach Hause, hat er gesagt. Habt Ihr Eure Meinung geändert und wollt ihn nun doch verhaften?«

Bestürzt schüttelte Beras den Kopf. »Nein, Madame!«

Nella lachte. »Sind die Franzosen alle so, oder fehlt es nur Euch an Humor?«

Beras errötete. »Verzeiht … ich bin ein Dummerjahn …«

»Aber nein. Ich mache nur eben gerne einen Witz.« Und dann rutschte ihr heraus: »Vor allem, wenn ich nervös bin.«

»Ich mache Euch nervös? Das tut mir leid.« Beras schien enttäuscht.

»Nein, nein. Es ist nur so ein Gefühl …« Nella wollte schon sagen, dass es ein schönes Gefühl sei, konnte sich aber gerade noch zurückhalten. Sie musste aufpassen. Er war ein Fremder. Ein vollkommen Fremder. Obwohl er ihr diesen Schwindel bereitete und sie ihren Blick nicht von ihm nehmen konnte, von seinen so klaren, schönen Augen.

»Ein Gefühl …?«

Nella schüttelte den Kopf und machte eine unspezifische Geste, von der sie hoffte, sie könnte doch etwas bedeuten. »Kommt herein«, forderte sie Beras auf und trat zur Seite.

Unbeholfen trat er ein.

Dann standen sie einander gegenüber da, sahen sich an und wandten sofort wieder die Blicke ab, wie zwei Heranwachsende.

»Jetzt stehen wir hier wie festgewachsen.« Nella lachte.

Beras stimmte ein.

Aber keiner von beiden bewegte sich.

»Ich habe etwas für Euch«, sagte Beras schließlich unbeholfen.

»Oh. Was ist es denn?«

»Ein französisches Gebäck, das ich als Kind sehr gern mochte«, antwortete Beras. Und erst da begriff er, warum er ausgerechnet das *Pain au Chocolat* gewählt hatte: Er verband glückliche Kindheitsmomente mit dem Gebäck, Momente, in denen er noch er selbst gewesen war. Und dort wollte er für einen Neuanfang ansetzen. »Meine Großmutter hat es immer für mich gebacken. Und meine Mutter auch.«

Nella nahm das Päckchen. »Kommt«, sagte sie und ging zum Tisch. Sie schämte sich, weil sie schmutziges Geschirr hatte stehen lassen. Aber eigentlich schämte sie sich für die gesamte schäbige, dunkle Unterkunft, in der es nach Schimmel roch. »Setzt Euch.« Sie öffnete das Päckchen. *»Pain au chocolat!«*, rief sie strahlend.

»Ihr kennt es?«, staunte Beras.

In diesem Moment durchfuhr Nella ein heftiger Schmerz. »Setzt Euch, bitte«, wiederholte sie, als sie wieder zu Atem gekommen war. »Ich halte mich nicht mehr auf den Beinen.«

»Geht es Euch nicht gut?«

»Nein, es ist nichts …«

Beras sah sie prüfend an. Sie schien blasser als beim letzten Mal zu sein. »Seid Ihr sicher?«

»Ich liebe *Pain au chocolat*«, versuchte Nella das Thema zu wechseln.

»Ich auch …«

»Ich wette, Eure Großmutter hat sie immer für Euch gebacken. Und Eure Mutter.«

Sie sahen einander an und brachen dann wie auf Kommando in Gelächter aus.

»Ich bin ein großartiger Unterhaltungskünstler, wie?«, fragte Beras schmunzelnd.

Nella sah ihn an. Obwohl dieser Mann ein ranghoher Soldat war, legte er keinerlei Gehabe an den Tag und war so entwaffnend ehrlich, wie Nella es kaum je zuvor bei jemandem erlebt hatte.

»Möchtet Ihr ein Stück?« Nella deutete auf das Gebäck.

»Nach Euch«, erwiderte Beras, der einfach nicht mehr aufhören konnte zu lächeln.

Dieses Lächeln ging Nella durch und durch. Sie dachte an das, was Mamma Lucia gesagt hatte. Dachte daran, dass sie wieder anfangen wollte bei dem Mädchen, das verlorengegangen war.

Und genauso, wie es ein Mädchen gemacht hätte, nahm sie das Gebäck und brach ein Stück ab. Einfach so, ohne Messer, ohne auf Manieren zu achten. Ohne eine Contessa zu sein. »Habt Ihr es auch immer so gegessen?«, fragte sie.

Als Antwort brach auch Beras ein Stück Gebäck ab. »Ja!«, rief er. »So schmeckt es doch am besten!«

So lachten sie miteinander, bis Nella plötzlich wieder einen starken Schmerz verspürte. Doch er verging so schnell, wie er gekommen war. Sie hoffte, dass Henri nichts bemerkt hatte.

Sie saßen nebeneinander. Ihre Knie berührten sich.

»Ihr habt … Ihr seid …«, Beras zeigte auf ihren Mundwinkel.

»Schokolade?«, kicherte Nella.

»Ja.«

Beras zog ein blütenweißes Stofftaschentuch aus seiner Jackentasche. »Erlaubt Ihr?«, fragte er und führte es zu ihrem Mund.

Nella saß reglos da. Und doch hatte sie das Gefühl, sich ihm entgegenzuneigen, sich seiner Hand entgegenzuneigen, die ihr Schokolade aus dem Mundwinkel wischen, die ihre Lippen berühren würde. Sie sehnte sich so sehr danach. »Nein!«, brach es plötzlich aus ihr hervor, und sie fuhr abrupt zurück. Sofort meldeten sich wieder die Schmerzen. Sie keuchte.

»Verzeiht.« Beras hielt sofort reumütig inne.

*Was bin ich doch für ein ungehobelter Idiot*, dachte er. Er hatte sich so sehr gewünscht, diese schönen Lippen zu berühren, und hatte es tatsächlich gewagt. Das passte eigentlich gar nicht zu ihm. Er behielt immer die Kontrolle. Das machte man ihm sogar oft zum Vorwurf. Er sei zu steif, zu formal, zu wenig kameradschaftlich, nicht empathisch genug. Aber bei dieser Frau hier war alles anders, er war anders. Oder der, der er glaubte zu sein, der sich gerade Stückchen für Stückchen auflöste. »Verzeiht«, wiederholte er beschämt.

Nella wusste, dass sie ihn gekränkt hatte. Aber als sie so

wünschte, seine Finger auf ihren Lippen zu spüren, befürchtete sie plötzlich, es könnte nicht nur Schokolade, sondern auch Blut auf dem Taschentuch sein. Und das war sogar höchst wahrscheinlich, denn so heftig wie heute waren die Schmerzen schon lange nicht mehr gewesen. »Nein …«, murmelte sie. Aber dann konnte sie nichts anderes mehr sagen. Sie spürte das Verlangen, sich ihm zu öffnen, ihm zu erklären, warum sie ihn abgewehrt hatte, und das machte ihr Angst. Noch einmal riss sie sich zusammen. »Ihr müsst nun gehen, Leutnant«, sagte sie distanziert und hoffte, dieser abrupte Tonwechsel würde ihn davon ablenken, dass ihr mit einem Mal beinahe die Sinne schwanden. Dass dieser letzte Satz sie die letzte Kraft gekostet hatte. Dass ihre Hände zitterten und ihr Herz immer langsamer schlug, trotz seiner Anwesenheit.

Beras sprang auf die Füße. Das also war das Ergebnis seiner Unverfrorenheit. Er hatte diese Frau behandelt wie eine Hure. Als ob er, nur, weil er französischer Soldat war, nicht nur mit Rom machen könnte, was ihm gefiel, sondern auch mit Roms Frauen. »Ich … bitte verzeiht … Ich wollte nicht …«

»Geht jetzt«, unterbrach Nella ihn.

Und in Beras' Ohren klang diese Aufforderung unendlich verächtlich. Sie wollte ihn loswerden. Und recht hatte sie.

Nella sah, wie beschämt er war. Und es gab nichts, das sie tun konnte. »Entschuldigt, dass ich Euch nicht … zur Tür begleite …« Sie rang nach Luft.

Er hätte sie nicht schlimmer demütigen können, dachte Beras. Er, ein arroganter französischer Soldat, war hier allein mit dieser wehrlosen Frau – wie hatte er das nur geschehen lassen können? Alles hatte er zerstört. *Du Idiot*, schalt er sich. Respektvoll neigte er den Kopf, schritt zur Tür und verschwand. Der Kloß in seinem Hals war so groß, dass er fürchtete, daran zu ersticken.

»Es … tut mir so … leid …«, murmelte Nella und sank zu Boden. Ein Schleier legte sich über ihre Augen, und alles verschwamm in milchiges Dunkel. Bevor sie ohnmächtig wurde, dachte sie noch an seine Finger auf ihren Lippen.

Sie lächelte und murmelte: »Henri …«

Als würde sie ihn schon ewig kennen.

## 37

*Ende Juni 1870*

*Kirchenstaat – Rom*

Am Morgen nach dem Bischofsmord klopfte Pietro an die Tür in der Via Curato.

»Was willst du?«, erkundigte sich das unfreundliche Dienstmädchen.

»Ich will den Arzt sprechen«, erwiderte Pietro. Als er die Wohnung verließ, hatte Nella so schwach gewirkt wie noch nie.

»Er frühstückt gerade …«, setzte das Dienstmädchen an.

Aber Pietro hörte gar nicht zu, er stieß sie zur Seite und marschierte geradewegs ins Esszimmer. »Ich habe das Geld«, platzte er heraus.

Der Arzt sah ihn verärgert an. »Siehst du nicht, dass ich gerade esse?«

»Ihr tut nichts anderes«, gab Pietro zurück. Der Klang seiner Stimme war in nur einer Nacht hart wie Stahl geworden. Einer nicht enden wollenden Nacht, in der er kein Auge zutat. In der er immer wieder den Mord sah. Immer wieder Blut roch. In der er zum Mann geworden war, plötzlich und unwiderruflich. »Meine Mutter ist krank. Kommt mit.«

Der Arzt sah das Geld. Er wischte sich mit einer Leinenserviette den Mund ab, stand auf und nahm die Ledertasche mit seinen Instrumenten.

Vor dem Souterrain gab Pietro ihm die verabredete Summe. »Sagt nicht, dass ich Euch Geld gegeben habe. Sagt, Ihr würdet sie umsonst untersuchen.« Undurchdringlich blickte Pietro ihn aus kalten Augen an. »Ihr werdet so tun müssen, als wärt Ihr ein guter Arzt.«

Den Arzt kümmerte der Sarkasmus nicht. Schweigend nahm er das Geld, und sie betraten die Unterkunft.

Im Schein des Öllämpchens saß Nella gebeugt da und nähte. Sie war blass, und ihre Hände zitterten.

»Der Arzt ist da«, sagte Pietro.

»Aber nein, das ist doch nicht nötig …« Nella rang nach Luft. »Außerdem habe ich gar kein Geld.«

»Ihr müsst nicht bezahlen, Signora«, beruhigte der Arzt sie ganz selbstverständlich, offensichtlich war er das Lügen gewohnt. »Lasst Euch untersuchen.«

»Umsonst?«, staunte Nella.

»Wir sind doch Christen, keine herzlosen Tiere«, bemerkte der Arzt und stellte seine Tasche ab. »Euer Sohn hat mich gebeten, und ich …«

Nella hustete in ihr Taschentuch, auf dem sofort ein roter Fleck erschien.

Der Arzt schrak zurück.

»Es ist keine Tuberkulose«, erklärte Nella.

»Na los, untersucht sie«, drängte Pietro.

Der Arzt sagte Nella, sie solle sich auf den Tisch legen. Pietro half ihr. Sie wurde immer schmächtiger, es tat ihm im Herzen weh.

Der Doktor öffnete seine Tasche und holte ein kegelförmiges Instrument heraus. Er legte es mit dem schmalen Ende an Nellas Brustkorb und legte dann sein Ohr an das breitere Ende. »Bitte kräftig einatmen.«

Mit schmerzverzerrtem Gesicht atmete Nella ein.

»Die Lunge ist in Ordnung. Von dort kommt das Blut nicht«, stellte der Arzt fest. »Habt Ihr etwas gegessen, das Ihr nicht gut vertragen habt?«

»Sie isst fast überhaupt nichts«, beantwortete Pietro die Frage.

»Ihr müsst essen, Signora«, mahnte der Arzt. »Man kann leicht ein Geschwür bekommen, wenn man zu wenig isst. Ihr müsst Fleisch, Leber und Brot zu Euch nehmen, viel Brot, das schützt die Magenwände.«

»Was sie isst, hat nichts damit zu tun. Sie ist …«, fing Pietro an.

»Ich bin gestürzt«, unterbrach Nella ihn. »Auf der Treppe.«

»Aha, ein Sturz«, sagte der Arzt. »Dann ist das Blut normal. Ihr müsst Euch ausruhen, Ruhe ist die beste Medizin«, fuhr er fort und packte seine Tasche.

»Ihr seid schon fertig?«, wollte Pietro überrascht wissen.

»Deine Mutter ist gesund«, erwiderte der Arzt und hob die Schultern. »Sie sollte eine Woche lang im Bett bleiben, dann wird alles wieder gut.«

»Da kann ich aber nicht nähen«, gab Nella zu bedenken.

»Dann näht Ihr eben nicht«, sagte der Doktor leichthin.

»Wenn ich nicht nähe, dann gibt es auch nichts zu essen«, entgegnete Nella.

Der Arzt schüttelte den Kopf. »Was wollt Ihr hören? Ruhe ist Eure Medizin. Wenn Ihr Euch nicht daran haltet, wird es anstatt einer zwei Wochen dauern, bis Ihr wieder gesund seid. Habt ein wenig Geduld.« Damit öffnete er die Haustür und verschwand.

Einen Moment blieb Pietro fassungslos stehen, dann rannte er ihm hinterher.

Er holte ihn auf der Straße ein und stellte sich vor ihm auf. »Dieb! Gebt mir mein Geld zurück!«

»Was willst du, Junge?« Der Arzt sah ihn abschätzig an. »Ich habe deine Mutter untersucht. Dachtest du vielleicht, ich kann zaubern?«

»Ihr habt gar nichts gemacht, außer mein Geld zu nehmen!«, schrie Pietro.

»Wer ist hier der Arzt, du oder ich?«, entgegnete der Doktor. »Verschwinde jetzt.«

Da verlor Pietro den Kopf. Er holte das Messer hervor, ließ die Klinge aufspringen und hielt sie dem Arzt drohend entgegen. »Gebt mir das Geld zurück!«

Der Arzt zuckte nicht einmal mit der Wimper. »Treib es nicht zu weit. Ich bin der Arzt von Albanese, falls dir der Name etwas sagt.«

*Und ob mir der Name etwas sagt*, dachte Pietro. Wenn er dem Arzt das Geld abnahm, würde der geradewegs zu Albanese laufen. Und Albanese würde wissen wollen, wer dieser Junge war und wo er mit seiner Mutter lebte. Und dann würde alles herauskommen. Und er und Nella wären verloren.

»Gut«, feixte der Doktor, der sein Zögern falsch deutete. »Du weißt anscheinend, von wem ich spreche. Und jetzt nimm das Messer weg.«

Pietro bewegte sich nicht.

»Wache!«, schrie da der Arzt.

Pietro klappte das Messer ein und steckte es in die Tasche.

Die vorbeikommende Wache trat heran. »Guten Tag, Doktor«, grüßte der Mann, dann deutete er auf Pietro. »Macht der da Euch Probleme?«

»Nein«, erwiderte der Arzt. »Ich wollte nur fragen, wie es deiner Frau geht.«

»Gut, Doktor, danke. Habt Ihr schon gehört, dass Bischof Cola Mastronardi ermordet wurde?«

»Diese Stadt ist nicht mehr dieselbe.« Der Doktor schüttelte den Kopf, aber es war offensichtlich, dass ihm der Tod des Bischofs vollkommen gleichgültig war.

»Kriminelle … von wegen Revolutionäre.«

»Genau«, bestätigte der Arzt. »Also dann, auf Wiedersehen.« Er klopfte der Wache auf die Schulter. Als der Mann außer Hörweite war, wandte er sich an Pietro: »Ich bin Doktor. Und du, du bist ein dreckiger Niemand. Hast du jetzt kapiert, wie es läuft?«

Pietro spuckte ihm auf die Schuhe und ging davon.

Als er die Wohnung betrat, lag Nella auf dem Boden. Pietro half ihr aufzustehen. »Was ist passiert?«, erkundigte er sich besorgt.

»Ich wollte nicht den ganzen Tag auf dem Tisch herumliegen«, sagte Nella mit einem Lächeln, als ob nichts geschehen wäre.

»Dieser Arzt hat keine Ahnung!«, brach es aus Pietro hervor, während er Nella auf den Stuhl half. »Hoffentlich wird er krank und von einem behandelt, der so ist wie er selbst.«

Nella strich ihm die Strähne aus dem Gesicht. »Nicht böse werden, Cavallino«, mahnte sie sanft. »Was hast du erwartet? Immerhin hat er mich umsonst untersucht …«

»Nein! Er hat es ni…«, Pietro biss sich auf die Lippe.

»Er hat was?«

»Er hat es nicht gut gemacht«, versuchte Pietro die Situation zu retten. »Auch wenn er es umsonst macht, muss er es doch gut machen!«

Nella lächelte. Sie war bleich wie der Tod und rang nach Luft.

»Ich besorge dir etwas zu essen«, meinte Pietro düster.

»Wir haben aber kein Geld für Fleisch und Leber und …«

»Ich lasse mir etwas einfallen«, murmelte Pietro und machte sich auf den Weg.

Er lief zum Metzger und gab ihm eines der Geldstücke, die er am Abend zuvor *verdient* hatte. Dann zum Bäcker. Zehn Minuten später war er wieder zu Hause. Mit einem Brot und einem Päckchen.

»Leber«, erklärte er.

Nella blickte ihn überrascht an. »Wie hast du das bezahlt?«

»Mach dir darüber keine Gedanken«, sagte Pietro lediglich. Wenigstens zu irgendetwas waren die Scherereien gut, die er sich eingebrockt hatte.

»Hast du das Geld gestohlen?«, fragte Nella alarmiert.

»Nein. Habe ich nicht.«

»Schwör es mir!«

»Reg dich nicht auf ... Bitte, bleib ruhig.«

Nella beobachtete ihn. »Du verheimlichst mir doch etwas«, sagte sie misstrauisch. »Du kannst mir ja nicht mal in die Augen sehen. Ich weiß genau, dass du mir etwas verheimlichst.«

Pietro hob den Blick. »Ich arbeite beim Metzger. Putze da Blut weg.«

Nellas Augen füllten sich mit Tränen, so gerührt war sie. »Du bist ein ganz besonderer Junge, Cavallino«, murmelte sie.

Wieder wich Pietro ihrem Blick aus. Er war ganz und gar kein besonderer Junge. Er hatte nur gelernt zu lügen. Und mit einer Mörderbande herumzulungern, deren Anführer sie fast umgebracht hätte.

»Wie kocht man das?«, fragte er.

»Ich mache das schon«, erwiderte Nella. Sie erhob sich mühsam und stellte eine Pfanne mit etwas Schmalz darin auf den Herd. Sie ließ die Leber darin brutzeln, und als sie fertig war, schnitt Nella sie in der Mitte durch und legte die beiden Hälften auf zwei Teller. »Zu Tisch!«, rief sie lächelnd.

Pietro setzte sich und kostete ein winziges Stück. Er verzog das Gesicht. »Schmeckt mir gar nicht.«

»Es ist gut für dich. Iss.«

»Nein, es ist ekelhaft.« Er schob seinen Teller zu ihr. »Iss du.« Und bevor sie etwas erwidern konnte, stand er auf. »Ich muss los«, sagte er und zog die Tür hinter sich zu.

Nella blickte ihm nach. Sie wusste nur zu gut, dass Pietro die Leber nicht ekelhaft fand.

Und wieder füllten sich ihre Augen mit Tränen. Aber jetzt war sie allein und musste sie nicht mehr zurückhalten.

Pietro kam Marta ganz verändert vor, seit sie sich das letzte Mal am Kolosseum geküsst hatten. Ein dunkles Licht, zornig und schmerzvoll zugleich, hatte sich in seine Augen geschlichen.

»Was hast du?«, fragte sie geradeheraus.

»Meine Mutter ist krank«, erwiderte Pietro.

»Hast du einen Arzt geholt?«, erkundigte sich Marta.

»Ja, aber das war sinnlos«, meinte Pietro düster.

»Was hat sie denn?«

»Nichts …«

»Ist sie jetzt krank oder nicht? Willst du mit mir reden oder nicht?«

Verzweifelt stieß Pietro einen Schwall Luft aus und fuhr sich mit der Hand übers Gesicht, als könnte er seine Angst wie eine Maske abreißen. »Ich habe es Melo erzählt«, sagte er schließlich.

»Was?«

Pietro schwieg und sah zu Boden.

»Du hast es Melo erzählt, aber ich darf es nicht wissen?« brauste Marta auf.

Pietro sah sie unsicher an. »Versprichst du mir, dass du es nicht weitererzählst?«

»Für wen hältst du mich eigentlich?« Marta war wütend, aber sie spürte auch seine Angst. »Erzähl es mir«, sagte sie sanft, nahm seine Hand und küsste sie.

»Ein Gauner hat sie fast umgebracht. Er hat sie geschlagen und getreten …« Seine Augen füllten sich mit Tränen. »Das ist jetzt lange her, aber es geht ihr immer noch nicht gut, im Gegenteil. Ich habe Angst, dass … sie stirbt.« Er atmete tief durch. »Was ich dir gestern gesagt habe, diese Sache, da, wo ich nicht hinwollte … gestern … ich bin doch hingegangen.« Tränen rannen über sein Gesicht und spülten das dunkle Licht fort, das Marta zuvor in seinen Augen gesehen hatte. Er atmete jetzt schneller und fuhr mit dem Finger durch die Luft. »Frag mich nicht, was ich da gemacht habe. Erzähl ich dir nie. Nie.«

»Etwas Schlimmes?«

»Ich brauchte Geld für den Arzt …«

»Hast du das Geld gestohlen?«

»Ich hab doch gesagt, dass ich's dir nicht erzähle!«, fuhr Pietro sie an.

Marta stand auf und nahm seine Hand. »Komm«, forderte sie ihn auf.

»Wohin?«

»Zu Melo«, antwortete Marta.

Melo sah die beiden Hand in Hand herankommen, Pietro mit tränenüberströmtem Gesicht. Alarmiert legte er die Bürste beiseite, mit der er gerade ein Lipizzanerpferd striegelte.

»Du musst Pietros Mutter helfen«, sagte Marta.

»Was ist denn los?«, wollte Melo wissen.

»Ich habe Euch gesagt, dass ich mich darum kümmern würde …«, stammelte Pietro mit rauer Stimme. »Aber … ich schaffe es nicht.«

»Wegen dieser Sache?«, fragte Melo.

Pietro nickte und drückte Martas Hand so fest, dass es ihr wehtat.

»Warte hier«, sagte Melo. »Ich hole meine Sachen.« Er band den Lipizzaner an und verschwand in seinem Wagen. Kurz darauf kam er mit einem ledernen Umhängebeutel wieder heraus. »Gehen wir.«

Als sie das Souterrain in der Via di Panìco betraten, lag Nella ohnmächtig auf dem Boden. Wie es in letzter Zeit häufiger vorkam.

Pietro kniete sich erschrocken neben sie und fasste ihre Schultern.

»Ganz ruhig, Junge«, sagte Melo. »Hilf mir, sie ins Bett zu tragen.«

Melo packte sie unter den Achseln, Pietro nahm Nella an den Füßen. Sie trugen sie in den Zwischenstock hinauf und betteten sie auf das Lager.

»Hol mir kaltes Wasser und ein Tuch«, wies Melo Pietro an.

Pietro eilte hinunter. Auf dem Weg zum Waschbecken warf er Marta einen besorgten Blick zu.

»Es wird alles gut«, sagte sie.

Pietro stieg wieder nach oben, wo Melo dabei war, das Kleid der Contessa zu öffnen und es ihr abzustreifen. »Was macht Ihr denn da?«, rief Pietro entsetzt. »Das würde sie nicht wollen.«

»Geht aber jetzt nicht anders«, erwiderte Melo mit fester Stimme.

»Du kannst ihm vertrauen«, rief Marta.

»Warum geht ihr zwei nicht ein wenig spazieren?«, schlug Melo vor.

Nichts lag Pietro ferner. »Wohin denn?«, fragte er irritiert.

»Geh«, sagte Melo bestimmt. »Marta, nimm ihn mit.«

»Komm, Pietro«, rief Marta von unten. »Du kannst ihm wirklich vertrauen.«

»Nein, ich bleibe hier.«

»Junge«, sagte Melo. »Stell dir einfach vor, ich wäre Arzt. Du hast gesagt, sie würde nicht wollen, dass man sie so sieht. Wenn du noch lange hierbleibst, bringst du sie in Verlegenheit.«

Pietro zögerte noch einen Moment, dann stieg er langsam die Stufen hinunter.

Marta nahm seine Hand und zog ihn nach draußen. Ganz sanft.

Und wie eine hilflose Marionette ließ Pietro es zu. »Ihr müsst ihr helfen, bitte …«, stammelte er noch, bevor er die Tür zuzog.

Melo fuhr mit dem Tuch über Nellas Schläfen und den Hals.

Kurz darauf öffnete Nella die Augen. »Wo bin ich?«, fragte sie verwirrt. Als sie bemerkte, dass sie nur ihr Unterkleid trug, fuhr sie verlegen mit einer Hand zu ihrer Brust, die bedeckt war. »Was ist passiert?«

»Bleibt ganz ruhig«, mahnte Melo mit einer Stimme, die tiefe Ruhe ausstrahlte. »Ich habe das Kleid geöffnet, um Euch besser untersuchen zu können.«

»Ich will nicht …«

»Ihr wollt nicht, dass ich Euch untersuche?« Melo lächelte. »Wir sind allein«, fügte er hinzu. »Ich habe Pietro und Marta weggeschickt. Ihr müsst Euch keine Sorgen machen. Außer mir ist niemand hier.«

»Aber … ich kenne Euch … doch gar nicht …«

»Ihr kennt mich nicht, aber Ihr habt mir von Euch erzählt. Und Ihr habt mir Bersagliere anvertraut«, sagte Melo. Wieder fuhr er ihr mit dem Tuch über die Stirn. »Ihr habt gesagt, dass Ihr mir traut.« Er lächelte. »Und ich traue Euch, denn durch Euch habe ich verstanden, dass auch ich auf der Suche nach jemandem bin. Wie Ihr.«

»Habt … Ihr ihn … gefunden?«

Melo nickte.

Langsam ließ Nella die Hand sinken.

»Was ist passiert?«, fragte Melo ruhig.

»Ich bin … die Treppe … gefallen«, sagte Nella, ohne ihn anzusehen. »Ich habe … nicht aufgepasst.«

»Das stimmt nicht«, bemerkte Melo. »Ihr wurdet geschlagen.«

Nella schloss für einen Moment die Augen. »Hat Pietro … das erzählt?«

»Nein«, log Melo. Er blickte sie an. »Ich weiß es wegen der blauen Flecken. Ich habe sie gesehen, als ich Euch das Kleid geöffnet habe.«

Wieder schloss Nella die Augen.

»Es bleibt unter uns«, versicherte Melo. »Und jetzt müsst Ihr mir ein wenig helfen: Beschreibt mir, was euch fehlt. Obwohl es eigentlich offensichtlich ist.«

»Was?«

»Ich glaube, Ihr wisst selbst, was Euch fehlt.«

»Ich huste … Blut …«

»Dunkles?«

»Ja.« Nella hatte sichtlich Mühe zu sprechen. »Ich bin schwächer … jeden Tag … meine Beine … sehe verschwommen … kurzatmig …« Ihre Augen füllten sich mit Tränen.

»Was ist Eure Diagnose?«, fragte Melo.

Nella sah ihn überrascht an.

»Ich habe eben gesagt, dass ich glaube, Ihr wisst selber, was Euch fehlt«, lächelte Melo. »Aber nach dem, was Ihr gerade gesagt habt, bin ich sicher, dass Ihr es wisst.«

»Nein …«

»In Ordnung.« Melo nahm ihre Hand. »Stellt Euch vor, Ihr wärt ein Pferd.« Er führte ihre Hand an die Rippen, und sie tasteten gemeinsam. »Was meint Ihr?«

Nella stöhnte auf. »Eine Rippe … gebrochen.«

»Nein, zwei.« Melo führte ihre Hand noch einmal vorsichtig darüber.

»Die hier … tut nicht weh.«

»Ich habe doch gesagt, Ihr sollt Euch vorstellen, Ihr wärt ein Pferd«, mahnte Melo lächelnd. »Ihr müsst das Pferd untersuchen. Mit einem Blick von außen, nicht von innen.«

»Zwei … Rippen … gebrochen«, stimmte Nella zu.

»Und jetzt husten.«

Nella hustete.

Melo führte ihre Hand zum Mund und hielt ihr anschließend die Finger vor Augen. »Blut«, sagte er.

Nella nickte schwach. »Nicht … aus der Lunge.«

»Einverstanden. Die Rippen sind gebrochen, aber sie haben die Lunge nicht beschädigt. Und jetzt horcht den Bauch ab. Und verzeiht, dass ich es auch tue … aber ich sagte ja schon: Für mich seid Ihr ein Pferd, keine Frau.«

Nella lächelte leicht. »Ein Kompliment …«

»In meiner Sprache ganz bestimmt.« Auch Melo lächelte. »Und?«

»Hart …«, antwortete Nella.

»Genau. Er ist angespannt. Und gebläht.« Melo führte ihre

Hände an die Hüften, rechts und links. Dann weiter Richtung Leiste.

»Auch hart …«, stellte Nella überrascht fest.

»Ja. Unnatürlich hart. Tut es weh? Wie Luft im Bauch?«

»Nein.«

»Und das wundert Euch nun genausowenig wie mich, denn die inneren Organe bei Pferden, Gallenblase, Milz und Leber, haben kein Schmerzempfinden.«

»Innere Blutungen«, schloss Nella erschöpft.

»Haargenau.«

Nella war entsetzt ob der Diagnose, schließlich trug sie die Verletzungen schon viel zu lange mit sich herum. Zugleich konnte sie nicht umhin sich zu wundern, warum sie nicht vorher darauf gekommen war. Sie blickte Melo dankbar an.

»Das herauszufinden war doch eigentlich gar nicht so schwer«, sagte Melo, als hätte er ihre Gedanken gelesen. »Aber der Blick in die eigene Seele ist eben immer schwerer als der in eine andere«, erwiderte Melo. »Auch wenn es hier ganz offensichtlich zuerst um Euren Körper geht und nicht um Eure Seele. Aber wisst Ihr, wo das eine anfängt und das andere aufhört? Es wird schon einen Grund dafür geben, dass Ihr nicht darauf gekommen seid.«

Nella lächelte. »In letzter Zeit …. treffe ich … mehr Philosophen … als je zuvor.« Sie dachte an Mamma Lucia und schwieg eine Weile, um Kraft zu sammeln. »Und ehrlich gesagt … eure guten Ratschläge … hängen mir … zum Hals raus.«

Melo lachte. »Dann lassen wir mal die Philosophie beiseite und gehen über zum Praktischen. Jetzt können wir ja behandeln. Welche Medizin würden Ihr dem Pferd geben, um die inneren Blutungen zu stoppen?«

»Frauenmantel?«

Melo kramte in der Tasche und holte ein dunkles Glasfläschchen heraus. »Reines Frauenmantelkonzentrat.« Er stellte den Flakon neben das Bett. »Echten Pferden muss man es unter den

Hafer mischen. Aber Ihr als falsches Pferd könnt es mit einem Schluck Wasser trinken. Morgens und abends.« Er holte ein zweites Fläschchen hervor und stellte es neben das erste. »Eisen gegen Blutarmut. Dies hier ist ein Konzentrat aus Leber, wildem Spinat, Linsen und Mandelöl. Schmeckt widerlich. Aber es hilft.«

Nella lächelte. »Das Pferd dankt.«

»Könnt Ihr einige Tage im Bett bleiben?«

»Ich muss arbeiten.«

»Könnt Ihr nicht im Bett nähen? Ohne die Treppe hier rauf- und runterzulaufen? Das würdet Ihr dem Pferd auch empfehlen.«

»Aber …«

»Ein Pferd kann man einfach anbinden. Menschen können sich selber aussuchen, wie sie sterben wollen.«

Nella dachte an Pietro, den sie nicht allein lassen konnte. Und dann dachte sie kurz, dass sie auch Henri Beras gerne wiedersehen wollte. »Ich sterbe nicht«, sagte sie so bestimmt wie möglich.

»Ihr sterbt nicht, nein,« stimmte Melo zu. »Aber Ihr könntet schneller genesen. Und dann auch wieder mehr verdienen. Eure Hände zittern. Ich bin ziemlich sicher, dass Ihr miserabel näht.«

»Ihr seid … unglaublich schlau.«

»Nein. Nur unglaublich praktisch.«

»Unglaublich großartig«, sagte Nella mit glänzenden Augen. »Danke.«

Melo zuckte die Schultern. »Ich bin eben ein Pferdenarr.«

Marta und Pietro liefen mit schnellen Schritten nebeneinander, und Marta ließ Pietros Hand nicht für eine einzige Sekunde los.

»Komm«, hatte sie gesagt, und er folgte ihr.

Sie erreichten den Zirkus.

»Melo hilft deiner Mutter«, sagte Marta. »Es wird alles gut.«

»Ja … bestimmt«, murmelte Pietro.

Marta sah ihn an. »Entschuldige. So ein Satz ist ja albern.«

Pietro lächelte. »Ein bisschen.«

»Nein, sehr«, entgegnete Marta. »Entschuldige.«

»Kein Problem«, erwiderte Pietro. »Alle reden so. Und irgendwann tut man es selber eben auch.« Er schenkte ihr ein liebevolles Lächeln. »Ich weiß, dass du nicht so bist.«

Marta drückte fest seine Hand und führte ihn in eine der Pferdeboxen. Sie ließ sich ins Stroh fallen und zog Pietro zu sich herunter.

»Hier«, sagte sie mit rauer Stimme.

»Was?«

Marta sah ihn an. Ihr war schwindelig. Ihr Mund, ihr Gesicht, der ganze Körper, alles brannte lichterloh. So kam es ihr wenigstens vor. Ihr Atem ging schwer. Ihr Herz hämmerte. Sie berührte seine blonde Strähne, die sie so sehr mochte, griff fest hinein, als wollte sie sie ihm ausreißen, zog Pietro an sich und küsste ihn voller Inbrunst, wollte eins werden mit diesem Jungen, den sie liebte, das wusste sie nun.

»Jetzt?«, wollte Pietro wissen.

»Jetzt«, keuchte Marta.

Kurz hatte Pietro das Gefühl, ins Leere zu fallen, dann klammerte er sich mit aller Kraft an sie.

Und einen Moment später schon ertasteten sie die geheimnisvolle und unbekannte Welt des anderen Körpers, und keiner von beiden wusste mehr, wo die Hände des anderen aufhörten und die eigenen anfingen. Hände und Lippen, alles wurde eins, verlor sich in einem eigenen großen Ganzen, Geborgenen, feucht und voller Leben, heftig und sanft zugleich.

Schnell warfen sie die Kleider von sich und konnten nun auch sehen, was die Hände zuvor schon erkundet hatten. Nach Atem ringend sahen sie sich an. Fieberten sich hungrig entgegen.

»Jetzt«, wiederholte Pietro.

»Jetzt«, sagte auch Marta.

»Hast du Angst?«, fragte Pietro.

»Nein.« Und Marta wies ihm den Weg, lenkte ihn zu einer geheimnisvollen, bis dahin unangetasteten Höhle, die sich nun für ihn allein öffnete. Niemals hätte sie sich dort ein derart brennendes Verlangen vorstellen können.

Pietro drang in sie ein. Er spürte einen Widerstand und hielt inne.

»Nein, mach weiter ...«, flüsterte Marta.

Dann spürte Pietro eine warme Welle.

Marta stöhnte.

»Habe ich dir wehgetan?«

»Sei still«, keuchte Marta und schlang die Beine um ihn. Sie spürte eine zähe Flüssigkeit, die sie nur noch mehr erregte.

Pietro riss die Augen auf. Als fürchte er dieses so übermächtig schöne Gefühl, gegen das er machtlos war.

»Wir sind eins«, murmelte Marta, und das Verlangen durchzuckte sie, raubte ihr den Atem.

Pietros Augen waren weit aufgerissen, voller Leidenschaft bäumte er sich auf und stieß schließlich einen Schrei aus. Dann sank er nieder. Erschöpft. Aufgewühlt. Verwirrt.

Marta drückte ihn an sich, strich langsam über seinen Rücken, spürte, wie auch jetzt, da sie zur Ruhe kamen, ihre Körper verschmolzen, während Herz und Atem wieder zu ihrem normalen Rhythmus fanden.

*Jetzt bin ich eine Frau*, dachte sie.

Reglos blieben sie dort liegen, ausgefüllt, frei.

Dann löste Pietro sich von ihr, musterte die warme Höhle, die ihn in sich aufgenommen hatte.

»Ich liebe dich«, sagte Marta, und ein ganz besonderes Licht glomm in ihren Augen auf.

Pietros Miene war mit einem Mal ernst.

»Was hast du?«, fragte Marta.

Er sah sie an. Was sie gerade getan hatten, war das Schönste, das er jemals erlebt hatte. Aber er hatte Angst, Marta beschmutzt zu haben. Sie war so pur und rein. Sie hatte ihn in sich aufgenommen, ohne zu ahnen, wer er wirklich war. Denn das, was er an jenem Abend mit Albanese erlebt hatte, seine blutige Taufe, hatte ihn auf immer beschmutzt, ob er wollte oder nicht.

Und bald würde er sich wieder beschmutzen müssen.

»Ich liebe dich«, sagte er und verbarg eilig sein Gesicht in ihren Haaren. Damit sie nicht sah, dass er sie nicht verdiente.

# 38

*Juli 1870*

*Kirchenstaat – Rom*

»Ein bisschen weiter nach rechts«, rief Pietro unter dem dunklen Tuch hervor.

»Ich oder er?«

»Er«, antwortete Pietro. Seine Stimme klang angespannt. Und matt.

Neben Albanese kniete ein etwa fünfzigjähriger Mann am Boden, den er jetzt an den Haaren ein Stück nach rechts zerrte.

Der Mann schluchzte verzweifelt, ein Messer an der Kehle.

»So?«, fragte Albanese.

»Ja«, erwiderte Pietro. Seine Beine zitterten.

Albanese wandte sich an Ghiozzetto. »Ist alles so, wie es sein soll?«

»Ja.«

»Fehlt auch nichts?«

»Nein, Meister.«

Albanese wandte sich an Pietro. »Meinst du, es fehlt noch was?«

»Die Trikolore«, erwiderte Pietro.

»Genau! Die Trikolore, du Idiot!«, schrie Albanese Ghiozzetto an. »Himmelarsch! Kapiert ihr eigentlich nicht, dass wir Patrioten sind? Hat keiner von euch auch nur ein kleines bisschen Grips im Kopf? Außer Leute tyrannisieren könnt ihr überhaupt nichts!« Er zeigte auf Pietro. »Kapiert ihr, warum er mein Campione ist?« Er tippte sich mit dem Zeigefinger an die Schläfe. »Weil er Köpfchen hat!«

Pietro war sicher, dass Albaneses Männer ihm ziemlich bald hinterrücks ein Messer in den Rücken stoßen und ihn anschließend in den Tiber werfen würden. Hinterherspucken würden sie ihm allemal.

Ghiozzetto legte dem Gefangenen die Trikolore um die Schultern.

»Gut so?«, vergewisserte sich Albanese.

Der Mann schluchzte immer verzweifelter.

»Ja, stillhalten«, sagte Pietro und drückte ab.

»Und jetzt leb wohl, Kavalier De Vitis«, grinste Albanese. Er sah zum Fotoapparat. »Fertig?«

»Fertig ...« Pietros Stimme war kaum mehr als ein Flüstern.

Und Albanese schnitt dem Mann kurzerhand die Kehle durch. Blut spritzte.

Der Fotoapparat machte ›Klick‹.

Pietro versuchte, so lange wie möglich unter dem Tuch zu bleiben. Er musste sich nicht übergeben wie bei dem Mord am Bischof. Aber er musste weinen. Nach einer schier endlosen Weile wischte er die Tränen weg, versuchte seinen Atem zu beruhigen und kam unter dem Tuch hervor.

»Hast du etwa geheult?«, fragte Albanese und ließ den toten Körper von Kavalier Andrea De Vitis, Schatzmeister und Konservator der ›Opere Pie der Kavaliere von San Cosimato‹ in Trastevere, wie einen Sack fallen.

»Nein, nein«, wehrte Pietro ab und versuchte, möglichst überzeugend zu wirken. »Meine Augen brennen nur, wenn ich so lange durch das Objektiv gucke.«

»Gehen wir«, rief Albanese.

Pietro nahm den Fotoapparat auf den Rücken.

»Nimm ihm das ab, Due Ante«, befahl Albanese einem der Männer, der den Namen Zweitürer trug, weil er groß war wie ein zweitüriger Schrank.

»Nein!«, rief Pietro. »Nein, ich trage ihn lieber selber.« Und er hängte sich auch noch die Ledertasche mit den Fotoplatten um.

Albanese nickte. »Recht hast du, diesem Idioten sollte man wirklich nichts Wertvolles anvertrauen«, flüsterte er Pietro verschwörerisch zu. »Aber wenn ein Tresor hochgehoben werden muss, dann ist Due Ante genau der Richtige!« Er legte Pietro seine schwere Hand auf die Schulter, und sie schlenderten zur Via Margutta zurück.

In Eile waren nur seine Männer, denn sie hatten das Diebesgut dabei und mussten sich vor den Wachtrupps in Acht nehmen. Von denen wegen der Unruhen zahlreiche unterwegs waren.

Sie brauchten etwa eine halbe Stunde zur Schmiede.

»Weißt du, warum der hier Incudine heißt, also Amboss?« Albanese zeigte lachend auf den Schmied, ein kräftiger, aber buckliger Mann, der den Kopf servil zwischen den Schultern einzog. »Kennst du das Sprichwort ›Heute Amboss, da steckt man ein, morgen Hammer, da teilt man aus‹? Also er hier ist einer, der immer einsteckt.« Damit gab er ihm einen kräftigen Schlag in den Nacken, der in der ganzen Schmiede zu hören war. »Und das wird auch so bleiben.«

Incudine lächelte unterwürfig. »Und du bist jeden Tag ein Hammer, Meister.«

Alle lachten. Auch Incudine.

Während die Männer das Geld zählten, nahm Albanese Pietro beiseite und stellte drei verschiedene Schlösser vor ihm auf. Dann holte er den Dietrich hervor und zeigte ihm, wie man sie öffnete. »Ein Dietrich ist das Allerwichtigste, vergiss das nie«, schärfte ihm Albanese ein. »Wichtiger als ein Messer. Mit einem Dietrich kommst du nicht nur überall rein, sondern auch überall wieder raus. Wenn du weißt, wie man einen Dietrich benutzt, kannst du auch nirgendwo eingesperrt werden. Denn früher oder später kannst du abhauen. Kapiert?«

Pietro nickte.

»Jetzt du«, fordert Albanese Pietro auf und verschloss die Schlösser wieder.

Pietro nahm den Dietrich und steckte ihn in das erste Schlüsselloch. Er drehte und drückte. Nichts geschah.

»Langsam! Ist wie eine Möse«, greinte Albanese. »Du musst sie an den richtigen Punkten kitzeln, sonst öffnet sie sich nicht. Was du dem armen Schloss da antust, ist ja brutal.« Er nahm den Dietrich. »Jetzt guck. Und hör zu, was in dieser Eisenmöse passiert.« Er steckte den Dietrich in das Schlüsselloch. »So, hier ist das erste Hindernis. Da musst du ein bisschen drehen, nicht zu viel, nur ein wenig, sodass du weiterkommst.« Er legte seinen Kopf an das Schloss. »Hörst du? Das erste Hindernis hat er gepackt. Und jetzt weiter zum Mösenherz. Hörst du dieses feine Geräusch? Er ist drinnen. Wenn du ihn jetzt rausziehen willst, geht es nicht mehr. Er ist in der Höhle. Und jetzt … kannst du loslegen in der Möse. Aber ganz langsam, du darfst sie nicht erschrecken. Du hast sie schon halb, bleib dran. Klick! Na also!« Das Schloss sprang auf. »So schön kann vögeln sein«, lachte er dreckig. Er machte das Schloss wieder zu. »So, jetzt du noch einmal«, sagte er aufmunternd und wuschelte Pietro durch die Haare. Seine Vorliebe für den Jungen war mittlerweile mehr als offensichtlich.

Pietro war zutiefst verwirrt. Denn in seltenen Momenten wirkte Albanese weder wie der Bastard, der die Contessa halbtot geschlagen hatte, noch wie der kaltschnäuzige Gauner, der ohne zu zögern jemandem die Kehle durchschnitt, so wie er es eben getan hatte. *Dann ist er wie einer, mit dem man … gerne zusammen ist,* dachte Pietro verstört. Er aber würde nicht auf ihn hereinfallen. Er würde ihn fertigmachen. Und das würde für Albanese das Schlimmste sein: ausgerechnet von Pietro betrogen zu werden. Was seine Rache nur noch süßer machte.

Langsam führte er den Dietrich ein. Nahm das erste Hindernis, erreichte den Kern, drehte, und das Schloss sprang auf.

»Gut, Campione!«, rief Albanese stolz. »Mit Freundlichkeit kommt man doch weiter als mit Gewalt.«

*Aber du bist doch nie freundlich zu jemandem, außer zu mir,* dachte Pietro.

Albanese legte Pietro eine Hand auf die Schulter. »Mein Vater hat mir beigebracht, mit dem Dietrich umzugehen. Mit Schlägen und Tritten«, erzählte er mit schwerer Stimme. »Und weißt du, wie ich der geworden bin, der ich jetzt bin? Wie ich so hart geworden bin?« Er lächelte bitter. »Ich bin von Zuhause weggelaufen. Mein Vater hätte mich sonst vermutlich totgeschlagen. Willst du wissen, wie ich weggelaufen bin?« Er zeigte auf den Dietrich. »Damit. Er hatte mir ja beigebracht, wie man einen Dietrich benutzt. Und das war sein großer Fehler. Denn als er mir eines Tages einen Arm gebrochen und mich in eine kleine Dreckskammer eingesperrt hat, habe ich das Schloss von innen geknackt und bin weggelaufen. Kapierst du jetzt, warum ein Dietrich wertvoller ist als ein Messer?« Sein Blick ging ins Leere. »Ich war so alt wie du. Niemand hat sich um mich gekümmert. Im Gegenteil: In der ersten Nacht haben mich ein paar Herumtreiber ausgeraubt. Ich hab unter der Milvischen Brücke geschlafen. Ein paar Halbstarke haben mich zusammengeschlagen. Dann hab ich mich denen angeschlossen. Und mit meinem ersten Geld hab ich das Messer gekauft, das ich dir geschenkt habe. Und damit hab ich zum ersten Mal in meinem Leben jemanden umgebracht.« Seine Augen wurden hart wie Stahl. »Und zwar den Anführer der Bande. Ich bin der Härteste von allen geworden.«

Pietro lauschte und verspürte fast so etwas wie Verständnis. *Aber ich mache dich trotzdem fertig.*

Albanese wandte sich an seine Männer. »Habt ihr das Geld gezählt?« Er ging zum Tisch, auf dem die Münzen in kleinen Häufchen lagen. Das größte war sein Anteil. Die anderen waren alle gleich groß, seine Männer betrogen beim Anteil nie. Albanese nahm von jedem Häufchen ein Geldstück und stapelte sie übereinander. Dann gab er sie Pietro. »Dein Anteil«, sagte er.

Die Männer schwiegen.

Tortòre, der so hieß, weil sein Penis angeblich groß wie ein Knüppel war, fragte schließlich: »Und warum kriegt der Junge hier mehr als wir?«

»Passt dir das etwa nicht?«, fuhr Albanese ihn herausfordernd an.

»Ich will ja nur wissen, warum«, meinte Tortòre.

»Weil er Fotos macht«, erwiderte Albanese. »Das ist teuer. Zufrieden?«

Tortòre zuckte die Schultern.

Und wieder fürchtete Pietro, dass die Männer ihn früher oder später hinterrücks erstechen würden.

»Dieser Junge, der übrigens auch für euch ab jetzt ›Campione‹ heißt, steht unter meinem persönlichen Schutz. Sollte er stolpern, stürzen oder sich das Knie aufschlagen, und ich kriege raus, dass jemand von euch in der Nähe war, dann ist dieser Jemand tot«, kündigte Albanese an und ließ seinen Blick von einem zum anderen wandern, als hätte er Pietros Gedanken gelesen.

Die Luft war zum Zerreißen gespannt.

»Gut«, stellte Albanese mit einem Lächeln fest. »Übermorgen bei Sonnenaufgang seid ihr alle wieder hier. Den neuen *Märtyrer des Papsttums* schnappen wir uns am frühen Morgen. Abends wird er von einer ganzen Garnison beschützt.«

»Wer ist es denn?«, fragte Er Ciriola, dessen Name für junge Aale sowie potentielle Betrüger stand.

»Das erfährst du, wenn's so weit ist«, blaffte Albanese. »Dann rutscht es dir vorher auch nicht zufällig raus.« Erneut ließ er seinen Blick über die Runde gleiten. »Geht jetzt.«

Einer nach dem anderen verließen die Männer die Werkstatt.

»Und denk dran«, wandte sich Albanese noch einmal an Pietro, »wenn du die Fotos fertig hast, dann bringst du sie mir in den Laden.«

»Albanese …«, sagte Pietro. »Ich kann übermorgen nicht kommen.«

»Warum nicht?«, fuhr der Gauner ihn an.

»Ich hab … Schule.«

»Du gehst zur Schule?« Albanese war sichtlich erstaunt.

»Ja.« Pietro errötete.

»Mit den Prinzesschen, die mal hier waren?«

»Ja.«

»Und was glaubst du, kannst du da lernen? Das ist doch reine Zeitverschwendung«, schalt er ihn. »Die Straße, das ist die einzig wahre Schule. Die Straße, Campione!« Er fuchtelte ihm mit dem Finger vor dem Gesicht herum, in seinem Blick war nichts Freundliches mehr zu sehen.

»Übermorgen bei Sonnenaufgang bist du hier. Kapiert?«

Pietro nickte.

»Und morgen bringst du mir die Scheißfotos.« Sein Ton duldete keinen Widerspruch. »Ich sage, was zu tun ist … und du machst es.«

Pietro nahm seinen Fotoapparat, die Tasche mit den Fotoplatten und verließ die Werkstatt.

Auf dem Rückweg sah er eine Katze, die eine riesige, von einer Kutsche überfahrene Ratte fraß. Die Katze war narbenübersät, ihre Ohren offensichtlich im Kampf abgerissen, das Fell voller Löcher und die Haut darunter rot und grindig.

Sie starrte ihn an, während er das Stativ aufstellte und ein Foto schoss. Aber sie bewegte sich nicht von der Stelle. Sie war bereit, ihre verrottete Mahlzeit, die sie wahrscheinlich vergiften würde, mit Gewalt zu verteidigen.

Und während er das Bild scharfstellte und das Leben durch das Objektiv betrachtete, begriff Pietro einmal mehr, dass dieser Blick ganz anders als der alltägliche war. Der Fotoapparat erlaubte ihm einen Blick auf das Wesentliche.

Er lief weiter und sah kurz darauf einen Stadtstreicher zusammengesunken auf der Erde liegen. Er sah aus wie tot, war aber bloß stockbetrunken. Die Lumpen, die er am Leib trug, stanken wie eine ganze Müllhalde. Pietro stellte den Fotoapparat auf, legte eine neue Platte ein, und als ein vornehmer Mann im Frack über den Mann hinwegstieg wie über im Weg liegenden Unrat, schoss er ein Foto.

Wieder erfüllte ihn das Gefühl, das wirkliche Leben zu sehen. Unmaskiert.

Als er schon fast zu Hause war, fielen ihm ein paar Kinder auf, die mit Pferdeäpfeln spielten. Sie nahmen sie auf und formten daraus Bälle, mit denen sie sich lachend gegenseitig bewarfen. Er schoss noch ein Foto.

Als er das ›Klick‹ des Fotoapparats hörte, hatte er das Gefühl, die Seele des Lebens auf die Platte zu bannen. Es war genau das, was er fühlte. Und er war vollkommen sicher, dass er diesen Weg weitergehen musste. Das war sein Talent. Oder sein Fluch. Aber vielleicht gab es da auch gar keinen Unterschied.

Er kaufte Fleisch und frisches Brot, dann ging er nach Hause.

»Wie lange musst du noch für diesen Metzger arbeiten, wenn du mir jeden Tag diese Köstlichkeiten bringst?«, fragte Nella lächelnd.

»Ich habe noch einen anderen Metzger entdeckt«, erwiderte Pietro. »Etwas weiter weg, bei der Via Margutta … Der ist billiger, und ich muss nicht so viel arbeiten.« Mittlerweile fiel ihm das Lügen leicht. Sicher war es nicht die schlimmste seiner Sünden, aber für ihn war es die schmerzhafteste. Er hasste es, die Contessa anzulügen. Auch wenn es zu ihrem Besten war.

Dann machte er sich daran, die Fotos zu entwickeln.

»Zeigst du sie mir?«, wollte Nella wissen.

»Nein.«

»Warum denn nicht?«

»Weil … Es soll eine Überraschung werden«, log Pietro weiter. Wieder ohne mit der Wimper zu zucken. »Wenn alles fertig ist, zeige ich sie dir.« Er würde sie nachts entwickeln müssen, wenn die Contessa schlief. Heimlich. Dabei wurde ihm bewusst, dass es gefährlich war, sich auf die Hölle einzulassen, auch wenn es für einen guten Zweck war. Denn in dem Maße, in dem die Contessa mit jedem Tag an Kraft gewann, ging in ihm unwiderruflich etwas kaputt.

»Manchmal bist du schon ein richtiger Mann«, lächelte Nella.

Pietro lächelte zurück. Ja, er musste zum Mann werden. Ein Junge würde diesen ganzen Dreck nicht überleben.

»Wie läuft denn die Schule?«

»Sehr gut.«

*»E ton français?«*

*»Il s'améliore.«*

Nella lachte. »Aber du hast einen grauenhaften Akzent.«

»Das wird schon werden«, erwiderte Pietro.

»Ich bin stolz auf dich, Cavallino«, sagte Nella.

Dieses Kompliment war wie ein Schlag in Pietros Gesicht. Es gab nichts, aber auch gar nichts, warum jemand auf ihn hätte stolz sein können. »Ich muss mich jetzt konzentrieren«, sagte er barsch und zog sich zurück.

Am nächsten Morgen beschloss er, die Schule Schule sein zu lassen. Albaneses Worte nagten an ihm. Er hatte keine Lust, Lamorgue zu sehen, sich den Blödsinn anzuhören, den die Reichensöhnchen von sich gaben. Mittlerweile gehörte der Zorn zu ihm, war ein Teil von ihm geworden. Ein sehr großer Teil.

Also nahm er die Fotografien und ging zum Trödelladen im Vicolo della Volpe, der Albanese als Tarnung für seine dunklen Machenschaften diente.

Er traf ihn mit Ghiozzetto in dem schäbigen Hinterzimmer an, das Albanese als Büro bezeichnete. Der Gauner saß hinter seinem unaufgeräumten Schreibtisch, auf dem eine Zeitung lag.

»Hau ab«, sagte er zu Ghiozzetto.

Als der an Pietro vorbeiging, warf er Pietro einen schrägen Blick zu.

»Lies das.« Albanese hielt ihm die Zeitung hin.

Pietro wusste, dass Albanese lesen konnte, und nahm die Zeitung. Ganz oben stand deren Name, L'Osservatore di Roma. Unmittelbar darunter der Preis: ›Acht Centesimi. Tageszeitung – erscheint am Morgen‹.

»Zweite Seite. Oben«, brummte Albanese.

Der Titel des Artikels lautete: ›Grausame Verbrechen. Terroristen gegen Rom‹. Pietro las schnell. In dem Artikel ging es um die beiden Toten, Bischof Mastronardi und Kavalier De Vitis. Es war die Rede von einem Angriff von Sympathisanten des Königreichs Italien, die dem Kirchenstaat mit ihren brutalen Überfällen empfindlich schadeten. Und man befürchtete, dass sie nicht aufhören würden. Die Tatsache, dass die Bediensteten die Überfälle überlebt hatten, schien dem Journalisten Beweis genug, dass die Taten politisch motiviert waren. Und die von den Ermittlern befragten Überlebenden sprachen nie von Kriminellen. Obgleich große Geldbeträge gestohlen worden seien, war es dem Journalisten zufolge offensichtlich, dass das Geld benutzt wurde, um noch folgenreichere Gewaltverbrechen zu finanzieren, wie beispielsweise Anschläge auf Gebäude mit Nitroglycerin, der modernsten Form des Sprengstoffs. Es herrsche große Aufregung, die Situation laufe aus dem Ruder, las Pietro. Das römische Volk sei bereit zum Kampf, bereit zur Revolution, wie vor zwanzig Jahren. Staatssekretär Kardinal Giacomo Antonelli persönlich setze einen Sonderermittlungstrupp ein, dessen Kommando er dem Leutnant des Zuavenregiments, Henri Beras, übergebe.

Als Pietro den Namen des Leutnants las, der ihn hatte verhaften wollen, zuckte er zusammen.

Gegen Ende hieß es, dass man den Terroristen bald das Handwerk legen und sie zum Tode verurteilen werde.

Pietro senkte die Zeitung. Er hatte Angst.

»Siehst du? Es klappt!«, rief Albanese fröhlich. »Und zwar großartig.«

»Was?«

»Mein Plan«, fuhr Albanese fort. »Besser, als ich gedacht hätte. Wir sind Patrioten, Campione! Keine Mörder. Patrioten!«

»Hier steht aber Terroristen ...«

»Natürlich. Was sollen sie denn sonst schreiben? Es kommt immer auf die Sichtweise an. Aber für das Königreich Italien werden wir Patrioten sein!« Er rieb sich lachend die Hände. »Hast du die Fotos mitgebracht, die meinen ... Patriotismus beweisen?«

Pietro reichte sie ihm.

»Sehr gut! Du bist ein Genie, Campione!« Albanese drehte die Fotos in den Händen hin und her. »Schau mal hier. Man sieht ja sogar, wie das Blut spritzt.« Er grinste zufrieden. »Aber das nächste Mal musst du ... Wie sagt man? Scharf stellen, oder was? Also, egal, aber mach es so, dass man das Blut besser sieht.«

»Das geht nicht«, erwiderte Pietro.

»Oder kannst du es vielleicht nur nicht?«

»Alles andere ist scharf?«, wollte Pietro wissen.

»Ganz genau.«

»Weil sich niemand bewegt hat. Dinge in Bewegung werden nicht scharf.«

»Na, wie auch immer, ich seh richtig gut aus auf dem Foto, wie?« Albanese stand auf und ging zum Tresor.

Siebenundzwanzig nach links, zählte Pietro insgeheim mit. Mehr konnte er nicht sehen.

Der Tresor sprang auf.

»So wertvolle Dokumente bewahrt man am besten hier drin auf, zumindest so lange, bis wir Italiener sind«, spottete Albanese.

»Was heute ein Todesurteil ist, kann schon morgen eine Goldmedaille sein«, feixte er.

Pietro konnte die Ringe der Contessa sehen. Offenbar waren sie Albanese noch immer zu ›heiß‹, um sie abzusetzen.

*Dreckiger Bastard*, dachte Pietro. »Schöne Ringe. Wo hast du die her?«, fragte er laut.

»Von einer miesen Hure, die mich zum Narren halten wollte«, gab Albanese zurück, ohne sich umzudrehen. »Wir haben sie vor kurzem gesehen, da hat sie noch ziemlich gehumpelt. Weißt du noch?«

»Nein«, log Pietro.

»Hab ihr eine Lektion erteilt, die sie so schnell nicht vergisst.«

*Ebensowenig wie ich,* dachte Pietro zitternd vor Wut.

Albanese schloss den Tresor. Sein Blick fiel auf die anderen Fotografien in Pietros Hand. »Und die? Zeig mal«, befahl er.

Pietro gab sie ihm.

»Was ist das denn für ein Mist?«

»Übung.«

Albanese schnitt eine Grimasse. »Gehst du heute nicht in die Schule?«, wollte er dann wissen.

»Nein. Interessiert mich einen Dreck«, gab Pietro so hart er konnte zurück.

»Das gefällt mir!«, rief Albanese.

»Ich muss jetzt los«, sagte Pietro.

»Mhh …«, murmelte Albanese. »Riecht ganz schön nach Möse hier, findest du nicht?«

Pietro versuchte ein schiefes Lächeln.

»Bisschen vögeln muss jeder mal. Geh schon.«

Pietro stand auf.

»Morgen bei Sonnenaufgang«, sagte Albanese.

Pietro nickte.

»Bring das Messer mit. Könnte Schwierigkeiten geben.«

»Hab’s immer dabei.«

Albanese kam näher, die Härte war aus seinem Blick gewichen. Er kniff ihm in die Wange. »So langsam habe ich dich gern, Campione. Enttäusch mich nicht.«

Noch einmal nickte Pietro, dann ging er.

*Ich werde noch viel mehr tun, als dich bloß zu enttäuschen*, dachte er.

Jetzt kannte er die erste Zahl der Tresorkombination. Siebenundzwanzig.

*Ich mache dich fertig …*

Aber in ihm nagte ein kleiner Zweifel. Denn Albanese hatte etwas gesagt, das er wahrscheinlich noch nie zu jemandem gesagt hatte.

Am nächsten Vormittag streifte Pietro verzweifelt durch die Stadt.

Am Morgen hatten sie es wieder getan. Er, Albanese und die gesamte Bande waren in ein Haus eingedrungen. Aber dort waren drei päpstliche Soldaten, und es kam zum Kampf. Einer ging auf Pietro los, und Pietro stach blind mit dem Messer zu. Kurz darauf sackte der Soldat tot zusammen. Aber nicht Pietro hatte ihn umgebracht, er hatte ihn nur am Arm verletzt. Albanese war es. Er hatte ihm den Dolch in den Rücken gestoßen. Pietro ging auf, dass er nicht nur hätte sterben, sondern auch jemanden hätte umbringen können. Dann hatte er mit zitternden Händen wieder Fotos davon gemacht, wie jemand getötet wurde.

Jetzt lief er rastlos umher. Er wartete auf Schulschluss. Dann wollte er zum Principe gehen und ihm seine Fotos zeigen. Er musste sich ablenken. Am frühen Nachmittag machte er sich endlich auf den Weg zur Via dell'Orso.

Er betrat gleichzeitig mit Ludovico den Hof, der zu Principe Chiodetti da Fibrenos Palazzo führte.

»Du warst ja heute schon wieder nicht in der Schule«, stellte Ludovico nach einer kurzen Begrüßung fest.

»Ging mir nicht gut«, erklärte Pietro.

»Siehst aber nicht so aus.«

»Inzwischen geht es mir besser.«

»Gleich findet endlich die Versammlung mit den Lupi statt. Hat Marta dir Bescheid gesagt?«

»Ja.«

»Kommst du?«

»Du weißt doch, dass mir das alles egal ist«, ereiferte sich Pietro. Er hörte selbst, wie zornig er klang. Aber was wusste Ludovico schon vom wirklichen Leben?

Ludovico betrachtete ihn. Von dem Jungen, den er vor Kurzem noch angepöbelt hatte, war nichts mehr übrig. »Einen wie dich könnten wir bei unserer Sache gut gebrauchen.«

»Bei welcher Sache?«, spottete Pietro. »Die, bei der die Franzosen die Razzia gemacht haben und keiner von euch Probleme bekommen hat, während ich fast verhaftet worden wäre? Ihr spuckt große Töne, weil es euch ohnehin nicht an den Kragen geht.« Mit diesen Worten ließ Pietro ihn stehen, betrat den Palazzo und bat den Haushofmeister, ihn beim Principe anzukündigen.

Principe Chiodetti empfing ihn sofort in seinem Salon. »Ich habe mich schon gefragt, wo du bleibst«, sagte er.

»Ich lerne, lerne und lerne«, antwortete Pietro.

»Und fotografierst du auch?«

»Fotografieren ist meine größte Leidenschaft, Signore.« Pietro reichte ihm die Fotos, die er zwei Tage zuvor geschossen hatte.

»Ah, gut!«, rief der Principe und sah sich die erste Aufnahme an. Er verzog unmittelbar das Gesicht. »Was soll das denn sein?«

»Eine Katze frisst eine tote Ratte.«

»Das sehe ich selbst«, kommentierte der Principe kopfschüttelnd. Er betrachtete auch das zweite und dritte Bild. »Ein Stadtstreicher und Kinder, die mit Pferdeäpfeln spielen? Soll das ein Witz sein?«

»Nicht im Traum, Signore.«

»Das sieht mir aber ganz danach aus«, entgegnete der Principe pikiert. Er wedelte mit den Fotografien in der Luft. »Das ist Schund!«

»Signore, das ist das wirkliche Leben«, widersprach Pietro.

»Das Ziel von Kunst ist Schönheit.«

»Ich weiß nicht, ob Fotografie Kunst ist, Signore«, erwiderte Pietro. »Für mich muss sie die Wirklichkeit spiegeln.«

»Du musst doch Hoffnung geben!«

»Ich will aber Wahrheit zeigen.«

»Was für eine Wahrheit soll das sein?« Der Principe verlor die Geduld.

»Ihr habt den Stadtstreicher gesehen«, gab Pietro zurück. »Ich sehe den Mann im Frack. Ein reicher Mann, der über einen armen, verzweifelten anderen hinwegsteigt, als würde es ihn gar nicht geben.«

»Aha, es geht um Moral!«, stellte der Principe mit Verachtung fest. »Und die Katze? Die Kinder? Wo bleibt denn da deine Moral?«

»Die Katze steht für das hungrige Volk.«

»Große Worte.«

Pietro war selbst überrascht über das, was er soeben gesagt hatte. Mit diesem Gedanken hatte er das Foto nicht geschossen. Aber die Anmaßung des Principe, die Arroganz Ludovicos, der Revolutionär sein konnte, ohne irgendetwas zu riskieren, und vor allem die Hölle, die er selbst gerade durchlebte, all das hatte eine unendliche Wut in ihm aufgestaut. Und diese Wut ließ ein Wort vor seinem geistigen Auge erstehen: Ungerechtigkeit.

»Und die Kinder spielen aus einem bestimmten Grund mit Pferdeäpfeln.« Pietro spürte, wie der Zorn sich Bahn brach. »Sie gewöhnen sich schon mal an das, womit sie den Rest ihres Drecklebens zu tun haben werden: mit Scheiße!«

»Verschwinde!«, rief der Principe mit geballten Fäusten.

Pietro hätte ihm am liebsten das Foto gezeigt, auf dem Albanese Kavalier De Vitis die Kehle durchschnitt. Zu gerne hätte er sein Gesicht gesehen. Und gewusst, ob er dann immer noch behaupten würde, man könne die Dinge nicht in Bewegung fotografieren.

»Du bist ein überheblicher Dummkopf«, sagte der Principe, und in seinen Blick trat etwas Abgrundtiefes, Brutales. Etwas, das sich seiner Kontrolle entzog. Als würde ihn etwas überkommen, dem er nichts entgegenzusetzen hatte. »Ihr alle, die ihr im Dreck geboren seid … Ihr seht nur das«, fuhr er vollkommen außer sich fort. »Weil ihr selbst nichts als Dreck seid!«

Und in dem Maße, in dem der Principe die Kontrolle verlor, gewann Pietro seine zurück. »Ja, ich bin ein Dreck, da habt Ihr recht«, sagte er ruhig.

»Verschwinde!«, brüllte Principe Chiodetti hochrot und mit zu Fäusten geballten Händen. »Es ist sinnlos, dem Pöbel helfen zu wollen! Du bist ein Ignorant und wirst nie etwas dazulernen!«

»Ich bin ein Ignorant«, erwiderte Pietro, »und ich drewe se bielb!«

»Hä?«, fragte der Principe.

»Fliegenschiss«, rief Pietro. »Ich habe Euch mit Eurem eigenen dummen Spielchen drangekriegt. Und Ihr seid drauf reingefallen. Etwas habe ich also doch gelernt«, sagte er lachend und ließ ihn stehen.

# 39

*Juli 1870*

*Kirchenstaat – Rom*

Nachdem Pietro den Palazzo verlassen hatte, streunte er ziellos durch die Straßen.

War der Principe wirklich so dumm? *Nein, so dumm ist er nicht*, sagte sich Pietro, *der Principe weiß ganz genau, was hier passiert*. Wie alle in dieser Stadt. Sowohl die Patrioten mit ihren großen Reden als auch die Leute auf der Seite des Papstes. Aber sie alle verschließen die Augen. Aus dem einzigen Grund, dass es bequemer ist. So muss sich niemand die Hände schmutzig machen.

Er sah sich noch einmal seine Fotos an. Das Offensichtliche war nicht zu leugnen.

Beklemmung stieg in ihm auf, breitete sich aus. Er wollte mit diesen Gedanken, dieser Wut, mit all dem Blut, das ihm nicht mehr aus dem Kopf wollte, nicht allein sein.

Er musste zu Marta. Sie verstand ihn. Sie würde auch bei der Versammlung des Komitees und der Lupi sein, von der Ludovico eben erzählt hatte. Er beschleunigte seine Schritte und erreichte kurz darauf, immer noch beklommen, die Osteria, in der das Treffen stattfinden sollte.

Er betrat das Lokal, und zwei Betrunkene forderten: »Losung!«

»Woher soll ich das wissen?«, fuhr Pietro sie an.

»Wenn du das Losungswort nicht kennst, dann kannst du nicht …«, fing einer an.

»Geh mir aus dem Weg.« Pietro stieß ihn zur Seite.

Der andere Mann rannte zu einem Regal, schob es zur Seite und schrie in einen Treppenabgang: »Hier ist einer, der die Losung nicht kennt. Darf der rein?«

»Und du gehst mir auch aus dem Weg!«, fuhr Pietro ihn an.

Marta, die mit den anderen im Keller war, erkannte sofort seine Stimme. Ihr Herz setzte einen Schlag aus. Er war doch gekommen!

Melo breitete ergeben die Arme aus. »Lass ihn rein.« Dann fragte er einen der Lupi: »Warum sitzen diese Idioten eigentlich da oben?«

Der Mann hob die Schultern. »Dann sitzen sie wenigstens nicht hier unten.«

Alle lachten.

Mit schweren Schritten stieg Pietro die Treppe hinunter.

Marta fiel sofort auf, dass er stark und erschöpft zugleich aussah. Sie ging zu ihm und küsste ihn auf den Mund. »Danke«, sagte sie.

Pietro nickte nur kurz. Sonst nichts.

»Willkommen, Junge«, empfing Melo ihn. »Das ist Pietro.«

»*Ciao*, Pietro«, grüßten einige.

»Also, was hast du gerade gesagt?«, fragte Ludovico einen der Lupi, einen kleinen untersetzten Mann.

»Dass ich gekämpft habe. Pläne geschmiedet habe. Ich habe betrogen, ich habe alles für ein freies Rom getan«, rief dieser leidenschaftlich.

Pietro empfand sofort Verärgerung über dessen Begeisterung.

»Man hat mich eher für kriminell als für patriotisch oder rebellisch gehalten«, kam der Untersetzte in Fahrt. »Und ich werde jetzt nicht alles anders machen, nur weil es um Politik geht, wie ihr behauptet. Nur weil die Kleinbürger des Reiches die Dinge mit Feder und Tinte regeln wollen.« Er ließ seinen Blick über die Jungen gleiten. »Wir haben schon immer gekämpft, so sind wir aufgewachsen. Mit Straftaten. Ich war zehn, als ich den Franzosen das erste Gewehr geklaut habe. Und jetzt soll ich mich hinsetzen und mit den Händen im Schoß zusehen? Niemals. Ich kann schießen und Lunten zünden. Dafür bin ich geboren. Und dafür bin ich bereit zu sterben«, endete er inbrünstig.

*Prahlhans*, dachte Pietro, dessen Laune sich zusehends verschlechterte. Er hätte nicht herkommen sollen.

Die Jungen aus Ludovicos Gruppe schüttelten die Köpfe. Einige schielten schon zur Treppe, bereit zu gehen.

»So wird das nichts«, warf Marta ein.

»Ich weiß keinen anderen Weg«, rief der Untersetzte.

»Ihr redet die ganze Zeit davon, dass wir Italiens Fleisch und Blut sind«, ereiferte sich Marta, an die Lupi und an die Jungen gewandt. »Dass wir Brüder sind! Hund und Katze trifft es eher, finde ich. Leere Worte sind das doch, sonst nichts!«

*Leer, genau*, dachte Pietro.

»Ich kenne keinen anderen Weg!«, entgegnete der Untersetzte noch einmal.

Melo sah ihn an, bevor er einwarf: »Da hast du etwas Hochheiliges gesagt.«

»Seht ihr?«, triumphierte der Untersetzte.

Unter den Jungen erhob sich unzufriedenes Gemurmel.

Marta war enttäuscht. »Entschuldige, Melo«, sagte sie leise. »Ich hätte besser nichts gesagt.«

»Warum bittest du ihn um Entschuldigung?«, mischte sich Pietro ein. »Du bist die Einzige, die seit meiner Ankunft hier etwas Wahres gesagt hat.«

»Du bist noch nicht lange genug hier, um uns gute Ratschläge zu erteilen«, fuhr einer der Lupi ihn an.

Pietro fuhr auf, aber Marta nahm besänftigend seine Hand.

Melo wandte sich erneut an den Untersetzten. »Da hast du etwas Hochheiliges gesagt!«, wiederholte er. »*Du* kennst keinen anderen Weg. Und genau deshalb musst *du* jetzt zuhören, denn vielleicht kennt ja wer anders einen anderen Weg, Herrgott noch mal!«, schrie er fast drohend. »Wenn *dein* Weg oder *unserer* der einzig richtige wäre … dann säßen wir jetzt nicht wie Ratten in diesem Kellerloch!«, wandte er sich nun auch an die anderen Lupi. »Wer von uns hat denn schon mit einem Abgesandten aus Rom gesprochen?« Er ließ seinen Blick über die Männer schweifen. »Niemand!« Er schüttelte den Kopf. »Diese Jungen hier, diese Patrioten, die genau dieselben Ideale haben wie wir, dasselbe Ziel, die schon.«

Zufrieden nickten die Jungen, während die Lupi düster dreinblickten.

Pietro hörte aufmerksam zu, aber es ärgerte ihn, dass dieser beeindruckende Mann gemeinsame Sache mit solchen Witzfiguren machte.

Dann wandte sich Melo an die Jungen, genauso streng wie vorher an seine Männer. »Und ihr macht denselben Fehler! Ihr seid genauso überzeugt, dass *euer* Weg der einzig richtige ist!« Einer nach dem anderen sah er sie an. »Was wisst ihr vom Krieg? Vom Kampf? Von militärischer Strategie?« Mit dem Zeigefinger tippte er einem rothaarigen sommersprossigen Jungen gegen die Brust. »Hast du schon mal unter feindlichem Beschuss ein Gewehr geladen?«

»Nein … Signore.«

*Er ist der Einzige hier, der wirklich etwas draufhat*, dachte Pietro.

Melo ging zum nächsten Jungen. »Weißt du, wie es ist, wenn eine Kanonenkugel zehn Schritte von dir entfernt einen Krater in den Boden reißt? Kannst du dir den Lärm vorstellen?«

»Nein, Signore«, stammelte der Junge.

»Na also«, meinte Melo und zeigte auf seine Männer. »Sie wissen es. Und meint ihr nicht, dass ihr sie gut gebrauchen könnt, sie euch vielleicht etwas beibringen könnten?« Er legte eine Kunstpause ein. »Euch das Leben retten könnten?«

Die Lupi grinsten. Und die Jungen tauschten untereinander Blicke aus und nickten zustimmend.

*Jetzt hat er euch*, dachte Pietro.

»Ihr sollt euch gegenseitig Respekt zollen!«, sagte Melo. »Ihr seid Kameraden. Brüder! Ihr seid alle … Italiens Fleisch und Blut!« Er legte Marta die Hand auf die Schulter. »Nur eine Frau ist hier. Und sie ist die Einzige, die etwas Sinnvolles gesagt hat. Da hat Pietro recht. Habt ihr sie gehört? Ihr wollt Brüder sein? Ihr wollt Italien vereinen? Wenn ihr so weitermacht, geht alles vor die Hunde!«

Marta errötete. Melo gab ihr recht. Und er hatte alle in diesem Keller überzeugt, das hätte sie nie geschafft. Nicht umsonst war er der Capitano der Revolution. Dafür musste man schon so jemand sein wie er.

»Und jetzt gebt euch die Hände, umarmt euch!«, rief Melo. »Und dann steht hier nicht weiter in getrennten Gruppen herum, durchmischt euch mal ein bisschen. Ein Ganzes sollt ihr werden!« Er wandte sich an den Untersetzten. »Du umarmst als Erster einen dieser jungen Brüder. Na los!«

Ein wenig unbeholfen setzte sich der Untersetzte in Bewegung. Einen Befehl von Capitano Melo stellte man nicht infrage. Er ging zu dem Rothaarigen und sagte: »Ich bringe dir bei, wie man ein Gewehr lädt.« Dann umarmte er ihn. Einer nach dem anderen gaben sie sich die Hand.

Marta lächelte. Sie reichte Melo die Fahne, die Armandina geflickt hatte.

Melo nahm sie entgegen und rief: »Und jetzt will ich, dass ihr die Fahne küsst. Denn das sind wir. Diese Fahne.« Er zeigte auf die zusammengenähte Stelle. »Jetzt sind wir vereint. Nur zusammen ergeben wir die Trikolore.«

Pietro hielt sich missmutig abseits.

Marta betrachtete ihn nachdenklich. Sie konnte ihm ansehen, dass etwas nicht stimmte. Da war etwas in seinem Blick, das ihr in den letzten Tagen schon einmal entgegengeblitzt war. Sie hatten wieder miteinander geschlafen. Wunderschön war es. Aber manchmal war Pietro … nicht ihr Pietro. Dann war es, als wäre er gar nicht bei ihr. Dann ging sein Blick ins Leere. Und etwas wie Furcht lag darin, aber es war mehr noch als Furcht, ein Grauen eher. Genau, Grauen lag in seinen Augen. Als sähe er Dämonen. Oder fiele in einen abgrundtiefen Albtraum.

Sie fragte nach, aber Pietro wand sich immer. Manchmal ging er einfach weg. Manchmal lachte er, als wäre alles in Ordnung.

»Du bist ja doch gekommen. Hast du deine Meinung geändert?«, wandte Ludovico sich jetzt an Pietro.

»Und du?«, gab Pietro sarkastisch zurück. »Schon eine Revolution gemacht?«

Ludovico zuckte zusammen.

»Oder musst du jetzt schnell nach Hause laufen, damit dein Papa nicht böse wird?«

Marta traute ihren Ohren nicht. Dann bemerkte sie auf Pietros linkem Hemdsärmel einen Fleck. Rot. Ein Blutfleck. Das alles verwirrte sie.

»Was willst du hier, Junge?«, verteidigte einer der Lupi Ludovico, denn sie gehörten jetzt zusammen. Wer sich mit einem anlegte, legte sich mit allen an. »Suchst du Streit?«

»Beruhigt euch«, versuchte Melo zu beschwichtigen.

Pietro stieg das Blut zu Kopf. Diese Strohköpfe kämpften nicht für Gerechtigkeit, nicht für alle, nein, sie kämpften für ein schwachsinniges Ideal.

Marta bemerkte diesen Blick, der ihr Angst machte.

»Und wer bist du?«, fragte Pietro feixend den Mann, der Ludovico verteidigt hatte. »Ach ja, du bist einer von diesen Tattergreisen, die glauben, dass sich die Revolution nicht mit Kugeln, sondern mit ihren alten Erinnerungen durchführen lässt.«

Marta verstand nicht, was mit ihm los war.

»Pietro, du gehst zu weit«, mahnte Melo.

Aber der Mann von den Lupi war schon nicht mehr zu bremsen. »Einen wie dich verspeise ich zum Frühstück!«

»Dann zeig mal.« Pietro grinste verächtlich.

»Jetzt beruhigt euch!«, rief Melo.

Der Mann holte aus.

Pietro wich aus, packte ihn am Arm, zog blitzschnell das Messer hervor, ließ es aufspringen und setzte es dem Mann an die Kehle. »Wenn du immer so frühstückst, dann wirst du noch verhungern, du Dreckskerl«, zischte er.

»Hört auf!«, schrie Melo.

Marta erstarrte. Nein, dies hier war nicht ihr Pietro.

Melo legte eine Hand auf die von Pietro. »Lass gut sein«, sagte er beschwichtigend. »Es reicht.«

Pietro ließ das Messer sinken, klappte es ein und steckte es wieder in die Hosentasche.

Der Alte packte ihn an den Schultern und sah ihn an. »Warum bist du hier?«, fragte er ruhig.

Pietro knirschte vor Wut mit den Zähnen. Was wusste der Alte hier schon von dem, was er zusammen mit Albanese gemacht hatte? Wie schmutzig er sich fühlte? Er war ein Pulverfass. Eines aus Wut und Schmerz.

Er wand sich aus Melos Griff, betrachtete all diese Gutmenschen, die ein Ideal, einen Traum hatten. An deren Händen kein Blut klebte, so wie an seinen. In seiner Hosentasche spürte er die Münzen klimpern, seinen Anteil. Und er fürchtete, der Kopf würde ihm platzen.

»Ihr habt keine Ahnung vom wahren Leben da draußen!«, schrie er schäumend vor Wut. »Einen Dreck wisst ihr davon«, schrie er Melo ins Gesicht. Ein Feuer fraß ihn von innen lebendig auf, und die Tränen in seinen Augen konnten dagegen nichts ausrichten.

»Pietro!«, rief Marta.

Melo war sicher, dass der Junge im Grunde seines Herzens Hilfe suchte. »Junge …«

»Fahrt doch alle zur Hölle!«, schrie Pietro und rannte wutentbrannt hinaus.

Nach Hause. Er musste sich beruhigen.

Nella war gerade dabei, ein kleines Päckchen zu packen. Sie lächelte. Ein ganz normales Lächeln. Lange hatte sie nicht mehr so gelächelt. Mit jedem Tag ging es ihr besser. Es war unglaublich, wie Melos Behandlung wirkte.

Dieses Lächeln und die Vertrautheit spendeten Pietro Trost. Er atmete tief durch. Sie würde ihn sicher verstehen. »Ich weiß jetzt, was ich werden will: Fotograf. Ich werde die Welt so zeigen, wie sie ist. Willst du die Fotos sehen?«, fragte er und reichte sie ihr.

»Ja!«, rief Nella, und bemerkte im selben Moment den Fleck auf dem Ärmel. »Ist das Blut?«, fragte sie besorgt. »Hast du dich verletzt?«

»Nein, ist beim Saubermachen in der Metzgerei passiert.«

Nella schüttelte den Kopf. »Blut lässt sich so schlecht auswaschen.«

*Daran muss ich mich wohl gewöhnen,* dachte Pietro. »Jetzt sieh dir doch die Bilder an«, ermunterte er sie.

Nella betrachtete die erste Fotografie, aber als sie die grindige Katze sah, die eine Ratte fraß, verzog sie das Gesicht.

»Gefällt dir das Foto nicht?«

Sie schwieg und sah sich die anderen Bilder an. Den Stadtstreicher, die Kinder mit den Pferdeäpfeln.

»Du findest die Bilder nicht gut?«, fragte Pietro angesichts ihres Gesichtsausdrucks.

»Sie sind … sehr rau«, antwortete Nella.

»Gefallen sie dir nicht?«

»Nein, nein, das ist es nicht, aber …«

»Hier draußen, als wir gerade angekommen waren … weißt du noch?«, unterbrach er sie hitzig. »Du warst es, die mir die Welt gezeigt hat, wie sie ist. Die armen Schlucker, die sich wie Tote durch die Straßen des Viertels schleppen.«

Nella wusste darauf nichts zu sagen. Diese Fotos waren brutal. Abstoßend.

»So ist es da draußen. Ich will allen diese Welt zeigen, so wie du sie mir gezeigt hast«, erklärte Pietro aufgebracht. »Die Leute müssen sie sehen. Sie müssen hinsehen. Auch wenn sie nicht wollen …. Ich werde sie dazu zwingen!«

Nella sah Leidenschaft und Verzweiflung zugleich in seinem Blick.

»Verstehst wenigstens du mich?«, fragte Pietro, und es klang wie ein Flehen.

Nella hob langsam die Hände und versuchte, etwas zu sagen.

»Wenigstens du …«, flüsterte Pietro noch einmal.

»Ja«, murmelte Nella.

Pietro sah sie an. Enttäuschung brannte in seinen Augen. »Nein, auch du nicht«, stellte er fest und verließ die Wohnung.

Nella blieb reglos sitzen, mit den Fotografien in der Hand.

Nein. Sie verstand das nicht. Und sie verstand nicht, was Pietro sagen wollte.

Mit einem Seufzer legte sie die Bilder auf den Tisch, nahm ein von ihr geflicktes Kleid und das Päckchen und ging hinaus.

Das Kleid brachte sie der Bäckersfrau.

Diese kontrollierte die Arbeit und nickte zufrieden. Sie holte ein Geldstück hervor und hielt es Nella hin. »Reicht doch, oder?«

Nella sah auf das Kleid, an dem sie stundenlang im spärlichen Licht gearbeitet hatte. »Könnte ich etwas Brot bekommen?«

»Erminio, gib der Schneiderin hier einen Laib Brot«, rief die Frau ihrem Mann zu. »Oder besser eins und ein halbes.« Sie bemerkte Nellas Blick auf das Geldstück. »Brot oder Geld, meine Liebe. Verschenken tun wir hier nichts.«

»Ja, natürlich«, versicherte Nella niedergeschlagen. »Ich komme nachher wieder und hole das Brot ab.«

Als sie den Laden verließ, hörte sie die Frau sagen: »Aber bloß kein großes Brot. Die muss ja nich reich werden an uns.«

Nella hätte sich am liebsten in ein Mauseloch verkrochen.

Der Weg zum Ospizio Apostolico war derselbe wie immer.

Aber heute versuchte Nella, ihn mit Pietros Augen zu sehen. Es war unglaublich dreckig. Überall lag Unrat, riesige Ratten huschten ungestört umher und machten sich selbst den kleinsten Bissen untereinander streitig. In einigen Straßenzügen stank es ekelerregend. Kinder liefen barfuß umher, unterernährt, übersät von Wunden und Pusteln. Prostituierte trugen ihre welkenden Körper zur Schau, versanken mit jedem Tag ein Stückchen tiefer im Treibsand, der sie irgendwann ganz verschlingen würde. Die Wohlhabenden liefen steif vorbei, wie Kutschpferde mit Scheuklappen. Ja, die Welt war zweigeteilt, sicher. Aber war sie das nicht schon immer gewesen? Und neben all diesem gab es doch so viel Schönes: Kirchen, Häuser, der Himmel über Rom, rein und glänzend wie ein Juwel, der Flug der Schwalben, die im Tiber fischenden Kormorane, der Klang der Glocken. Warum sollte man sich daran nicht erfreuen? Sie hatte auch im Dreck gelebt und sah bestimmt nicht darüber hinweg. Aber warum versteifte sich Pietro darauf, nur diesen einen Teil zu zeigen? Warum zeigte er nicht auch die Schönheit?

Als sie Schlafsaal D erreichte, ging sie gleich zu Mamma Lucia. Im Vorbeigehen grüßte sie Schwester Alberta, ihre alte Kameradin.

Die Schwester antwortete nicht, sondern warf ihr nur einen verächtlichen Blick zu. Eine Welle aus Neid schlug in ihr hoch, denn selbst als arme Frau sah Nella aus wie das blühende Leben.

»Ciao, Mamma Lucia.« Nella setzte sich auf den Bettrand.

»Ciao, Contessa«, sagte die Alte lächelnd, wobei sie ihr Zahnfleisch entblößte.

»Ich habe dir Kirschkuchen mitgebracht«, kündigte Nella an und öffnete das Päckchen. »Ganz weich. Schmilzt auf der Zunge.«

Schwester Alberta machte sich in der Zwischenzeit am Nebenbett zu schaffen. Während sie bei einer zitternden Frau die Bettdecke feststeckte, lauschte sie, ohne den Blick von Nella abwenden zu können. *Wie leicht es doch ist, Gutes zu tun, wenn man Glück im Leben hat*, dachte sie verächtlich.

Mamma Lucia seufzte genüsslich, als sie den süßen Kuchen aß. »So stirbt es sich doch viel leichter.«

»Du stirbst nicht.«

»Tun wir alle mal«, erwiderte Mamma Lucia. »Und die verrosteten Alten allemal früher.«

»Denk sowas nicht.« Nella schwieg einen Moment. »Ich würde dich so gerne mit zu mir nehmen«, stieß sie dann hervor. »Aber ich wohne in einem Souterrain auf der anderen Seite der Engelsburg, und da ist nicht genug Platz«, fuhr Nella fort. Sie bemerkte, dass Schwester Alberta sie anstarrte, und sah fragend zu ihr hinüber.

Schwester Alberta wandte sich eilig ab.

»Wer will da schon hin?«, brummte Mamma Lucia. »Kein schöner Ausblick, da. Von hier aus kann ich an manchen Tagen den Hafen sehen, kann sehen, wie die Schiffe be- und entladen werden … Das ist wunderbar.«

»Mamma Lucia … du bist doch blind. Wie kannst du die Schiffe sehen?«

»Ich kann ja nicht mal aufstehen«, lachte die Alte. »Aber ich kann's mir vorstellen.«

Nella strich ihr über die faltige Wange.

»Ich hatte ein schönes Leben«, sagte die Alte verträumt.

»Sicher, unter Brücken und nie auch nur einen Centesimo in der Tasche …«, bemerkte Nella. »Wunderschön.«

»Aber ich war frei. Und konnte noch sehen.« Sie seufzte. »Weißt du noch, wie viele Bücher ich hatte?«

Nella erinnerte sich noch gut daran. Damals im Ospizio kannten alle ihre Geschichte. Sie war eine Berühmtheit. Lebte unter der Brücke der Tiberinsel und verbrachte die Tage damit, so viele Bücher zu lesen wie irgend möglich. Wenn sie eines ausgelesen hatte, verkaufte sie es für ein paar Geldstücke. Um nicht betteln zu müssen. Die Leute aus dem Viertel mochten sie so gerne, dass sie ihr alte Bücher brachten. Erst schenkten sie sie ihr, und dann kauften sie die Bücher wieder zurück.

Nella lachte. »Du hattest viel zu viele.«

»Jetzt nicht mehr.«

»Ich weiß.«

»Ich hab sie weggegeben. Wäre ja Blödsinn gewesen, sie zu behalten. Hier kann sowieso keiner lesen.« Mamma Lucia hob die schmalen Schultern. »Und wer es doch kann, hat keine Zeit vorzulesen.«

»Ich kann lesen!«, rief Nella. »Wenn ich das nächste Mal komme, bringe ich ein Buch mit.«

»Hab noch eins«, murmelte Mamma Lucia. »Unterm Bett.«

Nella bückte sich. »Das sind ja zehn Bände!«

»Ist aber nur ein Buch«, erwiderte die Alte lächelnd.

Nella nahm einen Band. *Die Elenden* las sie. »Das passt ja gut zu uns«, stellte sie lachend fest.

»Hat ein Franzose geschrieben«, erklärte Mamma Lucia. »Nicht alle Franzosen sind fiese Leute. Nur die hier in Rom, die meinen, sie sind was Besseres.«

Nella dachte an Henri, den sie seit seinem Besuch nicht mehr gesehen hatte. Und obwohl sie sich denken konnte, wo er wohnte, traute sie sich nicht, ihn aufzusuchen. »Auch nicht alle, die hier sind, sind Galgenvögel. Der, den ich kennengelernt habe …« Sie unterbrach sich.

Mamma Lucia wartete. »Entweder erzählst du mir das jetzt, oder du liest vor.«

»Ich habe dir doch schon erzählt, dass ich einen Mann kennengelernt habe«, fing Nella an. »Einen französischen Leutnant, und das erste Mal in meinem Leben bin ich wirklich verliebt.« Sie dachte an ihren Mann, Ippolito, dem sie große Zuneigung entgegengebracht hatte, die sie lange für Liebe gehalten hatte. Aber seit sie Henri kannte, wusste sie, wie groß der Unterschied zwischen beidem war. Der schöne Leutnant hatte sich in ihrem Herzen eingenistet. Sie fühlte sich derartig zu ihm hingezogen, dass es ihr schon fast Angst machte.

»Und warum hast du ihn gehen lassen?«, wollte Mamma Lucia wissen. »Warum hast du ihn nicht geküsst?«

»Weil ich Angst hatte, Mundgeruch zu haben«, witzelte Nella.

»Immer nur zu scherzen ist was für dumme Gänse«, meinte die Alte.

Nella stieß einen Seufzer aus. »Ich konnte einfach nicht.«

»Und Ausreden sind auch idiotisch.«

Nella schwieg.

»Hol ihn dir«, riet Mamma Lucia.

»Und was soll ich ihm sagen?«, fragte Nella ratlos, und ihr fiel ein, dass Pietro ihr genau dieselbe Frage wegen Marta gestellt hatte.

Mamma Lucia schnaubte. »Lies lieber vor.«

Ergeben öffnete Nella das Buch. »Wo soll ich anfangen?«

»Am Anfang. Wo denn sonst?«

»Auch das Vorwort?«

»Das Vorwort ist so viel wert wie das ganze Buch.«

Nella räusperte sich. »›Solange kraft der Gesetze und Sitten …‹« Sie brach ab, unfähig, sich zu konzentrieren.

»Geh zu ihm«, sagte Mamma Lucia. »Und jetzt lies, Himmelarsch!«

Nella fing noch einmal an. »›Solange Gesetze und Sitten soziale Verdammnis hervorrufen können, die künstlich und inmitten einer Gesellschaft Höllen erzeugt und dem gottgegebenen Schicksal ein menschengewolltes hinzufügt; solange die drei Probleme des Jahrhunderts, und zwar die Entwürdigung des Mannes durch das Proletariat, die sittliche Erniedrigung der Frau durch materielle Not und die Auszehrung des Kindes durch Verwahrlosung, solange diese Probleme nicht gelöst sind, solange in einigen Gegenden noch der soziale Erstickungstod droht, oder anders gesagt: Solange auf der Erde Unwissenheit und Elend bestehen …‹«

Nella hielt inne. Genau das sagte doch Pietro. Das waren seine Worte.

»Lies weiter«, forderte Mamma Lucia.

»›… solange auf der Erde Unwissenheit und Elend bestehen, dürften Bücher wie dieses nicht vergeblich und unnütz sein.‹«

Nella hob den Kopf. Jetzt verstand sie, was Pietro gemeint hatte.

*Solange auf der Erde Unwissenheit und Elend bestehen werden …*, dachte sie, *dürften* Fotografien *wie diese nicht vergeblich und unnütz sein.*

# 40

*Anfang August 1870*

*Kirchenstaat – Rom*

Es war an der Zeit, seinen Plan in die Tat umzusetzen.

Nur der richtige Ort fehlte noch.

In den vergangenen Wochen war Leone Pompei grinsend durch Rom geschlendert. Mit jedem Priester, den er sah, wurde er fröhlicher. Er hatte sich sogar einen Besuch im Kolosseum gegönnt und sich die Kaiserforen bei Tageslicht angesehen. Er bewunderte die Opulenz vergangener Tage – nichts mehr als tote Kulisse –, die gleiche, die nun bei den Kirchen zu bewundern war.

Dieser ganze Prunk war unglaublich. Der Reichtum. Und die Schönheit.

Aber eigentlich war Leone das nicht wichtig, denn sein Ziel stand darüber.

Er war auch ins Viertel Borgo spaziert, in die Nähe des Petersdoms. Einige Handwerker waren dort ansässig, vor allem aber wohnten dort viele, nein, unzählige Klerus- und Papstdiener. Auch der Scharfrichter des Kirchenstaates, Mastro Titta, lebte hier. Jeder in Rom kannte ihn, aber beliebt war er nicht. Deshalb vermied er es, gesehen zu werden, und verließ sein Viertel so gut wie nie. Zu den Hinrichtungen an der Piazza del Popolo oder anderswo wurde er eskortiert. Dann wussten die Römer, dass wieder jemand zum Tode verurteilt worden war, und raunten: »Mastro Titta muss auf die andere Seite der Brücke« – gemeint war die Engelsbrücke.

Aber auch wenn der Scharfrichter kein gutes Ansehen genoss, hätte Leone Pompei sich gerne ein wenig mit ihm unterhalten.

Zum Beispiel über den Tod. Nicht über den mehr oder weniger zufälligen, von Gott gesandten, sondern über den Tod durch Menschenhand.

Aber an diesem Tag war er aus einem anderen Grund in Borgo. Er suchte ein bestimmtes Geschäft, das es ganz sicher in diesem Viertel gab.

In der Via del Mascherino fand er schließlich, was er suchte: Bekleidung für Geistliche.

»Verzeiht«, bat er den jungen Priester, der ihn empfing, »mein Onkel, Bruder Leone, ist in einer etwas heiklen Lage …« Der Blick des Priesters wurde abweisend. Aber genau das hatte Leone mit diesem Taschenspielertrick beabsichtigt: Er lenkte ab. »Na ja …« Er lachte hinter vorgehaltener Hand. Noch ein wenig mehr Ablenkung konnte nicht schaden. »Er ist korpulent … wie ich in etwa, versteht Ihr?«

»Nein … ich verstehe nicht.« Der Priester war auf der Hut. Für sein Alter und seine Berufung hatte er schon zu viel gesehen. »Was wollt Ihr?«

»Er ist gestürzt«, erklärte Leone. »Und sein Gewand … oder wie sagt man dazu? … ist zerrissen. Vorne und hinten Löcher.« Wieder lachte er. »Verzeiht, aber es ist wirklich zu lächerlich. Also, er hat mich gebeten, ihm ein neues, ein … wie sagt man?«

»Bei welchem Orden ist er denn?«, fragte der Priester hörbar erleichtert. Er hatte sicher schon mit dem Schlimmsten gerechnet und würde deshalb nicht mehr über die ungewöhnliche Frage nachdenken.

»Franziskaner.«

»Also eine Kutte«, stellte der Priester fest. »In Eurer Größe?«

»Ja. Und den Gürtel möchte er auch. Und Rosenkranz und Schuhe. Er hatte einen Wutanfall und alles in den Kamin geworfen.«

Kurz darauf kehrte der Priester mit dem Gewünschten zurück. »Das sollte passen.«

»Gott segne Euch«, sagte Leone und zahlte.

Dann suchte er eine öffentliche Toilette auf, pinkelte und zog sich um.

Als er herauskam, war er Bruder Leone. Ein Priester unter Priestern.

Er klopfte bei einigen Pfarreien an. Prior Franco konnte ihn schließlich einige Zeit im Gästehaus unterbringen, zumindest bis Kardinal Antonelli ihn empfangen würde.

»Der Staatssekretär!«, staunte der Prior.

»Politische Angelegenheiten«, murmelte Leone. »Das muss aber unter uns bleiben.«

Der Prior starrte ihn mit großen Augen an und legte verschwörerisch einen Finger über die Lippen.

Das Zimmer, das man Leone im Gästehaus zuwies, war die luxuriöseste Unterkunft, seit er Novara mit Capitano Lonigro verlassen hatte.

*Diese Priester haben es ja ziemlich gut*, dachte er zufrieden.

Aber in der Nacht ließen ihm die Gedanken keine Ruhe, und er wälzte sich hin und her. Wo sollte er die verdammte Contessa Silvia di Boccamara suchen? Er konnte ja nicht sein ganzes Leben lang Pater bleiben, auch wenn ihm das ganz angenehm schien für jemanden, der keinerlei Perspektive hat.

Am Morgen fiel ihm endlich wie Schuppen von den Augen, was von Anfang an offensichtlich gewesen war.

»Verdammter Idiot!«, schalt er sich selbst.

Als er vor vielen Wochen erfuhr, dass der Kutscher, aber nicht die Contessa die Grenze zum Kirchenstaat passiert hatte, hatte er sich gefragt, wie die Contessa in so kurzer Zeit in den Besitz gefälschter Dokumente hatte kommen können. Die Antwort war ganz einfach: Sie hatte gar keine gefälschten Dokumente.

Gefälscht war einzig und allein die Contessa Silvia di Boccamara selbst! Er würde schon herausbekommen, was es damit auf sich hatte.

Die Frau, die er suchte, hatte die Grenze mit einem gültigen Ausweis passiert. Sie hieß also Nella Beltrame. Irgendwo *musste* sie eine Spur hinterlassen haben. Und wenn es irgendwo in Rom eine Spur gab, dann waren die Priester die Ersten, die davon wussten.

»Während ich auf die Einberufung vom Kardinal warte, würde ich gerne ein verloren gegangenes Schäfchen aus meiner Gemeinde suchen. Wie stelle ich das hier am besten an?«, fragte er am Morgen Prior Franco.

»Wo ist dieses Schäfchen denn geboren?«

»Hier«, riet Leone. Hätte er gesagt, er wisse es nicht, wäre das verdächtig gewesen. Und er konnte immer noch sagen, dass sie vielleicht woanders registriert war.

»Bei der päpstlichen Kanzlei arbeitet ein Freund von mir, der wiederum jemanden kennt, der Einsicht in die Geburtsarchive nehmen kann«, antwortete der Prior.

So liefen die Dinge in Rom, das hatte Leone schon lange verstanden. Alle waren irgendjemandes Freund, der seinerseits mit jemandem befreundet war, der einem helfen konnte.

»Wie heißt sie denn?«

»Beltrame. Nella Beltrame.«

Am nächsten Tag hatte Leone seine Informationen.

Nella Beltrame, geboren in Rom am 20. August 1841, aufgewachsen im Waisenhaus Ospizio Apostolico di San Michele, wo man sie in einer Drehlade abgegeben hatte.

»So einfach?« Leone schüttelte den Kopf.

»Wir Gläubige sind sehr ordentliche Leute, Bruder«, gab Prior Franco zufrieden zurück. »Jeder Schäfer sollte wissen, wie viele Schafe seine Gemeinde zählt. Oder etwa nicht?«

»Doch, doch«, gab Leone lächelnd zurück. »Nur dass nicht alle Schäfer so eifrig ihre Schafe zählen.«

Die Schwester am Empfang des Ospizio Apostolico nahm sich auf Leones Frage nach Nella Beltrame sofort das Register vor. Und bestätigte ihm alles. »Ja. Ich kann mich noch an sie erinnern. Ein sehr hübsches Mädchen mit …«

»… veilchenblauen Augen«, beendete Leone den Satz für sie.

Die Schwester sah ihn verwundert an. »Nein. Mit einem ausgeprägten Sinn für gutes Benehmen.« Ihr Blick glitt in vergangene Zeiten. »Immer herausgeputzt, die Einzige mit anständigen Essmanieren. Verneigte sich immer, als würde sie sich auf eine Einladung vom Königshof vorbereiten.« Sie lachte. »Eine Stadtstreicherin gab es hier, die nannte sie Prinzessin, nein, nicht Prinzessin …«

»Contessa.«

»Genau!«

»Lebt diese Stadtstreicherin noch?«

»Sie ist eine Institution hier im Armenhaus. Mamma Lucia. Eine liebenswerte Frau.«

Leone lauschte mit wachsender Aufregung. »Wo ist sie denn?«

»Schlafsaal D. Erster Stock.«

Die Kutte raffend, lief Leone die Treppen hoch.

»Welche ist Mamma Lucia?«, fragte er eine hässliche blasse Nonne, die daraufhin auf ein Bett deutete.

Rasch lief Leone zu ihr. »Mamma Lucia«, sprach er die Alte an, die mit geschlossenen Augen dalag.

Die Frau schlug die Lider auf und entblößte zwei trübe, wächserne Augäpfel.

Leone lächelte zufrieden. Es war ihm ganz recht, nicht gesehen zu werden.

Die Nonne war neugierig geworden und machte sich am Nebenbett zu schaffen.

»Ich bin Bruder Leone und suche Nella Beltrame.«

»Ihr seid Priester?«, wollte Mamma Lucia wissen.

»Ja, Franziskaner.«

»Was habt Ihr mit ihr zu schaffen?«, fragte Mamma Lucia misstrauisch.

»Ich war während ihrer Zeit in Novara viele Jahre ihr Beichtvater.«

»Hat sie oft gebeichtet?«

»Sehr oft, gute Frau«, gab Leone vor.

Seit Mamma Lucia ihr Augenlicht verloren hatte, erkannte sie Lügen noch eher als früher. In diesem Fall jedoch benötigte sie dieses Talent nicht, denn Nella hatte von jeher weder Priester noch die Kirche gemocht. »Und was wollt Ihr von mir?«

»Ich bin auf der Suche nach ihr … Und Ihr könnt mir vielleicht sagen, wo ich sie finden kann, also wo sie wohnt, meine ich … Ich möchte sie gerne besuchen und …«

»Ich hab keine Ahnung«, warf Mamma Lucia ein.

»Ihr habt keinen Kontakt zu ihr?«, erkundigte sich Leone.

»Wer seid Ihr?«, tat die Alte verwirrt.

»Ich bin Bruder Leone …«

»Seid Ihr hier wegen der letzten Ölung?«, nuschelte Mamma Lucia.

»Nein, ich suche Nella Beltrame.«

»Nella Beltrame …«, wiederholte die Frau. »Ihr kennt sie?«

»Ja … Ich war in Novara ihr Beichtvater.« *Die Alte ist geistig umnachtet*, dachte Leone. Aber er würde nicht aufgeben. Vielleicht würde die dumme Alte in ihrer Verwirrung genau das sagen, was er hören wollte.

»Hat sie oft gebeichtet?«

»Ja«, antwortete Leone. »Wo wohnt sie?«

»Sie ist im Hof und spielt«, murmelte Mamma Lucia.

»Wer?«

»Nella. Wer sonst? Hört Ihr nicht zu?«

Leone seufzte auf. Hier brauchte es viel Geduld.

Aber in diesem Moment gab ihm die Nonne ein Zeichen.

Leone stand auf und trat zu ihr.

»Warum sucht Ihr Nella?«, erkundigte sich Schwester Alberta. »Ich meine … warum sucht Ihr sie wirklich?«

»Es tut mir leid, das sagen zu müssen, aber sie ist eine Diebin, Schwester«, erklärte Leone flüsternd, der in ihren Augen forschte und fand, was er suchte. Diese Schwester hier war unansehnlich, unzufrieden und neidzerfressen. Genau wie er. Frustriert wie er. Vom Leben aussortiert. Wie er. »Das vertraue ich allein Euch an.«

Schwester Alberta dachte an all die Jahre, die sie schon an diesem widerlichen Ort verbrachte, der sich ihr eingebrannt und ihr letztes bisschen Lebenswillen ausgesaugt hatte, der nahm, ohne je etwas zurückzugeben. Sie hatte Nella nie leiden können. Sie missgönnte ihr alles. Nella war hübsch, sie nicht. Nella war schlau, sie nicht. Nella hatte einen Reichen geheiratet, sie war hier hängengeblieben, eingesperrt. Alle liebten Nella, und keiner liebte sie. Und sogar jetzt, da Nella genauso arm war wie sie, hielt sie sich noch immer für etwas Besseres und behandelte sie von oben herab.

»Ich weiß, wo Nella Beltrame wohnt.« Sie bedeutete dem Pater, ihr zu folgen. »Kommt mit … Wir reden besser woanders.«

# 41

*August 1870*

*Kirchenstaat – Rom*

»Was hast du?«, fragte Marta.

Sie lag mit Pietro auf einem Strohhaufen im Stall. Wieder hatten sie miteinander geschlafen, aber irgendetwas war diesmal anders gewesen. Nicht weniger aufregend. Aber nicht sehr zärtlich. Pietro war wilder. Fast zu wild.

Als ginge es um einen Kampf.

Aber wogegen kämpfte er an? Gegen welche Dämonen?

Marta betrachtete ihn. Er lag auf dem Rücken. Starrte an die Decke. Schwieg. Sie war sicher, dass er ganz woanders war. Nicht bei ihr.

»Was hast du?«, fragte sie noch einmal.

Pietro drehte sich zu ihr und sah sie an.

Die liebevollen Worte waren verschwunden. Die Unschuld war verschwunden.

»Nichts«, antwortete er. Dann sah er wieder zur Decke.

Marta musste daran denken, was Melo ihr nach der Versammlung gesagt hatte: »Du musst für ihn da sein.« Und als sie fragte, warum, sagte er: »Bleib einfach bei ihm. Wenn du das nicht kannst, wenn deine Liebe beim ersten Windstoß in sich zusammenfällt, dann ist sie auch nicht echt.«

Marta streckte die Hand aus und streichelte seine nackte, magere Brust.

Pietro blieb reglos liegen.

Sie drückte sich an ihn und legte den Kopf an seine Schulter.

»Bleib bei mir«, murmelte sie und strich weiter über seine Brust und den festen Bauch.

»Ich bin hier«, erwiderte Pietro.

Marta spürte seine Stimme im Brustkorb vibrieren. »Nein. Bist du nicht.«

»Doch. Siehst du mich etwa nicht?«

»Und du?«, entgegnete Marta. »Siehst du mich?«

»Was soll das hier?« Pietros Stimme war weit weg.

»Du bist nicht hier bei mir«, wiederholte Marta, und es tat ihr im Herzen weh.

»Wo sollte ich denn sonst sein?«

»Sag du's mir.«

»Habe ich schon: Ich bin hier.«

Marta schwieg. ›Viele Männer sind anfangs ganz anders. Und wenn man sich dann auf sie einlässt, zeigen sie ihr wahres Gesicht‹, hatte Armandina ihr erklärt. Aber Marta wusste, dass das auf Pietro nicht zutraf. Er hat nicht so getan, als wäre er jemand anderes. Nur war da jetzt etwas, das Besitz von ihm ergriff. Voll und ganz.

»Warum bist du zur Versammlung gekommen und hast dich dann so verhalten?«, fragte sie ihn, wie bereits mehrfach in letzter Zeit.

»Weil ich Leute, die große Töne spucken, nicht ertrage. Das habe ich dir schon ein paarmal gesagt«, antwortete Pietro. In seiner Stimme lag Wut.

»Du warst schon auf Streit aus, als du reingekommen bist«, gab Marta zu bedenken. »Schon wie du die Treppe runtergekommen bist und dann Ludovico angegriffen hast …«

»Verteidigst du jetzt deinen kleinen Principe?«, schnaubte Pietro.

»Er ist nicht mein Principe«, entgegnete Marta verärgert. »Und das weißt du ganz genau.«

»Ich weiß überhaupt nichts mehr.«

Marta stützte sich auf einen Ellbogen und sah ihn an. »Schau mir in die Augen, und dann sag mir, dass du weißt, dass ich dich liebe.«

Pietro drehte sich zu ihr.

»Sieh mich an und sag es!«

Pietro drehte sich auf den Rücken.

Marta sah, wie sich seine Augen mit Tränen füllten. Sah seinen inneren Kampf. Sah den Dämon, der sich in sein Loch zurückzog.

»Sag es …«

»Ich liebe dich …«

»Nein. Sag mir, dass du sicher bist, dass ich dich liebe.«

Pietro nickte. Ein kleines Lächeln auf den Lippen. »Ich weiß, dass du mich liebst.«

Aber der kurze Moment der Nähe war schon vorbei, als er den Blick wieder an die Decke heftete.

»Warum bist du zur Versammlung gekommen?«

»Ich wollte dich sehen.«

»Du hast mich ja nicht mal begrüßt.«

»Und ich wollte nicht allein sein.«

»Du warst auch inmitten all dieser Menschen allein.«

Pietro biss sich auf die Lippen. In seinem immer noch an die Decke gerichteten Blick stand Schmerz. Hilflosigkeit. Wut. »Ja …«, murmelte er.

Marta küsste ihn auf den Mund.

Aber er küsste sie nicht zurück, seine Lippen waren reglos.

»Wenn du mir erzählst, was los ist, kann ich dir helfen«, sagte Marta.

Pietro schnaubte verächtlich. »Kann ich dir helfen«, äffte er sie überheblich nach.

»Genau.«

»Niemand kann mir helfen.«

»Warum denn nicht?«

»Weil es nichts zu helfen gibt!«, fuhr Pietro sie an. »Es ist alles in Ordnung, was willst du denn hören?«

»Sieh dich doch mal an«, wurde Marta jetzt laut. »Sieh dich an!«

»Gib mir einen Spiegel«, spottete Pietro.

Marta bemühte sich, ihre Wut zurückzuhalten. »Warum verhältst du dich eigentlich wie ein Rindvieh?«

»Weil ich eins bin«, provozierte er sie weiter.

»Ganz offensichtlich!«

Pietros Mund verzog sich zu einem spöttischen Lächeln. »Ich liebe dich.«

Marta stand auf und zog sich an. Zog ihr Kleid über und spürte doch immer noch seine Hände auf ihrem Körper. Sie fehlten ihr jetzt schon. Sie schloss den letzten Knopf.

Pietro klaubte seine Sachen zusammen.

Marta betrachtete ihn. Er war so schön. Und die widerspenstige Strähne tanzte vor seiner Stirn, als er die Hose hochzog. Ein Engel. Von einem Dämon besessen.

»Es stimmt nicht, dass alles in Ordnung ist.«

»Glaub doch, was du willst.« Pietro knöpfte sich das Hemd zu.

Marta stellte sich herausfordernd vor ihn. Den Blick voll brennender Liebe. Liebe, in deren Namen sie kämpfen wollte. Ihm helfen wollte. Ihn schützen wollte. »Was hast du?«

Pietro fühlte sich mit dem Rücken an die Wand gestellt. »Lass mich in Ruhe!«, brauste er auf. Er machte einen Schritt nach rechts, aus der Ecke hinaus, in die Marta ihn gezwängt hatte.

Aber sie war genauso schnell und hielt ihn auf.

Da brach es aus Pietro hervor. »Einen verdammten Dreck wisst ihr alle«, schrie er ihr aus vollem Halse all die Wut und Gewalt entgegen, die seine Seele vergifteten. »Einen Dreck!«

Aber Marta wich nicht zurück. »Dann sag doch, was wir nicht wissen!« Sie versetzte ihm einen Stoß, ihre Augen schleuderten Blitze. »Na los, sag schon!«

Pietro bleckte die Zähne. Er sah aus wie ein tollwütiger Hund, ballte die Hände zu Fäusten und fuchtelte damit vor ihrem Gesicht herum. »Lass mich in Ruhe!«, schrie er noch einmal.

Marta betrachtete ihn, und als sie schließlich sprach, war ihre Stimme ganz ruhig. »Und du lässt mich in Ruhe, du Dreckskerl.« Sie drehte sich um und sagte im Davongehen: »Ich will dich nie wieder sehen.«

Auf dem Heimweg traf Pietro auf die Bande Jungen, mit denen er zu seiner Anfangszeit in Rom einmal unterwegs gewesen war.

»Ach nein, der Hurensohn«, rief der Anführer Remo. »Wusste ich doch, dass der uns früher oder später übern Weg läuft.«

»Ist heute nicht mein Tag, zieh Leine«, blaffte Pietro.

Remo grinste. »Und wenn nicht?«

»Verpasse ich dir eine Abreibung.« Pietros Stimme war tief und rau, er hatte schnell gelernt, wie ein ausgekochter Gauner zu klingen.

»Wir sind ein paar zu viele für dich«, stellte Remo fest. Aber es entging ihm nicht, wie sehr sich dieser Junge in nur wenigen Monaten verändert hatte.

Pietro ließ das Messer aufspringen, und die Klinge blitzte auf. Aber er richtete sie nicht auf den anderen, er wollte sie nur zeigen. Dann blickte er Remo an. »Weißt du, wem das hier gehört hat?«, fragte er. »Albanese. Er hat es mir geschenkt. Ich bin jetzt einer von seiner Bande.« Er ließ seine Worte wirken. »Haut ab, oder ihr macht die Sache mit ihm aus.« Er spuckte Remo ins Gesicht. »Aber mit dir kann ich auch sofort abrechnen, wenn du willst.«

Remo zuckte kurz, ging dann aber einfach zur Seite.

»Gut so«, sagte Pietro und setzte seinen Weg fort, ohne den anderen noch einmal anzusehen.

*Erst habe ich nur so getan wie ein Gauner, und dann bin ich wirklich einer geworden*, dachte er. Er widerte sich selbst an. Wer in die Hölle hinabstieg, verbrannte sich eben auch die Füße.

Zuhause wartete die Contessa bereits auf ihn. Sie empfing ihn mit düsterem Blick. »Du warst nicht mehr in der Schule«, sagte sie. »Lehrer Lamorgue persönlich war hier und hat es mir gesagt.«

»Der Idiot«, brummte Pietro.

»Hier gibt es nur einen Idioten, und der bist du«, schimpfte Nella. »Warum gehst du nicht in die Schule?«

Pietro hob die Schultern.

»Antworte mir!«

»Was wollt ihr eigentlich alle von mir?«, begehrte Pietro auf, der sich noch nicht beruhigt hatte. Der Streit mit Marta, die Begegnung mit Remo, das alles saß ihm noch quer.

»Was wir wollen?«, fuhr Nella ihn an. »Was die anderen wollen, interessiert mich nicht, aber *ich* will, dass du in die Schule gehst! Und wenn du nicht gehst, will ich wissen, warum.«

Pietro sagte nichts.

»Was machst du mit deinem Leben?«, insistierte Nella. »Warum gehst du nicht mehr in die Schule?«

»Weil es sinnlos ist!«, brach es aus Pietro hervor. »Nichts lernt man dort. Das wahre Leben hat nichts mit der Schule zu tun!«

»Wer sagt denn das?«

»Ich selber sage das. Ich gehe *meinen* Weg. Nicht den, den du für mich bestimmt hast.«

»Du willst also dein Leben lang ein armer Schlucker bleiben?« Nella wurde jetzt laut.

»Nein! Ich hab's dir schon gesagt, ich werde Fotograf!«

Nella schüttelte den Kopf. »Die Schule hat so viel gekostet«, murmelte sie.

»Wer hat dich darum gebeten?« Pietros Schuldgefühle verwandelten sich in Zorn, er holte eine Handvoll Geldstücke aus der Hosentasche und warf sie auf den Tisch. »Da, nimm«, rief er zornig. »Nimm dein Geld zurück und lass mich mein Leben leben.«

Nella riss die Augen auf. »Woher hast du das?«

Er sah ihre Verblüffung, ihren Schmerz. Und konnte nicht antworten. Konnte nicht sagen, dass er das alles für sie angefangen hatte. Um den Arzt zu bezahlen. Und um sie zu rächen. Er konnte nichts sagen. Er wusste selbst nicht mehr, was er glauben sollte.

»Woher hast du das Geld?«, wiederholte Nella, und Verblüffung und Schmerz verwandelten sich in Zorn. »Was stellst du an? Stiehlst du? Betrügst du?« Sie rang nach Luft. »Wer bist du?«, schrie sie.

Die Frage drang Pietro mitten ins Herz.

Nella klaubte die Geldstücke auf und warf sie ihm entgegen, sie war vollkommen außer sich. »Nimm das zurück!«, schrie sie. »Das ist kein Geld, das ist Dreck!« Dann packte sie ihn am Arm und stieß ihn zur Tür. Sie fühlte sich zutiefst betrogen, die Welt brach über ihr zusammen. Sie konnte keinen klaren Gedanken mehr fassen. »Geh«, sagte sie rau. »Du bist nicht mehr mein Sohn.«

Pietro sah sie an. Und sah sich in ihrer Verachtung gespiegelt. Er hasste sich selbst von ganzem Herzen. Und deshalb hasste er auch die Contessa. »Ich bin noch nie dein Sohn gewesen«, zischte er boshaft. Spie ihr das Gift entgegen, das durch seinen Körper floss.

Der Schlag traf Nella hart, aber sie war außer sich. Ihr Blick wurde eisig, wie er es früher gewesen war, in einer anderen Zeit, in einem anderen Leben.

»Da hast du recht. Du bist noch nie mein Sohn gewesen«, sagte sie kalt. »Dann wird es dir auch nicht schwerfallen, zu gehen.«

Pietro wäre es lieber gewesen, wenn sie ihn geohrfeigt hätte. Vielleicht wäre er dann aus diesem Albtraum erwacht.

Aber Nella sah ihn nur mit diesem eiskalten Blick an.

Er wusste, dass es nichts mehr zu sagen gab, drehte sich um und verließ das Souterrain.

In dieser Nacht fiel dichter Regen, und er suchte Schutz unter der Milvischen Brücke.

Wie Albanese es gemacht hatte.

Und genau wie bei Albanese versuchten einige Herumtreiber, ihn auszurauben. Aber Pietro zog das Messer hervor und schlug sie in die Flucht, wobei er einen von ihnen an der Hand verletzte.

In dieser Nacht war er der Stärkste.

Der Härteste.

Die Nacht war so düster, dass er nicht einmal den Tiber sehen konnte. Und auch in seinem Inneren herrschte Finsternis.

»Ich bin verloren«, murmelte er. »Jetzt habe ich niemanden mehr.«

# Dritter Teil

# 42

*August 1870*

*Kirchenstaat – Rom*

»Was habe ich getan?«

Kaum hatte Pietro die Tür hinter sich zugeschlagen, brach die Welt über Nella zusammen. Sie konnte nicht glauben, was soeben geschehen war. War fassungslos über ihre Worte. Über seine Worte.

Sie sah die auf dem Boden verstreuten Münzen, die sie ihm voll verächtlichem Zorn entgegengeschleudert hatte. Und die Fotos auf dem Tisch. Die Fotos, die sie nicht verstanden hatte, bis sie das Vorwort von den *Elenden* las. Aber sie hatte keine Zeit gehabt, ihm das zu sagen. Das Blut war ihr zu Kopf gestiegen.

Ihr Blick fiel auf den Fotoapparat, der an die Wand gelehnt in einer Ecke stand.

Alles hier erzählte ihr von Pietro. Schrie förmlich nach ihm.

»Was habe ich getan?«, stieß sie noch einmal hervor.

Und dann rannte sie los. Hinaus, in den Regen.

»Pietro!«, rief sie.

Aber Pietro war nicht mehr da.

»Pietro!«, schrie sie wieder und rannte zur Engelsbrücke, klammerte sich am Geländer fest. Sah nach rechts und links und bemerkte nicht, wie der Regen sie vollkommen durchnässte. Sie eilte zurück zum Ufer.

»Habt ihr einen Jungen gesehen, groß und mager, mit einer Haarsträhne, die ihm immer ins Gesicht fällt?«, fragte sie die Stadtreicher, die unter der Brücke ihr Lager hatten.

Die schmutzstarrenden Männer mit ihren zotteligen Bärten schnitten Grimassen. Es stank nach Urin, Wein und ungewaschenen Leibern.

»Nee, aber ne schöne Frau«, lachte einer und kam auf sie zu.

Nella rannte weg, lief wieder hinauf und überquerte die Brücke. »Pietro!«, rief sie und lief immer schneller. »Pietro!«

Schließlich erreichte sie das Ospizio di San Michele, und erst da begriff sie, dass sie gar nicht Pietro suchte. Mamma Lucia war es, die sie jetzt brauchte.

»Es ist keine Besuchszeit«, mahnte eine Nonne am Eingang.

Nella schenkte ihr keine Beachtung und lief weiter, stieg die Treppen hinauf und eilte zum Schlafsaal D.

»Jetzt ist keine Besuchszeit«, mahnte auch Schwester Alberta und stellte sich ihr in den Weg.

Nella stieß sie zur Seite und hastete zu dem Bett ganz hinten im Saal.

Schwester Alberta spürte Wut in sich aufsteigen, sie hasste Nella. *Sie behandelt mich, als wäre ich nichts wert*, dachte sie zornig. *Aber sie wird schon noch bekommen, was sie verdient*. Sie dachte an Bruder Leone, er würde sie aufspüren und bestrafen.

»Mamma Lucia … Ich habe ihn verloren!« Nella ließ sich keuchend auf den Bettrand fallen. Sie fror, die Kleidung klebte an ihrem Leib.

»Wen denn?«, wollte die Alte wissen.

»Den Jungen …« Nella kam wieder zu Atem.

»Welchen Jungen?«, tat Mamma Lucia ahnungslos.

»Pietro«, sagte Nella.

»Deinen Sohn?«, fragte Mamma Lucia.

»Er ist nicht mein Sohn«, erwiderte Nella. In ihrem Inneren hallten ihre Worte wider.

»Was ist dann so schlimm daran, wenn er nicht dein Sohn ist?«, brummte die Alte und hob die Schulter. »Geh halt in irgendein Waisenhaus und besorg dir einen neuen. Oder falls du ein Mädchen willst, kannst du auch hier über den Hof gehen, dahin, wo du selbst aufgewachsen bist und darauf gewartet hast, dass dich jemand mitnimmt.« Sie zeigte ihre wächsernen Augäpfel. So trüb und tot sie auch sein mochten, starren konnten sie doch, oder es sah wenigsten so aus.

Mamma Lucias Worte verfehlten ihre Wirkung nicht. Nellas Augen füllten sich mit Tränen, die ersten, die sie nach dem Streit mit Pietro weinte. Nach diesem schrecklichen Streit. »Ich habe … meinen Sohn verloren«, schluchzte sie.

Mamma Lucia lächelte unmerklich. »Aha, schon besser. Vielleicht findest du ihn so wieder.«

»Wie meinst du das?«, fragte Nella, während sie sich mit dem Ärmel die Tränen aus dem Gesicht wischte.

»Weil er jetzt anscheinend doch noch dein Sohn geworden ist.«

Nella war verärgert. »Immer redest du so ein absurdes Zeug!«, ereiferte sie sich.

»Findest du?«, vergewisserte sich Mamma Lucia. »Du kommst hierher und jammerst. Suchst Trost. Und Mitleid«, fuhr sie fort. »Du sagst, du hast ihn verloren, aber eigentlich geht es doch nur um dich.« Sie machte eine kurze Pause. »In einem solchen Moment dürftest du gar keine Zeit haben, an dich zu denken.« Sie tastete nach Nella und stieß ihren knochigen Zeigefinger gegen ihr Brustbein. »Wenn er also wirklich dein Sohn ist, dann verhalte dich auch wie eine Mutter und geh mir hier nicht auf die Nerven.« Sie versetzte ihr einen Stoß. »Was sitzt du hier rum? Geh ihn suchen! Bis du ihn findest. Dann kannst du immer noch herkommen und heulen oder lachen oder was weiß ich.«

Nella rührte sich nicht.

»In einem Moment aalst du dich noch in der Sonne, und im nächsten schmettert es dich auf die Felsen. Einen Mann macht aus, was er tut, wenn der Sturm kommt«, sagte Mamma Lucia. »Mehr oder weniger so hat Dumas das in ›Der Graf von Monte Christo‹ geschrieben.«

Mamma Lucias Worte sickerten langsam in Nellas Bewusstsein.

»Und jetzt lauf los!«, schrie die Alte sie an. »Stell dich dem Sturm!«

Nella erwachte aus ihrer Starre, sprang auf die Füße, als hätte sie eine Ohrfeige bekommen. Sie warf der Alten noch einen kurzen Blick zu, dann rannte sie los.

Sie wusste, was sie zu tun hatte. Sie musste Pietro finden. Ihren Sohn.

Eilig lief sie aus dem Ospizio und überquerte wieder den Tiber. Lief weiter in Richtung Torre Argentina, ohne den geringsten Zweifel. Sie lief über den mit Soldaten gefüllten Platz, die jeden Verdächtigen kontrollierten, und hastete weiter zu den Kaiserforen. Fast wäre sie unter eine Kutsche geraten, lief aber weiter, ohne die Verwünschungen zu beachten, die ihr der Kutscher hinterherrief. Sie wusste jetzt, wo sie hinmusste.

Das Kopfsteinpflaster an den Kaiserforen bremste ihren Lauf ein wenig, aber ein Stück entfernt konnte sie schon die Schatten des majestätischen Kolosseums ausmachen. Sie hatte ihr Ziel fast erreicht. Mit letzter Kraft lief sie um das Kolosseum herum.

Dann blieb sie stehen, erschüttert von dem Gedanken, der in ihrem Kopf Gestalt annahm: Pietro war für sie etwas gewesen, das sie besessen hatte. Ein Pferdchen, ein Cavallino. Sie ballte die Hände zu Fäusten, bis die Knöchel weiß hervortraten. »Was glaubst du eigentlich, wer du bist?«, schrie sie.

Ein vorbeikommendes Pärchen blickte sie erschrocken an.

Aber Nella bemerkte es nicht einmal. Sie war ihm nicht sofort nachgelaufen, hatte ihn nicht in den Arm genommen, ja, hatte ihn nicht einmal geohrfeigt. Zu keiner Regung fähig, hatte sie sich hinter ihrer Selbstsucht verschanzt. Und daran war einzig ihre Unnahbarkeit schuld. Ihre Unnahbarkeit und ihre verdammte Schutzmauer.

Sie erwachte aus ihrer Starre und hob den Blick. Das rot-weiße Zelt war jetzt in Sicht, obwohl es schon dämmerte. Dort würde sie Pietro finden, ganz sicher. Und dann würde sie ihn umarmen, sie würde ihn an sich drücken. Und er würde mit ihr nach Hause kommen. Langsam ging sie weiter, hatte keine Kraft mehr zu laufen.

Sie wusste genau, wie er sich fühlte. Allein. Verlassen. Verzweifelt. Genau wie sie damals, als sie sich prostituieren wollte. Und aus dem gleichen Grund war er offenbar kriminell geworden. Nella schalt sich selbst ihrer Blindheit. Der Arzt, der sie umsonst untersuchte, der Metzger, der Fleisch verschenkte für eine Arbeit, die schon sein Geselle erledigte … Wie hatte sie nur so dumm sein können? Glaubte sie wirklich, dass es auf der Erde plötzlich so viele Heilige gab? Ihre tiefe Schuld lag darin, nicht gesehen zu haben, dass Pietro dies alles für sie tat. *Du warst blind!*, schalt sie sich laut.

Wieder blieb sie stehen. Ein Gedanke war in ihr aufgeblitzt und brachte einen ganzen Schwung neuer Gedanken mit sich: Ihr ganzes Leben war falsch.

Melo hatte gesagt, es sei feige von Ippolito gewesen, sich umzubringen. Und sie gab ihm recht, denn ihr Mann hatte sie auf offener See alleingelassen. Nella führte eine Hand zum Kopf, sie hatte das Gefühl, er würde gleich platzen. Wie maßte sie sich an, über Ippolito zu urteilen? Sie war keinen Deut besser, im Gegenteil: Sie hatte dasselbe einem Jungen angetan, der noch nichts vom Leben wusste. Pietro hatte nur sie, sonst niemanden. Und sie hatte ihn verraten.

Sicher war er nun verzweifelt, so wie sie damals. Und wütend, so wie sie damals. Und verkroch sich in sein Schneckenhaus, so wie sie damals. Aber als ihre Schutzmauer einstürzte, in der Nacht im Gasthaus, hatte er gezeigt, wie groß sein Herz war. Seine mageren Arme hatten sie geborgen und in Sicherheit gehalten.

Und jetzt war es Pietro, der allein war.

Oder vielleicht auch nicht. Es gab sicher jemanden, der besser war als sie.

Sie ging gleich zum hinteren Teil des Zirkus, wo sie hoffte, Melo zu finden. Er saß geschützt vor dem Regen mit Marta unter einem Segel.

Der Alte sagte nichts. Ein Blick genügte ihm, um zu sehen, welchen Schmerz sie in sich trug.

»Marta, wo ist Pietro?«, keuchte Nella.

»Weiß ich nicht«, erwiderte Marta so kühl, dass es Melo überraschte.

Nella sah aus, als würde sie gleich zusammenbrechen.

Melo stand auf und ging auf sie zu. Aber sie hob abwehrend eine Hand, wollte offenbar keine Nähe.

Der Alte blieb stehen.

»Ich habe etwas Schreckliches getan«, murmelte Nella. »Wenn er zu dir kommt, Marta, sag ihm … sag ihm, er soll nach Hause kommen … Ich warte auf ihn«, stieß sie hervor.

Marta schwieg.

Nella wandte sich ab und ging mit schweren Schritten davon.

»Er kommt nicht mehr zu mir«, sagte Marta leise.

Melo starrte sie an. »Was hast du gemacht? Du hast ihn alleingelassen?«

Marta sprang auf »Und lass du mich bloß auch in Ruhe«, blaffte sie und lief fort.

Melo blickte zu Nella. Er sah, wie sie schwankte. Und dann auf die Knie sank. In die vom Regen schlammige Erde. Ihr Gesicht in den Händen barg. Und ihre Schultern unter Schluchzern zuckten.

*Der Junge ist vom Weg abgekommen*, dachte er.

Gerade als er zu ihr gehen wollte, stand sie wieder auf und lief los, den Rock gerafft, um nicht hinzufallen. Ihm war, als liefe da ein kleines Mädchen, keine Frau.

Nella hatte der Verzweiflung und ihrer Erschöpfung nur kurz nachgegeben.

Aber dann den Kopf wieder erhoben. Glühwürmchen schwirrten um sie herum, nicht einmal der Regen konnte ihnen etwas anhaben. Sie hatte noch eine letzte Möglichkeit. Eine Stelle gab es, wo sie Hilfe erhalten würde.

Mit neuem Mut stand sie auf und machte sich erneut auf den Weg. Jetzt nahm sie ihr Leben wieder auf, wo sie es vor vielen Jahren unterbrochen hatte. Aber diesmal verlangte sie nicht von sich, es allein zu schaffen. Es ging schließlich um Leben und Tod … ihres Sohnes.

Sie durchquerte das Viertel Monti, ohne sich um die Leute zu kümmern, die auf ihre Beine starrten, lief zum Spanischen Platz und dort die Spanische Treppe hinauf. Als sie oben ankam, krümmte sie sich vor Anstrengung, stützte die Hände auf die Knie, atemlos.

Ihr Blick schweifte in Richtung ihres Ziels.

*Na los, gleich hast du's geschafft!*, spornte sie sich an.

Mit vor Anstrengung zitternden Beinen schleppte sie sich die letzten Meter vorwärts und erreichte schließlich den Eingang der Villa Medici, wo, wie sie wusste, die Offiziere der höheren Ränge untergebracht waren.

Die Nacht brach herein.

»Halt!«, brüllte die Wache vor der französischen Akademie.

»Ich muss zu Leutnant Beras«, stieß Nella hervor. Ihr Atem ging stoßweise, die Haare hingen ihr nass ins Gesicht.

»Es ist sehr spät«, gab die Wache mit einem starken französischen Akzent zu bedenken.

»*Appelez-le immédiatement!*«, schrie Nella. »*C'est une affaire urgente!*«

»*Calmez-vous, Madame.*« Alarmiert legte der Wächter sein Gewehr an.

»*Appelez-le immédiatement!*«, schrie Nella noch einmal, diesmal lauter, die Adern an ihrem Hals pulsierten, und die Augen sahen aus, als wollten sie aus den Höhlen treten.

»*Que se passe-t-il?*«, rief ein anderer Soldat, von den Rufen aufgeschreckt. Auch er war bewaffnet.

»*Je dois absolutement voir le lieutnant Beras*«, bat Nella nun flehentlich. »*C'est une affaire urgente ...*«

»*Comment vous appellez-vous?*«, erkundigte sich der Soldat.

»Nella Beltrame.«

Der Soldat nickte und gab dem Wächter ein Zeichen, mit ihr zu warten. Dann marschierte er in die Villa Medici.

Kurz darauf erschien Leutnant Beras. Er war zerzaust und hatte seine Uniform nur nachlässig zugeknöpft, ganz offensichtlich hatte er sich beeilt.

»Madame ...«

»Ich bitte Euch ... helft mir« Nellas Stimme war nicht viel mehr als ein Hauchen. Ihre veilchenblauen Augen füllten sich mit Tränen.

»Nicht hier. Kommt mit«, sagte Beras, nahm sanft ihren Arm und führte sie fort bis zur Straße, die zum Monte Pincio führte, weg von den schamlosen Blicken der beiden anderen Männer.

Als sie außer Sichtweite waren, ließ Beras hinter einer Ruine Nellas Arm los. »Was ist passiert?«, wollte er wissen.

Nella öffnete den Mund, brachte aber kein Wort hervor.

»Beruhigt Euch, Madame ...«

Und plötzlich explodierten die Gefühle in Nella. Sie brach in Tränen aus und lehnte den Kopf an Beras' Brust.

Unbeholfen stand der Leutnant da, reglos. Beim letzten Mal hatte er sie mit seinem Verhalten beleidigt, das glaubte er zumindest. Und das wollte er keinesfalls wiederholen, der Gedanke daran trieb ihm noch immer die Schamesröte ins Gesicht.

»Bitte, helft mir«, stieß Nella zwischen Schluchzern hervor. »Mein Pietro ... mein Sohn.« Sie schluchzte auf. »Mein Sohn ... Ich weiß nicht, wo er ist.«

Sanft und behutsam legte Beras ihr einen Arm um die Schultern.

»Bitte helft mir, ihn zu finden …«, schluchzte Nella verzweifelt. »Ich habe Angst … ich habe Angst, dass er in Schwierigkeiten geraten ist.«

Beras legte nun auch den anderen Arm um sie und zog sie an sich.

Nella zitterte, gab sich aber der Umarmung hin. »Ich bin«, ihre Stimme war rau, »ich bin … eine furchtbare Mutter!«

»Nicht doch«, murmelte Beras. »Beruhigt Euch … bitte … beruhigt Euch.«

»Helft Ihr mir?«, bat Nella, den Kopf immer noch an seiner Brust.

»Aber natürlich, Madame«, versicherte Beras. »Ich würde alles für …« Er unterbrach sich. Schon einmal hatte er sich zu schnell vorgewagt. Und jetzt konnte er ihr nicht mitteilen, dass er, seitdem er sie kennengelernt hatte, nur noch an sie dachte und alles für sie tun würde. Er musste vorsichtig sein mit dem, was er sagte. »Ich werde alles tun … für Euren Sohn.«

Nella hob den Kopf und sah ihn mit ihren vom Weinen geröteten Augen an.

»Ich kümmere mich darum«, sagte Beras mit aufrichtigem Ernst. Aber ihr Blick verzauberte ihn, und er hielt ihm nicht stand. Sein Gesicht neigte sich zu Nellas hinunter, unwiderstehlich angezogen von ihren Lippen.

Nella schloss die Augen und gab sich dem Kuss hin. Voll und ganz. Ein Kuss, wie es ihn nie zuvor in ihrem falschen Leben gegeben hatte. Ein von Tränen salziger Kuss, bitter von Verzweiflung und süß von Leidenschaft.

Ihr erster richtiger Kuss.

Als sie voneinander ließen, sah Nella ihn an.

»Hilf mir, Henri«, flüsterte sie mit tränenüberströmtem Gesicht. »Bitte, hilf mir.«

# 43

*August 1870*

*Kirchenstaat – Rom*

»Du bist nicht mehr mein Sohn.«

Die Worte der Contessa gingen Pietro nicht aus dem Kopf.

»Und du lässt mich in Ruhe, du Dreckskerl. Ich will dich nie wiedersehen.«

Das hatte Marta gesagt.

Beides lastete schwer auf seiner Seele. Schmerzte ungeheuerlich. Auf einen Schlag hatte er alles verloren. Hatte sie beide verloren.

Und Schuld daran trug er allein.

Denn sich selbst hatte er auch verloren.

Er erhob sich von seinem notdürftigen Lager unter der Milvischen Brücke und streckte sich. Sein Rücken schmerzte, und die Knie waren steif. Die feuchte Luft am Tiber war ihm in die Knochen gefahren. Glücklicherweise regnete es nicht mehr. Und es war warm. Ganz plötzlich, von einem Tag auf den anderen. Drückend und stickig.

Aber Pietro war noch immer von Kopf bis Fuß tropfnass.

Wasser quietschte in seinen Schuhen. Er zog sie aus und drehte sie um, aber das Leder war gänzlich vollgesogen. Schließlich zog er sie wieder an und machte sich auf den Weg, nicht wissend, wohin er gehen sollte.

Ziellos schlenderte er durch die Straßen und kam an einer Bäckerei vorbei, aus der es verführerisch nach frischgebackenem Brot duftete. Er wühlte in den Hosentaschen, fand aber keine

Münze. In seiner Wut auf die Contessa hatte er alles Geld zu Hause auf den Tisch geworfen. Und sie hatte es genauso wütend zurückgeschleudert.

»Das ist kein Geld, es ist Dreck!«, hatte sie geschrien.

*Recht hat sie*, dachte Pietro. Dieses Geld war wirklich Dreck.

*Aber Dreck, der dich gesund machen sollte!*, dachte er und verstieg sich sofort wieder in seine Wut. Wut, die seinen Schmerz überlagerte und ihn verdrängte, sodass er ihm keine Beachtung schenken musste. Denn wenn er das täte, könnte er sich nicht mehr auf den Beinen halten, könnte er nie wieder aufhören zu weinen. Er hatte alles zerstört. Hatte sich voller Überheblichkeit für einen Mann gehalten, wo er doch bloß ein Junge war, der nichts vom Leben verstand. Gar nichts.

Jetzt blieb ihm nur ein armseliges Drecksleben.

Eine Verdammung.

In dem Versuch, seine kreisenden Gedanken zu verdrängen, steigerte er sich in die Wut hinein, nährte sie, denn sie war es, die ihn am Leben hielt, am Aufgeben hinderte.

»Ich gebe nicht auf, niemals«, knurrte er.

Schon seit gestern hatte er nicht gegessen. Sein Magen knurrte. Er fühlte sich schwach. Kurz dachte er daran, nach Hause zu gehen und das Geld zu holen, das die Contessa nicht hatte haben wollen. Aber nur kurz. Denn er wusste, dass sie das Geld brauchte. Der Hunger würde sie vielleicht dazu treiben, es schlussendlich zu nehmen. Auch wenn er das eigentlich nicht glaubte. Das würde sie sich nicht zugestehen, dafür war sie zu hart.

Er hatte gehofft, sie liebe ihn so wie er sie. Doch in einem einzigen Augenblick hatte sie alles zwischen ihnen zerstört.

Hassen konnte er sie dennoch nicht. Im Gegenteil.

Als er die Tränen in den Augen spürte, versuchte er sie mit aller Kraft zurückzudrängen. Er rempelte einen großen, kräftigen Mann an, der ihm entgegentrottete.

»Pass doch auf, du Idiot!«, schimpfte der Mann.

»Fahr zur Hölle«, gab Pietro zurück und griff sich sein Messer. Der Mann wich zurück. »Dreckskerl«, murmelte er und machte sich davon. Pietro hoffte, er würde sich umdrehen, damit er eine Prügelei vom Zaun brechen könnte. Die Wut hatte wieder die Oberhand, besiegte den Schmerz.

Aber er brauchte Geld, um etwas zu essen zu kaufen.

Der Arzt fiel ihm ein. Der hatte Pietros Geld eingesteckt, ohne Nella zu helfen. Allein Melo war es zu verdanken, dass sie gesund geworden war.

Dieb!

Er beschleunigte seine Schritte und erreichte kurz darauf Albaneses Laden.

»Leihst du mir den Dietrich?«, platzte er hinein, ohne zu grüßen.

Albanese musterte den Jungen, wie er so verdreckt und nass dastand. »Was hast du vor?«, wollte er wissen.

»Leihst du ihn mir?«, wiederholte Pietro.

»Wofür?«

»Ich muss mir was zurückholen.«

»Ich helf dir«, bot Albanese an. »Ich geh mit.«

»Nein. Mach ich allein«, erwiderte Pietro ernst.

»Warum?«

»Weil ich allein klarkommen muss«, erklärte Pietro. In Wahrheit durfte Albanese nicht wissen, dass er bei dem Arzt einbrechen wollte, der ihn behandelte. Aber noch während er die Worte aussprach, wurde ihm klar, dass noch etwas in ihm schlummerte: »Letztes Mal, wenn du da nicht gewesen wärst, hätte mich diese Wache umgebracht«, fügte er hinzu.

»Bist halt noch Anfänger«, gab Albanese zu bedenken.

»Ich muss noch viel lernen«, unterbrach Pietro ihn bestimmt.

Albanese musterte ihn, dann nickte er, und ein Lächeln breitete sich auf seinem Gesicht aus.

»Gut, Campione«, sagte er stolz und überreichte ihm den Dietrich. »Mach ihn nicht kaputt«, mahnte er. »Weißt du noch, wie man's macht?«

»Die Möse kitzeln«, erwiderte Pietro.

Albanese grinste zufrieden.

Pietro verließ den Laden und lief zum Haus des Arztes.

An der Ecke zur Via Panìco sah er plötzlich den französischen Leutnant, der ihn fast verhaftet hätte. Schnell versteckte er sich hinter einem Obst- und Gemüsestand.

»Was willst du?«, erkundigte sich der Händler, der fürchtete, Pietro wolle ihn bestehlen.

»Sei still, oder ich schneid dir die Kehle durch«, zischte Pietro. »Deine Ware interessiert mich nicht.«

Der Händler zog eingeschüchtert den Kopf ein.

*Dieses Gaunerverhalten ist schon ganz normal für mich geworden*, dachte Pietro.

Sein Blick suchte wieder den Leutnant, der zu Pietros Verblüffung nun an die Tür des Souterrains in der Via Panìco klopfte. Kurz darauf öffnete die Contessa. Sie sah niedergeschlagen aus, freute sich aber offensichtlich über ihren Besucher und umarmte ihn lächelnd. Fast küssten die beiden sich, mitten auf der Straße! Die Contessa schloss die Tür ab, und Hand in Hand spazierten sie davon.

»Sehr traurig scheinst du ja nicht zu sein«, knurrte Pietro wütend.

»Wie?«, fragte der Händler.

»Sei still!«, stieß Pietro hervor.

Er wartete, bis die Contessa und der Leutnant weit genug entfernt waren, dann verließ er sein Versteck und hastete in den Vicolo del Curato. Ein Blick durchs Fenster zeigte, dass das Dienstmädchen einen Korb nahm und sich ein Kopftuch umband. Offensichtlich wollte sie einkaufen gehen. Und der Arzt war sicher unterwegs.

Pietro lehnte sich an eine Hauswand und wartete. Kurz darauf verließ das Dienstmädchen das Haus und zog die Tür hinter sich zu. Das lief ja wie am Schnürchen!

Als die Gasse vollkommen leer war, schlich Pietro zur Tür. Mit zitternden Händen holte er den Dietrich hervor und machte sich am Schloss zu schaffen, das kurz darauf aufsprang. Flink schlüpfte Pietro ins Haus. Er musste sich beeilen, das Dienstmädchen konnte jederzeit wiederkommen.

Zuerst schlich er ins Esszimmer, aber es sah nicht so aus, als ob es dort ein Geldversteck gäbe. Er öffnete eine weitere Tür. Das Dienstmädchenzimmer. Schließlich stieg er die Treppe in den ersten Stock hinauf und betrat das Zimmer des Arztes. Er sah in den Schubladen nach, unter dem Bett, im Schrank. Nichts. Das nächste Zimmer war voller Bücher. Ein Schreibtisch stand darin. Er öffnete eine Schublade. Papierkram. Die zweite Schublade war verschlossen.

»Na also«, raunte er zufrieden.

Ohne sich um Kratzer oder ähnliche Spuren zu kümmern, nahm er kurzerhand das Messer und machte sich daran, die Schublade zu öffnen. Das Schloss gab nach. In der Lade war ein kleines Holzkästchen. Auch dieses verschlossen. Er schüttelte es. Münzen klimperten darin. Als er es gerade knacken wollte, hörte er, wie die Haustür geöffnet wurde. Das Dienstmädchen war schon zurück!

Eine Welle der Panik durchfuhr ihn. Er saß in der Falle.

Leise öffnete er das Fenster und schaute hinunter. Das waren mehr als vier Meter, er würde sich mindestens ein Bein brechen. Aber an der Seite ging eine Regenrinne hinunter. Er steckte das kleine Holzkästchen ins Hemd, kletterte auf das Fensterbrett, ergriff die Regenrinne und ließ sich daran hinunter. Aber schon nach einem halben Meter löste sich die Rinne von der Mauer. Zu seinem Glück war die Gasse besonders eng, und die Rinne krachte gegen das Haus gegenüber. Pietro hielt sich mit aller Kraft fest, und kurz hielt die Rinne sein Gewicht. Dann verbog sich lärmend das Blech, verlangsamte aber seinen Fall.

»Wer ist da?«, hörte er jemanden aus dem Haus rufen.

Kaum berührte er den Boden, rannte er auch schon los, erreichte das Tiberufer, kletterte die Böschung hinunter und versteckte sich hinter einem Binsenstrauch. Er zerschlug das Holzkästchen mit einem Stein, nahm das Geld heraus und steckte es in die Hosentasche. Es war viel mehr, als er selbst dem Arzt gegeben hatte.

*Fressen oder gefressen werden!* Noch eine ganze Weile saß er da und lauschte, dann kletterte er das Ufer wieder hinauf und schlug den Weg zu Albanese ein, um ihm den Dietrich wiederzugeben. In der Via di Panìco aber blieb er stehen. Es gab noch etwas, das er mitnehmen wollte.

In der Hoffnung, dass die Contessa noch mit ihrem Leutnant unterwegs war, schlüpfte er in das Souterrain. Sofort zog sich sein Magen zusammen: Das hier war nicht mehr sein Zuhause. Jemand hatte das Geld aufgehoben und zu kleinen Häufchen auf den Tisch gestapelt. Er packte den Fotoapparat und den Koffer mit den Utensilien zum Entwickeln und verließ eilig das Haus.

An der Ecke zum Vicolo del Curato hatte sich ein kleiner Menschenauflauf um das gestikulierende Dienstmädchen gebildet. Dann sah er den Arzt kommen.

»Abgerechnet wird zum Schluss«, murmelte er zufrieden.

»Alles gut gelaufen?«, wollte Albanese wissen, als Pietro ihm den Dietrich reichte.

Er bejahte.

»Jetzt sagst du mir aber mal, was los ist«, meinte Albanese. »Warum kommst du hier klitschnass und stinkend wie die Pest angelaufen?«

Pietro hielt seinem Blick stand, dann antwortete er: »Ich hab unter der Milvischen Brücke geschlafen. So wie du.« Er holte das

Messer hervor, das Albanese ihm geschenkt hatte. »Mit dem hier hab ich die anderen da ordentlich zurechtgestutzt.«

Albanese sah ihn stolz an. »Hast du eigentlich ein Zuhause? Familie? Hab ich nie gefragt.«

Pietros Gesicht verfinsterte sich. »Vergiss es.«

Der Gauner legte ihm eine Hand auf die Schulter. »Wenn du nicht weißt, wo du hinsollst, kannst du hier schlafen. In meinem Büro.«

»Wirklich?« Pietro starrte ihn erstaunt an. Alles hätte er erwartet, aber das nicht.

»Ja, wirklich.« Albanese zwinkerte ihm zu. »Dann kannst du auch gleich den Laden bewachen.«

»Abgemacht«, sagte Pietro.

Albanese lächelte stolz. »Du willst so werden wie ich, wie?«

»Hart und erbarmungslos wie du.«

»Warum?«, wollte Albanese wissen.

*Weil ich dich dann fertigmachen kann*, dachte Pietro. Er musterte sein Gegenüber. Ja, Albanese würde noch bezahlen dafür, dass ihm nichts mehr geblieben war. Er hatte die Contessa verloren. Und Marta. Das Einzige, das ihm blieb, war seine Rache. »Weil du der Größte bist«, erwiderte er hingegen laut.

»Bring deine Sachen her.«

»Ich hab nichts. Nur den Fotoapparat hier.«

»Ich sag Ghiozetto, dass er dir ein Nachtlager fertig machen soll«, meinte Albanese. »Aber so, wie du riechst, verpestest du mir den ganzen Laden. Komm mit, du musst dich waschen.« Er gab Ghiozetto Anweisungen, dann legte er Pietro einen Arm um den Hals, diesmal ohne zuzudrücken, und sagte: »Komm.«

»Wohin denn?«

»Hab ich doch gesagt. Du musst dich mal waschen.«

An der Piazza Navona zeigte Albanese auf die andere Seite. »Sieh mal.« Dort war der Platz leicht überschwemmt. Eine Wasserlache stand etwa zwei Spannen hoch bis zum Vierströmebrunnen. In der Lache standen Dutzende Botticelle, römische Droschken.

Albanese schmunzelte angesichts der Kinder, die lachend und spritzend im Wasser herumtobten. »Wie oft hab ich das früher gemacht.«

»Wann ist der Brunnen denn übergelaufen?«, fragte Pietro.

»Das passiert immer, wenn es warm ist«, gab Albanese zurück. »Die Gullys werden verschlossen, und das Wasser wird aus dem Brunnen geleitet. Dann können die Kutschräder abkühlen, die sind ja aus Eisen, und die Pferde können trinken. Aber sie machen eben auch rein. Uns war das damals egal. Wir haben im Wasser zwischen den Pferdeäpfeln herumgeplanscht und waren glücklich. Und wie du siehst, hat sich nichts geändert.«

Über einen Holzsteg überquerten sie trockenen Fußes den Platz und bogen schließlich in die Via de' Canestrari ein, wo sie ein Haus mit dunkelgrünem Eingang betraten.

»Was machen wir hier?«

»Ich wohne hier«, antwortete Albanese und stieg voran die Treppen hinauf. Im vierten Stock holte er einen Schlüsselbund hervor. »Hör nicht auf ihn.«

»Auf wen?«

Albanese öffnete die Tür. »Meinen Vater«, fügte er hinzu.

»Du Scheißkerl, da bist du also wieder!«, hörte man eine Stimme bösartig krächzen. »War auch mal Zeit! Nimm dir n Korb und geh aufn Markt!«

»Hör nicht drauf, er ist nicht mehr ganz dicht«, erklärte Albanese.

»Mit dem Riemen geb ichs dir, Dreckskerl!«, schrie der Alte weiter. »Und dann gehts ab in n Kabuff mit dir!«

Pietro war fassungslos. »Ist das wirklich … dein Vater?«

»Keine Angst. Der steht nicht mehr auf.«

»Aber hat der nicht …?«

»Mich halbtot geschlagen? Er höchstpersönlich.« Albanese lachte, aber es war ein trauriges Lachen. »Komm mit.«

Er führte Pietro in ein Badezimmer mit einer Wanne und einem mannshohen Kupferkessel von drei Spannen Durchmesser mit einem Hahn daran. Er öffnete den Hahn, und die Wanne füllte sich mit Wasser.

»Heißes Wasser«, lächelte Albanese. »Wie bei feinen Herrschaften.«

»Hurensohn!«, schrie der Vater. »Komm her und ich reiß dich in Stücke! Bastard!«

»Wasch dich«, sagte Albanese. Dann verließ er das Bad.

*»Ciao papà«*, hörte Pietro ihn sagen.

»Da bist du ja, Drecksau! Und jetzt kannste schon mal dein letztes Gebet sprechen.«

»Willst du was essen?«

»Ja, dich, du Scheißkerl.«

Pietro wusch sich mit Seife im heißen Wasser. Er erinnerte sich an sein erstes Bad, in seiner letzten Nacht im Waisenhaus, im Zimmer des Direktors. Und dann in der Villa Odìn. Seitdem hatte er kein Bad mehr genommen.

Es klopfte an der Tür. »Zieh deine Sachen nicht wieder an, sonst war alles umsonst«, rief Albanese. »Ich häng dir hier was Sauberes über die Klinke. Das müsste passen.«

Pietro trocknete sich ab und zog sich an. Die Sachen waren ihm ein wenig zu weit, aber die Länge passte genau.

Albanese wartete an der Wohnungstür.

Pietro betrachtete ihn sprachlos. Der Gauner hatte ihm erzählt, dass er wegen seines Vaters geworden war, was er war, dass er weggelaufen war, um nicht totgeschlagen zu werden … Und jetzt kümmerte er sich um ihn.

»Keine Fragen«, beschied Albanese knapp, als hätte er seine Gedanken gelesen. »Und erzähl's bloß nicht weiter.«

Ohne ein weiteres Wort stiegen sie die Treppe hinunter und

kehrten zum Laden zurück, wo in einer Ecke des Büros ein Lager aufgeschlagen war.

Albanese trat zum Tresor.

Pietro rückte ein kleines Stück zur Seite. Siebenundzwanzig nach links … neun nach rechts …

In diesem Moment drehte Albanese sich um.

Aber Pietro hatte damit gerechnet und den Blick schon abgewandt.

Er hörte, wie Albanese das dritte und letzte Mal die Zahlenscheibe drehte.

Jetzt fehlte nur noch eine der drei Nummern aus der Kombination.

Albanese öffnete den Tresor und holte Geld heraus, dann schloss er die Tür wieder. Er zog seinen Schlüsselbund aus der Hosentasche hervor, machte einen Schlüssel ab und gab ihn Pietro. »Und immer schön doppelt abschließen«, mahnte er. »Wir sehen uns morgen.«

Pietro nickte nur.

Da lächelte Albanese plötzlich und klopfte ihm auf die Schulter. »Wir beide, wir passen gut zusammen, Campione«, fügte er hinzu. Dann ging er.

*Unglaublich*, dachte Pietro. Die Contessa und Marta hatten ihn weggeschickt. Verlassen. Und wer kümmerte sich um ihn? Sein schlimmster Feind. Der gerade eben bewiesen hatte, dass er ein Herz hatte. Eine Seele. Das alles war vollkommen absurd.

»Ich mache dich trotzdem fertig«, raunte er und hielt sich an seinem Hass fest. Wie ein Ertrinkender im Sturm.

# 44

*Ende August 1870*

*Kirchenstaat – Rom*

»Am 15. Juli hat Napoleon III. Preußen den Krieg erklärt«, verkündete Ludovico im Versteck der Lupi.

»Und was haben wir damit zu tun?«, wollte einer der Alten wissen.

Melo war es gelungen, die Lupi und das Komitee zusammenzubringen, aber zwischen den beiden Gruppen herrschten noch unterschiedliche Meinungen über das Vorgehen bei der Befreiung Roms. »Lass ihn ausreden«, ermahnte er den Lupo. Aber er war nicht richtig bei der Sache. Jedesmal wenn er den Keller betrat, musste er an Marta denken. An seine Marta. Und an all das, was er zurückgelassen hatte.

»Wir haben einiges damit zu tun«, fuhr Ludovico fort. Er hielt ein Papier hoch. »Unsere italienischen Kameraden haben uns diesen Brief hier geschickt.« Er wandte sich an den Mann, der ihn unterbrochen hatte. »Haben sie dir vielleicht auch geschrieben?«

»Hört auf!«, wies Melo ihn zurecht. »Wie oft muss ich euch noch sagen, dass wir alle dasselbe Ziel haben?«

Ludovico und der Lupo maßen sich mit Blicken.

»Lies vor«, wies Melo Ludovico an. »Und ihr hört zu. Alle!«

Wie Melo war auch Marta nicht richtig bei der Sache. Sie war wütend. Sie hatte geglaubt, Pietro würde versuchen, sich mit ihr auszusprechen. Ihr erzählen, was mit ihm los war. Sie wartete auf ihn, aber er war wie vom Erdboden verschluckt. Das alles tat so weh, sie litt, weinte, war verzweifelt und kam schließlich zu dem Schluss, dass dies keine Liebe sein konnte. Sie wollte ihn vergessen. Nie wieder an ihn denken. Pietro hatte sein wahres Gesicht gezeigt. Er war ein in sich verschlossenes, zorniges Tier und nicht in der Lage zu lieben.

*»Brüder Roms«*, las Ludovico vor, *»wir haben erfahren, dass Napoleon III. dem italienischen Parlament den Abzug seiner Truppen aus Civitavecchia und Viterbo an den Grenzen des Kirchenstaats zugesagt hat. Grund dafür sind die Entwicklungen des von ihm geführten Krieges, bei dem er nun auf die Unterstützung von König Vittorio Emanuele II. hofft. Viel wichtiger aber ist, dass die Franzosen im Krieg gegen die Preußen schon zahlreiche Niederlagen erlitten haben und der Kaiser folglich alle verfügbaren Männer benötigen wird …«* Ludovico ließ den Blick über die Patrioten schweifen.

Die Stille war zum Zerreißen gespannt.

Auch Marta war jetzt aufmerksam. Melo legte ihr eine Hand auf die Schulter, die sie nun ergriffen drückte.

*»Brüder Roms«*, fuhr Ludovico fort, *»die französischen Kräfte werden sich aus Rom zurückziehen! Bald, sehr bald. Und das Königreich Italien wird endlich einschreiten.«*

Aufgeregtes Gemurmel erhob sich.

Mit zitternder, ergriffener Stimme hob Ludovico wieder an. *»Der Papst steht allein!«*

Für einen kurzen Augenblick verharrten alle in ungläubigem Staunen. Dann riefen sie wie aus einem Mund: »Der Papst steht allein!« Und während sie sich glücklich in den Armen lagen, wiederholten sie es immer wieder.

Der Mann, der zuvor mit Ludovico aneinandergeraten war, wandte sich ihm respektvoll zu: »Entschuldige, Bruder. Manchmal sollte ich doch wohl besser meinen Mund halten …« Er zuckte die Schultern. »Das wäre auch weniger peinlich für mich.«

Alle lachten.

Leidenschaft brannte in Ludovicos Augen, als er Marta umarmte. »Endlich! Deine Trikolore wird wieder stolz über Rom wehen!«

»Es ist *unsere* Trikolore!«, entgegnete Marta.

»Freiheit für Rom! Es lebe Italien!«, riefen die Männer.

Martas Herz quoll über. Und sie dachte, dass dies, ja, *dies* wahre Liebe war. Ehrlich und aufrecht. Eine Liebe, die sie nie enttäuschen oder betrügen würde. »Freiheit für Rom!«, rief sie und umarmte Ludovico. Doch als sie sich von ihm löste, konnte sie ihm ansehen, dass sich seine Gefühle für sie nicht geändert hatten. Verlegen wandte sie den Blick ab.

»Wir müssen handeln. Jetzt!«, rief Melo laut. »Wir … müssen … handeln … Und … zwar … jetzt!«, skandierte er, um es jedem Einzelnen einzuschärfen. »Aber wir werden Rom nicht im Rausch erobern, auch wenn mein Herz voller Freude ist, genau wie eure. Mehr denn je müssen wir jetzt mit Köpfchen vorgehen.«

»Was meinst du?«, fragte Ludovico.

»Dass wir jetzt schon anfangen müssen.«

»Willst du Rom einnehmen, bevor das Königreich seine Truppen schickt? Vor der Kapitulation?« Ludovico schüttelte den Kopf.

»Ich weiß nicht, was die Zukunft für uns bereithält, Junge«, unterbrach Melo ihn. »Aber wir müssen vorbereitet sein.«

»Wie, Capitano?«, rief einer der Lupi.

»Wie viele Waffen haben wir?«, erkundigte sich Melo.

»Jeder von uns hat ein Gewehr …«

»Wie viele sind das? Zwanzig, fünfundzwanzig?«

Gemurmel erhob sich.

»Und mit zwanzig Gewehren, mit zwanzig *alten* Gewehren, ziehen wir in den Kampf?« Melo sah seine Männer an. »Wenn tatsächlich – und ich sehe hier keinen Grund, daran zu zweifeln –, wenn die französischen Truppen also tatsächlich den Papst bald in der Scheiße stehen lassen …«

Die Männer lachten.

»Wenn das also passiert, wer bleibt denn dann hier?«, fuhr Melo fort. »Freiwillige Zuaven, das sind vielleicht vier Bataillone, fremde Karabiner, vor allem deutsche. Ein paar Schweizer Wachen, die ja mehr Dekoration als sonst was sind …«

Wieder erhob sich Gelächter.

»Und die Legion von Antibes vielleicht«, fuhr Melo fort. »Mit wie vielen italienischen Soldaten kann der Oberkommandant der Päpstlichen Armee, Hermann Kanzler, rechnen? Habt ihr darüber mal nachgedacht? Übrig bleiben eine Handvoll Franzosen und Deutsche – Fremde, die es gewöhnt sind, unsere Heimat als ihr Eigentum zu betrachten. Seit Jahrhunderten.«

In den Blicken aller war zu sehen, wie schwer diese Fremdherrschaft wog, wie sehr sie alle unter ihr litten, wie sie die Ketten satthatten.

»Auf welche Seite wird sich der Großteil der römischen Bevölkerung im entscheidenden Moment wohl schlagen?«, rief Melo. »Leiht ihr ihnen dann eines eurer zwanzig Gewehre? Und wechselt euch ab, jeder einen Schuss? Oder müssen die Männer mit Nudelhölzern in den Kampf ziehen?« Er ließ seinen Blick über seine Leute gleiten.

Marta bewunderte Melo. Er setzte seine Pausen immer im richtigen Moment. Ließ so seine Worte wirken. Damit alle von allein auf dasselbe Ergebnis kamen. Das war besser, als Befehle zu erteilen.

»Die Franzosen werden also bald abziehen?«, fragte Melo in die Runde. »Dann müssen wir schnell handeln. Wollt ihr sie verabschieden, wie es sich gehört?« Er lächelte. »Wollen wir uns nicht vielleicht mit ihren Gewehren und ihrer Munition bewaffnen, uns und die Römer, die mit uns kämpfen?«

Zustimmung brandete auf. Begeisterte Rufe erfüllten den Raum.

»Wir teilen uns in Gruppen auf, drei, höchstens vier Leute«, ordnete Melo an. »Wir müssen in ihre Kasernen eindringen, sie beim Packen überraschen. Wenn sie am wenigsten damit rechnen. Sie werden damit beschäftigt sein, dass ihr schönes Leben in Rom nun ein Ende hat, dass es vorbei ist mit unseren hübschen Frauen, mit unserem guten Wein. Die machen sich in die Hosen, denn jetzt müssen sie in den Krieg ziehen, in einen richtigen Krieg. Sie müssen gegen einen Feind kämpfen, der ihnen überlegen ist. Ich wette, sie heulen sich in ihren Briefen an Mütter, Frauen und Verlobte aus. Treffen ein letztes Mal ihre römischen Geliebten.« Wieder lächelte er dieses Anführerlächeln, überlegen, hart wie Stahl, zu allem bereit. »Und jetzt, Brüder, holen wir uns ihre Gewehre!«

Unter den Mitgliedern von Lupi und Komitee brach Begeisterung aus, aber dieses Mal war es ein wildes Kriegsgebrüll. Denn das waren sie jetzt: Krieger. Die Hände zu Fäusten geballt standen sie da und wussten, dass sie vielleicht ihr Leben lassen würden. Wussten, dass es an der Zeit war zu zeigen, dass sie mehr als nur reden konnten. Dass sie wahrhaftig bereit waren, für ihr Ideal, ihren Traum Blut zu vergießen. Sie spürten, dass dieser Moment in die Geschichte eingehen würde.

Rasch bildeten sie Gruppen von drei oder vier Leuten. Fassten Pläne und überlegten, wo sie am besten zuschlagen könnten.

Und in diese Betriebsamkeit hinein war plötzlich jemand an der Treppe zu hören.

Sofort herrschte angespannte Stille.

Ein Mann in Frack und einem lächerlichen Zylinder in der Hand erschien. Er sah eher verkleidet als vornehm aus.

»Ich habe gehört, was ihr vorhabt«, platzte er heraus.

»Wer bist du?«, rief einer der Lupi, das Messer angriffsbereit in der Hand.

»Ganz ruhig«, mahnte Melo, der den Mann erkannt hatte. Als Nella ihm Bersagliere gebracht hatte, war dieser Mann zum Zirkus gekommen, um sie nach Hause zu fahren. Melo erinnerte sich noch gut an seine Ergebenheit.

»Ich bin Kutscher und verfüge über eine Karosse«, sagte der Mann. »Wie viele Gewehre kann jeder von euch tragen? Wie viele Munitionskisten? Und wie schnell könnt ihr damit laufen?« Lächelnd hob er die Schultern. »Ich habe vier Pferde, und die sind schnell wie der Wind.« Er deutete eine Verbeugung an. »Wenn ihr wollt, dann steht meine Kutsche zu eurer Verfügung. Ich heiße Paride.«

Melo trat zu ihm. »Danke, Paride.« Er schüttelte ihm die Hand. »Ich wusste nicht, dass Ihr Patriot seid.«

Der Kutscher lächelte. »Vielleicht wusste ich es selbst nicht.«

»Einigt euch auf ein Lager, aus dem wir uns bedienen«, rief Melo seinen Männern zu. »Da schlagen wir mit einem schnellen Handstreich zu. Sieben Leute. Ihr geht rein, nehmt, was ihr tragen könnt, und packt die Kutsche voll. Paride wartet draußen, und wenn die Kutsche voll ist, fährt er allein weg. Ihr verteilt euch und macht dabei so viel Aufsehen, dass die Franzosen euch und nicht Paride verfolgen. Und dass sich ja keiner umbringen lässt.« Dann fügte er lächelnd hinzu: »Ich brauche euch für den großen Tag alle lebendig. Verstanden?«

»Verstanden«, kam es im Chor zurück.

Während die Männer Pläne schmiedeten, nahm Melo Verdi beiseite. »Ist Marta … noch einmal gekommen?«, erkundigte er sich.

»*Deine* Marta?«, vergewisserte sich Verdi.

»Sie ist nicht mehr meine«, entgegnete Melo.

Verdis Blick besagte das Gegenteil. Er stieß einen Seufzer aus: »Es geht ihr nicht gut.«

Melos Herz setzte einen Schlag aus. »Wie schlimm ist es?«

Verdi sah zu Boden. »Sie liegt im Sterben«, murmelte er.

Melo spürte seine alten Knie fast nachgeben. Mit schwerem Herzen sah er sich nach der anderen Marta um, der jüngeren. Sie stand da mit sechs Männern, unter ihnen Ludovico und Paride, und nach dem Handschlag zu urteilen, den sie Letzterem erteilte, wollte sie bei dem Handstreich mit der Kutsche dabei sein.

Beunruhigt trat Melo zu ihr und zog sie in eine Ecke. »Das machst du nicht«, ermahnte er sie.

»Doch«, entgegnete Marta.

»Nein«, blaffte Melo. »Das ist gefährlich. Du machst das nicht.«

»Doch«, erwiderte Marta stur.

»Nein!«, brauste Melo auf. Gerade eben hatte er erfahren, dass die einzige Frau, die er je geliebt hatte, im Sterben lag. Er war nicht bereit, auch das Mädchen zu verlieren. Das Mädchen, das ihn zurück ins Leben geführt hatte. Seine Tochter.

»Als du mir die Fahne gegeben hast, hast du gesagt, ich solle ihr keine Schande machen. Und jetzt willst du, dass ich mich hinsetze und zugucke?« Aufrecht und stolz blickte Marta ihn an. »Warum hast du sie mir dann geschenkt?«

Melo hielt ihrem Blick nicht stand.

»Ich gehe mit«, sagte Marta, griff schnell noch ein Messer aus dem Vorrat der Lupi und lief zu den anderen, die schon an der Treppe warteten.

Auf dem Weg zur Kutsche wandte Paride sich an sie: »Wie geht es Pietro?«

Martas Augen schleuderten Blitze. »Weiß ich nicht«, erwiderte sie trocken. »Und es interessiert mich auch nicht.«

Paride sprang ohne ein weiteres Wort auf den Bock. Einer der Lupi, der den Weg kannte, setzte sich neben ihn. »Ich heiße Paolo«, stellte er sich mit rauer, kratzender Stimme vor. »Aber Freunde nennen mich Rospo, Kröte.« Er hob die Schultern. »Wegen der Stimme.«

Paride gab ihm die Hand. »Freut mich, Rospo.«

Die anderen stiegen in die Kutsche.

Ludovico ließ Marta nicht aus den Augen. »Wie geht es dir?«

»Gut«, erwiderte Marta. »Jetzt zeigen wir denen mal, mit wem sie es zu tun haben.«

»Ich meine …« Ludovico suchte nach Worten. »Ich meine … wie geht es dir sonst, in deinem Leben?«

»Hast du gehört, was ich zu Paride gesagt habe?« Ihre Stimme war hart.

»Nein«, sagte Ludovico, eine Spur zu schnell. »Doch«, gab er dann klein bei. »Es war nicht zu überhören.«

Marta sah ihn an. »Du willst wissen, ob in meinem Leben alles in Ordnung ist?«, meinte sie. »Ja, das ist es. Und weißt du auch, warum? Weil dies hier mein Leben ist. Mein Lebensinhalt ist es, Rom zu befreien. Zu kämpfen.« Sie musterte ihn. »Hast du Angst?«, fragte sie versöhnlicher.

»Vielleicht …«

»Ich vielleicht auch.«

Sie lächelten sich an, und Marta drückte Ludovicos Hand. »Eigentlich ohne vielleicht«, meinte sie. »Ich hab eine Scheißangst.«

»Scheißangst«, wiederholte Ludovico zustimmend.

»Wir schaffen das«, versuchte Marta, ihm und ihr selbst Mut zu machen. Aber es klang eher wie eine Frage.

»Lass uns beieinanderbleiben«, sagte Ludovico.

Marta sah durch das Fenster die Leute seelenruhig vorbeischlendern, als wäre dies ein ganz normaler Tag. Sie wussten nicht, dass hier zwei junge Menschen saßen, die ihr Leben riskierten. Für Rom. Für sie.

»Wir sind da«, verkündete Rospo.

Die Kutsche hielt. Die vier schwarzen Pferde schnaubten nervös, als spürten sie die Spannung.

»Wartet hier«, sagte Rospo. »Ich seh mir das erstmal an.« Er stieg ab und ging zu einem breiten, niedrigen Gebäude. Nach einigen Minuten kam er wieder und gab das Zeichen auszusteigen.

»Es gibt zwei Wachposten am Tor«, fasste Rospo zusammen.

»Und drei Soldaten im Hof. Die anderen sind im ersten Stock, im Schlafsaal. Normalerweise sind es insgesamt etwa zehn. Also sagen wir mal, sieben sind oben. Aber Capitano Melo hatte recht: Die drei im Hof sind mit dem Kopf ganz woanders. Wenn wir einmal drinnen sind, können wir die leicht außer Gefecht setzen. Das Problem sind die Wachposten. Sobald wir die unschädlich gemacht haben, gehen wir rein, und ihr kümmert euch um die drei im Hof. Ich verbarrikadiere die Tür zum Schlafsaal im ersten Stock, dann haben wir Zeit, uns zu nehmen, was wir brauchen, bevor sie sich befreien können. Ich weiß nicht, ob sie im Schlafsaal auch Gewehre haben, aber wenn ja, dann werden die aus den Fenstern auf euch schießen. Ihr müsst also schnell und im Zickzack über den Hof laufen. Verstanden?«

Alle nickten. Die Anspannung war deutlich greifbar.

»Ich und noch einer von uns gehen zum Eingang«, fuhr Rospo fort. »Ihr anderen folgt uns unauffällig in einiger Entfernung.« Er lächelte. »Aber keine Sorge, wir lenken sie gut ab.«

»Ich komme mit dir«, sagte Ludovico.

Rospo schüttelte den Kopf. »Nimm es nicht persönlich, Junge, aber hier braucht es eher Erfahrung als Mut. Ich brauche einen Lupo. Es ist wahrhaftig nicht leicht, einen Menschen umzubringen, und wir müssen schnell sein. Schnell und präzise. Hat nichts mit dir zu tun, in Ordnung?«

Ludovico schlug den Blick nieder, nickte aber.

»Ich komme mit dir«, sagte ein Mann, der ausschließlich aus Haut und Knochen zu bestehen schien. Er war dünn wie ein Eisenfaden, wirkte aber sehr stark.

»Gehen wir, Fil-di-Ferro«, forderte Rospo ihn auf. »Wir machen den Trick mit dem Betrunkenen.«

»Alles klar«, meinte Fil-di-Ferro.

»Warte, bis wir alle drin sind«, wies Rospo Paride an, »dann bringst du die Kutsche vor den Eingang.«

Paride nickte.

Rospo und Fil-di-Ferro steckten ihre Messer hinten in die Gürtel. Dann legte Fil-di-Ferro einen Arm um Rospo und stimmte ein schiefes Lied an, und so schwankten sie zum Lager.

Die anderen Männer folgten ihnen in einigem Abstand. Rospo schrie: »Hör auf! Das hält ja kein Mensch aus!«

Aber Fil-di-Ferro hörte nicht auf.

Ludovico suchte Martas Hand und drückte sie. Dann zogen auch sie ihre Messer hervor.

Marta hatte noch nie ein Messer in der Hand gehabt, um möglicherweise jemanden damit umzubringen. Auch Ludovico nicht.

»Jetzt habe ich noch mehr Angst«, presste Marta hervor.

»Ich auch«, flüsterte Ludovico.

Rospo und Fil-di-Ferro erreichten die Wachposten.

»Nehmt diesen Trunkenbold hier fest!«, rief Rospo. »Ich bitte Euch!«

Die Wachen lachten.

Da blitzten zwei Messer auf, und im nächsten Moment waren die Kehlen der Wachen durchtrennt.

Die anderen Männer rannten ins Lager. Dort hatte Fil-di-Ferro schon einen der Soldaten erstochen. Die anderen beiden lagen in einer Blutlache, noch bevor sie hatten Alarm schlagen können. Rospo war an der Tür im ersten Stock und verbarrikadierte sie mit Möbeln und allem, was er sonst noch fand.

Sie machten sich daran, das Lager leerzuräumen. Atemlos rannten sie mit Gewehren und Munition beladen zur Kutsche und wieder zurück.

Plötzlich pfiff ein Schuss durch die Luft. Dann noch einer.

Fil-di-Ferro schwankte, ließ eine Munitionskiste fallen und sank zu Boden.

Sofort war Rospo bei ihm, hob ihn hoch und trug ihn zur Kutsche. »Du musst ihn mitnehmen«, wandte er sich atemlos an Paride, dann schrie er den anderen zu: »Weg hier!«

Alle rannten hinaus, während immer mehr Schüsse fielen.

Paride ließ die Peitsche knallen und jagte mit der Kutsche davon.

Zutiefst entsetzt rannte Marta über den Hof, die Schüsse hallten ihr in den Ohren. Sie hatte das Tor noch nicht erreicht, da spürte sie plötzlich einen brennenden Schmerz an der Schulter und schrie auf. Ludovico packte sie um die Taille, und zusammen rannten sie hinaus. »Schaffst du es?«

»Komm schon!«, schrie Marta und biss die Zähne zusammen.

Ludovico nahm ihre Hand, und sie rannten weiter. Die Schreie der französischen Soldaten, die sich aus dem Schlafsaal hatten befreien können, hallten hinter ihnen her.

»Kommt her, wenn ihr euch traut!«, schrie Rospo.

Sofort feuerten die Soldaten in seine Richtung, aber er war schon längst um die Ecke geflohen.

»Diveckskerle«, schrie ein anderer von der gegenüberliegenden Seite.

Die Soldaten feuerten nun in seine Richtung.

»Fahrt zu Hölle«, rief da ein dritter hinter einer Platane hervor.

Die Soldaten schossen.

»Idioten!«, schrie Rospo aus seinem Versteck.

»Leckt mich doch!«, schrie einer der Jungen aus dem Komitee, der Mut fasste und vulgäre Gesten in Richtung der Soldaten andeutete.

Die Soldaten wussten nicht mehr, auf wen sie schießen sollten. Sie versuchten jetzt, den Jungen einzuholen, und ließen von den anderen ab.

Aber der Junge war schnell, und ehe sie es sich versahen, war er tief im römischen Gassengewirr verschwunden.

Den Soldaten blieb nur, ins Lager zurückzukehren, schließlich war es schon zu lange unbewacht. Sie konnten gerade noch sehen, wie Rospo sich mit drei weiteren Gewehren davonmachte.

Inzwischen waren Marta und Ludovico weit genug entfernt, um Atem zu schöpfen.

»Tut es sehr weh?«, fragte der junge Principe und deutete auf die Wunde an Martas linker Schulter.

»Lass uns zum Zirkus gehen«, stieß Marta hervor, hielt aber gleich darauf inne. »Nein, damit bringen wir sie alle in Gefahr …«

»Wir gehen zu mir«, schlug Ludovico vor. Er legte ihr seine Jacke um die Schultern, um den Blutfleck zu verbergen.

»Nein! Was ist mit deinem Vater … mit deiner Familie?«

»Mein Vater bemerkt uns gar nicht.«

»Und deine Mutter?«

»Ich habe keine.« Sein Blick verdüsterte sich, Zorn lag in seiner Stimme. »Sie ist vor vielen Jahren mit einem anderen Mann weggelaufen. Und nie zurückgekommen.«

»Tut mir …«

Wütend winkte Ludovico ab.

Marta schwieg.

»Wir können uns in den Stallungen verstecken … da sieht uns niemand«, meinte Ludovico und nahm sie bei der Hand. »Schaffst du das?«

»Ja.«

Als sie den Palazzo der Chiodetti da Fibreno in der Via dell'Orso erreichten, schlüpften sie durch einen Nebeneingang in die Stallungen.

»Leg dich hier hin.« Ludovico deutete auf ein Strohlager auf dem Boden.

Stroh. Mit Pietro hatte sie es lieben gelernt. Es war ihr Bett gewesen. Und ihr erstes Mal. Sie nahm eine Handvoll und zerbröselte es zwischen den Fingern.

Nach einer Weile kam Ludovico mit einer Flasche Cognac und einem Leinentuch wieder. Er setzte sich neben sie. »Zeig mal«, forderte er sie auf und zog ihr die Jacke aus. Der Fleck war nicht viel größer geworden, aber ihr Kleid hatte einen Riss. »Die haben dich mit einem Streifschuss erwischt, die Dreckskerle.« Er errötete. »Du musst …« Er hielt inne, gestikulierte. »Du musst dein Kleid aufknöpfen.«

Marta sah seinen Blick. Trotzdem machte sie die ersten beiden Knöpfe auf und entblößte die Schulter. Ihre weiche helle Haut war an den Rändern der Wunde rot.

Ludovico riss ein Stück vom Leinentuch ab und tränkte es mit Cognac. Er tupfte die Wunde ab und säuberte sie. »Tut es weh?«

Marta lag ein ›Ja‹ auf der Zunge, doch in diesem Moment strich sie instinktiv über die Narbe am Handgelenk. Das musste wehgetan haben. Und zwar sehr. Damals war sie bloß ein Kind gewesen, und Melo hatte ihr erzählt, dass sie keine einzige Träne vergossen hatte. »Nein, tut nicht weh«, erwiderte sie schließlich.

Ludovico riss einen Streifen Tuch ab und verband die Wunde. Dann streifte er ihr das Kleid wieder über die Schulter, und Marta knöpfte es zu.

»Hör mal …«, begann Ludovico, »ich weiß auch nicht, warum ich dir das über meine Mutter erzählt habe … Die Angst und das alles … Ich war so durcheinander.« Er deutete ein Lächeln an. »Aber es stimmt gar nicht. Vergiss es einfach. Meine Mutter ist … Sie ist tot … Wie viele andere auch.«

Marta war sofort klar, dass das nicht stimmte. Aber sie nickte. Sie würde tun, als glaubte sie die Geschichte.

Ludovico hörte nicht auf, sie anzusehen. »Ich hätte nicht sagen sollen, dass ich dich liebe, entschuldige«, meinte er schließlich. »Ich wollte dich nicht in Verlegenheit bringen.«

Marta schwieg, ein kleines Lächeln lag auf ihren Lippen.

Da beugte Ludovico sich über sie und küsste sie auf den Mund.

Und Marta ließ es geschehen.

Aber ihre Lippen brannten nicht, wie sie bei Pietros Küssen gebrannt hatten.

# 45

*Ende August 1870*

*Kirchenstaat – Rom*

»Hast du mit diesem Zeug auch das Pferd behandelt? Das Sireno ausgepeitscht hat?«

»Na klar. Menschen und Pferde sind gar nicht so verschieden«, erwiderte Melo und rieb Martas Wunde mit der Salbe ein, die Nella ihm empfohlen hatte. »Dann wächst auch dein Fell schön nach.«

Marta stimmte in sein Lachen ein. »Und Fil-di-Ferro?«

Melo neigte den Kopf. »Hat's nicht geschafft«, sagte er traurig. Dann hob er den Blick und sah sie ernst an. »Du hättest auch sterben können, ist dir das klar?«

Marta nickte. Ja, das war ihr klar. Sie hatte schreckliche Angst gehabt.

»Ich bin stolz auf dich.« Melo begann, die Wunde vorsichtig zu verbinden.

»Was ist, wenn ich so etwas nicht noch mal schaffe, wenn ich mich nicht traue?«, fragte Marta.

»Mit *wenn* und *aber* kommt man nicht weit«, erwiderte Melo. »Es ist sinnlos, jetzt darüber nachzudenken. Du wirst es wissen, wenn es so weit ist. Aber wegen mir musst du auch nicht unbedingt in der ersten Reihe kämpfen.« Er lächelte.

»Ich will für Rom kämpfen«, verkündete Marta bestimmt.

»Ich weiß.« Melo knotete den Verband zu. »Fertig.« Er sah sie an und hoffte, dass auch sie ihn ansehen würde. »Und Pietro?«

Martas Miene verfinsterte sich. »Interessiert mich nicht mehr.«

»Lügnerin.«

»Ich habe mich jetzt mit Ludovico zusammengetan«, entgegnete Marta angriffslustig.

»Aha!«, rief Melo aus. »Dann haben wir hier also bald eine Principessa!«

»Genau. Na und?«, patzte Marta.

»Eine unglückliche Principessa«, bemerkte Melo.

»Was weißt du denn schon?«, brauste Marta auf. »Du verbringst den ganzen Tag hier allein mit den Pferden. Was weißt du schon von der Liebe?«

»Da hast du wohl recht«, murmelte Melo. Dann stand er auf.

»Wo gehst du hin?«

Aber Melo schwieg und trottete davon, den Kopf gesenkt und den Rücken wie von einem unsichtbaren Gewicht gekrümmt.

Verdi hatte ihm gesagt, sie wohne noch in ihrer alten Wohnung. Dort war sie aus solidarischen Gründen eingezogen. 1848 hatte der Papst den Abriss der Mauer des jüdischen Ghettos angeordnet. Und als die Römische Republik aus der Wiege gehoben wurde, im Jahr danach, wurde als eines der ersten Gesetze die Segregation der Juden untersagt, und man stellte sie allen anderen Bürgern Roms gleich. Daraufhin zog sie geradewegs in die Via Portico d'Ottavia, mitten ins Ghetto. Obgleich sie keine Jüdin war. Oder eigentlich gerade deshalb. Um zu beweisen, dass die Revolutionäre, die die Republik ausgerufen hatten, kein leeres Geschwätz von sich gaben.

Dort wohnte sie immer noch. Obwohl Pius IX. nach dem Sturz der Republik den Juden wieder untersagte, anderswo als im Ghetto zu wohnen. Auch ohne Mauer.

Sie, seine Marta, blieb. Den Prinzipien von Gleichheit treu, für die sie gekämpft hatte.

*Und jetzt liegt sie im Sterben*, dachte Melo mit schwerem Herzen, während er die vertrauten Treppen zu ihrer Wohnung hinaufstieg.

Vor der Tür der kleinen Wohnung blieb er stehen. Er rang mit sich, wollte schon wieder fortgehen, brachte es aber nicht über sich. Er klopfte.

Ein Mann öffnete. Sein Haar war zerzaust, er war blass und wirkte erschöpft. Er trug bescheidene Kleidung und eine dicke Brille. Seine Hände waren voller Tintenflecken, und er hielt einen Stift in der Hand. Jetzt setzte er die Brille ab und sah Melo fragend an. Erkundigte sich nicht, wer er war. Vielleicht fehlte ihm einfach die Kraft, Fragen zu stellen, so müde sah er aus.

»Ich bin ein alter Freund von Eurer Frau«, stellte Melo sich vor.

Der Mann nickte langsam.

»Ich habe erfahren, dass es ihr … nicht gut geht.«

Einen kurzen Moment lang schimmerten die Augen des Mannes feucht. Tiefer, aufrechter Schmerz lag darin. »Wie heißt Ihr?«

Melo wollte es ihm schon sagen, hielt dann aber inne: Er trug den gleichen Namen wie der tote Sohn. Und dieser Mann, der schon seinen Sohn verloren hatte, würde nun auch noch seine Frau verlieren. Und das konnte Melo ihm nicht antun. »Rinaldo«, antwortete er.

»Kommt mit. Aber strengt sie nicht zu sehr an.« Er führte ihn zu einem Zimmer, schaute hinein und sagte zu seiner im Bett ruhenden Frau: »Dein alter Freund Rinaldo ist hier.«

Marta wandte ihm ihr blasses Gesicht zu, und ein Glanz schlich sich in ihre Augen.

»*Ciao* … Rinaldo«, begrüßte sie ihn. Ihre schöne raue Stimme hatte Wärme und Sinnlichkeit eingebüßt.

Melo betrachtete sie und konnte seinen Blick nicht von ihr wenden.

»Dann lasse ich euch mal allein«, bemerkte ihr Mann und kehrte zu seinem mit handschriftlichen Papieren übersäten Schreibtisch zurück. Keinem der beiden gelang es, ihm zu antworten, es war, als existiere er nicht.

Melo kannte das Zimmer noch gut. Er hatte hier geschlafen. Mit ihr.

Marta bedeutete ihm, sich auf die Bettkante zu setzen. »Keine Sorge, ich bin nicht ansteckend«, sagte sie mit einem schwachen Lächeln. »Es greift nur mich an, frisst mich von innen auf.«

»Letztes Mal, als wir uns gesehen haben …« Melo konnte nur mit Mühe sprechen. »Wusstest du es da schon?«

Marta nickte.

»Warum hast du mir nichts gesagt?«

»Das hätte alles kaputtgemacht.« Marta lächelte. »Ich dachte, das wäre unser Abschied, aber der ist wohl heute.« Sie sah ihn an.

»Ich komme wieder.«

»Nein.«

Melo wollte ihre Hand nehmen.

»Nein …«, wehrte Marta ab.

»Entschuldige …«

Seit ihrem letzten Treffen war sie unglaublich abgemagert. Ihre Haut spannte über den Wangenknochen, die Augen waren eingefallen, dunkel umrandet, durch die farblosen, halbgeöffneten Lippen versuchte sie, ein bisschen Luft in die Lunge zu bringen.

Melo hatte schon oft den Tod gesehen. Er war ihm vertraut. Und er wusste, dass Marta nicht mehr viel Zeit blieb.

»Mein Mann wird sich Sorgen machen, dass ich mich zu sehr anstrenge«, gab sie zu bedenken. »Also bevor du noch irgendwelche Dummheiten erzählst …« Sie lächelte. Atmete schwer. »Ich würde gerne lachen, aber ich schaffe es nicht mehr.« Mit geneigtem Kopf sah sie ihn an, in ihrem Gesicht war kaum noch eine Spur von der einstigen Schönheit zu sehen, der Tumor hatte sich auch darüber hergemacht. »Danke …«, flüsterte sie.

Melo biss die Zähne zusammen und stand auf. Einen Moment ließ er seinen Blick noch in ihrem ruhen, dann verließ er das Zimmer. Er fürchtete zusammenzubrechen und eilte zur Tür.

»Macht Euch keine Umstände«, sagte er zu ihrem Mann. »Lebt wohl.«

»Lebt wohl«, erwiderte der Mann.

Dann erhob er sich und trat zu Marta ins Zimmer. Melo öffnete die Tür und ging hinaus. Aber er schloss sie nicht. Zögernd verharrte er auf der Stelle und begriff beschämt, dass er die beiden belauschen wollte.

»Ein netter Mensch«, bemerkte ihr Ehemann.

»Ja.«

»Er heißt nicht Rinaldo.«

Melo zuckte zusammen.

»Woher weißt du das?«, wollte Marta wissen.

»Ich habe eure Blicke gesehen«, gab der Mann sanft zurück. »Jetzt weiß ich auch, warum du unserem Sohn unbedingt diesen komischen Namen geben wolltest.«

Mit geschlossenen Augen hielt sich Melo an der Türklinke fest.

»Das war Melo, oder?«, fragte ihr Mann.

»Ja«, bestätigte Marta. Und fügte hinzu: »Es tut mir leid …«

»Mir nicht«, meinte ihr Mann. »Ich liebe dich von ganzem Herzen, und es freut mich für dich, dass du dich von ihm verabschieden konntest.«

So leise wie möglich schloss Melo die Tür, und seine Augen füllten sich mit Tränen. *Marta hat Glück*, dachte er, als er die Stufen hinunterstieg. Er musste sich am Geländer festhalten, um nicht zu stürzen. Dieser Mann liebte sie wirklich. Er wäre niemals weggelaufen. So wie er selbst es damals getan hatte.

Auf der Straße begann er haltlos zu schluchzen. Er ließ den Tränen freien Lauf, bis er schließlich den Zirkus erreichte.

Er ging sofort zu Marta und führte sie in eine ruhige Ecke hinter das Zelt.

»Was ist los?«, fragte sie erschrocken angesichts seiner schmerzerfüllten Miene.

»Weißt du, warum ich dich Marta genannt habe?«, begann Melo mit rauer Stimme. »Die einzige Frau, die ich je geliebt habe, heißt so.« Er hielt inne und atmete tief durch, um nicht wieder in Tränen auszubrechen. »Aber ich habe sie verlassen. Bin weggegangen.« Er kniff die Augen zusammen, versuchte hilflos, die Tränen zurückzuhalten. »Sie liegt im Sterben …«

Marta konnte es kaum ertragen, ihn so zu sehen.

»Hätte ich sie nicht verlassen«, fuhr Melo fort, »dann würde jetzt ich an ihrem Bett sitzen, nicht ihr Mann. Und ich könnte ihre Hand halten, bis … bis zu ihrem letzten Atemzug.« Er schwieg und sah Marta durch einen Tränenschleier an. Dann drückte er sie an sich, ganz fest. »Kämpf für deine Liebe, Marta«, flüsterte er ihr ins Ohr. »Und auch wenn du verlierst: Diese Hölle musst du nicht durchleiden …« Er drückte sie noch fester an sich, löste sich dann, hielt sie an den Schultern fest und sah ihr in die Augen. »Es lohnt sich nicht, in kummervollen Erinnerungen zu leben.« Er schwieg einen Moment. »Gib nicht auf. Kämpfe.« Dann strich er ihr zärtlich über das Gesicht. »Die Liebe ist es wert.«

Pietro hatte den ganzen Nachmittag fotografiert und anschließend die Fotos entwickelt. Jetzt sah Albanese sie durch.

»Das ist Dreck«, urteilte er.

»Nein. Das ist Wirklichkeit«, entgegnete Pietro.

»Genau«, bestätigte Albanese. »Das meine ich ja. Das ist die Wirklichkeit, vor der ich weggelaufen bin.« Er lächelte. »Und die bestand einzig und allein aus Dreck.« Sein Blick wanderte wieder zu den Fotos.

Bettlerfüße, schmutzverkrustet und krumm. Waschfrauenhände, so rissig, dass man fast bis auf das Fleisch sehen konnte. Die leeren Augen einer Hure, denen auch die aufgelegte Schminke kein Leben mehr einhauchen konnte. Zwei im Müll wühlende Kinder. Dieselben Kinder im Streit um ein schimmeliges Stück Brot. Stadtstreicher unter einer Brücke, wie tot von Fliegen bedeckt.

Dann aber ein Priester im Seidengewand, einen blonden, geschminkten Jüngling untergehakt. Einige Adlige, die auf dem Weg in ihren exklusiven Circolo von bettelnden Kindern umringt wurden und nichts als Verachtung für sie übrighatten. Eine schmuckbehängte, behandschuhte Frau in edlen Kleidern, die angeekelt und von oben herab auf den Brotlaib einer Straßenhändlerin in Lumpen deutete. Dieselbe Frau, die diesen Brotlaib einer Gruppe Habenichtse hinwarf. Und wieder dieselbe Frau lachend darüber, wie sich die Habenichtse hungrig um den Brotlaib schlugen.

»Da ist mir die Seite hier doch lieber«, meinte Albanese und schwenkte das Foto mit den Adligen.

»Es wäre sehr viel besser, wenn es das hier nicht geben würde«, befand Pietro und zeigte auf die Fotos der Armen.

»Ach, Träumer!«, rief Albanese. »Andererseits, was wär das für ein Leben ohne Träumer?«

Pietros Miene verfinsterte sich.

»Na komm schon, Campione, schmoll nicht. Man braucht schon was Ironie im Leben, sonst geht's nicht.« Er klopfte ihm auf die Schulter. »Lass uns was essen. Hier, ein Festmahl gibt's! Bohnensuppe mit Speck, Schweinebraten mit gebratenem Chicorée, und wenn du dann noch Platz im Magen hast, gibt's aus dem Ghetto eine Crostata mit Ziegenquark und Kirschen.«

Seitdem Albanese Pietro in seinem Büro schlafen ließ, hatte er seinen Schreibtisch leergeräumt, sodass sie nun jeden Abend gemeinsam daran aßen. Nur sie beide.

Sie setzten sich, und Albanese schöpfte zwei große Kellen in Pietros Schüssel. »Iss schon«, ermunterte er ihn.

Pietro tunkte den Löffel in die würzige, köstliche Suppe.

»Hausmannskost is doch unschlagbar.« Albanese schmatzte und bekleckerte seinen Bart mit Suppe.

Pietro betrachtete ihn. Er aß wie ein Schwein. Er verhielt sich wie ein Schwein. Respektierte nichts und niemanden. Tötete andere Menschen, ohne mit der Wimper zu zucken. Schlug Frauen halbtot. Nur ihm gegenüber war er aufmerksam, freundlich. Zu niemandem sonst.

»Wenn du wüsstest, wie glücklich du mich machst, Campione«, bemerkte Albanese nach zwei Gläsern heruntergestürzten Rotweins. Er schenkte sich ein weiteres ein, welches er ebenfalls in einem Zug leerte. Dann rülpste er laut, öffnete seinen Gürtel und fläzte sich wieder in den Stuhl.

An diesem Abend beobachtete Pietro ihn genau und begriff etwas sehr Einfaches: Albanese war einsam. Er hatte niemanden. Das war sein trauriges Schicksal.

»Ah.« Albanese stöhnte genüsslich und kippte das vierte Glas Rotwein herunter. »Weißt du, warum ich so gern mit dir esse, Campione?« Seine Sprache war jetzt schleppend. »Weil ich saufen kann, wie's mir passt!«, platzte er heraus. Offensichtlich löste der Wein seine Zunge. »Wenn ich mit meinem Vater ess, muss ich aufpassn.« Er trank das nächste Glas. »Einmal … war ich besoffen.« Er rülpste wieder. »Und da hatter wie üblich Gift und Galle gespuckt, haste ja gehört … und«, er beugte sich zu Pietro vor, wobei er die Suppenschüssel umwarf. »Mist!«, rief er. »Was hab ich gesagt? Ach ja, ich war besoffen, und er hat rumgeschrien, und ich …« Er stockte, senkte die Stimme, sein Blick war jetzt trüb. »Und … da kam ich mir wieder vor wie 'n Junge.« Er lachte. »Und weißt du was? Ich hatte Angst vor dem … wie früher.« Er sah aus, als würde er den Moment noch einmal erleben. »Und da hab ich fast geflennt.« Er stieß sein dreckiges Lachen aus, aber seine Augen waren feucht. »Ach, alles Mist.« Wütend warf er das Glas an die Wand, das in tausend Scherben zerbarst, und schluckte seine Tränen herunter.

Pietro beobachtete ihn.

»Was haste zu glotzen?«, fuhr Albanese ihn an, plötzlich außer sich vor Wut. Er stand auf und schloss mit Mühe den Gürtel. »Hab keinen Hunger mehr.« Damit taumelte er zur Tür. »Vergiss nich, abzuschließen.« Doch er blieb stehen, kam noch einmal zurück und schwankte zum Tresor.

Pietro tat, als würde er seine Suppe löffeln.

Siebenundzwanzig nach links. Neun nach rechts. *Dreh dich nicht um!*, dachte er angespannt. Sieben nach links. *Jetzt hab ich dich!*, triumphierte er innerlich.

Dann senkte er den Kopf wieder über seinen Teller.

Albanese nahm Geld aus dem Tresor und schloss ihn. »Vergiss nich, abzuschließen«, sagte er noch einmal.

»Hast du schon gesagt.«

Albanese gab ihm einen kräftigen Schlag auf den Hinterkopf. »Na und? Wenn ich's halt gern noch mal sag?«

»Entschuldigung …«

»Entschuldigung ein Dreck«, nuschelte Albanese. »Vergiss nich, abzuschließn!« Er zeigte mit dem Finger auf Pietro. »Morgen siehste mehr Geld, als du jemals gesehn hast!« Damit verschwand er.

Pietro schloss die Tür ab, setzte sich wieder an den Tisch und starrte unentwegt auf den Tresor. Schließlich stand er auf.

Siebenundzwanzig nach links …

Die Zahlenscheibe drehte sich und das Räderwerk klickte leise. Das Herz schlug ihm bis zum Hals.

Neun nach rechts …

Er hielt die Luft an.

Sieben nach links …

*Klick!*

Als Pietro die Tür öffnete, schien die Zeit stillzustehen. Im Tresor lagen Geld, Goldschmuck, die Fotos von den Morden und die vier Ringe der Contessa.

»Jetzt hab ich dich!«, murmelte Pietro.

Ohne etwas anzufassen, schloss er den Tresor und legte sich

auf sein Lager. Aber er fand keinen Schlaf. Seine Rache war nahe. Er brauchte nur die Hand auszustrecken.

Am nächsten Morgen, als Albanese und Ghiozzetto eintrafen, war er kein bisschen müde, nur aufgeregt.

Albanese schwenkte die Zeitung. »Der Leutnant, der den Sonderermittlungstrupp von Kardinal Antonelli leitet, behauptet, dass er kurz davorsteht, die Terroristen festzusetzen«, platzte er heraus. »Von wegen kurz davor, kurz *hiervor*, Drecksfranzose!«, spottete er und rieb sich mit der Zeitung über den Hosenlatz. »Erzählen einen, damit die Reichen wieder gut schlafen können, und tappen in Wirklichkeit vollkommen im Dunkeln.« Er schnaubte. »Los, gehen wir. Und du, nimm deine magische Kiste mit«, wies er Pietro an.

Pietro schulterte den Fotoapparat.

Sie trafen den Rest der Bande und machten sich auf den Weg zu einer Villa auf dem Aventin.

Rasch überwanden sie die Mauer und schlichen an die Rückseite des Hauses, wo die Küchen waren. Er Ciriola schlug eine Scheibe ein und öffnete dann mit einem Griff nach innen die Tür. Sie schlüpften ins Haus.

Überrascht griff der Koch nach einem Messer.

»Leg das weg. Wir tun dir nichts, Bruder«, raunte Albanese.

»Ich bin nicht dein Bruder, du Bastard!«, ging der Koch auf ihn los.

Einen Moment später war sein weißer Kittel blutdurchtränkt.

Die anderen in der Küche hoben die Hände. Sie wurden geknebelt und gefesselt.

Dann verteilte sich die Bande in der Villa. Zwei Diener und drei Dienstmädchen wurden außer Gefecht gesetzt, ohne dass man ihnen ein Haar krümmte.

Der Gärtner, der gerade die Buchsbaumhecke schnitt, sah von draußen herein und versuchte sofort, Richtung Gartentor zu fliehen.

»Du hast gesagt, er hätte heute frei!«, schrie Albanese Ghiozzetto an.

»Eigentlich …«, stammelte Ghiozzetto.

»Halt ihn auf, Ferro!«, schrie Albanese einem seiner Männer zu, der seinen Namen trug, weil er immer ein Schießeisen, ein *ferro*, bei sich hatte.

Ferro schlug eine Scheibe ein und zielte kaltblütig.

Der Gärtner hatte das Gartentor fast erreicht.

Ferro schoss.

In vollem Lauf breitete der Gärtner die Arme aus und stürzte auf den Schotterweg.

»Wer ist da?«, ertönte eine Stimme aus dem ersten Stock.

»Wir sind's, Notar Landolfi!«, spöttelte Albanese.

Am Treppenabsatz stand der Notar in seiner Hausjacke mit einem Gewehr im Anschlag. Sein Schuss streife ein Möbelstück. Er zog eine Pistole hervor, dann pfiff ein weiterer Schuss durch die Luft.

Die Männer gingen in Deckung. Alle außer Albanese. Er sprang drei Stufen hinauf und warf dann sein Messer.

Die Klinge drang tief in die Brust des Notars, der hintüber fiel.

Albanese war sofort bei ihm, zog das Messer wieder heraus und schnitt ihm damit die Kehle durch. »Die Trikolore!«, schrie er. »Und du machst ein Foto! Sofort!«

So schnell er konnte, stellte Pietro den Fotoapparat auf und schoss ein Bild von Albanese, der neben dem massakrierten Notar Landolfi mit der Trikolore hämisch grinste.

»Jetzt aber schnell!«, befahl Albanese und lief zum Notarbüro, wo er sofort auf den gepanzerten Tresor deutete. Es blieb keine Zeit, ihn aufzubrechen. »Due Ante«, rief er. »Schmeiß das Ding zum Fenster raus. Und bete, dass es auseinanderfällt, sonst kriegst du's mit mir zu tun.«

Due Ante packte den Tresor, der in seinen Händen kein Gewicht zu haben schien, und nahm ihn mit zum Fenster, das einer seiner Mitstreiter in der Zwischenzeit geöffnet hatte. Mit einem lauten Schrei hob er den Geldschrank über den Kopf und warf ihn mit aller Kraft hinaus. Man hörte, wie er zerbarst.

»Weg hier!«, befahl Albanese.

Sie rannten die Treppen hinunter. In diesem Moment sahen sie französische Soldaten durch den Garten auf die Vorderseite des Hauses zulaufen.

Die Männer hasteten durch die Küche hinaus.

»Nehmt, was ihr könnt, und dann nichts wie weg hier!«, brüllte Albanese neben dem zerborstenen Tresor.

Pietro schwitzte Blut und Wasser. Er rannte zur Mauer und kletterte mitsamt dem Fotoapparat darüber.

Albanese war dicht neben ihm. »Weg hier, Campione!«

Auch die anderen Männer kletterten über die Mauer.

Da zerriss der erste Schuss die Luft.

Er Ciriola auf der Mauer schrie auf und fiel.

»Lassen wir ihn liegen, Meister!«, schrie Ghiozzetto, während um sie herum alle flohen. »Wir schaffen das nie, wenn wir den mitnehmen!«

Aber Albanese lief zurück.

»Ich sage nichts, ich schwöre!«, ächzte Er Ciriola.

»Nein, du sagst nichts, gar nichts«, meinte Albanese nur und tötete ihn. Dann floh auch er.

Pietro zögerte einen Moment zu lange. Als er losrennen wollte, erschien oben auf der Mauer ein Mann, der sein Gewehr auf ihn richtete.

Er erkannte ihn sofort.

Und Leutnant Beras erkannte ihn.

Pietro spurtete los. Im Kopf das Bild des hinterrücks erschossenen Gärtners.

Leutnant Beras hatte ihn im Visier. Ein leichtes Ziel.

Aber er schoss nicht.

Nella drückte die Hand von Mamma Lucia und stand auf.

»Ihr findet ihn«, versicherte die Alte ihr.

Nella hatte erzählt, dass Pietro spurlos verschwunden war. Und ihr gestanden, dass sie verliebt war. Das erste Mal in ihrem Leben. Es war ein alles überwiegendes Gefühl, ein Gefühl, das sie für Ippolito nie empfunden hatte. Und sie hatte erzählt, dass diese so wunderbare Liebe sie zerreiße. Denn wie konnte man so tiefe Freude empfinden und zugleich so tiefen Schmerz?

»Ihr findet ihn«, wiederholte Mamma Lucia. »Jetzt seid ihr ja zu zweit.«

Mit gesenktem Kopf ging Nella Richtung Ausgang.

»Hast du gesehen, dass sie eine neue Matratze bekommen hat? Ich habe mich darum gekümmert«, wandte sich da Schwester Alberta lächelnd an sie.

Nella nickte. »Ja, danke. Das war sehr anständig von dir.« Sie wandte sich zum Gehen.

»Nein, nein. Ich muss mich bei dir bedanken.« Alberta lächelte noch immer. »Wenn man immer nur hier drinnen ist, kann man das richtige Leben leicht vergessen. Aber du hast mich daran erinnert, wie sich Mamma Lucia immer um uns gekümmert hat.«

»Sie ist sehr besonders.«

»Ja, sehr.«

»Ich gehe jetzt.« Nella war nicht nach plaudern zumute.

»Wo wohnst du denn jetzt genau?«, wollte Schwester Alberta wissen, die noch einen zweiten Besuch von Bruder Leone erhalten hatte. Der wollte die vollständige Adresse haben, ihre bisherigen Angaben reichten ihm nicht. Und Schwester Alberta wollte es jetzt richtig machen.

Nella fragte sich, was das sollte.

»Vielleicht kann ich dich ja mal besuchen?«, versuchte es Alberta.

Aber Nella hatte nicht die geringste Lust auf einen Besuch

von ihr. Vor allem nicht in der momentanen Situation. »Es ist gerade etwas …«, fing sie an.

»Bitte.« Alberta wirkte geknickt. »Ich habe niemanden«, flüsterte sie. »Allein wie ein Hund bin ich.«

Nella brachte es nicht übers Herz, abzulehnen. »In der Via di Panìco«, gab sie schließlich nach. »Ganz am Anfang, wenn man von der Engelsbrücke aus kommt. Nach wenigen Schritten auf der rechten Seite. Dort führt eine Treppe zu einem Souterrain. Da wohne ich.«

Schwester Albertas Gesicht hellte sich auf. Sie umarmte sie und legte eine Hand aufs Herz.

»Dann gehe ich jetzt«, sagte Nella noch einmal, und dieses Mal ging sie wirklich.

Schwester Alberta wartete einen Moment, dann stieg auch sie die glänzenden Stufen vom Ospizio hinunter und lief zum Ausgang.

»Wohin willst du?«, erkundigte sich die diensthabende Schwester.

»In die Kirche«, erwiderte Schwester Alberta. »Nach Santa Cunegonda. Ich habe einen neuen Beichtvater, der meiner Seele viel Trost spendet.«

»Wen denn?«, wollte die andere Schwester wissen, die sich hinsichtlich der Neugier ausschließlich durch ihr Gewand von den anderen Portiersfrauen in Rom unterschied.

»Du kennst ihn nicht«, antwortete Alberta. »Ein Franziskaner.«

»Aber wer denn?«, insistierte die Schwester. »Doch nicht etwa der, der hier vor kurzem nach Mamma Lucia gefragt hat?«

»Doch, genau der.«

»Bruder Leone, oder?«

»Genau.«

»Na dann lauf. Heutzutage ist es wirklich schwer, einen guten Beichtvater zu finden«, befand die Schwester. »Jesus Christus sei gepriesen.«

»Gepriesen sei er«, erwiderte Schwester Alberta und machte sich auf den Weg.

Nella nähte gerade ein Kleid, das eine Frau aus dem Viertel bei ihr in Auftrag gegeben hatte, als es an der Tür klopfte.

Verwundert legte sie die Näharbeit zur Seite. Sie erwartete niemanden. Aber dann dachte sie, es könnte doch Pietro sein, und ein Lächeln erschien auf ihrem Gesicht.

Sie öffnete schwungvoll.

»Störe ich?«

Nella trat einen Schritt zurück. »Nein, komm herein, Marta.«

Sie hatte den Raum kaum betreten, da fragte Marta schon ungeduldig: »Ist er wieder da?«

Betrübt schüttelte Nella den Kopf. »Nein«, erwiderte sie. »Oder eigentlich doch. Er war hier, als ich nicht da war, und hat seinen Fotoapparat geholt«, fügte sie traurig hinzu. »Komm, ich mache dir etwas zu essen.«

»Nein, danke, ich habe keinen Appetit«, erwiderte Marta.

Es hatte sie tief erschüttert, Melo so bitter weinen zu sehen. Er hatte ihr geraten zu kämpfen, sonst würde es ihr eines Tages so gehen wie ihm. Sonst würde dieser Schmerz sie von innen auffressen. Bis jetzt hatte sie stur so getan, als machte ihr das alles nichts aus. Aber das stimmte nicht.

»Wo kann er nur sein?«, fragte sie gequält.

Nella ließ sich auf einen Stuhl fallen. Ihre Augen füllten sich mit Tränen. »Weiß der Himmel.«

Marta war überzeugt, dass diese Frau nicht weniger litt als sie. »Was er wohl treibt?«, überlegte sie laut. Dabei fiel ihr auf, dass sie beide seinen Namen nicht aussprachen, vermutlich war das Ganze dann noch schmerzhafter. »Er war in der letzten Zeit so seltsam …«

Nella stieß einen Seufzer aus und deutete auf die immer noch auf dem Tisch gestapelten Münzen. »Er hat gesagt, dass er das verdient hat«, erklärte sie aufgewühlt. Ihre Sorge war unüberhörbar. »Was meinst du wohl, was er treibt? Bestimmt nichts Gutes.«

»Er hat uns verraten«, meinte Marta ebenso aufgewühlt.

»Ich weiß nicht …«, murmelte Nella und schlug dabei den Blick aus ihren veilchenblauen Augen nieder. »Aber ich, ich habe ihn ganz sicher verraten.«

Und in die darauffolgende Stille flüsterte Marta so leise, als würde sie mit sich selbst sprechen: »Ja … ich auch.«

# 46

*Anfang September 1870*

*Kirchenstaat – Rom*

Jetzt also wusste Leone Pompei es endlich. Wusste, wo sich Nella Beltrame, die falsche Contessa, mit dem Waisenkind im Schlepptau aufhielt.

Aber es war noch etwas anderes geschehen, etwas Unerwartetes, Wunderbares.

Die Verräterin, Schwester Alberta, war unansehnlich, unbedeutend, hatte ein sinnloses Leben vor sich und ein Herz voller Gram und Verdruss. Sie war wie er. Sie war so etwas wie seine weibliche Seite.

Es gab also eine Planänderung in seinem Leben.

Er wollte die Sache mit Nella zu Ende bringen, dann würde er sich Schwester Alberta widmen. Der neuen Schwester Alberta. Die schon zu erahnen war. Er würde sie anweisen. Sie führen.

*Gemeinsam werden wir unschlagbar sein*, fantasierte er. Blut würde sie vereinen, Blut und das Böse. Das Böse, das von ihm schon Besitz ergriffen hatte.

Schwester Alberta, dieser auf wunderliche Weise in seinem Leben aufgetauchte schwarze Engel, war seine glanzvolle Zukunft.

Nachdem er an diesem Morgen den Dolch geschärft hatte, machte Leone sich auf den Weg zur Via di Panìco. Sein Herz war leicht, fast trunken. Denn dies hier war nicht das Ende, es war der Anfang.

Lächelnd lief er die Via dei Coronari entlang. Er segnete sogar einige alte Frauen, die ihm die Hand küssten.

Das Leben war wunderbar. Und großzügig.

Kurz vor der Via di Panìco zog er seine Kapuze tiefer in die Stirn, um nicht erkannt zu werden.

Und dort war auch schon die Tür, die Alberta ihm beschrieben hatte. Alles stimmte: die Treppe, das Souterrain. Es gab kein Vertun. Gerade wollte er die Straße überqueren, da rempelte ihn ein französischer Soldat in Zuavenuniform an. Der Soldat entschuldigte sich und lief direkt auf das Souterrain zu.

Leone schlich schnell zurück, um im Verborgenen zu warten.

Er sah, wie die Tür geöffnet wurde, und da war sie auch schon, seine Contessa, diesmal in Lumpen gekleidet. Aber immer noch schön und begehrenswert. Sein Herz zog sich zusammen.

Nella ließ den Soldaten ein und schloss die Tür.

Verborgen im Schatten fuhr Leone zärtlich über seinen Dolch. Er brauchte nur ein wenig Geduld. Sobald der Soldat wieder gegangen war, würde die Contessa ihm gehören.

Doch bereits nach einer halben Stunde sah er zu seinem Entsetzen Schwester Alberta an der Straßenecke auftauchen.

Ihre Schritte waren unsicher, dann plötzlich entschlossen und rasch, nur um wieder langsam und zögerlich zu werden. Als wollte sie eigentlich umkehren. Sie führte eine Hand erst ans Herz, dann an die Augen, riss sie ruckartig herunter, ballte mit wütendem Gesichtsausdruck eine Faust. Doch einen Moment später schon löste sich die Wut in ihrem Gesicht auf, schmolz dahin, und in ihre Augen schlich sich Unentschlossenheit. Erschütterung. Qual.

Leone war sofort klar, was mit ihr geschah. Ihr Ringen. Der Kampf, den sie mit sich selbst ausfocht.

Endlich schien Alberta eine Entscheidung getroffen zu haben. Mit müden Schritten und hängendem Kopf, wie jemand, der gerade eine Niederlage erlitten hat, schleppte sie sich zum Souterrain.

Leone war es, als sehe er sich selbst damals in Novara, nachdem der Präfekt ihn verjagt hatte. Sah, wie er wie ein Lasttier in den Stall zurücktrottete. Willenlos. Unfähig, sich zu wehren. Unfähig, von einem anderen Leben zu träumen. Die vollkommene Kapitulation.

Aber er würde sie retten.

»Schwester Alberta«, rief er ihr zu, als sie rasch die Straße überquerte.

Sie drehte sich überrascht um, auf frischer Tat ertappt.

»Schwester«, rief Leone aus, »wie schön, Euch zu sehen.«

Schwester Alberta war verlegen. »Ich habe einen Fehler gemacht«, wisperte sie. Dann bekreuzigte sie sich.

Aber Leone packte ihre Hand, bevor sie ihr Kreuz zu Ende schlagen konnte. »Nein, habt Ihr nicht«, beruhigte er sie. »Ein Fehler wäre gewesen, zu tun, was Ihr gerade eben vorhattet.«

Schwester Alberta senkte den Blick. »Ich wollte nicht …«, stammelte sie. »Ich bin … eine Hexe …«

»Ein Engel«, unterbrache Leone sie. »Ein Engel seid Ihr.«

Überrascht hob Schwester Alberta den Blick.

Leone lachte. »Ihr seid wunderbar«, meinte er.

Schwester Albertas Wangen färbten sich rot.

»Ich werde euch alles erklären. Aber nicht hier.« Leone hakte sich bei ihr unter.

Sie sträubte sich kurz.

Aber Leone wusste nur zu genau, dass sie noch zu schwach war, um sich zu widersetzen, und lächelte ihr aufmunternd zu. »Macht Euch keine Sorgen. Jetzt bin ich ja da.«

»Ihr … seid da?« Schwester Alberta runzelte die Stirn. »Was meint Ihr damit? Wofür seid Ihr da?«

»Um mich um Euch zu kümmern.«

Leone konnte förmlich spüren, wie seine Worte in das Herz dieser einsamen Seele drangen.

Schwester Alberta blickte ihn unsicher an.

*Sie ist wirklich unglaublich hässlich*, dachte Leone. Ihr plumper

Mund stand fragend offen, und die Augen glotzten wie ein Tier in Schockstarre. Ihre Gesichtszüge waren stumpf, aber die stille Freude über seine Worte waren ihr noch anzusehen.

»Jetzt bin ich ja da«, wiederholte Leone. »Um mich um Euch zu kümmern.«

Schwester Alberta konnte nichts sagen. Sie starrte Bruder Leone an. Noch nie zuvor hatte ihr jemand so etwas gesagt. Etwas, worauf sie schon ihr Leben lang wartete. Wärme breitete sich in ihr aus.

»Kommt«, ermunterte Leone sie. »Suchen wir uns ein ruhiges Plätzchen, und ich werde Euch alles erklären.« Sie erreichten die Böschung am Tiberufer, und er deutete auf eine dunkle Ecke unter der Brücke. »Dort.«

»Was wollt Ihr?«, brachte Alberta hervor.

»Mich um Euch kümmern. Euch anleiten. Führen.«

Die Schwester folgte ihm zahm wie ein Lamm. Aber auf der Hälfte der Uferböschung blieb sie stehen. »Ich bin Jungfrau«, erklärte sie heiser. Aber das, was ihrer Ansicht nach mit ›Ich kümmere mich um Euch‹ gemeint war, würde sie ihm nicht verweigern.

Eine Welle von Zärtlichkeit schlug in Leone hoch. Sie bot sich ihm an. Von jetzt auf gleich. Ohne dass er danach gefragt hatte.

Schwester Alberta kletterte die Böschung hinunter. Ihre Wangen waren nun feuerrot vor Scham, vor Verlangen. Von dem Traum, eine Frau mit einem richtigen Leben zu sein.

Als sie unter der Brücke ankamen, blieb sie stehen, die Arme leicht geöffnet, wie eine Märtyrerin.

»Setzt Euch.« Leone deutete auf den Sockel einer Brückensäule.

Alberta gehorchte.

Leone setzte sich neben sie. Er nahm ihre Hand.

Die Schwester bebte.

»Ich weiß, was Ihr eben gedacht habt«, sagte er verständnisvoll. »Aber das wird nicht geschehen.«

Auf Schwester Albertas Gesicht breiteten sich Scham und Enttäuschung aus.

Leone bemerkte es. »Aber nicht, weil Ihr mir nicht vom Schicksal als rettender Engel gesandt worden wärt.« Er drückte ihre Hand. »Oder Ihr nicht begehrenswert wärt. Nicht die schönste Frau wärt, die ich je zu Gesicht bekommen hätte.«

Schwester Alberta wusste nicht, was sie glauben sollte. Das waren zu viele wunderbare Worte auf einmal. Aber es war auch eine Ablehnung.

»Es wird nicht geschehen … noch nicht, meine ich. Ihr seid noch nicht bereit«, fuhr Leone fort. »Wollt Ihr, dass ich Euch leite, Euch zeige, wer Ihr wirklich seid?«

Schwester Alberta nickte.

»Gut«, meinte Leone. »Ihr wisst, dass in jedem Menschen Gut und Böse stecken?«

Wieder nickte Schwester Alberta, sie konnte sich dem eindringlichen Blick dieses Mannes einfach nicht entziehen.

»Ich habe Euch vorhin beobachtet. Habe Euren inneren Kampf gesehen. Gesiegt hat, was man Euch im Katechismus beibrachte, dann im Seminar und überhaupt in der guten Gesellschaft.«

»Ja«, antwortete Schwester Alberta. »Ich habe verstanden, was gut und was böse ist.«

Leone sah sie zärtlich an. »Nein«, entgegnete er. »Ihr habt auf das gehört, was man Euch eingetrichtert hat. Ihr habt die Wahl für etwas getroffen, das andere für ›gut‹ halten, nicht Ihr … Und abgelehnt habt Ihr das, was andere für ›böse‹ halten. Aber darum geht es nicht.«

»Das verstehe ich nicht.«

»Wir müssen akzeptieren, was in uns die Oberhand hat: Gut oder Böse.« Wieder drückte er ihre Hand. »Seid Ihr bereit für die Lösung?«

Am liebsten hätte Schwester Alberta die Zeit angehalten. Innerhalb weniger Minuten hatte sie die schönsten Dinge gehört, die sie sich jemals hatte vorstellen können. Sie war fast glücklich. Das erste Mal in ihrem Leben. »Ich bin bereit …«, flüsterte sie.

»Als Ihr Euch entschlossen habt, mir bei der Suche nach Nella Beltrame zu helfen, wie habt Ihr Euch da gefühlt?«, fragte Leone.

»Jetzt …«

»Nein!«, rief Leone. »Nicht jetzt. Als Ihr den Entschluss gefasst habt.« Er sah sie an. »Antwortet ehrlich, wenn Ihr wirklich die Lösung wissen wollt.«

Schwester Alberta blickte zu Boden. »Es war ein gutes Gefühl.«

»Warum? Ihr braucht Euch nicht zu schämen.«

»Weil Mamma Lucia die ganze Zeit immer nur darüber redete, wie wunderbar sie doch sei, in ihrem ganzen Leben aber kein einziges nettes Wort für mich übrighatte«, begann Schwester Alberta stockend. Aber je länger sie redete, umso mehr sprudelten die Worte aus ihr, färbten sich mit Groll, Neid und Enttäuschung. »Denn sie … war so nett, auch zu mir … Sie war nett, obwohl sie mich doch gar nicht sah … denn für sie und die anderen war ich doch unsichtbar … Ich habe sie gehasst. Und wollte … ich wollte sie bestrafen.« Atemlos schwieg sie schließlich. Erschrocken über den Hass, der aus ihr quoll. Sie blickte Bruder Leone an. »Ihr findet mich widerlich, nicht wahr?«

Leone lächelte. »Ganz im Gegenteil. Ich finde euch so noch viel schöner.« Wieder drückte er ihre Hand. »Seid Ihr in diesem Moment glücklich gewesen?«

»Ja«, gab die Schwester zu.

Leones Gesicht hellte sich auf. »Und eben, als Ihr sie warnen wolltet«, er hob ihr Kinn, sodass sich ihre Blicke trafen, »seid Ihr da glücklich gewesen?«

Albertas Augen füllten sich mit Tränen. Sie schüttelte den Kopf. »Nein«, erwiderte sie mit gebrochener Stimme. »Aber es war richtig …«

»Nein. Es war falsch«, urteilte Leone. »Gut und Böse gibt es nicht.« Er packte sie an den Schultern »Euer Gutes besteht in etwas, das gesellschaftlich geächtet ist. Na und?« Er musterte sie. »Aber es ist euer wahres Gesicht.« Er ließ seine Worte wirken, ließ sie tief in Schwester Albertas Seele dringen. »Und mein Gesicht ist genauso.«

»Ihr …?«

»Ja, ich«, bestätigte Leone mit einem Nicken. »Aber ich bin schon weiter gegangen als Ihr. Ich habe die Grenze überschritten. Ich bin da, wo das vollkommene Glück herrscht. Dort hat meine schwarze Seele auf mich gewartet.« Er sah sie an, die Augen in seinem Taumel geweitet. »Dorthin werde ich Euch führen. In das Reich des Bösen.«

Plötzlich schrak Schwester Alberta zurück. Sie sah den Irrsinn in seinen Augen und begriff schlagartig seine Tücke. Die Worte, die sie immer hatte hören wollen, zerbarsten. Sie sah sich selbst dort sitzen, bereit, ihren Körper von diesem Priester beschmutzen zu lassen. »Wer seid Ihr?«, flüsterte sie. »Seid Ihr Satan?« Sie sprang auf.

Leone sprang ebenfalls auf und hielt sie fest. »Gib deiner wahren Natur nach!«, rief er wie von Sinnen.

»Lasst mich!«, kreischte Schwester Alberta entsetzt.

»Hör mich an!«

»Gott vergib mir!«, rief die Schwester.

»Gott hat dich so gemacht. Nimm es hin!«

»Lasst mich! Ihr widert mich an!«

»Halt den Mund!«

»Ihr seid ein Dämon!«

»Bitte, sei still!«

Schwester Alberta wand sich aus seinem Griff.

Und plötzlich wurde Leone zurückkatapultiert, zurück zum Beginn seiner Wandlung. »Halt den Mund!«

Schwester Alberta weinte jetzt haltlos.

Aber Leone sah nicht mehr sie. Er hörte sie auch nicht mehr. Vor ihm stand seine Frau. »Ich warne dich, Luigia, sei still!«, stieß er hervor, rot im Gesicht und mit geballten Fäusten. »Ich befehle dir, zu schweigen!«

»Lasst mich!«

»Sei still!«, schrie Leone und packte sie am Hals. Dann drückte er mit aller Kraft zu.

»Satan«, ächzte Schwester Alberta.

Dann sackte sie zusammen.

Und erst da kehrte Leone in die Gegenwart zurück, unter die Engelsbrücke. Er sah seine Hände und Schwester Alberta, die am Boden lag. Sah die Leiche dieser hässlichen, unschuldigen Nonne.

Mit Tränen in den Augen sank er auf die Knie.

Und begriff, was aus ihm geworden war.

Er übergab sich heftig. Dann nahm er Schwester Albertas reglosen Körper, schleifte ihn an eine geschützte Stelle und zog sie auf einen Pfeilersockel. Er setzte sich neben sie und zog sie an sich, bedeckte ein Bein, das aus ihrem Gewand hervorsah, umarmte sie. Legte ihren Kopf an seine Brust und wiegte sie hin und her. Wie ein Kind.

So verharrte er, während sich das Entsetzen über das, was er geworden war, in ihm ausbreitete, langsam in seinen Körper und seine Seele sickerte.

Alles, was er je über sich zu wissen geglaubt hatte, fiel in sich zusammen. Stattdessen war nun seine wahre Gestalt aus dem Schatten getreten und mit ihr die unerträgliche Gewissheit, ein Monster zu sein.

Der Morgen verging, und der Nachmittag kam. Und Leone hörte nicht auf, den toten Körper in seinen Armen zu wiegen. Aber mit der Zeit setzte die Starre ein. Er versuchte, Schwester Albertas Kopf zu heben, aber es gelang ihm nicht. Versuchte, einen Arm zu bewegen, aber es gelang ihm nicht. Und auch ihre Beine konnte er nicht bewegen. Sie war steif wie eine Statue.

Und trotz der herrschenden Hitze war sie eiskalt.

Schließlich dämmerte es, der Abend kam und dann die Nacht.

Leone wand sich aus Schwester Albertas steifer Umarmung und brachte sie zum Flussufer. Er kniete sich neben sie und küsste sie auf den Mund. Ihre Lippen waren kalt und hart.

Schließlich stieß er sie ins Wasser und sah zu, wie die Strömung sie mitriss und ihren Körper verschlang.

Leone wusste jetzt, wer er war.

»Lebwohl«, raunte er.

# 47

*Anfang September 1870*

*Kirchenstaat – Rom*

Albanese zeigte Pietro den Artikel im ›Osservatore Romano‹, in dem von Notar Landolfi als möglichem Opfer der Terroristen berichtet wurde, die vom Sonderermittlungstrupp unter Leitung Henri Beras' gesucht wurden.

»*Die Schlinge zieht sich zu*«, titelte die Zeitung.

Und an diesem Morgen lachte Albanese nicht über die Journalisten. »Entweder weiß er tatsächlich, was er da tut, oder dieser Scheißleutnant hat ziemliches Glück.« Er war außer sich vor Wut.

Sie saßen in der Schmiede in der Via Margutta. Ghiozzetto ließ den Kopf hängen, eine geplatzte Lippe und die gebrochene Nase zeugten davon, dass Albanese seine Wut an ihm ausgelassen hatte. Der Gärtner hätte nicht da sein dürfen. War er aber. Und deswegen hatten sie schießen müssen. Von da an hätten sie auch gleich in die Welt hinausschreien können, dass sie in der Villa ihr Unwesen trieben.

Aber die Beute war saftig. Im Tresor waren so viele Goldstücke wie in einem Banksafe gewesen. Und sie hatten einen Großteil davon mitnehmen können.

Ghiozzetto hatte kein einziges bekommen. Neben der Prügel, die er bezogen hatte, war das die Strafe für seinen Fehler.

»Jetzt halten wir mal ein bisschen die Füße still«, verkündete Albanese. »Und wenn ich erfahre, dass einer von euch auch nur eine dieser Goldmünzen ausgibt oder jemandem zeigt, und wenn auch nur 'ner Hure, dann wisst ihr, was euch blüht«, drohte er. »Hier sind wir nicht mehr sicher. Ich lass euch wissen, wo wir uns treffen.« Er wandte sich an den Schmied: »Incudine, tu so, als würdest du arbeiten. Man kann nie wissen, ob die Franzosen beim Vorbeikommen nicht einen Blick hineinwerfen.« Er legte Pietro eine Hand auf die Schulter. »Lass uns abhauen, Campione.«

Pietro folgte ihm. »Ich mache noch ein paar Fotos«, sagte er, als sie die Via Margutta mit ihren Schweinen hinter sich gelassen hatten.

»Fotografierst du wieder Dreck?«, spottete Albanese.

»Genau. Die Wirklichkeit fotografier ich«, erwiderte Pietro.

»*Ciao*, Träumer.« Der Gauner zwinkerte ihm zu, gab ihm einen Klaps auf die Wange, der eher einer Ohrfeige glich, und trottete davon.

Pietro ging in die entgegengesetzte Richtung. Er hatte nicht vor zu fotografieren, er wollte nur nicht mit Albanese zusammen sein. Dieser Dreckskerl brachte ihn durcheinander. Er hasste ihn aus tiefstem Herzen. Aber eben nicht immer. Und das zu akzeptieren fiel ihm schwer.

Aber es gab noch etwas, das ihn tief erschütterte. Er wurde das Bild des Gärtners nicht los, der geflohen und, von Ferros Schuss getroffen, mit ausgebreiteten Armen auf den Kiesweg gestürzt war. Pietro war sicher gewesen, dass ihm bei seiner Flucht aus der Villa das gleiche Schicksal blühen würde. Aber ihm war nichts passiert, er war heil davongekommen. *Ich bin eben sehr schnell*, sagte er sich immer wieder. Als müsste er selbst sich davon überzeugen. Aber er wusste, dass niemand schneller laufen kann als eine Kugel.

Schon das zweite Mal hatte er sein Leben riskiert. Das erste Mal hatte Albanese ihn gerettet. Und dieses Mal ...

*Weil ich eben so schnell bin*, wiederholte er eigensinnig, denn er wollte nicht wahrhaben, was offensichtlich war.

Und beim dritten Mal? Würde er sterben? Wahrscheinlich. Er

spielte mit dem Tod. Und das bedeutete, dass er nicht an seinem Leben hing. Als die Contessa ihn adoptierte hatte und später, als sie in Rom angekommen waren, war er im Himmel gewesen. Jetzt war das Leben nicht mehr als ein Haufen Dreck.

Wie der Dreck, den er fotografierte und Wirklichkeit nannte.

Es war, als wäre er selbst auf all diesen Fotos abgebildet.

Er war einer dieser Menschen geworden, die keine Hoffnung haben.

Und er allein hatte sein Urteil gefällt.

Ziellos schleppte er sich durch die Stadt. Irgendwann bemerkte er, dass er in der Nähe der Via di Panìco war. Nicht weit von seinem früheren Zuhause.

Er kam sich vor wie ein sentimentaler Dummkopf. Rasch wollte er kehrtmachen und aus dieser Gegend verschwinden, da packte ihn eine kräftige Hand.

Leutnant Henri Beras hielt ihn am Arm fest. Er schwieg, aber der Blick aus seinen blauen Augen war schneidend.

Pietro wollte sein Messer hervorholen, aber mit dem geschulterten Fotoapparat war er zu langsam.

Sie starrten sich an.

»Ich weiß auch nicht, warum ich dich nicht festnehme«, stellte Henri schließlich fest.

Pietro stieß nur ein Knurren hervor. »Aber ich.«

Henri verstärkte den Griff und schüttelte Pietros Arm. »Deine Mutter ist verzweifelt«, brauste er auf. »Der Kummer wird sie noch umbringen.«

Pietro lächelte boshaft. »Wie komisch. Ich dachte, sie hätte schon jemanden gefunden, der sie tröstet.«

Ohne nachzudenken, gab Henri ihm eine schallende Ohrfeige. »Du schuldest ihr Respekt! Deine Mutter denkt an nichts anderes mehr.« Dann ließ er den Arm los und stieß Pietro gegen die Brust. »Sei ein Mann!«

Der Stoß hatte Pietro einen Schritt zurückweichen lassen,

den er jetzt wieder nach vorn trat. »Ich *bin* schon längst einer!«, zischte er.

»Nein«, entgegnete Henri leise und verächtlich. »Du bist ein Feigling. Nichts weiter.« Er ließ seinen Blick noch einmal über ihn gleiten, dann wandte er sich ab und ging davon.

Pietro rührte sich nicht. Zitternd stand er da. Verletzt. Gedemütigt.

Abermals hatte dieser Mann ihn verschont.

Doch die Wut, die ihn verzehrte, ließ keine Dankbarkeit zu.

Er machte sich auf den Weg zu Albaneses Laden, hielt dann aber inne. Konnte die Wut ihm auch die Ohren verschließen? War er so von ihr besessen, dass nicht zu ihm vordrang, was der Leutnant soeben gesagt hatte?

›Deine Mutter ist verzweifelt. Der Kummer wird sie noch umbringen.‹

*Deine Mutter,* hallte es in Pietros Kopf.

›Deine Mutter denkt an nichts anderes mehr!‹

*Deine Mutter*, dachte er noch einmal.

Er spürte plötzlich einen Kloß im Hals, spürte, wie er schwach wurde. Wie es ihm schwerer fiel, an seiner Wut festzuhalten.

Vielleicht hatte er das auch gar nicht nötig.

›Sei ein Mann!‹

Ein anderer Mann als der, von dem Albanese sprach.

Die Via Panìco lag gleich hinter ihm. Nah und fern zugleich. Und je größer der Kloß in seinem Hals wurde, desto geringer wurde die Wut.

Er tat einen Schritt. Mühevoll und langsam. Dann einen zweiten. Etwas weniger mühevoll. Und plötzlich rannte er los.

»Contessa!«, schrie er und hämmerte gegen die Tür des Souterrains. »Contessa, mach auf!«

Nella riss die Tür auf. Ihre Augen waren gerötet, aber jetzt breitete sich ein Leuchten darin aus. »Pietro!«, rief sie und gab sich hemmungslos ihrer Freude und Erleichterung hin. »Pietro!«

Sie umarmte ihn. »Mein Sohn … mein Sohn … mein Sohn …«, wiederholte sie und drückte und küsste ihn weinend.

Auch Pietro weinte und wiederholte: »Contessa … Contessa.«

Tränen schwammen in Nellas Augen – die ersten Freudentränen, die sie seit langer Zeit weinte. Und plötzlich brach sie in lautes Lachen aus. Sie nahm sein Gesicht zwischen die Hände. »Ich mag, wenn du mich Contessa nennst«, rief sie und fing wieder an zu weinen.

»Du weißt, was Contessa für mich heißt, oder?«

»Ja …«

»Und es ärgert dich nicht, wenn ich dich so nenne?«

»Aber nein …«

»Es bedeutet …«

»Es ärgert mich nicht«, unterbrach Nella ihn, »aber das heißt nicht, dass ich friedlich bleibe, du kennst mich doch.« Sie lachte.

Pietro kam es vor, als könnte er das erste Mal seit langem wieder richtig atmen. »Contessa heißt für mich … Contessa.« Auch er lachte jetzt.

»Komm rein, die Leute gucken schon.« Nella zog ihn rasch in die Wohnung. Und als hätte sie Angst, ihn wieder zu verlieren, ließ sie ihn drinnen nicht einen Augenblick los. Sie sah ihn an und strich ihm über die Strähne, die sie so sehr liebte. »Du bist wieder da«, stellte sie ungläubig fest.

Pietro senkte den Blick.

»Was hast du?«, fragte die Contessa vorsichtig.

»Ich …« Pietro sah sie an. »Ich kann nicht bleiben.«

Nellas Herz schnürte sich zusammen. »Dann stimmt es also«, seufzte sie.

»Was denn?«

»Henri … Leutnant Beras … hat mir alles erzählt.« Sie packte ihn an den Schultern. »Sag mir, dass es nicht stimmt. Bitte, sag mir, dass es nicht stimmt.«

Pietro wich ihrem Blick aus.

»Warum tust du mir das an?«, stieß Nella hervor. »Wie kannst du nur?«

»Das verstehst du nicht …«

»Ausgerechnet mit diesem Mann.« Nella sprach jetzt lauter. »Erklär es mir wenigstens. Wie kannst du mir das antun?«

Pietro sah sie schweigend an. Sah, wie Kälte und Wut in ihren Blick zurückkehrten.

»Sag mir, dass es nicht wahr ist!«, schrie Nella.

Pietro spürte, wie alle Kraft von ihm wich. »Ich wollte dir helfen. Aber du hast mir nie vertraut«, flüsterte er niedergeschlagen.

Nella sah den Schmerz in seinem Blick und hielt inne. Er hatte es für sie getan! Und plötzlich erinnerte sie sich daran, was Mamma Lucia gesagt hatte. ›Hast du ihm gesagt, dass du ihm alle Unterstützung geben wirst, die er braucht? Was auch immer er tut?‹

Sie drückte Pietro an sich. »Entschuldige«, flüsterte sie und fuhr ihm durch die Haare.

Doch Pietro wandte sich ab.

»Nein!« Nella nahm seine Hand. »Nein«, wiederholte sie. Sie atmete tief durch, dann war sie bereit. »Sieh mich an«, sagte sie ruhig und wartete, dass Pietros Blick auf ihren traf. »Ich bin da. Und ich werde immer da sein. Sag mir einfach, was ich tun kann.«

Pietro hielt ihrem Blick stand, sah die Aufrichtigkeit darin. »Vertrau mir«, sagte er schlicht.

»Ich vertraue dir«, erklärte sie so feierlich, als würde sie einen Schwur ablegen.

Und Pietro lächelte.

»Komm zurück nach Hause«, fügte Nella sanft hinzu.

»Ich werde zurückkommen«, erwiderte Pietro. Er drückte ihre Hand, dann trat er zur Tür.

»Ich habe verstanden, was du mit deinen Fotos sagen willst«, bemerkte Nella noch schnell.

Pietro wandte sich überrascht um. »Findest du sie jetzt schön?«, brachte er hervor und fürchtete sich im selben Moment vor der Antwort.

»Ja, sehr sogar«, gab Nella aufrichtig zurück.

In Pietros Brust wurde es warm. Schnell lief er zu ihr und küsste sie auf die Wange. Und er musste noch etwas loswerden. »Dein Leutnant hat mir geholfen, herzukommen.« Er lächelte. »Ein guter Mann.« Und damit ging er. Erleichtert.

Das Leben war gar kein Haufen Dreck.

Es gab immer eine Wahl.

Mit leichtem Herzen erreichte er Albaneses Laden.

»Und? Hast du Fotos gemacht?«

»Ich hab etwas viel Besseres gemacht«, freute sich Pietro. Er legte den Fotoapparat ab und sagte: »Ich hab noch was vor. Wir sehen uns heute Abend.«

»Was ist los mit dir?«

Pietro lächelte nur stumm vor sich hin.

»Aha, die Möse!«, sagte Albanese mit einem wohlwollenden Grinsen. »Na, geh schon, meinen Segen hast du!«

Eilig lief Pietro zum Zirkus.

»Wo ist Marta?«, fragte er Melo.

»*Ciao* Melo, wie geht's dir? Gut, danke, mein Junge. Und dir? Mir auch«, gab der Alte zurück.

»Wo ist Marta?«, wiederholte Pietro. »Bitte!«

Melo lächelte. Die Augen des Jungen leuchteten wieder. Vielleicht hatte er ja zurück auf den rechten Weg gefunden. »Wo soll sie schon sein? Sie heckt bei den Lupi die Revolution aus.«

»Danke!«, rief Pietro und rannte los.

Als Pietro die Osteria erreichte, stand Marta mit Ludovico davor.

»Ich weiß, dass du mich noch nicht liebst«, sagte Ludovico gerade, »aber das ist nicht so wichtig, denn wir haben dieselben Ideale, dieselben Träume, und ich werde dich immer beschützen. Mit der Zeit wirst du mich lieben lernen und …« Er brach ab, weil er merkte, dass Marta ihm gar nicht mehr zuhörte. Stattdessen folgte er ihrem Blick. Und jetzt sah auch er Pietro von der anderen Seite der Piazza herannahen.

»Tut mir leid«, murmelte Marta. Sie hätte gerne mit ihm geredet, ihm alles erklärt. Und doch hatte sie jetzt nur noch Augen für Pietro. Sie versuchte, langsam auf ihn zuzugehen, aber das war unmöglich. Schon im nächsten Moment warf sie sich in seine Arme und küsste ihn leidenschaftlich. Ihre Lippen brannten lichterloh.

»Entschuldige …«, wisperte sie.

»Nein, du musst entschuldigen«, gab Pietro zurück. Das Herz schlug ihm bis zum Hals. Er fühlte sich, als würde er von den Toten auferstehen, und begann, laut zu lachen.

Auch Marta lachte. Das Leben konnte so schön sein.

In diesem Moment ertönten laute Trommelwirbel. Durch die Nebenstraße marschierte ein Bataillon französischer Soldaten. Infanterie, Kavallerie und Artillerie.

»Was ist denn da los?«, wunderte sich Pietro.

»Weißt du es etwa noch nicht?«, rief Marta. »Die Franzosen ziehen ab. Sie lassen den Papst allein!« Sie lächelte. »Bald ist Rom frei!«

Pietro betrachtete sie ernst.

»Was hast du?«, wollte Marta wissen.

*Es bleibt keine Zeit mehr*, dachte Pietro.

»Was hast du?«, widerholte Marta.

»Ich weiß, dass ich nie auf deine Fragen antworte«, sagte Pietro und nahm ihre Hand.

»Aber …?«

»Ihr müsst noch ein wenig Geduld haben.«

»Ihr?«

»Du und meine Mutter.«

»Hast du sie getroffen?«

»Ja.«

»Wie schön!« Marta war zutiefst erfreut.

»Ich werde dir alles erklären.«

»Wann?«

Pietro lächelte. »Bald.«

»Und dann erklärst du mir wirklich alles?«

»Du musst mir vertrauen.«

»Das bedeutet aber auch, dass du jetzt wieder verschwindest, oder?«

»Ja. Aber ich komme bald wieder.«

»Dann lass mir noch einen Kuss da.« Und Marta drückte ihre Lippen auf seine und zog ihn fest an sich.

»Vertrau mir«, flüsterte Pietro, dann rannte er los.

Marta sah ihm hinterher. »Ich liebe dich, du Dreckskerl«, wisperte sie, ein Lächeln auf den brennenden Lippen.

## 48

*Anfang September 1870*

*Kirchenstaat – Rom*

»Pietro war bei mir«, platzte Marta auf der Schwelle zum Souterrain heraus.

Nella strahlte. »Bei mir auch. Und bald kommt er zurück, das hat er jedenfalls gesagt.«

»Das hat er mir auch gesagt«, rief Marta. Doch etwas bereitete ihr Sorge. »Glaubt Ihr, dass er etwas … Gefährliches vorhat?«

»Ja«, erwiderte Nella, und ihr war anzusehen, wie sehr sie das schmerzte. »Er ist Mitglied einer Bande. Mit einem Anführer, der berüchtigt ist für seine Grausamkeit.«

»Für seine Grausamkeit?«

»Ja. Es ist der, der mich so schlimm zugerichtet hat«, antwortete Nella ehrlich.

»Was?« Marta war entsetzt.

»Ja …«

»Aber warum macht Pietro das?«

Nella seufzte. »Er hat gesagt, er wollte mir helfen. Aber er hat mich gebeten, ihm zu vertrauen«, erklärte sie schließlich.

»Mich auch.« Marta blickte zu Boden.

»Und was hast du gesagt?«

Marta hob den Blick. »Dass ich ihm vertraue.«

»Ich auch.« Nella lächelte.

Schweigend verharrten sie an der Türschwelle. Es war für beide nicht leicht, zu tun, worum Pietro sie gebeten hatte: warten.

»Ich hoffe so sehr, dass ihm nichts passiert«, murmelte Marta.

»Ich auch.« Nella versuchte ein Lächeln. »Pietro überrascht mich immer wieder.«

Marta ging es genauso. Deshalb liebte sie ihn. Er war anders als alle Menschen, die sie kannte.

Sie schwiegen erneut, bis Nella schließlich meinte: »Dann mache ich mich wohl mal wieder an die Arbeit.«

Marta nickte.

»Also dann, ciao.«

Sie blickten sich an. Keine von beiden wollte allein bleiben. Aber sie wollten sich auch nicht gemeinsam in ihre Angst hineinsteigern.

»Geh jetzt«, bat Nella.

»Ja.« Marta nickte, rührte sich aber nicht von der Stelle.

Auch Nella nickte und schwieg.

Und plötzlich fielen sie sich in die Arme. Gleichzeitig und wie von selbst. Drückten sich fest aneinander.

Und dann endlich brach Marta auf.

Auf dem Weg zum Zirkus ließ sie sich durch die Gassen treiben. Die französischen Truppen hinterließen eine Spur von Unrat und Müll, die sich in den ohnehin schon verdreckten Straßen auftürmten und unerträglichen Gestank verbreiteten. Hier und da waren sogar Wildschweine gesichtet worden, die im Müll wühlten. Krähen und Möwen lieferten sich spektakuläre Luftkämpfe, welche die Kinder mit offenen Mündern bestaunten. Marta war überwältigt von dieser Stadt, von ihrer Herrlichkeit und dem gleichzeitigen Elend. Allmählich ging ihr auf, dass für die Römer beides unauslöschlich miteinander verbunden war, dass nur beides miteinander dieses wunderbare und abstoßende Bild abgab, dass das eine ohne das andere nicht vorstellbar war.

Wieder fiel ihr auf, wie angespannt die Truppen auf den Straßen waren. Das verstand sie gut, sie waren ja jetzt allein, wussten, dass ihre Tage gezählt waren. *Selber schuld*, dachte sie. *Sie stehen eben auf der falschen Seite.*

Trödelnd erreichte sie schließlich den Zirkus. Sie war in Sorge um Pietro, und es wollte ihr nicht gelingen, an etwas anderes zu denken.

»Er ist wieder aufgetaucht«, verkündete sie Melo, der gerade Mist schaufelte.

Der Pferdemeister setzte sein Tun fort, er hob nicht einmal den Kopf. »Ja, ich weiß. War auch hier und hat dich gesucht«, meinte er nur mürrisch.

Marta war ein wenig gekränkt darüber, dass Melo das offenbar unwichtig fand. Ohne ein weiteres Wort lief sie zu Armandinas Wagen.

»Er ist wieder aufgetaucht«, rief sie.

»Ja, ich weiß«, sagte La Bella lächelnd, ohne den Blick von dem Topf zu heben, in dem das Gemüse für den Abend köchelte. »Hat Melo mir schon erzählt.«

»Ihr wisst alle Bescheid?«, brach es aus Marta hervor. »Steckt ihr eigentlich alle eure Nasen in meine Angelegenheiten?«

Armandina zeigte lachend mit dem Kochlöffel auf sie. »Du hast es mir doch gerade selbst erzählt.«

»Aber du hättest wenigstens so tun können, als hättest du es nicht gewusst«, schmollte Marta.

Armandina grinste. »Wenn du dich jetzt bei Melo beschweren gehst, dass er deine Angelegenheiten herumerzählt, dann sag ihm doch bitte, dass er mir bald das Rinderviertel zurückbringen soll, das er sich ausgeliehen hat.«

»Ich habe euch beiden überhaupt nichts mehr zu sagen, dem alten Griesgram nicht und auch dir nicht, du Schnüfflerin.« Damit stapfte sie davon, Armandinas Lachen im Rücken.

Kurz darauf war sie wieder bei Melo. »Warum erzählst du eigentlich jedem im Zirkus von meinen Angelegenheiten?«, fuhr sie ihn an.

Der Alte saß da mit seiner Zigarre. »Jetzt hör schon auf«, gab er lakonisch zurück.

»Nein!«, regte sich Marta auf. »Ich will wissen, warum.«

»Weil ich mich für dich freue«, erwiderte Melo.

Marta zuckte zusammen. Dem hatte sie nichts entgegenzusetzen.

Melo machte die Zigarre aus und erhob sich. »Komm«, forderte er sie auf.

»Wohin denn?«, schmollte Marta.

»Da hinten hin, aufs Feld.«

»Warum?«

»Jetzt hör auf, dich querzustellen«, brummte Melo. Er holte ein Gewehr aus seinem Wagen und reichte es ihr. »Das gehört dir. Du hast es den Franzosen geklaut, es steht dir zu.«

Marta schreckte zurück. »Was soll ich … damit?« Neben dem Lauf war ein Schwertbajonett angebracht.

»Jetzt nimm es schon, verdammt noch mal!«, forderte Melo sie auf und drückte ihr das Gewehr in die Hand. »Und halt mal für zwei Sekunden den Mund.« Er nahm einen Patronengurt und marschierte los. »Jetzt komm schon! Was stehst du denn da wie angewurzelt?«, rief er, ohne sich umzudrehen.

Marta lief ihm nach aufs Feld.

Sie blieben vor zwei zusammengenagelten Holzbrettern stehen, die an der Rückseite von zwei Staffeleistangen gestützt wurden. Etwas Grässliches stand dagegengelehnt, es sah aus wie eine Vogelscheuche, aber viel furchteinflößender. Und anstelle eines Strohkopfs trug es oben etwas Unförmiges, Blutiges.

»Ein Rinderknie«, erklärte Melo.

Der Rest der Gestalt wurde von einem alten, steifen Laken verdeckt.

Melo hob das Laken an und brachte ein großes Stück rotes Fleisch mit Knochen zum Vorschein. »Das ist ein Rinderviertel.«

»Armandina hat … hat gesagt, dass du … es ihr wiederbringen sollst«, stammelte Marta.

Rote Flüssigkeit tropfte aus dem Rinderstück.

»Ist kein Blut«, erklärte Melo. »Das ist Rote-Beete-Saft, den habe ich reingespritzt.« Er zeigte auf das Gewehr. »Jetzt zeige ich dir, wie man so eins benutzt.«

»Was soll ich denn damit?«, wollte Marta wissen.

»Ich hoffe, nichts. Von ganzem Herzen«, erwiderte Melo und blickte sie ernst an. »Aber solltest du zu gegebener Zeit entscheiden, auf die Straße zu gehen, dann wäre ich sehr beruhigt, wenn du ein Gewehr bedienen könntest.«

»Und was hat der Rote-Beete-Saft damit zu tun?«

»Wenn du jemanden mit einer Kugel triffst, dann spritzt das Blut nach allen Seiten«, erklärte Melo.

Marta schloss die Augen und verzog angewidert das Gesicht.

»Mach die Augen auf!«, blaffte Melo. Und als Marta gehorchte, fuhr er fort: »Wenn dir schlecht wird oder du Angst hast, dann besser jetzt als auf dem Schlachtfeld.« Seine Stimme klang jetzt tief, fast traurig. »Ich habe schon zu viele junge Menschen sterben sehen, direkt nachdem sie das erste Mal einen Feind getötet hatten. Sie standen in Schockstarre da und fingen sich die erstbeste Kugel ein.«

»Aber ich …« Marta war durcheinander. »Ich will niemanden töten.«

»Wie schön!«, rief Melo. »Dann wirst du auch nicht kämpfen.« Er lächelte und nahm sie in den Arm. »Da bin ich aber froh! Danke, Marta!«

»Nein!«, fuhr Marta ihn an. »Ich habe nicht gesagt, dass ich nicht kämpfen will!«

»Aha«, meinte Melo. »Verstehe. Für dich heißt kämpfen also sterben.«

»Nein, aber …«

»Können wir anfangen, wenn du dich eingekriegt hast?«, unterbrach Melo sie ernst. »Willst du was lernen?«

»Ja …«

»Gott sei Dank!« Melo nahm ihr das Gewehr aus den Händen. »Also, das hier ist ein Chassepotgewehr, ein Hinterlader. Es ist eine Einzelladerwaffe mit Zylinderverschluss …«

»Ich verstehe überhaupt nichts.«

»Egal. Wichtig ist, dass du immer nur einen Schuss abgeben kannst und dass du weißt, wie man es lädt.« Melo drehte den Verschluss nach oben. »Du musst diesen Hebel nach oben bringen und zurückziehen, und zwar kräftig.« Er zeigte es ihr und öffnete so den Verschluss. Dann nahm er eine Patrone und zeigte sie Marta. »Sie ist aus Papier. Innen ist schwarzes Schießpulver, das Zündhütchen und das Geschoss. Sie kommt hier rein.« Er steckte sie in die Patronenkammer. »Dann drückst du den Verschluss nach vorn und drehst ihn nach unten, in seine Ausgangsposition. Jetzt ist die Waffe schussbereit. Und hier ist der Abzug.« Er legte das Gewehr an, zielte auf das Rinderviertel und schoss.

Das Projektil traf das Rinderviertel genau in der Mitte. Rote-Beete-Saft spritzte durch die Luft.

Erschreckt fuhr Marta zurück.

»Jetzt du.« Melo hängte ihr den Patronengurt um, drückte ihr das Chassepot in die Hand, trat ein Stück zurück und hob ein paar kleine Steine auf.

Marta zögerte.

*»Bumm!«*, schrie Melo und warf einen Stein nach ihr. »Tot«, rief er.

Marta drehte den Verschluss nach oben und zog ihn zurück.

»Ganz zurück! Und feste. Hab ich doch gesagt!«

Marta zog kräftig, die Kammer qualmte. Zitternd steckte sie eine neue Patrone hinein und drückte den Verschluss nach vorne, aber er blieb stecken. Hastig zog sie ihn wieder zurück und drückte noch einmal.

Ein weiterer Stein von Melo traf sie. »*Bumm*! Tot!«

Marta ließ den Verschluss einrasten und drehte ihn. Dann zielte sie und schoss. Das Gewehr fiel ihr sofort aus der Hand, denn sie hatte nicht mit dem Rückstoß gerechnet, und die Kugel ging am Ziel vorbei.

»*Bumm*! Tot!« Ein weiterer Stein traf sie. »Na los, schnell jetzt!«

Marta wiederholte den Vorgang, sicherer diesmal.

»Jetzt … erst jetzt hast du einen Moment Zeit«, rief Melo. »Peil das große Ziel an, den Rumpf.«

Marta zielte und schoss.

Die Kugel traf das Rinderknie, das den Kopf darstellte. Der Knochen splitterte.

»Du hast ihn getötet«, stellte Melo fest. »Reines Glück. Nochmal!«

Marta lud und zielte. Volltreffer. Saft spritzte.

»Nachladen, schnell!«

Marta gehorchte. Sie schoss wenigstens fünfzehn Mal und traf immer das Ziel. Sie wollte schon neu laden, als Melo sie stoppte.

»Du musst die Patronenkammer saubermachen. Nach fünfzehn, höchstens zwanzig Schuss sind zu viele Rückstände drin, und das Gewehr kann explodieren. Mach auf, dreh und mach sauber. Und zähl immer deine Schüsse.«

Marta fing wieder an. Fünfzehn Schuss, wieder traf sie jedes Mal das Ziel. Dann säuberte sie die Patronenkammer.

»Jetzt weiter weg.« Melo wies sie an, fünf Schritte zurückzugehen.

Marta lud und schoss. Volltreffer. Lud und schoss. Volltreffer. Und mit jedem Mal kam ihr die Explosion weniger laut und der Rückstoß weniger stark vor. Sie lud.

»Zähl die Schüsse!«

Martas Atem ging flach. Das Gewehr war schwer. Aber sie biss die Zähne zusammen und säuberte die Patronenkammer.

»Noch weiter weg!«

Marta ging weitere fünf Schritte zurück. Sie lud und schoss.

Volltreffer. Immer schneller. Immer sicherer. Und immer ein Volltreffer.

»Das reicht!«

Aber Marta hatte schon nachgeladen und geschossen.

Melo trat neben sie und legte eine Hand auf das Gewehr. »Das reicht«, sagte er leise. »Komm.« Er führte sie zum Laken, das mittlerweile dunkelrot gefärbt war, und hob es an. »Da.«

Rote-Beete-Saft tropfte aus dem vollkommen durchlöcherten Rinderviertel. Die Knochen waren zersplittert. Wo Schüsse eingedrungen waren, klaffte das Fleisch weit auseinander.

»Das passiert auch mit dir, wenn du eine Kugel mit mehr als zwanzig Gramm Blei abbekommst«, erklärte Melo.

Marta erblasste. Plötzlich war das alles kein Spiel mehr.

»Du schießt gut«, bemerkte Melo stolz. »Das tröstet mich.« Liebevoll verstrubbelte er ihr die Haare. Jetzt war er kein Capitano mehr, der einen Neuling anlernt. Jetzt waren sie wieder sie beide: Melo und Marta. »Viele glauben, dass Frauen nicht so gut zielen können wie Männer. Dabei können sie es oft viel besser.«

»Und … deine Marta? Konnte sie gut zielen?«

Melos Blick wurde wehmütig, er lächelte. »Sie traf immer.«

»Besser als du?«, fragte Marta.

»Viel besser«, erwiderte Melo ernst.

Marta wusste nicht, ob sie die nächste Frage stellen durfte, tat es dann aber: »Hat sie mal jemanden getötet?«

»Ja, im Kampf«, erwiderte Melo ohne zu zögern. »Aber sie hat jeden Einzelnen begraben. Und die, die nur verwundet waren, hat sie verarztet.«

Marta war gerührt von der Tiefe, die aus Melos Worten sprach. Er hatte sie nicht nur geliebt. Er hatte sie auch bewundert. »Warum spricht man von ihr nicht so viel wie von dir?«

»Weil sie eine Frau war.«

Das verstand Marta nicht. »Na und?«

Melo lächelte sarkastisch. »Glaubst du, diese Männer sind besser als andere, nur weil sie Revolutionäre sind? Vorurteile bleiben leider bestehen. Eine Frau ist weniger wert als ein Mann. Niemand wollte wahrhaben, dass Marta die bessere Kämpferin war. Und niemand hat einen Feind verarztet oder begraben, wie sie es tat. Sie wurde dafür sogar noch angefeindet.«

»Und sie?«, wollte Marta wissen.

»Ihr war das alles egal. Sie war frei«, murmelte Melo wehmütig. »Hier«, er klopfte Marta auf das Herz, »hier war sie frei. Und hier.« Und er tippte ihr an die Stirn.

Marta hing förmlich an seinen Lippen. »Warum hat sie das gemacht?«

»Weil es Menschen waren«, antwortete Melo. »Sie glaubte, dass alle Menschen gleich sind. Nur auf dem Schlachtfeld waren es Feinde, aber danach waren sie wieder alle gleich.«

»Glaubst du auch, dass alle Menschen gleich sind?«

»Aber sicher.«

»Warum?«

»Weil sie es mir beigebracht hat«, erwiderte Melo. Und in seiner Stimme lag mehr Liebe als je zuvor. »Sie brachte mir Nächstenliebe bei, Mitleid und Solidarität.«

»Wie ein Priester«, gluckste Marta, bereute die Worte aber sofort.

Doch Melo schmunzelte. »Genau. Aber ein *guter* Priester.«

»Und du? Hast du auch verarztet und …«

Melo nickte. »Ja, mit ihr zusammen.«

»Um bei ihr zu sein?«

»Nein«, entgegnete Melo. »Sie sagte, wenn ich es nicht tun würde, dann wären meine Ideale … leer. Dinge ohne Bedeutung.«

Marta riss die Augen auf. »Das hast du mir auch gesagt!«

»Genau«, erwiderte Melo.

Marta bewunderte diese Frau zutiefst. »Es ist schön, ihren Namen zu tragen«, meinte sie.

Melo gab ihr einen zärtlichen Klaps, dann schwiegen sie eine Weile.

Schließlich fragte Marta: »Wie geht es ihr?«

Melos Augen füllten sich mit Tränen. »Sie ist tot.«

Marta konnte es nicht glauben. Gerade war sie ihr noch so lebendig vorgekommen, als säße sie zwischen ihnen. »Warst du bei der Beerdigung?«

»Nein«, antwortete Melo betrübt. »Ich habe ihren Mann schon genug in Verlegenheit gebracht. Außerdem hätte sie es nicht gewollt.«

Marta sah ihn an. Er war Capitano Melo, hatte tausend Schlachten gekämpft. Aber diese hier war vermutlich die schlimmste von allen. Und er hatte sie verloren. »Geht es dir sehr schlecht?«

Melo sprang ohne ein Wort auf und lief zu der notdürftig zusammengebauten Vogelscheuche. Er warf sich das Rinderviertel über die Schulter, ohne sich um das Rote-Beete-Blut zu kümmern. »Ich muss Armandina das Fleisch bringen, sonst dreht sie mir den Hals um«, brummte er und machte sich auf in Richtung Zirkus. »Für heute haben wir genug getratscht.«

Marta folgte ihm. Sie bewunderte diesen alten Brummbär zutiefst. Er war aus demselben Holz geschnitzt wie Pietro, steckte genauso voller Überraschungen.

Als er stehen blieb, platzte sie heraus: »Pietro ist in einer kriminellen Bande, aber er hat seiner Mutter und mir gesagt, wir sollen ihm vertrauen.«

»Und was habe ich damit zu tun?«, murmelte der Alte, jetzt wieder ganz Brummbär.

Marta lächelte. Für heute war es offensichtlich genug. »Nichts.«

»Gut«, gab Melo zurück und legte das Rinderviertel neben das Feuer, das Armandina bereits geschürt hatte.

Als der Abend hereinbrach, setzten sich alle Zirkusleute zum

Essen an die große Tafel. Es wurde gelacht, gescherzt, gesungen und getrunken.

»Verdammte Scheiße!«, rief plötzlich Heinrich, der Artist aus Österreich. »Was ist denn das?« Er zog ein Stück Fleisch aus dem Mund. »Blei!«, rief er und warf ein dunkelgraues, verformtes Kügelchen auf den Boden.

»Was hast du da reingetan, Armandina?«, kam es jetzt von der anderen Tischseite. Andrej, der polnische Messerwerfer, holte ebenfalls ein dunkles Kügelchen aus seinem Mund.

»*Putain!*«, rief da auch die Schlangenfrau Françoise. »*C'est quoi cette merde?*« Und sie warf ein Bleikügelchen nach Armandina. »*Tu veux me tuer?*«, empörte sie sich mit geballter Faust.

»Ich habe so viel wie möglich rausgeholt, aber ich konnte schließlich nicht den ganzen Nachmittag damit verbringen«, verteidigte sich Armandina. »Jetzt geht mir nicht auf die Nerven!«

»Verflixt und zugenäht«, rief Vater Musumeci und spuckte ein weiteres Kügelchen in seinen Teller. »Wo kommt dieses Tier eigentlich her? Aus dem Krieg?«

Marta konnte ein Lächeln nicht verbergen. »Ganz genau«, murmelte sie, »aus dem Krieg.«

# 49

*10. September 1870*

*Kirchenstaat – Rom*

*Jetzt oder nie*, sagte er sich.

Siebenundzwanzig nach links … neun nach rechts … sieben nach links …

Jetzt oder nie.

Klick.

Die Tresortür sprang auf.

Schwitzend und mit pochendem Herzen nahm Pietro die Fotos heraus, auf denen Albanese seinen Opfern die Kehle durchtrennte.

Der Morgen dämmerte schon, bald würde Albanese eintreffen.

Als Pietro ihm die Ladentür öffnete, kündigte er sofort an: »Ich hab noch was zu tun«, und hastete die Straße hinunter, wobei er sich alle Mühe gab, nicht zu rennen.

»Wo willst du denn hin, Campione?«, rief ihm Albanese hinterher.

»Muss was erledigen«, rief Pietro mit erstickter Stimme zurück. Hastig lief er den Vicolo della Volpe hinunter und bog schließlich in die Via dei Coronari ein. Ihm saß die Angst im Nacken, Albanese könnte plötzlich hinter ihm auftauchen.

*Jetzt oder nie.*

Pietro hatte nicht gedacht, dass der Tag seiner Rache so schnell kommen würde. Ganz plötzlich war er da. Die Ringe in der Tasche und die Fotos im Hemd, rannte er die Straße entlang und erreichte schließlich außer Atem die Piazza di Pietra. Keuchend blieb er stehen und blickte zur Börse mit ihrer Fassade aus elf himmelhohen römischen Säulen.

Genau gegenüber lag sein Ziel. Langsam drehte er sich um.

Am Eingang der Gendarmerie kontrollierten zwei bewaffnete Soldaten die Ein- und Ausgehenden. Sie waren sichtlich angespannt und in Alarmbereitschaft. Mittlerweile war ganz Rom in Aufruhr.

Er tastete nach den Fotos in seinem Hemd.

Jetzt musste er bloß noch hineingehen, einem Polizisten diese haarsträubenden Bilder zeigen und das Versteck von Albanese preisgeben – dem Mörder, dem Terroristen, der in ganz Rom gesucht wurde.

Aber er zögerte.

Ihm kam der Gedanke, dass man ihn mit der Sache in Verbindung bringen würde – daran hatte er bislang noch gar nicht gedacht.

Er zog eine Münze aus der Tasche und sah sich um auf der Suche nach irgendeinem kleinen Jungen, der die Fotos für ihn hineinbringen sollte. Klein genug, dass man ihn nicht als Komplizen verdächtigte. Im schlimmsten Fall würden sie ihm zwei Ohrfeigen geben, damit er verriet, wer ihm die Bilder gegeben hatte. Und dann würde er einen beliebigen römischen Jungen beschreiben. Fertig.

So würde er es machen.

Er erblickte eine Gruppe Straßenjungen, die Passanten anbettelten. Doch wieder zögerte er.

*Komm schon, es ist ganz leicht*, versuchte er sich selbst Mut zuzusprechen. Jetzt war es so weit, er konnte die Contessa rächen, endlich. Die Zeit für seinen Sieg war gekommen.

Aber seine Beine bewegten sich nicht.

Er stellte sich vor, was passieren würde: Die Polizei würde Albanese verhaften. Doch dann fiel ihm siedend heiß ein, warum die Contessa ihn nicht hatte anzeigen wollen: ›Er hat die Gendarmen bestimmt bestochen. Sonst könnte er nicht schon so lange sein Unwesen treiben‹, hatte sie gesagt.

Wieder tastete er nach den Fotografien unter seinem Hemd. Ein unwiderlegbarer Beweis. Aber in den falschen Händen würden sie sofort verschwinden. Mehr als einen Ofen bräuchte es nicht, und alles, was übrig blieb, war Asche. Auch von seiner Rache.

*Einen Menschen jedoch gibt es, dem ich trauen kann*, dachte Pietro. Leutnant Beras, Leiter des Sonderermittlungstrupps von Kardinal Antonelli, wohnte in der Villa Medici, das hatte Pietro in einem der Artikel über die Morde gelesen.

Ein redlicher Mann. Und er liebte Nella.

Also lief Pietro die Via del Corso bis zur Via dei Condotti hinunter, überquerte dort die Piazza di Spagna und stieg die Spanische Treppe hinauf. Oben ließ er seinen Blick über die Stadt schweifen, die sein Zuhause geworden war. Von hier aus wirkte sie nicht so furchteinflößend wie in den Gassen, sondern einfach nur wunderbar.

*Und ohne Albanese wäre sie noch schöner.*

Am Eingang der großen Villa standen zwei bewaffnete französische Soldaten Wache. Mittlerweile war überall in Rom Alarmstufe ausgegeben.

Pietro atmete tief durch. Jetzt musste er nur nach Leutnant Beras fragen. Dann würde er sich endlich von seiner Last befreien können. Und dennoch blieb er reglos stehen.

»Was willst du hier, Junge?«, vernahm er plötzlich eine Stimme hinter sich.

Pietro wirbelte herum.

Leutnant Beras sah ihn an, aber dieses Mal lag keine Verachtung in seinem Blick.

Pietro führte eine Hand zur Brust. Spürte das Fotopapier, fest und steif. Er musste die Bilder nur aus dem Hemd hervorholen und ihm geben.

»Ich hätte nicht so hart über dich urteilen dürfen«, sagte Henri in diesem Moment. »Du bist gar kein Feigling.«

Pietro war unfähig, sich zu bewegen.

»Sie hat mir gesagt, dass sie dir vertraut«, fuhr Henri fort. »Allerdings weiß ich nicht, ob sie gut daran tut.« Henri trat einen Schritt auf ihn zu. »Kann sie dir vertrauen? Sag du es mir.«

Pietro schluckte schwer. Seine Kehle war wie zugeschnürt. Er konnte nur nicken, sonst nichts.

»Früher oder später kriegen wir ihn«, fügte Henri hinzu. »Die Schlinge zieht sich zu. Aber wenn du weiter in die Sache verwickelt bleibst, dann werde ich dich nicht noch einmal raushalten können. Verstehst du das?«

Pietro nickte.

»Ich weiß, dass er dahintersteckt«, sagte Henri. »Und bald werde ich es beweisen können.«

*Sag es*, schrie eine Stimme in Pietros Kopf. *Sag es jetzt! Sag ihm, dass du ihm die Beweise liefern kannst, dass du sie dabeihast.*

Er sah die Szene genau vor sich. Leutnant Beras führte Albanese in Handschellen zur Piazza del Popolo, wo eine Tribüne aufgebaut worden war. Darauf wartete mit vor der Brust gekreuzten Armen Mastro Titta, der Scharfrichter von Rom. Neben ihm eine Guillotine. In der Sonne glänzte die Klinge, die Albanese den Kopf abschlagen würde. Die Menge beschimpfte ihn, während er die drei Stufen zum Schafott hochstieg. Jetzt, da er in Ketten war, fassten sie alle Mut. Jetzt, da er sterben würde, wollten sie ihm ihren Hass entgegenschleudern für das, was er ihnen angetan hatte, für die Angst und den Schrecken, die er verbreitet hatte.

Auch Pietro stand dort. Ganz vorne. Und genoss die Darbietung. Und seine Rache. Ins Gesicht würde er ihm spucken und…

»Junge.«

Die Stimme des Leutnants brachte ihn in die Wirklichkeit zurück. »Ich habe gefragt, warum du hier bist.«

Pietro horchte in sich hinein. Aber diese Wut, die ihn vergiftet und zugleich am Leben gehalten hatte, war kaum noch zu spüren. Seit er Nella und Marta wiedergesehen hatte, hatte Pietro sich verändert. Und das hatte er Beras zu verdanken.

»Ich wollte … ich wollte Euch danken«, brachte er hervor. »Nur das«, murmelte er.

»Hat deine Mutter gesagt, du sollst herkommen?«

Pietro schüttelte den Kopf.

Henri bedachte ihn mit einem langen Blick, dann nickte er. »Beweis mir, dass ich mich nicht geirrt habe«, beendete er die Unterhaltung.

»Ja, Signore.« Pietro blickte Henri nach, der im Gebäude verschwand. Er konnte nicht glauben, was soeben passiert war.

Er stieg den Pincio hinab bis zur Piazza Barberini. Um den Brunnen herum knieten einige Frauen und wuschen. Dann legten sie die Wäsche auf große, hölzerne Ständer, die fast den gesamten Platz einnahmen. Ihre Kinder spielten Fangen zwischen in der Sonne trocknenden Laken. Pietro lief an ihnen vorbei und betrat dann ein steil ansteigendes Sträßchen, das auf den Quirinalshügel führte. Oben angekommen, lief er an dem majestätischen Palazzo vorbei, in dem Pius IX. vor der Römischen Republik und seiner Flucht nach Gaeta residiert hatte, und lief in Richtung der Foren wieder hinunter. Er bahnte sich einen Weg durch die in den Trümmern des Imperiums grasenden Schafe und warf einen Stein nach einem Hund, der ihn beißen wollte.

Jetzt wusste er genau, was er tun musste. Und was nicht.

In der Nähe des Kolosseums fand er auf einem Mäuerchen eine Zeitung, durch die der Wind fuhr. Er riss zwei Seiten heraus und wickelte die Fotos darin ein. Endlich erreichte er den Zirkus.

Bei seinem Anblick breitete sich ein Strahlen auf Martas Gesicht aus. Sie rannte ihm entgegen, fiel ihm um den Hals und bedeckte sein Gesicht mit Küssen.

»Ich liebe dich«, flüsterte er ihr zu.

»Ich liebe dich«, flüsterte sie zurück, froh, dass sein Blick nicht mehr verdunkelt, sondern klar und rein war. »Ich will mit dir schlafen, jetzt.«

Pietro warf ihr einen überraschten Blick zu. Er war nicht gekommen, um mit ihr zu schlafen. Aber nun wurde ihm klar, wie riskant sein neuer Plan war. Richtig, aber riskant. Und eigentlich sehnte auch er sich danach, mit ihr zu schlafen.

Er drückte ihre Hand, um sie zum Stall zu führen.

»Nein!« Marta grinste. »Da ist gerade Melo.«

»Wo dann?«

Marta zeigte auf einige Büsche. »Da vorne.«

»Aber hier ist ja alles voller Brennnesseln!«

»Na und?«

»Da tut uns doch nachher alles weh!«

»Ach was.« Marta zog ihr Kleid aus.

Pietro betrachtete ihren nackten Körper, die kleinen Brüste mit den rosa Brustwarzen, weich wie Rosenblätter und zugleich prall wie Kirschen kurz vor der letzten Reife. Der Bauch, der sich leicht rundete, hinunter bis zu dem schwarzen Haarbüschel, das ihre süßeste Frucht verbarg.

Marta legte das Kleid auf den Boden. Dann zog sie Pietro das Hemd aus und legte auch das auf den Boden, sodass ein kleines Lager entstand. »Siehst du?« Sie lächelte, ohne über ihre Nacktheit auch nur das kleinste bisschen in Verlegenheit zu geraten. »Keine einzige Brennnessel wird meinen Liebsten pieken.« Damit legte sie sich hin und breitete die Arme aus.

Pietro legte das Päckchen mit den Fotografien auf den Boden und zog die Hose aus.

Als Marta seine offensichtliche Erregung sah, kicherte sie leise.

Rasch war Pietro über ihr, küsste sie leidenschaftlich und suchte nach der warmen Höhle, die er so sehr begehrte.

»Langsam«, mahnte Marta, die sich Armandina anvertraut hatte und nun einige ihrer Ratschläge beherzigen wollte. »Streichle mich erst mit der Hand, bis ich feucht bin.«

Pietro schob einen Finger zwischen ihre Beine.

»Willst du mal sehen?«, fragte Marta.

»Ja«, keuchte Pietro und kniete sich zwischen ihre gespreizten Beine. Liebevoll streichelte er ihre prallen, rosa Lippen, die noch geheimnisvoll verschlossen waren.

»Hier«, flüsterte Marta und führte seinen Finger, wie Armandina es ihr gesagt hatte. »Du musst sie ganz vorsichtig öffnen«, keuchte sie, während sich Verlangen in ihr ausbreitete.

Sanft teilte Pietro die rosigen Lippen, in deren Mitte eine Art rosa Samenkorn saß. Vorsichtig berührte er es. Marta bog ihren Rücken durch. Er beugte sich vor und küsste sie dort.

Jetzt bäumte Marta sich vor Leidenschaft auf.

Pietro nahm seine Zunge zu Hilfe.

Marta bebte. Sie nahm seinen Kopf und drückte ihn an ihren Körper, erstaunt und verwirrt, denn davon hatte Armandina nichts erzählt.

Pietro kostete von ihr. Den Geschmack hätte er nicht beschreiben können, vielleicht salzig, vielleicht auch eher süß. Und je länger Marta seinen Kopf zwischen ihre Beine drückte, umso erregter wurde er. Er küsste sie weiter, und ihre Lust wurde zu seiner Lust.

Plötzlich stöhnte Marta laut auf, es klang beinahe wie ein Schmerzensschrei. Sie drückte seinen Kopf noch einmal zwischen ihre Beine und atmete rau und befreit aus. Alle Spannung wich aus ihrem Körper.

Pietro hielt inne. Er blieb reglos liegen, mit den Lippen an dieser warmen, feuchten Höhle. Als er den Kopf hob und Marta ansah, rannen Tränen über ihre Wangen. »Warum weinst du?«

»Komm her«, murmelte Marta. Sie zog ihn an sich, und dann bahnte sie ihm einen Weg in ihr Nest, in dem ihre Lust noch bebte. Sie nahm ihn ganz in sich auf und passte sich seinen Bewegungen an, bis die Stöße stürmischer wurden. Dann krallte sie ihre Fingernägel in seinen Rücken und flüsterte: »Ich gehöre nur dir …«

»Und … ich … dir«, gab Pietro zurück, und die Lust explodierte in ihm, zuckte durch seinen ganzen Körper, bis ihm schwindelte.

Als er erschöpft auf ihr zusammensank, drückte sie ihn fest an sich, und wieder rannen Tränen über ihr Gesicht.

»Warum weinst du?«, wollte Pietro erneut wissen, als sie sich voneinander lösten.

Marta strahlte ihn unter Tränen an und fuhr ihm durch die Haare. »Weil ich so glücklich bin.«

Wortlos sahen sie sich an. Selig vereint.

In diesem Moment kamen Pietro die Fotos in den Sinn, und katapultierten ihn zurück in die Wirklichkeit. Plötzlich, wie ein heftiger Sturz.

»Was ist los?«, wollte Marta wissen, die seine Veränderung sofort bemerkte.

Pietro nahm das Päckchen mit den Fotos. »Kannst du das für mich aufbewahren?«, fragte er ernst.

»Was ist das?«

»Kann ich dir nicht sagen.«

»Warum nicht?«

Pietro schüttelte nur den Kopf. »Bitte, frag nicht.«

Marta las Vertrauen in seinem Blick. »In Ordnung.«

»Versprich mir, dass du es nicht aufmachst.«

Marta nickte lediglich zur Antwort.

»Es ist wichtig, dass du es nicht aufmachst. Für dich und für uns.«

Wieder nickte Marta.

Pietro war klar, welch hohes Risiko er einging. Wenn Marta diese Fotos sah, dann würde sie das pure Grauen packen. Und nie wieder würde sie ihn so ansehen wie jetzt. Sie würde das Monster sehen, das fast aus ihm geworden wäre. »Vertraust du mir?«

Marta hatte ihre Antwort schon gegeben. Aber er wollte es noch einmal hören.

»Ja.«

»Und kann ich dir auch vertrauen?«

Marta wusste, wie wichtig dieses Vertrauen für ihre Liebe war. »Ja. Du kannst mir vertrauen. Blind.«

Pietro war zutiefst berührt. Sein Leben war in diesem Moment weit davon entfernt, ein Drecksleben zu sein. Wunderbar weit. »Du musst aufpassen, dass es nicht nass wird«, sagte er und gab ihr das Päckchen. »Und sag meiner Mutter nichts davon. Ich mache das für sie.«

Marta nickte. Das war wieder ihr Pietro, er war wieder da.

Als sie sich wieder angezogen hatten, atmete Pietro tief durch. Dies war nur der eine Teil des Plans, das Schwierigste stand ihm noch bevor. »Wenn ich es heute Abend nicht abhole …« Er hielt inne.

Marta horchte alarmiert auf. »Was …?«

»Wenn ich nicht wiederkomme, dann gib es Leutnant Beras«, stieß Pietro hervor. »Meine Mutter kann dir sagen, wo du ihn findest.«

»Warum solltest du nicht wiederkommen?« Martas Augen füllten sich mit Tränen. Aber diesmal waren es keine Glückstränen.

»Ich komme wieder«, versicherte Pietro. »Aber falls nicht … dann gib das hier Leutnant Beras und sag ihm, er soll meine Mutter beschützen.«

»Was soll das alles?« Marta begann haltlos zu weinen.

»Ich verspreche dir, dass ich wiederkomme«, sagte Pietro. Er umarmte sie fest, küsste sie auf den Mund und machte sich auf den Weg.

Als er den Vicolo della Volpe erreichte, war er ganz ruhig. Er hatte Marta versprochen, er werde zurückkommen, auch wenn er sich dessen nicht sicher sein konnte.

Einen Moment lang verharrte er auf der Schwelle, die Hand auf der Klinke. Es war richtig, was er tat, wiederholte er für sich. Nur so konnte er seinen Kopf aus der Schlinge ziehen.

Albanese war mit Ghiozzetto im Büro.

»Hau ab«, wandte sich Pietro an Ghiozzetto. »Lass uns allein.«

»Für wen hältst du dich eigentlich?«, blaffte Ghiozzetto angriffslustig zurück.

»Jetzt hau schon ab, Idiot«, befahl Albanese.

Der Kerl zog den Kopf ein und verließ das Büro.

Pietro und Albanese starrten sich an.

»Siebenundzwanzig nach links, neun nach rechts, sieben nach links«, sagte Pietro schließlich ganz ruhig.

Albanese erstarrte. Dann sprang er ruckartig auf, drehte an der Zahlenscheibe und öffnete den Tresor. »Die Fotos.«

»Ich hab sie genommen.«

Albanese blickte ihn undurchdringlich an. »Und vier Ringe.«

»Hab ich auch genommen.«

Albanese stand vollkommen reglos da. Ihm war nicht anzusehen, was in ihm vorging. Schließlich begann er mit flacher, emotionsloser Stimme zu reden: »Nenn mir einen Grund, warum ich dich nicht abstechen sollte.«

Pietro zögerte nicht. Jetzt galt es, jetzt musste er seine Karten auf den Tisch legen. Es würde sich zeigen, wie gut sie waren. »Wenn ich nicht nach Hause komme, dann bekommt der französische Leutnant, der hinter dir her ist, die Fotos.«

Albanese starrte ihn an.

»Du hast selber gesagt, dass diese Fotos ein Todesurteil sind.«

Albanese nickte mit starrer Miene. »Heute schon«, meinte er emotionslos. »Aber ich kann dich immer noch umbringen, wenn Rom an Italien angeschlossen wird. Denn dann sind diese Fotos überhaupt nichts mehr wert.« Er lächelte. Dabei sah er aus wie ein zähnefletschendes wildes Tier. »Daran hast du wohl nicht gedacht.«

»Doch, hab ich«, entgegnete Pietro, genauso ruhig wie Albanese. »Aber ich glaube nicht, dass du mich umbringen willst.«

Kurz zeigte Albaneses Miene eine Regung, und er ballte die Fäuste. »Du hast doch nicht etwa geglaubt, dass mir wirklich was an dir liegt?«, blaffte er verächtlich.

Pietro schwieg.

Albanese setzte sich an den Schreibtisch und sah Pietro an. Etwas Menschliches schlich sich in seine Augen. »Du hast mich verraten, Campione.«

»Genau«, erwiderte Pietro

»Und das alles, um mir vier Drecksringe zu klauen«, spie Albanese jetzt bitter hervor.

»Nein«, entgegnete Pietro. »Du bist derjenige, der diese Ringe geklaut hat. Nicht ich.«

»Einer betrügerischen Hure hab ich sie abgenommen.«

»Diese Hure hatte sie aber nicht gestohlen. Sie gehörten ihr.«

»Woher willst du das wissen?«

»Sie ist meine Mutter.«

Erneut zeigte sich eine Regung in Albaneses Gesicht. »Die ist ne arme Schluckerin. Wie soll so eine denn zu solchen Ringen kommen?«

»Sie ist eine Contessa, keine arme Schluckerin«, erwiderte Pietro stolz. »Und vor dir wollte das Königreich Italien ihr die Ringe abnehmen.«

Albanese starrte ihn an. Begriff, dass das ein abgekartetes Spiel war. Dass Pietro das von Anfang an gewusst hatte, dass er nur deshalb Teil seiner Bande geworden war. »Hau ab«, zischte er schließlich und wandte den Blick ab.

Pietro atmete noch einmal durch, denn noch war nicht alles geklärt. Noch nicht. Er zog den Goldring mit dem Smaragd aus der Tasche und legte ihn auf den Schreibtisch. »Den hast du bezahlt. Er gehört dir.« Dann nahm er das Messer, das Albanese ihm geschenkt hatte, und legte auch das auf den Tisch. »Und das will ich nicht haben.«

Albanese starrte das Messer und den glänzenden Ring an. »Glaubst du jetzt etwa, du hast mich in die Knie gezwungen?«, blaffte er mit einem kaum hörbaren Zittern in der Stimme.

Pietro ließ seinen Blick über ihn gleiten. Dieser Mann lebte ein wahrhaft furchtbares Leben. Von klein auf war er von seinem Vater geprügelt worden, und um zu überleben, hatte er weglaufen müssen. Er war auf sich allein gestellt gewesen. Und trotzdem kümmerte er sich jetzt um seinen dementen und invaliden Vater, der ein Leben lang auf ihm herumgehackt hatte. Wahrscheinlich hoffte er immer noch, eines Tages von ihm geliebt zu werden. Aber sein Vater verachtete ihn. Und wenn Albanese das aushielt, dann würde er auch Pietros Verachtung aushalten. Er würde ganz einfach nur wieder einsam sein. Mehr als zuvor. Sonst nichts.

»Nein, ich habe dich nicht in die Knie gezwungen«, stellte Pietro trocken fest. »Du bist der Stärkere von uns beiden.«

Damit ließ er ihn zurück und lief die Via dei Coronari entlang. Erst als er die Tür zum Souterrain in der Via di Panìco aufstieß, bemerkte er, wie sehr er zitterte.

Nella sah von ihrer Näharbeit hoch und sprang auf, ihre veilchenblauen Augen leuchteten. »Bleibst du jetzt hier?«, rief sie hoffnungsvoll.

»Ja.«

Sie stieß einen Freudenschrei aus und umarmte ihn fest.

Dann zog Pietro die Ringe aus der Tasche und legte sie auf den Tisch.

Nella starrte sie an, sprachlos.

»Ich habe das alles nur deswegen gemacht«, erklärte Pietro. »Und um Albanese umzubringen.«

»Du hast ihn umgebracht?« Nella schlug sich bestürzt eine Hand vor den Mund.

»Nein.«

Nella packte ihn bei den Schultern. »Bring ihn nicht um, mein Schatz! Dann würde es zwischen dir und ihm keinen Unterschied geben.«

Pietro lächelte. Sanft. »Ja, ich weiß, Contessa«, erwiderte er. »Ich habe es endlich begriffen.« Und das erste Mal seit Langem war ihm leicht ums Herz.

Nella rannen Tränen über die Wangen.

»Weinst du, weil du glücklich bist?«

»Ja!«

Nella weinte also auch vor Glück.

»Ich muss jetzt zu Marta. Aber ich komme bald wieder. Versprochen.«

# 50

*12.–17. September 1870*

*Kirchenstaat – Rom*

»*Erstens: Jeglicher Versuch bewaffneter Gruppen, in den Kirchenstaat einzudringen oder seine Grenzen anzugreifen, ist unbedingt niederzuschlagen*«, las Ludovico den versammelten Mitgliedern der Lupi und des Befreiungskomitees aus einer Depesche vor, in deren Besitz er gelangt war. Seine Stimme zitterte vor Verachtung, die Adern am Hals waren angeschwollen und sein Gesicht feuerrot. »*Zweitens: Die öffentliche Ordnung ist unbedingt beizubehalten. Jeglicher Aufstand in Provinzen, die von unter Eurem Befehl stehenden Divisionen besetzt sind, ist sofort niederzustrecken.*« Vor Wut knirschte er mit den Zähnen. »*Drittens: Sollte es zu Aufständen im Kirchenstaat kommen, ist die Ausweitung über seine Grenzen hinaus unbedingt zu vermeiden.*« Er knüllte die Depesche zusammen und warf sie auf den Boden. »Das schreibt Kriegsminister Govone an General Cadorna, Kommandant der Truppen, die Rom befreien sollten.« Verächtlich trat er nach dem zerknüllten Papier. »Sie wollen uns da raushalten! Uns verbieten, unser Schicksal selbst in die Hand zu nehmen. Uns verbieten, unsere Stadt zu befreien. Unsere Stadt, Herrgott!« Atemlos hielt er inne.

Marta sah ihn bewundernd an. Er war wahrlich ein glühender Patriot.

In dem verrauchten Raum herrschte Stille. Sie alle fühlten sich betrogen. Jeder Einzelne von ihnen war bereit für die Revolution. Um sich zu bewaffnen, hatten sie französische Gewehre gestohlen und dafür ihre Leben riskiert. Fil-di-Ferro, einer von ihnen, hatte dabei den Tod gefunden.

»Von wann ist diese Depesche?«, brach Melo schließlich das Schweigen.

»Das ist doch unwichtig«, erwiderte Ludovico, immer noch wütend.

»Von wann?«, wiederholte Melo bestimmt.

»Vom zehnten August«, gab Ludovico düster zurück.

»Das heißt, sie ist alt«, stellte Melo fest.

»Aber da steht …« Ludovico brauste schon wieder auf.

»Junge, halt jetzt mal den Mund!«, unterbrach ihn Melo. »Als ich euch zusammengebracht habe, da haben die Lupi euch vom Komitee vorgeworfen, Politik zu machen. Und ihr habt den Lupi vorgeworfen, nicht zu begreifen, dass man solche Dinge eben politisch löst.« Er ließ den Blick über die Männer schweifen, junge und alte, die der ein oder andere gemeinsam ausgeführte Handstreich mittlerweile zusammengeschweißt hatte. »Diese Depesche ist vollkommen einleuchtend.«

»Wie bitte?«

»Das hier ist Krieg, aber es ist eben auch Politik«, erklärte Melo. »Es geht hier nicht mehr, wie früher, darum, Rom einzunehmen und dann gute Nacht. Ihr seht nur Rom, wie Kutschpferde mit Scheuklappen.« Er ließ seinen Blick über die Runde gleiten. »Begreift ihr nicht, dass wir hier eine Nation aufbauen? Nach Jahrhunderten? Wir müssen an Europa glauben. Wir dürfen nicht riskieren, wie eine zusammengewürfelte Räuberbande daherzukommen!« Er sah Ludovico an. »Glaubst du etwa, du bist der Einzige, der diese Depesche gelesen hat? Vor dir, und zwar einiges vor dir – vielleicht sogar am selben Tag, als sie geschrieben wurde! –, haben sie sehr wahrscheinlich alle Diplomaten Europas gelesen. Auch der Papst.« Zornig hob er das zerknitterte Papier auf und schwenkte es durch die Luft. »Was steht denn da genau? Ihr müsst zwischen den Zeilen lesen! Wenn ihr das nicht könnt, dann werdet ihr für immer ein paar Idioten mit geklauten Gewehren bleiben. Das ist doch gar nicht nur für Cadorna gedacht. Vor allem der Papst soll es lesen. Denn eigentlich will dieser Text Folgendes sagen: ›Gib auf. Wir bemühen uns, kein Blut zu vergießen. Verbrechern und Plünderern nicht freie Hand zu lassen und Priester und Nonnen zu schützen. Aber garantieren können wir es nicht, also gib auf!‹«

Ein Raunen ging durch die Menge.

Ludovico blickte zerknirscht drein. »Ich entschuldige mich, Capitano«, erklärte er kleinlaut.

Melo winkte ab. »Aber der Papst wird nicht aufgeben«, fuhr er fort. »Er ist viel zu stolz und will das Gesicht nicht verlieren. Im Ökumenischen Rat hat er letztes Jahr das Dogma der päpstlichen Unfehlbarkeit erlassen. Das bedeutet: Er hat immer recht. Er selbst sagt das. Ist das nicht seltsam? Ein solches Dogma zu erlassen, genau dann, wenn er eigentlich hätte aufhören sollen, König Papst zu spielen, um endlich mal das zu sein, was er in Wahrheit ist: ein Priester. Ein Priester für alle. Versteht ihr?«

*Wie kann ein Analphabet wie Melo, der den halben Tag bis zu den Knien im Pferdemist steht, wie bloß kann er das alles so gut verstehen?*, dachte Marta. Kurz zuvor noch hatte sie Ludovico bewundert, aber gegen Melo war er ein Nichts.

»Ich habe auch meine Quellen«, fuhr Melo ruhig fort, ohne Ludovico anzuschauen, denn er wollte nicht, dass dies hier ein persönlicher Streit über die besseren Informationen wurde. »Und soll ich euch was Lustiges verraten? Meine Quelle ist ein Priester«, sagte er schmunzelnd. »Aber einer von denen, die Respekt verdienen. Er hat mir gesagt, dass der Staatssekretär persönlich, Kardinal Antonelli, am zwanzigsten August die anderen Regierungen dazu aufgefordert hat, der Bedrohung des Königreichs Italien entgegenzuwirken. Die meisten, hat er gesagt, haben nicht einmal geantwortet. Und die übrigen haben erklärt, dass die Sache sie nichts angeht.« Er blickte in die Runde. »Pius IX. steht allein da. Und das nicht nur, weil die französischen Truppen abgezogen sind, sondern weil eine Ära vorbei ist. Vor-bei!«

Wieder erhob sich Gemurmel.

»Heißt das, wir kämpfen nicht?«, wollte Rospo wissen. »Ich will Fil-di-Ferro rächen.«

»Wir werden kämpfen«, antwortete Melo. »Aber freuen sollten wir uns nicht darauf, denn Krieg ist kein Spaß.«

Er wandte sich an Paride, der inzwischen fest zur Gruppe gehörte.

Der Kutscher nickte. »Der Capitano hat mich auf eine Mission außerhalb von Rom geschickt«, begann er. »Ich habe keine Ahnung, wie der Papst das macht, aber irgendwie gelingt es ihm, das alles geheim zu halten. Denn der Krieg hat längst begonnen, wenn auch nicht offiziell. Die italienischen Truppen haben die Grenzen zum Kirchenstaat schon passiert ...«

Aufgeregtes, überraschtes Raunen erfüllte den Raum.

In diesem Moment purzelte plötzlich ein Mann regelrecht die Treppe herunter, so eilig hatte er es, seine Nachricht zu überbringen: »General Kanzler, Oberkommandant der päpstlichen Armee, hat den Belagerungszustand ausgerufen!«

Es war der zwölfte September.

Stille senkte sich auf die Männer herab.

Und in diese Stille hinein sagte Melo mit bedeutungsvoller Stimme: »Wir werden kämpfen. Und es wird Tote geben. Verlasst euch drauf.«

Einige Tage später war Rom vollkommen verändert.

Die Spannung war überall greifbar, in den Straßen, den Geschäften, auf den Gesichtern der Priester und Bürger. Jeder hatte eigene Sorgen, aber alle einte die Angst vor dem, was kommen würde, denn das konnte niemand einschätzen.

Viele Händler, vor allem die mit wertvoller Ware, die Plünderungen fürchten mussten, schlossen ihre Geschäfte und versteckten ihre prächtigsten Stücke. Wer es sich leisten konnte, deckte sich mit Nahrungsmitteln ein. Wenn sie es irgendwie vermeiden konnten, ließen Priester sich nicht mehr sehen aus Furcht vor Angriffen. Anstatt den Armen als Zuflucht zu dienen, schlossen die Kirchen in der Nacht ihre Tore. Pfarrer ließen das Gold und Silber verschwinden, das normalerweise in den Gottesdiensten benutzt wurde. Einige hängten sogar Bilder ab und mauerten sie in Kellern ein. Diebe und Schurken streunten gierig durch die Straßen und warteten darauf, endlich ungestört ihr Unwesen treiben zu können.

Ganz Rom war wie gelähmt.

Durch diese geisterhafte Stadt lief Pietro und schoss Dutzende Fotos.

Fotos von alten Menschen, die ihre bis dahin immer für jedermann offenen Türen verrammelten. Leere Lokale. Bäckergeschäfte ohne Brote oder Kuchen. Schlachtereien, die von bewaffneten Familienmitgliedern und Freunden bewacht wurden. Kinder, die mit Holzgewehren Krieg spielten. Männer und Frauen, die sich offen umgarnten, als fürchteten sie, es nie wieder tun zu können. Prügeleien zwischen Stadtstreichern, die sich in ihrer wutgewordenen Angst zerfleischten. Prostituierte, die beim Verrichten ihrer Dienste von messerbewehrten Luden überwacht wurden.

Der Feind war nicht außerhalb der Mauern. Nein, der Feind war unter ihnen, mitten in der Stadt, überall und in jedem. Und genau das versuchte Pietro mit der Kamera einzufangen.

Er fotografierte die Soldaten der päpstlichen Armee.

Den verlorenen Blick eines jungen Soldaten, seine Angst, für eine Stadt sterben zu müssen, die nicht einmal seine Heimat war. Einen anderen, der einen Brief schrieb, an seine Mutter, Frau oder Verlobte. Wieder einen anderen, der mit tränenüberströmtem Gesicht seine Bajonettklinge schärfte. Und einen weiteren, der das Gewehr auf Pietro anlegte und ihm riet, sich davonzumachen. Alles war in diesen Tagen gefährlich. Auch ein Junge, der Fotos schoss.

Nachdem er tagelang durch die Stadt gestreunt war, eine Stadt, die sich mit jedem Tag mehr veränderte, zeigte Pietro der Contessa die Fotografien.

Nella betrachtete sie aufmerksam, und ein Lächeln schlich sich auf ihre Lippen. »Wie dumm ich doch war. Ich habe anfangs einfach nicht verstanden, was du damit sagen willst. Dass ich es dann doch noch begriffen habe, verdanke ich einem französischen Schriftsteller, den ich gar nicht kannte.« Sie nahm seine Hand. »Komm mit. Ich möchte, dass du das auch liest. Und ich möchte dir jemanden vorstellen, der für mich …« Sie schmunzelte. »Na ja, nimm nicht alles wörtlich, was sie sagt, sie kann ganz schön grantig werden.« Dann deutete sie auf den Fotoapparat. »Und nimm deinen Wahrheitsapparat mit.«

Als sie die Wohnung verließen, bemerkten sie den korpulenten Franziskaner nicht, der sich schnell in den Schatten duckte und seine Kapuze tief in die Stirn zog.

Beim Ospizio Apostolico blieb Nella stehen. »Hier in diesem Durcheinander bin ich aufgewachsen.« Der Versuch, unbekümmert zu klingen, misslang, und Pietro verstand, wie nahe es ihr ging, hier zu sein.

Als sie an Mamma Lucias Bett traten, verkündete Nella: »Das ist mein Sohn, Pietro. Und das ist …«

»Eine blinde alte Schachtel ohne Zähne«, unterbrach sie Mamma Lucia.

»Eine blinde alte Schachtel ohne Zähne und obendrein unerträglich«, warf Nella ein.

Mamma Lucia lachte.

Pietro sah, wie die Contessa die Alte anblickte, und ahnte eine tiefe Verbundenheit zwischen den beiden.

»Freut mich, Signora blinde alte Schachtel ohne Zähne«, scherzte Pietro.

»Na, das ist ja ganz dein Sohn.« Mamma Lucia schmunzelte. »Genauso ein Strohkopf wie du.«

Pietro mochte sie auf Anhieb.

»Sie heißt Mamma Lucia«, stellte Nella vor.

Pietro war froh, dass Nella ihn mitgenommen hatte. Und als Nella sich dann aufs Bett setzte und das Vorwort aus den ›Elenden‹ vorlas, war er ergriffen darüber, dass Worte ebenso genau wie Bilder die Wirklichkeit beschreiben konnten. Er grinste. »Jetzt habe auch ich meine Fotos verstanden.«

»Der Junge ist viel bescheidener als du«, stellte Mamma Lucia fest.

»Du bist ja wieder ganz schön garstig«, gab Nella zurück.

»Und du eine Mimose. Warst du schon immer«, spottete Mamma Lucia. »Übrigens, wusstest du schon, dass Alberta verschwunden ist?« Sie hatte sie nie Schwester Alberta genannt, für Mamma Lucia war sie immer eines der Waisenmädchen geblieben. »Ist wie vom Erdboden verschluckt. Vielleicht hat sie ja einen Liebhaber gefunden. Das wäre doch großartig!«

In diesem Moment ging Nella auf, dass sie Albertas Abwesenheit gar nicht bemerkt hatte. Sie war immer wie unsichtbar, fiel einfach nicht auf, obwohl sie immer da war. *Endlich ist sie weggelaufen, hat sich ein Herz gefasst und diesen Ort verlassen*, freute Nella sich für sie. »Eigentlich ist sie doch ganz nett«, meinte sie.

»Eigentlich, eigentlich«, brummte Mamma Lucia.

»Darf ich ein Foto von Euch schießen?«, fragte Pietro Mamma Lucia.

»Aber sicher!« Eitel setzte sie sich in Pose. »Wie sind denn meine Haare?«

Nella tat, als würde sie sie ein wenig in Form legen.

Pietro stellte das Bild scharf auf dieses vom Leben gezeichnete Gesicht mit den wächsernen Augen und dem zahnlosen Lächeln, dann drückte er auf den Auslöser.

»Das Leben ist doch ein schlechter Scherz!«, brummte

Mamma Lucia. »Ich werde fotografiert und kann mir das Foto nie angucken.«

Bevor sie gingen, schoss Pietro noch ein Bild vom Schlafsaal mit den kaputten Heizöfen, den zwischen den Betten hängenden Stoffen, die eine Privatsphäre vorgaukeln sollten, den Betten mit den zerschlissenen Laken und zerlöcherten Decken, den Schwestern, die mit Schüsseln und Suppenkellen herumgingen.

»Man sieht, wie gern ihr euch habt«, meinte er, nachdem sie Schlafsaal D verlassen hatten. »Mamma Lucia sollte nicht hier drinnen sein.«

Nella zuckte die Schultern. »Ja, aber wie soll das gehen? Bei uns ist nicht genug Platz.«

»Aber du bist doch jetzt reich, und immerhin musst du die dumme Schule nicht mehr bezahlen«, gab Pietro fröhlich zurück.

»Ja, ich habe dich abgemeldet. Und dafür könnte ich dich immer noch ohrfeigen, du Dummerjahn«, mahnte Nella.

Pietro lächelte. »Das stimmt doch gar nicht.«.

Nella schüttelte bloß den Kopf zur Antwort.

Als sie den Fuß der Treppe erreichten, fragte Pietro: »Zeigst du mir, wo du als Kind warst?«

Seit ihrer Rückkehr nach Rom hatte Nella nicht den Hof überquert, der das Waisenhaus vom Armenhaus trennte. Sie hatte nicht den Ort sehen wollen, an dem eine Mutter sie abgegeben hatte, eine Mutter, von der sie beständig behauptete, sie sei ihr egal. Was nicht stimmte: Sie hatte ihr eine Wunde gerissen, die sich niemals schließen würde. »In Ordnung«, willigte sie mit zitternder Stimme ein.

Der riesige Schlafsaal war voller Kinder, viele von ihnen waren schmutzig und trugen zerschlissene Kleidung. Ihr Geschnatter erfüllte den Raum.

Nellas Herz zog sich zusammen. »Willst du ein Foto schießen?«, erkundigte sie sich.

»Nein. Hier ist es zu schlimm«, gab Pietro zurück. Auch sein Herz schmerzte, denn in ihm klaffte dieselbe Wunde, die Nella quälte. »Kannst du dich noch an Lino erinnern, meinen Freund … der mir das Messer geschenkt hat?«

»Ja«, nickte Nella.

»Er ist ganz sicher gestorben.« Pietros Augen füllten sich mit Tränen. »Allein.«

Nella schwieg. Es gab nichts, das sie hätte sagen können. Sie wusste nur zu gut, dass oberflächliches Geplänkel schmerzhafter sein konnte als Stille.

»Und du?«, fragte Pietro und wischte sich die Tränen aus dem Gesicht. »Willst du, dass ich ein Foto mache?«

»Nein. Hier ist es zu schlimm«, antwortete Nella.

Ludovico war gerade dabei, ein Gewehr zu säubern und zu ölen, als sein Vater ohne anzuklopfen in sein Zimmer hereinplatzte.

Er starrte ihn an.

»Ein französisches Chassepot«, stellte Principe Chiodetti nüchtern fest. »Hast du dich etwa bei den päpstlichen Truppen gemeldet?«

Ludovico schwieg.

Jäh riss der Principe ihm die Waffe aus der Hand.

Ludovico sprang auf. »Gib es mir wieder!«

»Es gehört dir doch gar nicht!«, schrie der Principe. Er war außer sich.

»Gib es mir wieder!«, schrie Ludovico nicht weniger aufgebracht.

»Was erlaubst du dir, so mit deinem Vater zu sprechen?«

»Das gehört mir, gib es her!«, rief Ludovico noch einmal.

»Du bist ein Dieb!«, beschuldigte ihn sein Vater. »Dann warst du also bei diesem Blutbad in der Kaserne dabei …«

»Ja, war ich!«, gab Ludovico zurück. »Und ich bin stolz darauf!«

Principe Chiodetti schnaubte. Blind vor Wut hob er das Gewehr am Lauf in die Luft und schlug es mit voller Wucht auf den Boden. Es zerbrach in zwei Teile, und der jahrhundertalte Marmorboden sprang an mehreren Stellen. Er nahm die beiden Teile und schleuderte sie dem Sohn entgegen. »Da, hier hast du dein Gewehr!«

»Vater!« Angriffslustig trat Ludovico einen Schritt auf ihn zu.

Der Principe hatte die Kontrolle über sich verloren und sah aus, als wäre er kurz davor, eine Prügelei mit seinem Sohn anzufangen.

Ludovico rang nach Atem, seine Augen blitzten zornig.

So standen sie sich keuchend gegenüber, und als die Wut langsam verrauchte, wandte Ludovico sich zum Fenster. »Du kannst das nicht verstehen … Du weißt nicht, dass ich …«

»Dass du was?«, brauste der Principe sofort wieder auf. »Glaubst du vielleicht, ich bin blind? Oder dumm? Ich weiß sehr gut, dass du … Ich dachte, das alles wäre ein dummer Jungenstreich. Aber das hier …« Wieder erhob er die Stimme. »Ich weiß genau, dass du dich mit diesen … diesen Leuten herumtreibst.« Er packte Ludovico an der Schulter und drehte ihn zu sich, damit er ihm in die Augen sehen konnte. »Aber du wirst unseren Namen nicht entehren! Ich befehle dir …«

»*Ich* entehre unseren Namen?«, ereiferte sich Ludovico und schüttelte seinen Vater ab. »Ich? Nicht du?«

»Halt den Mund! Wage es nicht!«

»Du und all die anderen, die sich beim Papst lieb Kind machen, euch geht es doch nur um Geschäfte, um euren eigenen Vorteil«, fuhr Ludovico fort.

Der Principe hob eine Hand, bereit, zuzuschlagen.

»Tu das nicht, Vater«, knurrte Ludovico.

Der Principe war knallrot vor Wut, aber er hielt sich zurück.

»Deine Frau hat gut daran getan, dich zu verlassen«, zischte Ludovico.

»Wage es nicht, ihren Namen zu nennen«, knurrte der Vater. »Ich will nicht, dass in meinem Haus über diese Frau gesprochen wird.«

»*Diese Frau*, wie du sie nennst«, entgegnete Ludovico, »hat nicht meine Mutter werden können wegen dir, wegen deiner Grausamkeit!« Seine Augen füllten sich mit Tränen der Wut. »Ich bedauere, dass sie mich nicht mitgenommen, sondern hier, bei dir gelassen hat!«

Der Principe stieß einen wilden Schrei aus und stürzte sich auf Ludovico. Er warf ihn mit seiner Masse zu Boden und drehte ihm einen Arm brutal auf den Rücken. Ludovico stöhnte auf vor Schmerz.

»Casimiro!«, brüllte der Principe wie von Sinnen. »Casimiro!«

Der Haushofmeister erschien und riss vor Schreck die Augen auf. »Signore …«

Der Principe hielt seinen Sohn am Boden, außer sich vor Zorn. Seine Haare standen zu Berge, an den Mundwinkeln lag weißer Schaum. »Zerreiß das Laken!«, befahl er.

Der Haushofmeister rührte sich nicht.

»Mach schon!«, schrie der Principe, seine Augen traten fast aus den Höhlen. »Reiß es in Streifen. Sofort, oder ich bringe dich um!«

Verängstigt tat der Diener, was von ihm verlangt wurde.

Der Principe drehte auch Ludovicos anderen Arm auf den Rücken.

Ludovico versuchte, sich zu befreien, aber sein Vater war stärker.

»Fessle ihm die Hände!«, befahl der Principe.

Der Diener gehorchte.

»Fester, du Idiot!«

Der Diener zog die Knoten zusammen.

Der Principe stieß Ludovico mit dem Gesicht auf den Boden und fesselte auch seine Füße. Dann hob er ihn mit nur einer

Hand hoch, warf ihn sich über die Schulter wie ein Schlachter ein Rind und polterte in den ersten Stock.

Er trat die gepanzerte Tür des fensterlosen Zimmers auf, das den Tresor und seine wertvollsten Besitztümer beherbergte, und warf Ludovico dort zu Boden. »Hier bleibst du«, verkündete er schwitzend vor Anstrengung mit heiserer Stimme. »Du bleibst hier, bis diese ganze Sache vorbei ist. Bei Gott.«

Ludovico starrte ihn fassungslos an.

»Ich hasse dich!«, schleuderte Ludovico ihm entgegen.

»Und ich werde nicht zulassen, dass auch du meinen Namen beschmutzt,« raunte der Principe.

Damit ließ er Ludovico allein und schloss die gepanzerte Tür ab.

Pietro hatte fast zwei Tage gebraucht, um die neuen Fotos zu entwickeln und so zu sortieren, dass sie eine Geschichte ergaben.

Jetzt betrachtete Nella sie stolz und voller Bewunderung über die Details, die er eingefangen und herausgestellt hatte. Diese Bilder erzählten Unglaubliches, wie ein Roman.

Pietro war glücklich darüber, dass sie seine Arbeit schätzte.

Aber es gab noch jemanden, der diese Bilder sehen sollte, dachte Pietro. Allen schlechten Erfahrungen zum Trotz.

Er nahm die Fotos und verließ die Wohnung.

»Ich glaube nicht, dass der Principe Besuch empfangen möchte«, ließ ihn der Haushofmeister wissen.

»Ich bitte Euch …«

»Wer ist da?«, ertönte ungehalten die Stimme des Principe.

»Dieser Junge ist hier, Eure Herrschaft …«, gab der Diener zurück.

»Welcher Junge?«

»Der … der mit den Fotos.«

Stille.

»Er soll reinkommen.«

Der Diener führte Pietro zum Principe, der in Ludovicos Zimmer stand.

Bestürzt sah Pietro sich um. Das Zimmer sah aus, als hätte ein Orkan darin gewütet. Bücher, Papiere, alle möglichen Gegenstände, darunter ein zerbrochenes Gewehr, lagen auf dem Boden verstreut. Ein Stuhl war umgeworfen, die Armlehne zerbrochen.

Und der Principe selbst sah aus, als wäre dieser Orkan auch über ihn hinweggebraust. Seine Hausjacke war schief geknöpft, seine Haare zerrauft, und in seinen Augen glomm ein undurchdringliches Licht. Er starrte auf einen Punkt auf dem Boden.

»Was willst du?«, fragte er, ohne Pietro anzusehen. Er klang erschöpft.

»Ich wollte Euch um Verzeihung bitten«, antwortete Pietro.

»Warum?«

Pietro trat zu ihm. »Als wir uns das erste Mal gesehen haben, habe ich euch gesagt, ich sei ein Hinterwäldler. Und das ist die Wahrheit.«

Der Principe sah auf.

»Ich habe Euch alles zu verdanken«, fuhr Pietro fort. »Dank Euch habe ich meinen Weg gefunden. Und ich habe es Euch mit fehlendem Respekt gedankt.«

Der Principe starrte ihn forschend an.

»Dafür möchte ich Euch um Verzeihung bitten«, sagte Pietro.

Der Principe nickte unmerklich.

»Ihr habt recht damit, dass man, wenn man im Dreck aufwächst, nichts anderes mehr sieht«, fuhr Pietro fort. »Und vielleicht seht Ihr nur die Schönheit, weil Ihr in Schönheit aufgewachsen seid. Ich sehe das Schreckliche, Ihr das Schöne.«

»Ohne Zweifel gibt es beides«, murmelte der Principe, so leise, als redete er mit sich selbst. »Vielleicht gehöre ich einfach nur zum alten Eisen und will nicht wahrhaben, dass die Welt sich ändert.« Er trat ans Fenster.

Pietro hatte mit einem Mal das Gefühl, zu stören.

»Bist du eigentlich auch einer von diesen Revolutionären?«, wollte der Principe dann wissen.

»Nein, Signore«, erwiderte Pietro. »Ich bin nur Fotograf.«

Der Principe legte seine Hand ans Fenster, als wollte er eine Verbindung schaffen zu der Welt da draußen. »Vielleicht bist du mit deinen Fotos der größte Revolutionär von allen.« Er wandte sich zu ihm um. »Vielleicht bist du aber auch einfach nur redlicher und ehrlicher als wir alle.«

»Möchtet Ihr meine letzten Fotografien sehen, Signore?«

»Nein«, gab der Principe zurück. »Jetzt nicht.«

In diesem Moment hallte ein heiserer Schrei durch das Haus.

Pietro erstarrte. »Was war das?« Es hatte sich angehört wie Ludovicos Stimme.

»Nichts«, erwiderte der Principe. »Geh jetzt.«

Doch Pietro verharrte reglos auf der Stelle, als ein weiterer Schrei ertönte. Jetzt war er sicher, Ludovicos Stimme erkannt zu haben. »Signore …«

»Geh jetzt, Junge«, sagte der Principe und verließ ohne ein weiteres Wort das Zimmer.

Pietro hörte ihn die Treppe hinaufsteigen, Stufe für Stufe, schwer und langsam, als läge eine schwere Last auf seinen Schultern. Pietro wusste nicht, was er tun sollte, entschied sich dann aber, den Palazzo zu verlassen.

Der Principe schloss die gepanzerte Tür auf und betrat das Zimmer.

Ludovico hatte das Geschirr, in dem Casimiro ihm Essen gebracht hatte, gegen die Wand geworfen. Auch den Nachttopf hatte er umgeworfen. Er war nicht mehr gefesselt, sein Hemd war zerrissen, seine Haare zerzaust.

»Deine Mutter ist damals weggegangen, weil ich krankhaft eifersüchtig war«, begann der Principe. »Ich war wie von Sinnen … obwohl sie mir gar keinen Grund dafür gab. Sie war eine anständige Frau. Und ich … ich war kein guter Mann.« Er atmete tief durch. In all den Jahren hatte er niemandem davon erzählt und sich verboten, auch nur daran zu denken. »Vielleicht war ihre übernatürliche Schönheit einfach zu viel für mich, ich war besessen von ihr. Ich weiß auch nicht, ich weiß nicht, wie das alles gekommen ist.« Er sah seinen Sohn an. »So wie mit dir. Ich habe den Kopf verloren. Ich habe sie gefesselt und hier eingesperrt, wie dich.« Er hielt inne. »Sie konnte sich befreien, sie hat geglaubt, ich würde sie umbringen, und vielleicht hatte sie recht.« Er schluckte. »In unserer Familie gibt es diesen Irrsinn … Mein Großvater hat seine Frau wirklich umgebracht. Aber das wurde verschwiegen. Und dieses kranke Blut fließt durch meine Adern.« Er sah Ludovico mit schmerzerfülltem Blick an. »Wie kann ein Vater nur … Wie konnte ich dir das nur antun?« Er stieß einen tiefen Seufzer aus. »Deine Mutter ist nicht mit einem anderen Mann davongelaufen. Das habe ich erfunden, weil … nun ja, besser betrogen als verrückt. In Wahrheit ist sie fortgelaufen, weil sie um ihr Leben fürchtete.«

Ludovico versuchte verzweifelt, nichts von all dem in sein Herz zu lassen, sich hinter einer inneren Mauer zu schützen, doch die Worte berührten ihn. »Deine Schuld rechtfertigt nicht ihre. Sie ist nie zurückgekommen, um nach mir zu sehen«, spie er hervor.

»Ein Mal ist sie zurückgekommen«, sagte der Principe. »Zumindest fast.«

»Fast?«

»Sie weihte einen gemeinsamen Freund in ihren Plan ein, doch der berichtete ihr meine Version der Fakten. Du musst das verstehen: Durch die Adern deiner Mutter fließt blaues Blut. Und die Gerüchte, die ich in Umlauf brachte, dass sie mit einem Pferdeburschen durchgebrannt sei … Diese Schande war einfach zu groß in unserer Welt.«

»Und das war schlimmer, als den eigenen Sohn zurückzulassen?« Schmerz und Wut füllten Ludovico aus. »Schlimmer als vorzugeben, ein Kind bräuchte seine Mutter nicht?«

Der Principe schwieg.

»Wenn das Adel sein soll, dann beschmutze ich unseren Namen mit Freude.«

Principe Chiodetti senkte den Kopf.

»Kann ich jetzt gehen?«, fragte Ludovico mit einer Kälte, die ihn selbst erschrak.

»Ja, du kannst gehen«, erklärte der Principe.

Ludovico stieg die Stufen hinunter und verließ den Palazzo.

Als der Principe hörte, wie die Tür dumpf ins Schloss fiel, sank er auf die Knie und legte sich die Hände auf die Ohren, als könnte er damit den Nachhall seiner Worte auslöschen.

# 51

*18. September 1870*

*Kirchenstaat – Rom*

Schon seit Tagen war Leone Pompei unschlüssig. Er wachte tagtäglich vor dem Souterrain in der Via di Panìco und focht eine Schlacht, die er eigentlich nur verlieren konnte.

Denn er selbst hatte hier gar nichts mehr zu sagen.

Als er unter der Engelsbrücke Schwester Alberta getötet hatte, da verstand er alles. Er hatte dem Tod die Hand gereicht und gefürchtet, der Tod könnte ihn auf die andere Seite ziehen. Aber der Tod brauchte ihn noch, ließ ihn leben und machte ihn sich zu eigen.

»Es ist an der Zeit«, befahl ihm der Tod.

Jetzt erhob sich Leone wie eine Marionette vom Bett im Fremdenzimmer von Prior Francos Pfarrei, steckte den Dolch ein und trat mit gesenktem Haupt hinaus.

»Geht Ihr nun zu Eurer Zusammenkunft?«, fragte der Prior.

»Ja«, erwiderte Leone. »Es ist so weit.«

»Ich kann mir Eure Aufregung nur zu gut vorstellen«, sagte der Prior. »Eine solche Ehre, und das in so schwierigen Zeiten für die Heilige Stadt!«

»Ja.«

»Werdet Ihr wiederkommen?«

»Nein«, gab Leone zurück. »Ich komme nicht wieder.«

Prior Franco umarmte ihn. »Jesus sei gepriesen!«

»Er sei gepriesen.«

»Sehr beeindruckend«, erklärte Henri, als er sich die Fotos ansah, die Nella und Pietro ihm gezeigt hatten.

»Die Bilder sind wunderbar, oder?«, meinte Nella stolz.

»Ja«, erwiderte Henri, aber er war nicht bei der Sache.

Pietro deutete das als Desinteresse und nahm die Bilder an sich. »Verzeiht …«

»Nein, im Ernst, sie sind wirklich wunderbar«, beschwichtigte Henri. »Aber ich bin aus einem anderen Grund hier.«

»Was ist denn los?«, wollte Nella wissen, der seine Besorgnis nicht entgangen war.

»Ihr müsst mir versprechen, das Haus nicht mehr zu verlassen«, erwiderte Henri besorgt. »Die Situation hier läuft aus dem Ruder. Dieser bevorstehende Krieg ist … Die Stadt brodelt. Die Leute sind wie von Sinnen. Sie suchen nur noch nach einem Grund, sich gehen zu lassen, wie Tiere«, stieß er verächtlich hervor. »Ich selbst bin auf dem Weg hierher von vier Soldaten eskortiert worden, sie warten draußen auf mich. Also bitte, passt auf euch auf.« Seine Stimme klang eindringlich. Er machte Anstalten, Nellas Hand zu nehmen, tat es aber nicht, weil Pietro anwesend war.

Pietro entging das nicht. »Ich warte draußen.« Dann deutete er auf die Fotos. »Deshalb sind die Leute zu Tieren geworden.«

»Dein Sohn ist ja ein wahrer Philosoph«, bemerkte Henri spitz, als Pietro den Raum verlassen hatte.

»Ja, vielleicht. Ein großer französischer Schriftsteller hat gesagt: ›Solange auf der Erde Unwissenheit und Elend bestehen werden, dürften Fotografien wie diese nicht vergeblich und unnütz sein.‹«

Henri starrte sie überrascht an. »Du kennst Victor Hugo?«

»Wundert dich das, weil ich eine arme Schneiderin bin oder weil ich eine Frau bin?«, ereiferte sich Nella.

»Nein, nein, so habe ich es nicht gemeint«, wehrte Henri ab. »Es ist nur …« Er zuckte die Schultern. »Zuhause durfte ich nicht über ihn sprechen und … na ja, das erzähle ich dir ein anderes Mal.« Dann lächelte er. »Aber bei ihm heißt es: ›Bücher wie dieses‹, nicht ›Fotografien‹.«

»Weiß ich. Aber es geht um dasselbe. Beide sind sinnvollere Waffen als die der Soldaten. Und außerdem vergießt man mit ihnen kein Blut.«

Der Schlag traf Henri hart. Seine Nerven waren wegen der bevorstehenden Schlacht ohnehin zum Zerreißen gespannt, und die zunehmende Feindseligkeit der Römer machte ihm zu schaffen. »Bitte sag nicht auch du, dass ich auf der falschen Seite stehe, bitte …«

»Doch«, gab Nella erbarmungslos zurück. »Du stehst auf der falschen Seite. Aber die anderen auch. Im Krieg gibt es keine richtige Seite.«

»Ihr seid ja eine wahrhafte Philosophenfamilie, Nella, und deine Worte sind schön. Aber es sind eben nur Worte«, gab Henri zurück. Ihm war seine Verärgerung deutlich anzumerken. »Ich bin Soldat. Uns Soldaten macht nicht nur der Krieg aus. Wer ist denn vor drei Jahren dem Volk in Albano zu Hilfe geeilt? Wer hat die Cholera-Toten begraben? Das waren wir, wir Zuaven.« Er glühte jetzt förmlich.

»Du bestätigst nur, was ich eben gesagt habe«, meinte Nella ruhig. »Eure Hilfe in Albano war eine gute Tat. Und es war eines nicht: ein Krieg.«

»Und wie wurde es uns gedankt?« Henris Stimme zitterte. »Mit einer Bombe in der Kaserne Seddistori. Nur wenige Monate später. Das werde ich nie vergessen, denn unter den dreiundzwanzig Zuaven, die dabei starben, war ein Freund von mir.« Er ballte die Fäuste, Wut und Schmerz standen in seinem Gesicht. »*Terroristes de merde!*«

»Terroristen?«, meinte Nella ungläubig. »Nein, Henri. Das waren Menschen wir ihr. Menschen, die an den Krieg glauben.«

»Du redest von einer Welt, die es nicht gibt und niemals geben wird.« Er stöhnte auf. »Ich muss jetzt gehen.«

Nella hielt ihn am Arm zurück. »Lass dich nicht umbringen! Das ist doch sinnlos.«

Henri fuhr ruckartig zu ihr herum. »Ehre ist sinnlos?«

»Ehre nicht«, antwortete Nella unnachgiebig. »Aber Stolz schon.«

»Ich muss jetzt gehen.«

»Du wiederholst dich.«

Henri trat zur Tür. Die Wendung, die dieser Besuch genommen hatte, gefiel ihm ganz und gar nicht, aber er konnte es nun mal nicht ändern.

»Lass dich nicht umbringen«, mahnte Nella noch einmal.

»Du wiederholst dich auch«, gab der Leutnant düster zurück.

»Ich möchte, dass du wiederkommst«, stieß Nella hervor.

Henri verharrte für einen Moment reglos auf der Stelle, dann verließ er die Wohnung. Ohne ein weiteres Wort.

Der Tod kauerte im Schatten und lachte sich ins Fäustchen.

Nachdem der französische Leutnant das Souterrain verlassen hatte und der Rotzjunge wieder eingetreten war, befahl er Leone anzuklopfen.

Während er wartete, dass man ihm öffnete, befahl er ihm, Capitano Lonigros Dolch hervorzuholen.

Pietro öffnete.

Ein Tritt des Frater ließ ihn zurücktaumeln. Leone schlüpfte in den Raum und schlug die Tür hinter sich zu.

»Wer seid Ihr?«, stieß Nella alarmiert hervor.

Der Franziskaner zog seine Kapuze herunter und entblößte sein hässliches Antlitz: den Kopf mit den spärlichen Haaren, schwarz wie grindige Krähenfedern, die speckige Haut am Schädel, durchsetzt mit roten Stellen.

»Ihr?«, rief Nella.

Auch Pietro erkannte ihn sofort, und sofort suchte seine Hand nach dem Messer.

Aber schon hatte der Tod Nella gepackt, an sich gezogen und ihr den Dolch an den Hals gesetzt.

»Lass sie los, Dreckskerl!«, brüllte Pietro.

Doch der Tod lachte nur, fast wohlwollend. »Ich bin nicht mehr der Feigling von damals«, verkündete er mit seltsam tonloser Stimme. »Ich habe viele Menschen umgebracht, um endlich hier anzukommen.«

In Nellas weit aufgerissenen Augen stand das pure Grauen.

»Lass sie los!«, wiederholte Pietro.

Spöttisch sah der Tod Pietro an. »Glaubst du wirklich, dass du hier Befehle geben kannst?« Er verstärkte den Druck des Dolchs an Nellas Hals.

Fieberhaft suchte Pietro nach einem Ausweg, seine Gedanken rasten.

»Erinnert Ihr Euch, was dieser Bengel zu mir gesagt hat, Contessa?«, wollte der Tod wissen. Er redete vollkommen ruhig, und ihm war anzumerken, wie viel Vergnügen ihm das Ganze bereitete. »›Tu das nie wieder, oder ich schlitze dich auf, du Ratte.‹« Ein boshaftes Lachen entrang sich seiner Brust. »Und Ihr? Was habt Ihr gesagt, als ich protestiert habe?«

Nella war starr vor Grauen.

»Sagt es noch einmal, Contessa«, forderte der Tod mit seiner schrecklichen Stimme. »Na los, holt diese Worte noch einmal hervor, oder ich schneide Euch die Kehle durch und hole sie eigenhändig heraus.«

»Dass Ihr … Euch wie ein Tier … verhalten habt«, stammelte Nella.

Ohnmächtige Wut brodelte in Pietro. »Lass sie los und uns die Sache unter Männern ausmachen!«, schrie er.

»Nur keine Eile.« Die Stimme des Todes hallte unheimlich im Souterrain wider. »Wenn ich es will, dann machen wir das hier noch unter Männern aus. Und dann gibt es für dich kein Entkommen.« Er sah ihn durchdringend an. »Bist du bereit zu sterben?«

Pietro wusste nur zu gut, wie ein Mann aussieht, der tötet, als wäre nichts dabei, das hatte er oft genug bei Albanese gesehen. Und dieser Mann hier sah genauso aus.

»Lauf weg, Pietro!«, kreischte Nella. »Lauf!«

»Ich lasse dich nicht allein!«, schrie er.

Der Tod lachte. »Sehr schön! So stirbt ein wahrer Mann!«

»Bitte, Pietro, lauf weg«, flehte Nella.

Der Tod verstärkte den Druck des Dolchs noch ein wenig, gerade genug, dass er die Haut an Nellas Hals einritzte und ein Tropfen Blut hervorquoll. Kaltherzig sah er Pietro an. »Na los! Aber dreh dich bloß nicht mehr um, sonst wirst du dich immer an ihre durchtrennte Kehle erinnern und daran, wie dieser schöne Hals sich mit Blut tränkte.« Er knurrte. »Und wenn du wegläufst, dann ist das deine Schuld. Vielleicht hättest du sie gerettet, wenn du geblieben wärst. Aber ganz sicher wirst du derjenige gewesen sein, der ihr Todesurteil gesprochen hat.«

»Hör nicht auf ihn, Pietro!«, schrie Nella. Sie wehrte sich, erreichte damit aber nur, dass die Klinge immer tiefer in ihren Hals einschnitt. »Er wird uns beide umbringen, lauf weg!«

Der Tod lockerte seinen Griff. »Siehst du, wie sehr sie dich liebt?«, wandte er sich unerwartet vergnügt an Pietro. »Das ist ja rührend. Sieh sie dir an. Sie würde sich sogar selber die Kehle durchschneiden, um dich zu retten.« Er seufzte. »Liebe ist doch wirklich wunderbar.«

»Er tötet uns beide, Pietro!«, schrie Nella noch einmal. »Lauf, bitte. Er ist verrückt, siehst du das nicht?«

»Lass sie los, ich bitte dich«, stieß Pietro hervor.

»Bitte mich auf Knien.«

»Tu es nicht, Pietro …«

Pietro kniete nieder. »Bitte, lass sie gehen …«

»Du bittest mit einer Waffe in der Hand?« Der Tod fand dieses Spiel entzückend. »Das geht nicht, dass jemand mit einer Waffe in der Hand bittet. Das verstehst du doch?«

Pietro ließ das Messer auf den Boden fallen.

»Gut, Kindchen«, spottete der Tod.

»Pietro, bitte geh«, schluchzte Nella.

»Und jetzt wollen wir einmal sehen, ob du sie so sehr liebst wie sie dich. Hast du gesehen? Sie hätte sich für dich umgebracht. Und du? Würdest du das auch tun?«

»Was … was soll ich tun?« Pietros Stimme zitterte.

»Komm her«, erwiderte der Tod. »Nimm ihren Platz ein.«

»Nein«, schrie Nella und versuchte, sich mit der Klinge selbst zu verletzen.

Aber darauf war der Tod vorbereitet. Er senkte den Dolch und packte sie brutal an den Haaren. »Komm her«, forderte er Pietro auf.

Pietro erhob sich.

»Nein … Pietro … nein …«, schluchzte Nella.

»Glaubst du, dass sie wegläuft, wenn du an ihrem Platz bist?«

»Nein«, erwiderte Pietro, ohne zu zögern.

»Ich auch nicht«, höhnte der Tod.

Pietro machte einen Schritt auf ihn zu. Ihm war übel.

»Nein … Pietro …«

»Komm schön her.«

Pietro war nun noch eine Armeslänge entfernt. Er sah alles verschwommen.

Da stieß der Tod Nella weg, packte Pietro blitzschnell und setzte ihm den Dolch an den Hals. »Geht einen Schritt zurück, Contessa.«

Nella gehorchte.

Pietro spürte die scharfe Klinge an seinem Hals. Aber er wusste, Leone würde nicht zulassen, dass er selbst sich daran verletzte, denn er brauchte ihn noch, um die Contessa zu erpressen.

Nella sah ihn an. »Ich bitte Euch …«

»In diesem Haus wird aber viel gebeten.« Der Tod war sichtlich zufrieden. »Sagt: ›Ich bitte Euch, Tier.‹ Na los.«

»Ich bitte Euch … Tier.«

Der Tod lächelte. »In diesem Spiel wiederholt sich alles«, befand er.

»Ich bitte Euch …«

»Es bleibt nur eines: Ich schneide dem Rotzjungen jetzt die Kehle durch. Er ist mir ohnehin nicht wichtig.« Er kam ganz nah an Pietros Ohr. »Du bist hier nur Nebendarsteller. Es geht um sie.« Er blickte zu Nella. »Also, ich schneide dem Flegel hier jetzt die Kehle durch.«

»Nein!«

»Still!«

Nella schwieg.

»Dann wird Folgendes passieren: Ihr lauft weg oder versucht, mich anzugreifen. Und dann schneide ich auch Euch die Kehle durch. Es ist ganz einfach«, unkte der Tod.

»Nein!«, rief Nella. Und warf sich ihm entgegen.

Henri Beras hatte die Kaserne schon fast erreicht, da blieb er plötzlich stehen.

Seine vier Soldaten machten ebenso Halt.

»Geht ruhig hinein, ich komme gleich«, sagte er.

»Signore, wir …«

»Das ist ein Befehl!« Henri legte seine Hände auf seine Dienstpistole und den Dolch. »Ich kann mich sehr gut allein verteidigen. Mir wird nichts geschehen.«

Die Soldaten sahen ihn verunsichert an, dann salutierten sie und marschierten zur Kaserne.

Seit er Nella verlassen hatte, dachte er an sie. Was war er doch für ein Dummkopf! Er war dabei, in die Schlacht zu ziehen – und da fiel ihm nichts Besseres ein, als vorher noch einen Streit mit Nella vom Zaun zu brechen?

›Lass dich nicht umbringen‹, hatte sie voller Sorge gesagt.

Aber falls das doch geschehen würde – schließlich konnte er

das Gegenteil nicht garantieren –, wenn er also sterben würde, dann sollte sie ihn wenigstens als stolzen Soldaten in Erinnerung behalten.

»Du liebst sie«, murmelte er. »Du sagst, dass du sie liebst und hast sie zum Abschied nicht einmal geküsst.«

Er fing an zu rennen. Bei seiner Rückkehr in die Kaserne würden sie ihm ordentlich den Kopf waschen. Es war schon schwierig genug gewesen, die Erlaubnis zu erhalten, sie zu besuchen. Und er hatte sie verschwendet für nichts. Jetzt wollte er es wiedergutmachen, koste es, was es wolle.

Einen Kuss würde er ihr geben. Und sie würde ihn ohne Worte verstehen.

Er würde nicht sein Leben riskieren, ohne den Geschmack ihrer Lippen noch einmal gekostet zu haben.

Voller Vorfreude lief er über die Engelsbrücke. Die Via di Panìco glitt unter ihm hinweg wie frisch geölt.

Er stieg die drei Stufen zum Souterrain hinunter und wollte klopfen, als er verwundert feststellte, dass die Tür nur angelehnt war.

Erwartungsvoll stieß er sie auf.

»Nein!«, schrie Nella in diesem Moment und stürzte sich auf einen Frater, der Pietro einen Dolch an die Kehle setzte.

Der Frater versetzte ihr einen Tritt in den Unterleib, der sie stürzen ließ. Und machte sich daran, dem Jungen die Kehle durchzuschneiden.

Henri stürmte herein.

»Halt«, schrie der Mann und drohte mit dem Dolch, ohne Pietro loszulassen.

In diesem Moment versetzte Pietro ihm einen Hieb mit dem Ellbogen in die rechte Seite, dorthin, wo – wie Albanese ihm beigebracht hatte – die Leber war.

Leone zuckte zusammen und lockerte den Griff. Und plötzlich stand ihm alles glasklar vor Augen: Er wusste, dass auch die

Contessa und der Junge dem Tod nicht reichen würden, wusste, er würde weitermorden müssen, weil der Tod es so wollte. Er musste ihm Einhalt gebieten, denn er konnte nicht mehr.

Und als der Tod den Jungen schon wieder packen wollte, da widersetzte sich Leone für einen Moment. Nur für einen winzigen Moment, der Pietro aber ausreichte, um sich aus seinem Griff zu wenden.

»Bastard, ich hab dich drangekriegt«, schrie Leone.

Henri zog die Pistole, zielte und schoss.

Der Tod schrie zornig auf, als die Kugel ihm die Brust aufriss, eine Rippe zertrümmerte, sich kurz in sein dunkles Herz schmiegte, um endlich in seinem linken Lungenflügel zum Stillstand zu kommen.

»Du hast verloren«, murmelte Leone Pompei und spürte, wie seine Beine nachgaben. »Du … hast … verloren«, wiederholte er und sank zu Boden.

»Ich … habe … gewonnen«, stammelte er und spürte, wie der Tod seine Hand freigab.

Das erste Mal im Leben hatte Leone Pompei gewonnen.

»Ich … bin … kein Verlierer«, murmelte er mit letzter Kraft. »Ich … habe … dich besiegt.«

Noch einmal lachte er. Aber diesmal war es ein seliges Lachen. Und während ihm Blut aus dem Mundwinkel rann, fand Leone Pompei seinen Frieden.

# 52

*Nacht vom 19. auf den 20. September 1870*

*Kirchenstaat – Rom*

»Sie sind da!«

Die Kunde verbreitete sich in Rom wie ein Lauffeuer.

»Sie sind da!«

Es wurde geraunt und gewispert, die Seelen der Römer aber hallten wider vor lautem Jubel.

»Die Italiener sind da!«

Gerüchte und Neuigkeiten machten rasch die Runde.

Die Truppen des Königreichs Italien hatten Rom umstellt. Und sie biwakierten wenige hundert Meter vor dessen Mauern. Die Artillerie lagerte vor Porta San Lorenzo, Porta San Giovanni, Porta Maggiore, Porta San Pancrazio, Porta del Popolo und Porta Pia an der Via Nomentana, wo sich der Großteil der Streitkräfte versammelt hatte. Die Kommandozentrale unter Befehl von General Cadorna hatte man in der Villa Albani eingerichtet, einen halben Kilometer von Porta Pia entfernt.

»Es ist so weit!«

»Es ist so weit!«, ertönte es in allen Winkeln und Gassen, während sich die Dämmerung über die ewige Stadt senkte.

»Es ist so weit!«

»Ich muss hier raus«, verkündete Pietro. Ein Tag war vergangen, seit Henri den tödlichen Schuss auf Leone abgegeben hatte.

Er blickte starr auf den Boden. Dorthin, wo es Nella nicht ganz gelungen war, das Blut Leone Pompeis wegzuwischen.

Sein Blick wanderte hinauf zu dem makellosen Hals der Contessa, auf dem nur eine winzige Wunde zu sehen war an der Stelle, wo die Klinge die Haut eingeritzt hatte.

»Pass auf dich auf«, murmelte Nella, und ihr Blick verharrte für einen Moment ebenfalls auf dem Fleck auf dem Boden. Diesem Fleck, der vom Tod kündete. Und vom Leben. Denn sie hatten sich retten können, als fast keine Hoffnung mehr bestand.

»Und du … was machst du?«, wollte Pietro wissen, den Fotoapparat geschultert.

»Ich warte auf dich«, erwiderte Nella.

Pietro wusste, dass sie nicht nur auf ihn, sondern auch auf Leutnant Beras warten würde, und das erfüllte ihn mit Freude.

Sie sahen sich in stillem Einverständnis an, lange. Sie hatten nicht mehr über Leone gesprochen, aber die Angst, Nella zu verlieren, wütete noch in ihm. »Schließ die Tür ab. Und pass gut auf dich auf«, schärfte Pietro ihr ein.

Nella lachte kurz auf. »Du ziehst in den Krieg, und ich soll aufpassen?«

»Ich ziehe nicht in den Krieg.«

»Ich weiß.« Nella wusste nur zu gut, dass sein Krieg ein Krieg ohne Waffen war, er kämpfte auf seine Art für die Wahrheit.

»Jetzt geh schon.«

Pietro lächelte ihr zu und trat ins Freie.

In der Nachtluft lag fast greifbar etwas Großes, Bedeutsames.

Ein junges Reich, gerade einmal zehn Jahre alt, würde sich ein jahrtausendaltes einverleiben.

Dieser Moment würde in die Geschichte eingehen.

Pietro lief durch die gespenstische Stadt.

Die Straßen waren menschenleer, die Fenster verrammelt. Und doch schien es Pietro, als könnte er in dieser gespenstischen Stille hören, wie die Römer hinter ihren verschlossenen Fensterläden die Luft anhielten. Und wenn man aufmerksam lauschte, konnte man ein Pochen hören, die hämmernden Herzen der

Römer, die darauf warteten, dass eine neue Welt ihren Anfang nahm.

In der Nähe der Porta Pia füllten sich die leeren Straßen mit päpstlichen Truppen.

Sie hielten ihn aber nicht auf, sahen ihn nur an.

Erst als er wenige Meter vor dem Tor war, richtete ein Soldat das Gewehr auf ihn und hieß ihn mit weit aufgerissenen Augen stehen zu bleiben. Ihm stand die Anspannung ins Gesicht geschrieben, eine Schlacht kämpfen zu müssen, von der er wusste, dass sie verloren war. Aber als Soldat würde er sie trotzdem kämpfen müssen. Und genau diese Spannung und Angst warteten nur auf einen dahergekommenen, wehrlosen Jungen, um in Zorn umzuschlagen.

Der Soldat beschimpfte ihn auf Französisch und wollte ihm schon den Gewehrkolben überziehen.

*»Calme-toi, soldat!«*, ertönte plötzlich eine schneidende Stimme. Leutnant Beras baute sich vor dem Soldaten auf und wiederholte leise, aber noch schneidender: *»Calme-toi.«*

Der Soldat sah erst seinen Vorgesetzten, dann den großen, mageren Jungen an. *»Pardonnez-moi«*, wandte er sich an den Leutnant, aber es war offensichtlich, dass er den Jungen meinte. Er ließ die Waffe sinken und ging wieder an seinen Platz.

»Was machst du hier, Junge?«, ereiferte sich Henri.

»Ich will raus und auch die italienischen Truppen fotografieren.«

»Du glaubst doch nicht ernsthaft, dass wir dir hier die Tore öffnen, vor denen der Feind wartet?« Henri stieß eine Art Lachen aus. »Sollen wir uns noch vor dir verbeugen, oder geht es auch etwas weniger förmlich?«

Da erst wurde Pietro klar, wie absurd sein Vorhaben war. »Ich bin wirklich ein Dummkopf«, gab er kleinlaut zu.

»Weiß deine Mutter, dass du hier bist?«, erkundigte sich Henri.

Pietro nickte.

»Sie hat nicht versucht, dich zurückzuhalten?«

»Ich glaube, das hätte sie gerne … hat sie aber nicht.«

»Sie ist … sehr besonders«, bemerkte Henri.

Pietro nickte.

»Und jetzt sieh zu, dass du hier wegkommst, diesen Gefallen musst du mir tun«, drängte Henri.

»Ihr habt mir mehr als einmal das Leben gerettet«, sagte er. »Wenn Ihr nicht achtgebt, dann werde ich Euch am Ende noch mögen … obwohl Ihr Franzose seid.«

Henri lächelte. *»Fais attention à toi«*, ermahnte er ihn.

»Ihr auch«, erwiderte Pietro. »Passt auf Euch auf. Meine Mutter wartet auf Euch.«

Henri dachte an den Moment, nachdem er diesen irren Mörder beseitigt hatte. Obgleich Nella vollkommen entsetzt gewesen war, hatte sie einen für sie typischen Spruch geäußert: »Die ganze Zeit über fürchten wir, du könntest sterben, und was passiert? *Wir* wären fast draufgegangen. Hier«, hatte sie schluchzend hervorgestoßen, dann hatten ihre Beine nachgegeben. Henri fing sie auf und hielt sie um die Taille geschlungen fest. Nach einer Weile löste sie sich von ihm und wies Pietro zurecht: »Und du solltest dir angewöhnen, mir zu gehorchen. Wenn ich sage, dass du weglaufen sollst, dann tust du das!« Und der Junge – von dem Henri anfangs nichts gehalten hatte – erwiderte stolz: »Ich würde dich nie alleinlassen. Nie.« Nella zog ihn an sich, und so blieben sie stehen, schweigend, mit diesem toten Körper zu ihren Füßen, aus dem das letzte Blut sickerte. Schließlich sah Nella zu Henri hinüber, lächelte und sagte: »Ich nehme alles zurück, was ich vorhin über Soldaten gesagt habe. Ich danke Gott, dass du Soldat bist und so gut zielen kannst.« Und dann war sie auf ihn zugegangen und hatte ihn geküsst.

Jetzt aber stand der Feind jenseits der Mauern, und Henri fuhr sich mit dem Daumen über die Lippen, als könnte er damit diesen Kuss bewahren. Und doch wünschte er sich nichts sehnlicher, als dass es nicht der letzte sein würde.

»Leutnant Beras.« Die Stimme von Major Fernand de Troussures holte ihn aus seinen Gedanken. »Ich möchte, dass Ihr zum Petersdom geht und die Zuaven bei seiner Heiligkeit vertretet.«

»Aber die Schlacht ist hier, Major!«, gab Henri zurück.

»In seiner dunkelsten Stunde werdet Ihr an der Seite des Papstes stehen«, bemerkte Major Troussures. »Niemand darf an diesem Tag die Zuaven vergessen. Und Ihr seid derjenige, der uns vor den Augen der Welt vertreten wird.«

»Aber Major …«

»Leutnant Beras. Ich bitte Euch: Zwingt mich nicht, laut zu werden. Dies ist ein Befehl«, versetzte Major Troussures bestimmt. »Am Tag unserer Niederlage sollten wir Würde bewahren«, erklärte er gefasst und legte ihm eine Hand auf die Schulter. »Mehr können wir nicht tun.«

Henri salutierte. »Zu Befehl.«

Alle vom Zirkus Callari warteten im großen Zelt, zum Aufbruch bereit. Alle waren da: nicht nur die italienischen Zirkusmitglieder, sondern auch die anderer Nationalität.

Auf Melos Befehl würden sie in die Schlacht ziehen.

Melo saß auf seinem wackligen Hocker bei den Ställen, zog ein letztes Mal an seiner Zigarre, drückte sie aus und erhob sich. »Komm«, sagte er zu Marta, die ungewöhnlich still bei ihm gesessen hatte. Er deutete auf das französische Chassepot in ihrer Hand. »Du weißt ja jetzt, wie man damit umgeht. Und bloß nicht zu lange warten.«

Marta nickte. Ihre Kehle war wie zugeschnürt, die Zunge lag schwer im Mund, die Lippen waren trocken und klebten trotzdem aneinander.

»Sag was«, forderte Melo sie auf. »Es ist mir unheimlich, wenn du so still bist.«

»Was soll ich denn sagen?«

»Dass du keine Dummheiten machst«, gab Melo ernst zurück.

»Ich mach keine Dummheiten.«

»Gut«, brummte Melo. »Dann komm. Alle warten schon auf uns. Es ist so weit.«

Marta folgte ihm.

Als Melo das Zelt betrat, ging ein Raunen durch die Reihen.

»Seid ihr bereit?«

Die Italiener erhoben ihre Gewehre.

Melo sah sich zufrieden um. »Na dann, los.«

»Wartet«, rief Ascanio, der hinter Melo ins Zelt getreten war, auch wenn er nicht mit in die Schlacht ziehen würde, weil er sich zu alt fühlte. »Wenn man euch sieht, weiß man gar nicht, wer ihr seid. So könnt ihr nicht gehen!«

Melo und die anderen blickten ihn fragend an.

»Eure Kostüme sollt ihr tragen!«, rief Ascanio. »Zieht euch an wie für eine Vorstellung.«

»Was redest du denn da?«, fragte Melo verwundert und sprach damit aus, was alle dachten.

Ascanio hob stolz das Kinn. »Jeder soll sehen, dass der Zirkus Callari ein italienischer Zirkus ist!«, rief er inbrünstig, dann reckte er die Faust in die Luft. »Viel zu lange haben wir uns versteckt! Und jetzt beeilt euch!«

Kurz herrschte Stille, dann erhob sich begeistertes Gemurmel, und einer nach dem anderen liefen die Zirkusleute aus dem Zelt, um sich umzuziehen.

»Du bist wirklich der größte Anführer der Welt«, schmunzelte Melo.

Ascanio umarmte ihn. »Dass du mir heile wiederkommst«, ermahnte er ihn. »Und nimm ein Pferd.«

»Ich reite nicht mehr.«

»Das solltest du aber, du Sturkopf!«, schimpfte Ascanio.

»Nein.«

Ascanio gab auf.

»Armandina«, rief Melo La Bella, die mit einem geschulterten Gewehr ein Stück entfernt stand. »Sattel dir ein Pferd. Der Großteil der italienischen Streitkräfte liegt vor der Porta Pia. Wahrscheinlich werden sie dort angreifen, aber ganz sicher bin ich nicht. Du musst von einem Tor zum anderen reiten und uns Bescheid geben, wo sie durchbrechen.«

»In Ordnung«, willigte Armandina ein. »Ich mache gleich eins fertig.«

Dann kamen die anderen in ihren bunten Kostümen zurück.

»Und dass sich niemand von euch umbringen lässt!«, rief Ascanio. »Wenn auch nur eines der Kostüme von einer Kugel gestreift wird, dann komme ich höchstpersönlich zu euch ins Jenseits und lasse es mir bezahlen!«

Alle lachten.

Auch die, die keine Italiener waren, hatten sich umgezogen.

»Was ist denn mit euch los?«, wollte Ascanio wissen.

Heinrich, der Akrobat aus Österreich, trat einen Schritt vor, ebenso wie seine drei Partner: ein weiterer Österreicher, ein Serbe und ein Spanier. Sie alle trugen je ein locker aufgewickeltes Seil um den Hals, das war Teil ihres Kostüms. »Ich hau ja nich einfach ab und lass die Leute hier allein. Dieser ganze Mist von wegen Italien juckt mich nich, aber die andern vom Zirkus eben schon …«

»Und jetzt?«, erkundigte sich Ascanio.

»Will ich ein Gewehr«, gab Heinrich zurück.

»Ich auch Gewehr«, warf der polnische Messerwerfer Andrej ein. Ebenso Dimitri, ein Russe. Und Françoise, die französische Schlangenfrau. Und der deutsche Jongleur Bernhard.

Alle im Zelt waren gerührt.

Und Marta verstand, was Melo meinte, wenn er sagte, sie seien eine große Familie.

»Lasst uns gehen«, rief Melo. »Die Gewehre bekommt ihr da,

wo die anderen auf uns warten.« Und er marschierte los, gefolgt von seinem bunten Heer.

Sireno blieb als Einziger bei Ascanio zurück.

»Gehst du nicht mit?«, erkundigte sich der Zirkusdirektor.

»Meine Schulter ist noch nicht wieder in Ordnung.«

»Feigling.« Verächtlich spuckte Ascanio aus und ging, um zu beobachten, wie das Regiment Callari in die Schlacht zog.

Vor dem Zelt traf Melo auf Armandina, die zwei gesattelte Pferde am Zügel führte. »Was willst du mit zwei Pferden?«

»Eins ist für dich«, erwiderte La Bella.

»Ich reite nicht mehr«, brummte Melo.

»Hör auf mit dem Mist.«

»Nein.«

»Doch.« Armandina trat dicht vor ihn. »Du reitest, denn deine Leute müssen ihren stolzen Capitano Melo sehen, nicht einen alten Brummbär mit krummen Beinen, der sich kaum aufrecht hält. Sie glauben an dich. Tu es für sie.«

»Dreckskerl! Gleich kriegste was mit mein Gürtel!«

Albanese saß am Bett seines dementen, invaliden Vaters. In der Hand hielt er sein erstes Messer, das, welches er Pietro geschenkt hatte. Er betrachtete es gedankenverloren, während der Vater ihn wüst beschimpfte.

Den ganzen Tag hatte er damit verbracht, die Klinge seines Dolchs zu schärfen und zwei Pistolen zu laden, die Ferro ihm besorgt hatte.

Er trug die beiden Pistolen hinten im Gürtel, hatte den Dolch dabei und die Taschen mit Patronen gefüllt.

»Bastard! Hurensohn! Ich reiß dich in Stücke, reiß ich dich!«

Pietro hatte ihn in die Knie gezwungen, auch wenn er das dem Jungen gegenüber nicht zugeben wollte.

Er hatte sich vorgemacht, es wäre vorbei mit seiner Einsamkeit. Aber so war es nicht.

Er hatte es sofort gesehen: Dieser Junge war den anderen voraus.

Jetzt aber wusste er, dass er auch ihm voraus war.

Er hatte ihn geschlagen. Deshalb war er ein Campione.

Albanese bemerkte, dass seinem Vater ein Spuckefaden aus dem Mund troff, und wischte ihn mit einem Taschentuch ab.

Der Vater versuchte ihn zu beißen.

Albanese achtete nicht darauf und steckte das Taschentuch wieder ein.

Ja, der Junge hatte ihn in die Knie gezwungen.

Aber er stand schon wieder. Denn er, er war Albanese. Der Stärkste von allen. Der Härteste. Er brauchte niemanden.

»Vater«, fing er an, »ich riskier jeden Tag mein Leben. Aber vorm Tod hab ich keine Angst. Das hab ich dir zu verdanken. Du hast mir beigebracht, stark zu sein.«

»Dreckskerl! Jetzt biste dran!«

»Keine Ahnung, was heute mit mir los ist. Hoffen wir einfach mal, dass du mir kein Unglück bringst.« Er nahm sein erstes Messer, die Waffe, mit der er das erste Mal einen Mann umgebracht hatte. »Aber ich wollte dir was sagen.«

»Dreckstag, an dem du geborn bist!«

Albanese klappte das Messer auf. »Wenn ich nicht wiederkomme … Also, es kümmert sich ja sonst niemand um dich. Dann verdurstest und verhungerst du hier in deinem Bett, eingesabbert und mit vollen Hosen.« Er legte ihm eine Hand auf die Brust.

Der Vater versuchte, sie abzuwehren, aber er war zu schwach. Nicht viel mehr als ein Skelett war von ihm übrig. Allein seine bestialische Wut hielt ihn am Leben.

»Ich lass dir das Messer hier«, fuhr Albanese fort. »Wenn ich morgen nicht zurückkomme, dann musst du nicht verdursten. Schneid dir die Pulsadern auf. Das ist ein guter Tod.« Er legte das Messer auf die Bettdecke. »Einmal im Leben kannst auch du ein bisschen Würde beweisen. Ein Mann sein.«

»Du bist der schlimmste Sohn, wo gibt.«

»Und du ein schlimmer Vater«, erwiderte Albanese leise.

»Prügel haste verdient, sonst nichts!«

»Hast du mich verstanden?«, schrie Albanese ihn plötzlich an. »Kapierst du eigentlich, worum es hier geht?«

Die Augen seines Vaters schienen ihn kurz wahrzunehmen, und Albanese glaubte, dass er ihn hörte. Und verstand. Und dann tat Albanese etwas, das er noch nie getan hatte: Er umarmte ihn.

Der Vater biss ihn ins Ohr. »Dreckskerl!«, schrie er, und seine Augen verloren sich wieder ins Leere.

Albanese stand auf. Ruhig sah er seinen Vater an. »Wenn ich nicht wiederkomme, bring dich um«, riet er ihm fast zärtlich, ehe er die Wohnung verließ.

Eigentlich hatte Pietro einige Fotos von den päpstlichen Soldaten schießen wollen. Aber was er sah, fand er leer und seelenlos. Dann überlegte er, das verlassene, nächtliche Rom zu fotografieren. Doch auch das fand er nichtssagend.

Er strich an den Mauern entlang. Nachdem er im Kopf eine Weile verschiedene Möglichkeiten durchgespielt hatte, war ihm klar, dass er sie niemals überwinden könnte, sie waren mehr als sechs Meter hoch.

Er dachte an Marta, die in diesen Kampf ziehen würde. Er musste sie noch einmal sehen. Ihr sagen, dass sie auf sich achtgeben solle. Aber würde das etwas nutzen? Konnte man darauf achtgeben, sich keine Kugel einzufangen? Ganz plötzlich befiel ihn die Angst, er könnte sie verlieren. Er musste sie sehen. Küssen. Ihr sagen, dass er sie liebte. Er fing an zu rennen. Sicher war sie im Versteck der Lupi.

Doch als er den Platz vor der Osteria erreichte, war sie nicht da. Dort standen nur die anderen und starrten mit weit aufgerissenen Augen alle in dieselbe Richtung.

Pietro folgte ihrem Blick. Und traute seinen Augen nicht.

Ein vollkommen unwirklich anmutender Trupp kam auf sie zu. Paillettenumhänge und seidene Kostüme schimmerten im Licht der Gaslaternen, und die Clownsgesichter mit den aufgesetzten Nasen und den aufgemalten, immer lachenden Mündern schillerten unheimlich in der Dämmerung.

Ganz vorne ritt Melo aufrecht auf einem pechschwarzen Pferd.

»Soll das ein Witz sein?«, fragte einer der Lupi, als der Zug sie erreichte.

»Das ist die ernsthafteste Angelegenheit, die du dir vorstellen kannst«, erwiderte Melo.

Marta lief zu Pietro. »Das ist doch wunderbar, oder?«, rief sie.

»Unglaublich … ja.« Pietro prustete los.

»Da gibt's überhaupt nichts zu lachen«, bemerkte Marta ernst.

Und in diesem Moment gelang es Pietro, den Trupp mit Martas Augen zu sehen: Er sah keine Clowns mehr, keine Zwerge, Artistenanzüge, Schlangenkostüme, Zaubermäntel. Er verstand, dass ihre Farben Rot, Gelb, Grün, Gold und Blau nicht einfach zusammengewürfelt waren, sondern eine Uniform ergaben. Ihre Uniform. »Verzeih«, entschuldigte er sich. »Sie sind … Ihr seid großartig!«

»Ja, das finde ich auch«, verkündete Marta stolz.

»Gebt jedem dieser Soldaten, der noch keins hat, ein Gewehr!«, befahl Melo.

Schon wenige Augenblicke später waren alle Zirkusleute bewaffnet.

»Das hier sind wahre Brüder, wahre Patrioten«, rief Melo. »Sie sind bereit, füreinander zu sterben. Seht sie euch an. Und schneidet euch eine Scheibe von ihnen ab, wenn die Schlacht beginnt.«

Die Jugendlichen und Lupi mit ihrer blassen Kleidung mischten sich unter die schillernde Truppe. Nur Ludovico hielt sich abseits. Die Nächte, die er, nachdem er von zu Hause fortgegangen war, im feuchten Versteck der Lupi verbracht hatte, waren ihm deutlich anzusehen. Er war schmutzig, erschöpft und noch immer aufgewühlt von dem Streit mit seinem Vater. Seine Augen glänzten fiebrig, und er hielt sich an seinem Gewehr fest wie an einem Rettungsring.

»Los jetzt!«, befahl Melo. »Hast du die Munition dabei?«, rief er Paride zu, der auf dem Bock seiner Kutsche saß.

»Ja, Signore«, gab Paride zurück.

»Gut. Dann also los.«

»Wartet!«, war mit einem Mal die Stimme einer Frau zu hören.

Und da kamen die Frauen aus dem Zirkus angelaufen, die zu alt oder zu jung zum Kämpfen waren. Sie trugen Behälter mit Wasser, dazu Feuerholz und Körbe.

Auch Signora Musumeci hastete auf ihren kurzen Beinen heran. »Gott bewahre«, rief sie. »Wenn nötig, kümmern wir uns um die Verletzten. Nicht nur um unsere. Nein, um alle italienischen Soldaten.«

Der Blick, den ihr Mann in seinem Clownskostüm ihr schenkte, war voller Stolz.

»Paride!«, rief Melo. »Du bringst die Verletzten vom Schlachtfeld zur Krankenstation. Gott segne die Frauen!«

»Gott segne die Frauen«, echoten alle.

»Auf zur Porta Pia!«, schrie Melo.

In Reih und Glied setzte sich die ungewöhnliche Truppe in Bewegung.

»Hier bleiben wir«, befahl der altgediente Capitano kurze Zeit später. Sie befanden sich in einer dunklen Gasse, etwa hundert Meter vor dem Tor. Von dort konnten sie die päpstlichen Truppen sehen, ohne selbst gesehen zu werden.

Pietro und Marta, die Hand in Hand mitgelaufen waren, gingen nun ein Stückchen abseits und küssten sich.

»Willst du nicht an unserer Seite stehen?«, wollte Marta wissen.

»Ich werde bei euch sein. Aber auch bei den Franzosen. Und wenn ich kann, auch bei den Italienern.«

»Wovon redest du? Auf welcher Seite bist du?«

»Ich mache Fotos. Von allen. Ich will die Schlacht zeigen.«

»Wozu soll das gut sein?«

»Wenn das hier alles vorbei ist«, erklärte Pietro, »dann müssen die, die nicht dabei waren, auf die Erzählungen der anderen vertrauen …«

»Na und?«

»Woher willst du wissen, dass man ihnen die Wahrheit erzählt?«, fragte Pietro. »Ich bin mir da nicht so sicher. Wenn gesagt wird, dass es in Rom keine Armut gibt, kann ich das Gegenteil beweisen, denn ich habe Fotos davon.« Kurz stockte er. Er wusste, was er sagen wollte, fand aber nicht die richtigen Worte. »Die Gewinner schmücken die Geschichten doch immer so aus, dass sie gut dabei wegkommen, oder?« Er strich über seinen Fotoapparat. »Aber meine Fotos, die erzählen die reine Wahrheit, verstehst du? Die lügen nicht.«

Marta betrachtete ihn liebevoll. Pietro spielte genau auf das an, was mit Melos Marta geschehen war. In den Erzählungen der Sieger kam sie nicht vor. Aber wenn zu Zeiten der Römischen Revolution einer wie Pietro da gewesen wäre, dann wäre die Erinnerung an Melos Marta nicht verlorengegangen. Niemand hätte so tun können, als hätte es sie nicht gegeben. »Du hättest eine Revolutionärin fotografiert, wie sie kämpft und wie sie später ihre Feinde verarztet«, sagte sie nachdenklich.

Pietro sah sie verständnislos an. »Was redest du denn da?«

Marta schob ihm die Strähne aus der Stirn. Ja, seine Mutter hatte recht. Pietro war immer für eine Überraschung gut. Er war einfühlsam, hatte ein großes Herz und einen scharfen Verstand. Sie gab ihm einen Kuss. »Ich bin stolz auf dich, Liebster.«

Henri Beras erreichte den Petersdom in düsterer Stimmung. Es war beschämend, dass Major Troussures ihn vom Schlachtfeld wegschickte. Ihn zur päpstlichen Gouvernante degradierte.

Verdrossen meldete er sich beim Hauptmann der Schweizergarde und teilte ihm mit, er habe eine Nachricht für Kardinal Antonelli.

Man brachte ihn sofort zum Kardinal, dem er die Nachricht des Majors überreichte.

Der Staatssekretär brach das Siegel und las. Dann hob er den Blick und sah Henri ernst an. »Der Major lässt Euch große Ehre zuteilwerden«, bemerkte er.

Henris Miene blieb undurchdringlich.

»Ihr würdet lieber kämpfen, nicht wahr?«, erkundigte sich der Kardinal freundlich.

»Ich bin Soldat, Eminenz.«

»Vielleicht versteht Ihr nicht, wie wichtig die Euch zugedachte Rolle ist: Mit Eurer Anwesenheit beweist Ihr, wie treu das Zuaven-Regiment Seiner Heiligkeit in dieser schwierigen Situation ergeben ist. Eine Situation, in der es sehr viel einfacher wäre, ihm den Rücken zuzukehren. Erweist Euch Eurer Aufgabe würdig.«

»Ja, Eminenz.« Henri senkte den Kopf. »Ich bitte um Verzeihung, mein Verhalten war hochmütig und schäbig.«

»Ihr seid weder hochmütig noch schäbig, Leutnant«, befand Kardinal Antonelli, nun milder gestimmt. »Nur ein wenig hitzig.«

»Dann bitte ich um Verzeihung für meine … meinen Hitzkopf.«

»Wenn euch diese Eigenschaft fehlen würde, dann wärt Ihr weder jung noch ein guter Soldat«, entgegnete der Kardinal. »Dem Papst heute zur Seite zu stehen bedeutet vor der Welt nicht weniger, als in die Schlacht zu ziehen. Vielleicht sogar noch ein bisschen mehr.« Er streckte seine Hand zum Kuss vor.

Henri küsste den Kardinalsring.

»Ich werde Euch in das Vorzimmer der päpstlichen Räumlichkeiten begleiten lassen, Leutnant Beras«, kündigte Antonelli an. »Und dort, nur wenige Schritte von seiner Heiligkeit Papst Pius IX., werdet Ihr Eure Schlacht kämpfen.« Damit entließ er ihn.

Henri wurde von zwei Schweizergarden durch die labyrinthartigen Gänge des Palazzo geführt, voll von herrlichstem Marmor, Gemälden, die Kreuzigungen und mystische Visionen darstellten, Skulpturen von ungeheurem Wert und unzähligen Gegenstände aus Gold, in denen sich das Licht der Lampen tausendfach spiegelte.

Man wies ihm einen Sessel an. Er setzte sich und wartete. Und wusste selbst nicht, worauf. Ob er das Donnern der Kanonen und Schüsse hier hören würde?

Schließlich trat der Oberst der päpstlichen Wache auf ihn zu: »Leutnant, ich muss Euch um Eure Waffen bitten.«

Henri sah erstaunt auf. »Wie einen Feind?«

»Nein, Leutnant. Wie jeden, der nicht zu meinen Männern gehört.«

»Ihr seid Soldat«, gab Henri zu bedenken und erhob sich. »Ihr wisst, was das für einen Soldaten bedeutet.«

»Ich bin Soldat zum Schutz Seiner Heiligkeit. Das ist mein Auftrag«, erwiderte der Oberst. »Soweit ich unterrichtet bin, steht Eure Anwesenheit hier für die Treue der Zuaven.«

Henri erwiderte seinen Blick.

»Leutnant, wenn ich an Eurer Stelle wäre, würde ich genauso reagieren«, beschwichtigte der Oberst. »Aber jetzt antwortet mir ehrlich: Was würdet Ihr an meiner Stelle tun?«

Henri nahm seine Dienstpistole, mit der er Leone Pompei erschossen hatte, und reichte sie ihm.

Der Oberst dankte und wandte sich zum Gehen.

»Wartet.« Henri beugte sich vor und gab ihm auch den Dolch, den er im rechten Stiefel versteckt hatte, und sah ihn an. »Und jetzt antwortet Ihr mir bitte ehrlich: Was würdet Ihr an meiner Stelle denken, wenn mir an Eurer Stelle ein offensichtlich versteckter Dolch durchginge?«

Der Oberst zuckte zusammen und wirkte für einen Moment gekränkt. »Ihr seid ein wahrer Soldat, treu ergeben, und verdient allen Respekt. Dafür muss ich mich nicht an Eure Stelle versetzen. Was mich betrifft, weiß ich, dass ich mich gerade nicht mit Ruhm bedeckt habe.« Damit verschwand er würdevoll im anliegenden Raum.

Wieder ließ Henri sich in dem Sessel nieder und starrte geradeaus ins Leere, ohne das Gold oder den Marmor wahrzunehmen. Ihm kam der Gedanke, wie schicksalhaft es doch gewesen war, dass er noch einmal zurück zu Nella hatte laufen und sich entschuldigen wollen. Dass er absurderweise froh sein musste, so unsensibel und grob zu ihr gewesen zu sein. Denn hätte er sich anständig verhalten, dann wären Nella und der Junge jetzt tot.

Er drängte den Gedanken daran beiseite, wie er die beiden gerettet hatte, das war keine schöne Erinnerung. Einen Mann zu töten, so verrückt und bösartig er auch sein mochte, darauf konnte kein guter Soldat stolz sein. Er dachte an seine Vorfreude auf der Engelsbrücke, daran, wie er es kaum hatte erwarten können, Nella in seine Arme zu schließen. Dass er ihr versprechen wollte, am Leben zu bleiben. Obwohl er das gar nicht konnte.

Und nun, in einem Sessel in den päpstlichen Räumen, wurde ihm plötzlich klar, dass er es jetzt durchaus versprechen und halten konnte. Er würde am Leben bleiben.

*Und auch du bist zu Hause in Sicherheit, meine Liebste*, dachte er.

Nella konnte nicht stillsitzen. Sie fühlte sich wie ein eingesperrtes Tier. Nervös lief sie im Zimmer auf und ab, wobei sie darauf achtete, nicht auf den Blutfleck zu treten.

Sie warf einen Blick auf die Zeitung, die auf dem Küchentisch lag und die sie wegen des schrecklichen Titels gekauft hatte:

›Tote Nonne im Tiber aufgefunden‹. Die Leiche hatte sich vor dem Ospizio Apostolico in einem Fischernetz verfangen.

In dem Artikel stand, dass man ersten Annahmen zufolge von einem gewaltsamen Tod der Schwester ausging – obschon ihre Leiche sehr entstellt war, da sie lange im Wasser gelegen und Fische schon an ihr genagt hatten. Offensichtlich war sie erwürgt worden.

*Du bist gar nicht weggelaufen, Alberta*, dachte Nella mit schwerem Herzen. Der Gedanke war furchtbar, und dennoch war er nicht der schlimmste, der sie im Moment umtrieb.

Ihr Sohn riskierte sein Leben.

Ihr Mann riskierte sein Leben.

Und von ihr wurde verlangt, zu Hause zu bleiben?

Nein. Das ertrug sie nicht.

Aber was sollte sie tun? Weder ihr Sohn noch ihr Mann waren für sie erreichbar, sie konnte ja nicht einfach hinlaufen.

Plötzlich kam ihr ein Gedanke.

Entschlossen verließ sie die Wohnung. Lief durch die dunkle Nacht, die sich mit Riesenschritten dem neuen Tag näherte, dem Tag, den alle ungeduldig erwarteten, Sieger wie Verlierer. Dem Tag, der ihre Ungewissheit beenden würde.

Sie eilte durch die verlassene Stadt bis zum Zirkus. Sah sich um, aber auch dort schien alles verlassen.

»Ist jemand hier?«, rief sie.

Aber niemand antwortete.

Sie lief hinüber zu den Ställen, und als sie eintrat, wieherte Bersagliere vor Freude.

»Da bin ich«, verkündete Nella und umarmte ihn.

Das Pferd schnoberte an ihrer Schulter, schnaubte und knabberte zärtlich an ihrem Haar.

»Jetzt mache ich dich erst einmal schön, Bersagliere«, kündigte Nella an. »Heute ist ein ganz besonderer Tag, auch für dich.« Sie fing an, ihn zu satteln.

»Wer ist da?«, hörte sie plötzlich eine Stimme hinter sich.

Nella drehte sich um. Sie konnte sich nicht mehr an seinen Namen erinnern, aber sie wusste, zu wem die Stimme gehörte: zu dem Mann, der Pferden die Peitsche gab.

»Ach, du bist es!«, rief Sireno aus.

»Ich bin gekommen, um mein Pferd zu holen«, erklärte Nella.

»Die Pferde hier gehören alle zum Zirkus«, zischte Sireno und ging bedrohlich auf sie zu. »Diebin.«

»Das Pferd gehört mir!«

»Sei's drum. Du hast mich vor allen lächerlich gemacht.« Sireno näherte sich ihr noch weiter. »Das wirst du mir jetzt büßen. Wir beide, wir sind hier ganz allein, du Hure.«

In diesem Moment pfiff etwas knallend durch die Luft.

Sireno schrie auf, taumelte zurück. In seinem Hemd war ein Riss.

»Das Pferd gehört ihr!«, rief Ascanio gebieterisch, der plötzlich mit einer langen Peitsche in der Hand dastand.

Sireno schüttelte drohend die Faust.

Noch einmal holte Ascanio mit der Peitsche aus und traf ihn am Arm. Wieder riss das Hemd, und es färbte sich rot. »Jetzt bekommst du es mit gleicher Münze heimgezahlt.« Ein drittes Mal fuhr die Peitsche durch die Luft und traf ihn am Bein. Die Hose riss.

Sireno schrie auf und sackte zu Boden.

»Das ist die einzige Sprache, die du verstehst«, knurrte Ascanio.

»Großvater«, ächzte Sireno.

»Erinnere mich nicht daran, dass dasselbe Blut durch unsere Adern fließt«, fuhr Ascanio ihn an. »Sattle ihr das Pferd, *ihr* Pferd«, befahl er ihm.

»Nein«, widersprach Nella. »Ich sattle es selbst. Ihm traue ich nicht«, sagte sie mit fester Stimme.

»Eine weise Entscheidung. Bei diesem Feigling hier könnte

es passieren, dass er den Gurt nicht fest genug schnallt, damit Ihr Euch den Hals brecht«, bemerkte Ascanio.

Nella nickte als Zeichen der Zustimmung, dann zäumte sie Bersagliere auf.

Sireno hatte sich in eine Ecke zurückgezogen, wie ein Tier, das seine Wunden leckt.

Als Nella fertig war, hob sie den Rock und stieg auf.

Ascanio sah sie lächelnd an. »Ich hoffe, Ihr habt etwas Gutes vor mit diesem prächtigen Tier«, sagte er.

»Es könnte nicht besser sein«, erwiderte Nella.

Und spornte Bersagliere an. Sie spürte, dass das Leben sie wiederhatte und mit sich riss. Wild und kraftvoll. Und das machte sie glücklich.

»Ich mache jetzt etwas ganz Schreckliches«, verkündete Marta. »Etwas, das ich gar nicht will.«

»Warum? Was denn?«, wollte Pietro wissen.

Marta nahm seine Hand. »Komm.«

Nach ihrem Kuss hatte Pietro von seinem Versuch erzählt, wie der letzte Idiot durch die Porta Pia nach draußen zu gelangen, um die Vorbereitungen im italienischen Lager zu fotografieren. Auch von seinen Überlegungen, die Mauern zu überwinden, erzählte er ihr. »Aber, da ist nichts zu machen«, schloss er.

Doch Marta hatte begriffen, wie ernst ihm die Angelegenheit war.

»Wohin gehen wir?«, wollte Pietro jetzt wissen.

Marta schwieg, bis sie vor vier muskulösen Männern in enganliegenden Trikots standen, die jeder ein locker aufgewickeltes Seil um den Hals trugen. »Heinrich«, sprach sie den kräftigsten von ihnen an. »Pietro will auf die andere Seite der Mauer. Das schafft er aber nicht allein.«

Heinrich grinste. »Willste Hilfe, oder was?«

»Ja«, antwortete Marta knapp.

»Is aber nich ohne«, gab Heinrich zu bedenken.

Pietro war Marta zutiefst dankbar. Er sah ihr die Sorge und die Angst an, und dennoch war sie bereit, ihn gehen zu lassen. Weil er es wollte. Er umarmte und küsste sie.

»Aha«, warf Heinrich ein. »Macht ihr vorher noch 'n Kind, oder was?« Er wandte sich an Pietro: »Haste überhaupt die Eier dafür, Bohnenstange?«

»Gehen wir«, sagte Pietro entschlossen, wenn auch mit hämmerndem Herzen. Er musste sich beeilen, sonst würde ihn der Mut verlassen.

»Gib wenigstens zu, dass du damit eine Riesendummheit machst«, meinte Marta.

»Ich mache jetzt wirklich etwas Schreckliches«, murmelte Pietro, dann gab er laut zurück: »Es wird schon gutgehen.«

»Nein! Ich will von dir hören, dass das eine Riesendummheit ist!«

»Eine Riesendummheit«, gab Pietro kleinlaut zu.

Heinrich schmunzelte. »Bist zwar ne Bohnenstange, aber voll verblödet biste nich.«

Sie gingen zu einer einsamen Stelle an der Mauer außer Sichtweite der päpstlichen Truppen. Zudem waren hier die Laternen verdunkelt, um dem Feind die Sicht zu erschweren.

Heinrich sah an der Mauer hoch. Dann wandte er sich an seine drei Partner.

»Turm«, beschied er knapp.

Einer der Akrobaten, ein gedrungener, kompakter Mann, stellte sich mit gestreckten Armen an die Mauer und stützte sich dort ab.

Heinrich nahm Pietro den Fotoapparat ab.

»Den brauche ich!«, protestierte Pietro.

»Maul halten.«

Ein weiterer Akrobat hob Pietro hoch wie eine Feder und kletterte auf die Schultern seines Kameraden. Der dritte Akrobat kletterte auf die beiden und ließ sich Pietro wie ein Paket anreichen. Er wies ihn an, sich auf seine Schultern zu setzen, wartete auf Heinrich und gab Pietro dann an ihn weiter.

Heinrich hob Pietro auf die Mauer.

»Dableiben«, befahl er.

Der Artist unter ihnen rollte sein Seil auf und reichte es ihm. Heinrich knotete ein Ende an eine Zinne und ließ das andere Ende jenseits der Mauer hinunter. Dann nahm er sein eigenes Seil, knotete ein Ende an derselben Zinne fest, ließ aber das andere Ende diesseits der Mauer hinunter. »Kannste an nem Seil runterklettern?«

Pietro nickte. »Aber mein Foto…«

»Du nervst«, zischte Heinrich. Er befühlte Pietros Arme. »Kommste da überhaupt wieder rauf? Hast ja nur Pudding in den Armen.«

»Schaff ich schon«, erwiderte Pietro.

»Also, wennde fertig bist, dann kommste wieder her und kletterst rauf …«, erklärte Heinrich.

»Aber mein Foto…«

»Halts Maul, sonst zieh ich dir gleich eins über.«

»Entschuldige.«

»Wennde wiederkommst, bindeste den komischen Apparat an dich dran und kletterst hoch. Drüben kannste dich mit dem Apparat runterlassn.« Er warf Pietro einen Blick zu. »Scheißfotoapparat.«

»Danke, aber …«

»Keine Ahnung, ob ich heute noch einen vom anderen Lager um die Ecke bring, aber dich vielleicht schon. Runter jetzt.«

Pietro ließ sich am Seil hinunter und blickte dann sofort nach oben. Er sah, wie Heinrich das Seil hochzog, den Fotoapparat daran befestigte und ihn dann zu ihm herunterließ.

»Danke«, murmelte Pietro. »Und sag Marta, dass ich sie liebe.«

»Na klar, du Irrer, sonst noch was«, gab Heinrich zurück und verschwand in der Nacht.

Pietro band den Fotoapparat los. Er sah sich um und lief dann auf die Lichter einiger Lagerfeuer zu.

Doch kurz bevor er sie erreichte, wurde er jäh von einem Soldaten aufgehalten, der ihm ein Bajonett zwischen die Rippen bohrte. »Wer bist du?«, stieß die Wache hervor.

»Ich bin … Fotograf«, erwiderte Pietro mit zitternder Stimme.

Eine weitere Wache drehte Pietro den Arm auf den Rücken und schubste ihn in Richtung Lager. »Na los«, bellte er.

»Capitano Buttafuochi«, rief die Wache, die Pietros Arm auf den Rücken gedreht hielt. »Der hier ist ein Spion.«

»Ich bin kein Spion!«, protestierte Pietro. »Ich bin Fotograf.«

»Fotograf?« Capitano Buttafuochi, Batteriekommandant des siebten Artillerie-Regiments, staunte. »Was zum Teufel machst du hier?«

»Ich will … Fotos machen. Von der Schlacht.«

»Diese Antwort ist so dumm, dass ich sie dir glaube«, erwiderte Buttafuochi. »Lasst ihn los«, befahl er den Wachen. Er musterte Pietro im zitternden Licht der Lagerfeuer. »Ist dir klar, dass du dir mit diesem Kunststückchen eine Kugel hättest einfangen können?«

»Äh … ja«, gab Pietro kleinlaut zurück.

Capitano Buttafuochi grinste. »Na dann, such dir eine ruhige Ecke, Junge, wo du niemanden störst«, riet er ihm, bevor er sich mit seinen Männern wieder über verschiedene Karten beugte.

»Darf ich Euch fotografieren?«, wollte Pietro wissen.

Buttafuochi warf ihm einen Blick zu, der mehr als deutlich sagte: Was ist das bloß für ein Junge? »Wie bist du eigentlich hierhergekommen?«, wollte er schließlich wissen.

»Bin über die Mauer geklettert, Signore.«

»Du warst also in Rom?«

»Ja, Signore.«

Der Capitano musterte ihn grinsend. »Wie hast du das gemacht? Kannst du fliegen, oder was?«

»Nein, Signore, Akrobaten haben mir geholfen. Vom Zirkus Callari.«

Die Soldaten lachten.

»Junge«, seufzte der Capitano, »wenn ich nicht gerade einen Krieg führen müsste, dann würde ich mir deine Geschichten die ganze Nacht lang anhören.«

»Aber es stimmt, Signore«, beteuerte Pietro. »Der ganze Zirkus Callari ist bereit, mit Euch zu kämpfen. Und auch die Lupi mit Capitano Melo. Und das Komitee der Jugend. Sie sind mit Gewehren bewaffnet, die sie den Franzosen gestohlen haben und …«

»Ich kenne diesen Zirkus«, warf einer der Soldaten ein. »Ist berühmt für seine Pferdenummern. Als Kind habe ich eine Vorstellung von denen gesehen, in Ivrea.«

»Und ich habe von Capitano Melo gehört«, bestätigte ein anderer. »Der war bei der Revolution in Rom dabei.«

Der Blick, mit dem Buttafuochi Pietro jetzt ansah, hatte sich verändert. »Wie viele sind das denn?«

»Etwa hundert.«

»Hundert Gewehre auf der anderen Seite, das ist nicht schlecht«, meinte Capitano Buttafuochi.

»Vorausgesetzt, sie wissen, wie man damit umgeht«, gab einer der Leutnants zu bedenken.

»Wohl wahr«, stimmte Buttafuochi zu. »Wo sind sie denn?«

»Kurz hinter der Porta Pia«, gab Pietro zurück.

»Warum ausgerechnet da?«

»Weil Capitano Melo überzeugt war, dass Ihr dort angreifen würdet.«

Capitano Buttafuochi ließ den Blick über seine Männer schweifen. »Wenn er das meint … dann meinen das vielleicht auch die anderen.« Er gab einem Soldaten ein Zeichen. »Geh zu General Cadorna in die Villa Albani und sag ihm, dass wir ein Ablenkungsmanöver benötigen. Erzähl ihm, was der Junge hier gesagt hat und dass ich ihn für glaubwürdig halte. Sie müssen erst Porta San Lorenzo, Porta Maggiore und Porta San Giovanni bombardieren. Dann kommen wir ins Spiel.«

Der Soldat salutierte und lief los.

»Danke, Junge«, rief Buttafuochi Pietro zu.

»Kann ich Euch jetzt fotografieren?«

»Du bist ja ein wahrgewordener Albtraum!«, stöhnte Buttafuochi. »Also los.«

»Stellt Euch neben das Feuer, hier ist es zu dunkel«, wies Pietro ihn an.

»Sollen wir auch noch lächeln, oder ist es in Ordnung, wenn wir aussehen wie eine Handvoll Soldaten, denen gerade der Arsch auf Grundeis geht?«

Gelächter erhob sich.

»Handvoll Soldaten, denen gerade der Arsch auf Grundeis geht, wäre ziemlich gut«, gab Pietro zurück.

Wieder lachten die Soldaten. Auch der Capitano stimmte ein.

Pietro stellte das Stativ auf und schoss ein Bild.

»Dürfen wir uns wieder bewegen?«, wollte Buttafuochi wissen.

»Ja, Signore. Und danke, Signore.« Pietro war zufrieden. Er machte sich auf den Weg durchs Lager und fotografierte weiter: schießpulverschwarz gefärbte Artilleristenhände, große Kessel voll dicker, blubbernder Suppe, einen Mann, der ein Kanonenrohr säuberte.

Schließlich setzte er sich etwas abseits und beobachtete das Treiben.

»Ich habe gehört, was du eben erzählt hast, Junge«, sprach ihn ein Mann Mitte zwanzig an. Sein Haar und sein Schnauzbart waren schwarz gelockt. »Ich bin Schriftsteller und Journalist der königlichen Truppen«, erklärte er. »Ich werde einen glorreichen Bericht über diese historische Schlacht verfassen.« Er streckte die Hand vor. »Ich heiße Edmondo De Amicis.«

Pietro schlug ein, obwohl er instinktiv eine tiefe Abneigung gegen den Mann verspürte. »Woher wisst Ihr, dass die Schlacht glorios sein wird?«, erkundigte er sich.

»Weil ich es schreiben werde. Ganz einfach«, erwiderte der junge Mann. »Und warum fotografierst du hier?«

»Wenn jemand schreibt, dass die Schlacht glorios war, obwohl das nicht stimmt, dann können meine Fotos das Gegenteil beweisen. Deshalb.«

De Amicis zuckte zusammen. »Dreh mir hier bloß nicht die Worte im Mund herum, du anmaßender Kerl.«

»Ich drehe überhaupt nichts«, entgegnete Pietro. »Ihr seid derjenige, der gesagt hat, die Schlacht würde glorios sein, weil Ihr es schreibt.«

»Dummkopf«, schnaubte Edmondo De Amicis verärgert. »Schieß bloß kein Bild von mir.«

Pietro hielt seinem Blick stand. »Nicht mal im Traum, Signore.«

Edmondo de Amicis machte auf dem Absatz kehrt und rauschte davon.

Pietro beobachtete, wie ein Offizier an Capitano Buttafuochi herantrat, salutierte und sich vorstellte: »Capitano Giacomo Segre, Batteriekommandant des Neunten Regiments.«

»Ich höre, Capitano.«

Pietro betrachtete ihn genauer. Der Mann hatte edle Gesichtszüge und leuchtende Augen. Das flackernde Feuer gab seiner Gestalt etwas Dramatisches. Pietro stellte rasch den Fotoapparat auf und machte sich bereit.

»Weisung von General Cadorna«, verkündete Capitano Segre. »Wie Ihr sicherlich wisst, hat der Papst damit gedroht, jeden zu exkommunizieren, der den Befehl gibt, die Heilige Stadt zu bombardieren.«

»Ich weiß«, seufzte Buttafuochi, der wie alle anderen um ihn herum katholisch war. »Ein paar Steine muss er uns dann doch noch in den Weg legen.«

»Ich habe mir erlaubt, General Cadorna vorzuschlagen, mir die Ehre zu erweisen, die Bombardierung zu befehlen. Und dies hat der General getan.« Capitano Segre stand mit stolzgeschwellter Brust da.

Pietro drückte auf den Auslöser.

»Das heißt, dass allein ich, Giacomo Segre, Euch vor Zeugen offiziell den Befehl erteile, Porta Pia zu bombardieren«, verkündete der Capitano. »Und jetzt bitte ich, mich zu entschuldigen, denn ich muss die Anordnung noch an alle anderen Artilleriekommandanten weitergeben.«

»Warum nehmt Ihr die Exkommunizierung auf Euch?«, hielt Buttafuochi ihn auf.

Über das schlaue Gesicht von Capitano Segre huschte ein Lächeln.

Pietro schoss ein Bild.

»Ich werde nicht exkommuniziert«, erwiderte er. »Ich bin Jude.«

Die Soldaten brachen in Gelächter aus. Einige schrien: »Verzieh dich, Pius IX.!«

Pietro dachte, dass dies hier wirklich eine gute Geschichte war. Alle lachten. Bis auf Edmondo De Amicis.

Schließlich entfernte sich Capitano Segre unter dem Applaus der Soldaten. Er musste noch zu allen Stadttoren, die Ziel der italienischen Artillerie waren.

Als es anfing zu dämmern, wandte Buttafuochi sich an Pietro: »Zeit für dich zu gehen. Ich danke dir im Namen des Königs.«

Pietro lief eilig zu dem Bereich der Mauer, über den er heruntergekommen war. Das Seil hing noch an Ort und Stelle.

Vom Lager hallten Befehle durch die Nacht.

»Kartusche laden!«, rief eine Stimme.

»Geladen!«, kam es zurück.

»Setzt an!«

»Angesetzt!«

»Richten!«

»Gerichtet!«

Er nahm das Seil und band den Fotoapparat an seinem Körper fest.

»Sie greifen an!«, gellte ein Ruf von der anderen Seite von der Porta Pia.

Er packte das Seil und holte Schwung.

Und fiel sofort zurück auf den Boden. Neben ihn das Seil, wie ein toter Körper.

Glatt durchtrennt.

»Sie greifen an!«, schrien die Wachtposten an der Porta Pia.

Der Schrei drang bis in die Gasse, wo Melo und seine Männer versteckt waren. Alle sprangen auf.

»Wir sind bereit!«, schrie Melo seinen Männern zu und stieg auf sein Pferd. In diesem Moment ertönte vom Ende der Gasse ein helles Wiehern und Hufgetrappel.

Alle wandten sich um. Im Galopp preschte ein weißes Pferd auf sie zu, im Sattel eine Frau mit hochgezogenen Röcken. Und großartigen Beinen.

Nella kam mit Bersagliere vor Melo zum Stehen. Sie zwinkerte. »Steigt ab«, sagte sie knapp. »Und nehmt dieses Pferd, das eines Capitano würdig ist.«

Melo blickte sie stirnrunzelnd an. »Warum?«

Nella lächelte. »Er heißt Bersagliere. Und einen ›Scharfschützen‹ lasse ich heute ganz sicher nicht im Stall faulenzen. Damit würde ich ihm ein zu großes Unrecht antun.« Sie sprang vom Pferd und hielt für Melo die Zügel bereit.

Melo war sich der Bedeutung dieser Geste bewusst, der Bedeutung des ganzen Moments. Er hatte geschworen, nie wieder ein Pferd zu besteigen. Aber diesen Schwur hatte er ohnehin gebrochen, da konnte er auch das schönste Pferd nehmen, das je auf einem Schlachtfeld gesehen wurde. Er stieg vom Rücken seines

Wallachs und trat zu Nella. »Habt Ihr gesehen, wie Euch alle anstarren? Und die Aufregung, als Ihr hier mit … nackten Beinen angeritten seid?«, flüsterte er ihr zu, bevor er die Zügel nahm und aufsaß. »Ihr hättet im Callari eine wahrlich spektakuläre Nummer abgegeben.«

Nella trat grinsend zur Seite.

»Musumeci! Komm her!«, rief Melo dann.

Musumeci eilte herbei.

Melo packte ihn am Arm und zog ihn hoch. »Fuß in den Steigbügel«, zischte er. »Ich kann dich nicht halten.«

Vater Musumeci steckte einen Fuß in den Steigbügel.

»Den anderen, verdammt!«, zischte Melo.

Musumeci wechselte den Fuß.

»Und jetzt hoch. Ab in den Sattel mit dir.« Melo half ihm.

Die Beine von Vater Musumeci baumelten in der Luft wie die eines Kindes.

»Wer stellt denn hier die Steigbügel für ihn ein?«, schrie Melo. »Habt ihr vielleicht mal bemerkt, dass er ein Zwerg ist? Muss ich euch denn eigentlich alles ansagen?«

Zwei Männer stellten die Steigbügel kürzer, jeder an einer Seite.

Vater Musumeci steckte seine Füße hinein.

Alle starrten den als Clown verkleideten Zwerg an.

Und wie er so alle Blicke auf sich spürte, erhob er sein Gewehr und rief: »Eben noch war ich ein Zwerg. Jetzt bin ich ein Riese!«

Applaus brandete auf. Niemand lachte.

»Das reicht!«, bestimmte Melo. »Wir sind bereit!«

Stille senkte sich über die Truppe. Die Männer legten die Gewehre an. Für Geständnisse in letzter Stunde, Verabschiedungen und Umarmungen war die ganze Nacht Zeit gewesen. Nun gab es nichts mehr zu sagen. Der Kampf stand bevor.

Nur Ludovico hatte noch nicht gesagt, was er zu sagen hatte. Er fasste Marta am Arm. »Kann ich dich kurz sprechen?«

Marta war so angespannt und konzentriert wie alle anderen.

Aber sie begriff, dass es für Ludovico wichtig war. Sehr wichtig. Sie folgte ihm in eine ruhigere Ecke.

Ludovico war blass, seine Augen lagen tief in den Höhlen. »Ich wünsche dir Glück«, erklärte er.

Marta sah in an, wusste, dass er eigentlich etwas anderes sagen wollte.

»Ich liebe dich«, fuhr Ludovico fort.

Marta wurde verlegen. Sie sah sich um.

»Nein, du kannst ganz beruhigt sein.« Ludovico nahm ihre Hände. »Ich erwarte gar nichts von dir. Ich wollte dir das nur sagen«, flüsterte er. »Und dass ich Pietro sehr bewundere. Wirklich.« Er schwieg einen Moment. »Du hast die richtige Wahl getroffen. Und ich wünsche euch viel Glück.«

Marta wusste nicht, was sie sagen sollte.

»Eine Sache noch«, raunte Ludovico. »Du musst etwas für mich tun. Ich vertraue niemandem so wie dir.«

»Was denn?«

Ludovico zog aus der Tasche eine goldene Uhr und gab sie ihr. »Sollte mir etwas passieren … gib sie meinem Vater.«

»Es wird nichts pass…«

Sanft legte Ludovico einen Finger auf ihre Lippen. »Sag ihm … dass die Uhr das Kostbarste ist, das ich in meinem ganzen Leben besessen habe.« Er strich zärtlich darüber, und für einen kurzen Moment lag wieder Leben in seinem Blick. Er klappte den Deckel auf, schloss ihn aber sofort wieder. »Du musst ihm sagen … sag ihm, dass ich nichts so in Ehren gehalten habe wie diese Uhr.« Er gab sie ihr und eilte mit gesenktem Kopf in die Reihen der anderen zurück.

Marta verharrte für einen Moment mit der Uhr in der Hand auf der Stelle. Sie ahnte, was in Ludovico vorging, aber sie konnte nichts dagegen tun.

»Sie greifen an!«, gellte wieder der Ruf von der Porta Pia.

Und dann ließ donnerndes Getöse Luft und Erde erzittern.

# 53

*20. September 1870 – 5:10 Uhr und später*

*Kirchenstaat – Rom*

Als der Kanonenschlag donnerte, wurde Pietro von Panik ergriffen.

Noch einmal sah er ungläubig an der Mauer empor, wo nun kein Seil mehr baumelte. Da war nichts zu machen.

Er hastete zum italienischen Lager, während weitere Kanonenschläge die Luft erschütterten. Unter seinen Füßen bebte die Erde.

»Du kannst hier nicht bleiben, Junge!«, schrie ein junger Gefreiter.

»Aber ich … ich weiß nicht, wo ich hin soll«, stieß Pietro hervor. Doch im Getöse eines weiteren Kanonenschlags ging seine Stimme unter.

»Hau ab hier!«, schrie jetzt auch Capitano Buttafuochi.

»Wo soll ich denn hin?«, rief Pietro panisch.

»Bring dich irgendwo in Sicherheit!«, schrie Buttafuochi.

Ein weiterer Kanonenschlag donnerte.

Und plötzlich wusste Pietro, was er machen würde, nämlich das, wozu er eigentlich gekommen war. »Nein! Ich werde die Schlacht fotografieren!«, entgegnete er entschieden.

Capitano Buttafuochi packte ihn am Kragen und schüttelte ihn. »Du sollst abhauen!«, schrie er und stieß ihn von sich.

Pietro stolperte davon. Er postierte sich hinter der Kanonade und schoss ein erstes Bild. Von Kanonen und Artilleristen vor den Mauern Roms. *Ein solches Bild kann doch jeder schießen*, dachte er plötzlich. Er nahm den Fotoapparat und ging weiter nach vorne, begab sich auf gleiche Höhe mit den Kanonen, stellte das Bild scharf und betätigte den Auslöser.

Aber das reichte ihm immer noch nicht. Die Bilder waren nicht dramatisch genug.

Er blickte zu den Mauern. Und den Kanonen. Und dem dazwischenliegenden Raum. *Da, da muss ich hin*, dachte er und rannte los.

»Was macht er denn?«, schrie ein Artillerist.

»Halt«, riefen andere Soldaten.

Pietro rannte, bis er an der Seite genau zwischen Kanonen und Mauern stand. Er stellte das Stativ auf und steckte den Kopf unter das schwarze Tuch.

»Feuer!«

Pietro nahm die flammenden Kanonenrohre ins Visier.

»Feuer!«

Pietro schoss ein Foto.

»Was macht der Idiot denn da?«, brüllte Buttafuochi. »Der wird sich noch umbringen!« Aber in seinem Blick lag aufrechte Bewunderung.

»Feuer!«

Pietro betätigte den Auslöser. Bei jedem Kanonenschlag erzitterte die Erde. Und der Fotoapparat. Ein Pfeifen war zu hören. Der Boden neben ihm riss auf. Auf jedes Pfeifen folgte ein ohrenbetäubender Knall, und eine Staubwolke erhob sich.

Buttafuochi beobachtete ihn. Ebenso die Artilleristen. Und das ganze Lager.

»Feuer!«

Pietro richtete den Fotoapparat auf die päpstlichen Heckenschützen zwischen den Zinnen. Er sah, wie ein Soldat sein Gewehr auf ihn richtete, doch bevor er schießen konnte, machte Pietro sein Foto.

Dann fand die Kugel ihr Ziel.

»Was machen wir hier? Ich will kämpfen!« Ludovico hielt sein Chassepot fest umklammert.

»Ganz ruhig«, sagte Melo beschwichtigend. Er hatte schon zu viele Soldaten gesehen, die den Kampf nicht hatten abwarten können und mit ihren Wagnissen die anderen in den Tod rissen. »Du bewegst dich erst, wenn ich es dir sage!«

»Sie greifen an! Worauf warten wir denn noch?«, rief der junge Principe.

»Darauf, dass die Artillerie ihre Arbeit erledigt!« Melo stieg vom Pferd und packte ihn an den Schultern. »Sieh mich an, Junge! Wenn wir jetzt angreifen, dann nutzt das niemandem. Wir sind vielleicht hundert Leute. Die anderen sind Tausende. Die zerquetschen uns wie ein paar lästige Kakerlaken.«

»Feigling!«, schrie Ludovico mit blitzenden Augen.

Melo gab ihm eine schallende Ohrfeige. »Der Feigling bist du, denn du willst hier das Leben deiner Brüder aufs Spiel setzen. Wenn die Italiener angreifen, dann greifen auch wir an. Aber bis dahin verhältst du dich still. Kapiert?«

»Ja«, meinte Ludovico ein wenig ruhiger.

»Kapiert?«, schrie Melo noch einmal.

»Ja, Capitano.«

Melo ließ ihn stehen und stieg wieder auf Bersagliere. »Dass mir hier keiner irgendwelche Dummheiten macht, bevor ich einen Befehl gebe!«, schrie er seinen Männern zu. Manchmal war abwarten schwieriger als handeln, er wusste das nur zu gut. »Umbringen lassen könnt ihr euch immer noch, keine Sorge!«

Marta blickte zu Ludovico, der vollkommen verloren aussah, und ging zu ihm. »Versuch, dich zu beruhigen«, sagte sie und tastete nach der Uhr.

Ludovico hob den Blick, aber Marta war sicher, dass er sie gar nicht sah.

Also nahm sie wieder ihren alten Platz inmitten dieser seltsam zusammengewürfelten Kämpferschar ein, die nur allzu bereit war, ihren Beitrag zur Befreiung Roms zu liefern.

»Hast du Pietro gesehen?«, fragte sie Françoise.

»Nein«, erwiderte die Schlangenfrau.

»Hast du Pietro gesehen?«, erkundigte sie sich bei Vater Musumeci.

»Zum ersten Mal sehe ich so viele Menschen von oben«, rief der als Clown kostümierte Zwerg ihr fröhlich vom Sattel herunter zu.

»Hast du ihn denn auch gesehen?«

»Nein.«

Marta fragte alle, aber niemand hatte Pietro gesehen. Warum kam er nicht zurück? Eine Welle der Angst durchfuhr sie. Und je länger sie in dieser Gasse wartete, desto größer wurde ihre Unruhe. Schließlich fasste sie einen Entschluss. Rasch huschte sie zur Mauer, dahin, wo die Artisten die Seile festgeknotet hatten. Aber die Seile waren nicht mehr da. Wie war das möglich?

Sie machte sich auf die Suche nach Heinrich. »Die Seile sind weg!«, rief sie.

»Was meinste damit?«, wollte der Artist wissen.

»Sie sind nicht mehr da. Weg!«, schrie Marta aufgewühlt.

»Ganz ruhig!«, mahnte Heinrich. »Biste übergeschnappt, oder was?«

Marta mühte sich um Ruhe. »Pietro ist nicht wiedergekommen. Ich war an der Mauer, die Seile sind nicht mehr da.«

»Vielleicht ne Militärstreife?«, überlegte Heinrich.

Marta packte ihn am Arm. »Du musst mir auf die Mauer helfen.«

»Bist ja genauso irre wie der Bubi.« Heinrich schüttelte den Kopf. »Schönes Paar.«

»Hilf mir. Bitte!«, flehte Marta.

Heinrich betrachtete sie nachdenklich. Ihr Verhalten überraschte ihn nicht, schließlich riskierte er selbst jeden Abend sein

Leben. Und dass es immer gut ausging, verdankte er seinen Partnern, ihren festen Handgriffen. Sie würden sich niemals loslassen. Lieber würden sie alle zusammen in den Tod stürzen. »Gehn wir«, beschied er den anderen drei Artisten knapp. »Gewehre hierlassen.«

Alle, auch Marta, reichten ihre Waffen denen, die in der Gasse warteten.

»Schnell«, zischte Heinrich, als sie kurz darauf die Mauer erreichten. Und wenige Sekunden später saß Marta bereits auf der Mauer. Sie sah das italienische Lager, die Zelte der Kommandanten, das Feuer aus den Kanonenrohren und …

Pietro lag mit dem Gesicht auf der Erde. Zwischen Kanonen und Mauer. Im Niemandsland. Vollkommen reglos.

»Neeeeein!«, brüllte Marta, und Stimme und Herz brachen im selben Moment.

»Ist Pietro wieder da?«, erkundigte sich Nella bei Melo. Sie war bei ihnen in der Gasse geblieben und hatte dort von Pietros Plänen erfahren.

Melo verneinte.

»Warum wollen sich diese Jungen unbedingt umbringen lassen?«, fragte sie, auch im Hinblick auf den Zwischenfall mit Ludovico.

Melo breitete in einer Geste der Hilflosigkeit die Arme aus. »Sie wissen nicht, was der Tod bedeutet.«

»Pietro weiß sehr gut, was der Tod bedeutet!«, erwiderte Nella ärgerlich.

Melo schwieg. Er hätte ihr sagen wollen, dass man alt und zerbrechlich werden musste, um den Tod zu verstehen. Es reichte nicht, ihm in die Augen zu sehen. Aber er sagte nichts. Diese Frau brauchte keine Erklärungen. Er sagte auch nicht, dass Pietro zurückkommen würde, denn er wusste es nicht, und diese Frau brauchte keine leeren Worte.

Melo sah sie einfach nur an, und Nella ging auf, dass ein Groll gegen Melo ihr auch nichts nutzen würde.

Sie huschte die Gasse bis ans Ende hinunter, von wo aus sie die Porta Pia sehen konnte. Mit den Augen suchte sie die Truppen ab. Suchte Pietro. Suchte Henri. Und fand keinen der beiden. Ihre Unruhe stieg ins Unermessliche.

»Warum helft Ihr nicht in der Krankenstation?«, wollte Melo wissen, der plötzlich neben ihr aufgetaucht war. »Jemanden wie Euch wird man dort gut gebrauchen können.«

Nella willigte ein und machte sich auf den Weg. Die Krankenstation war in einem Lager zwei Straßen weiter untergebracht. Der Besitzer des Lagers war froh gewesen, auch einen Beitrag im Kampf um Rom leisten zu können, und hatte beim Anblick der Frauen, die mitten auf der Straße ihre Station errichten wollten, bereitwillig seine zuvor verrammelten Tore geöffnet.

Direkt vor dem Lager erkannte Nella die Kutsche, die einmal ihre gewesen war. Und daneben Paride. »Was tust du hier?«, rief sie.

»Contessa!«, erwiderte der Kutscher erfreut.

»Was tust du hier?«, wiederholte Nella.

»Ich helfe, so wie alle anderen.«

»Du hilfst dem Königreich Italien? Denen, die dir alles genommen haben?«

»Contessa«, Paride wand sich verlegen, »ich weiß, wie Ihr darüber denkt. Aber *Euch* hat man alles genommen. Nicht mir.«

Nella war überrascht. »Warst du schon immer Patriot?«

Paride errötete. »Im Grunde meines Herzens, ja.«

»Und warum bist du dann geflüchtet?«

»Ich bin ein treuer Diener, Contessa.«

»Danke, Paride.«

»Ich erledige nur meine Pflicht, Contessa. Es ist mir eine Ehre, in Euren Diensten zu stehen.«

»Du stehst nicht mehr in meinem Dienst«, gab Nella zurück.

Dass er ihr immer zu Diensten sein würde, behielt Paride für sich.

Dann betrat Nella die Krankenstation. Sie befand sich in einem Getreidelager mit gewölbter Decke. Auf dem Boden lagen ordentlich Decken ausgebreitet, Feuer war angefacht, Wasser kochte. Der Zirkus hatte Verband und Arztbesteck für Menschen wie für Tiere bereitgestellt. In einer Ecke waren drei Tische aneinandergereiht. Hier würde man operieren können.

»Willkommen«, begrüßte Signora Musumeci Nella.

»Ich möchte helfen«, kündigte Nella an. »Wenn ich darf.«

»Ihr dürft gerne«, bestätigte Signora Musumeci. »Könnt Ihr schneiden und nähen?«

»Und Ihr? Könnt Ihr es?«, fragte Nella zurück.

»Ja.«

Erst jetzt bemerkte Nella eine kleine Trittleiter neben dem Tisch.

Signora Musumeci folgte ihrem Blick. »Ich bin kleinwüchsig, ist Euch das noch nicht aufgefallen?«, kicherte sie.

*Diese Frau gefällt mir*, dachte Nella. »Ich habe Euren Mann gesehen. Ziemlich stolz auf einem Pferd.«

»Ein Clown«, gab Signora zu bedenken, »aber er wird seine Pflicht erfüllen. Könnt Ihr jetzt schneiden und nähen oder nicht?«

»Ich bin Schneiderin.«

»Ich rede von Menschen. Die bluten.«

»Blut macht mir nichts aus«, erwiderte Nella.

»Lass mich runter!«, schrie Marta.

»Natürlich. Komm her.« Heinrich streckte auffordernd seine starken Arme nach ihr aus.

»Nein. Nicht auf dieser Seite!« Marta deutete entschlossen auf das italienische Lager. »Da!«

»Was?«, ereiferte sich der Artist. »Der Junge is tot! Siehste das nicht?«

»Heinrich, verdammt noch mal!«

Heinrich murmelte undeutlich ein paar Worte, dann knotete er ein Seil an einer Zinne fest und ließ es jenseits der Mauer hinunter. Er knotete ein zweites Seil fest und warf es diesseits der Mauer hinunter. »Mehr Seile ham wir nich, Mädchen.«

Aber Marta hatte sich schon hinuntergelassen.

»Scheiße«, fluchte Heinrich, während er ihr nachblickte.

Tränenüberströmt und mit hämmerndem Herzen rannte Marta auf Pietro zu, der reglos auf der Erde lag. »Nein …« flüsterte sie, »nein …«

»Nicht schießen!«, schrie Capitano Buttafuochi zwei Schützen zu, die schon auf sie angelegt hatten. »Was ist denn das für ein Mädchen?«, brüllte er und trat wütend gegen einen Stein. »Warum wimmelt es hier eigentlich von Verrückten? Die wird sich auch noch umbringen lassen!«

Marta hatte Pietro fast erreicht. Vor und hinter ihr schlugen Geschosse in der Erde ein, denn von der Mauer feuerten jetzt Schützen. Das Pfeifen der Kugeln war deutlich zu hören.

»Pietro!«, schrie sie verzweifelt und warf sich neben ihn auf die Erde.

Ruckartig drehte Pietro den Kopf. »Was machst du hier?«, fragte er entgeistert.

»Bist du verletzt?«, wollte Marta wissen, die bis gerade noch gedacht hatte, er sei tot.

»Was machst du hier?«

»Antworte!«, schrie Marta ihn an. »Bist du verletzt?«

»Nein, die Kugel hat nur das Stativ getroffen«, erwiderte Pietro.

»Und warum liegst du dann hier auf der Erde?«

Wieder pfiffen Kugeln durch die Luft.

»Ich habe eine Scheißangst«, stieß Pietro hervor.

»Ich auch … wenn ich's mir recht überlege.«

»Der Fotograf lebt!«, schrie ein Artillerist.

»Das Mädchen auch!«, ein anderer.

Capitano Buttafuochi packte sich ein Gewehr und schlug es mit aller Kraft auf den Boden. »Verdammt noch eins! Wir sind hier im Krieg!«, schrie er außer sich, denn er wusste bereits, was er als Nächstes befehlen würde. Er wandte sich an die Stafette. »Ripolli, du bist der beste Läufer«, sagte er. »Kannst du zu ihnen laufen und sie herbringen?«

»Ja, Signore«, erwiderte Ripolli. Es war seine Spezialität, feindliche Linien zu durchbrechen und sich dabei keine Kugel einzufangen. Schon von klein auf liebte er es, zu rennen. Jedes Mal riskierte er, auf einen Schützen zu treffen, der schneller schoss, als er rannte. Aber bis dahin würde er für seine Heimat rennen. Wie der Wind.

*Wenn Cadorna wüsste, dass ich mich zu einem solchen Blödsinn hinreißen lasse, würde er mich erschießen lassen,* dachte Capitano Buttafuochi. Zu Recht. »Schreiberling!«, rief er zu Edmondo De Amicis hinüber. »Wenn du auch nur ein Wort hierüber verlauten lässt, dann schneide ich dir die Zunge raus!« Dann legte er Ripolli eine Hand auf die Schulter. »Lass dich bloß nicht umbringen, Stafette Ripolli. Sonst kriege ich richtig Ärger.«

Ripolli grinste. »Keine Sorge, Capitano.«

»Dann los«, sagte Buttafuochi. »Schützen! Gebt Ripolli Deckung. Zeigt denen auf der Mauer mal, was ihr könnt. Jetzt!«

Zehn Schützen legten an und feuerten.

Und Ripolli rannte los wie der Wind, erreichte Pietro und Marta und schrie: »Schnell, schnell!«

Marta und Pietro rappelten sich hoch und folgten ihm, so schnell sie konnten. Pietro hielt den Fotoapparat fest umklammert. Die Kugel hatte das Stativ getroffen und ein Bein glatt durchschossen.

»Feuer einstellen!«, befahl der Capitano, sobald sie in Sicherheit waren. »Sehr gut, Ripolli«, lobte er die Stafette. Dann gab er Pietro eine saftige Ohrfeige, bevor er mit dem Finger auf Marta zeigte. »Du bekommst nur keine Ohrfeige, weil du eine Frau bist! Und jetzt seht zu, dass ihr hier wegkommt!«

Marta und Pietro sahen sich an.

»Wir sind am Leben!«, rief Pietro aus.

»Du Riesenidiot!«, schrie Marta ihn an, dann drückte sie ihn fest an sich.

»Wie hast du es hierher geschafft?«, wollte Pietro wissen. »Die Seile …«

»Heinrich hat zwei neue festgemacht«, unterbrach ihn Marta. »Aber das sind die letzten. Jetzt beeil dich, sonst werden die auch noch durchgeschnitten.« Sie nahm seine Hand und zog ihn zur Mauer, außerhalb der Schusslinie.

Das Seil war noch da.

»Geh hoch«, sagte Pietro.

Marta versuchte, sich hochzuziehen, gab aber bald auf. »Das schaffe ich nicht …«

»Dann klettere ich zuerst«, meinte Pietro. »Wenn ich oben bin, ziehe ich dich hoch.« Er band den Fotoapparat an sich fest und kletterte am Seil hoch. Dann ließ er den Fotoapparat auf der anderen Seite hinunter und warf Marta das Seil zu. »Bind es dir um die Taille.«

Marta band sich das Seil um. »Und jetzt?«

»Jetzt zieh ich dich hoch«, erwiderte Pietro und zog, so gut er konnte. Aber er schaffte es nur etwa einen Meter weit, dann verließ ihn die Kraft. »Ich komm wieder runter.«

»Hau ab!«, rief da eine Stimme, und Heinrich tauchte neben ihm auf. »Mann, du hast ja echt nur Pudding in den Armen.« Er wandte sich an Marta. »Ich mach schon. Halt einfach still.« Und mit seinen muskulösen Armen zog er sie blitzschnell auf die Mauer, packte sie und ließ sie mit der gleichen Leichtigkeit auf der anderen Seite hinunter. Dann wandte er sich an Pietro. »In Rom sagt ihr doch Selleriestange, oder?«

»Genau«, bestätigte Pietro. »Danke.«

»War für Marta, nich für dich«, zischte Heinrich. Er knotete das eine Seil los und ließ sich wie eine Feder am anderen hinunter.

Pietro folgte ihm.

Er hatte den Boden noch nicht erreicht, da schlug krachend eine Kugel in die alten Mauersteine ein. Ein ganzer Kugelhagel folgte.

Vor ihnen standen fünf päpstliche Wachen, die soeben ihre Waffen nachluden.

Heinrich hatte einen Streifschuss am rechten Oberschenkel erlitten.

Keiner von ihnen hatte ein Gewehr dabei. Und auch sonst keine Waffe.

Da ertönte links von den Wachen ein weiterer Schuss, und einer der Männer sank getroffen zu Boden.

Kurz darauf kam Ludovico aus der Gasse gestürmt. Er trug drei Gewehre bei sich, von denen er jetzt eines fallen ließ – das, aus dem er gerade gefeuert hatte. Mit einem der anderen beiden Gewehre zielte er erneut und traf eine weitere Wache.

Die anderen drei Wachen hatten ihre Gewehre neu geladen und legten auf ihn an.

Just in diesem Moment kam aus der entgegengesetzten Richtung ein Schuss und streckte den dritten der Männer nieder.

Ludovico nahm sein letztes Gewehr und zielte auf die beiden Wachen, die, verwirrt von dem zweiten Angriff, nicht wussten, in welche Richtung sie schießen sollten. Sein Schuss traf einen der beiden.

Die letzte Wache ließ eilig das Gewehr fallen und erhob die Hände.

Hinter einem Baum trat Albanese hervor. Eine Pistole in der Hand, lief auf die letzte Wache zu. »Heute machen wir keine Gefangenen«, sagte er nur knapp, legte ihm die Pistole an die Schläfe und drückte ab.

Der Kopf des Mannes explodierte.

Albanese warf Pietro einen Blick zu. »Ich habe dir den Arsch gerettet, Campione«, stellte er grinsend fest, drehte sich um und verschwand.

Ludovico zögerte kurz, dann rannte er ihm nach.

»Ludovico!«, schrie Marta.

Aber Ludovico reagierte nicht.

»Was willst du?«, erkundigte sich Albanese, als Ludovico ihn erreichte.

»Nimm mich mit«, erwiderte der Junge.

»Ich bin lieber allein unterwegs«, meinte Albanese.

»Nimm mich mit«, bat Ludovico noch einmal.

»Ich mach mir aber die Hände schmutzig, Junge«, erklärte Albanese.

Ludovico biss die Zähne zusammen. In seinen Augen glomm ein unheimliches Licht. »Ich auch.«

Henri hatte die Nacht in seinem Sessel sitzend verbracht. Schlaflos.

Doch als er den ersten Kanonenschlag hörte, sprang er auf.

»Seine Heiligkeit wird in der privaten Kapelle eine Messe sprechen, so wie jeden Morgen«, kündigte der Oberst an. »Ihr könnt auch teilnehmen.«

Und so hörte sich Henri gemeinsam mit Kardinal Antonelli, Giuseppe Berardi, Costantino Patrizi und dem Neffen Napoleons III., Luciano Bonaparte, die Messe an. Außerdem nahmen noch alle beim Heiligen Stuhl akkreditierten Botschafter teil, mit Ausnahme des Österreichers Trauttmansdorff, der – so hieß es – in Urlaub sei.

In der Kapelle roch es nach Weihrauch.

Die donnernden Kanonenschläge waren hier kaum zu hören. Weder die Monstranz noch ein anderer heiliger Gegenstand zitterte.

Henri aber wusste, dass da draußen die Hölle los war.

Der Papst las die Messe. Er wirkte gelassen.

Henri hingegen kam um vor Ungeduld. Aber es gab nichts, das er hätte tun können, ihm blieb nur, die lateinische Litanei über sich ergehen zu lassen. Ihm waren die Hände gebunden.

Es war schon neun Uhr, als der Papst, gefolgt von einem ganzen Schwarm an Botschaftern, seine Privatbibliothek betrat. Auch Henri wurde aufgefordert einzutreten, sollte sich aber abseits halten und stehen bleiben.

Die Kanonenschläge waren hier von Weitem zu hören.

»Der Feind schlägt eine Bresche zwischen Porta Pia und Porta Salaria«, flüsterte ihm der Oberst zu. »Es wird bald zu einem Gefecht kommen.«

*Und ich werde nicht dabei sein*, dachte Henri. *Und Nella weiß das nicht. Sie wird sich grundlos Sorgen machen.* Ihm kam eine Idee.

»Darf ich Euch um einen Gefallen bitten?«, fragte er den Oberst.

Dieser nickte.

»Könnt Ihr einen Diener mit einer Nachricht schicken? Es gibt jemanden, der wissen sollte, dass ich nicht in Gefahr bin.«

Der Oberst sah ihn an. »Ihr wolltet wohl sagen, ›dass ich *leider* nicht in Gefahr bin‹, oder?«

»Ich bin Soldat, kein Botschafter.«

Der Oberst lächelte. »Folgt mir.«

Sie verließen die Bibliothek.

»Dort.« Der Oberst deutete auf einen Tisch mit Tintenfass, Feder und Papier. »Schreibt Eure Nachricht und gebt mir die Adresse.«

Henri tunkte die Feder in das Tintenfass und begann zu schreiben. Er fasste sich kurz. »Ich bin nicht in Gefahr. Nehme nicht an der Schlacht teil. Bitte sorge dich nicht.« Er reichte dem Oberst den Brief und nannte ihm Nellas Adresse.

Der Oberst nickte. »Geht wieder an Euren Platz.«

Henri kehrte in die Privatbibliothek zurück, wo der Papst,

während der Petersdom weiterhin unter den Kanonenschlägen erzitterte, gerade in Erinnerungen schwelgte und erzählte, wie er zwanzig Jahre zuvor bei der Römischen Revolution nach Gaeta hatte flüchten müssen.

Henri war das alles einerlei. Für ihn zählte die Gegenwart, nicht die Erinnerungen eines alten Mannes.

Nach einer ganzen Weile sagte der Papst: »Gestern war ich in dem Palast, wo Jesus Christus einst verurteilt wurde. Schmerzerfüllt bin ich die Heilige Treppe emporgestiegen … Ich hatte eine Stütze dabei und bin schließlich oben angekommen. ›Dies ist die Treppe, die unser Herr hochgestiegen ist, um seine Verurteilung entgegenzunehmen‹, sagte ich mir.« Er schwieg einen Moment. »Und ich dachte: ›Vielleicht werde morgen ich es sein, der von den italienischen Katholiken verurteilt wird.‹«

Henri ertrug das Gerede nicht. Als könnten diese achtundzwanzig Stufen der Heiligen Treppe den Pilatuspalast in Jerusalem ersetzen. Denn dort, nicht in Rom, hatte man Jesus Christus verurteilt. *Und außerdem*, dachte er, *reichen achtundzwanzig Stufen nicht aus, um sich mit Christus zu vergleichen.*

*»Filii matris meae pugnaverunt contra me«*, verkündete Pius IX. nachdrücklich. »Ich benötige viel Kraft … Gott möge sie mir geben! *Deo gratias.*« Damit schwieg er.

Henri ließ seinen Blick über die Botschafter gleiten. An ihren Gesichtern war abzulesen, dass sie das Zitat nicht verstanden hatten. Sei es aus Unwissenheit oder auch, weil sie von den politischen Entwicklungen abgelenkt waren. Er aber war in einem katholischen Internat aufgewachsen, und man hatte ihm Latein regelrecht eingetrichtert. Er wusste genau, woher dieses Zitat stammte. Aus dem Hohelied. ›Meiner Mutter Söhne zürnten mir‹, übersetzte er im Kopf. ›Meiner Mutter Söhne‹ waren natürlich ›meine Brüder‹. Aber niemand hier im Raum schien zu wissen, wie das Hohelied weiterging. ›Meiner Mutter Söhne zürnten mir. Sie stellten mich zur Hüterin der Weinberge, aber meinen eigenen Weinberg habe ich nicht behütet.‹ Er betrachtete Pius IX. nachdenklich. Denn es war ja schier unmöglich, dass der Papst nicht wusste, wie das Lied weiterging! Es war nicht nur eine Klage, sondern auch ein Geständnis. Er gestand, dass er den eigenen Weinberg nicht hatte behüten können.

Wenn dem tatsächlich so war, dann hatte er aufrichtig Respekt vor Pius IX.

Da betrat der Oberst die Bibliothek, doch niemand außer Henri beachtete ihn.

»An der von Euch angegebenen Adresse war niemand anzutreffen«, berichtete er.

Henri erbleichte. »Das ist unmöglich …«

»So ist es aber«, entgegnete der Oberst. »Die Tür stand offen. Und der Bote hat gesagt, dass Gauner sich gerade Zutritt verschafft hatten.«

»Was?«

»Zum Glück hatte ich zwei Wachen zu seiner Begleitung mitgeschickt, welche die Gauner vertreiben konnten.«

Henri lauschte mit zunehmendem Entsetzen und wäre am liebsten sofort losgelaufen.

»Ihr rührt Euch nicht vom Fleck«, befahl der Oberst unnachgiebig. »Für nichts auf dieser Welt.«

Als Pietro, Marta und die Artisten in die Gasse zurückkehrten, ritt gerade Armandina heran.

»Sie bombardieren auch die drei Bögen der Porta San Giovanni, die Porta San Lorenzo und Porta Maggiore«, berichtete sie.

»Das ist nur ein Ablenkungsmanöver«, warf Pietro ein. »Sie werden hier angreifen.«

Melo hatte das ebenfalls vermutet und fügte ernst hinzu: »Ich habe gehört, dass du eine ziemliche Dummheit gemacht hast.«

»Würde ich noch mal machen«, entgegnete Pietro.

Melo funkelte ihn an. »Bist du sicher?«

Pietro senkte den Kopf. »Nein …«

Melo wandte sich an Heinrich. »Wie geht es dir, du dummer Österreicher?«

»Alles gut. Aber jetzt hab ich Angst vor Ascanio. Hab ja das Kostüm kaputt.«

Alle Umstehenden lachten laut.

»Lass dich verarzten und komm dann zurück«, wies Melo ihn an. »Und du, Pietro, geh auch zur Krankenstation. Deine Mutter ist da, sie macht sich Sorgen. Sag ihr, dass du in Sicherheit bist.«

»In Ordnung«, meinte Pietro. »Aber Achtung, sie kommen nicht durch das Tor. Sie bombardieren dreißig Meter weiter darüber. Richtung Porta Salaria.«

»Alle mal herhören!«, rief Melo. »Wir warten da, wo sie durchbrechen, aber wir machen einen Bogen um den Feind. Und versuchen, nicht aufzufallen.« Er betrachtete seine bunte Truppe. Im Sonnenlicht glänzten die Pailletten und schimmernden Kostüme noch mehr. »Na ja, ich mein ja nur«, winkte er lachend ab.

Die Männer stimmten in sein Lachen ein.

»Ihr begleitet Heinrich«, trug Melo den drei Artisten auf. »Du auch, Marta. Geh mit Pietro zu seiner Mutter.«

Er gab Bersagliere die Sporen, und seine Männer folgten ihm.

Pietro, Marta, Heinrich und die Akrobaten schlugen die entgegengesetzte Richtung ein. Die soeben überwundene Gefahr steckte ihnen noch in den Knochen, und sie hingen ihren Gedanken nach.

Bis Pietro einen halbwegs geraden Stock fand. »Heinrich«, sprach er den Akrobaten an. »Leihst du mir ein Stück Seil?«

»Warum?«

Pietro hielt den Stock an das abgebrochene Bein des Stativs. »Dann kann ich ihn hier dranbinden und weiterfotografieren.«

»Nervensäge«, meinte Heinrich, reichte ihm aber das Seil.

Pietro band den Stock an das Stativ. Es stand ein wenig schief, aber es hielt. »Noch ein letzter Gefallen, Heinrich, bitte: Ich kann nicht zur Krankenstation – sag du meiner Mutter, dass es mir gutgeht.«

Marta versetzte ihm einen Stoß gegen die Brust. »Du Schuft!«, brach es zornig aus ihr hervor. »Elender Schuft! Hat dir nicht gereicht, was eben passiert ist?«

Heinrich und die anderen Artisten zogen sich zurück.

»Ich bin Fotograf«, erwiderte Pietro.

»Hat es dir nicht gereicht?«, schrie Marta noch einmal und versetzte ihm noch einen Stoß.

Pietro blieb reglos stehen.

»Hat es dir nicht gereicht?«, wiederholte Marta, leiser diesmal. Sie sah ihn an, und vor ihrem inneren Auge erschien das Bild von ihm auf der Erde. Tot.

»In Ordnung«, sagte Pietro nur. Dann schwieg er, ohne den Blick von ihr zu wenden, bevor er ruhig hinzufügte: »Dann wirf du dein Gewehr weg und lauf zum Zirkus zurück.«

Marta starrte ihn fassungslos an. Es war, als hätte Pietro ihr einen Schlag versetzt. Einen schweren. »Das kann ich nicht …«, murmelte sie.

Pietro lächelte. »Ich auch nicht.«

Damit wandte er sich um und lief dem Krieg entgegen.

Im Palazzo in der Via dell'Orso war die Crème de la Crème des römischen Adels versammelt, allesamt treue Anhänger von Pius IX.

Principe Stefano Chiodetti da Fibreno hatte seine Räumlichkeiten für diese Versammlung zu Verfügung gestellt.

Der Krieg durfte ihren Geschäften nichts anhaben, darüber waren sie sich von Anfang an einig. Weder der Krieg noch die Kapitulation Roms, an der mittlerweile niemand mehr zweifelte.

Bei jedem Kanonenschlag erzitterte klirrend der prunkvolle Kristallleuchter an der Decke.

»Es ist ja noch nicht gesagt, dass die Savoyen so schlecht sind«, sagte Marchese Alfonso Lepri Campigli gerade.

Principe Chiodetti hielt sich etwas abseits. Schon seit Tagen hatte er keine Nachricht von seinem Sohn. Er hatte die päpstlichen Truppen um Hilfe gebeten, aber sie waren alle viel zu beschäftigt mit den Vorbereitungen für die Schlacht. Also hatte er einige Söldner angeworben, die das Café Perilli durchsuchen sollten, weil er wusste, dass Ludovico und seine Kameraden sich dort trafen. Aber auch da fand sich keine Spur. Ludovico hatte sich in Luft aufgelöst.

»Wir, die wir Zugriff auf die Finanzquellen seiner Heiligkeit haben«, fuhr der Marchese fort, »wissen, dass das Pontifikat verarmt ist. Oder dass Rom verarmt ist und die Schatztruhe des Vatikans gut verriegelt.«

Principe Chiodetti hatte immer geglaubt, dies alles wäre ein Jungenstreich. Deshalb hatte er seinen Sohn gewähren lassen.

»Ich schätze die Dynastie der Savoyen nicht, überhaupt nicht«, warf Conte di Baldacchino Gasparo Delli Colli ein. »Ich werde sie nie anerkennen …«

»Ganz sicher nicht!«, rief Barone Pietrasecca. »Die Geschichte sagt schließlich alles über sie!« Er legte sich eine Hand auf den Mund. »Mehr sage ich nicht. Ihr wisst es genauso gut wie ich.«

Principe Chiodetti wand sich unruhig in seinem Sessel. Wie oft hatte er sich diese Reden schon anhören müssen? Und er selbst hatte sie auch schon oft genug gehalten, das musste er zugeben. Aber heute war er mit seinen Gedanken bei Ludovico. Es war nicht richtig gewesen, die Zügel so schleifen zu lassen, dessen revolutionärem Tun nichts entgegenzusetzen. Denn vor einigen Tagen hatte er begriffen, wie ernst das alles war. Und als er sah, wie Ludovico ein gestohlenes Chassepot säuberte, gestohlen bei einem terroristischen Überfall, da hatte ihn die Angst befallen, ihn zu verlieren. Und er hatte die Kontrolle über sich verloren. Wie damals bei seiner Frau.

»Ich sagte, dass ich diese Savoyen in meinem Herzen niemals anerkennen werde«, verkündete Conte di Baldacchino Gasparo Delli Colli. »Aber ich weiß, was der Marchese sagen will, wenn er vom finanziellen Verfall unserer geliebten Stadt spricht.« Er breitete die Arme aus, um seinen Worten Nachdruck zu verleihen, wobei er darauf achtete, dass seine Jacke nicht unvorteilhaft aufsprang. »Wenn diese Savoyen Rom zur Hauptstadt ihres Reiches machen wollen, dann müssen sie ordentlich was springen lassen, um die finanzielle Situation wieder ins Lot zu bringen. Und sie werden einiges erneuern müssen, angefangen bei den Abwasserkanälen, sie werden Häuser bauen, vielleicht sogar ganze Viertel, bebaubare Ländereien erwerben, sich Nahrung beschaffen ... ein ganzes Heer an Dingen werden diese kleinen königlichen Milchgesichter benötigen.«

Principe Chiodetti ließ seine Gedanken schweifen. Allmählich dämmerte ihm, dass er einfach nicht lieben konnte. Dass er sich davor fürchtete, zu lieben. Ein Feigling war. Dass er den beiden Menschen geschadet hatte, die ihm am meisten bedeuteten. Aus Angst, sie zu verlieren, war er außer sich geraten. Und anstatt ihnen seine Liebe zu gestehen, so wie wahre Liebe es verdient, wurde eine Bestie aus ihm, und er sperrte sie ein. Wie Gegenstände. Nein, er konnte nicht lieben. Obgleich er es doch aus ganzem Herzen tat. Tief in seinem Inneren war etwas falsch und morsch.

»Und wer wird ihnen all diese schönen Dinge besorgen?«, fragte Duca Alessio d'Attignano schmunzelnd. »Wir!«

»Wir!«, echoten die Adligen.

»Principe«, forderte Marchese Alfonso Lepri Campigli. »Lasst noch eine Flasche Champagner bringen und uns anstoßen auf die Geschäfte, die wir als treue Untertanen des Königreichs Italien machen werden!«

Principe Chiodetti sah ihn an und ließ seinen Blick dann von ihm über all die anderen wandern. Er sah sich in ihnen gespiegelt. Und in ihm machte sich die gleiche Verachtung breit, die Ludovico verspürt hatte, als er ihn beschuldigte, nur ans Geld zu denken. Er sah sie und sich selbst mit den Augen seines Sohnes.

»Principe? Wollt Ihr uns verdursten lassen?«, scherzte Duca Alessio d'Attignano.

Und der Principe dachte an Pietros Fotografien. Jene Bilder, die ihn mit Entsetzen erfüllten. Die jeden hier mit Entsetzen erfüllen würden. Bilder, die Armut und Schmerz zeigten. Dinge, die er und die Seinen leugneten. Als ob sie dadurch verschwinden oder unwirklich würden.

»Principe, Ihr seid ein schlechter Gastgeber.«

Principe Chiodetti erhob sich langsam. Noch einmal ließ er seinen Blick über die Anwesenden gleiten, über einen nach dem anderen, während der prunkvolle Kristalllüster unter den Kanonenschlägen sein schauriges Lied klimperte.

Er hatte seinen Sohn verraten. Und all das, was er ihm beigebracht hatte. Er, der großartige Principe, hatte seinem Sohn gezeigt, was er wirklich war: leer und armselig. Genauso wie jeder der hier anwesenden Heuchler.

»Principe, wir sind durstig, wo bleibt der Champagner?«

»Ihr redet über Geschäfte …« Die Stimme des Principe war so leise und brüchig, dass alle verstummten.

»Was hat er gesagt?«, flüsterte jemand.

»Ihr redet über Geschäfte!«, brach es aus dem Principe hervor, mit einem Zorn, der sich in erster Linie gegen ihn selbst richtete. »Und da draußen sterben Menschen!«

Die Adligen starrten ihn entgeistert an.

»Ihr werdet doch nicht etwa weichherzig, Principe?«, spottete Lepri Campigli.

Gelächter erhob sich.

Der Principe stand kurz davor, erneut die Kontrolle zu verlieren, aber dieses Mal aus gutem Grund. Er versuchte gar nicht erst, sich zu bremsen. Er packte den Marchese an seiner albernen

Krawatte und wusste, dass er es nicht bereuen würde. Zum ersten Mal war er wirklich aufrecht, wie sein geliebter Sohn es war. Er zerrte den Adligen aus seinem Sessel, erwürgte ihn fast mit seiner eigenen Krawatte, und schrie: »Alle raus hier!«

Einer nach dem anderen verließen die Aristokraten mit hängenden Köpfen den Palazzo, versuchten, unter dem Wurf des Fehdehandschuhs ihre Gesichter zu wahren, und fürchteten sich doch nur vor dem, was da in den Augen des Hausherrn aufglomm.

Der Principe stand reglos da. Keuchend. Sein Blick fiel auf einen Spazierstock, den einer der Gäste vergessen hatte. Er nahm ihn und brach das womöglich jahrhundertealte Holz zornig entzwei.

»Signore?« Pflichtbewusst trat der Diener näher. Doch Principe Chiodetti ging wortlos an ihm vorbei in Richtung seines Studios. Dort standen zwei Fotos nebeneinander auf dem Schreibtisch. Fotos, die er selbst gemacht hatte und von denen er schon seit Tagen den Blick nicht hatte wenden können. Zärtlich glitt er mit seinen Fingern darüber.

Das eine Bild zeigte seine Frau. Das andere Ludovico.

»Wein doch endlich, Principe«, sagte er laut zu sich selbst.

Aber er hatte noch nie geweint und vermochte es auch jetzt nicht. Jetzt, da er sie beide verloren hatte.

Pietro hatte die Stelle der Mauern erreicht, wo sich mittlerweile der größte Teil der päpstlichen Truppen befand.

Die italienische Artillerie hatte eine Bresche von etwa dreißig Metern geschlagen.

Ein letzter Kanonenschlag donnerte.

Dann senkte sich eine unwirkliche Stille herab, lediglich unterbrochen von dem Knirschen der Ziegelsteine, die sich aus der Mauer lösten und in den Schutt fielen.

Jäh zerriss ein Kriegsruf von italienischer Seite die Stille: »Angriff!«

»Richten!«, gellte es mit gleicher Entschiedenheit auf Seiten der päpstlichen Truppen.

Für einen kurzen Moment stand die Welt still.

Dann brach die Hölle los.

»Feuer frei!«

Die Schützen der Zuaven ließen dem Befehl einen Kugelhagel folgen.

Hinter ihnen schoss Pietro ein Bild.

Italienische Soldaten fielen.

»Jetzt!«, ertönte ein Schrei hinter ihm.

Pietro wandte sich um und sah, wie Melo auf Bersagliere mit angelegtem Gewehr auf die linke Seite der päpstlichen Truppen zuhielt. Ihm folgten Clowns, Artisten, Schlangenmenschen, Messerwerfer und Feuerspucker, Seiltänzer, Jongleure und ein berittener Zwerg.

Und allen voran, stolz und wunderschön, Marta. Seine Marta.

Er brachte den Fotoapparat in Stellung und schoss ein Bild von dieser unglaublichen Szene.

Vom Angriff überrumpelt, luden einige der Schützen nicht schnell genug nach. Andere zielten nicht mehr in Richtung Bresche, sondern auf den schillernden Angriffstrupp.

Ohne Verluste gewannen die Italiener an Boden.

Pietro beobachtete, wie ein Zuave von einer Kugel getroffen zusammensackte. Er schreckte kurz zusammen, aber nein, es war nicht Leutnant Beras. Schon seit den ersten Sonnenstrahlen dieses historischen Tages suchte er die Truppen nach ihm ab.

Er wollte ihn fotografieren. Denn wenn er sterben würde, hätte die Contesssa wenigstens ein Foto von ihm. Aber er fand ihn nicht.

»Angriff!«, kommandierte Major de Troussures in diesem Moment seine Kavallerie und streckte den Säbel dem Regiment von Capitano Melo entgegen, der seinen Truppen gefährlich zu werden drohte.

Die Kavallerie trieb ihre Pferde an, und die Erde erbebte unter dem Donnern unzähliger Hufe.

»Ausschwärmen!«, schrie Melo, froh, seine Strategie allen vor dem Angriff eingeschärft zu haben: zuschlagen und zurückziehen. Niemals zum Ziel werden. Eine andere Möglichkeit gab es nicht. Sie waren schlichtweg zu wenige.

Die Jungen, die Lupi und der schillernde Zirkustrupp verteilten sich blitzschnell in alle Richtungen.

Nur Marta nicht. Sie stand aufrecht auf einem Schutthaufen, das Gewehr auf die Kavallerie angelegt, die auf sie zu galoppierte.

»Lauf weg!«, schrie Pietro, so laut er konnte, dann verschwand er unter dem schwarzen Tuch und machte sich für ein Foto bereit. Aus dem gleichen Grund, aus dem er Leutnant Beras hatte fotografieren wollen: damit ihm wenigstens ein Foto blieb, falls sie sterben sollte.

Er drückte in dem Moment ab, als Marta schoss und der Rückstoß sie einen Schritt zurücktaumeln ließ.

Pietro beobachtete, wie der Franzose fiel.

Und Marta wusste, dass sie getroffen hatte. Dass er tot war. Reglos stand sie da, unfähig, sich zu bewegen oder nachzuladen. Die Augen weit aufgerissen.

»Nein!«, schrie Pietro.

Denn Marta stand da als Zielscheibe.

Doch plötzlich galoppierte Melo auf Bersagliere unter donnerndem Hufgetrappel heran, schnitt der französischen Kavallerie den Weg ab, erreichte Marta, packte sie wie im Flug und zog sie quer über den Sattel auf das Pferd.

In einem Augenblick waren sie auch schon wieder verschwunden.

Verwirrt hielt die französische Kavallerie an. Kein einziger Feind mehr war zu sehen.

»Was habe ich dir gesagt?«, schrie Melo, während sie davongaloppierten. »Wie viele Idioten muss ich eigentlich noch krepieren sehen, nachdem sie einen Volltreffer gelandet haben?« Er brachte das Pferd zum Stehen. »Geh zur Krankenstation«, wies er Marta an und warf sie fast hinunter.

»Ich … habe … habe ihn umgebracht«, stammelte Marta fassungslos.

»Du gehst jetzt zur Krankenstation und nicht mehr aufs Schlachtfeld«, sagte Melo entschieden.

»Nein«, rief Marta mit tränenüberströmtem Gesicht.

»Doch.«

»Nein!« Marta rannte los, mitten ins Getümmel, und noch im Lauf lud sie ihr Chassepot.

»Verdammt!«, schrie Melo.

Aber Marta war nicht mehr aufzuhalten.

Als sie die Bresche fast erreicht hatte, waren die italienischen Infanterieregimente schon innerhalb der Mauern und kämpften mit blanken Waffen.

Marta warf sich bäuchlings hinter eine niedrige Mauer und legte das Gewehr an.

»Halt!« Pietro war plötzlich neben ihr. »Wenn du dich vertust, erwischst du noch einen von uns.«

»Von uns?«

»Von euch, wollte ich natürlich sagen.«

Sie sahen sich an. Sanft löste Pietro Martas Hand vom Gewehr und drückte sie leicht. Und aus Martas Körper wich langsam alle Anspannung, und sie drückte Pietros Hand zurück.

Um sie herum pfiffen Kugeln durch die Luft, Stahl klirrte gegen Stahl, und überall gellten Schreie. Wütende Kampfschreie. Schreckliche Schmerzensschreie. Schrille Angstschreie. Und Schreie, die Mut machen wollten.

In diesem Moment wurde Pietros Blick von etwas abgelenkt.

»Was ist?«, wollte Marta wissen.

Doch Pietro nahm nur wortlos den Fotoapparat und verschwand unter dem schwarzen Tuch.

Marta folgte der von Pietro angepeilten Richtung und sah einen groben Mann mit struppigem schwarzem Bart. Selbst aus dieser Entfernung konnte sie die Narben in seinem Gesicht erkennen.

Albanese kämpfte wie eine Bestie. Mit einem langen Säbel schlug er einen Reiter zu Boden, der sein Regiment verloren hatte.

Pietro schoss ein Bild, als Albanese ihm die Kehle durchschnitt und das Blut in sein Gesicht spritzte.

»Das ist der, der uns vorhin das Leben gerettet hat«, bemerkte Marta.

»Genau«, erwiderte Pietro und kam unter dem Tuch hervor.

»Wer ist das?«

Da sah ihn auch Albanese. »Fotografierst du mich, Campione?«, schrie er mit blutigem Gesicht.

»Ja«, rief Pietro zurück.

Albanese grinste, nahm den Säbel des Feindes und reckte ihn stolz in die Luft. »Mach noch eins.«

Pietro drückte auf den Auslöser.

Albanese trieb einem anderen Mann den Säbel direkt in die Brust. Nahezu in zwei Hälften klaffend fiel der Feind.

»Siehst du, Campione?« Albanese lachte sein freudloses Lachen. »Ich werde durch deine Fotos noch zum Helden, egal, wie!« Er warf sich einem weiteren Feind entgegen, der ihn mit dem Bajonett auf dem Gewehr angreifen wollte. Wie ein Torero duckte Albanese sich weg und bohrte ihm den Säbel in den Rücken. Dann richtete er den Säbel auf Pietro. »Die Bilder will ich haben! Vergiss das nicht!« Damit warf er sich zurück ins Getümmel.

»Ludovico ist bei ihm«, stellte Marta fest, als sie den jungen Principe bemerkte, der dem Gauner in die Todesorgie folgte. Denn nichts anderes war dieser Kampf.

Pietros Blick war undurchdringlich.

»Wer ist das?«, fragte Marta noch einmal. »Ich finde ihn unheimlich.«

»Ja, das ist er.«

»Ist das ein Freund von dir? Warum nennt er dich Campione?«

Pietro schwieg.

»Sag mir, wer das ist.«

»Der Mann, der meine Mutter verprügelt hat.«

Henri dachte unentwegt an Nella. Wo war sie? Wo konnte sie hingegangen sein? War sie in Sicherheit?

Der Oberst beobachtete ihn. Er wusste, dass der Leutnant am liebsten alles stehen- und liegengelassen hätte, aber er hielt sich tatsächlich zurück, denn er wollte seine Ehre nicht verlieren.

Unterdessen redete der Papst in einem unermüdlichen Strom von Worten immer weiter.

Henri kam der Gedanke, dass er das tat, um die Stille zu ertragen. Und die Kanonenschläge zu übertönen. Er sprach gerade über Julius Cäsar und den Rubikon, als ein Offizier eintrat. Ihm war anzusehen, dass er dringende Nachrichten hatte.

»Oberstleutnant Filippo di Carpegna.«

Alle wandten sich ihm zu.

Der Papst gab ihm ein Zeichen zu sprechen.

»Ich muss Eure Heiligkeit unter vier Augen sprechen.«

Die Botschafter, Kardinäle, Henri und alle, die sich sonst noch im Raum befanden, entfernten sich, ohne dass Pius IX. noch darum hätte bitten müssen.

Schweigend warteten sie im Vorzimmer.

Eine Uhr schlug halb zehn.

Schließlich öffnete sich die Tür der Privatbibliothek, und der Oberstleutnant trat heraus.

Der Tross begab sich zurück in die Bibliothek.

Papst Pius IX. stand mit feuchten Augen da. Trotzdem wirkte er jetzt viel gefasster als vorher, da alles so ungewiss gewesen war.

»Ich habe soeben den Befehl zur Kapitulation gegeben«, verkündete er.

Alle senkten die Köpfe, als hätten sie Nachricht von einem großen Leid erhalten.

»Eine Verteidigung war ohne weiteres Blutvergießen nicht mehr möglich«, fuhr er fort. »Und ich möchte kein Blut mehr vergießen.«

Wie alle anderen im Raum war Henri ergriffen von diesen würdevollen Worten. Sosehr er Pius IX. anfangs verachtet hatte, so sehr schätzte er ihn jetzt.

»Ich entbinde meine Soldaten von ihrem Treueschwur und gebe ihnen die Freiheit«, fügte er feierlich hinzu.

Henri überkam neuerlich der Impuls, sofort loszustürmen. Er blickte zum Oberst, der unmerklich nickte. Darauf hatte Henri gewartet. Er sprang auf und wandte sich um, während der Papst sagte: »Wegen der Kapitulationsbedingungen müssen wir uns mit General Kanzler besprechen. Mit ihm müsst Ihr …«

Aber Henri war schon auf der Treppe, verließ eilig den Vatikan und rannte los. Zu Nella. Es war vorbei! Der Krieg war vorbei. Jetzt musste er sie nur wiederfinden. Sie, die Frau, die er liebte.

Als er das Souterrain in der Via di Panìco betrat, fand er die Wohnung leer vor. Henri sah sich um, dann kam ihm ein hoffnungsvoller Gedanke. Er würde sie bestimmt bei der Porta Pia finden. Bestimmt war sie dort und versuchte, ihren Sohn zu überzeugen, für seine Fotografien nicht sein Leben aufs Spiel zu setzen. Ein wenig beschämt gestand er sich ein: *Vielleicht wollte sie dort ja auch mich sehen.*

Wie ein Verrückter rannte er los. Jetzt war er frei! *Es ist vorbei*, sagte er sich immer wieder. Und seine Gedanken beflügelten seinen Lauf.

Als er die Porta Pia fast erreicht hatte, fiel ihm auf, dass die Kämpfe noch in vollem Gange waren. Schüsse und Schreie gellten durch die Luft. *Natürlich*, dachte er. *Es dauert ja, bis man auf dem Schlachtfeld vom Befehl des Papstes* erfährt. Und bis dahin wird es noch viele Tote geben.

Er rannte noch schneller, um die Nachricht rasch an Major de Troussures weiterzugeben.

Das Schlachtfeld hatte er zwar nicht betreten, aber er konnte nun die Kämpfe beenden. Kämpfe in einem Krieg, der doch schon vorbei war.

»Wo willst du hin, Franzmann?«

Vor ihm baute sich eine Gruppe Männer auf. Sie waren mit Messern und Stöcken bewaffnet und führten ganz offensichtlich nichts Gutes im Schilde. Der Mann, der gesprochen hatte, war entstellt von einer großen bläulichen Narbe über seiner Unterlippe. Er sah aus wie ein Fisch, der sich gewaltsam einen Angelhaken aus dem Maul gezogen hatte.

Henri sah sich um.

»Was is, Franzmann?«, fragte einer, der sich inzwischen hinter ihn gestellt hatte und so den Rückweg versperrte. Er war riesig wie ein Schrank. »Du wolltest doch nich etwa abhaun?«

»Sehr gut, Due Ante«, meinte der mit dem Fischgesicht.

»Immer zu Diensten, Ghiozzetto«, spottete Due Ante.

Erst jetzt fiel Henri auf, dass er unbewaffnet war. Er hatte es so eilig gehabt, zu Nella zu kommen, dass er seine Waffen schlicht und ergreifend vergessen hatte.

Drohend näherten sich die Männer von beiden Seiten.

»Na, glaubste an Gott?«, grinste Ghiozzetto. »Dann kannste jetz mal dein letztes Gebet sprechen.«

Boshaftes Gelächter folgte.

Henri wurde klar, dass er keine Chance hatte. Wie absurd es doch war, den Tod auf diese Art zu finden, nicht auf dem Schlachtfeld, sondern wenige Schritte davon entfernt.

Marta zielte auf einen Zuaven, der allein dastand.

Pietro hockte neben ihr und beobachtete sie.

Um sie herum wurde gekämpft. Tote und Verletzte lagen in den Trümmern, die Gegner stiegen kaltschnäuzig über sie.

Marta beobachtete den Zuaven. Er war jung. Mit weitaufgerissenen Augen starrte er auf das Getümmel. Auf die durch die Luft wirbelnden Säbel, Bajonette und Dolche. Er trat einen Schritt zurück. Floh aber nicht. Reglos stand er da und beobachtete das schreckliche Schauspiel.

Marta hatte ihn im Visier, ihr Finger lag auf dem Abzug. Sie musste nur abdrücken, und der Feind würde fallen. Sie konnte ihn nicht verfehlen.

Doch mit einem Mal ließ sie das Gewehr sinken.

»Was ist der Krieg doch für eine dreckige Angelegenheit«, murmelte sie, und ihre Augen füllten sich mit Tränen.

Sie sah Pietro an. Und schüttelte langsam den Kopf.

Als ihr Blick zu dem jungen Zuaven zurückkehrte, lag er unnatürlich zusammengekrümmt auf dem Boden, und sein Blut tränkte die Erde, auf der ihn der Tod gefunden hatte.

»Was für eine dreckige Angelegenheit«, wiederholte sie. Dann stand sie ruckartig auf, packte das Gewehr am Lauf und warf es mit aller Kraft auf das Schlachtfeld. Dabei stieß sie einen gellenden Verzweiflungsschrei aus.

»Runter«, rief Pietro und zog sie neben sich auf den Boden, in Deckung.

Dort blieben sie liegen, die Blicke ineinander verfangen.

Pietro wusste, was in Marta vorging. Genau das Gleiche war in ihm vorgegangen, als er entschieden hatte, Albanese nicht anzuzeigen und ihn so vor der Hinrichtung zu bewahren. Der schmerzvolle Frieden derer, die sich dem Dunkel der menschlichen Seele abwandten.

Albanese zählte nicht mehr, wie viele Männer er getötet hatte oder verwundet liegen ließ. Für die anderen waren es Feinde. Für ihn nur ein Mittel, sein Ziel zu erreichen. Sein Plan hatte sich nicht geändert, nachdem Pietro ihn mit dem Rücken an die Wand gestellt hatte.

Es ging ums Geschäft. Nur ums Geschäft.

Keine Ideale. Keine Sentimentalitäten.

Deshalb kämpfte er Seite an Seite mit den Italienern, den Dolch in der einen und den Säbel in der anderen Hand. Denn er hatte auf sie gewettet. Weil er wusste, dass sie gewinnen würden. Und er würde sich ihnen auf die ein oder andere Art anschließen, er würde zu den Gewinnern gehören. Und ein Held sein.

Er lachte. Denn in Wahrheit war er doch nur ein simpler Mörder.

Er war der Beste von allen. Der Stärkste. Aber eben ein Mörder.

»Zurück mit dir!«, schrie er dem Jungen zu, der schon seit dem Morgen an seinem Rockzipfel hing.

»Nein«, rief Ludovico und stürzte sich nur noch tiefer ins Kampfgetümmel.

»Das hier ist keine Schulhofprügelei!«, zischte Albanese, während er einem Mann den Dolch in den Rücken hieb. »Das hier hat nichts mit Ehre zu tun!«

Aber Ludovico hörte nicht zu. Wie wild geworden hieb er mit seinem Degen durch die Luft, ohne auf seine Verteidigung zu achten.

Plötzlich fiel Albanese ein, wo er diesen Jungen schon einmal gesehen hatte. Er hatte ihn damals aus der Schmiede von Incudine in der Via Margutta verjagt, als er mit den anderen Prinzesschen vom Komitee gekommen war. Das war der, auf dessen Jacke er seine Fingerabdrücke hinterlassen hatte. Das Muttersöhnchen. Jetzt allerdings kämpfte er nicht wie ein Prinzesschen, ganz und gar nicht.

»Das hier is was für Erwachsene«, schrie er. »Hau ab! Mit dem ganzen Geld, das du hast, was machste dir hier die Hände schmutzig?«

»Ich kämpfe bis zum bitteren Ende!«, stieß Ludovico hervor.

»Verdammt! Hau ab, sag ich. Bevor du hier noch krepierst!«

Mit blitzenden Augen sah Ludovico ihn an. Sein Hemd war zerrissen, verschwitzt und voller Blut, seinem und dem der Feinde, die er getötet hatte. Reglos und aufrecht starrte er Albanese an, den Säbel gesenkt. »Ich hab keine Angst vor dem Tod.«

Da stieß Albanese seinen Dolch nur knapp an Ludovico vorbei.

Ludovico zuckte nicht einmal mit der Wimper.

Aber der Dolchstoß galt nicht ihm, sondern einem Feind hinter ihm, der Ludovico das Bajonett in den Rücken hatte stoßen wollen. Albanese hatte dem Mann den Dolch tief in die Augenhöhle getrieben.

Der Soldat schrie auf, ließ das Bajonett fallen und versuchte, den Dolch herauszuziehen.

Albanese ließ einen furchtbaren Säbelhieb folgen, mit dem er dem Soldaten den Arm abhieb und dann die Kehle durchtrennte.

Der Mann stürzte zu Boden und blieb in seiner Blutlache liegen.

Ludovico kniete sich neben ihn, zog ihm den Dolch aus dem Auge und gab ihn Albanese zurück. »Danke«, sagte er trocken.

Aber Albanese sah keine Dankbarkeit in seinem Blick. Er hatte nur hinausgezögert, wonach der Junge eigentlich suchte. »Du suchst den Tod?«, schrie er wütend. »Na dann, los, du Dreckskerl!«

Entsetzt hatten Pietro und Marta die Szene zwischen Albanese und Ludovico beobachtet.

Jetzt wussten auch sie es. Wussten es sicher.

Pietro verschwand unter dem schwarzen Tuch.

Er nahm Ludovico ins Visier.

Sah, wie er seinen Säbel gegen einen Mann erhob. Wie dieser Mann eine Pistole hervorzog und schoss.

Pietro drückte ab, als Ludovico von der Kugel zurückgeschleudert wurde. Die Arme weit ausgebreitet. Den Säbel in der Luft.

Das Gesicht dem Fotoapparat zugewandt. Den Hals unnatürlich verrenkt. Den Mund weit aufgerissen. Als würde er lachen.

»Ludovico!«, schrie Marta, als er fiel, und sprang auf.

Doch Pietro zog sie wieder herunter. »Ich gehe!« Und er rannte los, mitten in die Schlacht hinein, packte Ludovico an den Armen und zog ihn weg. »Du schaffst das!«, rief er.

Da tauchte an seiner Seite Albanese auf. »Schnell, Campione!«, schrie er. »Ich gebe dir Deckung!« Und mit dem Säbel wild um sich schlagend, brachte er Pietro sicher bis zu dem Mäuerchen, hinter dem Marta wartete.

Keuchend blieb Pietro stehen.

Ein tiefroter Fleck breitete sich rasch auf Ludovicos Brust aus.

Pietro und Albanese tauschten einen Blick. Sie wussten auch ohne Worte, dass Ludovico gefunden hatte, wonach er suchte.

Ludovicos Blick heftete sich auf Marta. Hass und Verzweiflung waren daraus verschwunden.

»Die Uhr … für … meinen Vater …«, flüsterte er.

Mit geballten Fäusten brachte Henri sich in Stellung. Kampflos würde er sich ganz sicher nicht ergeben.

Die Gauner grienten.

Als Erster ging Ghiozzetto auf ihn los. Henri, der ein erfahrener Kämpfer war, wich aus, entwand ihm das Messer und stieß ihn weg. Flink drehte er sich daraufhin zu Due Ante um, der sich plump wie ein Gorilla auf ihn stürzte, und trieb das Messer in seine Brust. Der Riese spuckte Blut, sackte in sich zusammen und stürzte mit einem dumpfen Geräusch zu Boden.

Nun war Henri noch von vier Männern umzingelt.

Er wusste, er würde hier sterben. Allein und kläglich.

Doch plötzlich erzitterte der Boden, und donnernde Hufe und Kutschräder preschten über das Straßenpflaster.

Als die Gauner sich umdrehten, war es bereits zu spät.

Henri aber sprang im letzten Moment zur Seite.

Das Vierergespann und die Kutsche rissen mehrere Männer um und zermalmten ihre Körper.

Dann kam die Kutsche zum Stehen.

»Schnell!«, rief Paride Henri zu.

Als die Kutsche sich wieder in Bewegung setzte, konnten das Donnern der Räder und das Hufgetrappel die Schreie der Verletzten nicht übertönen.

»Wer seid Ihr?«, rief Henri vom Trittbrett dem Kutscher zu.

»Nicht wichtig!«, erwiderte Paride.

»Ihr habt mir das Leben gerettet!«

Paride ließ es unerwidert. Er bog mehrmals ab und brachte die Kutsche schließlich vor einem Lager zum Stehen.

»Kommt mit«, forderte er Henri auf.

»Was ist das hier?«

Als sie eintraten, sah Henri Frauen und um sie herum Verbände, Arztbestecke und kochendes Wasser. Eine Krankenstation. »Ich bin nicht verletzt«, meinte er.

»Los, fesselt ihn!«, befahl Paride.

Das Überraschungsmoment nutzend, stürzten sich vier Frauen auf ihn und fesselten ihn an Händen und Füßen. Dann setzten sie ihn auf einen Stuhl und banden ihn fest.

»Signore, Ihr seid unser Gefangener«, verkündete Paride.

»Nein!« Henri versuchte vergeblich, sich zu befreien. Aber die Knoten waren festgezurrt. »Hört mir zu … Es ist vorbei! Der Krieg ist vorbei! Der Papst hat die Kapitulation befohlen … Ich habe es selbst gehört! So glaubt mir doch!«

Paride schüttelte den Kopf. Er zeigte in Richtung Porta Pia. »Dort wird gekämpft und geschossen. Es hat nicht den Anschein, als wäre der Krieg vorbei.«

»Ich sage Euch, dass der Papst die Kapitulation befohlen hat. Ich war auf dem Weg, Major de Troussures zu benachrichtigen.«

Paride zögerte. »Habt Ihr … eine offizielle Depesche bei Euch?«

»Nein! Nein, aber ich war dabei, wirklich!«

»Signore, der Major-wie-auch-immer wird bestimmt nicht die Schlacht beenden, nur weil Ihr das sagt«, bemerkte Paride.

Und Henri ging auf, dass er recht hatte. ›Eine Verteidigung ohne weiteres Blutvergießen war nicht mehr möglich‹, hatte Pius IX. gesagt. Aber viel unschuldiges Blut würde noch vergossen werden, bevor die Depeschen ankamen, geprüft wurden und die weiße Fahne wehte. Nein, Major de Troussures würde nicht befehlen, das Feuer einzustellen. Selbst dann nicht, wenn Henri einen Schwur leisten würde. Er sackte in sich zusammen. »Dann lasst mich wenigstens kämpfen.«

»Ihr seid ein Feind«, erwiderte Paride. »Ich kann Euch nicht gehen lassen.«

Henri nickte langsam. Dann senkte er niedergeschlagen den Kopf.

Nicht weit entfernt stand Nella hinter einer Tür und beobachtete ihn. Sie konnte sein Leid sehen. Aber er konnte nicht um ihres wissen.

Auch in der Krankenstation war die Unruhe in ihr bald zu groß geworden, und sie hatte hinausgemusst. War zum Schlachtfeld gelaufen. Auf der anderen Seite sah sie Pietro. Er lebte, dem Himmel sei Dank. Aber Henri musste mittendrin sein. Vielleicht war er schon gefallen. Sie hielt diese quälende Unsicherheit nicht aus, ertrug die Schüsse und Schreie nicht länger.

Und als sie aufs Geratewohl davonlief, mit den Händen auf den Ohren, da sah sie ihn in der Ferne. Ihren Henri. Er kam geradewegs auf sie zugelaufen, sie konnte es gar nicht glauben. Das war doch nicht möglich!

Aber plötzlich tauchte eine Bande Krimineller auf und versperrte ihm den Weg. Sie erkannte Albaneses Handlanger, den Entstellten, der ihr an die Wäsche gewollt hatte. Und dann kamen noch mehr. Henri war verloren.

Sie wusste selbst nicht, wie sie es schaffte, nicht verzweifelt loszuschreien, sondern kühlen Kopf zu bewahren und zur Krankenstation zurückzulaufen. Dort rief sie verzweifelt nach Paride und flehte ihn an, Henri zu retten.

Und Paride tat, was sie begehrte.

Jetzt war Henri in Sicherheit. Und sie würde nicht zulassen, dass er sich erneut in Gefahr brachte. Jetzt nicht mehr.

Sie verharrte in ihrem Versteck und beobachtete ihn. Henri würde ihr niemals verzeihen, wenn er wüsste, dass sie dahintersteckte. Und sie konnte das nur zu gut verstehen. Als stolzer Soldat war es eine Ehre für ihn, in die Schlacht zu ziehen. Und sie hatte ihm diese Ehre genommen. Nein, niemals würde sie ihm das beichten können. Aber versteckt, wie sie war, nicht anders als eine Verräterin, wusste Nella, dass sie es immer wieder tun würde. Hundert Mal. Tausend Mal. Und sie glaubte, stark genug zu sein, dieses Geheimnis ein Leben lang zu hüten.

Denn der Mann, den sie liebte, war am Leben.

Und nur das zählte. Sonst nichts.

Pietro hockte bei Ludovico. Allein.

»Die Uhr … für … meinen Vater …«, hatte der junge Principe zu Marta gesagt.

»Was meint er damit?«, hatte Pietro wissen wollen.

»Ich weiß es. Ich muss zu seinem Vater«, hatte Marta erwidert. Pietro hatte ihr die Adresse in der Via dell'Orso gegeben. Doch bevor sie sich auf den Weg gemacht hatte, hatte Marta die Hand auf Ludovicos Brust gelegt, sich über ihn gebeugt und geflüstert: »Nicht sterben.«

Jetzt nahm Pietro Ludovicos Hand. »Nicht sterben«, versuchte auch er ihn zu ermutigen, während um sie herum die Schlacht tobte.

Ludovico war bleich wie ein Leintuch. Sein Atem ging flach.

Pietro blickte in die Richtung, in der Marta verschwunden war.

Und plötzlich sah er, wie auf einem Haus hinter der Bresche eine weiße Fahne gehisst wurde.

»Nicht sterben«, sagte er noch einmal, diesmal lebhafter. »Es ist vorbei!«

Die Soldaten kämpften weiter.

»Es ist vorbei«, brüllte er.

Aber im Schlachtgetümmel hörte ihn niemand.

»Sie geben auf!«, schrie da ein italienischer Soldat und zeigte auf die wehende weiße Fahne.

Im nächsten Moment sank er getroffen zu Boden.

»Nein!«, schrie Pietro.

»Weiße Fahne!«, brüllte ein italienischer Sergeant.

Einige Soldaten hielten inne. »Weiße Fahne!« Immer mehr Soldaten erhoben nun ihre Waffen gen Himmel und schrien: »Weiße Fahne!«

Aber die päpstlichen Truppen schossen weiter. Auf unbewaffnete Soldaten. Noch hatte ihnen niemand den Befehl gegeben, das Feuer einzustellen.

»Feiglinge«, ereiferte sich Pietro, als er sah, wie weitere italienische Soldaten fielen. »Feiglinge!« Rasch schoss er ein Bild, auf dem zu sehen war, dass die päpstlichen Truppen weiterkämpften, obgleich die weiße Fahne gut sichtbar wehte.

Doch schließlich, wenn auch mit erheblicher Verzögerung, erteilten auch die Kommandanten der päpstlichen Truppen Befehl, den Kampf einzustellen.

Stille senkte sich herab. Nach all dem Kriegslärm war es eine unheimliche Stille.

Die verfeindeten Truppen maßen sich mit Blicken. Soldaten traten zur Seite, ließen den Feind stehen, dem sie eben noch nach dem Leben getrachtet hatten, und suchten ihre Kameraden.

»Waffen niederlegen!«, schrie Capitano Buttafuochi.

Pietro war aufrichtig erleichtert, ihn lebend zu sehen.

Die päpstlichen Truppen legten Gewehre und Säbel nieder.

»Ludovico!« Ein verzweifelter Ruf zerriss die Stille.

Pietro sah, wie sich Principe Stefano Chiodetti da Fibreno einen Weg zwischen Toten und Verletzten hindurch bahnte. Seine Kutsche stand ein Stück entfernt. Marta brachte ihn zu seinem Sohn.

»Ludovico!«, rief der Principe noch einmal und kniete sich neben ihn. »Ludovico, sag etwas.«

Pietro trat beiseite und suchte Martas Blick.

Marta kniete sich rasch neben Ludovico und drückte ihm die goldene Uhr in die Hand. »Gib du sie ihm«, flüsterte sie ihm zu.

»Ludovico … sag etwas«, flehte der Principe mit schmerzverzerrtem Gesicht.

Nur unter großer Mühe gelang es Ludovico, den Blick seines Vaters zu erwidern.

»Verzeih mir«, bat ihn der Principe. »Ich liebe dich, mein Sohn, habe dich immer geliebt.«

»Ich weiß«, brachte Ludovico mühsam hervor. Die letzte Lebenskraft war schon fast aus seinem Körper gewichen. Er versuchte zu lächeln. Überall war Blut, auch zwischen seinen strahlend weißen Zähnen. Er öffnete die Hand, in der die Uhr lag. »Das war … der schönste … schönste Tag … in meinem Leben.«

Der Principe erkannte die Uhr sofort. Er klappte sie auf. »Für Ludovico«, las er leise. »Rein, wie ich es nie sein werde.«

»Der schönste … Tag …«

»Verzeih mir«, wiederholte Principe Chiodetti. »Ich liebe dich, mein Sohn.«

»Ich weiß.«

»Ludovico …«

Doch der Tod zerrte schon an seinem Sohn. »Ich wollte doch … in den … Quirinalspalast … als Italiener«, brachte er mit letzter Anstrengung hervor, ehe er sein Leben aushauchte.

Principe Chiodetti klagte nicht. Er warf sich neben den toten

Körper des Sohnes, vergrub das Gesicht an seiner Brust, an der Wunde, die ihm den Tod gebracht hatte.

Als er den Kopf wieder hob, war sein Gesicht blutverschmiert. Doch seine Tränen strömten nunmehr in breiten Rinnsalen über seine Wangen und wuschen das Blut langsam fort.

Paride brachte die Kutsche an einer einsamen Stelle zum Stehen, wo niemand sehen konnte, wer ausstieg.

Als die Kapitulation offiziell verkündet wurde, sagte Henri zu ihm: »Lasst mich wenigstens ein Gefangener der feindlichen Truppen sein, nicht der einer Handvoll tapferer Weibsbilder. So viel Ehre müsst ihr mir gewähren.«

Und Paride gewährte ihm seine Bitte.

Als Henri am Schlachtfeld ausstieg, warf er Paride einen Blick zu, der von Stolz und Anerkennung zeugte. Dann nahm er seinen Platz inmitten der Zuaventruppen ein. Dort gehörte er hin.

Erst da trat auch Nella in Erscheinung und tat, als käme sie aus einer anderen Richtung. Als wüsste sie von nichts.

»*C'est fini*«, verkündete Henri.

»Ja, es ist vorbei«, sagte Nella leise und streichelte zärtlich seinen Arm.

Dann ging sie zu Pietro.

»Sieh mal.« Er deutete auf das Schlachtfeld. Da war Marta, kniend neben einem verletzten Feind, und verband dessen Wunde.

Pietro nahm den Fotoapparat, trat ein Stück an sie heran und drückte auf den Auslöser.

»Hast du gestern eigentlich über dich geredet?«, wollte Pietro gleich darauf von Marta wissen.

»Nein«, erwiderte Marta betrübt. »Das habe ich nur von jemandem gelernt, der es besser wusste als ich.« Sie suchte den Blick Melos, der gerade auf Bersagliere bei ihnen aufgetaucht war.

Der Capitano stieg vom Pferd. Seine Augen waren feucht.

»Danke«, sagte Marta. »Ich bin stolz, ihren Namen zu tragen.«

Melo wandte sich eilig Nella zu und hielt ihr Bersaglieres Zügel hin, aber nur, um nicht vor Marta anzufangen zu weinen.

»Auf zum Quirinalspalast!«, rief da jemand. »Zum Quirinal!«

Und plötzlich schrien alle: »Zum Quirinal! Zum Quirinal!«

Die Gefangenen mussten zusehen, wie der Großteil der italienischen Truppen, die Sieger, ihrem so heiß ersehnten Ziel entgegenmarschierten. Immer geradeaus. Man konnte den Palast gar nicht verfehlen.

Und während sie marschierten, stimmten sie den *Canto degli Italiani* – besser bekannt als *Fratelli d'Italia* – an. Eine Hymne, die der junger Patriot Goffredo Mameli im Jahr 1847 komponierte. Sicher keine Arie eines großen italienischen Opernkomponisten, aber jeder Einzelne sang aus vollem Herzen mit. Denn dieser Mameli hatte die Hymne mit nur zwanzig Jahren geschrieben, und er kämpfte in Rom, wo er auch fiel, als er die Republik verteidigte. Er war einer von ihnen. Ein Bruder. Und kein Gesang hätte schöner oder anrührender sein können als dieser.

Nella aber lief zu Henri.

»Gehst du nicht mit ihnen, mit den Italienern?«, erkundigte er sich.

»Du weißt doch, dass mich das alles nicht interessiert«, erwiderte sie und schenkte ihm einen tiefen Blick. »Du interessierst mich.«

Henri lächelte. »Wenn uns hier nicht so viele Menschen sehen könnten und diese Leute mit den Gewehren nicht wären, dann würde ich dich küssen. Jetzt sofort.«

»Ich weiß, dass du das nicht tun kannst. Du bist ja Soldat«, pflichtete Nella ihm bei.

»Genau.«

»Aber ich, ich bin nur eine Frau«, platzte sie heraus, zog ihn an sich und küsste ihn leidenschaftlich.

»Signora, Abstand, bitte«, befahl ein Sergeant, der die Bewachung der Gefangenen beaufsichtigte. Und fügter abfällig hinzu: »Der da ist ein Feind.«

Nella blitzte ihn ebenso abfällig an. »*Trou du cul.*«

»Was heißt das?«, erkundigte sich der Sergeant bei seinen Soldaten.

»Keine Ahnung. Ist aber sicher kein Kompliment«, meinte einer.

Gelächter erhob sich, einfach und klar. Ein Lachen, das weniger ihren Sieg feierte als die Freude, am Leben zu sein.

»Ordnung!«, schrie der Sergeant.

Aber die Soldaten hörten nicht auf zu lachen.

»Die Frau ist Französin, Sergeant«, merkte ein Soldat an.

»Der da ist gar kein Feind für sie«, meinte ein anderer.

»Geh jetzt, sonst nehmen sie dich noch fest«, flüsterte Henri Nella zu.

Nella lächelte und machte sich auf die Suche nach Pietro, Marta und Melo, die sie schließlich bei Principe Chiodetti fand.

Melo wollte Nella nun unbedingt Bersaglieres Zügel in die Hand drücken.

»Nein, Capitano«, wehrte Nella ab. »Ihr müsst beim Siegeszug mitmarschieren, das habt Ihr beide verdient.«

Melo stieg auf. »Komm, Marta. Du hast es auch verdient«, meinte er.

Principe Chiodetti da Fibreno, dessen Tränen immer noch hemmungslos flossen, nahm mühelos seinen toten Sohn auf die Arme. »Gehen wir«, raunte er.

Alle sahen ihn an.

Aber der Principe bemerkte es gar nicht. Er hatte nur Augen für Ludovico. »Ich bringe dich in den Quirinalspalast, mein Sohn«, flüsterte er. »Darauf kannst du dich verlassen!« Er reihte sich bei den italienischen Truppen ein.

»Ich muss los.« Pietro deutete auf den Fotoapparat. »Tut mir leid.«

Nella strich ihm über die Wange. »Geh nur.«

Pietro machte sich auf den Weg. Er lief an den Truppen vorbei und stellte sich zwischen die Leute, die an den Straßenrändern schon feierten.

Er fotografierte, wie die Trikolore vor den Truppen geschwenkt wurde.

Fotografierte General Cadorna, die stolzgeschwellte Brust mit Medaillen bedeckt, den die begeisterte Menge mit Blütenblättern bewarf.

»Sie behandeln ihn, als wäre er Papst!«, rief einer neben ihm.

Alle lachten.

»Wenn ein Papst tot is, dann gibt's eben nen neuen!«, merkte ein anderer an.

Noch mehr Gelächter.

»Campione, machst du auch ein Bild von mir?« Albanese stand da, in Pose, den Dolch in der einen und den zum Sieg erhobenen Säbel in der anderen Hand. Er war über und über mit Blut beschmiert.

Die Römer, die wussten, wer da vor ihnen stand, wichen ängstlich zurück.

Pietro schoss ein Foto.

»Sieht man auch das Blut?«, wollte Albanese wissen.

»Sieht man«, gab Pietro zurück.

Er fotografierte Capitano Melo auf Bersagliere, gefolgt von den Zirkusleuten, Männern wie Frauen.

Und Marta, die jetzt wusste, dass Krieg furchtbar ist, in jeglicher Hinsicht.

Und er fotografierte Principe Chiodetti, der würdevoll mit tränen- und blutverschmiertem Gesicht seinen Sohn auf den Armen trug.

»Verräter!«, raunte ihm ein Adliger zu, aber heimlich, weil er fürchtete, von der Menge gelyncht zu werden.

Pietro fotografierte den Principe, wie er sich mit einer Hand hastig das Familienwappen vom Jackenaufschlag riss und es dem Adligen verächtlich ins Gesicht warf.

Er fotografierte die daraufhin applaudierende Menge.

Und den Adligen, der sich kleinlaut davonmachte.

Principe Chiodetti spürte das Gewicht von Ludovico nicht. Er dachte bloß, dass er diese schreckliche, überbordende Kraft endlich für etwas anderes als sinnlose Gewalt nutzen konnte: für seinen toten Sohn, den er trug, weil er ihn liebte. Und er war untröstlich, dass sein Sohn erst hatte sterben müssen, damit er weinen, damit aus ihm ein besserer Mensch werden konnte.

Er erreichte das von italienischen Wachen flankierte Tor des Quirinalspalastes, und ohne abzuwarten, ob man ihn einlassen würde, sagte er nur: »Ihr könnt gerne versuchen, mich aufzuhalten, aber gelingen wird es euch nicht.«

Und die Wachen traten wortlos zur Seite.

Nur für einen kurzen Moment blieb der Principe unter dem Bogen stehen.

»Wir sind da, Ludovico«, sagte er leise. »Wir sind im Quirinal.«

Pietro schoss ein Bild.

Dann ging Principe Chiodetti da Fibreno hinein.

»Es lebe Italien«, rief er mit seiner volltönenden Stimme.

Denn so hätte es sein Sohn gewollt.

## 54

*21. September 1870*

*Königreich Italien – Rom*

Die Sonne ging auf.

Im Schatten der Kuppel Michelangelos drängten sich siebentausend Männer der päpstlichen Truppen zwischen Berninis Kolonnaden auf dem Petersplatz. Eine zur Stadt ausgerichtete Batterie mit sechs Kanonen stand vor dem Obelisken, eine weitere Einheit und eine Truppe Dragoner befanden sich am Fuß der Treppe, die zum Petersdom hinaufführte. Weitere Dragoner standen mitten auf der Piazza, die Zügel ihrer Pferde in der Hand, während die Infanteristen sich ein Stück weiter hinten versammelten und die Artilleristen ihre Pferde schon vor die Kanonen und die Munitionskarren gespannt hatten. Weitere Gruppen sowie zahlreiche Offiziere standen über die Piazza verstreut, und ganz vorne waren die Jäger.

Einige geschützte Lagerfeuer waren zur Zubereitung der Mahlzeiten angefacht.

In ihren eigens für das heiße römische Klima hergestellten Uniformen versammelten sich die Zuaven vor den Kolonnaden auf der linken Seite, der Petersdom ragte majestätisch sichtbar hinter dem Brunnen auf.

Auch Henri war dort. Seit jener Nacht.

Ebenso Major Fernand de Troussures und Oberst Allet.

Seit sich die ersten Lichtstrahlen in die pechschwarze Nacht geschlichen hatten, waren die Augen aller auf die rechte Seite des Petersdoms gerichtet.

Da erhob sich ein Wispern, mit dem eine Nachricht von den siebentausend Besiegten raunend von Mund zu Mund getragen wurde: »Der Papst! Der Papst!«

Oberst Allet rief seinen Zuaven zu: *»Mes enfants! Vive Pie Neuf!«*

Unruhe breitete sich aus, Soldaten und Offiziere traten aus ihren Reihen und drängten sich unter dem Obelisken.

»Es lebe Pius IX.! Es lebe der König Papst!«, schrien viele mit sich überschlagender Stimme, einige brachen vor Anspannung hemmungslos in Tränen aus.

Papst Giovanni Maria Mastai Ferretti erschien auf dem Balkon und breitete in einer Umarmung, die alle Soldaten einschloss, majestätisch die Arme aus.

Das Heer, das er selbst aufgelöst und von seinem Treueschwur befreit hatte, jubelte ihm zu. Vielleicht waren die Männer ihm noch nie so treu ergeben gewesen wie in diesem Moment.

Der Papst schien gerührt von so viel Zuspruch.

»Möge Gott meine treuen Söhne segnen!«, ertönte es schließlich klar und deutlich in die religiöse Stille hinein. Dann schlug Pius IX. mit erhobener Hand ein Kreuz.

Viele der Soldaten knieten nieder.

Ein ungarischer Zuave schrie: *»Eljen!«* und erhob sein Schwert. Wie auf Kommando taten seine Kameraden es ihm gleich. Unter lautem Klirren glänzten Tausende von Klingen in der Sonne.

Der Papst führte seine Hände zur Brust, als wollte er bedeuten, dass er sie alle in seinem Herzen trug. Für immer. Dann hielt er der Rührung nicht mehr stand, brach in Tränen aus und flüchtete sich in die päpstlichen Räume.

Als Pius IX. verschwunden war, erklangen auf der Piazza so inbrünstige Verwünschungen gegen die Feinde, dass Henri begann, den Zorn Gottes zu fürchten.

Major de Troussures gab den Zuaven Befehl, den Aufbruch aus der heiligen Stadt vorzubereiten.

Oberst Allet führte den Zug seiner Männer an.

Die Zuaven marschierten in geordneten Reihen und stimmten aus lauten Kehlen ihr Lieblingslied an, das der Kreuzfahrer von Cathelineau.

Auch Leutnant Beras sang mit, bis sie die Engelsbrücke erreichten. Dort suchte er Oberst Allet und Major de Troussures auf. »Darf ich um Rücksprache mit Euch bitten, Oberst«, erkundigte er sich.

Allet forderte ihn zum Reden auf.

»Ich bitte um Erlaubnis, mich entfernen und später wieder anschließen zu dürfen«, erklärte Henri. »Es geht um persönliche Angelegenheiten, die ich zu klären habe.«

Oberst Allet wollte schon ablehnen, als Major de Troussures sich einmischte. »Oberst, vor Euch steht niemand Geringerer als Leutnant Beras, der gestern in den dramatischsten Stunden unser Heer bei Seiner Heiligkeit Pius IX. würdevoll vertreten hat. Seid versichert, dass es meiner vollen Autorität bedurfte, ihn vom Schlachtfeld fernzuhalten.«

Oberst Allet überlegte einen Moment. »Ihr dürft gehen, Leutnant Beras«, beschied er dann. »Aber seid so gut und reiht Euch am Ende des Zuges ein, dort könnt ihr einigermaßen unauffällig verschwinden.« Er lächelte. Ein müdes Soldatenlächeln. »Bedenkt, dass nach zehnjährigem Aufenthalt so einige Eurer Kameraden wünschen, ihre … persönlichen Angelegenheiten in Rom klären zu können.«

Henri salutierte. »Ich bin Euch zu tiefstem Dank verpflichtet.«

Allet wandte sich um und nahm wieder seinen Platz am Kopf des Zuges ein.

»Danke, Major«, sagte Henri.

»Sendet der Signora meine aufrichtigen Grüße«, ergänzte Troussures schmunzelnd. Dann verschwand auch er.

»Hier kann ich auf keinen Fall noch länger leben«, murmelte Nella im Souterrain. Leone Pompeis hartnäckiger Blutfleck erinnerte sie beständig an das grauenvolle Erlebnis.

Sie dachte an Pietro, der die Nacht im Zirkus verbracht und mit Marta seine unzähligen Fotos entwickelt hatte.

Entschlossen trat sie vor die Tür, um eine neue Bleibe zu finden, und konnte sofort von der anderen Seite der Brücke hören, wie die päpstlichen Truppen aus der heiligen Stadt marschierten.

Was aus Henri und ihr werden würde, wusste sie nicht, aber sie war dankbar, dass er lebte.

Schon seit den frühen Morgenstunden waren in Rom überall Menschen auf den Straßen. Für die Römer war in dieser Nacht nicht an Schlaf zu denken gewesen. Überall wurde gefeiert, besonders ausgelassen am Kolosseum. Aber auch jetzt drängten sich die Menschen übermütig auf den Straßen und Plätzen.

Jeder Einzelne spürte die Bedeutung, die der gestrige Tag in der Geschichte hinterlassen würde. Etwas Großes war geschehen, etwas, das man bis dahin für unvorstellbar gehalten hatte.

Und obgleich alle so ausladend feierten, wusste doch keiner von ihnen, was nun werden würde, und bei dem ein oder anderen schlugen Freude und Hoffnung in Angst um.

Nella wählte den Weg am Ospizio Apostolico vorbei. Als sie es erreichte, blieb sie für einen Moment stehen und blickte auf den Tiber, dorthin, wo man Schwester Alberta gefunden hatte. Auch sie war von den Ereignissen fortgerissen worden. Niemand würde in ihrem Fall mehr ermitteln. Man würde sie schlicht und ergreifend vergessen. Und als Nella in die gemächlichen Fluten des Wassers blickte, da dachte sie mit schlechtem Gewissen, dass auch sie Alberta vergessen würde.

Sie trat durch das Tor und stieg die blankgetretenen Stufen hinauf.

Erreichte Schlafsaal D und das Bett von Mamma Lucia.

Die Alte wusste auch ohne zu fragen, wer sich da an ihr Bett setzte. »Das hattest du schon als Kind«, stellte sie fest.

»Was denn?«

»Den Geruch nach Talkum.«

Nella nahm ihre Hand. »Ich muss dir etwas sagen.«

»Jetzt verschon mich bloß mit der Nachricht, dass wir alle Italiener geworden sind!«, stöhnte Mamma Lucia. »Seit gestern hört man ja nichts anderes mehr. Sind alle aufgeregt, als wärn sie läufig. Als ob auch nur einer verstehen würde, was das alles bedeutet.«

Nella kicherte. »Was für eine garstige Alte du doch bist.«

»Also, wenn du mir nichts über diesen Blödsinn erzählen willst, dann schieß los.«

»Ich ziehe um«, verkündete Nella.

»Hoffentlich in eine schönere Wohnung«, brummte Mamma Lucia.

»Ja. Ich will ein schönes Zuhause«, meinte Nella. »Groß und hell. Eins, das nicht sofort überschwemmt wird, wenn der Tiber mal Hochwasser hat.«

»Und wo willst du das Geld hernehmen?«

Nella dachte an die Ringe, die Pietro zurückgeholt hatte. »Ich habe geerbt«, erwiderte sie.

»Von wem denn?«

»Vom Königreich Italien«, gab Nella zurück.

»Warum denn das?«

»Weil mein Mann sein Leben dafür gegeben hat.«

Mamma Lucia schwieg mit heruntergezogenen Mundwinkeln. »Ein Königreich, das sich an seine Toten erinnert, muss erst noch erfunden werden. Und ich könnte wetten, dass dieses hier keine Ausnahme ist. Du bindest mir doch einen Bären auf. Ist aber auch egal. Die Wahrheit gibt's sowieso nicht.«

Nella schmunzelte. »Was ich dir eigentlich sagen wollte …«

»Du bist immer noch nicht fertig?«, schnaubte die Alte.

»Du kommst mit in dieses neue Zuhause.«

Die Alte war sichtlich fassungslos. »Warum?«

»Weil ich dich so gerne fluchen höre.«

Mamma Lucia biss die Lippen zusammen. Ihre wächsernen Augen schimmerten feucht. Sie fuhr mit dem Finger durch die Luft. »Unter einer Bedingung«, stieß sie so grantig wie immer und doch ein klein wenig zitterig hervor. »Da muss es eine gute Aussicht geben.«

Nella prustete los. »Du bist doch blind!«

»Was gibt es denn da zu lachen, du dumme Gans?«, brummte Mamma Lucia. »Ich bin blind, aber nicht taub. Wenn du mir die Aussicht beschreibst, dann kann ich sie auch sehen.«

Nella drückte ihre knochige Hand. »Dann erzähle ich dir jeden Tag etwas Neues, und glaub mir, es gibt noch viel Schönes zu entdecken«, meinte sie liebevoll.

Mamma Lucia nickte zufrieden. »Beschreibst du mir auch Paris?«

»Ja, auch Paris.«

»Und Wien?«

»Ja.«

»Berlin?«

»Ja.«

»Und was ist mit Prag?«

»Jetzt reicht es aber«, versetzte Nella ungeduldig.

Mamma Lucia lachte laut auf. »Ich hab gewonnen!«, rief sie zufrieden. »Ich wusste, dass du das nicht lange durchhältst. Reingelegt!«

Kurz nach Sonnenaufgang sahen sich Pietro und Marta die Fotos an, die sie über Nacht entwickelt hatten.

Es waren unendlich viele. Und jedes erzählte eine eigene Geschichte, eine von Wahrheit und Tränen, eine von Schreien und Kanonendonner. Und eine davon, dass dieser unendliche Tag nun vorüber war.

Dass die Welt nun eine andere war.

»Du Idiot!«, stieß Marta hervor, als sie das Foto mit den italienischen Kanonen in der Hand hielt. Das Feuer, das sie aus ihren Rohren spien, wirkte so echt, dass man fürchten musste, sich die Finger zu verbrennen. »Ist dir eigentlich klar, was du da gemacht hast?«

»Das Bild gefällt dir wohl nicht?«, erwiderte Pietro schmunzelnd.

»Doch, sehr sogar«, gab Marta zu. »Aber das ändert nichts daran, dass du ein Idiot bist.«

Pietro lachte. Dann nahm er die Fotos, auf denen Albanese zu sehen war. Er hatte jedes zwei Mal entwickelt. In seinem Herzen war nichts mehr übrig von dem Hass, der ihn fast zerstört und doch am Leben gehalten hatte.

Marta umarmte ihn. Pietro hatte ihr in dieser Nacht alles erzählt. Und ihr versprochen, keine Geheimnisse mehr vor ihr zu haben. Lange saßen sie schweigend da.

»Findest du mich jetzt widerlich?«, fragte Pietro schließlich.

»Nein«, gab Marta zurück. Für sie war Pietro noch immer rein – obgleich er in diesem Morast fast versunken wäre, hatte ihm dies alles nichts anhaben können. »Aber mich beschäftigt, dass ich es nicht geschafft habe, dir zu helfen«, gab sie zu bedenken.

»Ich habe es doch nicht zugelassen«, entgegnete Pietro.

Wieder schwiegen sie.

»Ach Marta. Ich habe die Hölle nicht nur gesehen, ich war drin.« Er seufzte. »Ich weiß gar nicht, wie ich da wieder rausgekommen bin«, murmelte Pietro.

Marta blickte in sein geliebtes Gesicht. »Du bist voller Licht«, sagte sie augenzwinkernd. »Das Dunkle kann dir nichts anhaben.«

Pietros Blick war zärtlich, als er sagte: »Wie du. Als du gesagt hast, dass der Krieg eine dreckige Angelegenheit ist, und dann den Zuaven nicht erschossen hast.«

Ein Schatten huschte über Martas Gesicht, und sie wand

sich aus Pietros Umarmung. »Aber einen anderen habe ich erschossen«, stieß sie mühevoll hervor. »Ich werde sein Bild einfach nicht los, es sitzt genau hier.« Sie schlug sich so fest auf den Magen, dass es wehtun musste.

Pietro zog sie an sich und hielt sie in den Armen. Er wusste, dass Marta lernen musste, mit dieser Last zu leben, so wie er mit seiner.

»Ich muss los«, warf er schließlich ein und stand auf.

Marta nickte. Sie wusste, wohin er wollte.

Pietro nahm die Fotos von Albanese und machte sich auf den Weg. ›Siehst du, Campione?‹, hatte Albanese gesagt. ›Ich werde durch deine Fotos noch zum Helden, egal wie!‹ Pietro lachte kurz auf, dann beschleunigte er seine Schritte.

Den Vicolo della Volpe erreichte er noch vor acht Uhr. Kurz vor dem Laden bemerkte er, dass die Tür nur angelehnt war, aus dem Büro waren Stimmen zu hören.

»Na, Ghiozzetto, was meinst du?«, hörte er Albanese.

»Also, jemand Vornehmeres hab ich noch nich gesehn, Meister.«

Um zehn Uhr an diesem Morgen würde im Namen des Königs ein Beamter des Italienischen Königreichs im Quirinal die Römer empfangen, die sich um die Befreiung Roms besonders verdient gemacht hatten. Und Albanese wollte sich seinen Lohn abholen. Denn er hatte gekämpft. Und wie.

»Wenn ich bloß die Fotos hätte, die Campione gemacht hat«, seufzte Albanese. »Weißt du, wo ich hinkäme? Ins Paradies. Und zwar auf direktem Wege.«

»Der Satansbraten hat dich schon mal verraten.«

»Du bist ein Idiot, Ghiozzetto. Siehst nicht weiter als bis zu deiner Nasenspitze«, gab Albanese unfreundlich zurück. »Du wirst immer bleiben, was du bist: ein Hund. Und zwar ein wertloser.«

Pietro lauschte mit der Hand auf der Klinke.

»Was hab ich denn gesagt, Meister?«, wunderte sich Ghiozzetto.

»*Du* könntest mich nicht abstechen«, gab Albanese nur zurück.

»Nie, Meister!«

Albanese schnaubte verächtlich.

Pietro stand noch immer draußen und lauschte.

»Der Junge hätte mich den Franzosen ausliefern können!«, brach es aus Albanese hervor. »Aber er ist hierhergekommen und hat mir ins Gesicht gesehen. Wie ein Mann. Und er wusste, dass er damit sein Leben aufs Spiel setzt.« Wieder schnaubte er hämisch. »Aber davon verstehst du nichts, du Wurm.«

»Warum biste denn angefressen auf mich, Meister?«, jammerte Ghiozzetto. »Ich bin doch hier. Aber die Laus nich.«

Pietro hörte das Klatschen einer Ohrfeige. Und Ghiozzetos Stöhnen.

»Für dich heißt der immer noch Campione, klar?«

Bestürzt lehnte sich Pietro an den Türrahmen.

»Trotzdem: Ich bin hier. Er nich.«

»Und genau das passt mir nicht«, murmelte Albanese. »Dass du hier bist und er nicht.« Dann stieß er ein Lachen aus.

Aber Pietro konnte förmlich spüren, dass dieses Lachen ihn schmerzte.

»Richte mir mal noch die Fliege, dann gehen wir«, wies Albanese ihn an.

Pietro klopfte.

»Mach schnell mit der Fliege, und dann geh gucken, wer da ist.«

Pietro legte die Fotos vor die Ladentür und verschwand eilig.

»Meister, guckma!«, hörte er Ghiozzetto noch sagen, dann bog er rasch in die Via dei Coronari und lehnte sich an eine krumme Häuserwand.

Kurz darauf dröhnte Albaneses Stimme: »Darauf hätte ich wetten können, Campione!«

Gefolgt von seinem dröhnenden Lachen. Aber diesmal lag Freude darin.

Schon seit einer halben Stunde lief Henri nervös die Via di Panìco auf und ab.

Als Nella endlich kam, rannte er ihr aufgebracht entgegen, packte sie an den Schultern und schüttelte sie. »Bist du eigentlich nie zu Hause?«, schrie er sie an. »Wo warst du? Wo?« In seiner Stimme lag Verzweiflung darüber, dass er sie nicht hatte finden können. Aber auch die unbändige Freude, sie wiederzusehen.

Dann drückte er sie so fest er konnte an sich, als wolle er sie nie wieder loslassen. Und er küsste sie, einfach so, auf offener Straße. So leidenschaftlich, wie er noch nie geküsst hatte.

Als er sie losließ, blickte Nella ihn an. »Ist das der letzte Kuss?«, fragte sie misstrauisch. »So ist es doch, oder?«

»Was?«

»Du gehst weg und kommst nicht mehr wieder, stimmt's?«

»Nein … ich …« Henri hielt inne.

»Du weißt nicht, wie du es sagen sollst?«, riet Nella.

»Nein …«, stammelte Henri.

»Nun ja«, meinte Nella, während sie versuchte, hinter ihrer alten Schutzmauer Zuflucht zu finden. »Sag es einfach, dann ist es vorbei.«

»Ich …« Henri blickte in ihre wunderbaren veilchenblauen Augen. Und fand darin die Worte, die er sagen wollte. »Ich … ich liebe dich.«

»Aber?« Nella wollte ihm nicht auf den Leim gehen. Sie war auf der Hut, aber ihr Herz hatte einmal ausgesetzt. »Aber?«

»Und ich … will dich heiraten.« Henri fiel in sich zusammen, nachdem er die Worte hervorgebracht hatte, die in seinem Herzen geschlummert hatten.

Nella war, als würde der Boden unter ihren Füßen schwanken. Sie packte Henris Arm. »Meinst du das ernst?«

»Natürlich, Herrgott noch mal!«, rief Henri mit einem Mal wieder lebhaft. »Wie kannst du nur daran zweifeln, dass ich dich liebe?«

»Ich … ich …«

»Oder daran, dass ich dich heiraten will?«, nahm Henri Fahrt auf.

Nella lachte hell auf. Aus Angst. Freude. Und Liebe. »Nimm mich in den Arm«, sagte sie.

Und Henri drückte sie an sich. »Aber …«, murmelte er.

Nella rückte sogleich von ihm ab. »Ich wusste doch, dass es ein ›aber‹ gibt«, doch es klang nicht so kalt, wie sie erwartet hatte. Denn jetzt war sie keine unnahbare Contessa mehr, sondern nur noch eine Frau, die darauf wartete, was es mit diesem unheilvollen ›aber‹ auf sich hatte.

Henri strich ihr über die Wange.

»Aber?« Nella wollte es schnell hinter sich bringen.

»Ich bin Soldat«, erklärte Henri.

»Ja und?«, brach es aus Nella hervor. »Jetzt lass dir nicht jedes Wort einzeln aus der Nase ziehen!«

»Wir kehren zurück nach Frankreich. Nach Toulouse«, erklärte Henri. »Ich weiß noch nicht, wohin ich versetzt werde. Aber wo auch immer das sein wird – ich möchte, dass du mit mir kommst und mich heiratest.«

Nella starrte ihn an.

»Ich muss zurück in die Heimat, das ist meine Pflicht als Soldat.«

Nella sah Henri an und strich ihm zärtlich über die Wange. »Deine Pflicht ist es, dem Vaterland zu dienen, ich weiß.«

»Genau. Wenn ich es nicht tue, bin ich Deserteur.«

»Und meine Pflicht als Mutter ist es, mich um meinen Sohn zu kümmern.«

»Nimm ihn mit«, schlug Henri vor.

Nella seufzte. »Henri, das kann ich nicht. Ich verlange gar nicht, dass du das verstehst. Aber sein Leben ist hier. Er … er hat schon zu viel gesehen für sein Alter, und ich möchte ihm Sicherheit geben.« Sie suchte seinen Blick. »Er hat nie jemanden gehabt, und jetzt möchte ich für ihn da sein und ihm hier eine Heimat geben.«

»Lieber wäre ich gestern gestorben, als diese Worte zu hören!«, stieß Henri bitter hervor.

»Und ich wäre lieber gestorben, als sie dir zu sagen.«

Der Leutnant stand fassungslos da, den Blick ins Leere gerichtet.

»Durch dich habe ich wahre Liebe erfahren, Henri«, flüsterte Nella.

Aber er hörte nicht mehr, was sie sagte.

»Ich werde dich immer lieben.« Damit drehte Nella sich um und verschwand.

Stolz betrat Albanese den Quirinalspalast.

Er hatte den besten Schneider des Viertels, einen mit Zauberhänden gesegneten Mann aus den Abruzzen, der aussah wie ein Wilder, am Schlafittchen gepackt und seinen besten Anzug gefordert.

Zitternd hatte der Schneider ihm gegeben, was er verlangte.

Einen Frack aus feinstem Zwirn. Zwei Reihen glänzender Knöpfe schmückten die schwarze Jacke. Seidenes Revers. Locker fallende Schwalbenschwänze. Mit doppelten Tressen besetzte Hose. Weiße Weste aus Baumwollpiqué. Auch das Hemd war weiß, die gestärkte Hemdbrust versehen mit runden edlen Zierknöpfen und diplomatischem Kragen, nur ganz vorn nach außen gefaltet, sodass sich zwei steife Spitzen bildeten. Goldene Manschettenknöpfe. Fliege aus weißem Baumwollpiqué, wie die Hemdbrust. Schwarze Lackschuhe, in denen sich die Sonne spiegeln konnte. Zu guter Letzt hatte der Schneider die Brusttasche noch mit einem weißen Einstecktuch aus feinem Leinenbatist versehen.

Das erste Mal seit Jahren hatte Albanese sich rasiert, sodass seine helle, narbenübersäte Haut am Kinn zum Vorschein kam.

Als er den überfüllten Raum betrat, stutzte er, als er sah, wer sich alles einen Orden erhoffte. Da waren Adlige von niedrigstem Stand, welche die hohen Reichsbeamten niemals privat empfangen würden, Bürger mit zarten Händchen, die nie im Leben eine Waffe gehalten hatten, außerdem eine Schar einfacher Männer aus dem Volk, die lediglich einen kleinen Dank erwarteten, um sich die Bäuche zu füllen.

*Von denen hat doch keiner gekämpft*, dachte Albanese. »Und ich soll ein Betrüger sein…«, brummte er vor sich hin.

»Wie bitte, Signore?«, fragte ein Mann neben ihm.

Albanese blickte ihn abschätzend von oben bis unten an und bemerkte dabei den scharfen Geruch nach Wurst und Käse, den der Mann verströmte.

»Ich sagte, dass Ihr sicher tapfer gekämpft habt.« Er kniff ihm in die fleischige, rosa Wange. »Mit wem habt Ihr den härteren Kampf ausgefochten, Wurst oder Käse?«

»Ich war bei der Porta Pia, Signore«, verkündete der Krämer mit stolzgeschwellter Brust.

»Ich auch. Und an dich kann ich mich nicht erinnern«, erklärte Albanese. »Du hast noch Zeit abzuhauen, bevor ich dich hochgehen lasse«, drohte er mit tiefer Stimme.

Der Krämer betrachtete ihn genauer. »Aber du … Ihr seid doch …«

»Fein. Hast mich auch ohne Bart erkannt«, griente Albanese. »Also, was ist? Bleibst du oder haust du ab?«

Mit gesenktem Kopf schlich der Krämer zum Ausgang.

Und so verfuhr Albanese mit zwei Dutzend weiterer Betrüger. Schließlich geriet er an einen jungen Mann, der steif und fest behauptete, Arzt zu sein, und sich nicht vertreiben ließ. Er packte den Mann hart am Kragen und knurrte: »Lügner!«

»Aber Signore!«, mischte sich ein Soldat ein.

Hinter ihm erschien der Sekretär des Beamten, der zu bewerten hatte, wer eine Ehrung verdiente. »Ein solches Verhalten dulden wir hier nicht«, mahnte er schrill.

Albanese ließ von dem jungen Mann ab und schritt bedrohlich langsam auf den Sekretär zu, der sofort einen Schritt zurückwich. »Ihr duldet mein Verhalten nicht?«

»So ist es.« Der Sekretär sah sich nach dem Soldaten um, der herankam.

Albanese würdigte ihn keines Blickes. Seine Aufmerksamkeit galt allein dem Sekretär. »Ihr solltet mir dankbar sein«, raunte er, bevor er an die Menge gewandt schreiend hinzufügte: »Ich entlarve hier nämlich eine Schar von Betrügern! Ihr Aasgeier, Zecken, Blutsauger!«

»Beruhigt Euch, Signore, oder …«, setzte der Soldat an.

»Noch gestern war ich so voller Blut, als hätte man mich aufgeschlitzt«, sagte Albanese. »Aber das war nicht mein Blut, sondern das von Feinden.« Er wandte sich an den Soldaten. »Ich hab gestern mein Leben riskiert, genau wie du. Und es gefällt mir überhaupt nicht, dass heute jede Menge Helden hier rumstehen, die gestern zu Hause um ihr Leben gezittert haben. Und dafür auch noch belohnt werden wollen!«

Die Worte verfehlten ihre Wirkung auf den Soldaten nicht.

Doch den Sekretär konnten sie nicht besänftigen. Er war kein Soldat, gewisse Dinge verstand er nicht.

In diesem Moment trat der Beamte aus seinem Büro. Seine heutige Aufgabe amüsierte ihn keineswegs, sie war reine Politik, sonst nichts. »Was ist denn hier los?«, erkundigte er sich.

»Signore, dieser Mann verhält sich ungebührlich«, wusste der Sekretär zu berichten.

Albanese maß den Beamten mit seinem Blick, und etwas

in dessen Miene sagte ihm, dass dieser Staatsdiener ein echter Mann war. Ein Mann, der nun in einem Büro saß, aber vielleicht einmal gekämpft hatte.

Der Beamte kam näher. Auf dem Marmorboden verursachte sein Holzbein ein klackendes Geräusch.

*Offensichtlich habe ich recht*, dachte Albanese. *Deshalb* also saß dieser Mann jetzt im Büro. Sein fehlendes Bein erzählte vom Krieg, von Schlachten, die sich ihm unwiderruflich eingebrannt hatten.

»Signore«, sprach er ihn an und ging dabei auf ihn zu. »Heute stehe ich hier ausstaffiert wie ein Zirkuspferd.« Er wollte beschwichtigen, denn er wusste, dass ein wahrer Kämpfer seinen Aufputz nur lächerlich finden konnte. »Ich hab diesen Anzug geliehen. So etwas besitze ich gar nicht.« Fast verächtlich strich er über den Stoff. Als ob er den Frack nur ungern trüge, er kratzig wäre. »Aber ich dachte, aus Respekt …«

Als Albanese ihm direkt gegenüberstand, wich der Beamte nicht zurück. Ließ keine Nachsicht erkennen. »Was wollt Ihr?«

Albanese explodierte förmlich. »Keinen Einzigen von denen hier habe ich gestern auf dem Schlachtfeld gesehen!«, spie er voller Verachtung hervor.

»Etwas leiser«, mahnte der Beamte, doch sein Blick sagte, dass er verstanden hatte. »Es ist nicht an Euch, das zu beurteilen«, beschied er. »Und es ist noch nicht bewiesen, ob Ihr selber dort gewesen seid.«

Darauf hatte Albanese gewartet. Er hielt ihm die Fotos hin.

»Was ist das?«, wollte der Beamte wissen, ohne einen Blick darauf zu werfen.

»Ihr wollt einen Beweis? Bitte schön!«

Sie maßen sich mit Blicken und erkannten sich doch einer im anderen wieder.

Der Beamte nahm die Bilder und betrachtete sie. Dann hob er den Blick und forderte Albanese respektvoll auf: »Kommt mit.«

Auf dem Weg zum Schreibtisch knirschte das Holzbein bei jedem Schritt.

Albanese folgte ihm.

»Signore«, wandte der Sekretär noch einmal schrill ein.

»Schließ die Tür!«

Die Tür wurde geschlossen.

»Setzt Euch«, forderte der Beamte Albanese auf. Er musterte ihn. »Wisst Ihr, wie viele von den einhundert Leuten, die heute schon hier waren, tatsächlich gekämpft haben?«

»Keiner.«

Der Beamte nickte. »Und von diesen hundert Leuten, was meint Ihr, wie viele sich vor dem gestrigen Tag für die Sache eingesetzt haben?«

»Keiner.«

»Und wie vielen von ihnen habe ich wohl eine Auszeichnung verpasst?«

»Keinem.«

»Falsch. Fast der Hälfte«, entgegnete der Beamte. »Und wisst Ihr, warum?« Er schnitt eine Grimasse. »Weil die Politik es so will.«

»Das ist ungerecht.«

»Richtig. Es ist ungerecht. Aber so wurde es mir befohlen.« Der Beamte lehnte sich zu Albanese vor. »Aber es wurde mir auch befohlen, und das führe ich nur zu gerne aus, Blechorden zu verteilen, wenn Ihr versteht, was ich meine. Wertloses Zeug in den Augen seiner Majestät.« Er betrachtete noch einmal die Fotografien. »Diese Apparate sind eine schöne Erfindung. Dank der Fotos kann kein Zweifel an Eurer Heldenhaftigkeit bestehen. Ihr solltet dem Fotografen danken.«

»Ich hab noch viel mehr für ihn getan. Den Arsch hab ich ihm gerettet«, versetzte Albanese.

Der Beamte lachte auf, sichtlich erfreut über die derbe Soldatensprache. »Vor allem aber habe ich so die Ehre, etwas zu tun, das ich heute nicht mehr für möglich gehalten hätte.« Er erhob sich und ging zu einer Holztruhe, auf der das Wappen der Savoyen eingeschnitzt war, nahm etwas heraus und drehte sich um. »Erhebt Euch«, sagte er feierlich.

Albanese stand auf.

Der Beamte trat auf ihn zu. »Im Namen und im Auftrag Seiner Majestät, König von Italien Vittorio Emanuele II. von Savoyen, überreiche ich Euch die goldene Tapferkeitsmedaille für Euer heroisches Handeln auf dem Schlachtfeld am zwanzigsten September des Jahres 1870. Und dafür, dass Ihr entschieden dazu beigetragen habt, den Traum von Millionen von Italienern – und erlaubt, dass ich hinzufüge: Es ist auch mein persönlicher Traum –, nämlich die Befreiung Roms, zu verwirklichen.« Ebenso feierlich steckte er die Medaille an Albaneses Jacke. Dann setzte er sich wieder und nahm ein Register zur Hand. »Wie heißt Ihr?«

»Man nennt mich Albanese.«

Der Beamte schrieb. »Habt Ihr noch eine Rechnung mit der Justiz offen?«

»Nicht mit der Justiz des Königreichs Italien, Signore. Bin nie weggewesen aus Rom.«

Der Beamte schmunzelte. »Jede Schuld ist hiermit getilgt. Ihr seid ein Bürger, auf den das Reich stolz ist.«

»Danke, Signore.« Albanese war zutiefst erfreut.

»Ich bin es, der zu danken hat. Männer wie Ihr geben dieser ganzen Verschwendung hier einen Sinn«, meinte der Beamte. »Nicht einmal mein Sekretär wird diese Parasiten mit ihren Blechmedaillen in Zukunft noch empfangen. Aber diese«, er deutete auf die Tapferkeitsmedaille, »wird Euch den Weg zum König ebnen. Und Seine Majestät wird wissen wollen, wie er es Euch vergelten kann. Geld, Titel, Ländereien, Besitztümer …« Er neigte den Kopf. »Nur übertreiben dürft Ihr es nicht«, mahnte er. »Und wenn Ihr bei Seiner Majestät vorstellig werdet, dann benutzt einen richtigen Namen. Also einen Vor- und Nachnamen.«

Er stand auf. »Unter uns gesagt: Ihr könnt Euch einen neuen ausdenken. Ihr werdet vom König persönlich unterschriebene Dokumente erhalten. Ich denke, Ihr wisst selber, welch wundervolle Gelegenheit Ihr Euch mit Eurem Mut verdient habt.«

»Ja, Signore«, erwiderte Albanese atemlos, denn dies alles war weit mehr, als er zu hoffen gewagt hatte.

»Die Fotos behalte ich. Ich werde sie Seiner Majestät zeigen müssen, um die Vergabe der goldenen Tapferkeitsmedaille an Euch zu rechtfertigen.« Der Beamte trat hinter dem Schreibtisch hervor und umarmte Albanese. »Ich begleite Euch hinaus.«

Gemeinsam verließen sie das Büro und durchquerten unter den Blicken der fassungslosen Anwesenden den Raum.

Als sie schließlich das Tor erreichten, befahl der Beamte: »Wache! Aa-chtung!«

Die Wachen nahmen Haltung an.

»Präsentiert das Gewehr!«, befahl der Beamte.

Die Wachen führten die Ehrenbezeigung aus.

»Die goldene Tapferkeitsmedaille!«, rief der Beamte und salutierte vor Albanese. »Es ist mir eine Ehre, Signore!«

Albanese taumelte über die Piazza. Er konnte sein Glück kaum fassen. Vor dem Geländer am Rande des Platzes blieb er stehen. Unter ihm erstreckte sich die Stadt mit ihren Häusern, Straßen und Plätzen.

»Jetzt gehörst du mir«, raunte er. Er strich über die auf Brusthöhe angesteckte Medaille. Nichts würde ihn nun noch aufhalten können. Nicht jetzt und nicht in Zukunft.

»Jetzt gehörst du endgültig mir«, sagte er noch einmal und ließ den Blick über die Stadt schweifen.

# 55

*21. September 1870*

*Königreich Italien – Rom*

Nella konnte den Schmerz kaum ertragen.

Als Pietro nach Hause kam, fand er sie weinend vor, schluchzend vor Verzweiflung. »Was ist passiert?«, fragte er besorgt.

»Nichts …«

»Das sehe ich.«

Nella sah ihn aus rotgeweinten Augen an. »Komm her«, murmelte sie und umarmte ihn. Ganz fest. So groß ihr Kummer auch sein mochte, eine Gewissheit hatte sie: Sie liebte Pietro. Aus ganzem Herzen. Und bereute ihre Entscheidung nicht. Für Pietro würde sie alles tun.

»Warum erzählst du mir nicht, was los ist?«, wollte Pietro wissen.

»Ach, es ist alles in Ordnung, wirklich.«

»Als ich … als ich« Pietro stammelte. »Also, als ich bei dieser Bande war … und du gefragt hast, was los ist, hab ich auch immer gesagt, dass nichts ist. Und dann wurdest du wütend. Weil ich dich ausgeschlossen, dich nicht an mich herangelassen habe. Und jetzt machst du das Gleiche.«

Nella schluchzte laut auf.

»Sag mir, was los ist, bitte.«

»Nichts«, schluchzte Nella. »Es geht vorbei.«

»Es geht vorbei«, wiederholte Pietro. »So ein Blödsinn.«

Nella nahm seine Hand. »Entschuldige, Cavallino.«

»So hast du mich schon lange nicht mehr genannt.«

»Wir sind uns so ähnlich, du und ich.« Tränen liefen über Nellas Wangen, und doch lächelte sie jetzt leicht. »Es gibt einige Dinge, die wir beide nicht sagen können. Ich bin Contessa und du Cavallino. Aber wir wissen beide, was das wirklich heißt, oder?«

»Ja, Mamma.«

Nella schluchzte erneut auf. Und umarmte ihn.

»Du schmierst Rotz an mein Hemd«, stichelte Pietro nach einer Weile.

Nella schubste ihn weg, schenkte ihm aber ein liebevolles Lächeln. »Jetzt eben habe ich aufgehört, eine Contessa zu sein«, meinte sie heiser. »Ich will einfach nur Mutter sein, du Nervensäge von einem Sohn.«

Pietro setzte sich auf einen Stuhl.

»Zeig mir deine Fotos«, forderte Nella ihn auf.

»Sag mir, was los ist.«

Nella atmete tief durch. Sie legte eine Hand auf sein Bein. »Bist du in Marta verliebt?«, fragte sie ernst.

»Ja«, erwiderte Pietro strahlend.

»Kannst du dir vorstellen, wie es wäre, sie zu verlieren?«

Pietros Miene wurde ernst. »Das ist es also?«

Nella nickte. »Ja.« Wieder füllten sich ihre Augen mit Tränen.

Pietro sprang zornig auf. »Das hätte ich niemals von ihm gedacht!«

Nella ließ ihren Tränen freien Lauf. Sie würde ihm niemals sagen, dass sie seinetwegen auf Henri verzichtete, es würde ihn zu sehr verletzen. Nein, das musste sie mit sich ausmachen.

Henri hatte wieder zu seinem Bataillon aufgeschlossen.

Er war gerannt, bis er seine Beine nicht mehr spürte.

Aber es half nichts, der Schmerz in seinem Herzen ließ sich einfach nicht betäuben. Energisch setzte er einen Fuß vor den anderen, doch je länger er marschierte, desto klarer verspürte er, dass ein weiteres Gefühl in ihm aufkeimte: Er war wütend. Wütend auf Nella.

Warum verstand sie nicht, dass er keine Wahl hatte? Als Soldat hatte er einen Eid geleistet. Kehrte er nicht zurück, würde er in Frankreich als Deserteur gelten. Und er würde den Namen seines Bruders, seines Vaters und seines Großvaters beschmutzen, die Namen aller, die für ihre Heimat gestorben waren. Er würde seine gesamte Familie entehren. Das musste Nella doch einsehen!

»Regiment! Stillgestanden!«, kommandierte ein Sergeant.

Die Truppen blieben stehen.

»Was ist denn los, Leutnant?«, erkundigte sich ein Zuave bei Henri.

»Ich weiß es nicht«, erwiderte Henri. Aber er hätte gerne gesagt, dass es ihn auch nicht interessierte. Und zwar nicht im Geringsten.

»In Marschordnung – antreten!«

Die Soldaten traten nach Bataillonen geordnet in Reihe an, die Waffen an der Brust.

»Augen – rechts!«

Wie ein einziger Mann richteten die Zuaven die Augen nach rechts.

»Aa-chtung!«

Unter dem Stampfen der Füße erbebte die Erde.

»Rührt euch!«

Die Zuaven positionierten den rechten Fuß vor, hielten das Gewehr am Lauf und stellten es auf dem Boden ab, den linken Arm auf dem Rücken.

»Zuaven!«, rief Oberst Allet, aufrecht im Sattel.

Es herrschte vollkommene Stille.

»Hiermit richte ich Euch die Abschiedsgrüße von General de Courten aus«, fuhr der Oberst fort, »und schließe mich seinem an Euch gerichteten Lob voll und ganz an, ein jeder von Euch hat es verdient.«

Hinter dem Oberst wehte die Truppenfahne.

Ein einfacher Tisch wurde aufgestellt.

»Wir kehren nun zurück in unsere Heimat«, setzte Allet seine Rede fort. »Wenn irgendetwas unseren Trennungsschmerz lindern kann, dann ist es die Erinnerung an die letzten zehn Jahre, die wir zusammen verbracht haben.«

Viele Soldaten bekamen nun feuchte Augen. Als Jungen waren sie nach Rom gekommen, und nun verließen sie die Stadt als Männer. Als Besiegte.

»Mögen Euch bessere Zeiten erwarten!« Der Oberst war sichtlich gerührt. »Ich werde Euer Tun verfolgen, mich an Euren Erfolgen erfreuen und mit dem Herzen bei Euch sein. Wenn ich meine Aufgabe zufriedenstellend erfüllt habe, dann soll mir Eure Wertschätzung Lohn genug sein. Mehr als einen Platz in der Erinnerung eines jeden von Euch kann es für mich nicht geben.«

Die Soldaten klopften mit den Gewehrkolben auf den Boden.

»*Addio*, Signori!« Der Oberst schwieg, während er den Blick über seine Männer schweifen ließ. »Unsere Wege trennen sich nun, aber eines wird uns auf ewig vereinen: Ergebenheit und Treue für die Sache, der wir gemeinsam gedient haben.«

»*Eljen!*«, riefen die Zuaven im Chor.

Oberst Allet ließ sich die Fahne geben. Er schwenkte sie, senkte sie dann, zog den Dolch heraus und hieb ein kleines Stück davon ab und reckte es empor, sodass jeder es sehen konnte. »Zur Erinnerung!«, rief er und steckte das Stoffstückchen in seine Uniformtasche. Auf Höhe des Herzens.

Dann bedeutete Major de Troussures den Männern, vor dem Tisch eine Reihe zu bilden.

Ein Sergeant saß auf der anderen Seite, trennte die Fahne in kleine Stücke und gab diese den Soldaten, jedem eines.

»Zur Erinnerung!«, sagte er jedem.

Wie alle anderen wartete auch Henri geduldig.

»Zur Erinnerung«, sagte der Sergeant zu dem Soldaten vor ihm.

Henri kam der Gedanke, dass er aussah wie ein Priester, der die Hostie zur Kommunion austeilte.

»Zur Erinnerung.«

»Amen«, erwiderte Henri und entfernte sich ein Stück von den anderen.

Von dort aus war Rom noch zu sehen.

›Eines wird uns auf ewig vereinen: Ergebenheit und Treue für die Sache, in der wir gemeinsam gedient haben‹, hatte Oberst Allet gesagt. Und die Soldaten waren gerührt.

Aber Henri, der den Blick nicht mehr von der Ewigen Stadt abwenden konnte, wusste, dass es bei ihm anders war. Für ihn gab es dort etwas Größeres, Wichtigeres als die Ehre, über die Allet gesprochen hatte.

Schon eine ganze Weile hielt Nella die Fotografie an ihre Brust gedrückt.

Sie hatte gar nicht bemerkt, dass Pietro das Bild gemacht hatte, als sie und Henri sich küssten.

So saß sie da, mit blutendem Herzen, doch ohne weitere Tränen zu vergießen. Und sie fasste einen Entschluss.

Pietro neben ihr am Tisch war damit beschäftigt, die Bilder chronologisch zu ordnen, auf denen die Einnahme der Porta Pia zu sehen war.

Nella stand auf und ging mit entschlossenen Schritten zur Tür. »Ich suche jetzt ein neues Zuhause für uns«, verkündete sie im Hinausgehen.

Eine Weile später kam sie atemlos wieder. »Du wirst es nicht glauben, wir haben eine neue Wohnung«, platzte sie heraus. »Eine wunderschöne.«

»Was denn für eine? Hell und groß?«

»Ja!« Sie war sichtlich begeistert. »Allerdings im vierten Stock, es sind ziemlich viele Stufen.«

»Da bin ich ja mal gespannt, wann ziehen wir ein?«

»Schon zum nächsten Monat.« Nella atmete tief durch. »Aber da ist noch etwas.«

Fragend sah Pietro auf.

»Es zieht jemand mit bei uns ein.«

»Wer denn?«

»Eine unerträglich grantige Alte.«

»Mamma Lucia? Das ist in Ordnung.«

»Ja. Ich will mich um sie kümmern. Sie ist im Waisenhaus wie eine Mutter für mich gewesen«, erklärte Nella. Sie schenkte ihm einen liebevollen Blick. »Und was ist mit dir? Warst du auch erfolgreich? Bist du fertig mit den Fotos?«

»Ja«, erwiderte er stolz, eine Hand auf den Bildern. »Was du hier siehst, ist die reine Wahrheit.«

Nella fuhr ihm durchs Haar. »Ich bin stolz auf dich.«

In diesem Moment ertönte auf der Straße ein Höllenlärm.

»Was ist denn da los?«

Pietro ging nachsehen. »Italienische Soldaten«, sagte er. »Sie gehen zum Zirkus. Sie haben gesehen, wie die vom Zirkus mitgekämpft haben und jetzt … gehen alle hin.« Er zögerte kurz. »Ist es in Ordnung, wenn ich auch hingehe?«

»Natürlich. Und weißt du was? Ich komme mit«, rief Nella entschlossen.

Pietro nahm den Fotoapparat, und gemeinsam verließen sie das Haus. Sie gesellten sich zu den Heerscharen von Soldaten, die immer größer wurden, je näher sie dem Zirkus kamen. Aber auch Römer mischten sich unter sie, so wie Nella und Pietro.

Vor dem Zirkuszelt stand schon eine lange Schlange.

»Komm!« Pietro nahm Nellas Hand und führte sie zum Artisteneingang auf der Zeltrückseite.

Als sie an Alinas Wahrsagerbude vorbeigingen, rief Pietro hinüber: »He, du alte Schachtel, was siehst du in meiner Zukunft?«

Ohne zu zögern rief die als Alina verkleidete Marta herüber: »Jede Menge Liebe!«

Kurz zog sich Nellas Herz zusammen. Aber als sie zu den Ställen kamen, wusste sie, wo sie Trost finden würde.

Ascanio stand bei Melo. »Wir können nicht alle auf einmal reinlassen«, meinte Ascanio. »Das werden unendlich viele Zusatzvorstellungen.«

Melo lachte. »Hab ich doch gesagt, dass du der größte Anführer bist! Sie sind hier, weil du das Regiment Callari aus der Wiege gehoben hast! Etwas so Dummes, Albernes und Großartiges habe ich in meinem ganzen Leben nicht gesehen.«

Ascanio frohlockte. »Die Geschäfte laufen, das kann ich nicht leugnen.«

Als Melos Blick auf Nella und Pietro fiel, breitete sich ein Strahlen auf seinem Gesicht aus. »Wollt ihr die Vorstellung sehen? Dann kommt gleich mit«, rief er und deutete zum Hintereingang.

»Melo, wartet«, rief Nella. »Gilt das Angebot für eine Pferdenummer noch?«

Melo lächelte. »Nur wenn Ihr Eure schönen Beine zeigt …«

Nella lächelte ebenfalls. »In Ordnung, abgemacht.«

Bersagliere wieherte freudig, als er die Contessa witterte.

»Er erwartet Euch schon«, sagte Melo.

»Dann bereite ich ihn vor«, erklärte Nella aufgeregt.

»Und ich sehe zu!«, rief Pietro begeistert. »Also, ich meine, ich werde Fotos machen!«

»Armandina!«, rief Melo. »Wir brauchen ein Kostüm!«

Armandina trat verwundert aus der Tür ihres Wagens. »Für wen?«

»Für Pietros Mutter.«

»Ich komme sofort!« Kurz darauf erschien Armandina mit einem silbernen Paillettenkostüm.

Melo stutzte. »Das ist ja dein altes! Das hast du noch nie jemandem gegeben!«

Armandina zwinkerte Nella zu. »Ich hab eben auf die richtige Gelegenheit gewartet!«

Mit stolzgeschwellter Brust spazierte Albanese durch das Viertel.

»Das ist eine goldene Tapferkeitsmedaille!«, erklärte er jedem, den er traf.

Ghiozzetto folgte ihm mit düsterem Gesichtsausdruck.

»Was ist mit dir?«, fragte Albanese. »Siehst aus wie ein Totengräber.«

»Dieser Franzmann hat Due Ante getötet. Und die anderen … du hättest das sehen solln. Auch Ferro und Incudine. Schlimm ist das gewesen, schlimm. Die Köpfe geplatzt, Beine abgeschnitten, Gedärme …«

»Friede sei mit ihnen«, brummte Albanese.

»Grugno und Padella ham kaputte Knie. Die müssen den Rest von ihrem Leben mit Krücken laufen.«

»Und warum das alles?« Albanese blieb stehen.

»Weil da die Kutsche …«

»Die Kutsche hat überhaupt nichts damit zu tun! Das ist alles nur passiert, weil ihr zu blöd seid. Während andere gekämpft haben, habt ihr euch herumgetrieben.« Er legte eine Hand auf seine Medaille. »Hättet ihr auch gekämpft, dann wärt ihr jetzt besser dran. Hättet eurem Leben eine Wendung geben können. Aber ihr wart ja zu feige.«

Ghiozzetto senkte den Blick. »Auf jeden Fall gibts die Bande jetzt nich mehr, Meister.«

Albanese packte ihn am Kragen. »Na und? Du gehst mir auf die Nerven«, zischte er. »Kerle wie dich gibt's zu Tausenden in Rom.«

»Ich war dir immer treu, Meister …«

»So wie jeder Hund, dem man etwas zu fressen hinwirft.« Albanese schüttelte ihn. »Nur deshalb. Wie ein räudiger Hund, der allein nicht mal einen Knochen findet.«

»Meister …«

»Die Bande gibt's nicht mehr? Ist mir doch egal. Ich werde nämlich jetzt vom König empfangen.«

»Und ich bleib dir treu«, erklärte Ghiozzetto.

»Das warst du doch noch nie. Das hab ich dir schon mal gesagt«, bemerkte Albanese ruhig und ließ den Kragen los. »Ich weiß, wie du bist, Ghiozzetto. Und du weißt das auch.«

Ghiozetto senkte den Kopf.

»Du tust mir leid«, meinte Albanese. Aber ohne seine übliche Verachtung. Er tat ihm wirklich leid. »Ich war immer schlecht zu dir. Weil du etwas anderes nicht verstehst. Du bist nur aus Angst bei mir gewesen, aus sonst nichts.«

Ghiozzetto blickte überrascht auf.

»Tut mir leid.« Albanese legte ihm eine Hand auf die Schulter und richtete ihm mit der anderen den Kragen.

»Was denn, Meister?«

Albanese blickte ihn an. »Wenn ich kann, werde ich dir helfen«, sagte er fast verständnisvoll. »Aber jetzt hau ab.«

»Ich warte im Laden.« Ghiozzettos Stimme zitterte.

»Nein. Hau ab. Ich will dich nicht mehr um mich haben.«

Ghiozzetto stand reglos da, wusste nicht, woran er war, oder was er tun sollte.

»Zwing mich nicht, dich hier vor allen Leuten zu verjagen«, mahnte Albanese fast sanftmütig.

Ghiozzetto regte sich nicht.

»Hau ab.« Albanese versetzte ihm einen Stoß.

Und endlich stolperte Ghiozzetto davon. Ziellos.

Albanese wusste, wie er sich fühlte. Er war ein guter Hund gewesen, wenn auch keiner, dem vollkommen zu trauen war.

Als Ghiozzetto sich noch einmal umdrehte und ein schüchternes Winken andeutete, verspürte er Mitleid mit ihm.

Albanese atmete tief durch und lenkte seine Schritte zum Café delle Arti. »Eine Runde für alle!«, rief er laut.

Pietro machte wundervolle Fotos im Zirkus. »Wie schade, dass man keine Geräusche festhalten kann«, meinte er zu Marta, die ihr

Wahrsagerinnenkostüm abgelegt hatte und während der Vorstellung bei ihm stand. »Eines Tages wird das noch jemand erfinden.«

Marta lachte. »Niemals!«

»Wollen wir wetten?«, fragte Pietro und schoss noch ein Foto.

Er stand neben dem Artisteneingang, so konnte er sowohl die Vorstellung als auch das Publikum ins Visier nehmen. Ein Publikum, das zum größten Teil aus Soldaten bestand. Auf den Rängen wurden Dutzende von Trikoloren geschwenkt. Es war ein wahres Fest.

»Jetzt ist es wirklich vorbei«, murmelte Marta.

In diesem Moment ritt Vater Musumeci in seinem Clownskostüm auf einem riesigen Friesenpferd in die Manege.

Die Soldaten auf den Rängen erkannten ihn, und Jubel brandete auf, lauter als Kanonendonner.

Musumeci trug einen übergroßen Säbel, der ihn selbst noch kleiner erscheinen ließ.

Das Publikum lachte.

Der Kleinwüchsige dankte und versuchte, den Säbel in die Scheide zu stecken. Aber seine Arme waren zu kurz für den langen Säbel. Er stellte sich aufrecht auf den Sattel, aber auch so gelang es nicht.

Das Publikum klopfte sich die Schenkel vor Lachen. Musumeci war eben der geborene Clown – noch dazu einer, der gemeinsam mit ihnen sein Leben riskiert hatte. Jetzt vollführte er einen Salto in dem Versuch, den Säbel so in die Scheide zu stecken. Aber er verfehlte das Ziel, und der Säbel bohrte sich in den Boden und riss ihn vom Sattel, während das Pferd seelenruhig weiterlief.

Die Soldaten lachten und klatschten.

Pietro fotografierte alles.

Musumeci hielt sich noch einen Moment lang am Schaft fest, dann ging er zu Boden. Mit dem Gesicht voran. Und ausgebreiteten Armen.

Das Publikum raste.

Schließlich versuchte der Zwerg, das Pferd einzuholen, dabei schleifte der Säbel hinter ihm her und wühlte den Sand auf. Er wollte in den Sattel steigen, erreichte aber gerade so eben einen Steigbügel. Den ergriff er und verlor prompt das Gleichgewicht. Das Pferd schleifte Musumeci mit, der die wildesten Beschimpfungen von sich gab. Schließlich ließ er los und fiel wieder mit dem Gesicht voran in den Sand.

Da betrat Heinrich mit seinen drei Partnern die Manege – ihnen hatte man schon reichlich applaudiert. Heinrich packte Musumeci und warf ihn wie einen Sack einem anderen Artisten zu.

In der Luft fuchtelte Musumeci wild mit dem Säbel herum.

Der Artist fing ihn auf und warf ihn sofort weiter zum nächsten. Der warf ihn ebenso weiter, und unter großem Gelächter warf ihn der vierte wieder zu Heinrich. Und Heinrich warf ihn aufs Pferd.

Musumeci landete perfekt, nur saß er falsch herum – mit dem Gesicht zum Hinterteil des Pferds.

Jubel und Fotos waren die Folge.

Tollpatschig setzte sich der Kleinwüchsige richtig herum. Dann betrachtete er nachdenklich den Säbel, sah zum Publikum, richtete seinen Blick auf die Scheide und wieder zum Publikum. Und schließlich brach er den Säbel entzwei, sodass er nur noch halb so lang war. Und steckte ihn triumphierend in die Scheide.

Begeisterter Applaus brandete auf.

Doch die Nummer war noch nicht zu Ende. Denn plötzlich zog Musumeci ein Gewehr hervor. Eines, wie er es in der Schlacht verwendet hatte.

Das Publikum verstummte.

In vollkommener Stille ging der Kleinwüchsige mit dem angelegten Gewehr langsam auf das Publikum zu.

Hier und da war ein Lacher zu hören, aber es klang eher

ängstlich. Als Musumeci schließlich das Gewehr lud, rief einer: »Was macht der denn da?«

Musumeci bewegte das Gewehr hin und her, als würde er noch sein Ziel im Publikum suchen, dann drückte er ab.

Der eine und andere schrie auf. Duckte sich. Fluchte.

Aber alles, was aus dem Lauf kam, war Konfetti. Grünes, weißes und rotes Konfetti.

»*Viva Italia!*«, schrie Musumeci.

»*Viva Italia!*«, schrien alle erleichtert und applaudierten.

Und dann erschien Nella. Sie trug das körperbetonte Kostüm von Armandina, das den Blick freigab auf ihre Beine. Strahlend ritt sie auf Bersagliere in die Manege und schwenkte eine Trikolore.

»*Ciao bella*«, rief ein Soldat. »Wenn ich gewusst hätte, dass du Italien bist, dann wär ich schon vor zehn Jahren nach Rom gekommen!«

Alle lachten und klatschten. Anmutig voltigierte Nella auf Bersagliere, und Pietro schoss fröhlich Fotos, eines nach dem anderen.

Die Sonne ging schon fast unter, als Albanese zur Tür des Café delle Arti hinausstolperte. Ihn schwindelte. Eigentlich vertrug er Wein ziemlich gut, aber er hatte es mit dem Anstoßen wohl ein wenig übertrieben. *Nicht nur ein wenig*, dachte er übermütig. »Zum Teufel!«, rief er. »Man lebt doch nur einmal!«

Um ihn herum wurde noch wild gefeiert. Er sah sich um und bemerkte, dass die Leute ihn nicht mehr fürchteten, sondern für einen Helden hielten. Und das gefiel ihm.

Da sah er Ghiozzetto, der seinen Blick voller Hass erwiderte.

»Komm her!«, rief er weinselig. »Stoß mit mir an!«

*Vielleicht hab ich wirklich zu viel getrunken*, dachte er und verstand erst da, dass er Ghiozzetto nicht hätte ansprechen sollen.

Ghiozzetto gab jemandem ein Zeichen.

»Jetzt also«, murmelte Albanese, der das Zeichen nur allzu gut kannte.

Schon verspürte er einen Stich im Rücken, als eine Klinge sich ihren Weg durch die Rippen bahnte.

»Jetzt also …«, ächzte er noch einmal und spürte, wie sein Mund sich mit Blut füllte und das Blut sich in seinen Atem mischte.

*Lunge*, dachte er. *Und Herz*.

Dann wurde es dunkel um ihn, und er stürzte zu Boden, in der Hand die goldene Tapferkeitsmedaille. Reglos blieb er liegen.

Die Menge war verstummt und bildete einen Kreis.

Einen Kreis, in dessen Mitte Albanese lag. Hinter ihm stand ein pockennarbiger Junge mit kleinen Schlangenaugen, der einen blutigen Dolch gen Himmel reckte.

»Ich bin der Stärkste!«, brüllte der Mörder laut.

Auf dem gemeinsamen Heimweg mit Pietro war Nella fröhlich. Vor der feiernden Menge auf Bersagliere zu voltigieren hatte sie glücklich gemacht. Sie fühlte sich frei, und das Gewicht auf ihrem Herzen war für einen Moment leichter geworden. Am Ende der Via Coronari bemerkte sie eine Menschenmenge.

»Albanese ist tot! Einer hat ihn erstochen!«, rief jemand.

Nella griff nach Pietros Hand. »Komm, schnell weg hier!«

»Nein!« Pietro riss sich los und lief hinüber, gefolgt von Nella. Er drängte sich durch die Menge, und dann sah er am Boden Albanese liegen, dessen Blut langsam über die Pflastersteine lief.

»Ab jetzt hab ich hier das Sagen!«, schrie ein pockennarbiger Junge mit winzigen Augen. Neben ihm stand Ghiozzetto. »Ich bin Viper!«, schrie der Junge mit hocherhobenem Dolch, von dem noch das Blut tropfte. »Und ab heute erweist ihr alle mir Respekt!«

Pietro stellte den Fotoapparat auf und drückte ab.

Niemand beachtete ihn, nicht einmal der Mörder.

Mit dem Fuß stieß Viper Albanese an und drehte ihn um.

Pietro konnte sehen, dass Albanese sich rasiert hatte, und fotografierte das narbenübersäte Gesicht. Albaneses Hand war fest um einen kleinen Gegenstand geschlossen.

Viper öffnete die Hand.

Klick. Pietro machte ein Bild von der Medaille.

Viper nahm die goldene Tapferkeitsmedaille und steckte sie sich an seine schäbige Jacke. »Jetzt bin ich der Stärkste!«

*Nein, bist du nicht!*, dachte Pietro zornig. *Du bist ihm offenbar mit einem Dolch in den Rücken gefallen, und ein Verräter hat dir dabei geholfen. Wenn du von Mann zu Mann mit ihm gekämpft hättest, dann hättest du nicht die kleinste Chance gehabt.*

»Pietro, komm hier weg!« Nella versuchte ihn fortzuziehen. »Wenn diese Bestie da merkt, dass du Fotos von ihm gemacht hast, bringt er dich auch noch um.«

Pietro erwachte aus seinen Gedanken. Plötzlich kam ihm etwas in den Sinn. Er packte seinen Apparat und hastete in Richtung der Via Coronari.

Nella folgte ihm mit schnellen Schritten bis zu Albaneses Laden. Ein Schauder lief ihr über den Rücken.

»Warte hier«, wies Pietro sie an.

»Was hast du vor?«

Pietro schwieg. Mit Linos Messer öffnete er die Tür. Er wusste, wo er suchen musste.

»Was ist das?«, wollte Nella wissen, als er mit einem seltsamen Gegenstand in der Hand wieder herauskam.

»Ein Dietrich«, erwiderte Pietro knapp und machte sich auf den Weg zur Piazza Navona. Er überquerte sie und bog nach links in die Via de'Canestrari. Schließlich schlüpfte er durch eine angelehnte Tür und stieg, gefolgt von Nella, die Treppe hinauf.

»Wohin gehen wir?«, wollte Nella wissen.

»Wir müssen da rein.« Pietro machte sich mit dem Dietrich an einer Tür zu schaffen. Kurz darauf war das Schloss geknackt. »Das ist Albaneses Zuhause«, erklärte Pietro endlich. Er wusste noch nicht, was er tun würde, aber er hatte das Gefühl, nach dem unausstehlichen Alten sehen zu müssen, jetzt, da dessen Sohn nicht mehr war.

Als er die Tür zum Schlafzimmer öffnete, bedeutete er Nella stehen zu bleiben. »Bitte warte hier. Und vertrau mir«, sagte er nachdrücklich und trat in das Zimmer.

Sein Blick fiel auf den Alten im Bett.

Wenn man ihn jetzt so sah, dann schien es unglaublich, dass dieses mickrige Männlein Albaneses Vater gewesen sein sollte. Es schien unmöglich, dass ein so zerbrechliches und winziges Wesen einen wie Albanese ein Leben lang gequält haben sollte.

Pietro betrachtete diesen Alten, dessen geöffneter Mund nur wenige Zähne entblößte, gelb und morsch. Ein Spuckefaden klebte an seinem Kinn. Die Augen waren geschlossen. Er sah aus, als würde er schlafen.

Aber das Bettzeug war blutdurchtränkt.

Der Alte hatte sich die Pulsadern aufgeschnitten.

Und in seiner Hand ruhte Albaneses erstes Messer.

Das Messer, mit dem er zum ersten Mal jemanden umgebracht hatte.

Das Messer, das er Pietro geschenkt hatte.

»Warum durfte ich nicht reinkommen?«, wollte Nella wissen, als Pietro heraustrat und die Tür hinter sich schloss.

»Weil da drinnen niemand ist.«

Als sie die Via di Panìco endlich erreichten, war es bereits dunkel.

Albaneses Leiche hatte man weggeschafft.

Auch die Leiche von Viper, der von einer Gruppe italienischer Soldaten gelyncht worden war, nachdem sie gesehen hatten, dass er die goldene Tapferkeitsmedaille entwendet hatte.

Im Vorbeigehen sah Pietro Ghiozzetto in einer Ecke weinend auf dem Boden sitzen.

»Judas!«, beschimpfte er ihn zornig. »Am besten, du hängst dich auf.«

Nella zog ihn am Arm weiter.

Als sie in die Via di Panìco einbogen, bemerkten sie einen Mann vor dem Souterrain. Er stand reglos da, in einem braunen Anzug, mit dem Rücken zu ihnen, in der Hand einen Jutesack.

Nella zögerte, atemlos.

»Was ist?«, fragte Pietro besorgt und zog sofort das Messer hervor.

»Das brauchst du nicht«, sagte Nella beschwichtigend. »Geh schon mal rein.«

In diesem Moment drehte der Mann sich um.

Pietro sah ihn an, senkte respektvoll den Blick und trat ins Haus.

Nella verharrte auf der Stelle.

Auch Henri bewegte sich für einen Moment nicht.

Dann ging er ihr entgegen, nahm ihre Hand.

Schweigend und ohne sich anzusehen, liefen sie langsam Hand in Hand bis zur Mitte der Engelsbrücke.

Dort blieb Henri stehen. Er ließ ihre Hand los, als er den Jutesack auf das steinerne Geländer legte. Er öffnete ihn, zog seine Uniform und seine Schuhe hervor und warf alles in hohem Bogen in den Fluss. Man hörte sie auf dem Wasser aufschlagen. Anschließend warf er auch seine Dienstwaffen ins Wasser, Dolch, Pistole und Schwert. Drei dumpfe Aufschläge. Zu guter Letzt ließ er den Sack von der Brücke gleiten.

Nella starrte ihn verblüfft an.

Bis Henri ein Stück schlampig abgeschnittenen Stoff aus der Tasche zog und es zwischen den Fingern hin und her drehte.

Nella konnte nicht erkennen, was es war. Aber so, wie er es ansah, begriff sie, dass er sich nur schwer davon trennte.

Henri umschloss das kleine Stoffstück, streckte den Arm über die Brüstung, drehte das Handgelenk und öffnete die Hand.

Wie ein toter Schmetterling trudelte das Stoffstück aus der Zuavenfahne hinunter, drehte sich einige Male um sich selbst und wurde dann vom Wasser davongetragen.

Eine Weile standen sie schweigend nebeneinander.

»Ich war ziemlich wütend auf dich, weil du nicht einsehen wolltest, dass ich als Soldat gewisse Pflichten habe«, sagte Henri schließlich leise. »Aber dann habe ich es verstanden.«

Nella traute sich nicht, eine Frage zu stellen.

Henri wandte sich zu ihr. Er nahm ihre Hände in seine und sah ihr tief in die Augen. Er sah so zufrieden aus, jünger, als hätte er sich von einer großen Last befreit.

»Dank dir weiß ich, dass es viel Wichtigeres im Leben gibt als Soldatenpflichten«, sagte er, ohne den Blick von ihr abzuwenden.

Nella hatte das Gefühl, in Henris Augen zu versinken.

Er zog sie an sich. Vielleicht war es auch sie, die sich in seine Arme warf.

Und das, was sie für immer verloren geglaubt hatten, fanden sie in diesem Moment wieder.

## 56

*Ende September 1870*

*Königreich Italien – Rom*

Die Zirkusleute waren über und über mit Farbe beschmiert.

Aber das Werk war vollbracht.

Sie traten einige Schritte zurück, um ihr Werk zu bewundern. Alle zusammen. So, wie sie alle zusammen an der Porta Pia gekämpft hatten.

»Wunderbar!«, rief Ascanio.

»Wunderbar!«, echoten die Stimmen vieler.

Marta und Melo standen dicht beieinander.

»Wir waren schon immer Patrioten«, meinte Melo, mit einer stinkenden Zigarre zwischen den Lippen. »In unseren Herzen. Aber jetzt kann jeder sehen, aus welchem Holz wir Zirkusleute geschnitzt sind.«

»Wunderbar«, murmelte Marta.

Das große Zelt war jetzt nicht mehr rot-weiß gestreift. Die Streifen waren so übermalt, dass sich die Farben der italienischen Fahne aneinanderreihten.

Das Zelt war nun eine riesige Trikolore.

»Aber das Grün ist zu dunkel«, befand Vater Musumeci.

»Weil Rot drunter ist«, erwiderte Ascanio. »Rot wie das Blut, das vergossen wurde. Und bis das nicht vergessen ist, bleibt es dunkel.«

»Du könntest wirklich auch Sand in der Wüste verkaufen, Ascanio«, stichelte Melo und zeigte auf die leeren Farbeimer. »Es ist so dunkel, weil die Farbe aufgebraucht ist und wir bloß einmal drübergestrichen haben. Lass etwas Geld springen und kauf noch einen Eimer Farbe. Wenn man ein zweites Mal drüberstreicht, wird das Grün genauso wie das von unserer Fahne. Von wegen Blut!«

»Meine Erklärung war doch deutlich poetischer«, entgegnete Ascanio.

»Um ein paar Kröten zu sparen, würdest du sogar zum Poeten werden«, frotzelte Vater Musumeci.

Alle lachten.

Erst tat Ascanio beleidigt, dann aber stimmte er zu. »Da du damit angefangen hast, du naseweiser Zwerg, kannst du auch gleich die Kutsche nehmen und neue Farbe kaufen.« Er gab ihm Geld.

Kichernd machte Musumeci sich auf den Weg.

»Und jetzt an die Arbeit«, rief Ascanio. »Sobald die Farbe trocken ist, bauen wir ab und fahren weiter. In ganz Italien spricht man vom Regiment Callari. Endlich sind unsere Kassen gefüllt.«

»Unsere? Sind ja wohl eher deine!«, schimpfte Heinrich.

Ascanio zeigte mit dem Finger auf ihn. »Ich habe euch gewarnt. Wer sein Kostüm kaputt macht, muss es bezahlen. Und an deinem war auch noch Blut. Dafür musst du aufkommen.«

»Ascanio …«, setzte Heinrich im allgemeinen Gelächter an.

»Du bist ja nicht mal Italiener, du Bergsteiger!«, setzte Ascanio noch einen drauf.

Das Lachen wurde immer lauter.

»Es lebe Italien!«

»Packt schon mal die Sachen!«, wies Ascanio seine Leute an. Als er an Melo vorbeiging, flüsterte er: »Kannst du nicht ein Mal deinen Mund halten?«

»Ist mir so rausgerutscht.«

»Wie ein Furz, oder was?«, brummelte der Alte. Dann wandte er sich an Marta und legte ihr wohlwollend eine Hand auf die Schulter. »Melo hat mir gesagt, dass du hierbleibst.«

»Ja. Ich bleibe in Rom, bei Pietro.« Marta sah ein wenig traurig aus. »Nehmt es mir nicht übel, Ascanio. Ich weiß, dass ich Euch viel zu verdanken habe.«

»Nein, nein«, unterbrach Ascanio sie. »Das meiste hast du dieser Witzfigur hier zu verdanken.« Er deutete auf Melo. »Von mir gab es nur Kost und Logis. Aber du weißt schon, wie unsere erste Regel hier im Zirkus lautet?«

Marta war verwundert. »Was für eine Regel?«

»Na ja, wenn jemand, der hier immer versorgt war, aber nie Geld eingebracht hat, den Zirkus verlässt«, erklärte Ascanio ernst, »dann muss er die Summe zurückzahlen, die er in all den Jahren gekostet hat. Ich rechne das jetzt mal nach, warst schließlich mehr als zehn Jahre bei uns. Du hast Glück, denn das, was du als Wahrsagerin eingebracht hast, ziehe ich von der Gesamtsumme ab.« Er schüttelte den Kopf. »Aber da kommt trotzdem ganz schön was zusammen, ich hoffe, du kannst dir das leisten.«

Marta starrte ihn entsetzt an. »Ich … ich hab aber kein Geld …« Hilfesuchend wandte sie sich an Melo, der nur den Kopf schüttelte.

»Dann müssen wir uns wohl etwas einfallen lassen«, bemerkte Ascanio.

»Aber ich … ich …«

»Jetzt reicht's mir aber!«, stieß Ascanio verärgert hervor. »Wenn du kein Geld hast, musst du eben anders bezahlen. Daran führt kein Weg vorbei.«

Marta war sprachlos. »Wie denn?«

»Mit mindestens zwei Küssen«, meinte Ascanio. »Auf jede Wange einen.«

Melo brach in lautes Lachen aus. »Was man dir alles erzählen kann, Mädchen!«

»Ich hasse dich!«, fuhr Marta ihn an und versetzte ihm einen leichten Stoß. Dann umarmte sie Ascanio und gab ihm zwei Küsse. Auf jede Wange einen.

»Pass auf dich auf, Mädchen«, mahnte Ascanio ernst. »Und

vergiss nicht, dass du hier im Zirkus immer ein Zuhause hast. Du bist immer willkommen. Jederzeit.«

Martas Augen füllten sich mit Tränen.

Ascanio gab ihr einen Klaps und ging auf seinen alten, wackeligen Beinen langsam zu seinem Wagen.

»Was für ein blöder Scherz!«, rief Marta. »Ihr seid doch zwei alte Idioten!« Sie gab sich gekränkt, aber nur, um die Tränen zurückzuhalten.

Melo schmunzelte. »Armandina hat gesagt, du sollst dich unbedingt noch von ihr verabschieden, sonst kannst du was erleben.« Er legte ihr eine Hand auf die Schulter. »Na los, geh schon. Ich komme mit.«

Kaum hatte Marta mit Melo Armandinas Wagen betreten, brach sie in Tränen aus.

Armandina lächelte sanft. »Heute Nacht schläfst du noch einmal hier. Der Abschied ist doch erst morgen, da kannst du immer noch weinen.«

»Ja, aber …« Marta hielt inne und ließ ihren tränennassen Blick durch den Wagen schweifen, der ihr Zuhause gewesen war, seit sie denken konnte.

»Warum weinst du?«, wollte die kleine Lidia wissen.

»Du wirst mir fehlen.« Marta nahm sie auf den Arm. »Und dass du auch immer schön brav zur Mamma bist.«

Lidia nickte.

Es ging ihr gut. Wahrscheinlich viel besser, als es ihr je ergangen wäre, wenn die Zirkusleute sie nicht von der Straße aufgelesen hätten. Sie war gesund, ihre Haut rosig. Martas Gedanken wanderten zu dem Tag, an dem sie herausgefunden hatte, dass auch sie von den Zirkusleuten aufgelesen worden war. Es kam ihr vor, als wäre seitdem eine Ewigkeit vergangen.

Sie gab der kleinen Lidia einen Kuss und stellte sie wieder auf den Boden. »Vergiss nie, dass du Glück gehabt hast«, ermahnte sie sie.

»Ich muss die Pferde für morgen fertigmachen«, kündigte Melo an.

»Ich gehe mit dir«, meinte Marta.

»Bis heute Abend«, sagte Armandina zärtlich.

*Das wird meine letzte Nacht hier*, dachte Marta und verspürte einen dicken Kloß im Hals.

Sie folgte Melo direkt zu Bersagliere. »Auch von dir muss sich der Zirkus verabschieden. Danke.« Melo streichelte ihn. Und das Pferd rieb die Nüstern an seiner Schulter.

Und in diesem Moment drehte sich der Alte um, packte Martas Schultern und sagte: »Mein Zuhause ist die Straße, das weißt du ja. Hab ich schon immer gesagt.«

»Leider kann ich Eure Wohnung doch nicht nehmen«, platzte Nella heraus.

»Und warum nicht?«, erkundigte sich der Besitzer.

»Wir sind jetzt mehr Leute.«

Nella hob die Schultern. Alles war so plötzlich gekommen. Auf einmal waren da nicht mehr nur Pietro und sie, sondern auch Mamma Lucia. Dann war Henri zurückgekehrt, und sie würde sich für nichts auf der Welt noch einmal von ihm trennen. Und jetzt auch noch Marta.

Ganz plötzlich waren sie eine Großfamilie geworden.

Sie befand sich mit dem Besitzer in der Via delle Zoccolette, und Nella dachte an die Wohnung im vierten Stock dieses Hauses, von der aus man den Tiber sehen konnte.

»Es tut mir so leid.« Nella seufzte. »Aber wir sind jetzt zu fünft. Und mein Sohn braucht ein Atelier«, fügte sie stolz hinzu. »Er ist nämlich Fotograf.«

Der Mann musterte sie nachdenklich. Er sah freundlich aus, hatte eine drollige Kartoffelnase, ein ansteckendes Lächeln und eine so tiefe Stimme, dass die Luft um ihn herum in Schwingung geriet, sobald er redete.

»Schade. Aber ich hätte vielleicht ne Lösung«, meinte der Mann. »Auch hier in der Straße, aber ein Stück weiter runter, an der Ecke Via dei Pettinari. Da gehört mir ein Haus. Der Sohn kann im Erdgeschoss arbeiten. Und die Wohnung könnt ihr euch in den beiden Stockwerken drüber einrichten. Sieben Zimmer, Esszimmer und Wohnzimmer.«

Nella überlegte. Das klang verlockend. Und die Ringe, die Pietro zurückgeholt hatte, würden dafür erst einmal ausreichen. Trotzdem mussten sie das Geld zusammenhalten, denn sie wollte ihn beruflich unterstützen, außerdem hatte sie auch für sich große Pläne: eine Modeschneiderei. Genug mit dem Stopfen von Unterhosen und Strümpfen, sie würde sich wieder der Kreation von Kleidern widmen. Stilvollen Kleidern, so wie früher in der Villa Odìn. »Vielen Dank, Signor Cordi«, sagte sie schließlich. »Aber das kann ich mir nicht leisten. So etwas kostet viel.«

»Ich hab von Euerm Sohn schon was gehört«, sagte Alberto Cordi. »Scheint sowas wie der Held von der Porta Pia. Hat zumindest der Principe Stefano Chiodetti da Fibreno gesagt.«

»Er hat Pietro das Fotografieren beigebracht. Kennt Ihr ihn?«, erkundigte sich Nella verwundert.

»Rom is nich mehr als n Dorf, gute Frau«, schmunzelte Alberto Cordi. »Ich war da und hab ihm mein Beileid gesagt.« Er strich sich durch die schwarzen Haare. »Wisst Ihr nicht, wie ich der geworden bin, der ich bin?«

Nella kannte nur seinen Namen als Schauspieler, von seiner Geschichte hatte sie keine Ahnung. In ganz Rom gab es keinen beliebteren Schauspieler als Alberto Cordi. Und es hieß, dass sich niemals jemand seiner würdig erweisen würde. Wenn er spielte, stand das Publikum vor den Theatern Schlange. Doch man bewunderte ihn nicht nur für die Schauspielerei. Für die Römer war er einer von ihnen, einer aus dem Volk. Alle liebten seine Rollen – Figuren, die voller Fehler und Schwächen waren, die Cordi meisterhaft ins Lächerliche zu ziehen verstand, und ebenso meisterhaft ließ er sie am Ende ihr gutes Herz wiederfinden. Denn mit einem guten Herzen kannte er sich aus – er versah jede seiner Figuren damit und hatte auch für ganz Rom eines übrig.

»Mein Vater war Musiker, er hat Tuba gespielt«, fuhr Alberto Cordi fort. »Bin mit Kunst aufgewachsen, is mir eingetrichtert worden mit der Muttermilch, aber aufs Brot gab's nix.« Er lachte sein mitreißendes Lachen. »Hab mit Marionetten angefangen. Noch weiter unten ging nich. Und als ich dann ganz oben war, hab ich mir geschworen, hab ich mir da, den jungen Leuten zu helfen, denen, die echte Künstler sind. Und wie macht man das? Mit Brot und was drauf! Von der Kunst wird am Anfang ja keiner satt. Und dann hören so junge Leute mit wirklich Talent auf. Lassen's sein. Weil sie ja auch was essen müssen, is ja klar.« Er grinste. »Also, Liebchen, Kunst hab ich nich zu vergeben. Aber was zu futtern schon.«

Nella schmunzelte. Sie hätte ihm noch stundenlang zuhören können.

»Nehmt mal das Haus, gute Frau«, meinte Alberto Cordi.

»Ich kann mir das wirklich nicht leisten.«

»Aber sicher könnt Ihr.«

»Nein.«

»Herrje!«, rief der Schauspieler, wobei er einmal die ganze Tonleiter durchlief. »Ihr kapiert ja überhaupt nichts. So Künstler wir Euren Sohn unterstütz ich mit was zu essen. Ob jetzt aus Mehl oder mit nem Fotoatelier, wir reden doch hier übers tägliche Brot.« Er blickte sie ernst an. »Die Wohnung im Vierten konntet Ihr doch bezahlen, oder nich?«

»Schon, aber ...«

»Und? Das Haus in der Via delle Zoccolette kostet dasselbe«, unterbrach Alberto Cordi.

Nella brachte vor Staunen kein Wort über die Lippen.

»Aber nur unter einer Bedingung.« Der Schauspieler hob einen Zeigefinger. »Und schreibt's Euch ja hinter die Ohren, weil wenn Ihr Euch nicht dran haltet, schmeiß ich Euch hochkant raus.«

»Was denn?«

»Ihr müsst rumerzählen, dass es dreimal so viel kostet. Dann rechnen alle aus, was wir so in der Tasche haben. Ich hab ja nen Ruf zu verlieren, hab ich. Ihr wisst doch, was über mich geredet wird, oder?«

»Dass Ihr …« Nella war verlegen. »Dass Ihr geizig seid?«

»Sehr gut, ich sitz auf mei'm Geld. Und so sollen die Leute das denken. Wenn die wissen, wie viel Ihr für das Haus bezahlt … dann gute Nacht! Wenn jetz Alberto Cordi nich mehr geizig ist, was gibt's denn dann noch zum Erzählen in Rom?«

»Gott segne Euch!«, rief Nella erleichtert.

»Nich so laut, Mädchen. Bei der Stimme springen ja Gläser!«

Nella lachte.

»Und jetzt hol deine Sachen, Schönheit, und zwar schnell, sonst überleg ich's mir noch«, witzelte Alberto Cordi.

Gerade als Nella durch die Tür getreten war, kam der Diener des Schauspielers in den Raum.

»Was is?«, fuhr Cordi ihn an.

Neugierig verharrte Nella auf der Stelle.

»Es ist kein Fleisch mehr da.«

»Was? Schon wieder? Ihr fresst mir noch die Haare vom Kopf!«

Der Diener hob ängstlich die Schultern, als fürchtete er Prügel – die er allerdings noch nie bekommen hatte.

»Lass anschreiben! Und jetzt verschwinde!« Cordi deutete einen Tritt an. »Du muss mal den Gürtel enger schnallen, muss du! Herrje! Nächstens gibt's Nussschalen und Brennnesseln für dich!«

Eingeschüchtert verließ der Diener den Raum. Nella schmunzelte in sich hinein. Eine wunderbare Vorstellung war das gewesen!

Da bemerkte Cordi sie, und sie winkte.

»Was willste noch hier? Verschwinde!«

Fröhlich machte Nella sich auf den Weg.

Schon am frühen Nachmittag hatte sie ihre Sachen ins Haus gebracht. Alberto Cordi hatte ihr das Haus möbliert überlassen. Glänzende Möbel, samtbezogene Sofas, Spiegel, Bilder, Teppiche. Ein richtiges Zuhause.

Und auch für ihren geliebten Bersagliere hatte sie eine Unterkunft gefunden: Er würde im Stall des Schauspielers bleiben. Umsonst.

Dann holte sie zusammen mit Pietro und Henri Mamma Lucia samt ihrer zehn Bände der ›*Elenden*‹ aus dem Ospizio Apostolico ab. Paride hatte ihr dafür die Kutsche überlassen, an deren einem Verschlag Einschüsse zu sehen waren

Zurück im Haus beobachtete Nella, wie Henri die Bücher durchblätterte, die Seiten durch die Finger gleiten ließ.

Er lächelte. »Als ich Hugo gelesen habe, habe ich beschlossen, Verleger zu werden«, erzählte er ihr. Zärtlich strich er über die Bücher. Als wären sie von unschätzbarem Wert. »Es war immer mein Traum … und ich habe ihn nicht verfolgt, ich Strohkopf!«

Seine Augen leuchteten vor Leidenschaft. »Victor Hugo ist einer der großartigsten Schriftsteller der Welt.« Henri hob eines der Bücher in die Luft. »Und dies hier ist das Zeichen, dass ich für dich bestimmt bin. Denn wie viele Stadtstreicherinnen besitzen wohl Bücher? Noch dazu von Victor Hugo?«

Nella nickte, obwohl sie nicht an solche Zeichen glaubte.

Henri schmunzelte. »Manchmal könnte man meinen, das Schicksal wäre eine Kupplerin. Bei all den Büchern, die es gibt … ausgerechnet dieses! Mein Lieblingsbuch!« Dann zog er Nella an sich und küsste sie.

In diesem Moment erschien Pietro mit Marta an der Hand, wandte sich aber sofort verlegen um.

»Warte, Junge«, hielt Henri ihn auf.

»Worüber redet ihr eigentlich?«, rief Mamma Lucia aus ihrem Zimmer. »Ich will wissen, worum es geht!«

»Du bist unerträglich!«, stichelte Nella.

»Was soll ich hier überhaupt, wenn ich die ganze Zeit allein bin? Da wär ich doch lieber im Ospizio geblieben!«

Nella löste sich schmunzelnd von Henri. »Ich komm ja schon, du altes Weib!«

Henri, Pietro und Marta folgten ihr. »Ich muss dir etwas sagen, Junge«, wandte Henri sich an Pietro.

»Ich höre, Signore«, erwiderte Pietro.

»Zuerst eine Frage: Kannst du noch ein wenig Französisch?«

»Ja, Signore.«

*»Et alors«*, bemerkte Henri, *»tutoyer, s'il te plaît.«*

Pietro wusste nicht, worauf er hinauswollte. »Was heißt *›tutoyer‹*?«

»Du sollst ihn duzen«, erklärte Nella.

»Für dich bin ich Henri, nicht *Signore*.«

»In Ordnung«, freute sich Pietro.

»Was für ein Firlefanz«, brummelte Mamma Lucia. »Mich kannst du gerne Euer Hochwohlgeboren Mamma Lucia nennen.«

Sie lachten.

Mamma Lucia schnupperte. »Was ist denn das für ein neuer Geruch?«

»Das ist meine Verlobte Marta, Euer Hochwohlgeboren Mamma Lucia«, erklärte Pietro.

»Hab schon verstanden, Junge«, meinte Mamma Lucia. »Du hältst dich wohl für sehr schlau, wie? Wart's ab, ich werd's dir noch zeigen«, brummte sie. »Ich hatte schon mal mit jemandem wie dir zu tun, und zwar nicht zu knapp. Mit einer gewissen Contessa nämlich.«

Nella setzte sich ans Bett und nahm ihre Hand.

Mamma Lucia rückte ab. »Herrje, du klebst an einem wie Pech und Schwefel! Das kann ja heiter werden mit dir.«

»Jetzt ist es aber gut.« Nella stand auf.

»Schön, mach mal Platz für diesen neuen Geruch.« Mamma Lucia klopfte auf das Bett. »Wie heißt du? Marta?«

»Ja, Marta«, bestätigte Pietro.

Marta setzte sich ans Bett.

Mamma Lucia legte ihr eine Hand auf das Bein. »Bist du auch hübsch?«

»Sie ist wunderschön«, sagte Pietro.

»Und stumm wohl auch, oder wie?«

»Nein«, erwiderte Pietro.

»Na, dann lass sie doch auch mal was sagen!«, schimpfte Mamma Lucia und tätschelte Martas Bein. »Du weißt aber schon, dass das hier ein Narrenkäfig ist, oder?«

»Ja«, bestätigte Marta.

»Noch kannst du abhauen. Denk gut drüber nach.«

»Ich bin gerne mit diesen Verrückten zusammen«, erwiderte Marta.

»Dann gibt es für dich wohl keine Hoffnung, Mädchen. Denn das heißt, dass du genauso verrückt bist«, flüsterte Mamma Lucia. »Wenn ich recht verstanden habe, dann wohnst du jetzt auch hier«, fügte sie hinzu.

»Ja, wir haben ein Zimmer zusammen«, sagte Pietro.

»Nicht mal im Traum!«, rief Nella. »Ihr seid doch noch Kinder und …«

»Miteinander geschlafen haben sie doch schon«, unterbrach Mamma Lucia sie. »Das Mädchen duftet nach Frau.« Sie zeigte in die Richtung, in der sie Nella vermutete. »Wie verlogen du bist«, schimpfte sie. »Willst du sie etwa zwingen, die schönste Sache der Welt im Verborgenen zu tun?«

»Aber sie sind doch nicht verheiratet …«, gab Nella zu bedenken.

»Ach so!«, rief Mamma Lucia. »Dann schlafen dein schöner Leutnant und du also in getrennten Zimmern?«

»Du bist wirklich unmöglich!«

»Und du scheinheilig«, stellte Mamma Lucia abschließend fest. Dann streckte sie ihre Arme aus, zog Marta an sich und drückte ihr einen Kuss auf die Stirn. »Herzlich willkommen in der Familie, mein Kind.«

Marta errötete.

Nella schmiegte sich an Henri.

»Ich möchte auch noch was sagen«, begann er. »Ich bin gar kein Leutnant mehr.«

»Du möchtest also nur noch schön und nicht mehr Leutnant genannt werden?«, brummte Mamma Lucia. »Vergiss es.«

Henri lachte. »Nein. Aber …« Er hielt inne. Wie nur konnte ein Krieg so viel Gutes mit sich bringen? Wie sich in so kurzer Zeit der Lauf der Dinge für einen Mann vollkommen ändern? Er war nun nicht länger Leutnant der Zuaven. Und würde nie wieder Soldat sein. Er würde sein Leben nicht mehr von den Toten in seiner Familie abhängig machen. Er fasste einen Entschluss. »Ich werde Verleger«, verkündete er.

Nella starrte ihn an.

»Und da haben wir also noch einen Verrückten«, murmelte Mamma Lucia. Aber sie grinste.

»Und das erste Buch, das ich verlegen werde«, fuhr Henri fort, »wird ein Bildband mit deinen Fotos, Pietro.«

Am nächsten Tag brachte auch Marta ihre Habseligkeiten in die Via delle Zoccolette.

Wie schon am Vortag stand sie staunend vor dem Bett, in dem sie mit Pietro schlafen würde. Es war so groß. Und so hoch.

»Was hast du?«, wollte Pietro wissen.

»Ich hoffe, ich falle da nicht raus«, scherzte sie.

»Geht gar nicht. Ich halte dich nämlich die ganze Nacht fest.«

Marta lachte. »Wenn Mamma Lucia das hört, dann sagt sie, du klebst an einem wie Pech und Schwefel.«

»Bestimmt schlimmer«, lachte Pietro.

Sie sahen sich an. Ihr Leben veränderte sich gerade so schnell, dass sie beide manchmal befürchteten, nicht schnell genug hinterherzukommen.

»Hast du Angst?«, fragte Pietro.

»Ein wenig«, erwiderte Marta. »Aber schlimmer als an der Porta Pia wird es schon nicht werden, wie?« Dann stieß sie einen tiefen Seufzer aus. »Ich geh mich jetzt verabschieden.«

»Hast du doch schon.«

»Ja. Aber er ist mein Vater.« Das hatte sie noch nie gesagt. Nur einmal, in einem anderen Leben, hatte sie es sich selbst eingestanden. Am Strand von Rimini.

»Ich komme mit«, sagte Pietro.

»Nein.«

»Warum nicht?«

»Pietro, er ist mein Vater«, sagte Marta noch einmal. Dann verließ sie ihr neues Leben und ging noch einmal in ihr altes zurück.

Als sie den Zirkus erreichte, war das Zirkuszelt schon abgebaut und alle Wagen gepackt.

Einer nach dem anderen umarmte sie herzlich: Heinrich, Françoise, die Familie Musumeci. Armandina küsste sie und verkündete: »Nächstes Jahr sehen wir uns!«

Zum Schluss wartete nur noch Melo.

Der Alte drückte sie schweigend an sich.

Auch Marta sprach kein Wort, atmete nur noch einmal seinen Geruch nach Zigarren ein in dem Versuch, ihn für sich zu bewahren.

Schließlich strich Melo ihr über den Kopf und stieg auf den Kutschbock. Er schnalzte mit der Zunge, gab den Pferden ein kurzes Signal mit den Zügeln und fuhr davon, ohne sich noch einmal umzusehen.

Marta stand reglos da und blickte ihm hinterher.

Auf der Wiese waren noch die Löcher zu sehen, welche die Zeltstangen hinterlassen hatten, die Asche der Lagerfeuer, die Spuren der Räder.

Der erste Regen würde alles fortwaschen.

Die Wagen hatten jetzt die Straße zwischen der Stadt und dem flachen Land erreicht, bogen ab und verschwanden schließlich einer nach dem anderen aus Martas Sichtfeld.

Als nur noch zwei zu sehen waren, versuchte Marta, sich von dem Anblick loszureißen, nicht weiter daran zu denken, dass es jetzt keinen Zirkus Callari mehr in Rom gab.

Aber sie bewegte sich nicht.

Und als der letzte Wagen abbog, stand mit einem Mal dort hinten eine Gestalt, hob sich dunkel gegen die Landschaft ab.

In einer dichten Wolke.

Martas Herz setzte einmal aus und begann dann wie verrückt zu hämmern. Sie kannte den Geruch dieser Wolke nur zu gut. Denn sie hatte ihn noch in der Nase. Penetrant, ekelerregend und so beißend, dass einem die Augen davon tränten.

Aber jetzt tränten ihre Augen nicht vom Qualm. Dafür war er zu weit weg.

Sie wollte losrennen, war aber unfähig, sich zu rühren.

Und als Melo schließlich bei ihr angelangt war, fand sie keine Worte.

Melo schüttelte den Kopf. »Wurde mal Zeit, die Dinge ins rechte Licht zu rücken. Von wegen die Straße ist mein Zuhause«, brummte er.

Er fügte nicht hinzu, dass Zuhause immer da ist, wo das Herz wohnt. Ebenso wenig sagte er ihr, dass er in Rom schon einmal eine Marta verloren hatte. Und ganz und gar nicht vorhatte, noch eine zu verlieren. Und auch nicht, dass man doch nie zu alt war, um nicht noch etwas dazuzulernen.

»Was stehst du denn so da?«, fuhr er sie an, als wäre all das völlig normal. »Hast du etwa geglaubt, dass ich dich einfach so bei diesem Jungen zurücklasse?« Er klaubte das Bündel Geldscheine aus der Tasche, das er ihr damals auf der Piazza in Ravenna gegeben hatte. »Ich wusste nicht, was ich mit dem ganzen Geld soll. Aber jetzt kommt es uns doch gerade recht. Na komm, wir sehen uns mal nach einer Bleibe um.«

Marta freute sich von ganzem Herzen. Sie klatschte in die Hände. »Ich weiß schon, wo wir bleiben«, rief sie.

»Das ist immer noch mein Geld, deshalb bin ich auch derjenige, der entscheidet.«

»Nein. Diesmal nicht«, entgegnete sie. »Es gibt ein Zimmer für dich in dem Haus, in dem wir alle wohnen. Da ziehst du ein. Zu uns.«

»Wer soll denn das sein?«

»Pietro, seine Mutter, der Franzose, der mal Leutnant war, ich und Mamma Lucia.«

»Und wer ist diese Mamma Lucia? Ist sie wenigstens hübsch?«

Marta lachte. »Eher nicht. Und sie ist der einzige Mensch, den ich kenne, der noch brummiger ist als du.«

»Dann ist sie mir sympathisch.« Melo tat ein paar Schritte, dann blieb er stehen. »Es passt mir aber nicht, als Schmarotzer mit all diesen Leuten zu wohnen.«

»Du wirst ganz sicher nicht schmarotzen«, entgegnete Marta fröhlich. »Ich habe jetzt schon Ideen, was wir mit deinem Geld anfangen können. Zum Beispiel kannst du für Pietro den besten Fotoapparat besorgen, den es gibt.«

»Muss ich etwa für den Rotzlöffel aufkommen?«

»Ganz genau. Bis er berühmt ist.«

»Aha!«, rief Melo. »Da kann ich ja lange warten.«

»Jetzt hör auf mit deiner Meckerei.« Marta kicherte, dann griff sie nach Melos Hand, so wie sie es eigentlich schon immer hatte tun wollen.

»Wenn ich aufhören soll zu meckern, dann hab ich nichts mehr zu sagen.«

# 57

*29. September 1870*

*Königreich Italien – Rom*

Alle wollten Pietro überreden, einen vornehmen Anzug anzuziehen, aber er weigerte sich entschieden, seine verschossene Hose und das durchgescheuerte Hemd dagegen einzutauschen.

»Ich bin eben so«, sagte er immer wieder stolz. »So und kein feiner Pinkel.«

»Du bist anmaßend, das ist alles«, urteilte Principe Chiodetti, der in die Via delle Zoccolette gekommen war, um ihm den neuen Anzug zu bringen. Dann lächelte er versöhnlich. »Aber das habe ich dir schon einmal gesagt. Und du hast das Gegenteil bewiesen.« Er breitete die Arme aus. »Vielleicht passiert das heute ja wieder.«

»Und was ist mit dir?«, wandte sich Nella an Marta.

Marta betrachtete sprachlos das ihr zugedachte Kleid. Mit seinem prächtigen Seidenrock, den herrlichen Stickereien und Spitzen lag es ausgebreitet auf dem Sofa im Salon. Dann deutete sie auf das einfache Kleid an ihrem Leib. »Ich bin auch so«, sagte sie und fügte kichernd hinzu: »Leider!«

Melo war rasiert und gekämmt und trug den braunen Anzug aus früheren Tagen, obgleich er ihm ein wenig zu weit geworden und modisch längst nicht mehr auf der Höhe war. Aber Marta hatte ihn darum gebeten, denn er erinnerte sie an den schönen Abend, an dem sie mit ihm die Zirkusvorstellung angesehen und den Zauber darin entdeckt hatte.

Henri, der als echter Franzose Charme und eine natürliche Eleganz aufwies, trug einen normalen Anzug.

Nella war bis zuletzt unschlüssig. Sie besaß zwar ein vornehmes Kleid, aber es war eines der Contessa. Und die wollte sie nicht mehr sein. Ansonsten hatte sie ausschließlich Dienstmädchenkleider. Schließlich blieb keine Zeit mehr, selbst etwas zu schneidern, und so kaufte sie ein hübsches Kleid. Es war nicht allzu elegant, aber sie sah darin dennoch so umwerfend schön aus, dass die meisten Männer nur schwerlich den Blick von ihr würden abwenden können.

Natürlich durfte auch Mamma Lucia nicht fehlen. Sie hatte Wangenrot auftragen lassen, war ordentlich frisiert und saß in einem Rollstuhl, den der Principe gestiftet hatte.

»Du bist wunderschön«, befand Pietro.

»Schon gut, Junge. Jetzt übertreib es mal nicht mit Komplimenten, das ist ja widerlich«, brummelte sie.

Draußen neben der Kalesche des Principe wartete Paride in seiner Kutsche. Eigentlich hatte er die Einschusslöcher im Verschlag ausbessern lassen wollen, bis ihm aufging, dass genau wegen dieser Löcher mehr Kunden kommen würden. Die Leute gefielen sich in dieser berühmten Kutsche, die an der Porta Pia gesehen worden war. Also ließ er erst einmal alles, wie es war.

»Pietro, du kommst neben mich auf den Kutschbock«, wies der Principe ihn an, als sie allesamt auf der Straße standen.

»Marta aber auch«, meinte Pietro.

»Sicher, Marta auch«, brummte der Principe.

Schließlich machten sich beide Kutschen auf den Weg. Vor dem Palazzo in der Via dell'Orso hatte sich jetzt am Spätnachmittag eine buntgemischte Menschenmenge versammelt, die alle Gesellschaftsklassen, Soldaten und Beamte vereinte.

Pietro staunte. »Was machen die alle hier?«

»Die sind vor allem wegen dir hier, mein Junge«, erwiderte der Principe, der zugleich wehmütig an seinen Sohn dachte.

»Und wegen Ludovico.«

»Ja, und wegen Ludovico.«

»Aber es sind so viele.«

Der Principe schmunzelte. »Dachtest du etwa, ein Chiodetti da Fibreno würde sich mit einer kleinen, dezenten Feier zufriedengeben?« Er versetzte ihm einen freundschaftlichen Klaps. »Wir Adligen sind selbstgefällige Angeber, hast du das noch nicht bemerkt?«

»Aber es sind so viele!«, wiederholte Pietro ungläubig.

Der Principe lachte. »Ich könnte wetten, dass du es jetzt bereust, in deinen zerschlissenen Kleidern zu stecken.«

»Nein!«, entgegnete Pietro ernst.

»Jetzt lach doch mal, Pietro«, forderte Marta ihn auf.

»Sie hat recht«, stimmte der Principe zu. »Freu dich, Junge! Wir haben etwas zu feiern!«

Als die Kutschen die Menge erreichten, brandete Applaus auf, und die Menschen bildeten eine Gasse.

»Steh schon auf, du Strohkopf«, rief der Principe. »Das gilt dir. Genieß den Applaus und bedank dich.«

Pietro drückte sich tiefer in den Sitz.

»Steh auf!«, rief Marta und kniff ihn fest in den Arm.

Widerwillig erhob Pietro sich.

»Lächeln!«, mahnte der Principe.

Pietro war knallrot angelaufen, brachte aber ein Lächeln zustande.

Marta prustete los. »Du siehst aus wie ein Idiot!«

»Lass mich in Ruhe«, knurrte Pietro.

Die Kutschen kamen im Hof zum Stehen.

Der Applaus wollte und wollte sich nicht legen.

Der Principe wandte sich einladend an die Menge: »Kommt, meine Freunde, kommt!«

Zuerst traten einige Mitglieder des kommissarischen Regierungsrates von Rom samt seiner Provinzen ein. Diese unterstützten offiziell die von Principe Stefano Chiodetti da Fibreno organisierte Ausstellung, nachdem sie noch am Morgen die Bilder begutachtet hatten.

An ihrer Spitze lief kerzengerade Präsident Michelangelo Caetani, Herzog von Sermoneta. Gefolgt von Herzog Francesco Sforza Cesarini, Principe Baldassarre Odescalchi, Emmanuele Ruspoli, einigen Principi der Ruspoli, Principe Francesco Pallavicini, Ignazio Boncompagni Ludovisi, einigen der Principi di Piombino, Avvocato Biagio Placidi, Vincenzo Tittoni, der 1860 aus Rom verbannt worden und nun zurückgekehrt war, sowie von Augusto Castellani, dem großen römischen Goldschmied, der hervorragende Dienste für die Heimat geleistet hatte.

Ihnen folgten, angeführt von General Cadorna, die militärischen Befehlshaber.

Dann kam der römische Adel. Die wohlhabenden Bürger dieser Stadt, die nun nicht mehr heilig war. Und die Lupi, die sich sofort um Melo, ihren Capitano, scharten. Die jugendlichen Weggefährten Ludovicos vom Befreiungskomitee. Und schließlich fanden viele einfache Handwerker und Bürger Zutritt.

»Nur unsere Leute fehlen«, sagte Marta zu Melo.

Melo lächelte traurig. »Wir tragen den Zirkus in unseren Herzen, vergiss das nicht. Die Leute vom Callari sind unsere Familie«, erwiderte er. »Und jetzt hör auf, mir ständig am Rockzipfel zu hängen. Kümmer dich um deinen Jungen. Er braucht dich.«

»Wirst du ihn eigentlich irgendwann mal Pietro nennen?«

»Sobald du mir nicht mehr auf die Nerven gehst«, erwiderte Melo. »Also wahrscheinlich nie.«

Marta lachte und gesellte sich zu Pietro, der stocksteif neben Nella stand. »Du schaffst das schon«, sagte sie aufmunternd.

»Ehrlich gesagt hab ich mehr Angst als bei der Porta Pia«, raunte Pietro. Sein zu Beginn rot angelaufenes Gesicht war nun totenblass.

»Denk daran, dass niemandem hier eine Haarsträhne so

hübsch ins Gesicht fällt wie dir«, flüsterte Nella ihm zu. »Sei zu allen höflich und achte auf deine Sprache.«

»Kommt alle herein!«, rief der Principe in diesem Moment und schritt voran in den Palazzo. »Hiermit erkläre ich die Ausstellung für eröffnet.«

Der erste Raum war bestückt mit Fotos, die Pietro gemacht hatte, als von Krieg noch keine Rede war. Doch sie sahen trotzdem nach Krieg aus, denn sie bildeten erbarmungslos Elend und Armut ab. Sie zeigten die Wirklichkeit.

Der zweite Raum war den Stunden vor der großen Schlacht gewidmet. Ausgestorbene Straßen. Der bunte, schillernde Zirkustrupp. Die päpstlichen Soldaten. Das italienische Lager, das sich auf den Angriff vorbereitete. Der verlorene Blick der jungen Soldaten, die sich wünschten, vom Tod verschont zu bleiben. Ihre tränennassen Briefe, von denen sie hofften, es würden nicht die letzten sein. Und Capitano Giacomo Segre, der Befehl gab, Rom zu bombardieren, um seinen Kameraden die Exkommunizierung zu ersparen.

Der dritte Raum zeigte den Anfang der Schlacht. Feuerspuckende Kanonenrohre. Die bröckelnden Mauern. Päpstliche Schützen zwischen den Zinnen.

Das erste Bild im vierten Raum bildete die Bresche in der Mauer ab, die sich daraus lösenden Steine und die Ruhe vor dem Sturm. Man konnte diese unnatürliche Stille nahezu greifen, diese Stille, die einen Augenblick und zugleich eine Ewigkeit dauerte. Die anderen Fotografien erzählten vom Kampf Mann zu Mann. Ein Kugelhagel der Zuaven gegen den italienischen Angriff. Säbel und Bajonette, die in der Sonne glänzten. Melo kampfbereit auf Bersagliere, gefolgt von seinen Männern. Marta ganz allein, wie sie unerschrocken auf die feindliche Kavallerie feuerte. Blutige Uniformen. Tote Augen. Lebendige Blicke voller Angst oder Mut. Albaneses Raserei.

Und auf einer Staffelei in der Mitte des Raumes, ganz für sich und blumenumkränzt, das Bild von Ludovicos Tod. Die ausgebreiteten Arme. Der von einer Kugel zurückgeworfene Körper. Das verzerrte Gesicht in einem unnatürlichen Winkel zur Kamera. Und der durch die Luft fahrende Säbel.

»Unscharf«, urteilte Principe Chiodetti hinter Pietro.

Pietro drehte sich um.

»War ein Scherz«, versicherte der Principe. »Wegen dieses Bildes hier werde ich deine Sturheit für immer in Ehren halten. Wenn du auf mich gehört hättest, dann gäbe es dieses Foto nicht.« Er glitt zärtlich mit den Fingern darüber, und eine Träne schlich sich über seine Wange. »Das hier ist die Wahrheit. Genauso, wie du es gesagt hast«, meinte er ernst. »Wahrheit gepaart mit Schönheit. So nenne ich das.«

Zwischen Raum vier und fünf war auf einer Staffelei, an der alle vorbeimussten, das Bild ausgestellt, auf dem die italienischen Soldaten als Zeichen ihres Sieges die Arme gen Himmel streckten, die päpstlichen Truppen jedoch das Feuer nicht einstellten. Im Hintergrund war deutlich die weiße Fahne zu sehen.

»Als Soldat schäme ich mich«, bemerkte Henri düster, als er das Bild betrachtete. Ihm waren Gerüchte dieses Szenarios zu Ohren gekommen, die er nicht hatte glauben wollen. Doch dieses Bild hier schrie vor Entwürdigung.

»Du bist aber kein Soldat mehr«, flüsterte Nella.

»Dann schäme ich mich als ehemaliger Soldat«, erklärte Henri. Lange stand er vor dem Bild, bis man ihn schließlich bat, Platz zu machen.

In Raum fünf, dem letzten, standen Fotos von der Kapitulation.

Die italienischen Truppen bei ihrem Einmarsch in Rom mit der wehenden Trikolore, umringt von einer feiernden Menge.

»Es war tatsächlich eine gloriose Schlacht«, hörte Pietro jemanden sagen.

Vor ihm stand Edmondo de Amicis.

»Kommt auf die Sicht an«, erwiderte er.

»Da gibt es nur eine«, meinte der Journalist pikiert.

»Nein. Und genau deswegen fotografiere ich.«

Edmondo de Amicis ging nicht auf den streitlustigen Ton ein, sondern setzte ein freundliches Lächeln auf. »Ich bin auf keinem dieser Fotos zu sehen«, bemerkte er.

»Ihr habt mich darum gebeten.«

De Amicis wusste, dass er den großen Fehler begangen hatte, es sich mit Pietro zu verscherzen. Er selbst hatte dafür gesorgt, bei dieser historischen Ausstellung nicht vertreten zu sein. »Du hörst auf alles, was man dir sagt?«, versuchte er scherzhaft.

»Nein«, erwiderte Pietro. »Nur, wenn es gute Ratschläge sind.«

Edmondo de Amicis begriff, dass er sich auf dünnem Eis bewegte, und trottete davon.

»Wer ist das?«, wollte Marta wissen.

Pietro grinste. »Das kann ich dir nicht verraten, meine Mutter hat mir Kraftausdrücke verboten.«

Weitere Bilder zeigten Cadorna, der vom Volk mit Blumen beworfen wurde, als wäre er ein neuer Papst. Und Albanese in Kriegerpose, blutverschmiert. Und Melo, der seine Truppe anführte. Principe Chiodetti, der sich das Familienwappen vom Jackenaufschlag riss und fortwarf, seinen toten Sohn in den Armen. Und schließlich, wie er aufrecht und feierlich mit Ludovico auf den Armen das Tor zum Quirinalspalast durchschritt.

Im Korridor, der zum Salon führte, hingen die Fotos von der Zirkusvorstellung. Die feiernden Soldaten. Die Trikoloren, Vater Musumeci. Nella, so wundervoll. Die Männer starrten begeistert auf ihre Beine und die Frauen wiederum tadelnd auf ihre Männer.

Auf dem letzten Bild war der ermordete Albanese zu sehen, sein blutverschmierter Frack und die Hand, die die goldene Tapferkeitsmedaille umschloss.

»Das war ich dir schuldig«, raunte Pietro ihm zu.

Und erst da, als er im Salon ankam, bemerkte er, dass alle Leute lediglich leise miteinander flüsterten.

Er wandte sich besorgt an den Principe. »Gefallen ihnen die Bilder etwa nicht?«

»Warte einfach«, erwiderte der. »Bleib hier neben mir stehen.« Er hielt ihn am Arm, und so verharrten sie da am Ende der Ausstellung.

Als die ersten Besucher dort anlangten, brachen sie in jubelnden Applaus aus. Ein Applaus, der von Herzen kam. Viele riefen: »Bravo! Bravissimo!«, andere ergänzten mit regelrecht neugewonnener Lebenskraft: »Es lebe Italien!« Einige waren so gerührt, dass Tränen in ihren Augen standen.

Die Besucher umringten Pietro begeistert.

»Auch darin hattest du recht«, bemerkte der Principe leise. »Niemandem hier fällt auf, dass du gekleidet bist wie ein Hinterwäldler!«

Pietro atmete tief durch. »Danke«, sagte er schließlich. »Ohne Euch wäre das alles hier nicht möglich.«

»Na, ich hoffe, daran denkst du noch, wenn du reich und berühmt bist«, scherzte der Principe.

In diesem Moment rief jemand laut: »Da ist ja der Verrückte!«

»Capitano Buttafuochi!« Pietro umarmte ihn herzlich.

»Ich hätte meinen Arsch verwettet, dass du das nicht überlebst«, meinte Buttafuochi kopfschüttelnd. »Aber … sieh dich mal um!« Er lachte. »Man sollte dich auszeichnen, Junge!« Er packte ihn bei den Schultern und schüttelte ihn freundschaftlich, so wie er es bei einem Kameraden getan hätte. Dann gab er den Platz frei an die, die hinter ihm drängten, um den Wunderknaben aus der Nähe betrachten zu können.

Als schließlich alle ihre Glückwünsche ausgesprochen hatten, ließ der Principe eine Erfrischung servieren, die eines Adligen würdig war.

»Dieses Büfett muss ein Vermögen gekostet haben«, bemerkte ein Mann.

Principe Chiodetti jedoch überhörte es geflissentlich und setzte ein oberflächliches Lächeln auf. Jetzt, da Ludovico tot war, war ihm sein Geld egal. Zumindest fast. Denn er wollte nun seine Frau entschädigen für das, was sie hatte ertragen müssen, ihr sozusagen von Seiten Ludovicos eine erhebliche Summe zukommen lassen.

Jetzt trat ein Mann heran, den der Principe sofort erkannte: Es war der Adlige, der ihn auf dem Weg zum Quirinal einen Verräter geschimpft hatte.

Er trat vor den Principe und streckte die Hand vor. »Ich habe Euer Wappen aufgehoben«, meinte er reuevoll. »Ich gebe es Euch hiermit und entschuldige mich aufrecht.«

»Ich brauche weder Euch noch ein Wappen, um zu wissen, wer ich bin«, stieß der Principe verächtlich hervor. »Verlasst sofort mein Haus.«

Der Adlige legte das Wappen auf eine Kommode und schlich davon.

Der Principe blickte ihm hinterher, wie er wie eine Ratte in der Menschenmenge verschwand, und dachte, dass sich die Stadt nun allzu rasch mit Feiglingen füllte, die auf den Zug der Sieger aufzuspringen versuchten.

Er wurde in seinen Gedanken von Herzog Francesco Sforza Cesarini unterbrochen. »Ich habe Euch falsch eingeschätzt«, bemerkte dieser sogleich. »Diese Ausstellung wirft ein vollkommen neues Licht auf Euch. In Bezug auf unsere zukünftige Hauptstadt gibt es sehr viel zu tun und zu entscheiden, und ich würde mich sehr über einen Beitrag Eurerseits freuen.«

»Ihr seid sehr großzügig, Herzog«, antwortete der Principe. »Aber das habe ich nicht verdient.« Er würde nicht auf den Zug der Sieger aufspringen und Ludovicos Tod für sich nutzen. »Mein Sohn war es, der sein Leben für Italien gegeben hat. Er ist in den Quirinalspalast eingezogen. Ich habe nur getan, was ich ihm schuldig war.«

Unterdessen erreichte auch Nella mit Mamma Lucia Pietro. Sie hatte sie durch die Räume geschoben und ihr jedes Foto einzeln beschrieben.

»Junge, du hast mich wirklich enttäuscht.«

»Warum?«

»Das Bild, das du im Ospizio von mir gemacht hast, hängt hier nicht.«

»Doch!«, entgegnete Pietro. »Gleich im ersten Raum.«

Mamma Lucia drehte sich zu Nella. »Warum hast du mir das nicht gesagt?«

»Weil … ich war so gerührt«, erwiderte Nella. »Und ich wollte nicht weinen. Ich bin nämlich geschminkt.«

»Du bist eine Idiotin!«, stieß Mamma Lucia hervor. »Schieb mich sofort dahin und beschreib mir jedes Detail!«

»Soll ich das machen?«, fragte Marta.

»Das wäre vermutlich besser«, brummte die Alte. »Diese Frau hier wird mir sonst noch den Rest meines Lebens vorwerfen, dass sich wegen mir einmal ihre Schminke aufgelöst hat. Sowas aber auch!«

Marta bahnte sich mit Mamma Lucia entgegen dem Strom einen Weg durch die Menge.

Nella umarmte Pietro. »Ich bin stolz auf dich.«

Pietro umarmte sie. »Ich hab dich lieb«, flüsterte er und drückte sie fest an sich.

Als Nella sich schließlich aus der Umarmung wand, standen Tränen in ihren Augen. »Jetzt ist wirklich alle Schminke ruiniert, oder?«

Darauf wischte Henri ihr mit seinem Taschentuch die verlaufende Schminke aus dem Gesicht. »Du bist wunderschön.« Als in diesem Moment ein Mann Pietro beglückwünschte, teilte Henri ihm rasch mit: »Es wird ein Buch mit diesen und noch anderen

Fotografien geben. Wenn es Euch interessiert, gebt mir doch Euren Namen und Adresse. Ich werde mich darum kümmern, dass Ihr Bescheid bekommt.« Er zog einen Stift und ein Heftchen hervor, das schon voller Namen war.

»Alle glauben, dass Verleger so eine Art Gönner sind. Aber sieh ihn dir an«, raunte Nella Pietro zu, »er ist ja geschäftstüchtiger als ein Marktschreier. Es sind schon massenhaft Bände vorbestellt.« Sie zwinkerte ihm zu. »Lass dir Prozente geben.«

Marta hatte Mamma Lucia nach der Beschreibung vor ihrem Foto abgestellt, so wie sie es sich gewünscht hatte. Wenn sie schon nicht all die Leute hier sehen konnte, dann sollten die wenigstens sie sehen. »So wichtig bin ich mir noch nie vorgekommen. Das will ich unbedingt auskosten,« ließ sie Marta wissen.

Marta schlenderte zurück in den Salon, wo die Erfrischung gereicht wurde, und bemerkte dort Melo, der allein vor einer Fotografie stand. Sie trat zu ihm.

Der alte Pferdemeister betrachtete das Bild, auf dem Marta einen verletzten Feind verarztete.

»Das ist das beste Bild«, befand er.

»Finde ich auch«, stimmte Marta zu.

»Ich habe läuten gehört, dass alle es kaufen wollen«, meinte Melo.

»Das steht nicht zum Verkauf«, erwiderte Marta. »Pietro weiß, dass es dir gehört.«

Melo sah sie an. »Du bist wunderschön auf diesem Bild.«

»*Sie* ist wunderschön«, meinte Marta. »Ich weiß, dass du sie siehst.«

»Gar nichts weißt du.« Melo lächelte. »Ich sehe euch beide. Und ihr seid beide wunderschön.« Damit vertiefte er sich wieder in die Betrachtung des Bildes.

Marta schlenderte weiter und fand sich plötzlich von den Jungen vom Komitee umringt.

»Wir wissen, was Ludovico jetzt sagen würde«, begann einer von ihnen. »Jetzt ist das Risiko hoch, dass die Adligen und Machthaber Rom unter sich aufteilen, würde er sagen. Deshalb müssen wir weiter wachsam bleiben. Als Patrioten und Komitee zur Befreiung gehen wir nun in die Politik.« Er sah sie an.

»Weiter«, spornte ihn ein anderer an.

»Ja, also … Und wir wollten dich fragen, ob du nicht eine von uns werden willst«, fügte er errötend hinzu. »Die Frauen müssen eine Stimme haben, und du hast vor uns allen angefangen, eine neue Welt aufzubauen. Das Foto, auf dem du dem verletzten Feind hilfst … ist unglaublich. Die Frauen sind wichtig, es ist wichtig, dass sie gesehen werden. Sie können Krieg führen. Aber vor allem können sie Frieden stiften.«

»Ich …« Marta war vollkommen überwältigt von diesem Angebot. »Ich … ich kann das gar nicht.«

»Bitte!«, sagte der Junge.

»Marta, wir brauchen dich!«, brach es aus einem anderen hervor.

»Dieses Foto wird unser Manifest«, meinte ein dritter. »Ein Friedensmanifest.«

»Ich …« Marta seufzte. »Ich muss noch mal drüber nachdenken«, murmelte sie und machte sich sogleich auf die Suche nach Pietro.

Dieser hatte schon auf sie gewartet. »Ich muss dir was Unglaubliches erzählen!«, platzte er gleich heraus und zog sie in eine Ecke.

»Ich auch!«

»Was ist passiert?«, wollte Pietro sofort wissen.

»Du zuerst.«

»Nein, du.«

»Du …« Marta wusste nicht, wie sie anfangen sollte, in ihrem Kopf herrschte ein wildes Durcheinander.

»Ich …?«

»Du wärst vielleicht nicht einverstanden …«

»Marta, was ist los?«

»Hättest du etwas dagegen, wenn ich in die Politik gehe? Wie ein Mann?«

Pietro riss die Augen auf. »Politik?«

Marta bereute ihre Worte sofort. »Also nein … Das hab ich nur so gesagt.«

»Aber das wäre großartig!«, platzte Pietro heraus. »Wirklich großartig!«

»Meinst du das ernst?« Marta war zutiefst erleichtert.

»Marta, das wäre wirklich großartig!«, wiederholte Pietro und umarmte sie stürmisch. »Du bist frei! Und das ist genau das, was diese Leute brauchen, um etwas Gutes, Neues auf die Beine zu stellen. Sie sind so starr, als hätte man sie in Korsetts geschnürt. Du wirst ihnen genau das geben, was sie brauchen!«

Marta lächelte. »Wie schaffst du das nur?«

»Was?«

Marta strich ihm durchs Haar. »Das«, sagte sie nur. Dann verlor sie sich für einen Moment im Blick dieses Jungen, den sie so sehr liebte und der weiser war als die meisten Erwachsenen, die sie kannte.

Henri und Nella traten zu ihnen, doch die beiden bemerkten sie kaum.

»Und du? Was wolltest du mir sagen?«, verlangte Marta zu wissen.

»Ich? Ach, das ist nichts als verdammter Blödsinn«, erwiderte Pietro glücklich.

»Ich hatte dich doch gebeten, auf deine Sprache zu achten«, warf Nella ein. »Ich werde dir doch noch Anstandsregeln beibringen müssen.« Sie lachte. »Aber jetzt sag schon, was du erzählen wolltest. Bestimmt ist es gar kein Blödsinn.«

»Eine Frau, eine Herzogin oder so, na ja, eine Freundin vom

Principe«, fing Pietro an, »möchte einige der ausgestellten Fotos kaufen.« Er senkte die Stimme. »Aber ich dachte, ich könnte sie ihr schenken, denn sie will, dass ich ihre ganze Familie fotografiere, und das würde bestimmt mehr Geld einbringen.«

»Das ist ja großartig!«, rief Marta. »Aber verschenken solltest du nichts. Eher solltest du die Bilder teuer verkaufen. Vergiss nicht, dass für reiche Leute oft nur die Dinge etwas wert sind, für die sie viel Geld bezahlt haben. Zeig mir die Frau, dann handle ich einen Preis aus. Und du signierst.« Dann wandte sie sich an Henri. »*Tuttuaié*, oder wie auch immer, gilt das auch für mich?«

»Natürlich«, erwiderte Henri lächelnd.

»Sehr schön. Du solltest den Namen von dieser feinen Signora in dem Band unter die Fotos drucken, die sie kauft. Dann nimmt sie nämlich eine Menge Bücher, weil das etwas hermacht und sie damit angeben kann.«

Alle schwiegen, überrascht von Martas Talent.

»Ich glaube, dass du eine ziemlich gute Politikerin wirst«, sagte Nella schließlich.

»Ja, das glaube ich auch«, bemerkte Henri. »Und das *tutoyer* gilt auch für mich, Signora Senatorin?«

Sie lachten.

»Ich komme sofort wieder«, meinte Pietro, als er bemerkte, dass der Principe ihn zu sich winkte.

»Ich möchte dir einen Freund und bedeutsamen Mann vorstellen«, kündigte der Principe an. »Seine Adelstitel einmal außen vorgelassen: Das ist Michelangelo Caetani, der Präsident des kommissarischen Rates.

»Es ist mir eine Ehre, Signore«, meinte Pietro höflich.

*Ein schönes Gesicht hat dieser Mann*, dachte er. *Und irgendwie sieht er mit diesen dichten weißen Augenbrauen so schlau aus.*

»Mein Kompliment, Beltrame«, beglückwünschte ihn Caetani. »Eurer exzellenten Arbeit nach zu urteilen werden wir noch viel von Euch hören.«

»Danke, Signore.«

Caetani zog ein Abzeichen in den Farben der Trikolore hervor. »Dieses möchte ich Euch gerne im Namen des Königreichs Italien anstecken, als Zeichen unserer Anerkennung«, sagte er feierlich und streckte die Hand vor.

Doch Pietro trat unwillkürlich einen Schritt zurück.

»Was ist?« Caetani war sichtlich verwundert.

»Bei allem Respekt, Signore … Ich möchte Euch nicht beleidigen … Aber wenn Ihr mir dieses Abzeichen ansteckt … Also, dann werde ich nicht mehr wissen, ob ich die Wahrheit fotografiere oder etwas, das mir aufgetragen wurde … also, aufgetragen zu fotografieren.«

Caetani ließ langsam die Hand sinken. In seinem Blick lag Bewunderung.

Der Principe lachte. »Ich habe dir doch gesagt, dass er anmaßend ist. Anmaßend, aber ehrlich.« Und er zwinkerte Pietro zu.

»Wenn Ihr erlaubt«, warf Pietro sofort ein, »wenn Ihr über Politik sprechen wollt und eine wahre Patriotin ehren möchtet … die es mehr als ich und viele andere verdient, dann steckt dieses Abzeichen diesem Mädchen dort an, Signore«, sagte er eindringlich und deutete auf Marta.

Caetani setzte seine Brille auf. »Das ist doch das Mädchen, das sich auf dem Foto um die verletzten Feinde kümmert.«

»Und es ist das Mädchen, das ganz allein ihr Gewehr auf die gegnerische Kavallerie gerichtet hat«, erklärte Pietro stolz.

»Bringt sie her«, bat Caetani.

Pietro bedeutete Marta, zu ihm zu kommen. Auch Melo trat zu ihnen.

»Wie ist Euer Name?«, wollte Caetani wissen.

»Marta.«

»Und weiter?«, erkundigte sich Caetani.

Marta ging auf, dass sie ihren Nachnamen gar nicht kannte. Selbst wenn er in dem falschen Ausweis stand, mit dem sie bislang umhergelaufen war, konnte sie ihn doch nicht lesen. Sie zögerte.

»Marforio«, warf Melo hastig ein.

Caetani nickte dankend und fuhr feierlich fort: »Marta Marforio, für Eure Tapferkeit und Verdienste eines Bürgers überreiche ich Euch hiermit die Trikolore des Königreichs Italien.« Er machte sich daran, das Abzeichen anzustecken, hielt aber plötzlich inne. »Ich habe noch nie einer Frau ein Abzeichen angesteckt«, stellte er fest. »Normalerweise wird es dort angesteckt«, er zeigte auf seine Brust, »… aber ich weiß nicht, ob das bei einer Frau …«

»Darf ich?«, fragte Pietro aufgeregt.

»Ihr würdet mir einen großen Gefallen erweisen, Beltrame«, erwiderte Caetani erleichtert.

Pietro steckte Marta die Trikolore an.

»Ihr interessiert Euch für Politik?«, erkundigte sich der Präsident.

»Genau.«

»Obwohl Ihr eine Frau seid?«, murmelte Caetani.

»Niemand fand es schlimm, dass ich mit einem Gewehr auf die Feinde geschossen habe«, antwortete Marta stolz. »Das erwartet man normalerweise doch auch eher von Männern, oder?«

Caetani blickte sie mit seinen schlauen Augen an und lächelte. »Dies hier ist nur eine formale Anerkennung, aber mit einem Versprechen verbunden: Ab heute seid Ihr offiziell eingeladen, den politischen Beratungen der Regierung Roms beizuwohnen.« Und ohne den Blick von ihr zu wenden, fügte er hinzu: »Ihr werdet uns ordentlich was zu schlucken geben, Signorina Marforio.« Damit entfernte er sich.

Der Principe legte Pietro eine Hand auf die Schulter. »Jetzt solltest du eine kleine Rede halten. Alle warten schon.«

»Eine Rede? Auf keinen Fall!«

»Los, Junge, lass dich nicht bitten.« Damit führte der Princpe ihn zur Menge. Marta und Melo blieben zurück.

Schüchtern strich Marta über das Abzeichen, bevor sie verkündete: »Eigentlich sollte ich es wegwerfen. So wie du das auch mit der Medaille von Mazzini gemacht hast«, verkündete sie.

»Nein«, entgegnete Melo. »Meine Medaille war nur ein Stück Blech. Dir aber geben sie die Möglichkeit, dich einzubringen. Dieses Abzeichen bedeutet etwas. Oder es ist an dir, ihm Bedeutung zu geben.«

In Martas Kopf herrschte ein Riesendurcheinander. Nur einen Gedanken konnte sie klar fassen: Sie hatte einen Nachnamen. Das erste Mal im Leben. »Marforio war ihr Nachname, oder? Von deiner Marta«, wagte sie schließlich zu fragen.

Der Alte grinste. »Nein. Meiner.«

Marta zog den Ausweis aus der Tasche, den Melo für sie hatte anfertigen lassen. »Steht das hier auch drin?«

»Ja.«

Sie starrte ihn an. Also war er nun auch offiziell ihr Vater. »Ich muss unbedingt lesen lernen«, entschied sie.

»Ich danke Euch allen für Euer Erscheinen«, war in diesem Moment die Stimme des Principe zu hören. »Ich weiß, es ist eine Formalität, aber nachdem wir schon den Blick dieses jungen Talentes bewundern durften, möchten wir nun auch seine Stimme hören.«

Die Menge klatschte, dann wurde es mucksmäuschenstill.

»Du bist dran, Junge«, raunte der Principe Pietro zu.

»Ich weiß nicht, was ich sagen soll.«

»Doch, weißt du.«

»Nein, wirklich …«

»Dann sag, was deine Fotos sagen sollen.« Damit überließ er Pietro den Platz.

Pietro ließ den Blick über den Saal schweifen, aus dem ihn alle erwartungsvoll ansahen.

»Also, meine Fotos sprechen für mich«, sagte er und wandte sich an den Principe neben ihm.

»Ganz so leicht kommst du nicht davon, Junge. Weiter.«

Pietro blickte wieder all diese Menschen an. Und fragte sich, was sie wohl in seinen Fotos sahen. Was sie betrachtet hatten. Und er fragte sich, was dieser historische Moment ihnen bedeutete. Ob er für sie tatsächlich die Möglichkeit für einen Neuanfang barg, für neue Regeln.

Und da kamen die Worte wie von selbst mitten aus seinem Herzen.

»In diesen Tagen habe ich ein Volk gesehen.« Er atmete tief durch. »Was nutzt es euch, Italien zu vereinen, wenn ihr nichts für die einfachen Leute tut?« Möglicherweise waren seine Worte so unbequem wie seine Fotos. Vielleicht. Und deshalb waren es die richtigen Worte, das wusste er. »Was nutzt es euch, Italien zu vereinen, wenn ihr, wenn wir nichts für die einfachen Leute tun?«, wiederholte er. »Wenn unter dem König wie unter dem Papst die Armen und Unsichtbaren ewig die Letzten bleiben, in ihrem Elend und ihrer Unwissenheit sich selbst überlassen …« Er spürte, wie die Leidenschaft, mit der er fotografierte, sich nun in seiner Stimme niederschlug. »Wenn es so sein wird … Ja, dann ist kein wirkliches Volk aus uns geworden, und die Befreiung Roms war einen verdammten Dreck wert!«

In die Stille hinein war ein Hüsteln zu hören.

Pietro blickte in die Richtung, aus der es gekommen war, und sah seine Mutter, die Contessa, die ihm mahnende Blicke zuwarf.

»Bitte verzeiht, ich hatte versprochen, auf meine Sprache zu achten«, korrigierte er sich grinsend. »Ich wollte sagen … ach, nichts.« Er hob die Schultern. »Aber ihr wisst ja wohl, was ich meine, oder?«

# Danksagung

Ich danke meiner Frau Elisa, Emma, Pinola, Rev, Eva und Amélie für die Liebe, mit der sie mich umgeben haben, und für ihre unendliche Geduld.

# Anmerkungen des Autors

Damit Pietro seine Fotos technisch so machen konnte, wie von mir beschrieben, fehlten noch einige Jahre.

Aber seiner (und meiner) Kreativität die Flügel zu stutzen schien mir ein Ding der Unmöglichkeit.

Ich bitte meine Leser daher, mir diese Ungenauigkeit zu verzeihen.

Über den kommissarischen Regierungsrat Roms und seiner Provinzen, als dessen Präsident Michelangelo Caetani, Herzog von Sermoneta, ernannt wurde, ließ das Königreich Italien verkünden, dass den Römern das Recht zustehe, eine Regierung zu wählen.

Wie in den anderen Provinzen Italiens wurde auch in Rom eine Volksabstimmung abgehalten, um die Vereinigung der Stadt mit dem Königreich Italien gesetzlich zu verankern.

Der darin enthaltene Satz, auf welchen die Römer mit ›ja‹ oder ›nein‹ antworten konnten, lautete: »Wir wollen unsere Vereinigung mit dem Königreich Italien unter der Regentschaft von König Vittorio Emanuele II. und seiner Nachfolger.«

Die Wahl fand am Sonntag, dem zweiten Oktober 1870, statt.

Die Ergebnisse der Auszählung wurden am Tag darauf, am Montag, dem dritten Oktober, bekanntgegeben.

In Rom zählte man 40.785 Ja- und 46 Nein-Stimmen.

In der gesamten Provinz lag das Ergebnis bei 77.520 Ja- zu 857 Nein-Stimmen.

Im gesamten angeschlossenen Gebiet gab es 133.681 Ja- zu 1.507 Nein-Stimmen.

Voller Begeisterung verkündete die Regierung die überwältigende Mehrheit der Ja-Stimmen.

Doch bei genauerem Hinsehen erwiesen sich die Zahlen keineswegs als so überraschend, wie es laut verkündet wurde, denn die Kirche hatte ihren Getreuen empfohlen, den Wahlen fernzubleiben.

Erst später wurde der Kirche die Folge ihrer Aufforderung klar: dass sich die Regierung mit dem erdrückenden Sieg der Ja-Stimmen brüsten konnte, ohne auf die hohe Zahl der Nichtwähler eingehen zu müssen.

Nun war Rom dazu bestimmt, die Hauptstadt des Königreichs Italien zu werden.

Wenngleich die Stadt eine eigene Auffassung davon hatte, wie dieser Bestimmung Folge zu leisten war.

*Eine aristokratische Familie. Ein unheilvoller Wald. Ein bizarrer Mord*

Jean-Christophe Grangé
DIE LETZTE JAGD
Thriller
Aus dem
Französischen von
Ulrike Werner
400 Seiten
ISBN 978-3-7857-2709-6

Wie ein Wild erlegt – so wurde Jürgen von Geyersberg, Erbe eines Millionenvermögens, auf den französischen Ländereien der jagdbesessenen Familie aufgefunden. Kommissar Pierre Niémans und seine junge Kollegin Ivana sind auf dem Weg in die süddeutsche Heimat der von Geyersbergs. In einer mondänen Villa am Titisee scheint ihnen die schillernde Laura, die Schwester des Opfers, etwas zu verschweigen. Ein weiterer Mord in selber Manier geschieht, und Niémans und Ivana erkennen zu spät, dass im Schatten des mächtigen Schwarzwaldes abermals die Jagd begonnen hat – auf jeden, der dem abgründigen Familiengeheimnis der von Geyersbergs auf die Spur kommt …

Lübbe